Ficha Catalográfica

(Preparada na Editora)

R884a
Ruiz, André Luiz de Andrade, 1962-
O Amor Jamais Te Esquece / André Luiz de Andrade
Ruiz / Lucius (Espírito). Araras, SP, 1ª edição, IDE, 2003.
416 p.
ISBN 85-7341-304-2
1. Romance 2. Cristianismo 3. Palestina/História
4. Espiritismo 5. Psicografia I. Título.

CDD-869.935
-202
-933
-133.9
-133.91

Índices para catálogo sistemático:
1. Romances: Século 21: Literatura brasileira 869.935
2. Cristianismo do século I 202
3. Palestina: História antiga 933
4. Espiritismo 133.9
5. Psicografia: Espiritismo 133.91

Volume 1 da Trilogia

O AMOR JAMAIS TE ESQUECE

MOMENTOS HISTÓRICOS DO
CRISTIANISMO DO SÉCULO I

ISBN 978-85-7341-304-2
14ª edição – fevereiro/2009
13ª reimpressão – outubro/2023

Copyright © 2003,
Instituto de Difusão Espírita - IDE

Conselho Editorial:
Doralice Scanavini Volk
Wilson Frungilo Júnior

Produção e Coordenação:
Jairo Lorenzeti

Capa:
César França de Oliveira

Ilustração da capa:
"O Amor Jamais Te Esquece" *Rembrandt.*

Pintura mediúnica realizada na
Sociedade Beneficente Bezerra de Menezes,
Campinas-SP, em abril/2003.

Diagramação:
Maria Isabel Estéfano Rissi

Os direitos autorais desta obra
pertencem ao INSTITUTO DE DIFUSÃO
ESPÍRITA, por doação absolutamente gratuita
do médium "André Luiz de Andrade Ruiz".

Parceiro de distribuição:
Instituto Beneficente Boa Nova
Fone: (17) 3531-4444
www.boanova.net
boanova@boanova.net

INSTITUTO DE DIFUSÃO ESPÍRITA - IDE
Rua Emílio Ferreira, 177 - Centro
CEP 13600-092 - Araras/SP - Brasil
Fones (19) 3543-2400 e 3541-5215
CNPJ 44.220.101/0001-43
Inscrição Estadual 182.010.405.118

www.ideeditora.com.br
editorial@ideeditora.com.br

Todos os direitos reservados.
Nenhuma parte desta
publicação pode ser
reproduzida, armazenada
ou transmitida, total ou
parcialmente, por quaisquer
métodos ou processos, sem
autorização do detentor do
copyright.

Volume 1 da Trilogia

O AMOR JAMAIS TE ESQUECE

romance do Espírito **LUCIUS**
pelo médium
ANDRÉ LUIZ RUIZ

ide

SUMÁRIO

1 - Voltando a Roma 9
2 - O Imperador Tibério 13
3 - O Pedido de Flamínio 20
4 - A missão secreta de Públio 27
5 - Zacarias e Jesus 36
6 - Josué e Zacarias 43
7 - A personalidade de Pilatos 53
8 - O passado voltando ao Presente 59
9 - O assédio de Pilatos 68
10 - Os Cúmplices 77
11 - Jesus e os setenta 83
12 - Começa a jornada apostólica 91
13 - Em Nazaré 100
14 - A resposta à Oração 110
15 - A Primeira Pregação 120
16 - Jesus e Públio 131
17 - A Segunda Pregação 139
18 - Multiplicam-se as bênçãos 149
19 - O Amor despertando o Amor 160
20 - Sementes do Amor que se espalham 173
21 - Proteção antes da Perseguição 184
22 - Reparação e Testemunho 196
23 - Apresentando Jesus a Pilatos 210
24 - Jesus e Lívia 222

25 - Jesus ouvindo e falando aos setenta 232
26 - O Pedido de Jesus...241
27 - A Páscoa e a prisão 252
28 - O Julgamento e a Aparição...266
29 - Tragédias que se ampliam 281
30 - Tibério contra Pilatos 290
31 - Pilatos e Zacarias..299
32 - Pedro e Zacarias 311
33 - Cumprindo o Prometido...321
34 - Zacarias se desdobra 335
35 - A Vergonha de Pilatos 347
36 - Quem com ferro fere... 359
37 - Perseguição que se estende...375
38 - Os Planos de Fúlvia..384
39 - O fim de Zacarias 395
40 - O Amor Jamais Te Esquece..408

1

VOLTANDO A ROMA

Os ruídos das tábuas que reclamavam da longa viagem gradualmente iam diminuindo à medida que a grande embarcação chegava ao porto de Óstia, na costa italiana, grande porta de entrada em direção à Roma Imperial.

A nau que chegava, levada até o destino final pelos remadores robustos e escravizados, era o símbolo da própria Roma, altiva, grande, imponente e dominadora dos povos que conquistava, graças à capacidade de organização de seus exércitos regulares e seus meios de comunicação muito desenvolvidos para a época.

O vasto tecido que era usado como velame para colher os ventos favoráveis e que trazia a marca da águia imperial já havia sido enrolado para se evitarem surpresas durante a atracação da embarcação, cheia de bens e valores importantes para os romanos da capital, sempre ávida por novidades e prazeres.

O seu conteúdo precioso era composto de ânforas do mais capitoso vinho das províncias romanas do oriente, tecidos finos, cereais exóticos, frutas secas, utensílios e joias, bem como dinheiro recolhido dos povos tributários que, sob o domínio imperial, tinham o dever desagradável de entregar parte de seus parcos recursos para a manutenção dos privilégios da metrópole.

Além disso, um contingente de homens, mulheres, prisioneiros e viajantes se amontoava nos espaços disponíveis da embarcação vasta, todos ansiosos pelo momento de recolocarem os pés na terra firme, única ocasião em que se poderiam sentir em segurança novamente.

Lentamente, levada pela força do braço escravo que se desgastava nos remos pesados sob o argumento convincente do chicote, a pesada embarcação se ia aproximando do local onde também descansaria da incerta e perigosa travessia do Mediterrâneo.

O comandante ordenava, aos gritos, as manobras necessárias para a perfeita chegada, evitando-se assim os riscos de danos ao patrimônio do Império sob a sua guarda e responsabilidade, tanto quanto para demonstrar a sua perícia na condução da nau imponente.

Os homens sob seu comando se esforçavam para conduzir serenamente o grande corpo de madeira até o ponto de atracação, onde era esperada por uma outra multidão de ajudantes, negociantes, soldados e curiosos, sempre em busca de riquezas e oportunidades para conquistarem as migalhas do grande banquete representado pelos bens que ali se encastelavam.

Eram pessoas que se ofereciam para descarregar a mercadoria como forma de ganharem alguma coisa pelo esforço empregado, eram outras espreitando algum carregamento esquecido no solo por algum vigilante distraído e do qual subtrairiam alguma coisa para, depois, venderem e embolsarem o dinheiro, nos golpes com que o homem, desde longa data, imagina que estará melhorando seu destino.

Por isso tudo, a chegada de tal embarcação representava esperança para quem voltava à terra firme, tanto quanto significava expectativa para os que, no solo, se apinhavam à sua volta para conseguirem algo para si mesmos.

Ao longe, Roma esperava.

Um magote de soldados subiu a bordo tão logo a embarcação finalmente entregou-se às amarras e apresentou-se ao comandante para que este conhecesse a escolta que haveria de levar ao tesouro imperial os bens oriundos da coleta junto aos povos do oriente, dirigido por Lucilio Barbatus.

No gesto característico dos militares que se saudavam em nome do imperador, dirigiu-se ele ao capitão da embarcação:

– Ave César. Em nome de Tibério e da nossa deusa Fortuna te saúdo o regresso, nobre Cláudio, e aqui me apresento como o representante da comitiva militar com o dever de escoltar até a capital o representante do imperador no recolhimento do tributo das províncias orientais, a fim de que os bens que pertencem a Roma não se percam pelo caminho nas mãos dos salteadores, sempre prontos a algum golpe contra o patrimônio alheio.

Observando a expressão formal do soldado, já seu conhecido de algum tempo, Cláudio sorriu e disse:

– Vida longa a César e a você, Lucilio, pois que é um grande prazer escutar vozes diferentes dos gritos destes escravos, do barulho do chicote, do tambor, das amarras, do vento, durante todos estes meses. O ruído do porto é como música para mim, agradável e cheia de cânticos de alegria. E a sua presença, assim, sempre dura e formal, logo irá converter-se em um sorriso de satisfação quando puder comparar o tamanho de nosso carregamento com o de outras embarcações que aqui aportam orgulhosas de trazerem algumas coisinhas da redondeza.

Venha comigo e você mesmo verá como vai perder a pose de importante para dar lugar ao gesto de admiração e espanto.

E dizendo isso, Cláudio tomou o braço de Lucilio, que se deixou conduzir serenamente para o interior da embarcação, no rumo de seus porões malcheirosos, mas abarrotados de mercadorias, enquanto passava pelos corredores internos onde se colocavam os assentos dos remadores e as correntes que os prendiam.

O alvoroço da chegada transferia-se também para aquela região do navio, já que os subalternos do comandante tomavam as providências para o desembarque das pessoas, começando pelas mais importantes, ao mesmo tempo em que necessitavam administrar a subida e descida de carregadores das mercadorias.

Todavia, acostumados a tais operações, Cláudio não se preocupara com o seu desenrolar e, levando Lucilio até o porão principal, carregando uma tocha acesa, deslumbrou o soldado com a quantidade de gêneros de todos os tipos, cujos odores se misturavam naquela atmosfera, impregnando o ar com tentadoras lembranças de terras distantes.

– Pelos deuses, Cláudio, nunca vi uma coisa dessas na minha vida de soldado neste porto! – exclamou admirado Lucilio.

– Eu sabia disso, soldado, tanto que já o advertira antes. Se a competência do capitão for medida por peso de carga transportada, posso pleitear o posto de almirante do imperador, não acha?

– E eu servirei de testemunho vivo, para embasar o seu pedido – respondeu Lucilio, sorrindo francamente.

Voltaram para a superfície da embarcação, onde a mistura de passageiros, cargas, trabalhadores, oficiais náuticos, curiosos, tornava quase divertida a operação bem vigiada por soldados e donos de mercadorias que aguardavam a sua encomenda.

Todavia, buscando afastar-se do bulício em que se transformara aquele lugar, Lucilio trouxe Cláudio para um desvão mais afastado do tombadilho do navio para perguntar-lhe sobre um assunto de Estado muito importante:

– E o homem, também veio com você? Estou sabendo que, por ordens do Imperador, um muito importante personagem do governo das províncias caiu em desgraça e teve seu nome incluído entre aqueles que deveriam comparecer pessoalmente diante de César para prestar-lhe contas antes de ser punido. Foi você o responsável por sua condução?

Observando a curiosidade de Lucilio e o conhecimento parcial dos fatos, Cláudio sorriu de maneira misteriosa e respondeu:

– Bem, Lucilio, trata-se de um assunto muito delicado. As coisas para o lado do oriente estão em polvorosa e me parece que não é correto julgarmos nossos patrícios. Todavia, cumprindo ordens que lhe foram entregues pessoalmente pelo responsável pela guarnição em Jerusalém, em Jope pude receber a bordo o nobre governador que, obediente, se deixou conduzir até aqui por esta embarcação oficial, apesar da precariedade de suas instalações. Sim, o governador é passageiro nesta nau. No entanto, estou esperando a chegada da comitiva oficial que será enviada de Roma para levá-lo até seu destino, que desconheço. Por isso, pretendo deixar que todo o tumulto deste momento ceda lugar à tranquilidade para que me dirija até seus aposentos internos e solicite a sua saída, poupando-o da curiosidade popular.

– Sim, é melhor dessa maneira – respondeu Lucilio concordando.

Era o ano 35 da era cristã.

E se o mesmo barco da águia romana trazia aninhado um de seus mais importantes servidores, homem de Estado, ex-governante de uma província distante, trazia no seu bojo também criaturas que se apresentavam como servidoras de um Deus generoso e justo, capaz de amar a todos e por todos ser amado sem medo ou condição.

Descendo no meio da confusão, um modesto viajante, oriundo do oriente, chegava às portas da grande cidade imperial, trazendo em seu coração o desejo de dar testemunho da verdade e de sua fé naquele doce rabi da Galileia, cuja pregação ele mesmo houvera presenciado e que lhe mudara a vida para sempre.

Conquanto vitalizado pelo trabalho no bem, encontrava-se no inverno físico, mas, apesar disso, era uma criança na alma, aquela criança na qual os homens deveriam tornar-se para que pudessem entrar no reino dos céus, conforme Jesus ensinava.

Com esse passo, iniciava a concretização daquele que seria o último sonho de sua vida e o mais árduo e desafiador feito de seu espírito.

Cumprir seu compromisso com Jesus e, se possível, inaugurar na cidade imperial, na cidade do materialismo pagão, no núcleo mais dourado do poder mundano o primeiro culto cristão.

Ali chegava também, naquele mesmo dia, entre ansioso e confiante, o velhinho amorável que descortinaria, no anonimato e no sacrifício de si mesmo, os primeiros raios da alvorada do Amor no coração endurecido da civilização arrogante, pronta a engolir os que se colocassem em seu caminho, pronta a fazer escravos, a invadir terras alheias, a roubar-lhes os bens e os filhos para a guerra.

À sua espera estava Roma, altiva e prepotente, começando a ser conquistada por um singelo sapateiro a serviço do bem.

Naquele mesmo dia estavam juntos, na mesma embarcação, chegando a Óstia, o governador Pôncio Pilatos, que seria encaminhado ao julgamento de seus atos, ao mesmo tempo em que pisava o solo da Itália, o humilde Zacarias.

2

O Imperador Tibério

O imperador Tibério fora conduzido ao trono de Roma no ano 14 da era Cristã, tendo governado, nos primeiros 10 anos, com razoável tirocínio, envolvido pelas questões de um Estado cada vez mais amplo e complexo.

Por esse motivo, ocupar o trono de Rômulo e Remo era carregar um peso descomunal sobre os ombros humanos, notadamente na época em que os costumes estavam tão pouco modificados pela compreensão das leis morais que dirigem os homens para a elevação de seus espíritos.

Acostumados a pensar apenas em si próprios e nas vantagens do poder e do mando, as seduções que eram criadas no imaginário das criaturas acerca dos privilégios de que desfrutavam os imperadores faziam com que estes fossem pessoas invejadas, cortejadas pela lisonja mentirosa, aduladas por falsos amigos, cercados pelos que, ao mesmo tempo em que faziam reverência com o corpo, carregavam o punhal oculto na manga de suas túnicas vistosas, prontos para dar o golpe traidor tão logo surgisse a oportunidade favorável.

A indústria do assassinato por interesse ou conveniência era quase que uma instituição governamental, ainda que contra ela todas as autoridades, tanto do governo imperial quanto do Senado romano, se levantassem em combate.

Isso, no entanto, não impedia que os próprios governantes, em qualquer nível de importância, tivessem no copo de veneno ou na emboscada covarde, importantes aliados na solução de conflitos de interesses.

Não nos esqueçamos de que ainda não fazia um século que o próprio imperador Júlio César houvera sido friamente assassinado em pleno prédio do Senado Romano pelos integrantes dessa instituição política com um sem número de punhaladas, na presença de quase todos os senadores, que assistiram, impávidos e omissos, à execução do grande condutor das reformas na Roma que nascia, vigorosa.

Por esse motivo, a condução dos negócios de Estado, já naquela época, significava ter que dirigir um navio imenso e pesado por um oceano de incertezas e maldades, cheio de aliados de ocasião e traidores, escasso de amigos verdadeiros e confiáveis, o que obrigava o administrador mais cuidadoso a temer pela própria vida nas coisas mais simples que o rodeavam.

Estar na condição de Imperador Romano representava, portanto, um desafio, não só à capacidade do homem intelectual, mas sobretudo à sua astúcia, ao seu cabedal de coragem e ao seu poder de sobreviver um dia depois do outro.

E com Tibério, tal situação se foi agravando, levando sua personalidade delicada à condição neurotizante de estar vigiando a tudo e a todos para que se defendesse de qualquer ato de traição.

Tanto que, no período em que sua idade já cobrava o preço pelo desgaste da administração de tão vasto território, notadamente depois do ano 31 d.C, foi ele envolvido pelo crescente temor da infidelidade, o que levava o Senado a usar, como recurso de defesa, um instrumento legal existente na estrutura legislativa de Roma e que consistia em permitir-se a qualquer pessoa acusar alguém de conspirador e levá-lo a julgamento perante o próprio Senado imperial que, com poderes específicos de tribunal, tinha poder absoluto sobre a vida do acusado e, como forma de recompensar o acusador de tão importante denúncia, entregava-lhe parte do patrimônio do denunciado como prêmio pelos serviços prestados.

Era o princípio contido na conhecida "Lex Maiestatis", que fora criada no período da Roma Republicana e que tinha por conteúdo combater "tudo o que pudesse diminuir a majestade do povo romano".

Todavia, com o suceder dos anos, tal sentido político de defesa da majestade do povo romano migrou para a pessoa do seu governante e, na fase do Império, passou a ser aplicada não só à rebelião ou conspiração, mas a tudo o que pudesse ser considerado desrespeito ao imperador, ainda que, em muitos casos, fossem apenas comentários difamatórios dirigidos contra os senadores, que eram tidos como outra extensão do povo romano e, por isso, aptos a se considerarem protegidos pela "Lex Maiestatis".

Tanto o Imperador como o mais singelo cidadão romano poderia levar à corte senatorial a acusação contra algum outro que, por palavras, gestos, intenções, tivesse ferido a honra ou se manifestado contra as ideias do soberano ou do Senado e ser acusado de conspiração.

Com isso, pretendia-se desestimular os movimentos de traição, tão comuns nos períodos antigos quanto nos dias atuais, ainda que, agora, nos grupos nacionais mais civilizados, já não seja tão comum o recurso do assassinato direto como elemento de transformação política, apesar de sabermos que, aqui ou ali, ocasionalmente, morrem um ou outro governante de um tipo de morte que se poderia chamar de "não natural".

Tal recurso, no entanto, produziu um efeito contrário, ao longo dos anos sucessivos, propiciando um aumento considerável de denúncias infundadas, baseadas apenas no interesse monetário do acusador que pretendia herdar parte dos bens do denunciado, ou mesmo no seu desejo de vingar-se do acusado por ser-lhe adversário político ou competidor em interesses negociais.

Passou a ser uma arma de ataque solerte e vil, muitas vezes usada por pessoas perigosas porque poderosas e influentes, contra os seus adversários, em geral indefesos e incapazes de exercer qualquer tipo de reação eficaz diante de um Senado conduzido, nos bastidores, pela influência do próprio acusador.

Se no período inicial de sua administração Tibério buscou coibir o uso generalizado de tal invocativo legal, com o passar dos anos, como já se disse, principalmente quando seu próprio colaborador mais próximo, o ministro Sejano fora acusado e, ao final, terminara estrangulado como traidor, o próprio imperador se viu assombrado pelos efeitos da onda sucessiva de denúncias, surgindo conspiradores e traidores por todos os lados, numa avalanche de acusações torpes e desumanas.

Tal situação produzira no governante maior uma alteração significativa de seu comportamento, já por si mesmo mais retraído, levando-o a um estado de afastamento e isolamento tanto psíquico quanto físico, única forma que encontrou para livrar-se do covil no qual Roma havia se transformado.

Assim, no período final de seu império, Tibério, abatido, amedrontado e doente, fragilidades que o empurraram para um comportamento marcado pelo medo e pela superstição, retirou-se de Roma para uma ilha no Mar Tirreno na qual edificou um majestoso palácio e de onde governou até a sua morte.

Na ilha de Capri, local sede dos últimos dez anos de seu governo, o imperador se fez cercar de amigos íntimos, homens de letras e astrólogos, e o isolamento a que se fizera votado permitiu a construção de inúmeras lendas sobre licenciosidades e orgias, fruto do imaginário de pessoas inescrupulosas que, não podendo lá se encontrar junto do Imperador, mais não fizeram do que levantar, contra ele e os seus favorecidos, acusações e leviandades próprias dos sentimentos e tendências que tais acusadores carregavam no íntimo de suas almas.

Mais uma vez, entendemos Jesus quando adverte que a boca fala daquilo que está cheio o coração, que a árvore boa não dá mau fruto e que a árvore má não produz fruto bom.

Nesse cenário, a administração de Tibério não poderia terminar sob a aclamação popular, de tal sorte que, nos anos finais de seu governo, não possuía popularidade junto às massas, ao mesmo tempo em que recebia não velada hostilidade por parte do Senado radicado em Roma, que via no imperador um homem fragilizado para o exercício da direção dos negócios do Estado e para a satisfação dos interesses de poder dos próprios senadores.

Todavia, encastelado em Capri e cercado de pessoas de sua mais absoluta confiança, não tinham os senadores ou outros interessados como exercer a influência direta nem conseguir com facilidade exterminar-lhe a vida através de algum golpe oculto e dissimulado.

Em face de tais circunstâncias, as relações do imperador com o resto do mundo romano ocorriam no isolamento da referida ilha, para onde se haviam dirigido todos os elementos de informação e de administração da organização governamental. Dali, o maior mandatário romano administrava os interesses do Estado, cada vez mais ampliado pelas conquistas e incorporações de outras nações como outros Estados fiéis e pagadores de tributos.

Eventualmente, em raras ocasiões, Tibério deixava a sua proteção na ilha de Capri e comparecia a Roma para o exercício de algumas funções para as quais era indispensável a sua presença.

Nessas ocasiões, se fazia acompanhar de todo o séquito que o envolvia, evitando contato mais direto e imediato com outros personagens da administração que pudessem pôr em risco sua integridade física, sempre ávidos por conseguirem colocar as mãos no trono do Império.

Desde o décimo ano de seu governo, o estado emocional e as facilidades do conforto, somadas à ação invisível de inúmeras entidades perseguidoras, que buscavam atacar o mais poderoso romano da época, infundiam nele, que carregava o pesado fardo do Império, os prejuízos normais das alterações emocionais e orgânicas.

* * *

Sempre que se está em situação de tão grave responsabilidade, mais indispensável se torna o recurso à oração, como escudo protetor contra todos os tipos de agressão.

No entanto, não havia entre os romanos de então, a noção mais aprofundada da necessidade de uma ligação direta com as forças superiores, pois o panteão do paganismo reservava o culto aos diversos deuses nos seus respectivos templos através dos diversos sacerdotes e das oferendas e sacrifícios pagos segundo as exigências e tabelas apropriadas para cada desejo ou necessidade.

Mesmo o culto dos chamados deuses lares e penates, a realizar-se no interior dos lares romanos segundo a tradição ancestral do culto aos antepassados, redundava numa cerimônia ritualística, despida de sentido mais profundo a propiciar elevação do espírito dos que dela participavam.

Eram uma mescla de crença aprendida como dever perante os ancestrais e burocracia formal, sem maior profundidade de sentimento.

Todavia, as crenças individuais, no coração de cada criatura, variavam segundo a sua capacidade espiritual de sentir mais ou menos a ligação com o mundo invisível e, valendo-se de tais condutas exteriores, havia sempre aqueles que se mantinham em posição íntima mais elevada e os que, acostumados a fórmulas exteriores, limitavam-se a realizá-las crendo que seriam suficientes como prova de devoção.

***

Tibério não era diferente de todos os outros romanos, notadamente nas suas atribuições de majestade entre os cidadãos, pouco lhe restando em questão de tempo ou de disposição para dedicar-se a processos de elevação espiritual, que poderiam protegê-lo das perturbações igualmente avantajadas quando falamos de personagem tão importante no governo da época.

Por isso, o Imperador estava sempre às voltas com dores e enfermidades que o incomodavam e para as quais esperava alguma solução entre os sábios ou místicos que o cercavam, sempre incapazes de resolver os seus conflitos físicos com as tisanas e fórmulas esdrúxulas, que empregavam, mais para impressionar do que para serem eficazes.

Entretanto, ainda que se tornando crônicas, tais enfermidades não tiravam do Imperador o desejo de se ver livre dos incômodos físicos que o perturbavam, o que produziu nele o interesse por todo e qualquer recurso existente cuja notícia lhe chegasse aos ouvidos.

E as notícias se avolumavam acerca do taumaturgo milagroso que realizava maravilhas na longínqua Palestina, província sob seu comando imperial.

Começaram a chegar pela boca dos funcionários mais simples, que falavam dos milagres aos seus superiores como assunto novo e interessante até que, na vasta rede de conversas tão próprias dos bastidores do poder, atingiam os tímpanos do Imperador.

A princípio não pareciam ser coisa digna de ser levada em conta, eis que existiam inúmeros relatos de profetas e homens de fé poderosa que vinham daquelas paragens místicas do oriente.

No entanto, com o passar dos meses, bastava chegar uma nova galera oriunda da Palestina, que uma grande enxurrada de notícias, muitas delas avolumadas pela capacidade criativa de quem contava o feito, ganhava os ouvidos dos cidadãos romanos, a maioria dos quais se portava com indisfarçado cinismo sobre a veracidade dos relatos.

Mas não eram só notícias que chegavam. Junto com os boatos, as galeras traziam passageiros, alguns romanos, outros estrangeiros, que haviam presenciado fatos, conversado com pessoas, escutado as palavras daquele profeta diferente dos anteriores, o que tornava o boato em uma questão mais digna de fé e levantava, no coração de muitos, a esperança de conseguirem avistar-se com esse homem e obter a melhora que anos e anos de tratamentos rudimentares não haviam conseguido produzir.

A dor, como conselheira diária, faz parecer banquete a mais pequenina migalha de esperança.

Por isso, Tibério se achava profundamente interessado na possibilidade de conseguir a melhora necessária para seus males físicos, através do concurso de tal homem.

Todavia, era o Imperador de todos os Romanos. Não lhe cabia, na posição social que ostentava e no orgulho de poderoso mandatário, a postura de sair ao encontro de um reles estrangeiro, sem que estivesse devidamente informado sobre sua personalidade, sobre a verdade de seus poderes sobrenaturais.

Assim, uma vez constatados com certeza e discrição, providenciar-se-ia um meio de trazê-lo à sede do poder imperial a fim de que, no anonimato de seus aposentos, sem comprometer a sua autoridade com crenças alheias, de uma província pobre e desprezível, o imperador se lhe submetesse ao tratamento.

Era a visão do homem mundano, acreditando-se poderoso o suficiente para ter tudo sob o seu comando e dirigido pela sua vontade imperial.

Poderia solicitar informes de Pôncio Pilatos, o procurador da Judeia, que, com certeza, estaria ao corrente de todos estes fatos.

No entanto, Pilatos não privava da absoluta estima de Tibério. Pelas injunções políticas e influências de interesses de patrícios importantes que precisavam ser atendidos para a manutenção das diversas redes de apoio e de aliados que mantinham o imperador no poder, Tibério aceitou enviar para a Palestina um homem cujo perfil não lhe agradava. Por este motivo, não desejava confidenciar-lhe assunto tão pessoal, que chegava às raias da intimidade, a fim de não estabelecer com ele um contato que fosse além das formalidades das funções de Estado e do governo das províncias.

Não! Pilatos não lhe serviria.

Eis, no entanto, que alvissareira visita lhe chega em uma tarde ao palácio a fim de apresentar-lhe uma solicitação especial.

Anunciado aos seus ouvidos, o Imperador autorizou a entrada em seus aposentos, de um senador amigo, em quem confiava pelos laços antigos de ambas as famílias tradicionais que os uniam. Tratava-se do senador Flamínio Severus. Era o ano 31 da era cristã, décimo sétimo do governo de Tibério que, apesar de já ter-se transferido para a referida ilha de Capri, viera a Roma, depois da queda e assassinato de Sejano.

O Pedido de Flamínio

Apresentadas as saudações impostas pelo protocolo da época, encontramos o representante do Senado imperial perante Tibério, mantendo a postura de respeito e consideração para com o mais alto governante.

– Ora, Flamínio, que os velhos tempos falem mais alto do que as tolices de nossos compromissos políticos de hoje – falou o imperador, procurando criar o ambiente mais leve, ainda que na suntuosa sala de audiências, cuja atmosfera, por si só, era capaz de intimidar a qualquer.

– Agradeço, venerável Tibério, a liberdade de exprimir as ideias de acordo com a nossa velha tradição patrícia, livre dos entraves das expressões cerimoniosas.

– Como está Calpúrnia? – perguntou Tibério, desejando dar ainda mais intimidade ao colóquio ao direcioná-lo para o aspecto da intimidade do senador.

– Ela e os pequenos estão bem de saúde, graças à proteção dos Deuses e aos favores de Fortuna que nos concedeu, igualmente, a vossa proteção.

– Fico deveras satisfeito em saber da tua felicidade e poder ter este contato pessoal contigo depois de tanto tempo em que tenho de me manter mergulhado nas questões de governo, complexas e maçantes como tu mesmo sabes serem tais coisas. Este momento de leveza em que me reencontro com nossas boas lembranças é um refrigério raro e muito me satisfaz. Agradeço-te por esta possibilidade.

– Desejaria, majestade, que o fardo que deveis carregar pudesse não vos massacrar a fim de que todos nós envelhecêssemos sob os auspícios da vossa liderança.

– A realidade, contudo, Flamínio, é a que temos diante dos olhos e não a que nossos olhos desejam ver – disse Tibério soturnamente.

Se, ao menos, não tivesse de lutar contra os fantasmas que me circundam, sejam os da ameaça de traição constante, espreitando por detrás das suntuosas colunas, sejam os da que se oculta na comida que me endereçam, já por isso seria mais leve a carga. No entanto, tais coisas não são assim e, por mais que pensemos que ser imperador romano é mandar sobre o mundo conhecido, percebemos que nosso poder pode esbarrar numa pequena taça de vinho envenenado ou que, se me incumbe o dever de dirigir vinte e oito legiões de soldados no maior exército regular de que se tem notícia, não consigo controlar a cozinheira do palácio e ter certeza de que na comida que me destina não se encontra a minha sentença de morte.

A expressão do velho monarca dava bem a noção das constantes aflições a que era submetido, à medida que se vai perdendo a ingenuidade no exercício do poder.

Mas, percebendo que o clima da conversa estava derivando para um lado obscuro da vida, o próprio Tibério incumbiu-se de alterá-lo, agregando:

— Ora, meu amigo, não desejo receber de ti as alegrias desta visita e retribuir-te com as misérias de um abutre velho. Vamos ao que interessa para que o nosso ambiente seja de alegria por esta hora.

Sorrindo de maneira jovial, o senador, convidado pelo governante, sentou-se em um pequeno assento próximo ao local onde Tibério estava, para que pudessem ter a conversa mais íntima como era do gosto do imperador, com pessoas de sua confiança.

Assim colocado nas cercanias do ouvido imperial, Flamínio tocou o assunto que o levava até ali:

— Desculpo-me, inicialmente, por buscar-vos trazendo questões importantes de cunho dos interesses do Estado. Ter sido recebido aqui desta forma me deixa envergonhado diante da vossa generosidade para com a minha indiferença, indigna de nossos laços mais sagrados. Todavia, o excesso dos compromissos do trono me impediam de incomodar-vos com questões pessoais ou intimidades que poderiam ser consideradas como uma tentativa indigna de aproximação daquele que é o mais importante dos romanos.

— Não penses assim, Flamínio. Ainda que compreenda os teus escrúpulos e reconheça estarem pautados pela sabedoria de homem amadurecido como tu, desejo que saibas poder encontrar em mim o mesmo Tibério dos jogos da juventude e das aspirações poéticas. Meu corpo envelheceu, mas minha confiança em ti segue a mesma dos tempos que passamos juntos, em contato direto, ainda que, depois, nossos caminhos tivessem tomado rumo diverso.

— Mais um demonstrativo de vossa grandeza, César dos Césares, clemente na superioridade de vossos conceitos. No entanto, ouso dar seguimento ao assunto para que minha consciência não me acuse de ocupar o tempo tão exíguo do mais alto dirigente da Terra.

– Pois então, prossegue, meu amigo.

Assumindo posição mais próxima de Tibério, Flamínio seguiu falando:

– Venho até vossa presença com um problema que somente a vossa sabedoria poderá equacionar. Trata-se de um outro patrício nosso, igualmente conhecido pelos dotes de honradez e integridade que têm sido colocados ao serviço de Roma desde muitas gerações, tanto no Senado quanto nos Tribunais.

Tibério ouvia atento e se via enaltecido por estar sendo considerado como o oráculo solucionador de problemas intrincados.

– Refiro-me ao também senador Públio Lentulus Cornélius, meu amigo pessoal de longa data e que está passando por problemas muito graves no seio de sua família.

Ouvindo-lhe o nome, Tibério meneou a cabeça como que concordando com as referências elogiosas que Flamínio fazia a Públio.

– O jovem senador é casado com mulher de peregrina beleza e integridade moral à altura das mais dignas matronas de nossas antigas tradições.

O casal possui uma filhinha, de nome Flávia, que veio ao mundo como a esperança de dois corações enamorados e devotados ao mais nobre sentimento de amor verdadeiro. Tanto que o senador é um dos que têm lutado intensamente contra as depravações de nossos costumes, guardando as tradições mais elevadas e veneráveis.

Interessando-se firmemente pelo assunto, Tibério dava mostras de desejar saber mais, o que estimulava Flamínio a seguir na mesma linha.

– Ocorre, majestade, que de uns tempos a esta parte, a pequena começou a definhar seguidamente, sem qualquer motivo que se apresente como plausível ou que os cuidados de nossos médicos pudessem coibir e reparar. Levada pelos pais a todos os facultativos conhecidos, nada se lhe pôde fazer, a não ser abater ainda mais o seu corpinho com disciplinas cada vez mais esdrúxulas e incabíveis.

E o que é mais grave, principalmente para uma família tão conceituada e importante em nosso meio, é que tendo levado a pequenina até Tibur, onde conceituados médicos se radicam, ali obteve o diagnóstico fatal que lhes abateu o ânimo e as esperanças...

E sabendo que a notícia seria também muito grave, Flamínio

interrompeu o desfecho da história para que Tibério pudesse assimilar os passos do relato.

Vendo o silêncio de Flamínio, a curiosidade de Tibério impôs ao senador o dever de terminar o relato como numa ordem.

– Vamos, Flamínio, esclarece rápido o que os especialistas disseram de tão grave!

– Sim, majestade, disseram que a pequena é leprosa...

O silêncio estendeu-se no ambiente por alguns instantes.

Ser leproso, naquele período, era algo terrível e desesperador, não apenas para o próprio doente, mas, principalmente, para a sua família que, em geral, era considerada igualmente desfavorecida pelos deuses.

Possuir algum membro do clã que apresentasse tal moléstia significava uma sentença de banimento social para todos os seus membros, inclusive, considerados portadores de miasmas internos que produziam tais desajustes, na pouca compreensão a respeito das enfermidades e suas maneiras de contágio, próprias da ignorância daquela e de todas as épocas.

Realmente, possuir a doença era triste para a criatura, notadamente uma criança. Mas ser-lhe pai e mãe, irmão ou parente igualmente era uma nódoa amarga que não se poderia esconder ou ignorar.

A crueldade social assim o impedia. Daí porque tais pessoas eram banidas da própria família para lugares longínquos, a fim de que ninguém soubesse a que grupo pertenciam. Eram viagens de emergência, afastamentos bruscos, sem explicações, todos eles visando alijar-se do meio coletivo, não apenas o doente que se ia desfazendo em vida, mas também o risco de os demais perderem tudo o que haviam ajuntado, tanto em termos de negócios materiais quanto em questão de consideração e respeito sociais.

Tibério sabia de todos estes problemas e Flamínio tinha em mente conseguir a adesão do imperador aos seus projetos para o amigo que passava por tal transe difícil.

– Isso é um problema muito grande, Flamínio – disse o imperador. Se se tratasse de um dos moradores do Esquilino ou do Velabro, tais questões não seriam tão catastróficas, ainda que não se possa desprezar a condição humana dos miseráveis. Todavia, numa família patrícia da mais alta estirpe em nossa tradição, essa ocorrência é algo de graves proporções. Será que não pode haver equívoco dos médicos de Tibur?

Entendendo os escrúpulos de Tibério, Flamínio respondeu:

– Acreditamos que não, pois recentemente, eu mesmo pude

constatar o avanço da enfermidade na pele da criança, quando as manchas violáceas cantam os cânticos da tragédia entrevista pela experiência dos facultativos.

– Mas isso pode produzir uma fissura profunda na estrutura do equilíbrio político do próprio Senado, eis que o senador Públio será igualmente atingido pela tragédia de sua filha e, fatalmente, perderá o conceito elevado de que é detentor.

– Por isso, Majestade, é que aqui me encontro solicitando-vos o auxílio decisivo para encontrarmos uma solução que impeça o perecimento da pequenina e, ao mesmo tempo, a desmoralização do senador e de sua família, como é típico de nossos costumes. Até o presente momento, mais ninguém conhece o diagnóstico médico a não ser eu, vossa majestade e os pais dela, naturalmente.

Encostando-se na cadeira imperial como fazia sempre que era chamado a refletir sobre os assuntos mais graves, Tibério buscou pensar por alguns minutos usando o raciocínio acostumado a prever e equacionar, buscando ver à distância.

– Precisamos propiciar ao nobre senador que se afaste de nosso centro urbano por algum tempo – retomou a palavra o imperador depois de algum tempo de reflexão.

– Também havia imaginado ser esta uma medida importante para a manutenção dos valores morais longamente acumulados por sua família. O problema, Divino César, é que o senador espera, para daqui a alguns meses, o advento de um novo integrante de sua família, eis que a esposa amada se encontra grávida, o que dificulta a partida imediata, já que se trata de deslocamento incompatível com as necessidades de descanso e de cuidado, tão ao gosto de nossos médicos, que recomendam o repouso em homenagem ao futuro súdito que virá ao mundo.

Tibério passou a mão pelo rosto como que imaginando uma solução adequada a tal situação e acrescentou:

– Bem, neste caso, acredito que a pequena deverá ser mantida afastada do convívio público, recolhida no seio da família até que, com o nascimento do filho se possa dar-lhes o destino apreciável para o caso.

– Sábias palavras, majestade. Acredito que somente, com esse alvitre e a permissão do Trono de Roma, o senador poderá se ver autorizado a deixar suas funções e dirigir-se para outro local sem levantar suspeitas – acrescentou Flamínio, como que a induzir o imperador a pensar segundo seus próprios planos, já anteriormente alinhavados.

– Isso mesmo, Flamínio. Públio não pode ser afastado de suas funções sem um motivo relevante, pois do contrário, isso poderá ser interpretado como demérito ou como o indício de algum problema mais grave, a confirmar qualquer boato que estiver no ar sobre o estado de saúde da filha. Assim, creio que já posso cogitar contigo de alguma tarefa em meu nome pessoal com a dupla vantagem de poder contar com homem de confiança a meu serviço e, ao mesmo tempo, propiciar-lhe a oportunidade de afastamento seguro no rumo do tratamento da filha querida.

– Eu sabia, meu senhor, que não seria capaz eu mesmo de pensar em melhor solução, até porque também há notícias de que em outros lugares do Império existem climas mais amenos e apropriados para o tratamento eficaz de tal doença nefasta.

E voltando o assunto para a questão da enfermidade de Flávia, Tibério teve o pensamento trazido à questão de suas próprias dores, o conjunto de enfermidades que ele próprio carregava e que não era capaz de solucionar, apesar de todo potencial que detinha, cercado dos melhores médicos e especialistas.

Ao mesmo tempo, lembrara-se das notícias acerca do homem estranho cujas curas estavam se espalhando a partir da Palestina, em forma de notícias misturadas a relatos exaltados e fantasiosos por todos os lados do Império.

Seria uma ameaça à estabilidade de Roma? Tal homem seria poderoso o suficiente para iniciar uma revolução contra os interesses imperiais? E, na mente do imperador, a principal indagação era a de que – seria verdade a capacidade de curar de que era detentor?

Imediatamente sintonizado com tais questões, Tibério voltou-se para Flamínio e considerou com autoridade:

– A bondade dos deuses está sendo muito grande para comigo neste dia. Ao te trazerem a mim, Flamínio, não apenas me alegraram a alma, mas igualmente trouxeram a solução de um problema que me estava incomodando e que, agora, unindo a nossa necessidade à necessidade das circunstâncias, poderemos propiciar que tanto o senador e sua família se beneficiem, quanto os interesses de Roma sejam protegidos.

Sem entender muito as referências subjetivas do imperador, Flamínio seguia atento e interessado.

– Sim, senador amigo, tenho necessidade de um homem de confiança junto ao governo da província da Judeia, na longínqua Palestina, na qual está o procurador Pilatos, em quem não deposito confiança suficiente para acreditar nas suas resoluções e necessidades, de acordo com os relatos que me envia. Crês que o senador Públio estaria disposto, em face de tais circunstâncias delicadas, a dirigir-se para lá com a família?

Sem acreditar no que ouvia, Flamínio sorriu largamente com satisfação e afirmou, sem medir as palavras:

– Pois era justamente para aquela região que se esperava poder deslocar com sua família, em face das qualidades atmosféricas e da natureza lá existente, majestade.

Feliz com a concordância satisfeita do senador, Tibério acrescentou:

– Além disso, desejo que o senador Públio Lentulus, como legado de César e do Senado, possa fazer algumas diligências que necessito, a fim de me auxiliar em um caso pessoal que, no momento oportuno lhe relatarei, de maneira a permitir que sua presença na Palestina nos beneficie mutuamente.

Por isso, Flamínio, incumbo-te de providenciar os detalhes da dispensa de Públio dos serviços administrativos do Senado e a sua designação como legado do poder imperial nas províncias orientais, com plenos poderes para, em meu nome, agir como melhor lhe aprouver, exercendo as funções de fiscal do Império na observação dos atos dos procuradores investidos da confiança de Roma, mantendo-se, deste modo, o pagamento de seu salário como servidor direto do Imperador. Além disso, providencia os documentos necessários à notificação de todas as autoridades lá designadas a fim de que o esperem e se inteirem de que os olhos de Tibério estarão olhando através dos olhos de seu enviado para todos os delitos e desmandos que possam existir por lá.

Quanto ao pedido de cunho pessoal, quando se aproximar a partida do senador ao destino acertado, entender-me-ei pessoalmente com ele, não por desconfiar de ti, mas porque, até lá, as coisas podem ter-se modificado e não precisarmos mais de tais cuidados.

Abaixando a cabeça em sinal de reverente respeito, Flamínio agradeceu ao imperador a deferência daquele encontro e, depois de mais alguns minutos de conversa fraterna, ambos se despediram, deixando as soluções para o caso de Flávia e Públio assentadas e sob a responsabilidade do próprio Flamínio.

4

A MISSÃO SECRETA DE PÚBLIO

Depois de ter preparado todos os detalhes da modificação administrativa junto às autoridades senatoriais na questão autorizada por Tibério, Flamínio levou ao amigo as boas novas sobre a concretização de sua transferência para a Palestina, tão logo se lhe permitisse a viagem, em face da gravidez de sua esposa, já no período final.

Todavia, ainda que aguardassem o advento do novo integrante da família Lentulus, era do desejo do imperador entender-se pessoalmente com o seu futuro representante junto ao governo da província distante, o que levou Flamínio a estabelecer um encontro entre Públio e Tibério, nos aposentos imperiais no palácio da ilha de Capri, para onde, poucos meses antes, houvera voltado o governante maior dos romanos.

– O que desejaria o imperador de tão especial com esta audiência, Flamínio? – perguntava Públio ao amigo, enquanto colocava as partes superiores da túnica senatorial, vestimenta cerimonial usada nas ocasiões de maior relevo e que demonstrava a condição de nobreza patriarcal do cidadão que a ostentava.

– Não faço ideia, meu amigo. Naturalmente posso imaginar que pretende dar-te instruções específicas que só a ti interessarão.

– Sim, é possível. No entanto, em geral, todas as instruções oficiais soem vir por escrito nos documentos que constituem a salvaguarda do legado que representa o Império e que, em geral, são apresentados ao procurador que dirige a Judeia. Se não está nos escritos, tampouco está no mundo oficial.

– Tens razão sobre esta consideração. No entanto, tal encontro foi determinação do próprio Tibério que, com certeza, deve ter algum motivo para falar-te.

– Será que nosso imperador está piorando de seu estado geral depois de tantos anos com o peso árduo do governo de tão vastos domínios, Flamínio?

– A sua postura geral aponta para um desgaste físico considerável, se nos prendermos ao seu aspecto dos primeiros tempos. Todavia, não me parece que seu tirocínio tenha sido afetado nem a sua lucidez esteja comprometida por algum tipo de limitação ou doença que justifique qualquer desconfiança sobre seu equilíbrio. Eu o conheci quando jovem e juntos passamos bons momentos durante nossos encontros recreativos, os quais foram lembrados com detalhes por ele quando de minha primeira entrevista sobre o teu caso pessoal.

Nesse diálogo rápido, Públio se apressou para reunir sua pequena bagagem que lhe permitiria estar diante do imperador de acordo com o respeito que essa audiência exigia, eis que, ainda que fosse integrante da camada mais abastada e influente da sociedade romana, não era usual dirigir-se pessoalmente ao mais alto mandatário em um encontro como aquele.

Tomaram a liteira que os levaria até o barco oficial, quando iniciariam o percurso que os conduziria até o palácio de Tibério, agora transferido para o golfo de Nápoles, no litoral sul do mar Tirreno e, por entre os solavancos do caminho, o braço escravo transportava os dois amigos que, em silêncio, davam largas ao pensamento de curiosa ansiedade sobre os motivos do imperador.

Chegando ao local, deixaram-se conduzir por funcionários que os levaram até a antessala da audiência, na qual todos os interessados deveriam aguardar a autorização para o ingresso.

Assim, passaram-se alguns minutos para que se lhes convocasse a entrada no recinto principal, já que Tibério atendia a outra questão que ocupava a pauta daquele dia.

Enquanto isso, Públio corria o olhar pelos detalhes suntuosos do palácio, encanto da inspiração romana que levaria qualquer espírito a reverenciar a grandeza de um povo que estivesse à altura de edificar aquelas colunas majestosas, aqueles adornos dourados e rebuscados. Madeiras resinosas e perfumadas, à guisa dos modernos incensos do oriente, queimavam sobre um tripé, envolvendo o ambiente em uma atmosfera especial. Soldados, em seus uniformes de gala, ajaezados com os brilhantes cinturões e lanças, protegiam e davam segurança ao imperador, além de impor ao ambiente a seriedade indispensável ao visitante.

A visão do mar azul ao longe era impressionante, de forma a possibilitar ao espectador um encantador momento de inspiração e devaneio.

Estar ali sem se arrepiar era impossível.

Ao senador romano, afeito aos mais diversos ambientes da nobreza na importância de suas funções, mesmo a ele tal experiência era sempre uma novidade, já que a proximidade do próprio imperador era motivo de emoção e enaltecimento da própria vaidade, naqueles que, como Públio, ainda se mantinham tão serviçais junto às aparências terrenas.

Ainda maior silêncio se estabeleceu entre os dois amigos que ali se mantinham de pé, a um canto da antessala, aguardando serem convocados ao ingresso.

Desse ensimesmamento foram retirados pela voz forte e respeitosa do centurião chefe Silas, responsável por organizar o ingresso dos entrevistados ao recinto onde o imperador os aguardava.

– Nobres senadores do Império, sua majestade, o imperador Tibério, vos aguarda – disse solenemente, apontando o braço na direção da suntuosa porta de madeira de lei que dava acesso ao interior do gabinete principal.

A passos largos, cadenciados e antecedidos pelo centurião, ladeados por outros dois soldados sob seu comando pessoal, entraram na câmara imperial com o coração apressado pela iminência do encontro cujo desfecho lhes era absolutamente desconhecido.

Chegando ao ponto previsto pelo cerimonial, Silas anunciou a chegada dos dois entrevistados, como era costume se fazer, notificando o imperador de que ali estavam prontos para escutá-lo, dizendo:

– Da parte do Senado do Império, seus dois representantes, os senadores Flamínio Severus e Públio Lentulus.

Respondendo com um gesto de mão, sem retirar os olhos de um pergaminho que tinha sob seus olhares diretos, Tibério indicou a Silas que o autorizava a retirar-se, o que foi feito acompanhado pelos seus dois homens da guarda real, deixando os senadores ali, de pé, na expectativa do início da conversação.

Tão logo se fechou a grande porta atrás de ambos, Tibério levantou-se e dirigiu-se pessoalmente aos dois integrantes do Senado Imperial com mais desenvoltura e intimidade.

– Saúde e prosperidade ao Senado e a vossas famílias – disse o imperador com um sorriso sereno nos lábios.

Reverentes e respeitosos, Flamínio tomou a palavra como sempre fazia em face da ascendência que exercia sobre Públio, por ser-lhe mais velho, e respondeu protocolar:

– Saúde e prosperidade ao Imperador que mantém a harmonia do Império e sustenta de esperança todas as famílias romanas.

Tal cordialidade entre as autoridades era costumeira, sem o ser, no entanto, a entonação de veneração e amizade sinceras que Flamínio demonstrava sempre a Tibério, seu antigo camarada.

Desta maneira, o imperador ordenou com um gesto que se aproximassem e tomassem assento diante dele, coisa que reservava apenas a poucos que com ele se entrevistavam.

– Pois então, Flamínio, aproxima-se o dia em que teus auspícios irão favorecer o Império com os valorosos serviços de nosso Públio, disse Tibério, sem tocar no assunto delicado da enfermidade infamante de Flávia.

– Sim, majestade. Como é de vosso conhecimento, nossa família está na iminência de ser ampliada com a chegada de mais um romano que vos prestará reverência, eis que a esposa do senador Públio, para breve, espera o nascimento de mais um filho da gens Cornélia. E tão logo isso ocorra e esteja recuperada a nobre matrona, toda a família estará pronta para seguir no cumprimento das determinações de vossa Augusta vontade.

– E posso afirmar que é uma das mais importantes missões a beneficiar o Império, essa que o nobre senador Públio se dispõe a realizar.

Assim se manifestando, Tibério dirigia-se diretamente ao senador nomeado como seu representante junto ao governo da Palestina, buscando observar-lhe a reação pessoal diante da referência.

Sabendo dos intentos de Tibério, Públio fixou o seu olhar nos olhos do imperador de maneira a demonstrar-se o mais sincero e verdadeiro, no devotamento fiel que lhe marcava a personalidade firme e idealista, para responder-lhe sem titubeios:

– Vós me honrais com tal confiança, majestade, e tudo o que estiver dentro das determinações de Roma será feito com o sacrifício de minha vida pessoal, de minha saúde e de meus interesses.

Aproveito o ensejo para agradecer-vos pessoalmente tão enobrecedora oportunidade que me é concedida a fim de buscar servir a vossos interesses no governo do Império com minhas parcas, mas firmes disposições e capacidades.

Vendo-lhe a manifestação determinada, Tibério se sentiu encorajado e feliz pela escolha, sobretudo por se tratar de um homem ligado às tradições mais nobres dos costumes antigos, já em processo de desagregação na sociedade permissiva e farta daquele tempo.

Ao mesmo tempo, era amigo de seu amigo, ligando-se todos eles por laços de respeito e fidelidade que, na tradição romana, significavam confiança cega e apoio recíproco em qualquer situação.

Diante desse quadro, Tibério apanhou os documentos que estava terminando de ler quando da chegada dos dois visitantes e entregou-os a Flamínio para que os passasse a Públio, dizendo:

– Nobres amigos, eis aqui as tarefas administrativas nas quais invisto o ilustre senador Público e lhe outorgo a função de ser meu representante pessoal junto às províncias orientais. Será a extensão de meus olhos na observação dos fatos e condutas administrativas daquele que não possui a minha confiança pessoal, mas que detém, provisoriamente e por pressões políticas, a função governativa da Judeia em nome de Roma.

Com tais documentos, Público estará acima do poder de Pilatos, sem, contudo, poder conflitar com ele nas questões de governo. Pilatos não poderá impedi-lo de realizar qualquer diligência. Com esta autorização que outorgo em teu favor, senador, tua autoridade deverá ser respeitada e ninguém poderá impedir-te a realização de qualquer investigação, de qualquer interrogatório. Poderás escolher os legionários, ordenar-lhes segundo teus critérios de necessidade, respeitando, naturalmente, as peculiaridades lá existentes. Possuirás uma guarnição pessoal consistente de uma centúria de soldados sob tuas ordens diretas que te prestarão obediência exclusiva, sem que Pilatos a possa comandar. Escolherás os soldados que a comporão, o centurião que a dirigirá e as tarefas que realizarão para o bom desempenho do legado que outorgo por força de minha vontade e do interesse do povo de Roma.

Com base em tais documentos e poderes, nada ficará impedido de chegar ao teu conhecimento. Nenhum processo ficará oculto de teus olhos, nenhuma decisão de Pilatos ficará desconhecida se tua vontade assim o desejar. Desde algum tempo, venho recebendo informes isolados sobre a conduta indigna do procurador, mas não posso tomar nenhuma atitude diante das forças que o apoiam se não tiver provas suficientes de sua improbidade e dos desmandos que pode estar permitindo ocorrer em nome do Império.

A Palestina é uma província difícil pelas suas características peculiares. Tem um povo muito arraigado às suas tradições religiosas e avesso a qualquer dominação, pelo que parece ser composta de uma totalidade de conspiradores. Seus habitantes, por mais amistosos, estão sempre desejando obter alguma coisa das facilidades do poder, pois são especialistas em mercadejar com tudo o que possua algum valor. Todavia, não titubeiam em apunhalar o melhor dos vendedores ou compradores se disso depender a libertação do domínio romano que dizem aceitar pacificamente.

Possuem uma religião absolutamente diferente da nossa, acreditando em um só deus e lutando, geração após geração, para manter as tradições incorruptíveis. Não se casam senão entre si mesmos e costumam matar as mulheres que se relacionem com os representantes do poder estrangeiro, julgadas sumariamente como traidoras da causa judaica miscigenando-se com invasores, como nos consideram no interior de suas reuniões íntimas.

Pilatos, no início, mantinha-se à distância de tais questões. Todavia, com o tempo, se foi deixando comprar pelas ofertas sedutoras que os espertos judeus lhe iam fazendo a fim de conhecerem seus limites de honradez e honestidade, até fazê-lo fraquejar nas tentações, com a finalidade de passar a comandá-lo de acordo com seus interesses imediatos que mesclam o culto ao dinheiro com o desejo de liberdade.

Agora, compete-nos observar para conhecer e, depois, julgar adequadamente. Junto dele está o pretor Sálvio Lentulus, também pertencente à nossa administração, mas que não soube se manter no patamar da honradez que caracterizou sempre a família Lentulus junto ao Império, tendo sido destituído dos cargos mais elevados e ocupando, agora, apenas modesta posição junto a Pilatos, seu concunhado.

Ambos seguem indignos de minha confiança pelos deslizes que já cometeram. No entanto, se o pretor Sálvio já foi flagrado nas situações calamitosas que denegriram seu mérito, falta avaliarmos as provas contra Pilatos.

Assim, senador, seguirás com estas ordens oficiais.

Demonstrando admiração por tão grande leque de poderes e autoridade recebidos do próprio imperador, Públio meneou a cabeça seguro e respeitoso, aduzindo de viva voz:

– A vossa vontade, majestade, será cumprida com a isenção, com a correção e com o denodo de tal maneira que a vossa confiança em minha pessoa será retribuída com a verdade absoluta.

Não me deixarei levar por indícios superficiais a fim de não fraudar a realidade com injustas conclusões. Respeitarei o direito de qualquer pessoa, romana ou não, sem invadir ou vilipendiar os valores regionais com uma prepotência indigna de Tibério e de Roma. No entanto, saberei ver com acuidade e argúcia da águia que nos simboliza o poder que dirige e a força que sustenta.

Usarei de nossos princípios jurídicos para defender ou apreciar os feitos que tiver sob minhas vistas e não avançarei um passo sequer nos limites que este legado estabelece. Todavia, dentro deles não haverá palmo de areia que não seja avaliado em nome de vossa confiança e da necessidade de aclaramento para o juízo seguro do imperador de todos os romanos.

Calando-se o senador, Tibério deu-se por satisfeito nas explicações de tal missão espinhosa, fazendo pensar, ambos os senadores, que estava terminada a audiência.

Todavia, tão logo se entenderam sobre estes assuntos administrativos, o imperador retomou a conversa para tratar de outro assunto.

– Bem, senador, se esta foi uma audiência sobre os negócios de Estado tão importantes para nossos interesses, preciso de teus préstimos, não mais como senador, mas como amigo e confidente, para tratar de um assunto pessoal, que interessa tão somente a Tibério.

Escutando tais referências e, à menção de tratar-se de um assunto extremamente pessoal que dizia respeito tão só ao imperador e a Públio, Flamínio levantou-se respeitosamente, solicitando autorização para deixá-los a sós, evitando o constrangimento de Tibério em ter que lhe solicitar a saída do ambiente, no que foi contido pelo gesto do governante que o impediu de sair, dizendo:

– Flamínio, não há assunto que, pertencendo à minha intimidade não possa ser dividido contigo, meu amigo. Por isso, peço que permaneças e dividas conosco uma parte de minhas angústias, solicitando de ambos, apenas, a discrição e o sigilo, por se tratar de assunto delicado e secreto.

Honrado por tal deferência, Flamínio sentou-se novamente, agradecido.

– Como ia dizendo, senadores, não é novidade para vós que o desgaste do corpo me tem comprometido a paz física nas dores que nossos médicos são incapazes de solucionar ou apaziguar.

Por isso, muitas vezes tenho-me isolado mais do que seria de meus desejos, já que não tenho serenidade física para permanecer muito tempo diante das assembleias oficiais e das cerimônias públicas, sempre tão longas e suntuosas, tão ao gosto do povo e das autoridades.

Recorri a todos os deuses de nossas crenças, sacrifiquei a todos os que nos aconselharam nossos mais abalizados sacerdotes, tomei toda a sorte de poções ou misturas que os nossos facultativos dizem ser remédios e não pude obter qualquer melhora.

Não posso, contudo, ostentar fragilidade no comando do Império, pois o trono de Roma seria, imediatamente, julgado fraco pelos próprios romanos e, depois, pelos cidadãos de todos os povos agregados e tributários nossos, tornando-se impossível governar.

Assim, não possuía qualquer esperança de me ver libertado de tais entraves até que me chegaram insistentes e constantes notícias de alguém que, na Palestina, vem realizando curas fantásticas e quase inacreditáveis.

A Judeia é uma terra de muitas superstições na maneira peculiar com que se relacionam com o sobrenatural, como já vos disse. Todavia, por inúmeras fontes nos tem chegado a afirmação de que não se trata de mais um simples profeta, desses tão abundantes naquelas paragens.

Parece ser um homem simples, sem maiores posses ou poderes,

que prega a existência de um reino invisível do qual seria representante celeste.

Muitos me trouxeram esta notícia com a preocupação de que se tratava de mais um conspirador contra o Império. Todavia, se eu for dar ouvidos a toda informação que seja parecida com esta, tenho que transferir Roma para Jerusalém e não fazer outra coisa que não perseguir um por um os cidadãos da Palestina.

Assim, com a ida do senador Públio para tais paragens, tenho interesse em ser informado com detalhes sobre esse homem especial e diferente, cujos poderes estranhos estão encantando as pessoas.

Seja para a constatação de suas reais intenções, seja para a avaliação de seu poder miraculoso, gostaria que o senador me informasse sobre este homem, sua aparência, seus poderes, seus princípios, para que eu próprio avalie a sua ameaça ou possa, mesmo, valer-me de seus poderes pessoais para melhorar meu estado geral.

Naturalmente que não posso submeter-me direta e pessoalmente a procurá-lo, por motivos que conheceis sobejamente.

No entanto, em se caracterizando como taumaturgo a quem se atribuem outras técnicas ou métodos, nada me impediria de trazê-lo a Roma para, no anonimato de meus aposentos, submeter-me aos seus tratamentos, mantendo, deste modo, o respeito às tradições romanas e recuperando a saúde necessária para continuar a defender os interesses do trono pelo tempo que os deuses me concederem.

Era uma confissão de dor pessoal que não era costume se fazer diante de outras pessoas.

A referência de Tibério a um estrangeiro que poderia ser a solução para suas enfermidades físicas, se feita por algum romano menos influente, poderia ser encarada como traição, como fraqueza, como indignidade, punida até mesmo com o processo e a prisão, com a perda dos privilégios de casta e a deportação.

No entanto, vindo do próprio imperador, atestava aos olhos dos dois senadores a fragilidade humana em face do sofrimento e das ineficazes soluções acadêmicas nos tratamentos inócuos e dolorosos que os médicos de todos os tempos buscam usar para tentarem sanar os corpos.

Tocados por essa demonstração de confiança e fragilidade do maior de todos os romanos, tanto Flamínio quanto Públio se mantinham silenciosos esperando que ele terminasse.

Aproveitando o silêncio para pôr fim a esse longo introito, Tibério continuou:

— Por isso, senador, preciso saber se, além de tais deveres

de homem de Estado, poderei contar com a tua generosidade para auxiliar um outro amigo romano, necessitado de mais forças e energias, compreensão e amizade para que me possam ser concretizadas as esperanças de melhoria. Trata-se de uma missão que não será materializada em qualquer papel, eis que não se trata de determinação que se escreva. No entanto, permanecerá firmada em nossas almas com o sigilo de nossa tradição mais respeitosa, de igual maneira que, se não for de seu desejo aceder a tal pedido, continuará mantida a outorga do legado que acaba de te ser entregue, permanecendo digno de minha mais elevada confiança pessoal na missão administrativa.

Diante da postura quase humilde daquele homem que envelhecia nos sacrifícios administrativos que a maioria das pessoas ignora e não valoriza, Públio não poderia responder de outra maneira, sem quaisquer julgamentos pessoais sobre a correção, a conveniência ou a impropriedade da solicitação.

Assim, levantando-se do assento para tornar mais solene a sua declaração, em face daquele que lhe convocara a confiança para o serviço pessoal, contestou:

– Nobre imperador, se muito me honrou o legado outorgado pela vossa confiança de homem de Estado, mais me enaltece por me concederdes o privilégio de ser vosso servo na busca de vossa melhoria pessoal, compartilhando conosco os vossos sofrimentos. Estejai certo, senhor, de que cumprirei com o mesmo respeito tanto o compromisso escrito nos pergaminhos oficiais quanto os que estão lavrados no pergaminho de nossa confiança afetiva e, tomando os deuses como testemunhas invisíveis e Flamínio como legitimador visível de meus votos, declaro que hei de cumprir vossos desejos antes de concretizar meus próprios sonhos pessoais.

Ali estava selado o compromisso entre os três homens de Estado.

Flamínio, compromissado com o sigilo da dupla missão de Públio.

Este, levando nos ombros a difícil tarefa de ser fiscal do corrupto e violento governante da Judeia e de buscar a solução para os questionamentos de Tibério quanto aos problemas de saúde.

E este último, compromissado com as tarefas administrativas e com os sofrimentos decorrentes do processo de amadurecimento, que lhe impunham, ainda que na condição do mais poderoso dos humanos, o dever de obedecer por sua vez aos limites que a imperadora enfermidade estabelecia caprichosamente.

Assim, poucos meses depois deste acerto, já com o nascimento do segundo filho, a família Lentulus deixava o porto de Óstia em direção ao futuro difícil na Palestina onde Jesus os esperava.

5

ZACARIAS E JESUS

A confusão se estabelecia entre as pessoas aflitas que, carregando suas desgraças individuais ou ajudando outros a carregá-las, acercavam-se de Jesus, sempre buscando algo que as aliviasse.

A Palestina era um local de fértil manifestação religiosa, sobretudo por causa da tradição judaica, fiel à condição de herdeira do patrimônio espiritual de Abraão, na crença monoteísta que era uma exclusividade naquele período de muitos deuses por todos os lados.

A tradição religiosa detinha inúmeras demonstrações miraculosas de poder que enchiam o imaginário do povo e auxiliavam as autoridades dirigentes da raça a exercerem o seu mando sempre com base nos livros sagrados da lei.

Ali estavam grafadas as epopeias dos ancestrais que se submeteram cegamente às exigências e ordens sobrenaturais e houveram conquistado as benesses almejadas, como a terra prometida.

Lembravam-se de cultuar a libertação do cativeiro no Egito, de onde foram retirados pelos poderes sobrenaturais, a começar pelas pragas que Moisés invocara sobre o país dominador a fim de amolecer o coração do Faraó déspota que os retinha.

O caminho em direção ao desconhecido, orientado pela luminosa estrela que lhes apontava o rumo no horizonte; o mar Vermelho, vencido pela intervenção superior e que se vira aberto para a passagem do povo, antes de ser dizimado pelas forças militares do Faraó arrependido; o maná que caiu do céu para alimentar as pessoas em pleno deserto, a água saída da pedra, etc. As forças poderosas, que estavam sempre demonstrando a sua capacidade de encantar o povo pelo sobrenatural, faziam parte da personalidade religiosa da raça hebreia.

Por isso, não era novidade que alguém se apresentasse com alguns poderes que encantassem os demais, se bem que já há muito tempo não houvesse entre os judeus algum que representasse com grandeza e brilho as forças invisíveis. Na maior parte das vezes, o que se podia observar eram pequenos feitos, muito próximos da magia ou do encantamento ilusório, ou ainda, pessoas inescrupulosas, desejando enganar a boa fé ou o desespero de outros sofredores, em busca de vantagens materiais.

Povo acostumado às práticas do comércio e extremamente apegado aos trâmites materiais das riquezas, a sua relação com o Divino estava sempre a serviço de sua prosperidade imediata e tinha aí, muitas vezes, o único objetivo.

Assim, a religião pura e venerável que paira acima das conveniências pessoais estava prejudicada nos sentimentos da maioria que a ela se endereçava, tão somente para conseguir vantagens ou posições.

Eram raros os crentes sinceros e desprendidos, seguidores da essência da velha lei de Moisés, representada no seu conteúdo moral pelo decálogo simples e direto.

No emaranhado de ritos e tradições, os sacerdotes judeus e os representantes das castas mais elevadas do povo tratavam de se defender com a invocação de passagens dos livros mosaicos, de onde retiravam todo o tipo de justificativa para corromper princípios elevados, para distorcer deveres morais e para fazer do formalismo estéril a principal causa da religião, graças à qual, poderiam continuar defendendo seus interesses materiais.

A ritualística sobrepujara a simplicidade do contato com a Divindade.

Pela ação solerte dos intérpretes, o povo ia sendo guiado por criaturas mesquinhas e sem elevação de caráter. Tudo era motivo de ganho e de troca e, para isso, os textos eram consultados, espancados, espremidos, torcidos e retorcidos até que atingissem o estado que desejavam os interessados em obter vantagens ou justificar suas atitudes.

O povo sentia tal estado de coisa, ainda que não ousasse se manifestar contra as autoridades que o dirigiam, eis que temia ser considerado infiel e banido ou morto pelos asseclas dos administradores da fé.

Por isso, a presença de Jesus no meio das pessoas humildes era tão acolhida e admirada, já que o Divino Mestre vinha trazendo uma forma muito diferente de relacionamento com Deus.

Sua palavra doce e sensata parecia orvalho novo na face empoeirada dos desesperados, sempre explorados pelos outros religiosos, que não lhes ofereciam nada como consolo e que, ainda por cima, lhes exigiam valores e bens que não detinham, como condição para realizarem alguma intercessão em seu favor.

Com Jesus era diferente.

Amor flamejante no seio da escuridão do egoísmo farisaico, sua luz falava no discurso sem palavras de sua bondade.

Não era Jesus que lutara tanto para impor-se. Era a maldade dos religiosos que contrastava tanto com a Sua bondade que, nessa comparação, aparecia com maior fulgor.

E o espírito simples do povo esquecido sabia identificar essa diferença como a mais novel criança sabe identificar entre o azedo do vinagre e o doce do mel, sem conhecer-lhes a química intrínseca.

Por isso, o nome de Jesus já se houvera espalhado por muitos lugares e ganhado várias regiões, de onde acorriam desesperados para buscar-lhe a ajuda, a cura, a orientação.

Rodeado de homens simples e quase absolutamente desguarnecidos de cultura ou preparo intelectual, o seu ministério era transparente e totalmente voltado para os derrotados do mundo.

Contrastando com o Império que governava a região distante da Judeia, o celeste mandatário não tinha suntuosidade alguma nem qualquer aparato exterior que viesse a impressionar a visão dos que o seguiam.

Não queria iludir as almas fracas que se impressionam com coisas que brilham ou amedrontam pela grandeza material.

Tibério encastelara-se no paraíso físico da natureza exuberante da costa amalfatina, em Capri, onde erguera sua Vila Jovis, verdadeira preciosidade arquitetônica para aqueles tempos e de onde dirigia as nações distantes pela força de seus exércitos.

Jesus não tinha casa fixa e, se se pode dizer possuir alguma coisa, era a multidão dos coxos e lacrimosos que o buscava. Seus ajudantes eram dos mais despreparados e seus decretos administrativos eram lições de renúncia e devotamento aos desesperados, que buscava elevar à condição de filhos de Deus, da qual haviam se desacreditado por não confiarem mais em si próprios.

E no meio da multidão que seguia seus passos, entre outros, Zacarias se encontrava, desejando estar entre os mais próximos ao Divino Amigo.

Viera de Emaús trazendo um companheiro que era enfermo incurável, confiante de que, ao contato com o novo profeta, tal doença seria curada como ele mesmo houvera visto ocorrer com outros que conhecera.

Já possuía idade e os anos passados não lhe traziam boas lembranças se se lhe observassem a história das rugas em seu rosto.

Era um homem solitário, pois não fora feliz na união que tanto desejara em idade adulta. Sua esposa, muito jovem e imatura para as elevadas funções do matrimônio, fora flagrada por terceiros em prevaricação inexplicável e, conquanto lhe permitisse a lei de Moisés o apedrejamento da infiel, o coração generoso de Zacarias, despedaçado no afeto vilipendiado de que era vítima, deu à mulher a liberdade para que seguisse seu caminho junto daquele que escolhera para substituí-lo.

Tal situação escandalosa obrigou-o a mudar de cidade a fim de que não tivesse de suportar o escárnio dos outros, eis que, por essa época, já se preferia criticar a abstenção da vingança em vez de se enaltecer a elevação do perdão e da renúncia.

Zacarias, então, sem filhos e sem ilusões de felicidade, transferira-se para Emaús onde se estabelecera como sapateiro para ganhar a vida, trazendo as chagas abertas no peito e a fome de afeto na alma.

No fundo, seu espírito apontava para a aprovação de sua conduta com relação à mulher traidora. Todavia, na mente esfogueada, as dúvidas ainda existiam e não estava plenamente convencido de que houvera feito o correto em face das exortações da lei religiosa que lhe permitiria ter-lhe tirado a vida como exercício de Justiça autorizada pelas ordenações mosaicas.

No entanto, a sua natural bondade interior se apresentava sempre antes, impedindo qualquer resposta mais rude perante os desafios da vida.

Tudo isso mudou para sempre na ocasião em que escutara a mensagem do novo reino de Deus no caminho dos Homens, nas palavras daquele nazareno desconhecido cujo magnetismo era inesquecível a tantos quanto se Lhe aproximassem.

Nas suaves exortações espirituais, Zacarias havia encontrado o refrigério para seus temores, confirmação para suas crenças íntimas, esclarecimento para suas dúvidas e remédio para seus sofrimentos afetivos.

No mar dos egoístas que mandavam vingar-se e consideravam a generosidade do esquecimento como sinal de fraqueza, Zacarias entendeu a beleza do perdão como fortaleza da alma que o tornaria mais íntegro e feliz por dentro.

E bastou encontrar Jesus uma única vez para se deixar seduzir pela beleza daquela nova Verdade que o mais inspirado dos rabinos era incapaz de entrever ou de pronunciar no mais inspirado dos discursos que proferisse.

Parece que Moisés se tornara uma criança rabugenta e caprichosa diante Daquele que surgia como o amigo equilibrado, dirigindo os passos dos que o seguiam com respeito e confiança.

Nenhuma exortação belicosa, nenhum momento de brutalidade, nenhuma palavra excludente a criticar isto ou aquilo.

Sem preconceitos, Jesus abraçava leprosos que os Judeus baniam para os vales, recebia prostitutas que os mesmos mantinham como seus instrumentos de prazer na calada da noite, explorando suas dificuldades para mantê-las escravizadas aos seus caprichos carnais.

Aceitava a presença malcheirosa de velhos miseráveis e crianças enfermas acompanhadas de suas mães em desespero.

Zacarias o conhecera no início do ministério de Amor, apenas alguns meses depois de ter convocado os doze seguidores e se lastimava muito de não ter podido estar entre aqueles a quem o Senhor houvera chamado diretamente.

No entanto, empreendia qualquer caminhada para poder seguir o Mestre onde Ele se encontrasse.

Levando seu amigo enfermo até a presença do profeta da esperança, conseguiu que o mesmo fosse entrevisto pelo olhar manso e tivesse recuperada a saúde, o que lhe valeu como derradeiro sinal de superioridade daquela nova doutrina em face dos velhos e carcomidos textos mosaicos.

Tão logo regressou a Emaús com o amigo maravilhado ante a cura miraculosa, Zacarias deliberou fechar a sapataria e seguir os passos do Galileu por onde ele fosse, ainda que não tivesse sido escolhido para estar entre os doze mais íntimos.

Era preciso ter muita coragem para abdicar de todo o mundo pessoal que houvera conquistado e sair em viagem ao lado do Messias esperado, por simples vontade de aprender e ser melhor.

Abeberar-se com a linfa pura dos ensinamentos superiores, vivenciados ao longo do caminho pedregoso das estradas do deserto áspero no atendimento dos caídos era para ele o novo ideal de sua alma.

Fechou a casinha que o abrigava, colocou os pertences de sapateiro em sua pequena bagagem, informou aos amigos mais chegados que realizaria viagem para cidade mais distante a fim de não levantar suspeitas sobre sua conversão ao novo profeta e, em certa manhã, deixou Emaús para seguir Jesus.

Não desejava mais qualquer prova, qualquer vantagem, qualquer cura.

Queria aprender a servi-lo onde fosse necessário, melhorando-se.

E, desde esse dia, Zacarias passou a ser mais um no meio da multidão que estava sempre onde Jesus estava.

Afirme-se, por importante, que a grande massa que o buscava era composta de pessoas aflitas que, residentes nas regiões que ele cruzava, acercavam-se em busca de auxílio imediato e, tão logo o recebiam, regressavam para seus afazeres imediatos, muitas vezes esquecendo-se das bênçãos conquistadas.

Todavia, pequeno grupo de peregrinos seguia em marcha ao Seu lado, desejoso de aprender e de presenciar as belezas do Reino do Céu, acreditando estar ao lado do Messias prometido.

Era composto pelos doze escolhidos e por um grupo maior que ia aumentando com o passar do tempo, no qual se encontravam homens como Zacarias que, encantados com as novas verdades, tudo deixaram para estarem ali, captados pela doce hipnose da bondade e devotados à própria transformação.

Por mais que os apóstolos desejassem manter a exclusividade de seus privilégios como escolhidos em primeira hora, o próprio Mestre era simpático a essa pequena corte que se ia formando, deixando claro que não era propriedade de nenhum dos que escolhera. Ao contrário, era de todos e a todos os de boa fé aceitava como seus seguidores, independentemente de formalismos e burocracias.

Mais de uma vez Zacarias presenciara Jesus acercando-se de homens que Simão havia afastado da sua proximidade por ciúmes ou zelos excessivos, aos quais ia buscar para reparar o dano emocional que a ignorância do apóstolo havia produzido com sua rusticidade natural.

Quando o grupo principal se instalava em algum lugar que não permitia a presença de todos, os outros ficavam por perto, albergados em estalagens miseráveis, dormindo ao relento, conversando com transeuntes, contando das belezas do novo reino, trazendo mais e mais pessoas para conhecerem o Filho Amado de Deus.

Assim que era retomada a jornada, voltavam eles a se incorporar à caravana e seguir o caminho.

Assim, com o passar dos meses já não havia apenas os doze apóstolos, mas ao lado de Jesus e de sua corte primitiva, um agregado de almas igualmente devotadas se formara, dando sustentação e suporte aos deslocamentos, propagando pelas redondezas a chegada do Messias, falando de seus feitos, difundindo a sua mensagem como primeiros propagandistas da fé e da Verdade Superior que chegava.

Com o passar dos meses, tais homens foram sendo conhecidos de Jesus e dos apóstolos, com os quais passaram a se relacionar amistosamente e receber a consideração fraterna que Jesus tanto desejava se instalasse entre os que o seguiam de perto.

Dessa maneira, Zacarias passou a ser considerado um irmão devotado e respeitado pela sua idade já amadurecida, mas que, como criança feliz, se rejuvenescera no entusiasmo da fé e do ideal do bem.

Algumas vezes se afastava no atendimento de alguma miséria moral que lhe chegava ao conhecimento até que conseguisse auxiliar a criatura para que fosse até a presença do mensageiro da paz.

Nas reuniões mais íntimas recebeu o direito de dirigir perguntas ao Mestre em busca de orientações e conselhos, sempre que, primeiro, solicitasse dos apóstolos a autorização para usar a palavra.

E desta maneira, o coração de Zacarias foi sendo modificado para que mesmo as cicatrizes morais dos sofrimentos do passado fossem desaparecendo por completo, tornando-o um pequeno farol na escuridão do desespero para beneficiar muito os que sofriam.

Os meses passaram e Zacarias era outra pessoa.

Trabalhava como sapateiro ambulante quando necessitava ou o tempo lhe permitia e, dos seus modestos ganhos, retirava os recursos mínimos para si e entregava a maior parte para o grupo de idealistas que seguiam o Mestre a fim de que pudessem ter como comprar o pão ou a migalha que os sustentaria e auxiliaria a minimizar a dor de muitos miseráveis.

Mesmo assim, suportara a escassez e a fome muitas vezes, na renúncia silenciosa, para que alguém mais desesperado pudesse alimentar-se.

Todos os seus gestos de devotamento eram feitos no mais absoluto anonimato, para que não aparecessem como exercício de virtude ou de prosápia.

Os meses se passaram e o ano de 32 chegara com as esperanças aumentadas no coração daqueles homens que se maravilhavam mais a cada dia, na caminhada da evolução de seus espíritos.

JOSUÉ E ZACARIAS

Nessa condição de próximos do círculo apostólico encontrava-se, além de Zacarias, um grupo aproximado de 70 outros seguidores que, dentro do idealismo do espírito de renovação que havia descido à Terra naquele período tão importante da humanidade, havia aceitado a tarefa de engrossar as fileiras dos devotados servidores que se sacrificariam até o mais profundo de si próprios para darem testemunho de sua efetiva transformação e, ao mesmo tempo, fecundarem o terreno árido com o seu devotamento.

Josué era outro desses empenhados seguidores do Divino Amigo que, como Zacarias, se agregara ao grupo e, pelas mostras de empenho e dedicação conseguira granjear a simpatia de todos.

Naturalmente, tais pessoas traziam consigo as limitações culturais de sua época, os preconceitos aprendidos pela convivência com homens rudes e ignorantes de seu tempo.

Todavia, ao se aproximarem da Verdade Espiritual que Jesus representava, como que um banho luminoso lhes retirava a parte mais grossa de tais entulhos íntimos, deixando brotar na alma a fonte do celeste compromisso assumido antes da reencarnação, ainda no mundo invisível.

Chegado o momento, apesar das próprias tendências e desejos, a força do contato com o Verbo Amoroso desatava o lacre interno que deixava ressurgir o sentido efetivo da sua existência e, assim, todos os que sentiam esse chamamento, em geral, eram os que sabiam em seu inconsciente ter chegado a hora da jornada luminosa ter o seu início.

E na sua maior parte, quem sentia essa energia poderosa, que a consciência identificava como o foco sublime que os convocava, deixava-se levar pela maravilha daquela tarefa e, dentro do dever e da alegria de estar cumprindo com o compromisso assumido, entregava-se de corpo e alma ao sublime aprendizado que Jesus propiciava.

Entre Zacarias e Josué formou-se um laço de amizade muito grande, pois ambos eram provenientes da mesma região e, apesar de Zacarias apresentar-se fisicamente mais idoso, Josué compartilhava com ele a mesma jovialidade de espírito e a alegria venturosa de estarem fazendo o que a alma lhes apontava como o correto.

– Você viu, Zacarias, hoje, quando a mulher enferma procurou o Mestre e não tinha forças sequer para gritar-lhe o nome no meio do povo?

– Pobre criatura, deveria estar tão fraca que corria o risco de ser massacrada pelos outros – respondeu Zacarias.

– É mesmo, meu amigo. Eu, de longe, sobre um pequeno aclive do terreno estava observando a passagem do Senhor e aquela criatura me chamou a atenção. Parece que uma força invisível me fazia observar-lhe a angústia e a dificuldade em caminhar desesperadamente até onde Jesus ia passar. Tentei ir ao seu encontro, mas era impossível atravessar a multidão afoita.

– E eu, Josué, estava no meio dessa confusão, tentando ficar o mais perto possível do Mestre para impedir que ele acabasse sufocado.

– Mas o mais interessante, Zacarias, é que a pobre criatura ia ficando para trás e ninguém se incomodava com ela, já que não tinha condições de seguir o passo dos outros mais fortes. Sua voz mal lhe saía da garganta, seus braços finos e trêmulos se esticavam como a suplicar ajuda e nenhum dos homens e mulheres que passavam interrompeu sua marcha atrás do Mestre para auxiliar essa coitada. De onde eu estava, podia ver suas lágrimas de desespero escorrendo pelas faces enrugadas, que brilhavam à claridade do dia, sem que isso comovesse quaisquer dos passantes.

A pobre era uma súplica viva que passava desapercebida no meio dos outros mais fortes e mais capazes que, curiosos, maliciosos, oportunistas ou enfermos, seguiam Jesus em busca de seus favores.

– Mas você, Josué, não teve como ajudar essa mulher? – perguntou o amigo que ouvia com atenção o relato do mais jovem. Talvez se você gritasse para alguém ajudar a mulher...

– E você pensa que eu não o fiz? Esgoelei até ficar rouco, mas quem me escutou no meio daquele alvoroço? Todos falavam, gritavam o nome de Jesus, contavam o seu caso, o seu problema, pediam ajuda em altos brados. Simão tentava proteger Jesus e os outros escolhidos do Mestre se acotovelavam à sua volta como se quisessem guardar a joia rara para que ninguém lhe açambarcasse ou se apossasse de sua beleza. Jesus mesmo não se importava tanto com o tumulto e parecia se deixar levar pelos amigos nossos sem protestar, mas também sem desejar afastar-se da multidão. Foi aí que o mais interessante aconteceu.

– O que foi, Josué? Você está me deixando curioso com essa conversa.

– Sabe, Zacarias, eu acho que Jesus me escutou... – disse Josué meio tímido diante da curiosidade com que o amigo o fitava.

– A sua gritaria, que mais ninguém ouviu, você acha que Jesus escutou? – perguntou Zacarias sem entender.

– Não, Zacarias, a gritaria não, pois ele já tinha passado e estava envolvido pelo tumulto.

– Então o que é que Ele escutou?

– Bem, olhe, o que eu vou falar não é para você pensar que eu estou desejando me tornar importante, mas foi uma coisa tão interessante que estou lhe contando, para que você observe e tente fazer como eu fiz para ver se dá certo.

Bem, eu estava com o coração muito entristecido com a desgraça daquela pobre velhinha desesperada e esquecida, mas me lembrara que ouvira Jesus dizer que Deus escuta todas as nossas preces ditas com o coração. Você sabe, desde os velhos tempos as nossas orações sempre foram feitas na sinagoga e diante dos sacerdotes frios e indiferentes, apenas preocupados com os rituais e cerimônias. Por isso, nunca tinha imaginado até que ponto Jesus estava querendo chegar quando nos ensinou a conversar com Deus como se ele fosse nosso Pai querido. Nessa hora, pela primeira vez, lembrei-me dos ensinamentos do Mestre e, como ainda não havia guardado de cabeça a oração que ele nos havia ensinado, levei meu pensamento ao nosso Pai e comecei a falar-Lhe mentalmente da desgraça daquela velhinha. E o tumulto ia seguindo seu trajeto e eu conversava com Deus pedindo ajuda para aquela mulher incapacitada de seguir em busca de sua esperança. Ao mesmo tempo em que me dirigia a Deus falando dela, meus pensamentos falavam na direção de Jesus e eu me lembro de dizer:

– Mestre, uma velhinha aqui perdida e enferma não teve condições de chegar até você e eu mesmo não pude chegar até onde ela está. O Senhor, que é tão generoso, peça por ela ao nosso Pai, a fim de que ela melhore porque eu sou muito miserável para que Deus me escute, mas meu coração pede que eu faça alguma coisa... – era mais ou menos isso que me lembro de estar dizendo.

– E aí, Josué, o que aconteceu?

– Bem, meu amigo, alguma coisa aconteceu e eu não sei explicar por quais mecanismos se deu. Enquanto eu pedia, escutava o tumulto ir adiante, levando Jesus no seu rumo incerto ao destino que o aguardava. Todavia, depois de alguns minutos, passei a escutar que a confusão estava voltando e o barulho aumentava em meus ouvidos.

– Sim, eu me lembro que Jesus parou e resolveu regressar, para espanto dos próprios amigos que estavam à sua volta, que lhe diziam que o caminho era para a frente – disse Zacarias.

– E eu, que continuava sobre o morrinho durante meus pensamentos, pude observar que Jesus voltava e se encaminhava diretamente para o lugar onde a velhinha estava. Não acreditava no que estava vendo. Era muita coincidência e, para mim, não sabia se aquilo era fruto de minhas preces. Será que já era a resposta de Deus ao meu pedido? Será que Jesus escutava meus pensamentos? Eu não sei e ainda estou pensando nisso tudo. No entanto, o certo é que Ele voltou-se para a mulher que, agora, ajoelhada aos seus pés, não sei se por fraqueza ou por emoção, chorava ainda mais. Jesus colocou a sua destra sobre seu cabelo sujo e despenteado, ergueu os olhos para o céu e, como se estivesse falando com alguém invisível, parecia se deixar envolver por uma claridade diferente da luz do dia. Os que estavam ao seu lado, no empurra-empurra, ficaram estáticos e eram incapazes de pronunciar um simples monossílabo. As mesmas pessoas que viram a mulher aflita e passaram por ela sem nada fazer, agora cercavam-na como se ela lhes fosse uma parente querida. Não pude conter minha emoção, diante daquela mulher aflita que Jesus atendia com desvelo e verdadeiro Amor. As lágrimas chegavam-me aos olhos e caíam em minha roupa na gratidão a Deus por toda a ajuda que havia mandado àquela criatura desventurada. Depois de alguns minutos rápidos, durante os quais, acredito, Jesus desejava acalmar o povo com a oração que fazia por aquela mulher, tomado de um júbilo especial, o Mestre abaixou-se e, com muito cuidado, levantou a velhinha do solo poeirento. A pobre desvalida não sabia como reverenciá-lo, mas suas palavras eram cheias de vida e bênçãos àquele a quem chamava de Profeta. Suas vestes, seus cabelos, seus braços frágeis continuavam os mesmos, mas de seus olhos apagados pelo tempo brotaram nova chama de esperança que a tornava uma outra pessoa aos que a haviam visto anteriormente.

– Eu me lembro dela, Josué, e para mim, era apenas mais uma anciã que Jesus atendera e melhorara de suas dores antigas – falou Zacarias, referindo-se às inúmeras curas que o Mestre já havia feito e que se tornavam quase uma rotina em suas caminhadas.

– Eu já estava feliz com a sua melhora e meu coração exultava de alegria pela alegria da velhinha que, pela força que passara a demonstrar parecia ter rejuvenescido. Escutei sua voz pela primeira vez de onde eu estava e pude ouvir-lhe a promessa: "Profeta, eu te prometo que desta bênção que recebi, muitos miseráveis como eu também se beneficiarão. De hoje em diante, enquanto eu tiver vida neste corpo velho, darei comida na porta de meu casebre a quem tiver fome e direi a todos que faço por amor a ti, Filho da Bondade. Nem que for um pedaço de pão pobre, rogarei a Deus me conceda a possibilidade de ajudar para espalhar a bondade que recebi".Escutei Jesus abençoar-lhe o projeto de transformação interior e de serviço aos que sofriam com um sorriso de serenidade e despedir-se daquela criatura.

Parou um pouco a narrativa para cobrar fôlego e controlar a emoção que o fazia chorar novamente ao simples efeito da lembrança de tais fatos. Zacarias também aguardava a continuidade do relato, igualmente emocionado com o gesto da anciã e a emoção do próprio amigo.

Alguns segundos depois, secando as lágrimas do rosto que insistiam em cair, Josué continuou:

– Depois de despedir-se da velhinha, Zacarias, parece que o momento de magia se desfez e o povaréu voltou à condição anterior, no aperta-empurra inconsciente e desesperado. Os apóstolos voltaram ao caminho e Jesus voltou a ser conduzido. Todavia, a emoção maior deste dia que eu pensava ter sido o atendimento daquela nossa irmã, Zacarias, estava para ocorrer daí a alguns instantes.

– O que foi de mais emocionante, Josué? – estava Zacarias hipnotizado pelo relato das belezas de Jesus que o amigo lhe fazia.

– Sabe, Zacarias, o mais emocionante para mim é que, quando a multidão voltou ao rumo anterior, retomando o caminho, eles todos tiveram que passar por onde eu me encontrava, já que ficara estático e imobilizado pela emoção em cima do montinho que me acolhera. E quando o Mestre passou por onde eu estava, seus olhos faiscantes se encontraram com os meus, apagados e pobres, e não sei se de seus lábios ou se de seu espírito, mas eu sei que ele me olhou e meus ouvidos escutaram a sua voz que me disse:

– "Josué, obrigado por ter pedido por ela!".

Voltando a chorar enquanto falava desse momento, Josué continuou:

– Zacarias, Ele me chamou pelo nome...Ele me agradeceu por ter-me preocupado com aquela velhinha inútil e pobre. Mas como pode ter sido isso se ninguém mais sabia que eu havia feito uma oração e pedido a Ele que atendesse a pobre da mulher esquecida? – perguntava como se falando sozinho o jovem Josué, que se achava indigno de ser notado, ainda que estivesse no meio dos 70 seguidores mais próximos.

– Que coisa linda, Josué – respondeu o amigo, também emocionado. Jesus escutou seu chamamento porque partiu de um coração puro e cheio de compaixão, coisa rara no meio das criaturas de hoje, que querem sempre receber as bênçãos do Alto sem se erguerem a níveis mais elevados. Estou certo de que sua oração chegou a Deus e, como seu Filho Amado estava tão próximo da irmã infeliz, o Pai deixou que Ele escutasse sua rogativa e atendesse sua súplica.

– Mas você acredita que nossas orações são escutadas assim tão rapidamente? – perguntou Josué, entre inocente e surpreendido pela compreensão generosa do amigo Zacarias.

– Sempre que oramos com confiança, na sinceridade dos propósitos de ajudar quem sofre e na pureza de um coração bondoso como o seu, estou seguro de que a resposta não tarda a chegar. Foi por isso que Jesus fez questão de dizer-lhe que Ele atendeu a mulher por causa do seu pedido. Se Ele não lhe tivesse falado, você não saberia do poder que uma simples oração possui para mudar o trajeto das coisas.

– Mas eu nunca pensei que Deus escutasse a oração de um qualquer como eu e que Jesus fosse se dirigir a mim chamando-me pelo meu nome... – admirou-se Josué com sinceridade. Afinal, Zacarias, são muitas pessoas que andam à sua volta. Imagine se dá para alguém guardar os nomes desse amontoado de pessoas que se esforçam para seguir seus passos. Nem sempre são os mesmos, um dia falta um e vem outro, no outro dia as coisas se invertem... Eu mesmo nunca dirigi minha palavra a Jesus nem fiquei por perto dele quando ensinava o povo. Ao contrário, me metia no meio dele para escutar como mais um que o admira e o ama com verdadeiro afeto e desprendimento. Nessas horas ficava pensando nos meus pais e irmãos que, lá em nossa cidade, não compreenderam minhas necessidades de elevação quando decidi deixá-los para ir ao encontro do Messias. Para você, Zacarias, a escolha não envolveu as pressões familiares, pois você era sozinho, abandonado pela mulher, sem filhos, com poucos amigos. Não quero, com isso, diminuir o seu mérito por deixar as coisas do mundo para seguir as pegadas de Jesus. Quero apenas ressaltar que, no meu caso, eu possuía o peso da família que me cobrava uma conduta de acordo com os costumes de nossos antepassados. Não estava livre para decidir por mim mesmo, pois a tradição nos impunha um dever de servir ao velho pai, agora que estava na condição adulta e tinha mais forças físicas do que ele próprio. Meus irmãos, do mesmo modo, não aceitavam minhas escolhas interiores porque faziam da religião apenas um artigo de exercício temporário e transitório, quando as coisas não iam bem, quando os negócios não se realizavam a contento, quando os ganhos diminuíam. Ainda assim, me deixei arrastar por essa força incoercível que me empurrava para o caminho do Messias, o que me custou a humilhação de ser deserdado, de perder os benefícios de qualquer recurso material, de ter sido banido do seio da família e de receber a maldição de meu pai, incapaz de entender o conteúdo da mensagem do Mestre e perdoar ou compreender minhas próprias necessidades.

Seguia Josué contando sua história e de como se comportava quando estava no meio da multidão que escutava as prédicas do Divino Amigo, embevecida com as notícias do reino da Verdade e do Amor:

– Sentado no meio do povo, escutava o Mestre falando e pensava nas minhas próprias experiências de dor e sofrimento, entendendo que deixara uma família de sangue em troca da grande família dos desventurados da Terra, muitos dos quais estavam ali, ao meu lado, sentados sobre o solo seco, escutando as mensagens que eram o orvalho de Deus em nossas dores.

– É verdade, Josué, a mensagem do Mestre é como uma gota de água na secura de nossas gargantas. O que você menciona é a mais pura realidade, pois comigo aconteceu da mesma maneira. Eu carregava meu peito com a mágoa de minha mulher, por ter me traído com um homem bem mais jovem, que sequer pude conhecer para ir tomar satisfação pessoalmente, como o sedutor de minha mulher. Depois de vários anos em que procurei dar-lhe o que de melhor me permitiam a saúde e o trabalho, Judite foi flagrada na situação deprimente e, apesar de não ter exercido o direito de tirar-lhe a vida como a lei me possibilitava, dei-lhe a liberdade para, depois, ver-me encarcerado nas grades do rancor, da mágoa. Muitas vezes pensei ter agido mal e que deveria ter realizado o ato nefasto de tirar-lhe a vida para aliviar meu interior. Todavia, depois que encontrei Jesus, entendi as fraquezas de meus semelhantes por encontrá-las em mim também. Entendi as necessidades da jovem Judite, sua ânsia por demonstrações afetivas que julgava serem necessárias para a felicidade, algo que um homem mais amadurecido como eu não lhe propiciava, fosse nas emoções fortes que seus desejos pleiteavam, fosse no simples gesto de carinho e atenção que nossas tradições mataram dentro de nós por causa de uma conduta religiosa torpe e egoísta. Entendi que, como um faminto tem no estômago a poderosa alavanca que o empurra para o furto de comida, Judite possuía no íntimo a insatisfação que a forçava a buscar aquilo com que acreditava saciar-se. Não lhe valia mais meu afeto, minhas atenções e cuidados que eu achava serem grandes o suficiente para se considerarem normais como os da maioria dos casais que conhecia. Iludida pelo jogo dos sentidos, Judite deu ouvidos às exigências da emoção, do mesmo modo que o faminto não se vê saciado por conselhos: agiu para saciar sua carência. Agora, depois que conheci a grandeza da mensagem de Jesus, passei a entender seus motivos e, mais do que isso, passei a ver em mim mesmo coisas que eu achava naturais, mas que, agora, percebo terem sido equívocos de conduta que nossos costumes tratavam com normalidade, mas que, no fundo, eram escravização daquelas que acreditamos ser inferiores aos homens.

Josué ouvia com carinho os desabafos do amigo Zacarias que, por primeira vez, descia aos detalhes de sua tragédia pessoal e de seu passado pouco conhecido.

– Sim, meu amigo querido, tratamos as mulheres com desprezo por causa de um maldito pecado original que as tradições religiosas dizem termos cometido por causa delas, nos tempos do velho Adão. Mas como lhes deixar o peso de terem fracassado nas tentações do fruto proibido nas belezas do jardim do Éden, sem assumirmos nossa culpa nisso também? Porque Eva é culpada por um escorregão e os homens se dão o direito de seguirem escorregando por todos os séculos que vieram depois e nunca se julgam culpados? Quantas quedas os homens cometeram, a quantas tentações se entregaram desde então, quantas mulheres alheias seduziram, quantos filhos engendraram nos ventres inexperientes, envolvidos por suas teias de promessas e benesses jamais cumpridas? Por que a pobre Eva deve merecer o ódio ancestral sem que os homens se dignem conduzir-se por caminhos retos? Será que Eva era o mal exclusivo e o homem o ingênuo companheiro, bonzinho, generoso e enganado cruelmente? Ou será que trazia também o ponto fraco das fragilidades morais que o fizeram aceitar o convite da mulher iludida pelas promessas da serpente? Se fosse melhor do que ela, ter-lhe-ia esclarecido o equívoco e impedido que ela caísse no mal. Se o homem fosse melhor do que a companheira no paraíso, ao invés de ter-lhe seguido os passos claudicantes e aceitado a proposição, trataria de tirar-lhe da ideia o sentido da traição e a educaria para transformá-la para melhor. Todavia, não foi isso o que ele fez. Não se sabe se, encantado pela proibição do fruto ou pelas curvas sedutoras de Eva, o certo é que Adão se demonstrou tão despreparado e censurável quanto a mulher. E o que é mais grave e ninguém fala é o seguinte: Eva foi seduzida pela serpente, que na tradição religiosa seria a corporificação do mal, astuto, experiente nos processos de aliciamento, perigoso inimigo que sabe como conquistar a confiança dos que o escutam. Eva, por mais experiente que fosse, estava diante de um oponente de peso e com conhecimento de sua tarefa de criar ilusões.

Todavia, Adão não passara por este teste difícil. Adão foi envolvido pelas argumentações de Eva, a ingênua criatura que compartilhava com ele das alegrias do paraíso. Assim, podemos perguntar a nós mesmos quem é mais culpado pelo erro: a criança que cai nas tentações e armadilhas que a astúcia produziu em seu caminho como ocorreu com Eva, ou o adulto que se tem em conta de sábio, experiente, sério (como pensamos de nós mesmos, herdeiros de Adão), mas que acaba convencido pela palavra de uma criança e vai com ela em vez de retirá-la do erro?

Assim, Josué, nossa conduta para com as necessidades das nossas irmãs está muito distante da correção e, em face de nossa promiscuidade tida como um quase direito da masculinidade, temos induzido as mulheres aos círculos mais degradantes para, logo depois, culpá-las pelo pecado original com direito ao apedrejamento. Produzimos a fome em seus corações, oferecemos comida para que satisfaçam suas necessidades e permaneçam sob nosso controle e, depois que nos saciamos, as acusamos de glutonas, de pervertidas, de mulheres de má vida.

E que dizer dos homens que as buscam para satisfazerem seus apetites mais torpes? Não os mantém a indústria da torpeza com os recursos que possuem? Por que não se satisfazem com a elevação de seu caráter na troca de afeto com as companheiras que escolheram para seus destinos? Por que buscam as aventuras clandestinas para apimentarem suas sensações? Onde esse Adão virtuoso, pobre vítima de uma Eva tentadora? Não é o que nossa civilização tem visto por aí. Os Adãos de hoje parecem mais a serpente da fábula e as Evas atuais parecem mais escravas sem escolha, sem vontade, sem direito, vivendo das migalhas e misérias que os homens lhes endereçam.

E digo tudo isto depois de muito refletir sobre minha própria conduta nos idos de minha juventude e depois com a construção frustrada de meu lar. Não levanto tais críticas contra os outros. Faço-as contra mim mesmo que, hoje, percebo o peso injusto que colocamos nos ombros das nossas mulheres, ao mesmo tempo em que tudo nos permitimos na falsa moralidade que criamos, com base nas histórias lendárias de nosso povo.

Se tivesse escutado mais as necessidades de Judite, se a tivesse tratado com verdadeiro carinho, esse carinho que estamos aprendendo a dedicar a velhinhas desconhecidas, crianças desamparadas, anciãos desvalidos e que nos são desconhecidos da alma nesta jornada, talvez a companheira não se tivesse deixado levar pela ânsia de seus sentidos, porque estou seguro que, na queda de Judite como na queda de qualquer mulher existe sempre um ou mais homens que merecem ser responsabilizados também. Não foi somente o jovem que lhe ofereceu as emoções da novidade, entremeadas por palavras de doçura e elogio tão ao gosto dos corações carentes. Eu também assumo a responsabilidade por sua queda, pelas condutas indiferentes que tive para com seus anseios de carinho, por não lhe ter falado mais sobre as belezas de suas virtudes, por não ter sido mais generoso com suas pequenas necessidades e caprichos, por não lhe ter concedido aquilo que nós estamos aprendendo a conceder aos que nos rodeiam, graças aos exemplos de Jesus: compreensão, compaixão, companheirismo.

Não que Judite não tenha falhado ao fazer o que fez. Creio que todo o tipo de traição é queda que precisará ser retificada de um modo ou de outro. Todavia, aprendi a ver a culpa dos homens também.

O jovem com quem desertou aproveitou-se da carência para preenchê-la com sua maneira de ser.

E eu produzi a carência em seu coração quando poderia ter feito diferente.

Tanto ela quanto eu temos culpas a expiar.

Zacarias não conseguia mais falar diante de tão pesadas lágrimas que desciam de sua face, por reconhecer a própria responsabilidade na queda de sua esposa, e Josué, tocado de compaixão por aquele irmão envelhecido pelas dores do coração, afagou-lhe a cabeça num gesto fraterno e se lembrou de Jesus, numa oração pelo amigo Zacarias.

Afinal, daquele dia em diante, Josué sabia que o Mestre o escutava nas preces em que seu coração sincero pedia ajuda pelos que sofriam.

7

A PERSONALIDADE DE PILATOS

No governo romano da Judeia, nesse período do ano 32, estava instalado o nosso personagem conhecido por Pôncio Pilatos, casado com uma virtuosa romana, Cláudia, cuja nobreza de caráter não era capaz de inspirar no marido maiores transformações em sua conduta masculina e de homem público, uma vez que sua estrutura interior, arraigada às tradições e ao orgulho de seu posto, impediam que se julgasse necessitado de alguma corrigenda ou transformação.

Na cidade de Jerusalém, a capital da província, Pilatos estabelecia seu escritório de comando central, ainda que tivesse, fosse em Cesareia fosse espalhada por toda a Palestina, outros postos importantes de governo, casas de veraneio, lugares aprazíveis por onde perambulava em diversos períodos do ano, com a desculpa oficial de inspecionar o território sob sua jurisdição, mas com a intenção pouco dissimulada de estabelecer seu tráfico de interesses inferiores, tanto nos negócios comerciais quanto em suas aventuras amorosas.

Em que pese a sua capacidade administrativa, era ela suplantada pelo descaso com as coisas públicas, as quais deixava sempre à mercê das correntes locais, sob o governo de Herodes e sob a vigilância fiel dos sacerdotes judeus, igualmente hábeis negociantes da fé.

Estabelecera um sistema de interesses compartilhados através dos quais recebia favores e bens em troca de uma certa liberdade que permitisse aos judeus manterem seus negócios em funcionamento, de acordo com suas regras e costumes mesquinhos.

Havia, assim, um conúbio espúrio que desnaturava a função do procurador da Judeia como representante de César e mantenedor da ordem comum dentro dos padrões romanos de justiça e civilidade.

Para manter-se à frente de tal sistema, contava ele com a ajuda fiel de diversos assessores que igualmente recebiam a sua parte para que a máquina pudesse funcionar.

As ações de governo, na proteção dos interesses do Estado e da garantia da integridade das pessoas privilegiava, antes de tudo, a sua condição social e as suas posses e influências dentro do sistema de forças ilícitas que se movimentavam ao redor do poder central.

Pessoas humildes não possuíam razão, mesmo quando injustamente vitimadas se, do outro lado, estivesse a pessoa de um abastado judeu, de um sacerdote, de um fariseu influente e astuto que, com suas artimanhas, procuravam sempre retirar maiores vantagens de tudo e de todos os que possuíssem coisas que eles cobiçassem.

Todo este processo, fraudado pela imperfeição dos homens e pela predominância de seus interesses, era algo que não chegara diretamente ao conhecimento de Tibério, mas que, em função das diversas rotas comerciais e dos processos de transmissão das notícias naquela época, atingia os círculos do poder romano, produzindo maior ou menor espanto, mas classificadas como mentiras espalhadas pelos judeus para enfraquecer o poder imperial na direção de seus destinos.

As autoridades imperiais e pessoas influentes que procuravam manter Pilatos no lugar importante de procurador de Tibério em Jerusalém não mediam esforços para advogarem a defesa do governador, alegando tratar-se de notícias mentirosas, plantadas pela astúcia dos hebreus para desestabilizar a autoridade, ao mesmo tempo em que diziam que, por observarem tais reações dos povos governados se poderia imaginar que a postura do governador estava lhes contrariando muito os interesses pessoais.

Eram os velhos processos interpretativos que, distanciados dos fatos verdadeiros, não poderiam produzir maiores definições porque eram deturpados por todos.

Todavia, desde alguns meses, Pilatos passara a preocupar-se de maneira acentuada, eis que um correio de Tibério lhe trouxera a indicação de que um senador de tradicional família estaria aportando em breves dias na região e que possuía poderes tão amplos quanto os dele próprio e que os usaria para averiguar todo o sistema administrativo, como se fora um fiscal, com livre acesso a todos os documentos e processos.

Isso produzira em Pilatos uma acendrada preocupação, que fora compartilhada com os seus mais chegados e o obrigara a maquiar todo o processo descarado de desmandos administrativos, ocultando-os, suspendendo temporariamente as atividades suspeitas, empurrando para debaixo do tapete da clandestinidade todos os indícios que pudessem ser indicadores de tais impudicícias.

Naturalmente receberia o senador com todas as honras mentirosas e lisonjeiras para conquistar-lhe a confiança, procurando demonstrar que tudo estava correto. Dar-lhe-ia condições para sentir-se em sua própria terra, com luxo e conforto para que não impedisse a concretização de seu projeto de amplo enriquecimento, para retirar-se da vida pública em excelentes condições e gozar uma velhice respeitável no seio dos romanos da capital do Império.

Ao lado de sua característica venal, possuía uma personalidade extremamente vaidosa e muito ligada aos prazeres físicos que a excelência de sua posição lhe facilitava conseguir, na exploração da favorável condição de governador e poderoso representante do Império que decidia os destinos de todos. Muitas jovens de beleza especial e que inspiravam seus desejos nunca saciados conheceram a intimidade de suas câmaras palacianas, sempre sob os olhos atentos de seus asseclas, que tudo faziam para agradar seu senhor e continuar gozando das facilidades que a proximidade do poder lhes garantia.

Inúmeras jovens filhas hebreias, cuja beleza encantasse o procurador, eram assediadas e, por fim, acabavam se deixando levar para a alcova do governador sendo, depois, remuneradas com presentes e valores com os quais calavam a consciência e conquistavam o silêncio da própria família ultrajada que, recompensada materialmente, não se animava a expor-se perante tão poderoso governante, capaz de destruir-lhes o pouco equilíbrio material que possuíam com confiscos, banimentos e assassinatos covardes, na calada da noite, como já ocorrera inúmeras vezes.

Mas não só na raça judia se encontravam vítimas do poder de sedução ou de convencimento exercido por esse sistema de facilidades. Inúmeras romanas, emigradas da capital ou do Império, se sentiam honradas em serem cortejadas pelo procurador de Tibério e ostentavam tal condição com o orgulho que apontava para a superioridade de seus dotes em relação aos das demais.

Para grande parte das mulheres, acostumadas muitas vezes às disputas da emoção, às tertúlias da conquista, imaginando que tais vitórias representam superioridade sobre as outras, estar sob os lençóis do leito de Pilatos significava a preferência do mais importante mandatário e, por isso, muitas romanas, mesmo casadas ou comprometidas, aceitavam de bom grado – quando não se ofereciam insinuantes – a corte que lhe fazia o procurador, acostumado à facilidade na satisfação de seus desejos inferiores.

Tal ausência de barreiras morais lhe tornava comum o abuso dos sentidos físicos e as trocas de companhias já que, uma vez tornadas usuais e atingida a conquista desejada, perdia-se o interesse por mantê-las.

Pilatos, com isso, foi se tornando um homem enfraquecido na emoção e sem capacidade de reger seus próprios ímpetos, acostumado a conseguir sempre o que almejava sem ser contrariado por ninguém.

No entanto, em face de tais peculiaridades, seguia sendo cobiçado por muitas moças ou senhoras, que nele viam o poder que lhes preencheria o vazio de aventuras importantes numa terra tão insípida de emoções, ao estilo da grande capital imperial que se ia perdendo na devassidão dos costumes.

Orgulhosa e sem maiores pendores para os comportamentos respeitosos, Fúlvia, cunhada de Pilatos, era o protótipo desse tipo de mulher, irresponsável diante das aventuras e cônscia de sua beleza e juventude que pareciam lhe granjear todas as portas de acesso aos patamares mais elevados do poder.

Casada com Sálvio por causa de interesses comuns, desde cedo deixou bem claro ao consorte que não se satisfaria com a vida acomodada da tradição patrícia, afeita aos trabalhos caseiros e à criação da prole, sempre numerosa, para garantir a descendência e a perenidade do Império.

Desejava festas e recepções, divertimentos e prazeres. Sálvio, que era um homem fraco para as coisas afetivas e materiais, houvera sido o foco de um grave escândalo que explodiu nas altas camadas da sociedade Romana e lhe custou o cargo público que exercia. Tendo sido destituído de suas funções, fora relegado a um posto administrativo inferior, como forma de humilhação e acabou desterrado para longínquas paragens, como era comum se observar na prática administrativa romana.

A sua união com uma jovem de provocante beleza foi a maneira de afrontar os demais e fazer-se invejado pelos outros homens, vingando-se deles com a ostentação de uma mulher cobiçada por todos eles, ainda que, para isso, tivesse que suportar as vaidades, interesses e desejos intermináveis de Fúlvia.

Ela aceitara a negociata com a condição de estar sempre cercada de conforto e de fazer o que desejasse, desde que, naturalmente, aceitasse fazer o papel da esposa de Sálvio sempre que este desejasse expô-la como precioso troféu de sua capacidade sedutora.

Assim, valendo-se da favorável situação que sua irmã, Cláudia, esposava como consorte do procurador da Judeia, não foi difícil para Fúlvia aceitar transferir-se para a Palestina e acercar-se da ribalta do poder romano, insinuando-se por entre os convidados e cortesãos, conquistando os mais importantes, produzindo situações de sedução, sem considerar a dignidade da própria irmã, até chegar ao leito do cunhado, que se deixou levar pelas diatribes da mulher experiente e acostumada à flacidez dos costumes, tão diferente de sua irmã.

Pilatos se deixou encantar pela cunhada e, apesar de saber de seu consórcio com Sálvio e da filha comum que geraram com a união, estabelecera um comércio físico dos mais intensos com a exuberante Fúlvia, que se tornou uma de suas amantes preferenciais, o que a enchia de jubiloso orgulho.

Os subalternos e cúmplices do governador sabiam de todos estes envolvimentos e tratavam-na com certo respeito, pois a tinham em conta de mulher perigosa, cheia de caprichos e capaz de interferir para ajudar ou prejudicar quem quer que fosse. Mais do que respeito, tratavam-na com o receio próprio dos fracos que se vergam para não se verem atacados.

Por isso, Fúlvia se sentia no direito de exercer algum poder na sombra de Pilatos, a quem sabia comprar sempre com os seus favores físicos e carinhos quando ele se via irritado com sua maneira arrogante de interferir nas suas decisões.

Aliás, Pilatos sofria muito quando tinha de tomá-las. Apesar de estar no posto mais alto para toda aquela região, sua personalidade tíbia se via em dificuldades para resolver sobre questões importantes que envolvessem os interesses de pessoas que tinha como suas aliadas ou comparsas.

Para tratar do poviléu desprotegido e sem voz na sociedade, era duro e inflexível cumpridor das determinações dos códigos romanos ou dos costumes locais.

Todavia, bastava que lhe aparecesse uma disputa entre dois de seus aliados nos procedimentos espúrios para que Pilatos se perdesse na dificuldade de decidir, pois a nenhum dos dois desejava contrariar.

Sabia de sua ligação com ambos e de sua dependência moral e material de toda a teia que eles também ajudavam a manter.

Contrariar a um deles seria prejudicar seus próprios interesses e correr o risco de romper o tecido delicado de suas alianças locais.

Por isso, sempre procurava compensar a perda de algum privilégio concedendo outro privilégio para agradar o prejudicado, o que demonstrava a sua fraqueza perante todos os que dirigia.

Raramente tomou uma decisão dura e manteve-se nela até o fim, custasse o que lhe custasse, desde que isto estivesse envolvendo pessoas importantes.

Todos os homens que o conheciam sabiam dessa peculiaridade, fruto dos problemas decorrentes da cumplicidade com o erro.

Fúlvia também sabia tanger as cordas da fragilidade afetiva e de personalidade de Pilatos, pois o conhecera na intimidade.

Sabia-o um homem descontrolado quando irado, capaz de atrocidades e sandices indescritíveis, ao mesmo tempo em que sabia como agradá-lo para conseguir o que queria, tornando-o um verdadeiro cordeiro nos momentos em que, com experiência, tangia as cordas certas na vaidade do homem de Estado romano.

Preocupava a Pilatos a chegada de Públio Lentulus, da mesma forma que incomodava a Fúlvia a sua próxima vinda à Palestina, pois nos idos de sua vida na capital, Roma, mantivera um desejo íntimo de acercar-se do senador, sobrinho de Sálvio, seu marido.

A chegada da família Lentulus seria um momento muito especial para a vida de todos os que ali se achavam acostumados aos atalhos da retidão, nos quais se permitiam todos os excessos dos sentidos e prazeres.

Não sabiam todos que o objetivo primordial do senador era conseguir o tratamento e a melhora de sua pequena Flávia e, tão logo reunisse todos os informes oficiais e extraoficiais que Tibério lhe houvera encomendado, regressaria a Roma, onde deixara todos os seus negócios e sua carreira pública pendentes, sob os cuidados do amigo Flamínio.

Assim, não demorou a que a família do senador aportasse na Palestina, onde a esperava a corte militar que Pilatos houvera preparado para recebê-la com todas as honras oficiais, com a finalidade de impressionar seus integrantes e conduzi-los com segurança a Jerusalém, de onde seriam tomadas as medidas necessárias ao exercício de sua tarefa pública, desde os arranjos básicos para sua hospedagem, a qual, pretendia Pilatos, fosse em sua própria casa, como forma de melhor controlar os movimentos do senador.

Sálvio Lentulus, o tio de Públio, igualmente ofereceu a sua moradia como representante exclusivo da gens Cornélia nas paragens orientais, também induzido a fazê-lo pelos conselhos sutis de Fúlvia, que tanto desejava estar próxima de seu cobiçado objetivo de conquista, no passado.

Assim, as teias do destino começaram a se formar ao redor das personagens desta história, enquanto que, ao longe, Jesus e seus seguidores tratavam de espalhar a semente da bondade no coração dos homens, semente essa que faria muita falta no dos que se achavam agora aproximados pelas necessidades evolutivas de cada um.

8

O Passado voltando ao Presente

A chegada da família romana à Palestina produziu efeitos muito diferentes em todos os espíritos.

Públio não se apercebera dos meandros negativos que ali estavam enredando aquelas almas e se mantinha muito mais ligado aos seus deveres de enviado de César do que à avaliação dos problemas humanos que teria pela frente junto das pessoas que o rodeavam.

Lívia, sua esposa, muito mais sensitiva e preparada para a percepção sutil das realidades invisíveis, ao contrário, imediatamente se deu conta das dificuldades que teria de enfrentar, seja na companhia daquela Fúlvia irreverente e sem o menor tato no tratamento dos visitantes, seja em decorrência da proximidade de Pilatos, cujo espírito desafiador e arrojado na questão afetiva se lhe impunha como adversário ferrenho.

A presença de Flávia, a pequenina leprosa, junto de seus pais na Judeia daqueles tempos, fora uma triste e desagradável surpresa, que fizera de sua estada em Jerusalém um verdadeiro martírio moral.

Ainda que a criança tivesse acusado muita melhora ao contato com aquelas novas paragens, sua condição de enferma não poderia ser ignorada pelos olhos que a divisassem, eis que era flagrante o seu comprometimento orgânico.

E ainda que o pretor Sálvio se mantivesse controlado diante da situação da menina, evitando demonstrações de repulsa cruel, sua esposa, pouco disposta ou pouco acostumada a conter-se nas demonstrações de sua voluntariedade, inúmeras vezes fez menções diretas ou veladas acerca dos problemas que Flávia possuía e que lhe causavam incômodo, fosse por causa de sua pequena filha, fosse por sua própria causa, temerosa de se ver contaminada por tal enfermidade.

Valendo-se dos momentos em que o sobrinho de seu marido não

60

se encontrava, Fúlvia se mantinha distante da nobre visitante, quando não se dirigia a ela de maneira áspera e quase agressiva.

Lívia aceitava tais manifestações não sem sentir a decepção natural em face da inocência da filha doente e do fato de entender o medo que a mulher que os recebia ostentava. No entanto, evitava relatar ao marido tais ocorrências a fim de não levantar qualquer antagonismo em seu espírito, sempre mais irritável e próximo dos padrões orgulhosos de seu tempo.

Mas nada disso se comparava ao risco que a presença do procurador da Judeia infundia em seu espírito.

A mulher do senador, desde que chegara a Jerusalém e fora apresentada ao governador, produzira nele uma estranha sensação de euforia, atribuída, inicialmente, ao fato de ser recém-chegada da capital e, juntamente com seu marido, trazer notícias frescas da vida romana e de possuírem cabedais culturais que não eram comuns em região tão hostil.

Todavia, o encantamento que Pilatos sentiu por Lívia tinha outras causas reais.

Falava aos seus instintos a beleza diferenciada daquela mulher simples, discreta, tão diferente de todas as outras que por ali eram encontradas para servirem aos seus caprichos.

A novidade despertava a curiosidade, e esta empurrava para a aventura da conquista. A presa em sua mira era alguém de elevado conceito e de tão elevada formosura que se afigurava um troféu que não poderia desprezar, na sua galeria de conquistas.

Entretanto, o encantamento exterior lhe fazia supor que aquela ser-lhe-ia a mulher ideal para estar ao seu lado, já que infundia em sua alma a sensação de euforia juvenil desde há muito esquecida pelo contato rotineiro com sua plácida esposa e, da mesma forma, desgastada pelo sucessivo exercício com mulheres insossas, sem atrativos elevados e mais nobres.

No entanto, todos estes sentimentos contraditórios e intensos que brotavam em seu espírito pela simples aproximação daquela mulher discreta e valorosa tinham sua raiz não nos excessos masculinos de Pilatos e na permissividade com que se deixava governar pelos prazeres.

Era decorrência das experiências anteriores já vivenciadas, nas quais o mesmo espírito que, então, se encontrava na Palestina como Pilatos, estivera em terras do Egito vestindo outro corpo físico em séculos anteriores, guardando ele a sensação de desejo profundo por aquela mulher que, também tendo vivido nos mesmos tempos do passado, produzira o desejo intenso de tê-la sob seu poder.

Isso havia ocorrido quando ambos tinham estado nas paragens africanas onde a civilização egípcia do novo Império, o último fulgor da epopeia desse povo domesticador das rochas e desafiador das adversidades, propiciara a estas duas personagens o cenário para o desenvolvimento de suas experiências evolutivas.

Pilatos, então encarnado sob o nome de Horaib, era detentor de recursos acumulados por sua conduta ilícita junto às autoridades governamentais e perante o povo, que explorava com seu amplo talento para obter lucros e vantagens.

Ainda que não pertencesse diretamente ao séquito do faraó, estava sempre pendurado nas negociatas de Estado, de onde retirava o dinheiro e o poder com o qual se mantinha na cobiçada condição de homem bem sucedido.

Da mesma forma que na atualidade de nossa história, sua personalidade dava vazão aos seus instintos mais inferiores e, com sua riqueza pessoal, pretendia sempre comprar todas as coisas e pessoas.

Grande parte delas tinha o preço que ele poderia pagar e, efetivamente, colocavam-se à sua disposição para que seus desejos fossem atendidos.

No entanto, o homem egípcio se encantara por modesta filha de serviçais seus, mantidos em seus domínios quase que como escravos e que tinham, na filha jovem que os ajudava, a mão amiga e dedicada que, com seu esforço pessoal, era capaz de equilibrar os problemas familiares, amparando as outras quatro crianças que compunham aquele humilde lar egípcio.

Horaib, acostumado a conseguir tudo o que desejava, passara a cobiçar aquela jovem, cuja formosura e fragilidade lhe emprestavam a imagem de uma debilidade digna de amparo e proteção que estimulavam nele o desejo de mantê-la sob sua vigilância e guarda.

Naturalmente cobiçava-lhe o corpo e pensava oferecer-lhe suas vantagens materiais como forma de convencimento.

Nem mesmo por hipótese lhe ocorria a ideia de ser recusado pela jovem Tamiris, a quem julgava destituída de vontade e vulnerável ao vigor de seu raciocínio mais maduro e ao poder de sua fortuna.

Não obstante todos estes elementos e, apesar de se tratar de um homem muito mais velho do que a jovem cobiçada, Horaib viu frustradas as suas primeiras investidas.

Quando muitas outras mulheres caíam em suas garras com facilidade, Tamiris se mantinha à distância de suas armadilhas insinuantes.

Aumentou o assédio sobre ela, mas obteve a mesma resposta indiferente e respeitosa do silêncio.

Vendo que tal posicionamento lhe causava ainda mais desejos, Horaib passou a ser envolvido pela ideia fixa de possuí-la custasse o que custasse.

Mantida sob seus domínios materiais já que pertencente à família de seus servidores, Tamiris não tinha como deixar os pais trabalhadores que contavam com ela para a criação dos demais filhos pequenos. Aproveitando-se dessa condição de superioridade, Horaib passou a presentear seus pais com favores que chegavam com grande alegria no seio da família, mas que, obviamente, tinham a finalidade de comprar-lhes o consentimento para a aproximação desejada.

A jovem moça não se encantava com as prendas que eram, aos olhos de seus pais, presentes que recebiam por serem distinguidos na atenção do poderoso patrão.

Tamiris sabia tratar-se de plano covarde e clandestino, através do qual Horaib pretendia minar qualquer resistência daqueles que seriam os únicos a protegê-la na Terra do assédio negativo de pessoas sem escrúpulos.

Os planos do astuto seguiam exitosos quanto ao aliciamento de seus genitores, mas quanto a ela própria, mais e mais se enojava daquele homem velho que tinha por ela apenas a volúpia de um lobo caprichoso e sedutor.

Horaib intuía nas reações de Tamiris o antagonismo que mais e mais lhe produzia desejo, eis que seu modo de ser transformava o desafio em combustível para perseverar até conquistar o objetivo. E quanto mais difícil mais saboroso o sucesso.

Vendo-se incapacitado de penetrar na fortaleza do coração de Tamiris, Horaib passou a usar de estratagemas mais covardes e criminosos. Afastando os pais do ambiente familiar, empregando-os em tarefa em lugar mais distante, que garantia um maior tempo de solidão a Tamiris e seus irmãos, o homem astuto enviou, através de pessoas de sua confiança, inúmeras guloseimas que ele sabia serem muito cobiçadas por crianças, e nelas colocou substância tóxica obtida de plantas específicas e que produziria mal-estar no corpo infantil, apesar de serem perfeitamente assimiladas por organismos mais robustos, que nada sentiriam.

Assim, não demorou muito para que os irmãos menores de Tamiris apresentassem os sinais de alerta apontando para alguma enfermidade física. Sem saber do que se tratava, mas imaginando que era fruto do que haviam comido, sem ter a mais remota noção de que tudo aquilo fazia parte de um plano orquestrado por Horaib para ter acesso fácil e aproximar-se dela, a jovem não teve outra opção a não ser recorrer aos recursos do senhor que os mantinha sob sua proteção, a suplicar a ajuda para as crianças, especialmente para os dois menores cuja aparência e reações físicas mais preocupavam.

Horaib não se fez de rogado e, de pronto, assumiu o tratamento das crianças com o que de melhor tinha em sua esfera de ação, convocando médicos e apontando maneiras de tratamento que ele sabia serem eficazes para a melhoria do estado geral, uma vez que possuía, também, as plantas que neutralizavam aqueles efeitos venenosos ou irritantes.

Ao fim do dia, quando os seus pais chegaram do trabalho, a modesta casinha estava alvoroçada com os acontecimentos e Tamiris se preocupava em contar aos pais o sucedido, bem como a necessária e importante ajuda que recebera do senhor Horaib para o salvamento dos jovens irmãos.

Perspicaz ao extremo, o homem não se aventurou em aproveitar a maré favorável com exigências que denunciariam a sua intenção. No entanto, apesar de tudo o que houvera feito, continuava a sentir a repugnância que causava em Tamiris, que não se deixava levar por suas maneiras melífluas.

Aquilo já estava lhe produzindo uma irritação e fazia com que perdesse um pouco da maneira controlada, acostumado que estava a ser voluntarioso e impaciente na conquista de seus objetivos.

Tamiris seguia sentindo a maldade oculta pelo véu da delicadeza com que Horaib pretendia confundir o juízo das pessoas à sua volta. No entanto, sua sensibilidade apontava para o lobo ocultado pela veste de cordeiro, do qual pretendia a maior distância possível.

Passados alguns meses nessa faina inglória, Horaib determinou-se a pôr um fim na interminável novela da conquista de Tamiris e partiu para o ataque frontal, declarando seus objetivos aos seus pais que, surpresos e inocentes, viam nisso a grande oportunidade de melhorarem de vida através da entrega da filha, o que prometeram fazer mesmo sem consultá-la.

A promessa dos pais, naquele período da vida e dos costumes humanos, era algo que representava garantia absoluta e, por isso, não interessava a vontade ou a opinião da filha, uma vez que seus pais tivessem decidido por ela.

No entanto, Horaib iria ver que com Tamiris não valiam as leis e costumes da barbárie. Era um espírito independente e consciente de suas vontades, livre para exercitá-las sem aceitar as imposições de costumes iníquos e desprovidos de humanidade.

Assim, quando comunicada por seus pais que tivera o destino entregue a Horaib, Tamiris se viu atacada no que tinha de mais sagrado em seu afeto, considerando seus pais como seus únicos guardiões dignos de sua confiança. Como aceitar que a tivessem negociado em troca dos favores daquele homem intragável?

Notificada de tal decisão que, sabia ela, ser definitiva, Tamiris informou a seus genitores que não aceitava aquele homem como seu marido e que não se submeteria a ele, ainda que os pais a tivessem entregado sem consultá-la.

Assustados com a afronta de sua filha, inusual para os costumes daquela época, os pais lhe impuseram castigos físicos que ela suportou com compreensão e triste serenidade interior.

E percebendo que não poderia enfrentar em condição de igualdade o seu antagonista, deliberou abandonar a família para seguir seu próprio caminho, deixando tudo para trás.

Quando soube de sua decisão, Horaib foi tomado de uma ira incontida e, creditando tal fuga ao arrependimento dos genitores de Tamiris, mandou prendê-los como fraudadores da palavra empenhada, até que sua filha lhe fosse entregue conforme o acerto anteriormente realizado. Da mesma maneira os filhos pequenos do casal foram mantidos encarcerados nas proximidades, alimentados por criados de Horaib como forma de serem usados como argumento para convencer o coração apertado de seus pais e submeter o espírito inflexível de Tamiris.

Com a consciência em fogo pela fuga empreendida e imaginando que Horaib não desistiria, a jovem moça não foi para longe das cercanias de sua antiga morada e, por isso, ficou sabendo de todo o sucedido com seus parentes, não suportando no coração a dor que eles deveriam estar sentindo.

Assim, para salvá-los da maldade de Horaib, Tamiris deliberou regressar à antiga propriedade senhorial, não sem antes recorrer à proteção de autoridades que sabia não simpatizarem com Horaib. Afinal, aquele comensal do governo era muito odiado pelos prejuízos que já havia produzido na vida de muita gente, nos golpes que sua astúcia tinha realizado para açambarcar bens alheios, tudo isto se erguendo como um espólio de dores e tragédias que ficara sob sua responsabilidade.

Por isso, antes de regressar à casa, depois de ter-se inteirado de todo o ocorrido com seus familiares, Tamiris buscou a proteção de pessoas influentes que tinham sido vítimas do mesmo homem e lhes confiou seus problemas, contando inclusive da prisão dos próprios irmãos, crianças ainda, o que consistia numa prática de desumanidade por ser realizada contra pessoas de sua própria nacionalidade, o que se costumava desculpar quando praticada contra estrangeiros escravizados.

Alinhavando, pois, os sentimentos de revolta que Horaib tinha semeado nos corações alheios, Tamiris conseguiu a simpatia de outro importante cidadão egípcio, Pekiat, homem de conduta digna e de nobres princípios, conquanto se tratasse de pessoa ligada aos procedimentos sociais de seu tempo.

Partilhava da vaidade e do orgulho de sua procedência, mas trazia em seu espírito a noção mais elevada de Justiça e correção no trato com a administração de negócios.

Conseguindo os bons auspícios de Pekiat, as notícias dos desmandos de Horaib chegaram às autoridades superiores, incluindo a tentativa de envenenamento de seus irmãos que, a esta altura, chegara igualmente ao seu conhecimento por causa da revolta que causara a prisão dos pequeninos na alma de todos os que estavam ligados aos destinos daquele grupo.

Assim, sabendo que os pequeninos estavam sendo desumanamente tratados, o servo que lhes levara o bolo contaminado a pedido de Horaib, ligando todos os fatos e lembrando-se da misteriosa enfermidade ocorrida na mesma época em que fora entregue a encomenda, concluiu sabiamente ter recebido ela algum veneno misturado à guloseima. A partir disso, foi muito fácil concluir pela culpa de Horaib já que fora ele quem recomendara a entrega do presente sem revelar a sua origem.

Todas estas notícias chegavam até Tamiris pelos amigos, igualmente servos de Horaib, que se sentiam horrorizados com o destino de sua família.

Da mesma forma, acabaram aos ouvidos de Pekiat, que tomou as dores de todos eles e, nelas, incluiu a sua insatisfação com a maneira desleal como Horaib se relacionava comercialmente com ele próprio.

O certo é que a teia dos desafetos de Horaib havia sido acionada e, para sua surpresa, um destacamento policial, atendendo a determinações do próprio faraó, estacionou à porta de sua faustosa moradia, trazendo Pekiat à frente com a ordem de busca dos familiares de Tamiris que, ao seu lado, se apresentava como a principal motivadora daquela medida.

Não foi difícil encontrarem, nos calabouços particulares daquela grande casa, a família da Tamiris que, a esta altura já estava tomada pelo desespero e pelo medo de Horaib que, insensível, não se permitia ceder aos termos do mandado, afirmando ser o dono daquelas pessoas, com direito de puni-las como desejasse.

Seu sentimento por Tamiris passou a ser um misto de cobiça e raiva por sua insubmissão.

Amparada pela força legal de Pekiat, a jovem conseguiu que todos os seus fossem resgatados do domínio de Horaib, que não teve como provar serem eles seus escravos.

A partir de então, o sentimento de Horaib empederniu-se e Tamiris passou a ser a presa difícil de ser agarrada, mas cujo desafio estimulava a sua astúcia.

Ajudada por Pekiat, sua família passou a manter-se sob a sua proteção material, como maneira de impedir que Horaib se vingasse violentamente.

Tamiris seguia cuidando dos irmãos, mas, agora, votava uma gratidão profunda a Pekiat que, apesar de sozinho, sem família, em momento algum deixou de respeitá-la e considerá-la como mulher digna dos mais elevados encômios.

Não demorou a que os modos clássicos e os dotes de virtudes de Tamiris produzissem em seu protetor o sentimento de admiração que se transformou em amor com o passar do tempo, no que passou a ser correspondido por ela que, em nenhuma outra parte encontrara pessoa que lhe dedicasse o respeito tão pouco comum em homens daquele tempo às mulheres de sua época.

E a união de Tamiris com o protetor de sua família calou fundo no espírito rebelde de Horaib, que jamais se esqueceu do desejo que fustigava seu espírito com relação àquela altiva jovem, nem do desprezo que sentia por Pekiat, o desafiador concorrente que lhe furtara das mãos a presa tão desejada.

E ao longo da vida vivida naquelas paragens, Horaib passou os dias imaginando uma maneira de destruir a união de ambos, ao mesmo tempo em que mais e mais deixava crescer em seu espírito baixo e sem evolução, a cobiça por aquela jovem tão bela e intocável, incapaz que era de compreender o seu estoicismo e austeridade.

Nessa disputa não solucionada entre tais espíritos, Tamiris e Horaib se mantiveram distanciados um do outro, como a presa que o lobo não conseguira obter para si.

Pekiat era o obstáculo que se levantava entre os dois e que, apesar de ser espírito mais ligado às coisas do mundo, sem condições de partilhar plenamente a elevação espiritual de sua companheira Tamiris, passara a receber dela o devotamento e a gratidão de um amor sincero e verdadeiro, que tolerava as suas imperfeições e se dedicava a enaltecer suas virtudes. Pekiat passara a ser considerado por Tamiris o protetor de sua fragilidade e de sua família desvalida, além de ser o homem sobre o qual seu ideal de felicidade se permitiria construir o seu castelo de sonhos e esperanças.

Passados os séculos, novamente ei-los reunidos no mesmo ambiente da Jerusalém dos tempos apostólicos.

Tamiris, na figura generosa e firme de Lívia.

Horaib, na condição fraca e temperamental de Pilatos.

Pekiat, na pessoa do amado esposo de Lívia, Públio.

***

Por tudo isto é que as leis do Universo permitem que as criaturas se encontrem novamente e possam retirar do velho baú das vivências do passado as emoções adulteradas para que sejam retificadas por novas experiências, corrigindo os equívocos e seguindo o caminho evolutivo através do perdão das ofensas, da tolerância e paciência com as criaturas difíceis e do amadurecimento da compreensão das causas dos problemas humanos.

Apesar de todas estas oportunidades que a lei da reencarnação propicia aos seres humanos, quão poucos são os que as aproveitam com sabedoria. Na maioria das vezes, a inexperiência precisa do sofrimento para acordar, e isso não seria diferente no caminho de Pilatos e Pekiat.

E era por causa do passado comum que Pilatos tinha antagonismo e receio de Públio, mas votava uma paixão inexplicável por Lívia, a quem desejava conquistar desta vez como não o conseguira no passado, ao mesmo tempo em que Lívia possuía uma aversão natural e sem explicação atual pelo procurador da Judeia.

As velhas leis aproximavam os velhos contendores para a melhoria de seus sentimentos.

9

O ASSÉDIO DE PILATOS

Tão logo conhecera os integrantes da família Lentulus, o governador romano se deixou encantar pela beleza simples da esposa do senador, acostumado a conquistas fáceis.

Contrastando com as artificiosas personalidades à sua volta, Lívia era a antítese de todas as falsas concepções de afetividade da maioria das mulheres romanas que se encontravam ao redor do governador.

Com exceção de Cláudia, sua esposa, mulher digna dos mais elevados conceitos da tradição romana, mas amadurecida pelos anos, todas as demais eram almas entregues ao turbilhão das aventuras, sem ideais mais nobres do que o de aproveitar as sensações e gastar as horas na procura de prazeres fáceis, mesmo que desrespeitando os sagrados laços matrimoniais.

A conduta serena e naturalmente digna de Lívia, envolvida com a preocupação com os dois filhinhos, representava um quadro que perturbava a sensibilidade grosseira de Pilatos, infundindo-lhe ânsias, despertando-lhe desejos, construindo sonhos de conquistas ilícitas, como se a mulher almejada já lhe estivesse garantida pelo poderoso argumento de ser a pretendida pelo governador da Palestina, como, aliás, ele estava tão habituado a fazer.

No entanto, Lívia era diferente de tudo o que conhecera.

Na verdade, em seu íntimo, Pilatos, o mesmo Horaib dos séculos do pretérito, reencontrava Lívia, a mesma Tamiris do passado e se deixava levar novamente pelas mesmas tendências inferiores. Seu espírito, sem compreender o porquê, revivia a excitação emocional de uma afetividade não correspondida que lhe surgia como um novo desafio e que, agora, tudo mereceria para ser realizado.

Não lhe importava sequer a presença de seu esposo, ao qual ela se ligava pelos laços mais sagrados do verdadeiro afeto, nem modificavam seus ímpetos conquistadores a existência dos filhinhos do casal.

Desejava, a todo o custo, impor-se à mulher cobiçada e aproveitaria as oportunidades para conseguir fazê-lo.

Estando a família hospedada na residência do tio de Públio, o pretor Sálvio, com o pretexto de manter conversação com os recém-chegados da metrópole romana, todas as noites o governador se dirigia àquele local, numa conduta pouco comum, mas que era interpretada pelos varões da família Lentulus como um gesto de cortesia e consideração.

No entanto, aquilo que ao espírito vaidoso dos homens era visto como enaltecimento, na alma feminina era interpretado pelo seu sentido verdadeiro, a saber, desejo de aproximação ilícita, empolgação emotiva, sentimento inconfessável.

Lívia, espírito mais elevado do que seu esposo, facilmente observou os modos comprometedores daquele homem cujo desejo carnal não acompanhara o envelhecimento do corpo e o obrigava a um comportamento juvenil de entusiasmo e ansiedade.

Vendo-se no centro do furacão emotivo de Pilatos, mais e mais Lívia se recolhia a uma posição secundária, evitando sempre permanecer muito tempo na companhia dos homens, usando como escusa a necessidade de cuidados da filhinha Flávia.

Assim como Lívia percebera as intenções do governador, outra mulher, essa bem acostumada às candências da paixão desregrada, também notara a excitação daquele governador e, o que era pior, que tal empolgação não era dirigida a ela e sim à recém-chegada.

Tratava-se de Fúlvia, a alma rude e mesquinha que se permitia a devassidão nas câmaras íntimas do governador, desprezando o respeito que devia à sua própria irmã, esposa de Pilatos.

Notando os zelos deste para com os recém-chegados e conhecendo a personalidade de seu amante, acostumado às conquistas rápidas e empolgado pela beleza da visitante, não foi difícil que Fúlvia visse em Lívia a adversária perigosa, a mulher competidora com quem deveria bater-se no desafio de manter a influência sobre o governador romano.

Pensava Fúlvia que todas as mulheres eram como ela, acostumada a ver o mundo pela sua ótica depravada e oportunista.

E a simples ameaça ao seu posto lhe causava fúria silenciosa e ordenava adotar as necessárias medidas para atirar água fria na fervura daquele homem fraco.

70

Estes fenômenos da emoção ocorriam no interior das criaturas, sem que nenhuma palavra que as denunciasse fosse proferida ou rompesse a aparência de correção na conduta de todas.

Nas reuniões noturnas dessa primeira semana após a chegada a Jerusalém, encontraremos Públio e Pilatos em colóquio natural, na residência do tio, Sálvio:

– Pois então, nobre senador, observando mais detidamente toda a documentação oficial que César me remeteu por seu intermédio, percebo o peso de atribuições vastas que foram conferidas aos seus ombros e que apontam, naturalmente, para uma consideração especial do trono e um enaltecimento da capacidade do romano que dela foi digno – falou Pilatos adocicado.

– Nosso imperador é homem generoso e necessitado de controlar um vasto domínio. Para isso conta apenas com homens que lhe possam ser olhos e ouvidos, recolhendo informações e levando-lhe os quadros que a ele pareçam importantes serem conhecidos. Não se trata de excessiva capacidade dos eleitos. Trata-se, apenas, de tarefa grande demais e de ferramentas limitadas para realizá-la – respondeu Públio, tentando retirar de si mesmo a atenção que Pilatos mencionara.

– Sim, é verdade que a obra é grande, vastos são os domínios. Todavia, Tibério já possui por aqui os que administram em seu nome e lhe prestam contas constantemente de tudo o quanto seja importante para os atos de governo central – falou o governador, tocando em um assunto delicado para todos. Se enviou romano tão importante e com tão amplos poderes, é porque está pretendendo saber mais do que lhe tem sido informado, num gesto que se aproxima da desconfiança ou do julgamento apriorístico de inidoneidade.

– Não penso assim, Pilatos. O imperador tem em alto grau de consideração a todos os que mantém nos cargos administrativos em seu nome, eis que se não fossem dignos de confiança já os teria substituído. Ocorre que, como falei, muito amplos são os domínios e se um procurador como você é responsável por um trecho limitado do Império e sobre ele precisa manter uma rede de soldados e informantes que o possibilitem exercer o domínio e conhecer os principais fatos, imagine a Tibério, como deve ser difícil administrar à distância, sem maiores informações que os relatórios parciais que lhe chegam de todos os governantes.

– Sim, isso é verdade – falou Pilatos algo mais sereno para não denunciar aos olhos de todos os seus receios mais íntimos. E por falarmos em preocupações imperiais, pelo conteúdo dos documentos, observo que nosso imperador colocou à sua disposição uma centúria para que a comandasse pessoalmente, sem minha interferência direta...

Tal comentário de Pilatos era uma referência ao teor dos papéis oficiais que lhe haviam chegado às mãos, mas que, no fundo, representavam um desprestígio à sua autoridade, acostumada a ser a última instância nas questões que lhe eram afetas. Agora, com a chegada de Públio, vira-se apequenado pela coexistência com alguém que, se não tinha a função de exercer o governo da Palestina, tinha, no fundo, a tarefa de avaliá-lo, de fiscalizá-lo, de investigá-lo com amplos poderes.

Vendo que o governador tocara no tema delicado e, acostumado às manobras políticas no seio do senado, Públio imediatamente avaliou os temores daquele homem e, para dissuadi-lo de qualquer ideia de antagonismo que poderia dificultar ainda mais a sua tarefa política junto ao governo da Judeia, respondeu-lhe:

– Sim, nobre governador. Foi desejo de César investir-me do privilégio de possuir uma força militar ao meu comando, privilégio este que não pretendo utilizar, a menos que seja imperioso fazê-lo, já que me sinto devidamente protegido pela sua hábil capacidade de manter a ordem nestas paragens.

Dispensando o comando de soldados naquele momento, Públio sinalizava a Pilatos um gesto amistoso de confiança e aparente submissão, que era muito do agrado do governador e permitiria que o mesmo se sentisse mais seguro diante da velada ameaça que o senador representava aos seus interesses imediatos e inconfessáveis.

– Agradeço a confiança depositada em minha capacidade de lhes garantir a segurança e a proteção e esteja seguro de que sua estada na Palestina será uma agradável e serena experiência, no que depender de meus cuidados.

A palestra seguia por assuntos de outras naturezas, sem que Públio ou Lívia pudessem atinar para as falsidades que haviam se tornado naturais nos espíritos dessas personagens afeitas ao comportamento inadequado ao objetivo de suas paixões mais baixas e torpes.

Notando que suas investidas em casa do pretor Sálvio eram cordialmente rechaçadas pela mulher do senador, que se ausentava constantemente de sua presença, Pilatos organizou-lhes uma recepção em sua própria casa, na qual iria estar em condições de impressioná-los com o faustoso cerimonial romano e com o que havia de melhor naquelas paragens, imaginando que tal convite lhes seria agradável pelas emoções que lhes produziriam ao reviver as tradições da Roma dos brilhos e caprichos.

Não imaginava Pilatos que os Lentulus não se filiavam à extravagante corrente dos romanos desejosos de gozos e volúpias infindáveis, marca dos tempos modernos da capital poderosa que rompia com as tradições patrícias de frugalidade e simplicidade diante da vida.

72

Nesse encontro formal e cerimonioso, tinha certeza de poder contar com a presença de Lívia que, por cumprimento do dever de acompanhar o poderoso marido, não poderia deixar de comparecer e de ficar sob a sua influência pessoal.

E para a recepção não seria cortês deixar de lado a figura dos anfitriões Sálvio e Fúlvia que, igualmente, foram convidados para participarem.

Pilatos esmerou-se no ato de impressionar, pois, sem medir gastos e nem fazer uso do bom senso, produziu um ritual envolvente, onde não faltaram vinho, pratos exóticos que se sucediam nas mãos de servos sem conta, dançarinas, cantores, mas que tivera o efeito, apenas, de confirmar no espírito de Lívia e Fúlvia os temores e a desconfiança anteriores.

A primeira, com mais cuidado se mantinha distante das conversações, entretida em amparar a filhinha Flávia, que fizera questão de levar consigo para aquele ambiente, em que pesasse o seu estado de saúde fragilizado. Seria o seu escudo protetor, na postura digna daquela que deseja lembrar a todos a sua condição principal, como mãe desvelada e cuidadosa.

A outra, Fúlvia, sentia-se picada em seu orgulho de mulher para a qual nunca o amante enaltecera sequer com um modesto brinde, que dizer, então, com uma festa daquelas. O espírito invejoso e ciumento de Fúlvia se mantinha armado para somar todas as contrariedades e, depois, cobrar-lhes o preço que acreditasse justo.

Nesse ambiente, as conversas envolviam também o homem de confiança de Pilatos, o seu braço direito nas negociatas comerciais com as quais ia se enriquecendo, o lictor Sulpício Tarquínius.

E das conversações que se seguiam durante o repasto, ouviu Públio a menção de Sulpício à figura de Jesus, relatando os feitos do novo profeta que surgira entre os miseráveis, fazendo-o com esmerado requinte de detalhes, inclusive mencionando os casos específicos em que romanos se aproximaram do taumaturgo e conseguiram obter curas impressionantes.

Pilatos escutava sem nenhuma empolgação, acostumado que se achava, já há pelo menos seis anos no exercício do governo da Judeia, com o misticismo daquele povo estranho e extremamente religioso.

Lívia, Públio e Flávia escutavam igualmente a conversação, mas com outros ouvidos, guardavam as informações do lictor Sulpício como notícia importante e digna de nota.

Públio porque, pela primeira vez escutava pessoalmente o relato sobre aquele homem cuja existência tanto interessava a Tibério por quem fora incumbido de averiguar sigilosamente sobre a verdade dos boatos que chegavam a Roma e a Capri e que envolviam Jesus.

Lívia, por possuir um espírito sensível, era passível de ser tocada por todos os exemplos de nobreza e elevação já que seu espírito elevado se afinizava facilmente com as coisas belas e nobres, ao mesmo tempo em que pensava na saúde de sua filhinha.

Flávia, a pequenina criança doente e sofredora, escutava na sua inocência, a menção àquele homem santo e poderoso que curava os doentes e que era chamado de profeta pelo povo.

Instigado por comentários de Pilatos que levava o assunto adiante, Sulpício seguia descrevendo os fatos, afirmando que o referido homem especial estava vivendo nas proximidades do lago de Genesaré, ao norte, em pequena comunidade conhecida como Cafarnaum, na região da Galileia, sua terra natal.

E para culminar sua narrativa, relatou o caso do centurião romano que apresentara a Jesus o filho enfermo e desfalecido, às portas da morte, e que fora revivido pelo simples toque das mãos do profeta, como que por um milagre, diante de todos os presentes.

A palavra do homem de confiança de Pilatos era envolvente e temperada pela vivacidade daquele que presenciou muitos fatos e que fala do que, efetivamente, pôde constatar, principalmente por não ser um dos seguidores daquele profeta tão diferente dos outros.

Se se tratasse de um testemunho comprometido pela simpatia do depoente pela causa em questão, tal relato seria tomado com cuidado por não representar, com isenção, a realidade dos fatos.

Todavia, vinha da boca de um romano que continuava romano na sua essência, ainda que subalterno e sem projeção na sociedade patrícia e nobre, onde a estirpe representava cartão de visitas e prenúncio de respeito e confiabilidade.

Ele havia visto e escutado Jesus junto à multidão dos sofredores de Cafarnaum e se impressionara com aquela majestosa simplicidade que, sem qualquer atavio, dominava os ouvintes que permaneciam em silêncio para escutá-lo.

Assim, Públio começava a receber informes importantes para a sua segunda missão, aquela não declarada, graças à qual iria confidenciar a Tibério sobre a existência real daquele homem lendário e que se encontrava entre as esperanças do imperador para obter a melhoria física e a cura para seus males crônicos.

Naquela noite, pretendendo estabelecer moradia na província oriental, mas longe dos olhos do governador, atendendo às sugestões de Pilatos, Públio havia elegido a Galileia como local para sua fixação

74

naquelas paragens, já que não pretendia permanecer hospedado na casa de seu tio e de sua perigosa mulher, cuja conduta coleante e frouxa já houvera sido também percebida por Públio.

E em que pese ter optado por Nazaré, acatando sugestões de Pilatos que, com isso, pretendia manter o senador e sua esposa em região na qual também tinha residência particular, no íntimo do senador surgia a ideia de transferir-se para as proximidades do profeta, já que tinha uma missão do imperador a cumprir. Quanto mais rápido o fizesse, mais rapidamente se desincumbiria da tarefa e poderia atender aos anseios de César.

Naquele dia, depois do jantar, os fatos desencadeariam efeitos que acabariam por levá-lo, efetivamente, a escolher Cafarnaum como refúgio distante.

Assim é que, depois do repasto farto e cansativo, os convidados foram aos jardins da residência senhorial desfrutar a noite fresca, seguindo aos pares como mandava a tradição, ficando Públio com Cláudia, a anfitriã, Pilatos com Lívia e Sulpício acompanhando Fúlvia, cujo marido se apartara do grupo atendendo a seus desejos estéticos junto a obras artísticas que ornamentavam a residência do governador.

Cláudia se mantinha na posição de mulher nobre e agradável, cumpridora de seus deveres sociais e familiares, na antítese do marido que esposara.

Pilatos, contudo, não se punha no lugar que lhe cabia, aproveitando-se das circunstâncias favoráveis, como ele houvera previsto, para iniciar o cortejamento da mulher alheia, tentando ser envolvente e sutil nas suas indiretas, que chegavam ao coração nobre de Lívia como petardos dolorosos e difíceis de suportar como lhe impunha a condição de convidada.

Valendo-se do natural distanciamento entre os pares na lenta caminhada pelo vasto local, Pilatos declarou-se à Lívia e escutou dela a natural recusa que não era costumeira aos seus ouvidos.

No íntimo de suas almas, reviviam as experiências antigas e pregressas já relatadas no capítulo anterior e, para infelicidade de Lívia, que se via ferida pelas palavras insinuantes, o espírito de Pilatos continuava a ser quase o mesmo arrogante e conquistador do pretérito.

Sem tirar os olhos de ambos, Fúlvia acompanhava o caminho do casal procurando manter-se atenta a todas as cenas, ainda que não lhe fosse possível captar os pormenores do colóquio pelas vias auditivas.

Sulpício, ao seu lado, sentia-se orgulhoso por acompanhar bela mulher cuja vida dissoluta conhecia detalhadamente e, por isso mesmo, almejava a oportunidade de, ele também, receber-lhe os favores carnais que imaginava fáceis e envolventes.

Já lhe havia proposto de forma direta a possibilidade de servir-lhe com zelo e afeto sincero em troca de uma oportunidade em sua intimidade, mas Fúlvia recusara, não por lhe ser indiferente a proposta de aventuras sexuais, mas porque, na sua concepção romana, Sulpício era um empregado de Pilatos e, entre deitar-se com ele e com o seu patrão, para a sua condição de mulher seria mais importante entregar-se ao mais poderoso ao invés de aventurar-se com o subalterno.

Pudores em meio da depravação, típicos do ser humano em crescimento a partir da ignorância.

Fúlvia, no entanto, observara o desejo de Pilatos nos gestos, nos olhares, na maneira encantadora com que ele se dirigia a Lívia e na situação inesperada que os envolvera durante a qual tomara entre as suas a mão da esposa do senador porquanto, diante de tão pesados dardos energéticos de Pilatos, Lívia fora presa de um abatimento e desfalecera momentaneamente, tendo sido impedida de cair por vetusto tronco de árvore ali existente onde se apoiara e pelas mãos do governador que, temendo a queda da delicada mulher desejada, como se disse, segurara-lhe pelas mãos, num gesto que, à distância, poderia ser interpretado como um enamoramento, mas que, em realidade, mais não era do que uma imposição do estado fragilizado de Lívia.

Tão logo se sentiu invadida pelo toque físico do adversário astuto, Lívia recobrou-se e, aproveitando-se da chegada de Públio e Cláudia, retomou a conversação com o esposo e a anfitriã, ignorando as investidas de Pilatos e deixando-o sem qualquer outra palavra durante o restante da noite.

Tal fragilidade física de Lívia soara ao espírito conquistador de Pilatos como o preâmbulo de uma capitulação, pois fora por ele interpretada como um sentimento correspondido em luta contra a sua condição de esposa e mãe, nos conflitos entre os desejos ocultos e as virtudes naturais de sua alma feminina.

Para Pilatos, Lívia dava mostras de, ainda que lhe recusasse o assédio com palavras claras, era traída pela reação orgânica que indicava a emoção que a levara ao desequilíbrio físico.

Isso era estímulo para a continuidade de suas empreitadas indignas, acostumado que estava ao estratagema usado com outras, que sempre iniciavam o relacionamento recusando formalmente os seus convites para, logo depois das primeiras investidas, entregarem-se ao desvario completo em sua companhia.

Fúlvia via tudo de longe e, com os olhos voltados para o centro dos acontecimentos, levou Sulpício, igualmente, a observar os fatos acima narrados.

Vendo a cena com os olhos da maldade e da depravação que lhe corrompiam o espírito, e sabendo da maneira sedutora com que Pilatos se conduzia com as mulheres, imaginou que Lívia estaria sendo cooptada pela sua teia pegajosa, tornando-se a nova conquista do governador.

Dirigindo-se a Fúlvia, ironizou-a, dizendo:

– Pois eu não sabia que você já tinha caído em desgraça junto ao governador, trocada, assim, tão depressa por outra mais nova nestas terras. E eu que venho me oferecendo como fiel e dedicado servidor de seu afeto, só tenho recebido sua repulsa... – falava, astuto, para produzir o efeito de ferir o coração decepcionado de Fúlvia, ao mesmo tempo em que desejava apresentar-se-lhe como um homem que lhe valorizava a companhia enquanto Pilatos desdenhava dela e a trocava descaradamente por outra.

Ferida, Fúlvia se deixou enredar pelas teias inferiores onde seu espírito chafurdava naturalmente, prometendo-se ao lictor se ele a ajudasse a afastar Públio e Lívia de Pilatos ao mesmo tempo em que, no momento oportuno, semearia no espírito do senador a venenosa desconfiança com relação à esposa fiel e devotada, dupla maneira de vingar-se daquela que parecia ser a pudica matrona romana, mas que, aos seus olhos, valia-se de sua condição socialmente elevada para dar vazão às torpezas mais baixas.

Ali realizaram o pacto trevoso que custaria muito aos seus espíritos, por séculos e séculos do futuro, na recuperação efetiva de suas quedas fragorosas.

10

OS CÚMPLICES

Alguns dias depois desta cena, visando cumprir a promessa feita à Fúlvia, segundo a qual tudo faria no intuito de afastar o senador e sua esposa da presença de Pilatos, Sulpício fizera ver ao enviado romano que o seu desejo de fixar-se em Nazaré, conforme lhe houvera sugerido o governador da Judeia, não lhe cairia bem, em face da rudeza das acomodações, ali sempre escassas e abaixo das necessidades de conforto da família.

Tendo sido convocado a opinar sobre a transferência para um local apropriado para o exercício de seus deveres como legado de Tibério na província da Palestina, Sulpício aprestou-se a lhe sugerir a fixação na comunidade mais distante, localizada ao redor do lago de Genesaré, ao norte de Nazaré, onde um conjunto de núcleos habitacionais se congregava para usufruir a paisagem gentil e auspiciosa propiciada pela grande massa aquosa, chamada pelas pessoas de mar da Galileia, tal a sua dimensão.

Dele as criaturas poderiam retirar não apenas o alimento para sobrevivência, como também a aragem suave que atenuava a rigorosidade da atmosfera de secura e aridez encontrada em muitas outras partes daquela região, apesar de que, no período em que nos fixamos na presente narrativa, a Palestina apresentava-se revestida de um verdor e beleza que em nada se parecia ao seu estado atual.

Escutando-lhe a sugestão, o senador perguntou-lhe:

— Você está seguro de que a região é salutar e agradável, Sulpício?

— Posso afirmar com toda a segurança, nobre senhor, que em momento algum se arrependerá da escolha que fizer, se ela recair sobre a localidade que estou apontando. Ademais, a moradia que me é possível oferecer, pertencendo a um dos nossos, poderá facilmente ser arrendada por período que seja conveniente aos seus interesses oficiais, poupando a despesa com a aquisição definitiva. É gleba de terras muito apreciável, com pomares e plantas que ornamentam a área que, de alguma sorte faz lembrar os ambientes campestres de nossa capital. Além do mais, a casa poderá ser reformada rapidamente para atender às necessidades de sua família, pois está em bom estado de conservação.

– Apenas a localidade não me é conhecida. Sei que Nazaré dista um bom pedaço para o norte de Jerusalém. E essa localidade que você aponta, para onde fica?

– Bem, senhor, Cafarnaum fica ainda mais ao norte, mais distante de Nazaré.

– Cafarnaum, Cafarnaum... – falou pensativo o senador – já ouvi referências a esse nome. A moradia que você está sugerindo não fica em Genesaré? – perguntou Públio, confundido pelas denominações diferentes e procurando retirar da memória a lembrança na qual estaria arquivada a referência a essa localidade.

– Sim, meu senhor –respondeu Sulpício –, acostumar-se às localidades é uma das maiores dificuldades para os que chegam à Palestina, já que são pequeninos amontoados de pessoas, todos com nomes muito diferentes da nossa maneira de chamar as coisas, muitos deles parecidos uns com os outros, pela maneira com que se pronunciam. No entanto, Genesaré é o nome do lago que falei onde se localizam muitas cidadezinhas, inclusive uma que foi fundada em homenagem a César, de nome Tiberíades. Cafarnaum fica mais ao norte, circundando o lago, bem mais distante de Nazaré.

Públio escutava-lhe as explicações, lembrando-se de que quanto mais afastada ficasse a sua moradia, melhor aos seus interesses de investigar Pilatos, de atender aos interesses da pequena Flávia, a filha doente, e de conseguir informações sobre aquele Jesus que Tibério lhe pedira para conhecer.

Em seu pensamento rápido, lembrando-se de Jesus, recordou-se da referência a Cafarnaum.

– Agora me volta à mente nossa conversa de dias atrás, por ocasião do jantar em casa do governador, quando você fez referência à pessoa de um taumaturgo, de um curandeiro que está por esta região fazendo seus milagres e assustando as pessoas, não foi, Sulpício? – perguntou afirmando o senador.

– Ah, sim, senador. É verdade que falamos sobre Cafarnaum. Lá pude presenciar a pregação desse homem que é chamado de Mestre por muitos dos que o seguem e que tem se notabilizado não apenas por sua forte e atraente personalidade penetrante, mas também por levar esperança e cura para muitos dos que o seguem. Seu nome é Jesus e está morando, pelo que pude observar, na mencionada cidade onde se fixam alguns de seus mais fiéis seguidores.

Imaginando que a sugestão do lictor lhe estava caindo como uma perfeita solução a todos os seus anseios, meditou sobre a efetiva conveniência de transferir-se para Cafarnaum. Restava-lhe apenas confirmar alguns detalhes sobre a salubridade da região, por causa da saúde da filhinha, que precisava preservar.

– Você sabe, lictor, que um dos motivos de minha vinda até a Palestina é o problema de saúde de minha filha mais velha, que precisa de local agradável, saudável, livre de pestes, de mosquitos, de calores excessivos e da presença de muita gente, sempre capaz de concentrar os miasmas da enfermidade ao seu redor. Temo que a concentração excessiva de pessoas possa tornar inconveniente o local.

Na verdade, o pai zeloso também estava preocupado em expor a filha aos olhos maldosos das pessoas que, em convívio direto com enfermidades como a de Flávia, facilmente identificariam o seu estado físico e a origem de seus males, possibilitando reações negativas e rudes da parte dos mais ignorantes e amedrontados.

Percebendo a necessidade de convencer o senador da conveniência de tal escolha, Sulpício não se fez de rogado e acrescentou:

– Pois se tal é a necessidade primeira, a saúde da pequenina poderá ser recuperada tão só ao contato das aprazíveis brisas da região a que me refiro. Em verdade, senhor, não há em toda a Galileia outro sítio mais favorável do que aquele, eis que as aragens do lago, as perfumosas flores e o sabor adocicado das frutas que lá crescem são o atestado da salubridade e das condições de conforto que o ambiente propicia. Além disso, no que toca à discrição e à tranquilidade tão necessárias para o tratamento da pequena doentinha, a gleba a que me refiro não se localiza no setor urbanizado, distando quase um quilômetro do aglomerado de casas, o que permite o isolamento necessário para a serenidade da família. Não está de todo afastada – o que também não seria conveniente em face dos perigos naturais e da fragilidade da segurança – nem está de todo encravada no meio da população, o que, igualmente, seria nocivo aos objetivos pretendidos.

Convencido pelos argumentos do interlocutor, que se fazia atencioso e interessado no melhor para os confortos do senador, Públio assentiu que Sulpício procurasse fixar a moradia dos Lentulus na região por ele sugerida, o que lhe vinha a calhar, pois representava uma combinação favorável para a realização de todos os seus objetivos.

Ficaria longe de Pilatos, a quem já começara a não suportar por ser homem cheio de meneios de conduta, procurando manter um comportamento versátil e interesseiro.

Como já vimos, com sua sugestão de fixar a residência do senador em Nazaré, Pilatos desejava não apenas ter sob sua mirada a figura de

Lívia, a quem dedicava a cobiça de seu espírito lascivo, mas também estar observando os movimentos do enviado de Tibério para melhor constatar as suas atitudes e precaver-se. Por isso que o governador sugerira a fixação da família em Nazaré, onde ele próprio possuía moradia ou instalações nas quais passava boa parte do tempo.

Da mesma maneira, aos ouvidos do senador, Fúlvia já havia feito chegar as notícias maldosas dando a conhecer, segundo o seu ponto de vista, o encontro de Pilatos e Lívia no jardim da residência deste, na noite do jantar, levantando suspeitas da prevaricação da esposa de Públio. Acostumado a uma consideração honesta e de boa fé sobre as pessoas, o senador refutara as acusações sobre a conduta de Lívia, mas as insinuações agudas de Fúlvia fizeram em seu íntimo as marcas naturais a que estão vulneráveis todos os homens e mulheres que são frágeis no afeto.

Assim, afastar-se do antro de intrigas onde estava instalado, igualmente seria benéfico ao estado geral da família Lentulus.

Pilatos não lhe agradava, como governante e como homem e, pelos seus sentimentos passava o temor de perder a felicidade familiar no meio do torvelinho das intrigas e da inveja. Afastar-se dali era o que seus pensamentos mais lhe aconselhavam.

Do mesmo modo, ficaria isolado em localidade distante da sede de influências do procurador, quando então poderia acumular as informações sobre seus atos administrativos e sua maneira de ser como representante maior de César naquela região. Não seria incomodado por suas pressões e por sua vigilância dissimulada.

Além disso, poderia manter a filha em ambiente aprazível e protegida dos olhares indiscretos e maldosos das pessoas, aguardando a sua melhora plena.

Mesmo no que tange às obrigações não oficiais que Tibério lhe solicitara, em Cafarnaum o senador poderia encontrar as informações sobre aquele homem que era possuidor de um modo especial e diferente de tratamento de doenças e que estava produzindo curas assombrosas.

Em Cafarnaum se encontravam todas as condições para que o senador desempenhasse os misteres nos quais fora investido por Tibério e pelo próprio Senado Romano.

Ali realizaria os atos necessários para poder voltar à sede do Império com a missão cumprida.

Ainda não se passavam quinze dias da estada da família na cidade de Jerusalém e Públio já se sentia sufocado pelos seus modos, pelos costumes estranhos daquela gente, pelas insinuações mesquinhas de Fúlvia, e se passaria quase um mês até que os preparativos da mudança estivessem prontos, favorecendo a transferência dos Lentulus para a região distante da Galileia, junto ao lago de Genesaré, onde estavam acontecendo os eventos mais relevantes para a história da Humanidade. Enquanto isso, na sede do governo, Pilatos se via contrariado com a escolha do senador pela pequenina Cafarnaum, distante de suas vistas. Assim, deu ordem aos seus asseclas para que se mantivessem atentos, para que qualquer movimento suspeito de Públio lhe fosse imediatamente comunicado, pois ele sabia que o senador representava perigo à consecução de seus planos indignos.

***

Como se sabe, o homem que tem coisas a esconder teme a presença de qualquer outro que lhe atrapalhe as intenções escusas.

Acostumado a levar uma vida dupla, tendo de parecer honesto representante de César e ao mesmo tempo procurando retirar de seu cargo todas as vantagens indignas que a proximidade do poder favorece, Pilatos, que já se encontrava há seis anos no governo da Judeia, por primeira vez se via defrontado por um adversário a ser vigiado de perto, pois Públio estava investido de uma autoridade mais elevada do que a dele próprio, conquanto não pudesse administrar a Palestina em seu lugar.

Por isso, alegando necessidades urgentes, Pilatos passou a empreender pequenas viagens para localidades nas cercanias de Jerusalém, onde estavam pessoas importantes em seu tráfico de interesses, a fim de entender-se pessoalmente com elas quanto à discrição indispensável à sobrevivência dos esquemas montados.

Na própria Jerusalém, encontrou-se pessoalmente com o sumo sacerdote com quem tratou de questões comuns e combinou condutas mais discretas na solução de problemas de interesse de ambos, evitando-se cenas comprometedoras ou que pudessem revelar, em seus contornos, mais do que a formal relação que deveria haver entre o dirigente romano e o representante religioso do suntuoso templo dos judeus.

Lívia, contudo, não lhe saía da cabeça.

Sua presença, seu porte nobre, sua repulsa e ao mesmo tempo a sua vertigem apontavam-lhe uma silenciosa capitulação ante a sua irresistível personalidade – pensava Pilatos, presunçoso –, entrevendo o próximo encontro e a próxima possibilidade de envolvê-la com sua astúcia de víbora.

Em vão Fúlvia procurou aproximar-se do governador a fim de

fazê-lo sentir os seus sentimentos provocantes e insinuantes, sempre encontrando a justificativa de que o procurador não poderia atendê-la ou que estava ausente do palácio.

Tal distanciamento não passava despercebido da argúcia feminina de Fúlvia, acostumada aos jogos da sedução e à personalidade previsível daquele homem e, na condição de mulher maliciosa e de pensamento prevenido, tudo interpretava como perda dos privilégios conquistados nas aventuras ilícitas com o cunhado e culpava Lívia por isso.

Naturalmente, deveria dar tempo a Pilatos para que ele pudesse esgotar sua emoção com a novidade que a mulher do senador representava em sua vida. Estaria por perto para dar o bote no momento adequado. Já havia feito chegar a Públio a notícia maldosa falando do envolvimento de Lívia com o governador, na forma de sua interpretação maliciosa da cena noturna do jardim.

Agora, com o afastamento do senador para a localidade distante de Cafarnaum, Fúlvia poderia voltar à carga junto de seu amante e cunhado, procurando mantê-lo sob o seu controle, mesmo que precisasse usar das armas da sedução para impor-se ao seu domínio.

Sulpício tinha feito a sua parte no acerto inicial que fizeram naquela noite, afastando o casal das proximidades de Pilatos.

O lictor, atendendo às determinações de Pilatos, ficaria com a família do senador em Cafarnaum, com a desculpa de protegê-los em localidade distante, no comando de pequena guarnição de soldados que se manteria ao serviço da segurança do enviado de Tibério. No fundo, a função de Sulpício era a de vigiar Públio e enviar notícias a Pilatos sobre seus atos.

Assim, em pleno ano de 32, encontraremos Públio, Lívia e seus filhos instalados nas proximidades do mar da Galileia, envolvidos pelas tramas mesquinhas dos interesses subalternos e muito próximos da redenção de seus espíritos pelo contato direto com a personalidade mais marcante que já pisara o solo terreno.

Lá estava Jesus também, com os estropiados do corpo e do espírito, seguido pelo cortejo das lágrimas e das súplicas, entregue aos aflitos e sobrecarregados pelas misérias humanas para dar-lhes esperanças e forças para o reino da Justiça e da Misericórdia que iria se instalar entre os homens.

Ali se encontravam também Zacarias e Josué, que seguiam Jesus por toda parte, ao lado dos doze escolhidos e dos outros sessenta e oito varões que se dedicavam, por espontâneo devotamento, ao aprendizado das mais altas lições da espiritualidade na regeneração de suas próprias almas.

11

JESUS E OS SETENTA

As oportunidades de trabalho no caminho do amor multiplicavam as necessidades de mais e mais mãos que pudessem levar a mensagem de esperança a todos os sítios, em uma época na qual a ausência de meios de comunicação mais avançados dificultava a propagação das verdades da alma.

Assim, os jornais inexistentes eram substituídos pelos viajantes que relatavam, por onde passavam, os fatos e as notícias mais importantes e, assim, as novidades eram difundidas de maneira lenta e difícil.

As curas e os ensinamentos de Jesus que se concentravam no núcleo urbano onde se manteve por mais tempo iam, igualmente, sendo transmitidas aos que residiam nas localidades que, com a sede de melhora, procuravam encontrá-lo pessoalmente.

Dessa maneira, no segundo ano de seu ministério, a notícia de sua capacidade curadora, de seu magnetismo potente e inigualável, de seu modo diferente de falar do Reino da Verdade, da sua mensagem sobre um mundo diferente que acolheria a todos e faria justiça diante das injustiças terrenas, trazia gente de todos os lados e tornava ainda mais dificultosa a realização de uma tarefa tão imensa, já que as criaturas imaginavam que a sua mensagem visava apenas curar o corpo.

Multidões passaram a buscá-lo, vindas de todas as regiões circunvizinhas ao lago de Genesaré e isso obrigava a que Jesus e seus discípulos recorressem a meios ou estratégias que lhes permitissem seguir realizando as obras da Boa Nova sem se verem massacrados pela multidão exigente e temperamental.

Muitas vezes Jesus se valeu da barca de Simão para que, através do lago, pudessem atingir outras localidades sem que fossem seguidos pela turba e sem que o volume de curiosos e pessoas sem compromissos com a transformação verdadeira lhes atropelasse o caminho.

Naturalmente, ouvindo falar das inúmeras realizações do Divino Amigo, muitos sofredores o buscavam da mesma maneira que uma chusma de pessoas sem doenças físicas também desejava estar por perto para ver a realidade dos fenômenos físicos que se produziam em sua presença.

Mais do que desejosos de melhoria para si mesmos, eram curiosos que queriam estar a par das coisas e ver com os próprios olhos.

Não havia, então, como discernir na turba barulhenta que o seguia pelos caminhos quem era necessitado de amparo verdadeiro e quem era apenas observador desconfiado.

Diante de tal situação, os próprios discípulos procuravam manter Jesus sob o seu campo de proteção, acreditando que deveriam protegê-lo como pedra preciosa que alguém pudesse desejar furtar ou destruir por inveja e por não lhe valorizar a grandeza de sua missão.

Em inúmeras ocasiões se pôde constatar a existência de pessoas sem desejo de verdadeira melhora cercarem Jesus, ao passo que alguns poucos, efetivamente doentes, buscavam-lhe a proximidade com o ânimo sincero de recuperação, diferente dos demais.

Isso se deu e pôde ser constatado na ocasião em que, chegando a Cafarnaum depois de uma de suas breves visitas a povoados que se banhavam no lago, Jesus foi solicitado por Jairo, o chefe da sinagoga, para que atendesse sua própria filha, enferma e desenganada. Naturalmente, até a sua chegada à casa do aflito pai, novamente a multidão cercava o Mestre acompanhando-o na jornada até o local onde se encontrava o sofrimento a ser socorrido.

Ao longo do trajeto, no entanto, Jesus interrompeu a caminhada e perguntou aos que estavam ao seu redor:

– Quem me tocou?

E diante da negativa de todos os que o cercavam, Simão se admira da pergunta e acrescenta:

– Ora, Senhor, por onde vamos há uma multidão que nos oprime, nos aperta e que, naturalmente te toca sem que possamos saber quem foi ou o que deseja. Como identificar uma criatura em especial que te tenha tocado?

E vendo que os seus ouvintes não entendiam a profundidade de suas palavras, Jesus foi mais claro:

– Alguém me tocou de maneira a retirar de mim uma virtude.

E a afirmativa do Mestre indicava que ele sabia que alguém o havia tocado de maneira distinta.

Naturalmente tal ocorrência é significativa para que se possa avaliar o tanto de criaturas que ombreavam com Jesus e o tocavam sem qualquer interesse elevado, apenas por acompanhar uma boa fonte de novidades, apenas por desejar estar ao lado de alguém diferente e de quem se diziam coisas maravilhosas.

No entanto, uma pessoa se aproximara Dele de maneira especial, diferentemente de todos os outros que apenas lhe acompanhavam os passos em busca do maravilhoso.

Essa pessoa, Jesus identificara e tal fora a sua interação com ela que estacara o passo e pedia, agora, que se identificasse.

Diante de um profeta assim tão reverenciado, a pessoa enferma trazia no íntimo a esperança de obter uma bênção para suas mazelas.

É natural, em muitas criaturas, notadamente naquelas massacradas pela indiferença dos semelhantes, uma timidez em assumir os próprios desejos, as próprias buscas.

Desse modo, entre as pessoas que ali estavam, uma mulher muito enferma, que se ocultava por entre mantos pobres e surrados que lhe disfarçavam as condições de fraqueza e a mantinham no anonimato procurou buscar-lhe o amparo, sem se considerar com direito de apresentar-se à vista de todos para solicitar a cura.

Isso ocorria porque ela já estava acostumada com o julgamento dos homens de seu tempo, que a consideravam mulher desditosa e amaldiçoada. Afinal, fazia doze anos que era vítima de uma hemorragia que lhe corroía as forças físicas e lhe causava toda a sorte de dificuldades e problemas.

Os médicos não haviam conseguido dar fim ao problema.

Recorrendo aos sacerdotes, deles obtivera o diagnóstico de que estava possuída pelo diabo, eis que só ao diabo apraz manter uma mulher na condição de sangrar lentamente. Além do mais, nos conceitos daqueles tempos, a mulher era tida como criatura desconsiderada, primeiramente por ser responsabilizada pela queda de Adão e a sua consequente expulsão do Paraíso, como já explicamos anteriormente.

E, depois, por ser aquela que produzia os desejos impudicos nos homens, o veículo da luxúria, da sedução, e de todos os sentimentos impuros ligados às fraquezas do sexo, agravados pelo fato de, todos os meses, apresentar os sinais da sua culpa, através do sangramento regular que produzia os incômodos naturais, piorados por uma falta de recursos modernos da higiene, que só com o progresso seriam equacionados e atenuados.

Por isso, era naturalmente associada à ideia de amaldiçoada. Mais ainda quando, no caso específico daquela filha de Deus, se mantinha em processo de sangramento constante.

O seu aspecto físico era muito desagradável porque a fraqueza orgânica lhe produzia uma epiderme descorada, esbranquiçada e rugosa, além de suas olheiras profundas produzirem um olhar sem vida, petrificado, próprio das pessoas tomadas pelo demônio, como se pensava naqueles tempos.

Seu odor igualmente era pouco atraente, uma vez que, por mais que conseguisse higienizar-se – e isso já não era fácil naquela época e naquele local – a permanência do fluxo sanguíneo, aliado ao calor constante, produzia um odor característico de putrefação que ela tentava disfarçar cobrindo-se com mantos, buscando abafar o cheiro que a denunciaria ou que afastaria as demais criaturas.

Nesse sentido, tendo sabido da presença daquele homem abençoado, deixou seu pequeno povoado e tomou o rumo de Cafarnaum onde esperava encontrá-lo. Todavia, carregava consigo o espólio de anos e anos de sofrimento e preconceito, considerada mulher indigna, filha do diabo, condenada à periferia dos aglomerados humanos.

Assim, tímida, não buscou Jesus diretamente, mas se limitou a misturar-se à multidão para aproximar-se dele e tocá-lo, com a esperança de que seu problema se solucionaria no anonimato.

E tão logo encontrou a ocasião, assim o fez, na certeza de que, se nada lhe acontecesse, da mesma forma nada perderia.

Tal era a sua esperança naquele encontro, que não imaginava que o próprio Mestre pudesse identificar o seu gesto de súplica sem palavras, com a sua sensibilidade perfeita e em sintonia com as dores ocultas a que ele viera servir por Amor.

Aquelas palavras ainda ecoavam em seus ouvidos: – Alguém me tocou porque eu senti que de mim saiu uma virtude...

E como mais ninguém se apresentasse diante de tal apontamento seguro e peremptório, apresentou-se ela, coagida por uma força muito maior do que sua desdita e sua enfermidade.

Trêmula e amedrontada, sem saber como reagiria a multidão, a mulher prostrou-se aos seus pés e, em lágrimas de medo e de emoção, relatou ali os seus padecimentos, sem ousar erguer os olhos, do mesmo modo que a fizera saber que, por uma força misteriosa e gigantesca, ao simples toque de suas vestes, sentira parar o sangramento, causando um impacto muito grande em todos os que ouviam o relato franco e que denunciava o seu estado pessoal e a sua identidade, para sua própria vergonha.

Com muito amor por sua desdita, Jesus abaixou-se e tomou-lhe os braços à vista de todos os que o circundavam e, fitando-a com enternecimento incomparável, sorriu-lhe como a lhe agradecer o gesto corajoso e autêntico de apresentar-se à vista de todos, quando a maioria ali continuaria ocultando-se por medo de se apresentar e ser repreendido.

A pobre mulher, que empobrecera nas inúmeras tentativas de curar-se com médicos e procedimentos pouco eficazes, que só lhe haviam piorado o estado geral, nada mais tinha para dar além do próprio testemunho.

E, para que servisse de exemplo aos outros que seguiam Jesus por mero diletantismo ou por desejarem estar próximos das novidades e dos fatos miraculosos, a mulher passou de anônima a criatura reverenciada pelo Mestre, que lhe abençoou a luta e lhe afirmou:

– Filha, vai-te em paz. Grande foi a tua fé e ela te salvou. De hoje em diante estás livre de teu mal.

Surpreendendo a todos com esse gesto, Jesus retomou a caminhada, deixando a pobre e infeliz mulher embevecida com tal poder e generosidade.

Mas a multidão continuou apertando-o, espremendo-se as pessoas umas contra as outras, sem que desejassem outra coisa senão estarem próximas do espetáculo.

Por todos estes motivos, a pregação de Jesus estava gerando muitos problemas, além do fato de que havia muitos enfermos que não podiam se locomover de seus leitos, de suas pobres enxergas, de seus catres e que, assim, se viam privados de qualquer benefício.

Os que andavam e o seguiam, muitas vezes, não queriam aprender ou aceitar. Os que necessitavam e ansiavam por um encontro, muitas vezes, não tinham como chegar até ele.

Diante disso, Jesus era bombardeado constantemente por súplicas mentais, orações emocionadas e recheadas de desespero e dor que lhe pediam a presença e o auxílio.

Sentia as petições magnéticas que lhe chegavam de todos os lados ao espírito sensível e, sabendo das necessidades de muitos e da pouca fé que poriam na mensagem superior se apenas se operasse uma cura à distância, sem a presença de nenhuma prova de que fora produzida de uma intercessão superior, Jesus, em sua sabedoria, sabia da necessidade de levar a tais rincões, a prova viva das verdades do Reino de Amor que ele mesmo vivia.

Assim, vendo que em sua jornada se iam agregando mais e mais almas que o seguiam, além dos doze amigos por Ele escolhidos para os labores principais da Boa Nova, Jesus realizou aquela que seria a primeira medida de difusão ampla da mensagem do Reino do Pai por outras paragens.

Sabendo das limitações individuais no pouco conhecimento ou na fragilidade daquelas almas diante dos desafios da jornada, Jesus deliberou enviar os setenta mais próximos a diversas localidades em Seu nome, para entregar as bênçãos de Deus aos caídos que não podiam ir até a sua presença física.

Assim, reunidos em uma de suas andanças, advertia os seus seguidores sobre as necessidades do devotamento diante das dificuldades.

Por essa época, o Divino Emissário passou a se valer da ajuda dos integrantes desse grupo, conhecido como o grupo dos setenta, para que, em duplas, antecedessem-no como arautos da anunciação da sua chegada nas cidades por onde ele passaria e, nelas, muitas vezes, realizassem os milagres que os sofredores esperavam que o próprio Jesus produzisse.

Por isso, aos que se aproximavam de maneira mais íntima nas inúmeras jornadas de pregação e semeadura, Jesus lançara sobre eles a convocação para o trabalho e a renúncia.

No entanto,nem todos os que o seguiam mais de perto desejavam estar ao seu lado, rompendo os laços com o mundo que os seduzia.

Assim, quando alguns desejavam se postar ao seu lado como que disputando um lugar de destaque perante os outros, Jesus advertia, sereno:

– As raposas têm suas tocas, as aves do céu fazem seus ninhos... mas a mim não me cabe ter sequer onde reclinar a cabeça. Estais preparados para a mesma renúncia que me cabe?

E diante desta pergunta clara, arrefeciam os mais fracos diante da ideia de não possuírem coisas, nem casas, nem compromissos que os impedissem de seguir Jesus por onde ele fosse.

A outros que aceitavam a convocação, mas pediam um prazo para irem ultimar seus negócios, enterrar seus mortos, despedir-se dos de sua casa, Jesus advertia:

– Todo aquele que coloca a mão no arado e olha para trás, não está apto para entrar no reino de Deus – ao que desanimavam aqueles que se prendiam às coisas materiais e às convenções dos homens mais do que ao impulso de ser servidor dos ideais do Criador.

Assim, selecionados os que compreenderam o que Jesus desejou falar, entre os quais estavam Josué e Zacarias, que não titubearam em se oferecerem segundo as condições estabelecidas pelo Mestre para o trabalho, estabeleceu-se o colóquio no qual Jesus os abençoara e autorizara a realizar, em seu nome, os atos de amor a todos os que encontrassem.

E antes de designá-los, dois a dois, aconselhou-os:

– A seara é ampla e há muitos sofredores necessitados. Todavia, muito pequeno é o número dos que se dispõem ao trabalho de acolhê-los. Por isso, eu digo a todos vós: Ide, em nome do Pai. Eu vos envio como cordeiros para o meio dos lobos.

Não carregueis bolsa, alforje nem sandálias que possam representar cobiça aos que vos escutarem. Na ausência de coisas valiosas, os que vos encontrarem escutarão o valor de vossas palavras. Pedi acolhida nas casas humildes que se abrirem para vós e bendizei os seus moradores com palavras de paz e carinho. Ali estejai bebendo e comendo do que vos for dado, pois esse é o salário do trabalhador e é tudo o que recebereis em troca. Não escolhais moradias mais agradáveis ou mais abastecidas e ali permanecei enquanto tiverdes coisas a cumprir, anunciando a proximidade do reino de Deus.

Se, todavia, a cidade onde entrardes não vos acolher com simpatia, não por isso deixareis de propagar a mensagem do reino de Deus. Dir-lhe-eis que o reino de Deus está próximo e que o desprezo com o seu anúncio pesará sobre todos os seus moradores indiferentes, tendo desperdiçado o chamamento que os poderia salvar. Daí, afirmai que se retiram dali sem desejar levar-lhes sequer a poeira que se apegar às vossas sandálias.

Segui adiante até que a tarefa esteja concluída e voltai até mim.

Então, depois de os ter advertido da seriedade da pregação do reino e de lhes ter atribuído o poder de curar e abençoar os que os recebessem com fraternidade, Jesus passou a separá-los com um gesto, apontando quem seguiria com quem.

Circundou os candidatos emocionados e lhes foi indicando o companheiro que aguardava em silêncio o término da designação.

E o que se observava é que, em alguns casos, Jesus colocava juntos dois amigos que se queriam muito. Em outros casos, o divino Mestre, apesar de não lhes ser tão íntimo quanto o era dos doze apóstolos, escolhia como se conhecesse a divergência que lhes ia na alma, fazendo com que dois companheiros que tivessem diferenças pudessem caminhar lado a lado, aproximarem-se e unirem-se, já que estariam sozinhos e precisariam um do outro.

– Tu, Jeroboão, irás com Ezequias e percorrereis os vilarejos do lago. Não esqueçais, no entanto, que o Senhor conhece os seus filhos por muito se amarem... – falava Jesus a ambos, causando-lhes o constrangimento interior daquele que se vê desnudado em seus mais íntimos segredos.

Afinal, Jeroboão se havia irritado com Ezequias por causa de sua maneira alegre de ser que lhe soava como irresponsabilidade ou leviandade. Ezequias era mais jovem do que ele e, naturalmente, se mantinha de maneira menos taciturna diante da vida. Além disso,

90

Ezequias enamorara-se, tempos antes, da irmã mais nova de Jeroboão e este achava que o jovem estava sendo maldoso ao abandoná-la para seguir Jesus. Havia uma insatisfação em sua alma contra o jovem rapaz e ele seria, talvez, o último que escolheria para ter como seu amigo de jornada.

Mas Jesus não pedia, apontava as alianças.

E não foi com menor surpresa e alegria que Jesus escolhera para Zacarias a companhia de Josué, seu amigo, dizendo-lhes:

– Em vossos espíritos afinizados entrevejo as bênçãos do verdadeiro afeto, pelo que vos designo um como o amigo inseparável do outro. Por onde andardes, não vos esqueçais: estais preparados para regressardes vitoriosos. No entanto, vos advirto de que não será sem lutas profundas que havereis de voltar até mim, com o fruto doce de muitas dores saneadas, mas com o dever de fecharem muitas feridas dentro do próprio coração através do perdão e do esquecimento. Regressareis até mim e apreciarei o vosso sucesso contando as cicatrizes na vossa alma. Estarei sempre a sustentar-vos. Seguireis para Nazaré a espalhar a mensagem do Reino de Amor para todos, sem exceção.

Escutando-lhes a palavra direta, Zacarias e Josué se emocionaram e, de cabeça baixa, agradeceram-Lhe a confiança e a alegria de seguirem unidos na tarefa que não imaginavam qual seria.

Assim, designadas as duplas, foram encaminhados para os diversos lugares, dando início ao processo de semear a Boa Nova, em nome daquele que os enviava com a autoridade moral para avalizar-lhes as bênçãos e garantir-lhes os gestos de carinho e de cura com os quais marcariam a estrada dolorosa dos homens com o selo luminoso da esperança.

Todos, no entanto, se surpreendiam com a referência nominal que Jesus lhes fazia, como se a todos Ele conhecesse pelo nome e pelas mazelas e desafios morais, fraquezas e tendências pessoais. A todos designou a tarefa e apontou o companheiro de que cada um necessitava para que a obra pudesse ser realizada tanto fora deles quanto dentro de seus espíritos.

Afinal, apesar de tudo, nenhum deles tinha em mente quem era aquele Jesus, efetivamente, que se demonstraria depois na capacidade de Amar e Perdoar mesmo aqueles que o supliciaram.

Para eles, Jesus era apenas um homem especial, poderoso e mais sábio, sem conseguirem aquilatar nem o quanto seu espírito era luminoso nem o quanto era o mais sábio dentre todos os sábios que já haviam pisado ou pisariam o solo da Terra.

12

COMEÇA A JORNADA APOSTÓLICA

Logo no dia imediato, os pares foram deixando a companhia de Jesus, tomando o rumo apontado e levando consigo a possibilidade de espalhar a mensagem aos que estavam apartados da Boa Nova.

Não é preciso dizer que, no íntimo da maioria dos enviados, um sentimento de receio pesava em cada coração.

Isto porque seguir Jesus por onde Ele caminhava era uma coisa. Dedicar-se a escutá-lo ao longo dos trajetos, a anteceder-lhe a chegada nos locais por onde passaria e fazer-lhe companhia nas andanças representava para todos uma oportunidade de aprendizado.

No entanto, agora, estavam à frente da ação. Antes eram espectadores. Agora, teriam de agir por si próprios, sem a presença daquele que admiravam e em quem confiavam.

Precisariam agir com base em todos os ensinamentos recebidos e demonstrar, pelos exemplos, que estavam à altura de representar o Divino Messias.

A jornada feita pelos enviados do Senhor significava esforço de superação, já a partir do próprio trajeto que deveria ser vencido com o trabalho das próprias pernas.

E, tendo em vista as fragilidades interiores de todos os que se acercavam da mensagem evangélica, Jesus, sabiamente, designou-os dois a dois para que se fortalecessem e se apoiassem nos momentos de fraqueza ou dúvida.

Nesse panorama, Josué e Zacarias não eram diferentes dos demais.

Carregavam seus sentimentos e temores que, agora, deveriam ser vencidos por uma luta pessoal, por um desafio de seus limites.

Até então, haviam acreditado em Jesus.

Daqui para a frente, deveriam acreditar em si mesmos.

– Ah! Zacarias, eu estou com meu coração apreensivo e preocupado – falou, sinceramente, o amigo Josué.

– Eu também, companheiro – respondeu-lhe o ouvinte enquanto caminhavam rumo a Nazaré.

– Cada passo que damos parece que pesa uma montanha em meus ombros. Afinal, Jesus nos deu a autoridade para fazermos o que ele faz, mas está bem longe de nós sermos o que ele é. Eu olho para mim, vejo meus defeitos e fraquezas e me sinto despreparado para agir como se fosse alguém com virtudes e poderes para curar enfermos, expulsar demônios, falar do reino de Deus com a autoridade necessária para isso.

– Eu o compreendo e sinto a mesma coisa, Josué. Em meu interior, vislumbro todos os passos errados que dei, as lutas materiais que me levavam a gozar o lucro com os negócios do mundo, como se estivesse ganhando com justiça aquilo que só por força da astúcia estava conseguindo conquistar, em prejuízo de meus irmãos mais ingênuos. Sentia orgulho de mim mesmo com o sucesso material que me permitia manter minha vida e minha esposa, procurando dar-lhe o melhor em termos de conforto e boas condições de alimentação, apesar de nossa simplicidade. Mesmo como sapateiro, minha capacidade de ganhar e economizar beirava a usura, mas eu a identificava como virtude de um bom comerciante. Somente depois que pude conviver com o mestre é que passei a entender o necessário e indispensável desapego das coisas materiais de maneira efetiva e, lhe confesso, essa era a parte mais difícil de minha jornada. O hábito que foi se instalando dentro de minha alma, herança de minha criação e de nosso modo de ver a vida, numa raça que tanto preza a arte dos negócios e os ganhos com as transações, representava uma maneira verdadeira e correta de ver o mundo. Para mim, a vida era pautada por essas leis de mercado que enalteciam os lobos e ridicularizavam os cordeiros. Os primeiros eram os capazes e os segundos, os tolos sobre os quais os capazes triunfavam.

Agora, envergonho-me de ter agido como agi, de ter-me valido de mulheres inocentes para cobrar-lhes valores muito acima do que, efetivamente, merecia receber. De ter recusado consertar sapatos de velhos que não tinham como me pagar pelo serviço. E eu não consigo me esquecer de uma cena que protagonizei um certo dia e que carregarei por toda a minha vida como símbolo do egoísmo de minha alma.

Falando assim, caminhavam por entre as veredas que levavam ao seu destino, lentamente, interrompendo a jornada de tempos em tempos para que pudessem descansar ou comer algo do que haviam preparado para a jornada.

Naturalmente, não levavam provisões muito avolumadas, mas o pão pobre, a quantidade de água necessária para o trajeto, algumas frutas secas e a possibilidade de colher outras silvestres tornavam a viagem uma experiência cuja salubridade não atingia apenas o corpo pelos exercícios físicos que propiciava, mas, igualmente, a alma, que se ia exercitando para os desafios naturais da evolução indispensável.

Recuperando o fôlego de uma subida mais íngreme e porque se aproximava a hora sexta quando o Sol a pino crestava os caminhos e aconselhava os seres vivos a buscarem a proteção necessária para o excessivo calor, os dois amigos acolheram-se sob a sombra frondosa de árvore amiga ao longo da estrada, dividindo entre si a ração que haviam trazido e esperando o tempo necessário para a retomada da trajetória.

Sem que Josué indagasse ao amigo sobre a continuidade do diálogo, eis que não era do seu feitio tocar nas feridas alheias para lhes conhecer o amargor e abrir-lhes ainda mais as bordas ulceradas, o assunto foi interrompido pela necessidade de descanso, depois de várias horas de caminhada.

Zacarias, todavia, sabia onde havia parado a narrativa e, admirando-se do amigo que não lhe perguntava sobre a continuidade da sua história, afirmou, sereno:

– Acho que estou sendo muito maçante falando de mim mesmo, não é, Josué?

– Por que você diz isso, meu amigo?

– É que parei de falar justamente no momento crucial que me é tão marcante e você nem perguntou sobre a sua continuidade, certamente porque não está com desejo de conhecer seu desenrolar...

– Ora, Zacarias, você é meu amigo e tudo o que lhe é importante o é igualmente para mim. Apenas não desejava que minha curiosidade fosse aquela que o fizesse sofrer ainda mais por lembranças duras e difíceis que todos nós temos arquivadas em nossa alma. Não queria que você se visse obrigado a continuar, ferindo-se, apenas porque a minha curiosidade o obrigasse a isso. No entanto, se lhe apraz contar-me, estou feliz por merecer tal confiança e venerarei toda a sua confissão como se me fosse o tesouro secreto mais bem guardado de minha vida.

A simplicidade e a pureza de Josué encantavam Zacarias que, surpreso, via-se apequenado por aquela maneira tão inusual de vencer até mesmo a curiosidade para preservar o amigo que se revelava nos seus deslizes, quando a maioria das pessoas tem ânsia para matar a curiosidade, ainda que isso signifique matar de dor aquele que se revela.

94

– Desculpe a minha ignorância, Josué. Eu aqui estou julgando-o sem perceber que sua generosidade está querendo me proteger de mim mesmo. Veja você quanto tenho que aprender com seus exemplos – falou Zacarias envergonhado.

– Não seja assim, Zacarias. Lembre-se do que nosso mestre disse: "Os meus discípulos se reconhecerão por muito se amarem".

Todavia, sentindo a necessidade de alívio íntimo, Zacarias não pretendia esconder-se na sombra incógnita, no silêncio da omissão, pois sentia que necessitava abrir-se ao amigo para que ele fosse melhor diante de seus olhos e de si mesmo.

Por isso, Zacarias necessitava desabafar e contar as suas misérias, já que elas lhe pesavam demasiadamente no coração arrependido.

Assim, valendo-se do momento de repouso depois da alimentação suave e frugal daquela hora, Zacarias retomou a conversa.

– Sabe, Josué, eu me recordo de um dia em que um ancião me procurou. Na verdade, ele não me procurou. Praticamente caiu na porta de minha oficina. Era um homem muito idoso e cansado pela vida, naturalmente abandonado pelos filhos na hora difícil do ocaso da existência. Eu o conhecia. Era o velho Absalão. Tivera dias de abastança quando o cercavam de gentilezas e carinhos. Sua rotina de vida, quando mais jovem, era a mesma que eu próprio levava. Trabalhava e ganhava nos negócios para gastar em hábitos luxuosos com os quais ostentava a sua condição de homem bem aquinhoado. Sua vida era do mesmo padrão que a dos nossos, segundo as tradições mentirosas a que nos prendemos.

No entanto, naturalmente, a vida dá suas voltas. O tempo passou e o envelhecimento cobrou o seu preço. Junto dele, a viuvez tornou desértico o seu jardim e os filhos, desejosos de seguir os mesmos passos que haviam aprendido com os exemplos do velho Absalão, foram subtraindo-lhe as riquezas e se apropriando de maneira indigna dos bens que o velhinho havia conquistado com a velha astúcia de nosso povo comerciante. Tão logo conquistaram a última migalha, que lhes fora entregue pelo velho pai mediante a promessa dos filhos de velar por ele nos seus achaques de ancião, foi ele ignorado como traste sem valor e relegado ao abandono, passando a viver perambulando de porta em porta, mendigando o alimento que os próprios filhos lhe negavam.

Em realidade, Absalão estava recebendo o que havia plantado, na indiferença com que tratava os sofredores que lhe batiam à porta, ensinando os filhos a serem frios com os vencidos, a quem chamava de preguiçosos e vagabundos. Eu mesmo pude presenciar várias vezes, nas ruas de nosso povoado, os gritos de Absalão insultando algum pedinte que lhe obstruía o caminho com as mãos estendidas suplicantes. Não importava se era criança, mãe ou idoso. Sua conduta era sempre a mesma, de afastar os inconvenientes com a ponta de sua bengala luxuosa.

Mas naquele dia, ali estava não mais o jovem orgulhoso de si, mas, sim, o velho vencido pelo sofrimento diante de minha porta. Havia caído ao solo tanto por causa da fraqueza orgânica quanto por causa da precariedade de seus sapatos.

Fui até ele para que dali se levantasse, pois não poderia permanecer interrompendo a entrada de meu estabelecimento. Não desejava que em minha porta aquele homem viesse a fazer uma cena desagradável que me afastasse a freguesia. Por isso, levantei-o do solo e dei-lhe um banquinho para que se sentasse por alguns instantes.

Olhou-me com olhos de gratidão que só agora eu sei identificar, mas que, à época, achei que fossem olhos de alucinado ou de quase louco.

Lembrou-se de mim e me disse:

– Ora, Zacarias, meu velho, desculpe por causar-lhe este transtorno, mas já faz algum tempo que tenho me sentido fraco e trôpego, com estes sapatos que não me servem.

Olhei para seus pés e pude perceber que o que Absalão falava era verdade. Ali estava o homem usando um par de sapatos absolutamente destruídos pelo tempo e pelas ruas pedregosas e poeirentas. Mas além disso, como tal calçado lhe houvera sido dado por alguém que se condoera de seu estado, pude verificar que o mesmo era muito maior do que seus pés pequenos e velhos. Por isso, o homem não tinha como andar corretamente nem era capaz de, na sua fraqueza, manter-se em equilíbrio, tendo que arrastar um sapato tão maior que seus próprios pés. A cena era de comover até pedras pontudas. Meu coração se encheu de compaixão por aquele velho, mas acostumado aos nossos padrões de sentimento que procuram, antes de tudo, a indiferença para que nosso coração não nos traia e nos obrigue a abrir o bolso, passei a olhar para o homem procurando fixar em minha mente a figura do antigo Absalão, arrogante, esbanjador, mesquinho que eu mesmo houvera conhecido.

Bastou que lhe lembrasse os exemplos de vida faustosa para que um banho de água fria me invadisse a alma e me afastasse de todo o sentimento de misericórdia.

Enquanto relatava tais fatos, Zacarias deixou escorrer duas pequenas lágrimas pela face rugosa e queimada, as duas primeiras de uma série que se prolongaria por toda aquela narrativa.

Afinal, era necessário que sua alma fosse lavada pelo arrependimento confessado e pela vergonha de si mesmo, apresentada ao amigo que o escutava, igualmente tocado pela emotividade daquela hora. Depois de breve pausa para concatenar melhor as ideias, retomou a história.

– Pois então, nesse momento procurei me esconder de meus bons sentimentos, trazendo à lembrança os modos mesquinhos daquele a quem me competia ajudar. Esfriei meus impulsos e voltei meus pensamentos para os ensinamentos da lei, para os rigores de nossos preceitos de indiferença e mesquinharia com que nos temos educado ao longo dos anos e séculos.

Vendo que minha face se tornara mais fria e impenetrável pelo afastamento da compaixão e da simpatia, o pobre velhinho, vitimado pelas armadilhas que ele havia criado ao longo da vida, fixou-me os olhos e, com humildade, falou:

– Será que você, Zacarias, não teria por aí algum sapato velho que me servisse? Não precisa ser novo, não. Pode ser bem surrado. Apenas gostaria que fosse do tamanho dos meus pés, pois eu não aguento mais andar por aí me arrastando com um sapato que não consigo prender para caminhar com segurança.

Naquele momento, Josué, eu lhe posso afirmar que tinha uma pilha de sapatos inúteis, de pessoas que me haviam comprado novos e que deixaram ali o velho par que, usurário como sempre, eu mesmo reformava e revendia, depois de lhes dar algum trato, substituindo o couro gasto ou a sola avariada. Não me seria difícil encontrar-lhe um par que lhe coubesse confortavelmente no meio daquele amontoado de sapatos inúteis ou gastos que mais mereciam o destino do lixo do que o dos pés de alguém.

Um sentimento de bondade me passou pelo coração, impulsionando-me para que fosse até a pilha ao fundo e retirasse tantos sapatos quantos eu desejasse para servir ao velho. Todavia, novamente o conselho do egoísmo me falou aos ouvidos: "Lembre-se o quanto este velho gozou na vida, gastou inutilmente, esbanjou como um perdulário. Ele está recebendo o que merece..."

E, novamente, esfriou-me o sentimento nobre para dar lugar ao negócio.

– Sabe, Absalão, eu devo ter alguma coisa por aqui, mas não sei se você poderá comprar... – respondi friamente.

Acostumado aos procedimentos que ele próprio tivera ao longo da vida, Absalão abaixou a cabeça sem qualquer protesto, já que sabia não ter condições nem recursos em dinheiro para adquirir o mais barato dos pares de sapatos, pois entendera que eu estava dizendo que não lhe daria o par como presente ou como caridade.

Ainda assim, fui ao fundo e retirei da pilha um surrado par de sapatos que a prática me fez acertar serem do tamanho dos pés de Absalão.

Trouxe-os até o velho que, desanimado e vencido, não erguia os olhos para mim.

Coloquei-os no chão diante de suas vistas e esse gesto criou no ancião a ideia de que eu o estava presenteando, apesar de não ter dito isso com palavras. A simples ideia de que eu pudesse estar lhe entregando um sapato para vestir novamente encheu-o de esperanças. Sem muito esforço, afastou os sapatos velhos que lhe caíam sozinhos, tão folgados que se achavam. Aí pude ver o estado real dos pés daquele homem. Eram um amontoado de ossos e pele ferida pelo atrito com o couro rude que lhe dançava de um lado para o outro e lhe produzia chagas dolorosas, revestidas por uma casca grossa de areia e poeira que penetravam por todas as brechas do sapato e se fixavam sobre o sangue e a linfa que brotava das bolhas rompidas, criando um aspecto muito deprimente.

Foi difícil para o velho colocar o sapato que lhe dei. Seus pés doíam muito e isso dificultava a operação.

Agora, eu me pergunto por que não providenciei uma bacia para limpar-lhe as feridas, dando-lhe um pano para secar-lhe as chagas e lavar-lhe os pés?

Por que não o ajudei a ser melhor com um gesto de acolhimento e de bondade, quando eu tivera o impulso de fazê-lo?

E as lágrimas rolavam abundantes, diante da confissão de sua conduta fria e indiferente daquela hora dolorosa para sua alma.

Soluçava baixinho ao peso daquela revelação franca de sua miséria moral que mais ninguém, além de Absalão, havia testemunhado.

– Depois de algum tempo, Josué, o velhinho conseguiu pôr os sapatos e ensaiou alguns passos dentro de minha loja, a muito custo. Percebeu que, apesar de serem de seu tamanho, não conseguiria caminhar com os sapatos enquanto não curasse os ferimentos ou os envolvesse em bandagens protetoras.

Olhou-me agradecido e cheio de esperanças, mas ouviu de mim a frase fria e agressiva do meu egoísmo:

– Custam duas moedas... – falei maldoso, como a desejar ensinar

98

àquele velho vencido o valor do dinheiro que ele mesmo houvera desperdiçado durante a vida.

Nunca me esqueci de sua reação. Parecia uma flor que murchara repentinamente, sobre a qual se atirara um carvão incandescente.

– Ah! meu filho, se eu tivesse duas moedas, eu já teria comido alguma coisa hoje... – respondeu-me o ancião, sentando-se para retirar os sapatos e me devolver, humilde e abatido.

Aquela fala na boca de um velho trôpego seria capaz de adocicar o mais amargo fel e, dentro de mim mesmo, causou um abalo ainda mais forte. No entanto, estava disposto a dar uma lição naquele homem que, agora, estava entregue ao abandono e à derrota humilhante.

Tocado por aquele momento, disse-lhe, procurando manter-me frio e distante.

– Ora, Absalão, você tem crédito aqui nesta loja. Não precisa pagar agora. Dou-lhe uma semana para me pagar pelos sapatos.

"Dê-lhe os sapatos com amor" – gritava minha consciência. "Dê-lhe os sapatos... dê-lhe os sapatos"... mas eu não queria escutar a voz da bondade dentro do coração.

Vendo que minha mesquinharia não lhe concederia a ventura de poder caminhar sobre um par de calçados, mas sim sobre um par de dívidas que ele não conseguiria quitar, com a dignidade que lhe restava no espírito olhou-me, dizendo:

– Lamento, meu filho, mas nem assim poderei aceitar-lhe o crédito, pois não tenho como lhe garantir o pagamento nesse prazo. Não desejo dar prejuízo a mais ninguém nesta vida. Prefiro que me devolva os sapatos antigos e eu partirei já muito agradecido de você me ter recebido em sua loja, eu que não mereço consideração de ninguém por não ter sido homem que a tivesse ofertado aos outros durante a vida.

Dizendo isso, foi retirando os sapatos.

Sem saber o que fazer, me preparava para recolher o par quando o olhar de Absalão brilhou e ele retomou a palavra dizendo:

– Pensando melhor, e se... eu pagasse.... pelos sapatos...com este meu casaco... você aceitaria?

A sua pergunta vinha envolvida num fio de esperança que o fazia quase rejuvenescer.

Aquele não era um casaco. Havia sido, um dia.

Era apenas um tecido roto, grosseiramente costurado, mas que servia de proteção contra o frio da noite.

Mas era uma proposta feita por um homem que não tinha mais nada na vida e, ainda assim, procurava adquirir um sapato velho sem ficar devendo nada a ninguém.

E é aqui que a cena se torna ainda mais dolorosa para minhas lembranças, Josué.

Vendo-me defrontado pela oportunidade, esqueci-me da piedade, dos sentimentos de fraternidade, das coisas mais humanas que pudessem me fazer digno da paternidade Divina e aceitei o negócio que Absalão me propunha, com um sorriso de satisfação na face indiferente.

Vio-o retirar sofridamente o velho pedaço de roupa de cima de suas costas ossudas e entregar-me como pagamento referente a duas moedas, em troca de um par de sapatos gastos, surrados, mais adequados ao lixo do que aos pés de uma criatura.

Entreguei-lhe o sapato que comprara e acompanhei-o até a porta da rua seguindo-lhe os passos descalços pela ruela afora, carregando nos braços, como um tesouro, o par que acabara de comprar.

Nesse momento, um sentimento de vergonha muito grande invadiu meu ser e, naquela hora, passei a perguntar a mim mesmo, onde, efetivamente, estaria o homem miserável. Seria Absalão, vencido e humilhado que partia ou seria eu mesmo, mais miserável do que ele, indiferente diante do sofrimento daquele velho totalmente vulnerável e indefeso?

Nesta altura da confissão, Zacarias não conseguia mais falar. Chorava como criança desesperada.

Josué lhe amparava a cabeça nos ombros amigos e chorava com ele.

E no meio das dobras da túnica do amigo onde Zacarias se refugiava em desespero e fugindo da própria vergonha, sua voz rematou entre os soluços:

– E agora, Josué, Jesus pede que este traste de homem – referindo-se a si mesmo – fale em seu nome e cure as chagas dos que sofrem...

Não havia mais nada a contar. Só lágrimas de arrependimento surgidas num coração transformado pela capacidade de Amar que Jesus semeava e semeia dentro de todos nós, única forma de nos erguer do lamaçal de nossas culpas e erros.

EM NAZARÉ

Nazaré, naquele período, era uma pequena cidade, quase uma aldeola que se erguia na baixa Galileia, envolvida por uma série de colinas que lhe garantiam uma atmosfera muito harmoniosa e amena, sobretudo por permitir ao invasor romano encontrar uma paisagem que lhe trazia à lembrança algumas das existentes na longínqua capital imperial.

Vegetação abundante, de um verde especial e viçoso, permitia ao romano recém-chegado, confundir-se, acreditando estar em algum dos sítios aprazíveis circundantes da grande metrópole distante.

Além do mais, as condições climáticas contrastavam com o calor abrasador das cidades mais ao sul, notadamente Jerusalém, Jericó, Belém, sempre açoitadas por canícula que castigava os seus habitantes em alguns períodos do ano.

Por isso, Nazaré se levantava como refúgio para os romanos mais aquinhoados que podiam dar-se ao luxo de possuir alguma moradia para passar o verão em terras mais amenas.

A pequena cidade, composta basicamente de criaturas humildes, não por isso deixava de possuir a sua vida cotidiana envolvida no comércio, na troca, nas relações pessoais, nos ritos religiosos e nas práticas ilícitas que sempre acompanham os aglomerados humanos, neste período difícil de sua evolução através do erro e do sofrimento.

Sua sinagoga era o centro religioso dos que ali se mantinham estabelecidos e, com a prática do culto, os sacerdotes e os fariseus se impunham aos demais como os que ditam as práticas locais, na interpretação dos ensinamentos dos livros sagrados. Muito honrava a Nazaré e aos seus dirigentes que, naquelas modestas paragens, o governador romano tivesse estabelecido uma de suas residências, atraído pelas vantagens já acima referidas e que, com a sua autoridade lhe permitiam passar agradáveis momentos e realizar vantajosos negócios.

Por mais que os judeus odiassem o invasor romano, tal sentimento era muito atenuado nas classes que, sem poder enfrentar a força imperial, poderiam beneficiar-se com a proximidade dela, ganhando coisas, conquistando vantagens, ampliando riquezas.

Roma sabia da promiscuidade que medrava na alma de muitos povos invadidos e, assim, tratava muitas vezes de conquistar as mais altas classes de um povo, oferecendo vantagens desmesuradas aos seus representantes que, a partir daí, passavam a ver a invasão estrangeira como um bom negócio que lhes permitiria prosperar.

Por esses motivos, tais representantes oficiais das castas judaicas se sentiam muito favorecidos com a proximidade do poder romano e, se é certo que diante de seus pares de raça profligassem a invasão, combatendo a ocupação estrangeira com palavras de indignação à luz do dia, na calada da noite se misturavam com o invasor em recepções luxuosas, nas quais estabeleciam o seu comércio de interesses mundanos, realizando conchavos e negociando a boa convivência entre o ditador e o povo que lhes competia dirigir e influenciar.

Sempre que convocados a explicações diante das assembleias de judeus, afirmavam a necessidade de se manterem com boas relações com o invasor romano a fim de que conhecessem os seus planos e pudessem interferir para evitar coisas piores ou atitudes que seriam mais prejudiciais aos integrantes do povo sofrido.

Na verdade, jogavam nas duas áreas, procurando tirar vantagens dos dois lados, como maneira de amealhar mais e mais recursos e vantagens.

Conhecendo a personalidade viciada de Pilatos, os responsáveis pelo culto religioso de Nazaré sabiam envolvê-lo em todos os processos sedutores que manteriam o governador interessado nas promissoras relações com os dirigentes nazarenos.

Por isso, tão logo se estabeleceu o governador em Nazaré, fazendo-a uma das pousadas de seu governo provincial, mais próximos e amistosos se fizeram os sacerdotes e fariseus mais abastados, fornecendo-lhe presentes e vantagens negociais que envolviam, inclusive, as práticas religiosas em suas oferendas, parte das quais destinavam ao governante romano como agrado pessoal e como gesto de gratidão por não interferir nos ritos locais.

Aliás, esta era uma prática que os próprios asseclas de Pilatos, em nome dele e com o seu consentimento verbal, realizavam com as autoridades locais dos lugares para onde ele desejava instalar-se. Como a sua presença representava vantagens e realce, os representantes religiosos de tais localidades fatalmente sucumbiam às insinuações e solicitações veladas para que a convivência entre todos fosse harmoniosa.

E, como sabiam os religiosos, seria bom ter o governador na sua área de influência, pois quando se levantavam zonas de interesses conflitantes entre os próprios judeus, a proximidade e a boa convivência com ele era a melhor política.

Daí, costumeiramente separarem, das oferendas entregues ao templo, boa quantidade de moedas que faziam chegar ao governador quando de sua vinda à cidade, nesses encontros de confraternização que, outra finalidade não tinham, do que a de acertarem as contas e renovarem os acordos, modificando alguns acertos, conseguindo alguns novos favores, cedendo em algumas novas exigências.

Por isso, Nazaré, naqueles dias, estava em fervorosa atividade.

Havia chegado a notícia de que Pilatos estava se encaminhando para Nazaré e que, daí a poucos dias, estaria na cidade onde passaria algum tempo, em repouso e desfrutando da acolhedora comunidade.

Não é preciso dizer que os nazarenos, como de resto todos os judeus, sabiam das quedas morais de Pilatos, de seu modo rude de ser, teimoso e arrogante, fraco de caráter, mas orgulhoso de espírito, com inclinações para as fraquezas da carne.

Por isso, quando se apresentavam tais ocasiões, os próprios fariseus providenciavam, dentre as mulheres mais belas da comunidade, aquelas que seriam apresentadas ao governador e que comporiam o seu séquito de judias fáceis à sua sanha de homem sem barreiras morais.

Naturalmente, os fariseus não obtinham tais favores femininos com os quais desejavam agradar a fera com o mel da carne humana apenas com suas argumentações tortuosas.

Constatando a presença de alguma jovem de beleza diferente e interessante, geralmente nas famílias mais pobres e menos patrícias – pois nas famílias mais ricas e tradicionais seria mais comprometedor investir – os fariseus procuravam pelo seu chefe ou responsável e, falando-lhe das leis de Deus, das necessidades de sacrifício, da honra de poder colaborar com os interesses de toda a raça, convocavam-no a autorizar a participação da filha nos banquetes que recepcionariam o governador romano.

Não é preciso dizer que faziam realçar o caráter da nobreza de tal gesto, estando tão próxima do mais alto mandatário invasor e que isso poderia representar uma verdadeira e única oportunidade do destino, na melhoria de vida para toda a família.

E se tais argumentos não eram ainda suficientes para conquistar a confiança do varão responsável pela jovem, os próprios fariseus deixavam-lhe uma bolsa de dinheiro como forma de recompensar aquela perda, na certeza de que, diante de tal importância, a resposta favorável facilmente se obteria.

Muitas vezes, tal prática não se limitava aos pais. Chegava até mesmo aos esposos, que se viam assediados para que suas mulheres participassem das cerimônias faustosas sem a sua presença.

Naturalmente, tudo isso era feito com muito cuidado e tinha como objetivo, único e exclusivo, conseguir para o governador as presas fáceis ao seu insaciável apetite por aventuras novas. Nessas negociatas ilícitas, nunca apareciam os nomes dos fariseus já que elas se realizavam por interposta pessoa, baixa o suficiente para ser o porta-voz de tais interesses e o transportador da bolsa de dinheiro com a qual se pretendia comprar a consciência alheia, de pai ou de marido.

Se a dignidade destes fosse mais cara do que a oferta, os proponentes se afastavam sem que se revelasse de onde partia a iniciativa impudica, preservando, assim, a imagem dos importantes e mesquinhos fariseus.

Mas com o poder dos argumentos monetários que possuíam, raramente os seus emissários se retiravam sem conseguirem fechar o negócio.

Restava à jovem suportar o peso das escolhas que tinham sido feitas em seu nome e amargar o sofrimento de ter que se entregar ao desconhecido tirano, que as usaria sem consideração e, em algumas vezes, lhes ofertaria alguma coisa como pobre pagamento por sua dignidade vilipendiada.

Toda essa comercialização de pessoas e sentimentos era feita pelos próprios judeus, muitas vezes com a aquiescência e colaboração de alguns sacerdotes mais venais e interessados nas vantagens que conseguiriam com a gratidão de Pilatos.

Contavam com o fato de que, depois de seus hormônios estarem saciados e acalmados em decorrência das medidas espúrias que os próprios judeus lhe concediam, facilmente lhes seria mais fácil conseguir qualquer retribuição, mantendo-se, deste modo, o tráfico de interesses que Pilatos sabia ser-lhe igualmente favorável.

Em algumas situações, para que o governador não tivesse à sua disposição apenas inexperientes raparigas camponesas, nunca transformadas em grandes amantes da noite para o dia, os sacerdotes se valiam de mulheres conhecidas da comunidade para que, bem ajaezadas e vestidas com aprumo e bom gosto, pudessem mudar a aparência de vulgaridade que lhes caracterizava a personalidade nas relações impuras de que se faziam objeto para os homens daqueles sítios.

Vindo de longe, naturalmente distanciado das notícias locais, Pilatos não saberia distinguir uma prostituta de uma patrícia local se ambas estivessem trajadas como manda a boa tradição. Por isso, seria uma surpresa agradável ao governador levar para o leito uma mulher mais experiente nos trâmites caprichosos dos sentidos mundanos, acreditando ter cativado uma elevada representante da sociedade local que não resistira aos seus encantos de homem sedutor.

Além do mais, usar prostitutas bem disfarçadas era mais econômico e menos traumático, pois tais mulheres não tinham donos ou responsáveis como era comum na época, além do fato de que, depois do encontro com o governador, não terem dificuldade alguma de retomar suas vidas, coisa que não era fácil para os sacerdotes e fariseus contornar quando se tratava de filha ou esposa de algum outro judeu, sempre vulnerável a recaídas e arrependimentos depois dos fatos consumados e de acabado o dinheiro que receberam pela aquiescência.

Muitos destes pais ou maridos, depois que lhes eram devolvidas as esposas, procuravam as autoridades para acusar alguém, que eles não conheciam, de lhes ter corrompido a filha ou a mulher, já que a mesma lhes fora restituída depois de ter-se deitado com outro homem.

Naturalmente que lhes era omitido este detalhe durante a negociação, ou seja, nunca lhes era dito que, durante o encontro noturno, as mulheres estariam submetidas aos desejos do governador, que tanto poderia desejar deitar-se com elas quanto lhes poderia oferecer tratamento cordial e lhes dispensar a companhia.

Durante os acertos para a contratação das mulheres, tal informação ficava nas entrelinhas para um bom entendedor, coisa que mantinha o negócio dentro de um padrão ético minimamente aceitável pelo convencionalismo formal dos negócios. Não se estava vendendo o corpo da mulher. Estavam recrutando belas mulheres para embelezar a noite do governador romano, que poderia encantar-se com elas e favorecê-las com gentilezas.

Todavia, quando voltavam para casa e relatavam, entre vergonha e pranto, terem sido usadas pelo governador, que não sabia nada de seus dramas pessoais nem de como haviam sido arregimentadas, um sentimento de afronta muitas vezes fazia com que o pai ou o marido procurassem as autoridades para reclamar seus direitos ou então buscassem o templo para se queixarem de tal engodo.

Alguns pediam mais dinheiro para que se calassem e compensassem o prejuízo sofrido sob pena de divulgarem toda a trama, o que poderia dificultar aos fariseus as futuras aquisições.

Por todos estes problemas, os sacerdotes e os fariseus, muitas vezes, preferiam a companhia de prostitutas a quem fantasiavam com bons trajes e joias vistosas para que enganassem os impulsos de Pilatos e, depois, não lhes criassem problemas, já que estariam exercitando seu próprio trabalho, para o qual já se achavam acostumadas e preparadas.

Desta maneira, aquela estava sendo uma semana de muito trabalho para os que dirigiam os destinos daquela localidade.

O alvoroço local fazia com que, à boca pequena, se soubesse que o governador estaria na região em visita oficial e que ela poderia durar o tempo necessário para que todos se beneficiassem de alguma sorte com a sua presença por ali.

Isso porque os artesãos se esmeravam em produzir melhores objetos com que esperavam agradar ao governador e lhes propiciar maiores rendimentos.

Os produtores de vinho retiravam de seus reservatórios os mais finos produtos para colocá-los à disposição dos funcionários de Pilatos, incumbidos de abastecer as suas adegas e de rearrumar as instalações de sua vivenda.

E, por causa de tudo isso, os preços subiam mais, as pessoas se tornavam mais astutas visando melhores negócios e ganhos, tentavam subornar os funcionários romanos para que seus produtos tivessem acesso direto à mesa do governador e assim por diante.

A vinda de Pilatos à cidade, por causa de sua personalidade viciosa, despertava nos que o circundavam os mesmos baixos instintos e induziam os moradores a se perverterem para conseguirem vantagens que o governador sabia serem tão desejadas por eles, na miséria em que viviam.

Assim, por sua conduta mental deturpada no exercício do poder, Pilatos achava que tudo aquilo era uma maneira de beneficiar a comunidade com a sua presença.

Graças a ele, o comércio na região vicejava, as moedas saíam de baixo dos colchões, a cidade se movimentava e iniciava-se uma luta entre seus próprios moradores para que seus desejos fossem atendidos.

Todavia, se isso acontecia realmente, ocorria apenas com base na nociva influência que sua pessoa exercia sobre os moradores de cada localidade, influência esta que era afirmada pelos asseclas que o antecediam e que tratavam de dar o tom da negociata que estavam prestes a firmar com a chegada do mais importante dos romanos naquelas paragens.

Desta maneira, os que desejavam ter alguma chance naquele local esquecido e remoto não poderiam perder a oportunidade que surgia quando da chegada do governador. Era o momento de se concretizar o sonho pessoal e, na maioria deles, o dinheiro ou o poder era peça fundamental.

Por isso, para não deixar passar a chance, o mais baixo dos instintos se apresentava na superfície do caráter dos cidadãos e a

106

convivência esquecia todas as regras de respeito, consideração e religiosidade para perverter-se em um emaranhado de competidores, prontos a se sacrificarem, a se matarem uns aos outros para conseguirem a migalha que o poder romano lhes oferecia pelo só e exclusivo motivo de passar alguns dias na cidade.

Agradar ao governador era o desejo de todos. Do mais humilde ao mais poderoso judeu de Nazaré.

Esse era o panorama que Josué e Zacarias encontraram quando chegaram à cidade, perturbada pela euforia não declarada daquele momento, o que lhes causou um significativo espanto.

Não carregavam consigo nenhum recurso que lhes pudesse garantir pousada segura naquela noite que se aproximava. Não conheciam ninguém na cidade e não poderiam começar a pregação naquele momento porque não havia a quem pregar.

Nesse sentido, procuraram as proximidades da sinagoga modesta na qual a vida religiosa dos judeus se congregava. O prédio estava escuro já que não era dia de culto normal. No entanto, acreditavam que alguém estaria ali para lhes indicar algum lugar para o descanso.

Ninguém se apresentou e aos dois homens cansados e empoeirados pela longa jornada de vários dias a situação parecia algo desconcertante.

Todavia, seguiram juntos para um recanto que lhes pareceu protegido das temperaturas mais frias da noite, próximo de conjunto de árvores nos arredores da pequena comunidade.

Acostumados a dormir ao relento, passaram a congregar folhas caídas, para improvisar modestas camas onde repousariam o corpo exausto, como forma de esquecer também da fome que os castigava, depois que se acabaram as provisões pelo caminho.

A água, haviam conseguido quando de sua chegada a Nazaré, em cisterna pública que servia aos que dela necessitassem.

Quando estavam se preparando para se deitarem, escutaram vozes que passavam ao longe e que conversavam animadamente, dizendo:

– Você viu, Acab, o maldito procurador da Judeia está para chegar e os abutres do templo já estão por aí, procurando pombinhas inocentes para oferecer ao lobo faminto. Ainda ontem estiveram em minha casa pretendendo o consentimento de meu pai para levarem minha irmã de 14 anos à recepção que estão organizando.

– E seu pai, Esdras, aproveitou a oportunidade única de conseguir dinheiro para pagar suas dívidas?

– Eu não sei, pois o velho me mandou sair do ambiente para que não presenciasse a sua decisão. Só sei que Sara estava ao fundo, sem saber o que se estava passando e eu tive muita pena de seu estado, pois nós sabemos o que acontece com as mocinhas que caem sob os olhos de Pilatos por aqui. Maldita pobreza esta que nos faz esquecer que somos pessoas de bem ou nos faz ver que não valemos nada mesmo, como desejam que acreditemos aqueles que nos querem comprar a própria dignidade. Ah! Se eu tivesse poder, matava Pilatos e os sacerdotes com minhas próprias mãos..

— Cale-se, Acab, alguém pode escutar e você vai morrer nas mãos deles sem que seu pai receba nenhum tostão por isso – falou Esdras ironizando a condição de carência de ambos diante dos mais ricos que lhes dirigiam os destinos.

Ouvindo aquela conversação fortuita, ocultados que estavam pelas folhagens do arvoredo, Zacarias e Josué se inteiraram de que as dificuldades de sua estada naquela localidade seriam maiores do que eles mesmos tinham imaginado.

A presença de Pilatos na região, aguardada para breve, tornava quase impossível falar de outra coisa às pessoas.

Mesmo na sinagoga, o assunto não deveria ser outro que não a chegada do governador.

Como falar do Reino de Deus a pessoas que estariam tão desesperadas para se aproximarem das vantagens do reino da terra?

— Veja, Zacarias, em que problema profundo nós nos metemos desta vez. E agora estamos sem Jesus por perto. Que desafio para nossa incapacidade.

Escutando a palavra do amigo mais jovem e mais inexperiente, Zacarias tomou a palavra e disse:

— Sabe, Josué, depois que encontrei Jesus, aprendi muito com ele e posso lhe dizer uma coisa: o Mestre sabe o que acontece em todos os lugares. Lembra da oração para aquela velha quase pisoteada pela multidão?

— Sim, Zacarias, eu me recordo.

— Pois então. Do mesmo jeito que Jesus escutou a prece mental que você fez e que redundou na volta do Senhor para atendê-la, a determinação Dele para que estivéssemos aqui deve ter algum significado para nós próprios e representar algum desafio que Ele nos achou dignos de enfrentar. Além disso, depois que desabafei com você sobre as minhas tragédias pessoais, ao longo da nossa caminhada até aqui, passei a sentir um alívio tão grande, como se um grande e imenso sentimento de compaixão por todos os meus semelhantes me visitasse, depois de me ter perdoado as mais duras ofensas e erros.

108

Agora eu me sinto pronto a olhar para a frente. Seja por sua acolhida generosa de meus defeitos, seja pelo perdão que Deus me estendeu durante minhas lágrimas, eu posso lhe dizer que sou outra pessoa e que, se não conseguisse falar do reino de Deus para ninguém nesta viagem, ela já teria valido a pena, porque encontrei um pedaço significativo do Reino de Deus dentro de mim mesmo.

E se ele é tão grande e generoso como passei a sentir em meu coração miserável e cheio de defeitos, também poderá ser partilhado com qualquer criatura desta cidade, não importa se estejamos falando a multidões ou apenas a dois cães perdidos na rua ao desamparo.

Eu, que me dei ao luxo de explorar o pobre Absalão e tomar-lhe a túnica como pagamento por um par de sapatos velhos, agora não posso me dar ao luxo de escolher condições para falar do reino de Deus. As condições serão aquelas que encontrarmos e nós nos serviremos de apoio um ao outro. Vamos orar a Jesus como você fez naquele dia, agora que nos preparamos para dormir e o Senhor nos ajudará.

E como seu coração tem a pureza que as estrelas escutam, Josué, estou determinando que faça a oração em meu nome também.

Tocado na alma pelas palavras sábias de Zacarias, a quem admirava como um irmão mais velho e experiente e a quem não pretendia contrariar nunca, diante da retidão de seu caráter e dos exemplos de esforço que oferecia, Josué, emocionado e reverente, ajoelhou-se na relva, no que foi acompanhado por Zacarias e disse em voz suave diante do altar majestoso das árvores que lhes guardariam o sono:

– Pai bondoso, aqui estamos em Teu nome para servir-Te. Grande é a obra e pequenos são os servidores. Permite que Teu Filho amado, nosso Mestre Jesus, nos escute na súplica por esclarecimentos.

Não desistiremos por dormir ao relento, por comer com os cachorros, por suplicar agasalho ou por termos de secar de nosso rosto as cusparadas que nos cheguem. Apenas não sabemos como começar, nem para onde ir, nem o que dizer.

Assim, Senhor, permite que, nas asas do sono, nosso amado Mestre nos ajude e nos aponte o que fazer para que não percamos a oportunidade de servir ao Bem, conforme ele mesmo nos destinou nesta jornada.

Sabemos da Tua proteção, dos recursos do Alto.

Tememos apenas as nossas misérias, que poderão atrapalhar a notícia do Teu Reino de Amor.

Não sabemos se gritamos nas esquinas que o reino de Deus está próximo, se nos dirigimos à sinagoga vazia para nela pregar, se nos sentamos e esperamos que o governador vá embora para começarmos a obra...

Ajuda-nos, Jesus, pois estamos aqui por ti e não por nós mesmos, que muito devemos e nos julgamos muito abaixo das altas responsabilidades de te representarmos no meio do reino do mundo.

Desculpa-nos a fraqueza moral e as dúvidas da alma. Fortifica-nos com tua sabedoria que tudo vê, tudo conhece e tudo encaminha para a melhor solução.

Não estamos com medo, Senhor. Estamos confusos com tudo isso que nos rodeia.

Ajuda-nos agora para que possamos te ajudar em alguma coisa daqui para a frente.

Amém.

Josué e Zacarias tinham os joelhos cravados no frio da terra, mas os olhos voltados para as estrelas do céu e, nas lágrimas que escorriam de suas faces rutilavam as luzes estelares que, acesas por Deus, testemunhavam os esforços do Bem nos corações desacostumados a entender-lhe a lógica do Amor.

Era necessário entender como fazer o Bem com a lógica do Amor.

Isso é o que haviam pedido a Jesus naquela noite inesquecível para suas almas.

E suas preces não seriam esquecidas pelo Soberano Amoroso que, muito diferentemente de Pilatos ou de qualquer outro representante de poder mundano, não se valia do poder para tirar vantagens pessoais. Valia-se dele para amar e elevar as criaturas, renunciando a si mesmo.

Era o momento de se evangelizarem, evangelizando com a mensagem da Boa Nova os ouvidos inocentes dos que escutariam suas palavras.

Por isso, deitaram-se cheios de esperanças diante daquela súplica sincera e autêntica, distanciada de todos os rituais formalistas dos falsos religiosos de todas as épocas, que fazem das orações momentos de exaltação de sua vaidade, de demonstração de um poder miserável do qual nunca dão testemunho pessoal, de ameaça à fé sincera de muitos incautos que entregam nas mãos de tais indignos sacerdotes de todas as crenças a responsabilidade por pastorearem um rebanho, esquecendo-se das advertências de Jesus de que:

"Quando um cego guia outro, ambos caem no buraco!"

14

A RESPOSTA À ORAÇÃO

Durante a noite de repouso, os espíritos de Zacarias e Josué foram retirados do corpo e levados a um local que encantaria o mais duro e indiferente dos homens sobre a Terra.

Tratava-se de um local diferente das paragens que a natureza daquela região era tão pródiga em produzir, ainda que se tratasse de um ambiente cercado de belezas naturais, mas de uma constituição diferente de tudo aquilo que eles já tinham visto.

Uma luz serena e de origem desconhecida se espraiava por todos os lados como se um oculto sol estivesse prestes a erguer-se no horizonte. E, no entanto, ele insistia em não nascer.

Todas as coisas que os circundavam estavam banhadas por essa vibração de maravilhoso encantamento que se aproximava de uma visão de magia e sonho.

Os dois espíritos, temporariamente afastados do corpo, se mantinham unidos por uma força que desconheciam, mas que não os constrangia ou algemava.

Cada passo de um, no entanto, arrastava o outro junto como se ambos estivessem fazendo parte de uma mesma entidade mais potente, apesar de suave e invisível, que lhes apontava os rumos para onde deveriam ir sem os obrigar compulsoriamente a se dirigirem para lá.

Um impulso interior, como uma sugestão, fazia com que tomassem o caminho e, apesar disso, tinham a liberdade suficiente para parar e admirar as belezas daquela hora tão especial para suas vidas devotadas ao bem e ao crescimento.

Sem se aperceberem do tempo em que estavam ali admirando as coisas que os circundavam, nem de quanto tinham caminhado desde que se viram em tal ambiente, o certo é que foram surpreendidos por encantadora peça musical que, qual cavatina executada por mãos invisíveis, lhes anunciava estarem próximos de algo muito especial. A emoção lhes tocava as fibras mais íntimas e as lágrimas brotaram espontâneas de seus olhos surpreendidos, atestando a sensibilidade natural de que eram constituídos, no mais íntimo de seus espíritos.

Eram sons dos quais não se via a origem, mas que, certamente, estavam sendo executados por mestres angelicais, tão belas eram as suas combinações e os seus acordes, a ponto de trazerem aos ouvidos uma canção não articulada através da qual se enaltecia a grandeza do Criador do Universo, em hosanas de gratidão e alegrias.

Tal sentimento os transportava para uma atmosfera de reverência jamais experimentada por seus espíritos e, naquele mesmo local, onde começaram a chorar pela profundidade da melodia, estacaram e se puseram ajoelhados junto à relva, cuja suavidade era tal que fazia parecer cascalho o mais suave dos tapetes, tão comuns quanto indispensáveis naquelas paragens caracterizadas pela necessidade de tais aparatos, na aridez do deserto.

Uma força poderosa lhes detivera o avanço que, aos seus olhos, parecia uma petulante demonstração de arrogância ou invasão indigna de uma seara que não admitisse a presença senão de espíritos enobrecidos e purificados.

Ajoelhados e confusos diante de tal sentimento de submissão, não conseguiam conter as lágrimas e a emoção serena que lhes brotava por todos os poros sem que pudessem divisar qualquer outra pessoa naquele local.

– Será que estamos no paraíso, Zacarias? – perguntou quase amedrontado o companheiro mais jovem.

– Não sei, Josué. Nunca pensei que pudesse existir algo como isto e, se aqui é o paraíso, posso lhe dizer, com sinceridade, que eu não mereço entrar nele – respondeu o amigo, humilde e consciente de seus erros.

No entanto, algo se movimentava à frente dos dois que, agora, mais afeiçoados ao ambiente, tiveram a atenção solicitada pelos detalhes, que eram melhor captados nas observações de seus espíritos, enquanto que a música continuava a lhes embalar os melhores sentimentos.

* * *

Poder-se-ia dizer que a melodia, naqueles planos, surgia como um manancial de purificação do espírito, favorecendo à alma se despisse de todos os mais torpes eflúvios que o mergulho na matéria, naturalmente, lhe infundisse.

O espírito, levado a planos espirituais superiores, por determinações mais elevadas e em vista de necessidades específicas, necessita ambientar-se em locais adequados que lhe favoreça a finalidade de esclarecimento ao mesmo tempo em que não lhe fira a sensibilidade espiritual, muitas vezes incapaz de suportar as belezas sublimes para as quais não está preparado.

Deste modo, Josué e Zacarias se deixavam enlevar pelas harmoniosas vibrações da música, que lhes ia esculpindo, no mais recôndito da alma, a elevação necessária para que pudessem se despir dos liames densos e materiais que, muitas vezes, prendem os espíritos diante dos problemas da vida, de suas lutas e desafios, que empedram as sensações mais puras e superiores.

Acostumado às contendas devastadoras e às competições animalescas em uma vida de jogos e astúcias, o homem se vai amortecendo e se permitindo tornar à insensibilidade, na qual, julgando erroneamente, vê garantida a frieza necessária para se manter na luta com o sangue frio de que precisa para se tornar um vencedor.

Por esse motivo, encontramos em Jesus a indagação direta e verdadeira que nos faz meditar:

"Pois, o que aproveitará o homem se ganhar o mundo inteiro e perder a sua alma?" (Mt. 16, 26).

Assim, quando se faz necessário permitir ao homem o reencontro com sua realidade nobre e divina, não é a recursos da razão que o Universo recorre para levá-lo a tal estágio. A razão, muitas vezes, é como a teia da aranha: revela o aracnídeo e também serve para ocultá-lo. O raciocínio é o maravilhoso mecanismo de compreensão por meio do qual o homem se ergue da condição animalesca e irresponsável para os pródromos da humanidade e responsabilidade. No entanto, muitas vezes é nele que os homens se ocultam para negar, duvidar de suas próprias percepções e não acreditar no que lhe esteja sendo revelado à razão.

Por isso, como o homem, muitas vezes, utiliza o raciocínio para tornar-se cético por comodismo ou por conveniência, a sabedoria do Universo se vale dos recursos que podem penetrar o mais íntimo de seus sentimentos e reconduzi-lo à noção real, a de um frágil espírito em evolução.

Não é com base em discursos e peças literárias dirigidos ao raciocínio que tais processos se fundamentam, pois abririam uma fronteira de discussão e análise que mais perturbaria do que auxiliaria o ser humano.

A suavidade da melodia, como bisturi amoroso, como cinzel suave, é capaz de abrandar o peso do martelo que vai se impondo à dureza dos raciocínios. E, sem se sentir violentado por um argumento mais forte do que seu orgulho seria capaz de aceitar, por uma razão superior à sua, que o homem quase sempre julga não existir, a emoção é despertada pelas árias angelicais, desbastando a insensatez do estilo de vida que os homens elegeram para si e tocando a profundeza de seu interior, onde reside a convicção da Superioridade de Deus.

Tais recursos têm sido descobertos e aproveitados pelos núcleos religiosos que, cada vez mais, recorrem à harmonia das melodias suaves e elevadas para envolverem os corações angustiados de seus seguidores e lhes propiciar alguns momentos de reflexão e esvaziamento das tensões a que estão expostos durante as horas do dia, como um suave refrigério para as suas ânsias e decepções. Nessas horas, a ação dos espíritos amigos é capaz de se fazer sentir mais intensamente, dando-lhes coragem, afastando espíritos necessitados que também se permitem emocionar com o teor das melodias, como que hipnotizados por lembranças positivas de passados mais felizes, quando não odiavam nem queriam vingar-se de seus desafetos. A ação melodiosa dos temas encantadores não se limita a fazer vibrar os tímpanos e os ossos do conduto auditivo, nem param nas células cerebrais às quais se destinam em primeiro lugar. Como que num passe mágico, despertam emoções arquivadas no mais secreto escaninho das almas e, por um milagre sem palavras, muitas vezes abrem o dique de lágrimas renitentemente defendido por um ser humano orgulhoso de seu autodomínio, que acaba por se entregar à emoção silenciosa e abre os vertedouros por onde fluirá o fel acumulado nas decepções da vida.

Isso propicia uma limpeza profunda e uma higienização da alma que o mais inspirado dos discursos, muitas vezes, não poderá conseguir realizar, se se limitar apenas às frases de efeito e ao palavrório destinado ao raciocínio.

Por esse motivo, os espíritos de Zacarias e Josué estavam encantados com as visões de beleza daquelas paragens, mas só chegaram às lágrimas quando os acordes maviosos lhes chegaram, pelos ouvidos, à acústica do coração.

Isso era necessário ao processo de preparação para o encontro que teriam com o Divino Amigo, que lhes captara a oração sincera e lhes falaria orientando a caminhada, já que os dois estavam em uma tarefa mais delicada do que a de muitos outros de seus enviados.

Nazaré receberia Pilatos naqueles dias e estava alvoroçada.

Ao mesmo tempo, Nazaré era a cidade onde estava a família de Jesus e seus parentes mais próximos, a maioria dos quais não lhe votava nenhum crédito e, mesmo, partilhava da prevenção de muitos que acreditavam que ele tinha perdido a sua alma.

* * *

Suas almas se encheram de júbilo quando perceberam que o movimento que começaram a divisar adiante era produzido pela aproximação mansa e amiga de uma figura muito querida, com os contornos conhecidos daquele a quem chamavam de Mestre, que lhes vinha em socorro de suas súplicas.

Conheciam aqueles modos e se deixaram vencer pela alegria e emoção quando puderam constatar-lhe a atmosfera radiante que, irisada de luzes e tonalidades opalinas desconhecidas de seus olhos, ainda mais atestava a sua alta condição de Embaixador Celeste no meio dos homens ignorantes.

Um misto de felicidade e de temor lhes impregnava a alma como seria natural no íntimo de qualquer pessoa que se visse defrontada pelo maravilhoso, mas tivesse consciência de suas próprias misérias, desejando desfrutar da inolvidável oportunidade temendo, entretanto, não lhe ser dignada tal alegria pela exiguidade de seus méritos, tão escassos.

Conhecendo-lhes tal sentimento, aproximou-se Jesus e, em vez de fazê-los se levantarem, sentou-se em pequena elevação à frente de ambos para que estivesse quase que na mesma altura de suas cabeças.

Aquele gesto de humildade e igualdade penetrou ainda mais fundo no íntimo daqueles dois servidores devotados que, sem se acharem merecedores de tal intimidade tiveram um gesto de quase afastamento.

– Que as bênçãos de nosso Pai nos envolvam em sua Augusta Misericórdia...

Sua voz não era um trovão, mas tinha a força de todas as tempestades. Ao mesmo tempo não era suave como o canto dos pássaros, mas trazia a sutileza da brisa fresca da manhã.

Não era como eles a ouviam quando estavam ao seu lado no meio do povo. Parecia que não precisavam dos ouvidos para escutá-lo. Qualquer pensamento que emitisse lhes impressionaria a acústica da alma como se Ele os tivesse projetado ao vento com a força daquela voz serena e justa.

– Vinde a mim, todos vós que estais cansados e sobrecarregados, e eu vos aliviarei. Tomai sobre vós o meu jugo e aprendei de mim que sou brando e humilde de coração e achareis descanso para as vossas almas. Porque o meu jugo é suave e o meu fardo é leve.

– Oh! Senhor, nada há que mais desejemos do que tomar o vosso fardo e submetermo-nos ao vosso jugo – pensou Zacarias, sem ousar falar-lhe diretamente.

– Sim, meus filhos, tenho convicção de vossas intenções nobres e de vossos temores diante das novas estradas que se abrem aos vossos passos.

115

A dúvida é sinal de aprendizado e a oração é sinal de sabedoria na submissão a Deus como aquele único que sabe orientar e esclarecer sem erros. Nessa ânsia, chamastes-me por confiardes em mim mais do que em vós próprios. E como seres amados, senti vossos corações sinceros e, em nome de meu Pai, vos atendo as rogativas para vos dizer que não vim para os sãos e sim para os enfermos.

Não tem o filho o direito de esperar melhores condições do que aquelas que o Pai lhe outorgou para o cumprimento de seus deveres.

E me encontro entre os homens como aquele que veio para servir e ser sacrificado como prova de meu amor por todos.

É no Amor verdadeiro pelos desditosos da vida que encontrareis a chave que esclarecerá todos os enigmas da existência humana porque em cada sofredor podereis encontrar as marcas das próprias culpas, o peso das próprias dívidas que são o sinal do vosso degrau evolutivo.

Todos os que estão na Terra nela se encontram porque possuem defeitos semelhantes a caminho do tratamento.

E se alguns já tiveram a alegria de começar a ingerir a medicação que atenua os males e faz ver melhor as realidades da alma, como é o vosso caso, há uma multidão de criaturas enfermas sem saberem que o estão e que precisam do mesmo remédio que já buscais: o Amor através da compreensão, da tolerância, do devotamento até o mais absoluto de seus corações.

No entanto, nunca deixeis de ver, em cada um deles, a figura do que vós mesmos já fostes um dia e, por amor à própria regeneração, não desprezeis nenhum deles, pois isso seria condenardes a vós mesmos.

Entende teus sofrimentos, Josué, como a ignorância daqueles que te condenaram ao isolamento por teres escolhido o caminho da verdade, ao meu lado. O perdão essencial é o que se ergue de um coração purificado de toda a mágoa e que é tão potente que é capaz de esquecer de onde veio o gesto que o feriu. Quando te foi apontada a porta da rua na casa do velho pai, incapaz de entender, por enquanto, as aspirações de teu espírito, a chaga se abriu em teu ser e teu destino pareceu incerto diante do futuro sombrio. No entanto, teu ser buscou em Deus os recursos para seguires adiante, ainda que não fosses capaz de entender o significado pleno do perdão verdadeiro.

Teu peito ainda arde à lembrança da incompreensão alheia e, segundo teus anseios mais secretos, a tua paz só seria restabelecida no dia em que teus agressores, teus parentes, te procurassem para pedirem desculpas ou para demonstrarem que te entenderam as escolhas e as respeitam. Sei que não desejas os bens que te foram retirados. Tua dor é por causa da incompreensão e da injustiça. Mas ainda assim, quem se acerca de Deus não pode fazê-lo com meia vontade. A verdade é uma luz que poderia cegar o incauto que desejasse enganá-la com a sua dissimulação, que demonstra mais insensatez que astúcia.

Por isso, para começar o caminho a que foste chamado por tua própria iniciativa, precisarás contar com o melhor de teus sentimentos, com a mais verdadeira de tuas disposições e com o desejo sincero de perdoar a todos, a partir dos mais antigos e injustos ofensores, pois nunca sabemos o momento em que os reencontraremos ou que a vida nos colocará no mesmo caminho que o deles.

Quanto a ti, Zacarias, teus segredos revelados com sinceridade e autenticidade diante de ti mesmo foram os benéficos medicamentos que te atenuaram as dores íntimas e, por isso, teu espírito é capaz de medir melhor os erros alheios e lamentar-lhes a dolorosa consequência sem julgar-lhes as escolhas trágicas. Por isso, a tua maturidade te permitirá encontrar mais facilidade de compreensão, desde que te consideres um homem comum, sem privilégios, e que está lutando para melhorar-se sem ter logrado ainda a última vitória sobre ti mesmo. Esperam-te batalhas amargosas nas quais teus sentimentos renovados poderão ser avaliados por ti próprio como verdadeiros ou, apenas, como impulsos de um momento de euforia e encanto.

Não permitas que teus erros de ontem, que contaminaram teus sentimentos por tanto tempo, possam agir como animais sem controle e estragar teus acertos de agora.

Diante de meus olhos tenho-vos, ambos, em plena confiança pela pureza de alma que posso identificar em vossos íntimos. Os erros que cometestes são os mesmos que todos os outros cometem. Não vos envio como juízes dos homens, mas como seus irmãos, que lhes oferecerão o mesmo medicamento que vos tratou das enfermidades morais e poderá ser útil a outros enfermos.

Não vos imagineis médicos, no entanto.

Em cada pobre do caminho, pobre que poderá estar vestindo um andrajo ou uma túnica dourada, vislumbreis Absalão, o coitado visitado pela desdita e entregue ao desalento. Desejavas obter o perdão daquele velho, não é, Zacarias?

Busca tal perdão nos Absalões que te esperarão pelas esquinas, pelas curvas do caminho. Serão muitos a te estenderem as mãos acreditando silenciosamente em teu arrependimento.

Que este sentimento não te afaste do dever de fazer o que é certo.

Arrepender-se sem trabalhar para consertar o erro é embriagar-se com o vinho para esquecer as dores que, depois de cessada a ebriedade, lá estarão do mesmo tamanho, agravadas pelas consequências do excesso de bebida.

Que tu e Josué possais trabalhar no sentido de erguer os caídos, a quem, em primeiro lugar, se dirigem minhas mensagens. Os poderosos virão a seu tempo e pagarão o preço de sua arrogância.

No entanto, os caídos a que me refiro não são apenas os da miséria material. São todos os que sofrem na alma as crises que vós mesmos já vencestes ou enfrentastes em vossas vidas. São os traídos no afeto e os que traem os corações. São os que julgam sem razão e os que, julgados, se revoltam com as sentenças iníquas. São os que sofrem as atrocidades morais dos que mandam e os que as perpetram, que nunca deverão ser desprezados por serem considerados indignos da vossa afetividade.

Lembrai-vos de odiar o crime, mas de amar o criminoso.

Ide, agora, na direção que o Amor de Deus, nosso Pai, vos aponta para o começo.

Nada temas, pois eu estarei sempre ligado ao vosso destino, a sustentar-vos com minha própria vida.

Sem saber por quais mistérios insondáveis, a cena se foi apagando como se um irresistível torpor lhes fosse furtando a ventura daquele momento nas asas do sono que chega na hora mais bela da experiência de suas vidas.

Ao fundo, a melodia continuava a ecoar em seus espíritos, mas os olhos pesados se entregavam a um entorpecimento como se fossem, ambos, convidados a adormecer sobre as pernas daquele ser tão amado que os acolhia em seu regaço como o pai generoso aos filhos abatidos e amedrontados, depois de lhes ter restituído a confiança e a força em si mesmos.

Ambos voltaram ao corpo físico e, nele, foram recolocados suavemente, envolvidos por entidades mensageiras, que lhes fizeram operações magnéticas para que seus cérebros humanos pudessem guardar algumas das coisas mais importantes daquele momento transcendente.

A emoção lhes marcava o despertar, quase que simultâneo. Suas almas estavam envolvidas pelas vibrações daquele encontro inesperado e, sem saberem explicar quais foram os mecanismos, Josué e Zacarias olharam-se surpresos e radiantes, como se ambos não precisassem dizer um ao outro o que lhes havia passado.

Naturalmente, não guardavam com muita nitidez todos os detalhes.

Ambos se recordavam, no entanto, das referências de Jesus aos

118

seus casos específicos e da noção segura de que o Mestre desejava vê-los junto aos que sofressem, antes de tudo.

Mas ao mesmo tempo, não sabiam se guardavam aquilo como uma realidade ou uma ilusão que seus espíritos produziram pela ânsia de encontrar uma solução aos seus anseios.

– Mas não pode ter sido criação minha, pois Jesus falou de problemas que só eu mesmo sei que existem dentro de meu coração, Zacarias – afirmou Josué, tentando concatenar o raciocínio de maneira firme.

Eu nunca falei de minhas mágoas mais secretas a ninguém, sequer a você mesmo, pois achava que elas deveriam permanecer dentro de mim para que eu as resolvesse. No entanto, é verdade que elas me corroíam e que eu sonhava em me ver vitorioso diante de meus parentes como a lhes dizer que eu tinha razão e que eles estavam errados.

Além disso, Jesus falou coisas que você disse na nossa jornada até aqui e que somente eu escutei, mais ninguém. Como é que ele poderia inventar tais coisas se não fosse, ele mesmo, o Mestre que nós conhecemos e que tudo sabe, desde os nossos mais ocultos pensamentos?

– Sim, meu amigo, eu estou me convencendo de que as suas orações são dessas que abrem as portas do próprio paraíso e lhe agradeço por ter-me permitido orar com você nesta noite. Jesus nos ouviu e nos atendeu. Que nós possamos ouvi-lo, agora, e atendê-lo no que estiver em nossas responsabilidades que, como pude perceber, passam primeiro pela nossa purificação interior para, depois, chegar aos que nos cercam.

Josué, com um aceno de cabeça, concordou com o amigo e se dispuseram a dormir mais um pouco, pois o céu ainda estava carregado pelas sombras da noite, que teimavam em dar o ambiente necessário a que as estrelas brilhassem, como a dizer aos homens que, apesar da escuridão que as envolve, graças a tal penumbra é que elas podem fazer surgir o próprio brilho. Assim, somos todos nós, criaturas com brilhos diversos, mas que só somos revelados quando a escuridão dos desafios nos envolve com o seu manto de incertezas e dores.

Reclinaram as cabeças no modesto colchão de folhas secas e agradeceram, em silêncio, a ventura de suas vidas, na tarefa bendita de se acenderem para serem pequeninos pontos luminosos no caminho dos que se confundiam com a própria escuridão.

Quando o dia chegasse, ambos já saberiam por onde começar e, efetivamente, começariam sem nenhum receio de fracassar.

* * *

A caminhada lhes seria difícil, sabiam eles. No entanto, ela teria o grau de dificuldade que seus espíritos necessitassem para florescer. Era esse o desafio que Jesus os convidava a enfrentar, dentro de si mesmos.

Era preciso, primeiro, ajuntar para poder dividir. Sem essa sabedoria, qualquer gesto de doação ao semelhante está muito próximo de ser um exercício de vaidade do que uma atitude generosa verdadeira.

Será mais uma ostentação fingida de superioridade do que uma entrega silenciosa e fraterna.

E para ajuntar, era preciso enfrentar dentro de si os fantasmas ocultos das próprias quedas, aquelas de onde retirariam as forças para erguerem-se sem se acharem superiores.

A sua tarefa não era a de se colocarem acima dos homens como enviados especiais, apontando caminhos, pontificando conselhos, pregando soluções ou mensagens. Era a de colocarem-se abaixo deles para servirem de alavancas que os erguessem, pois estariam fazendo aquilo que o Amor fizera por ambos, um dia.

Seriam os exemplos vivos, sem se repugnarem pelos sacrifícios que isso lhes exigisse, sem reclamarem dos cansaços que isso produziria e, o que é mais importante, aprendendo a sorrir com alegria para a tarefa áspera e difícil, em vez de realizá-la com o mau humor que os orgulhosos, disfarçados de humildes, expõem em suas faces irritadas por estarem cumprindo deveres em vez de concretizando ideais.

Quem cumpre deveres dessa maneira se irrita por ter que fazê-los, ainda que os realize para se sentir com direito aos prêmios por seu fingido bom comportamento.

Quem concretiza ideais não conta as gotas de suor, o tamanho das cicatrizes, o cansaço dos ossos nem a duração da fome, pois está seguro de que está construindo a própria felicidade e isso o alegra, mais do que qualquer outra coisa.

Infelizmente, tal diferenciação é comum ser observada entre aquele que cria filhos alheios e aquele que cria os próprios filhos.

Dia virá, no entanto, em que todos nós saberemos ser o que Zacarias e Josué seriam dali para a frente: Devotados servidores da causa do Amor.

Por isso, Jesus costumava dizer:

"Se alguém quer vir após mim, a si mesmo se negue, dia a dia tome a sua cruz e siga-me. Pois quem quiser salvar a sua vida, perdê-la-á; quem perder a sua vida, por minha causa, esse a salvará".(Lc. 9, 23 a 24)

15

A Primeira Pregação

O dia amanheceu lentamente e, com a alma leve e a alegria em seus corações, os dois amigos se ergueram movendo o corpo dolorido por causa do desconforto do solo onde se haviam alojado.

– Bom dia, Josué.

– Bom dia, Zacarias.

– Que nosso dia possa ser proveitoso em nome de Jesus – expressou este último os votos e os anseios para a nova jornada que se iniciava.

– Que assim seja – respondeu-lhe o companheiro.

Tão logo se puseram de pé, sentiram que o estômago fundo cobrava o tributo natural de quem, já há quase vinte e quatro horas, não tinha ingerido nenhuma provisão.

Ambos se manifestaram famintos e buscaram, inicialmente, solicitar a ajuda de alguém que pudesse lhes fornecer algo, como demonstração de caridade.

Deixaram o recôndito arborizado onde dormiram e desceram à cidade, onde o comércio costumava ser o motivador da vida no meio das criaturas.

A algaravia se houvera instalado bem cedo pois, para aquele dia, ao final da tarde, estava prevista a chegada do governador.

Aproximaram-se de uma rude taberna, na qual as pessoas encontravam tanto bebidas e comidas variadas, quanto pousada em quartos muito modestos.

O estalajadeiro os recebeu com indiferença, já que suas vestes apontavam para uma condição de simplicidade e despojamento.

121

– Bom dia, senhor. Que a paz esteja nesta casa – falou Zacarias por ser o mais velho.

– Bom dia! – respondeu, secamente, o homem já acostumado àquele tipo de gente miserável em seu negócio, a pedir e a pedir.

– Eu e meu amigo aqui estamos de passagem por esta cidade e, como não temos recursos que nos permitam comprar nosso alimento, estamos oferecendo nosso trabalho para que, com ele, possamos ser pagos com a comida do dia e, assim, nos dispomos a fazer qualquer tipo de serviço que o senhor tiver para ser feito, em troca da comida de hoje.

A oferta lhe saiu naturalmente, sem que houvesse pensado nas palavras e sem que as tivesse envolvido em uma encenação para produzir o efeito de contagiar o coração do seu ouvinte.

O homem encontrava-se preparado para dispensar-lhes a proposta por estar, já há muito tempo, acostumado com os tipos que por ali passavam.

Todavia, num relance se recordou de que, naquele dia, o governador chegaria à cidade e, como costumava acontecer nas outras visitas dele, uma caravana das redondezas se achegava até Nazaré, sempre buscando aproximar-se do poder mundano para conseguir aproveitar as suas vantagens ou obter maiores favores.

Os abutres sempre seguem a carniça e, com esse pensamento na cabeça, o estalajadeiro pensou melhor, notadamente porque, com esses dois ajudantes de última hora, poderia receber mais hóspedes em seus pequenos quartos, naturalmente baratos e muito concorridos.

Em geral, seus ajudantes eram poucos e se contavam entre seus familiares, sempre problemáticos e temperamentais, querendo ganhar acima do que ele poderia pagar e, por isso, essa oferta com o pagamento em comida representava uma grande oportunidade de se ver bem amparado, justamente na hora mais vantajosa.

Pensando nisso, o homem aceitou-lhes a proposta e lhes concedeu o café daquele dia, simples, mas suficiente para lhes espantar a fome crescente e lhes permitir iniciar o trabalho sem fraquezas.

Combinaram, então, que os dois trabalhariam durante o dia e que, durante a noite poderiam sair para as suas tarefas pessoais e permaneceriam ali sem qualquer prazo estabelecido e sem compromissos que os prendessem indefinidamente.

Quando lhes parecesse adequado, iriam embora.

Desejando manter por perto os dois novos ajudantes, o estalajadeiro ofereceu-lhes um quartinho dos fundos, suficiente apenas para que seus corpos pudessem descansar durante a noite para as rotinas do dia seguinte.

Assim, naquele dia, já sabiam por onde começar.

Trabalhariam durante as horas do dia para seu sustento e trabalhariam durante parte da noite para revelar a palavra do Reino de Deus.

E como Jesus os havia aconselhado a servir primeiro aos pobres e caídos, logo perceberam que ali seria o melhor lugar para encontrar os debilitados da sorte, as mulheres de má vida, os ébrios frustrados pelas perdas materiais e morais, os enfermos do corpo e do espírito a quem o Divino Amigo os havia autorizado curar.

O dia transcorreu sem notas dignas de realce, a não ser pelo aumento significativo dos frequentadores do lugar, por causa do evento que se aproximava.

Ao final da tarde, ambos se prepararam para a primeira noite em Nazaré.

Durante o decorrer do dia, puderam conhecer pessoas de todos os tipos e se inteiraram de que havia, na cidade, um local onde se reuniam os mais desgraçados para que se consolassem mutuamente e ficassem à disposição da caridade alheia, sempre tão escassa e disputada.

Na verdade, não era um mercado de dores, mas algo muito parecido com isso.

Aproveitavam-se da proximidade da sinagoga e transformavam o caminho que os transeuntes usavam para atingi-la como um vasto corredor de sofrimentos, no qual iam colocar à mostra suas mazelas à cata do precioso metal que, lá dentro do templo, seria entregue como elemento de ostentação e vaidade.

Por isso, tão logo caiu a noite, os dois se dirigiram para o local, que não distava muito da estalagem, naquela Nazaré tão pequenina daqueles tempos.

Foi fácil encontrar, pois as luzes de tochas improvisadas apontavam para a concentração das desgraças humanas.

Estropiados, doentes, paralíticos, crianças, velhos, misturavam-se aos cães sarnentos e impunham ao ambiente um aspecto de degradação e mau cheiro.

Isso era tão grave que os sacerdotes e fariseus haviam conseguido afastá-los das proximidades da sinagoga, mantendo-os a certa distância que lhes garantisse uma rota de acesso, sem passar por seu meio e sentir-lhes as desgraças, conduta essa fruto do egoísmo e da indiferença dos fiéis frequentadores do culto religioso.

123

No entanto, apesar de não poderem se estabelecer até os limites do templo, mantinham-se ali com a convicção de que era o local mais favorável em toda a cidade para que se encontrassem com os ricos e favorecidos pela sorte.

Josué e Zacarias eram apenas mais dois no meio dos pobres e mendigos.

No entanto, em suas almas carregavam uma riqueza que transformaria a vida de muitos dos que ali se achavam em desespero e que não faziam da mendicância uma maneira de ganhar a vida, para qual eram arrastados por força de suas superlativas desgraças.

No instante em que se estavam aproximando, Zacarias e Josué pararam e, quase que ao mesmo tempo, cogitaram de elevarem a Deus uma oração por todos os que iriam ser os primeiros a escutar as palavras do Reino do Pai, a fim de que pudessem ser beneficiados e que guardassem bem a mensagem.

Assim, Zacarias tomou a dianteira e, num desvão isolado do local, a certa distância do triste cenário, falou em voz suave, apenas para que Josué escutasse:

– Deus, nosso pai, aqui estamos na semeadura da vossa seara. O Senhor conhece nossas limitações e não desejamos impressionar a ninguém por virtudes e poderes que não temos. No entanto, nosso Mestre Jesus nos determinou que, em Vosso nome, amparássemos e curássemos os enfermos. Sabemos que o poder não nos pertence, mas provém de Vós e a Vós será devolvido, na forma das bênçãos que puderem ser espalhadas sobre os desditosos. Assim, Pai querido, velai por nós para que, de nossas mãos possa partir algo que chegue ao coração de algum deles e sirva de base para que consigam escutar nossas palavras sobre o Vosso Reino. Amém.

Uma onda de calor e entusiasmo lhes encheu o coração e, juntos, se abraçaram para que o começo da jornada pudesse significar a união de dois corações fraternos, a serviço da bondade.

Combinaram que um falaria primeiro e o outro falaria depois, se a ocasião permitisse assim proceder.

Zacarias foi indicado por Josué para começar.

No entanto, quando se aproximaram dos que lá estavam, os planos humanos foram alterados pelos planos de Deus, que lhes havia escutado as preces.

Isso porque, tão logo se achegaram ao amontoado de tragédias físicas e morais, puderam notar uma concentração de pessoas ao redor de um ancião que havia caído ao solo estrepitosamente.

Correram para lá, a fim de se inteirarem dos fatos e puderam percebeer, com facilidade, que o velhinho estava desacordado e, de sua boca, uma espuma branca era expelida, sem que ninguém tivesse coragem de tocar-lhe o corpo alquebrado.

Todos o circundavam sem que ousassem ajudá-lo.

Pedindo licença, Zacarias e Josué chegaram, facilmente, ao interior da roda de curiosos, todos igualmente enfermos que, amedrontados, não queriam se comprometer com o mais desditoso dentre eles, naquele momento.

Na verdade, ficaram aliviados quando puderam ver os dois se acercarem do velho e se colocarem ali, com carinho por ele.

Enquanto aconchegavam a cabeça branca em panos pobres para melhorar a sua posição física e para fazer estancar o sangramento produzido pela ruptura da epiderme decorrente da queda ao solo, os curiosos perguntavam:

– Vocês são parentes dele? Nunca soubemos que esse pobre coitado tivesse alguém neste mundo – falava um dos anônimos companheiros de desgraça.

– Somos seus irmãos – respondeu Zacarias, emocionado.

Era a primeira vez que falava nessa condição fraterna, sem estar na presença de Jesus e entendendo o significado da palavra "irmão" segundo o conceito do Espírito.

Os que escutavam, no entanto, passaram a acreditar que eles se tratavam de irmãos carnais do velhinho e se puseram mais curiosos e perguntadores.

– Pois então quer dizer que Caleb tinha dois irmãos e nunca falou nada para a gente! – exclamou um. Outro mais insolente já se apresentou dizendo: – Puxa vida, esse coitado jogado no mundo e vocês dois sem fazer nada para ajudá-lo. Não têm compaixão de sua desgraça? Certamente estão fortes e bem alimentados enquanto nosso amigo passa dias sem colocar nada no estômago....

Assim seguiam os curiosos a julgar e perguntar, mas, invariavelmente, sem estender as mãos para ajudar.

Tomado de uma inspiração que não sabia de onde lhe vinha, Zacarias levantou a voz para que todos ouvissem e esclareceu:

– Somos filhos do mesmo Pai, mas não do mesmo homem. Deus nos gerou a todos e nos deu uns aos outros para que nos ajudássemos. Por isso, este velhinho que acabamos de conhecer pelo nome de Caleb é nosso irmão e estamos aqui para ajudá-lo em nome de Deus e de Jesus.

A palavra vigorosa atenuou os mais exaltados mas, agora, outras dúvidas surgiam.

Certamente não se tratavam de irmãos de carne e sim de filhos de Deus. Mas se Deus era conhecido por todos, quem seria aquele Jesus que ele mencionava, em nome de quem também estavam ali? O estado de Caleb, contudo, não melhorava. Todos espiavam curiosos, mas ninguém se dignava ir ajudar os desconhecidos e solidários indivíduos.

Ao contrário, novas indagações foram nascendo no meio do povo.

– Jesus? Quem é esse? – perguntava um.

– Nunca ouvi falar desse homem. Será que é algum deus pagão ou algum profeta que nós não conhecemos? – falava outro.

O velhinho arfava, respirando com dificuldade, sem recobrar a consciência.

Então, sem pensar em nenhuma outra coisa a não ser na saúde daquele homem, Josué e Zacarias trocaram olhares rápidos e, sem perguntar à multidão se podiam fazer, ambos ajoelharam-se ao redor do enfermo e, com palavras emocionadas, Zacarias ergueu uma prece a Deus, pedindo ajuda.

– Pai querido, eis aqui nosso primeiro sofredor que, na condição de ancião, está fraco e doente, sem recursos e sem ajuda de ninguém, exposto à comiseração pública.

Seu único recurso é a proteção do céu que nos cobre com seu manto escuro salpicado de luzes que brilham como brilham nossas esperanças.

Por isso, Senhor, sabendo que Teu Amor não vê distâncias, digna-te receber este irmão Caleb no Teu seio para que ele encontre consolações e o tratamento que o recupere.

Que, em nome de Jesus, Teu Amor possa penetrar-lhe as fibras do corpo e trazê-lo de volta ao seio de seus irmãos.

A oração fora simples e rápida, mas tivera o condão de silenciar a massa que se calara para escutar-lhe as rogativas.

Enquanto isso, ele e seu amigo colocavam as mãos sobre a cabeça e o corpo do enfermo que, num átimo, relaxou os músculos retesados, entreabriu a boca, serenou a respiração e deu sinais de recuperação, para surpresa de todos os que presenciavam a cena.

Não demorou mais do que alguns minutos para que Caleb recobrasse a consciência e abrisse os olhos, espantando-se por ver a quantidade de pessoas ao seu redor.

126

– Ai que dor na cabeça – falou o ancião, levando a mão à região posterior do crânio, local do choque na queda contra o solo.

– Calma, meu irmão. Você melhorará de tudo isso.

– Mas o que se passou comigo, quem são vocês que eu não conheço? – eram as perguntas que iam vindo natural e desordenadamente na boca de Caleb, que não dava tempo para serem respondidas.

O carinho de Zacarias contrastava com os olhares frios dos outros, acostumados às cenas de tragédias e sofrimentos, muitos dos quais as ensaiavam para conseguirem melhores efeitos e dividendos.

Buscando acalmar o ancião, Zacarias falou-lhe amoroso:

– Calma, Caleb. Estamos aqui como seus irmãos em Deus nosso Pai para ajudá-lo naquilo que necessite. Fomos enviados até aqui por nosso Senhor Jesus a fim de lhe dizer que você é um dos convidados para o Reino de Deus que se aproxima e para demonstrar a você e aos outros, o poder daquele que nos enviou, como mensageiros das verdades de Deus aos que sofrem.

Por isso, aceite a nossa amizade, que não lhe pedirá nada mais do que a sua alegria e a sua felicidade.

Retomando a lucidez aos poucos, o velhinho falou para que todos pudessem ouvir o seu testemunho:

– Eu não sei quem vocês são. Só sei que eu estava no escuro absoluto onde me debatia e me feria nas quedas entre pedras e buracos, tentando vencer essa sensação. Olhava para cima e só via olhos de víboras na escuridão que me cercava. Olhares que, na mesma posição das estrelas do céu, apresentavam um brilho avermelhado, mas que nada faziam para me amparar. Isso aumentava a minha dor e a minha agonia. Tentava falar, gritar, pedir ajuda, mas nada conseguia.

Não sei quanto tempo durou esse estado, mas sei que, repentinamente, vi que dessa noite escura e profunda, saindo do meio desses focos apagados e sem brilho, duas estrelas desciam do firmamento na minha direção e me envolviam com um calor e uma luz diferente de tudo. Pareceu que meu espírito pôde acalmar-se no medo que tinha e que me fazia desesperar. Todavia, a sensação de dificuldade persistia.

Depois disso, não demorou muito tempo e percebi que uma força muito poderosa, como nenhuma outra que eu jamais conhecera na vida, se acercou de mim.

Era mais luminosa do que todas as coisas que eu já pude ver, de forma a tornar o Sol que conhecemos, pálida bola sem vida. E, apesar disso, podia olhar para ela sem me queimar e sem ofuscar minha vista.

Imediatamente meu espírito se asserenou e me senti entregue ao melhor dos médicos que já encontrei, que me tratou com um simples gesto de mão e me disse, de maneira suave e carinhosa:

– Caleb, nosso Pai te convoca para o seu Reino de Amor. Levante-te e escuta as estrelas que te enviei para que teu espírito fosse salvo das iniquidades do mundo.

Dito isto, ele desapareceu e eu comecei a acordar, vendo-me aqui rodeado por todos vocês.

A palavra do velho era entrecortada pela emoção de alguém que enfrentara uma situação muito desesperadora e dela só conseguira sair pela intervenção das forças poderosas do invisível.

Todos os que escutaram a sua palavra e o seu testemunho, facilmente puderam entender que as duas estrelas que desciam do alto eram os dois irmãos que se abaixaram ao solo para recolher-lhe a massa carnal ensanguentada.

Isso produziu um impacto muito forte na alma de muitos deles que, agora, interessados no poder de que os estranhos visitantes pareciam dispor, se aproximavam para melhor escutá-los.

Recolocando Caleb em uma posição de conforto que lhe facultasse melhorar e limpar o sangue que parara de jorrar desde o momento da oração, Zacarias aproveitou o momento favorável e disse para todos:

– Irmãos queridos, o que se passou aqui não ocorreu por méritos nossos, que somos devedores perante a lei como qualquer um de vocês. Ocorreu porque Deus nos ampara e nos dá sempre de acordo com nossas necessidades, se tivermos a humildade de procurá-lo com o coração amigo e generoso.

Estamos acostumados a transformar nossas vidas em um campo de disputas, em que o mais astuto merece os melhores prêmios e os mais desditosos são os que não têm a coragem ou a vontade de enganar os outros. Avolumam-se os que choram sem que lhes pareça ter fim o sofrimento.

No entanto, a bondade de Deus é força viva e não poderia deixar que as multidões dos aflitos ficassem à mercê dos lobos interesseiros e venais.

Por isso, o Pai enviou aquele que já havia sido previsto em nossa antiga lei, o Salvador de nossos destinos, o que alivia o corpo para encaminhar a alma, o que fala do futuro de felicidade para todos, não só para alguns. Por isso, estamos aqui, eu e meu amigo Josué, que fomos enviados para que vocês soubessem que o Reino de Deus está próximo e que os que tiverem ouvidos de ouvir possam aproveitar este momento significativo em nossas vidas para se arrependerem do mal e corrigirem suas condutas.

A tradição de nossos antepassados fala de Noé, construtor da arca na qual abrigou poucas pessoas e muitos bichos. Por quê?

Porque os homens nunca acreditaram nos anúncios de que Noé era portador, pois o achavam senil e caduco. No entanto, os bichos, que usualmente são arredios e desconfiados, aceitaram o convite e se deixaram conduzir serenamente para o seu interior.

Deus mandou fazer um navio, deu as dimensões, determinou a época em que deveria estar pronto, como organizar as coisas em seu interior.

E um navio, conquanto possa levar outras coisas, é destinado, em primeiro lugar, aos homens.

E por que não havia muitos homens e mulheres nele?

Por causa do nosso orgulho e da nossa prepotência, que se julgam maiores do que os avisos de Deus.

Os animais, por viverem em plena natureza, não perderam esse contato com as leis sublimes e, por estarem em sintonia com a vontade do maior governante dentre todos os governantes souberam acompanhar a voz do suave pastor e entraram na arca.

Assim também, agora, o Senhor nos manda avisar da chegada de uma outra arca, na figura do enviado, por nós tanto aguardado, aquele que nos salvará das nossas misérias e que, trazendo o Amor em suas palavras e atitudes, se preocupa com os que choram e sofrem, curando-lhe as chagas, ressuscitando os mortos, levantando paralíticos, dando luz aos cegos, curando leprosos, convertendo água em vinho, multiplicando pães e peixes para dar de comer a multidões. Esse é Jesus, que nos mandou aqui e que Caleb entreviu no luminoso Sol que lhe veio convocar à nova jornada, na arca da vida, na qual haverá sempre espaço para a nossa animalidade, que aprende a ser resignada e humilde, mas não para nossa humanidade quando insiste em ser arrogante e insolente.

O silêncio era de incomodar. Afinal, Zacarias falava não apenas por si próprio e por Josué. Falava tendo por base um fato vivo e que já estava sendo interpretado como um milagre significativo.

Entendendo que suas palavras impressionavam os ouvintes de maneira favorável, Zacarias voltou a falar inspirado:

– Jesus nos ama com um amor que nós nunca encontramos em lugar nenhum e que, uma vez sentido, é capaz de mudar todas as nossas dores em esperanças e forças.

Nenhum de vocês está excluído do chamamento para essa

jornada. Agora, em algum lugar da Galileia, Jesus está falando às multidões que o procuram. No entanto, sabendo que em cidades longínquas muitos infelizes não poderiam ir até ele, mandou alguns de seus seguidores até esses locais com a finalidade de amparar as suas dores e dar-lhes a notícia de que o Reino do Pai está chegado para todos os homens.

Além disso, com especial carinho nos enviou para cá, já que segundo muitos ignoram, Jesus pertence a uma família desta cidade, filho de José e Maria, com irmãos que devem percorrer estas ruas, mas que, como os convidados de Noé, ignoraram o chamamento para integrarem a Arca da Esperança que Ele representa para todos.

Por isso, meus irmãos, estaremos aqui todos os dias para contar-lhes o que Jesus realizou e realiza, a fim de que os corações abertos para a sua palavra possam se deixar tocar e entender que a felicidade está ao alcance de todos nós. Até que nós nos afastemos, procuraremos ajudar a todos vocês para que melhorem suas vidas a fim de que também possam melhorar as vidas dos outros.

Lembrem-se de que Jesus é Amor e não existe força mais poderosa do que essa, como todos nós pudemos ver nesta noite, agindo sobre nosso irmão Caleb.

E por falar nisso, levaremos esse companheiro conosco para que seja tratado até que se restabeleça adequadamente, se ele aceitar nossa companhia.

A emoção daquele velhinho era de contagiar todos os espíritos que o conheceram na vida, rabugento, gritador, blasfemo, insatisfeito.

Sem poder enunciar palavras de gratidão, procurou as mãos de Zacarias para beijá-las com reconhecimento, mas elas não foram encontradas, pois estavam, agora, procurando levantá-lo do solo para lhe dar apoio a fim de que pudessem seguir para a estalagem.

A caminhada foi lenta, mas não muito demorada, já que a pousada não distava muito do local onde se realizara o primeiro milagre da jornada do Bem.

Os que haviam ficado, hipnotizados pelas forças espirituais que envolveram aquele fenômeno singular, na sua maioria, se permitiram tocar pela mensagem de esperança que não pedia dinheiro nem favores, mas se oferecia com bondade e benevolência.

Em muitos corações surgiu um raio de luz que lhes passou a inspirar as conversas e os comentários, ainda que não conhecessem esse Jesus de maneira profunda.

Conheciam Zacarias e Josué, bem como conheciam o fruto do Amor que se materializara em Caleb naquele dia.

Por isso, todos eles deixaram de comentar a chegada do governador corrupto e violento, para só falarem daqueles dois desconhecidos e do Divino Amigo que eles trouxeram, na forma de notícia alvissareira para suas lágrimas amargas.

Caleb seguiu com eles para a estalagem.

Sem pedir autorização para o seu proprietário, que já se havia recolhido em face do avanço da noite, os dois amigos, entrando por uma passagem lateral que os levava até seu modesto aposento, deram o seu quartinho para o velho e ficaram dormindo ao relento para que o ancião pudesse descansar protegido.

No dia seguinte, dividiriam com ele a sua ração, comendo menos para que Caleb também se alimentasse e se recuperasse.

A esperança voltava ao coração daquele velhinho que, no inverno da vida, já esperava o momento de regressar ao outro mundo levado pelas asas da morte que, na sua condição de doente e abandonado, mais lhe parecia o anjo bom do que a temível ceifeira de vidas.

Agora, Caleb voltara a ter o desejo de viver para conhecer Jesus pessoalmente e para entender o que deveria fazer para segui-lo também.

Era o Amor fazendo a sua primeira conquista, sem agredir, sem ferir, sem comprar, sem se impor.

Os dois haviam entendido o significado das palavras de Jesus e, agora, Zacarias havia encontrado o seu primeiro Absalão, ao qual devolveria a alegria de viver, para que ele reconquistasse a alegria de ser bom, consertando seu próprio passado de maldades e interesses escusos.

16

JESUS E PÚBLICO

O dia seguinte propiciou aos três novas e agradáveis surpresas.

Com a acolhida de Caleb, a condição orgânica do ancião acusou significativa melhora, não apenas por ter dormido abrigado das surpresas da noite ao relento, mas também porque o tratamento que recebera não se limitara a lhe restabelecer o equilíbrio físico comprometido pela queda.

Na ação fluídica do mundo invisível, as forças generosas do Amor lhe haviam instilado uma grande quantidade de força vital que lhe pudesse retemperar todos os sistemas orgânicos e reconduzi-lo, se não à juventude do corpo, à jovialidade e ao bem-estar físico que acabavam por melhorar toda a disposição geral, produzindo no velhinho uma sensação de euforia e entusiasmo.

Dir-se-ia que Caleb havia rejuvenescido, o que significava, entretanto que, se o corpo continuava envelhecido e desgastado pelos anos, a sua lucidez, a sua alegria, o seu estado geral eram absolutamente diferentes, o que lhe infundia outra aparência geral, perceptível por todos os demais.

Em uma pequena comunidade como aquela, tanto eram notícia a chegada do governador à sua estância nas cercanias da cidade, quanto a aparição de fazedores de milagres como aquele ocorrido na noite anterior, em plena vista de todos.

Assim, a ação de Zacarias e Josué, pela força da necessidade de muitos e das carências humanas, passou a correr de boca em boca, tornando-se uma alvissareira novidade naquelas paragens tão acostumadas à rotina de suas próprias desgraças.

Por outro lado, ambos não tinham ideia de que a experiência da noite anterior pudesse calar tão profundamente na alma dos outros desesperados que, ao contrário, se preparavam para o reencontro da noite seguinte.

Efetivamente, no entardecer daquele mesmo dia, o cortejo de Pilatos deu entrada em sua vila confortável, nos arredores de Nazaré e ali se instalou para um período de tranquilidade junto ao ambiente favorável e aprazível daquelas paragens.

Pilatos trazia consigo um estado de espírito confundido pelo temor e desconfiança acerca da presença do senador Públio, que escolhera trilhar caminho mais distante de suas vistas, ao mesmo tempo em que não conseguia tirar de sua cabeça a figura de Lívia, aquela que ficara gravada em sua memória no encontro nos jardins de sua casa em Jerusalém, quando havia interpretado sua fraqueza como capitulação aos seus arrebatadores encantos.

A ideia fixa em Lívia fizera com que, menos de dois meses depois que a família Lentulus se havia transferido para Cafarnaum, Pilatos já procurasse Nazaré a fim de permanecer em posição mais favorável em face da maior proximidade entre as duas localidades.

Isso permitiria que estivesse em contato com os passos do enviado de Tibério, ao mesmo tempo em que lhe poderia permitir a aproximação com a esposa que não lhe saía dos planos.

Tão logo se acomodou em Nazaré, Pilatos remeteu até a residência do senador em Cafarnaum o emissário que lhe fazia chegar a notícia de que o governador se encontrava na região e lhe enviava o convite para que se encontrassem quando fosse do desejo do importante visitante.

Na verdade, com isso Pilatos desejava não apenas oferecer seus préstimos a Públio, mostrando-se cortês e amistoso, ainda que isso não fosse verdadeiro. Desejava também criar o clima necessário para que pudessem entretecer novos contatos através dos quais sua presença poderia alinhavar melhor a teia com a qual pretendia agarrar a cobiçada presa que parecia querê-lo e, ao mesmo tempo, fugia-lhe das mãos.

Não precisamos repetir que Lívia, em momento algum, lhe dera quaisquer sinais de aceitação. Antes pelo contrário.

Ocorre que, na mente deturpada de todo conquistador irresponsável, os sinais negativos mais evidentes são interpretados como indícios de aceitação mal disfarçada por uma aparente recusa.

Então, por mais houvesse se conduzido com nobreza e correção, abstendo-se de todas as investidas do governador, mais e mais este se obstinava em seu caprichoso desejo de ter todas as conquistas aos seus pés, sendo as mais difíceis as mais cobiçadas.

Daí porque Pilatos estava quase que enfeitiçado por sua própria astúcia, que o impedia de ver os fatos pela janela da verdade.

Também lhe pesaram na decisão de viajar a Nazaré as pressões que Fúlvia vinha fazendo sobre ele, eis que desejava que Pilatos continuasse lhe prestando as homenagens amorosas e ilícitas, como forma de continuar se sentindo importante como a amante do governador romano.

E por experiência própria, Pilatos sabia do perigo que sempre representou uma mulher contrariada na vida de um homem com os equívocos de caráter como os dele. Assim, colocando em prática a sua visão de político matreiro, encetou a viagem a Nazaré como parte de suas tarefas de governante da região, de maneira que se manteria afastado de Fúlvia, que não poderia segui-lo em face de suas responsabilidades pessoais junto à sua família em Jerusalém.

Não passou despercebida da amante, no entanto, a conduta de Pilatos e o por ele bem orquestrado afastamento, fosse por causa de sua pressão, fosse por causa da aparição de uma concorrente em seu caminho, concorrente esta que ela sabia ser difícil de vencer por causa de sua posição de importância que, aos olhos da mulher despeitada e mesquinha, lhe parecia estudada e artificial.

Ao mesmo tempo em que os olhos de Pilatos se voltavam para Cafarnaum, as autoridades de Nazaré estavam com os olhares voltados para o governador, procurando tudo fazer para agradá-lo e enaltecer-lhe a pessoa, como maneira promíscua de se manterem a cavaleiro de vantagens e conquistas materiais.

Na noite da chegada, como já houvera sido acertado por seus subalternos, Pilatos não se apresentaria para nenhum encontro ou comemoração por preferir o descanso depois de longa viagem.

No entanto, a festa inicial de sua estadia em Nazaré estava marcada para a noite seguinte, quando os mais importantes da cidade o receberiam em recinto privado, para que todos os encontros e conversações pudessem ser realizados sem a desagradável presença das testemunhas, com seus olhos e ouvidos indiscretos.

Assim, na noite seguinte se enfileirariam os judeus de muitas facções ao lado dos sacerdotes e religiosos, bem como dos que exerciam os deveres públicos em nome de Pilatos, nomeados para os cargos ou que os haviam comprado a peso de ouro, além das atrações festivas, como comidas exóticas, tão ao gosto do procurador, e companhias femininas sedutoras, como silencioso oferecimento dos habitantes da região para que o homem mais importante depois do Imperador pudesse embriagar-se no capitoso vinho das ilusões físicas.

Ao mesmo tempo, distante dali, em Cafarnaum, a família Lentulus passava por apuros aumentados.

Isso porque bastou a chegada àquelas paragens para que a pequenina Flávia viesse a piorar, perdendo em poucos dias todas as melhoras que haviam sido observadas quando de sua estada em Jerusalém, o que produzia um estado de quase desespero nos pais, que tudo tentavam fazer para auxiliar a pequenina criança na luta contra a enfermidade.

Tal dificuldade pessoal lhes mantinha as atenções voltadas para a pequena, em todas as horas do dia, principalmente de Lívia e Ana, sua serva de confiança e confidente pessoal.

A presença de Sulpício junto do senador era algo que Pilatos havia determinado anteriormente e, por isso, nos momentos de dor e agonia em que os pais imaginavam estar muito próximo o desenlace da filhinha amada, era ele o único romano conhecedor da região e dos costumes a quem o senador poderia ouvir sobre os boatos acerca daquele profeta ou curandeiro que se estava tornando famoso.

Sulpício não tinha ideia de que Públio era encarregado pelo imperador Tibério de enviar-lhe notícias sobre Jesus e, no diálogo que tiveram sobre as qualidades do divino Mestre, o lictor não viu mais do que o interesse de um pai aflito pelo estado de saúde de sua filhinha, imaginando que era esse o único motivo por que Públio o estava crivando de perguntas.

Em realidade, o próprio senador muitas vezes tivera o pensamento de procurar a figura daquele homem desconhecido, pessoalmente, não apenas para cumprir as determinações de Tibério, mas em função das próprias necessidades da filha enferma.

No entanto, ao pensamento de sua aproximação direta e a solicitação de amparo ao nazareno desconhecido, os prurridos de seu orgulho, de sua posição política junto a Roma, de seus modos refinados e nobres da tradição da gens Cornélia, fiel devota dos antigos deuses de seus antepassados, vinham-lhe à mente para desencorajá-lo de qualquer iniciativa.

Via-se como um grande e importante cidadão do primeiro mundo da época, recorrendo aos ritos mágicos e às poções miraculosas de algum curandeiro regional, ignorante e esperto o suficiente para iludir a crendice ou a boa fé das pessoas, igualmente ignorantes.

A falsa noção de superioridade o impedia de acercar-se da verdade de maneira direta como ele mesmo fizera ver a Sulpício, afirmando não ser dos que comprometeriam o seus deveres de homem de Estado, desmoralizando-se diante dos outros, que veriam nesse seu comportamento, a derrocada de suas tradições superiores diante das crendices e superstições estrangeiras.

Assim estavam as coisas até que, no desespero de seu sofrimento, a própria filhinha Flávia, atendendo ao oferecimento paterno que lhe prometia cumprir todos os caprichos para que ela se sentisse mais fortalecida, recusara-se a pedir brinquedos, guloseimas, passeios.

De dentro de seus modos infantis, a pequena Flávia pediria que o pai lhe trouxesse o profeta de Nazaré.

135

Assim, fosse por causa da determinação de Tibério, fosse por causa do desespero de pai e, ainda mais agora, atendendo à súplica da própria filha, o senador se via vencido em seu orgulho patrício e era compelido pelas circunstâncias a ir ao encalço daquele que, até aquele momento, tratara com o desdém dos que julgam tudo saber e, por isso, estar em patamar de superioridade.

No entanto, como não pretendia que tal encontro se desse diante do poviléu que constantemente o cercava, deliberou favorecer que ele ocorresse como que patrocinado pelo acaso ou de maneira fortuita, como forma de livrar-se dos comprometimentos que uma procura direta e pessoal acarretaria perante os olhos alheios e perante sua própria personalidade, que se considerava muito importante.

Sabendo que os caminhos que Jesus trilhava eram, geralmente, os que o levavam ao lago junto dos pescadores que o seguiam, o senador planejou um passeio solitário pelos mesmos caminhos, ao cair da tarde, a fim de que não parecesse que estava procurando Jesus desesperadamente e, se o acaso lhe possibilitasse tal encontro, convidá-lo-ia para uma visita a seu lar, como era costume da região a acolhida de algum conhecido com quem simpatizasse, a fim de que, envolvido pelas asas da casualidade, pudesse proteger a sua dignidade pessoal e política, ao mesmo tempo em que atenderia às necessidades da filha doente.

Planejou e assim realizou.

No entanto, as preocupações mundanas não tinham importância para a concretização das verdades infinitas.

E se o senador passeava distraidamente sem ter revelado a ninguém o teor de suas intenções, Jesus seguia pelas mesmas trilhas, deliberadamente, com o fito de encontrá-lo para a convocação fatídica do Amor, que poderia transformar para sempre o destino do homem falível.

O encontro de ambos foi absolutamente inesquecível para Públio, eis que, em momento algum de sua vida houvera sentido tal imponência vestida de simplicidade, tal grandeza trajada de pequenez, um magnetismo que nenhum dos poderes mundanos conseguiria, jamais, espelhar ou imitar.

A emoção daquele instante penetrou-lhe o ser e a resposta das lágrimas abundantes se fez acontecer quase que de maneira incontrolável ou impensável.

Homem acostumado aos trâmites burocráticos, vacinara-se muitas vezes contra a emoção que a miséria poderia causar, adulterando o sentimento com a frieza de seus raciocínios, que não poderiam ser corrompidos por sentimentalismos.

136

Assim, desacostumado à emoção, não soube como dominá-la nem fez nada para impedi-la quando Jesus surgiu à sua presença, naquele momento em que a Lua dava os seus sinais de vida, na noite que começava majestosa.

E não limitado apenas às lágrimas, o homem de Estado, inexplicavelmente, sentiu-se impulsionado a ajoelhar-se na verdura que lhe sustentava os pés, ainda que a figura do Mestre se encontrasse a certa distância de sua pessoa.

O silêncio ao redor atestava a ausência de testemunhas diante da chegada da noite. Todavia, o fascínio de tal encontro fora tal em seu espírito que, em momento algum lhe passara pela cabeça a preocupação de que alguém mais pudesse presenciar aquele gesto de subserviência, vindo de um dos homens mais importantes da Palestina naqueles tempos.

Vendo-lhe a submissão quase mecânica, incapaz que era de se manter de pé diante de tal majestosa simplicidade, Jesus caminhou na direção de Públio e, com suavidade e meiguice, dirigiu-lhe a palavra, que era compreendida pelo senador como se Jesus lhe falasse no mais belo e clássico latim.

– Senador, por que me procuras?

Tomado pelo encantamento, Públio não conseguia articular palavras que se sufocavam em seu peito. No entanto, seus pensamentos eram escutados por aquele homem tão diferente de todos os outros, como se tivessem o timbre sonoro da própria voz.

Sem saber o que dizer, angustioso e vencido, pensou na criança enferma.

Em resposta, Jesus o advertiu de que seu orgulho não lhe seria o motivo da salvação da filha, mas sim a fé da esposa amada que enriquecia a vida de todos os que partilhavam a sua presença e que os poderes que ele defendia ou representava eram extremamente fugazes diante dos poderes superiores que dirigiam os destinos dos homens.

Tais advertências da verdade sobre seu caráter arrogante lhe eram feitas com tal benevolência que, se num primeiro momento o senador se sentiu ferido por elas, relembrando a grandeza do Império e dos Césares, a palavra firme e grandiosa daquele diálogo fazia-o defrontar as próprias reações imediatas, mostrando, num segundo momento, que tudo aquilo que se lhe estava revelando era a mais pura realidade.

Ao mesmo tempo, Jesus atribuía a ele o acréscimo de responsabilidades pela cura da filhinha, que fora propiciada pela fé da esposa sincera e humilde, mas que, para ele, significaria um aumento de deveres para com Deus, no sentido do Amor ao próximo.

Sem conseguir falar nada, Públio se viu avassalado por um poder muito maior que qualquer um que já houvera defrontado ou conhecido, de tal maneira que se manteve no mesmo lugar, chumbado ao solo, presenciando a transformação daquele Jesus que se modificava ao influxo da oração, com os olhos voltados para o firmamento.

Pouco depois, um torpor incontrolável levou o senador ao sono profundo, do qual se libertou hora e meia depois, assustado e confuso.

Havia sonhado? Havia sido vítima de um sortilégio, tão ao feitio dos judeus daquelas terras? Como houvera se humilhado de joelhos diante de um desconhecido? Quem teria a autoridade para se dirigir a ele naquele tom de sinceridade sobre a sua pessoa?

Todos estes pensamentos o faziam se sentir diminuído ou rebaixado, causando-lhe uma confusão mental muito grande, pois apesar de tudo isto, sua memória guardava todos os detalhes daquele encontro tão importante.

Sua conduta mental atestava a luta entre o mundo velho e o mundo novo, onde as mentiras da opulência social eram atacadas pela verdade da simplicidade espiritual, onde o senador romano era acusado pelo mendigo nazareno.

Sua presunção de superioridade, longamente acrisolada em seu espírito pelo exercício dos valores romanos da tradição de seus antepassados, fez com que acabasse por considerar ridículas ou risíveis todas aquelas cogitações que se voltavam contra o mais sagrado de suas crenças, e se repreendeu mentalmente por ter dado ouvidos aos pedidos de sua esposa e de sua filha para representar aquele papel ridículo na comédia daquela hora, que foi como ele considerou a ocorrência que testemunhara.

Coisa de tolos e alucinados aceitar a fraternidade entre os mais diferentes indivíduos. Coisa de malucos acreditar em um pregador de filosofias tão perigosas ou perturbadoras.

Assim pensava, atormentado, procurando o caminho de casa.

Não se esquecia, porém, das promessas que aquele homem houvera feito sobre a cura da filhinha amada, mas nelas não desejava acreditar em face do escárnio que havia votado aos princípios elevados que o Mestre lhe havia apresentado com sinceridade diante da alma escurecida pelo orgulho patrício.

Caminhou imaginando os sofrimentos da filhinha e se penitenciando por não poder fazer mais nada por ela, diante das impotentes forças ou recursos que lhe estavam à disposição.

Lembrou-se dos médicos consultados, das poções medicamentosas que lhe foram ministradas, dos procedimentos com os quais se pretendia diminuir o padecimento infantil, tudo em vão.

Novamente lhe apertava o coração a lembrança da dor daquele

ser amado quando se aproximou da moradia, agora silenciosa e preparada para o repouso noturno.

Pé ante pé, adentrou na vivenda e buscou o aconchego do quarto da enferma a quem desejava vislumbrar antes de se recolher.

E, quando abriu lentamente a porta que lhe permitia o acesso ao seu interior, nada mais de uma criança chorosa e abatida, incapaz de descansar e sorrir.

Lívia carregava em seu colo o pequenino anjo que repousava, envolvido num halo de serenidade e conforto que há muito tempo não vislumbrava no semblante sempre abatido de Flávia.

Sedutor sorriso estampou-se no rosto da pequenina criança quando se inteirou da chegada do pai amado, convencendo-o de que aquelas não eram apenas confusas aparências produzidas pelo seu desejo de ver melhorada a filha.

Escutando os relatos de Lívia, inteirou-se de que um fenômeno sobrenatural havia ali ocorrido e que, graças a ele, que atribuíam à intercessão do profeta de Nazaré, a pequena estava salva, com ânimo recuperado, tendo-se alimentado normalmente e dado sinais de alegria e desejo de brincar.

Ali estava a prova de tudo o que ocorrera com ele, horas antes.

Lá estava a mão generosa de Jesus curando-lhe a filha.

No entanto, admitir tal poder e grandeza, seria, ao mesmo tempo, admitir a própria inferioridade. Admitir a ação de Jesus, mesmo à distância, seria ter que considerar verdadeiras as suas palavras sobre o seu estilo de vida e seu modo de ser.

Escolher entre o seu mundo e o mundo de Jesus – era isso que teria de fazer.

Assim, pressionado entre a humildade e o orgulho, apesar da prova candente ocorrida em sua própria casa, Públio recusara-se a atribuir a cura à intervenção daquele ser tão especial e renegara a sua ação para que não tivesse de abdicar dos favores do mundo aos quais se apegava com extremo orgulho e venerava com todas as forças de sua tradição.

Entre romper com Roma e romper com Jesus, preferiu negar este último para seguir atrelado à primeira.

Lá dentro de si, porém, não conseguiria enganar-se por completo para sempre.

Também em sua vida, chegaria a sua hora de reconciliar-se com a verdade, ainda que depois de muito sofrimento.

No entanto, agora já tinha o que falar a Tibério, como cumprimento de parte de sua missão na Palestina.

A Segunda Pregação

Naqueles dias que se seguiram à cura de Flávia, o seu organismo se foi restabelecendo rapidamente e a alegria regressou ao ambiente da casa. Naturalmente, o senador não relatou com os detalhes que correspondiam à totalidade da verdade o encontro que tivera com Jesus.

Indagado por Lívia, que com a convicção de sua fé pura e generosa sentia que tal milagre havia sido realizado pelo profeta nazareno, Públio limitou-se a dar evasivas e genéricas descrições do que ocorrera, sem referir-se à sua postura de subserviência involuntária nem às lágrimas de emoção.

Naturalmente que o espírito de justiça sempre presente na sua mentalidade de patrício romano o impedia de menosprezar aquele homem ou de negar o encontro que tivera.

Todavia, uma vez que atribuiu a cura da filha ao esforço de toda a família com médicos e remédios, proibiu qualquer alusão ao referido profeta como responsável pela cura de Flávia.

Qualquer ideia nesse sentido seria combatida por ele e o responsável seria severamente punido.

Lívia conhecia o orgulho do marido amado e, uma vez que Flávia estava curada, aceitou-lhe as exigências sem que isso significasse partilhar dos mesmos pontos de vista do marido.

Em segredo, com a amiga Ana na condição de serva da família, Lívia se permitia discorrer sobre os fatos e entendia ter havido, ali, a intercessão de força superior, dada à ocorrência de efeitos físicos junto à criança, como se uma mão luminosa lhe estivesse tocando a pele e removendo os processos infecciosos e purulentos, na intimidade do quarto onde se encontravam, enquanto Públio estava fora, naquele dia tão especial.

140

Assim estavam as coisas quando, poucos dias depois, a família se vê visitada por um emissário de Flamínio Severus que, como amigo e confidente de Públio, administrador de seus interesses em Roma, lhe fora enviado com correspondências, pequenos brindes, notícias, relatórios e documentos que lhe cabiam conhecer.

A chegada de Quirilius, ex-escravo de Flamínio e que se achava vinculado à família Severus, encheu de alegria o ambiente, pois ele trazia notícias dos queridos amigos distantes.

Assim, o dia foi de leitura das diversas correspondências e, ao mesmo tempo, os dias subsequentes foram de ardoroso trabalho para Públio que, encerrado em seu escritório, passou longo tempo redigindo respostas e documentos necessários à continuidade dos trabalhos de Flamínio.

Nessa ocasião, ainda que não tivesse cuidado de aprofundar os processos de investigação sobre a administração da Palestina, Públio escreveu longa carta, destinada ao imperador e ao senado, dando a conhecer a personalidade daquele homem diferente, descrevendo-o e referindo-se ao seu extremo e profundo poder magnético, diferente de todas as coisas que já houvera conhecido.

Foram palavras medidas para que nelas não fossem vistos a empolgação infantil ou o entusiasmo pouco conveniente nas descrições e que, em geral, desnaturam o que se está descrevendo, mas, ao mesmo tempo, foram frases que procuraram fazer um perfil físico e emocional do referido taumaturgo para que o imperador o pudesse conhecer não mais como lenda, mas sim como verdade, traçando-lhe, na medida do possível, a sua estrutura psicológica.

Nessa descrição, sem nenhuma referência pessoal ao ocorrido entre eles, Públio procurou ser imparcial e não deixou que qualquer desejo de encobrimento da verdade lhe toldasse o raciocínio, já que estava a serviço de Tibério, a quem prometera fidelidade na expressão da realidade.

Assim, fora remetida a correspondência pelo mesmo emissário que regressara à capital do Império poucos dias depois, carregando consigo as amorosas respostas dos Lentulus, bem como documentos em geral e a carta para Tibério que Flamínio trataria de fazer chegar às mãos do próprio, pessoalmente.

Nesse mesmo dia, ao cair da tarde, outro mensageiro deu entrada ao refúgio do senador, agora mais aliviado e já pensando em regressar brevemente à sede imperial.

Era o emissário de Pilatos, que lhe dava a conhecer a estada do governador em sua residência de Nazaré, colocando-se à disposição do senador para qualquer necessidade.

Feliz por saber de sua presença próxima, Públio contava em não mais precisar voltar a Jerusalém ao dar por encerrado o seu trabalho, com o fito de despedir-se do governador.

Pretendia, rapidamente, inteirar-se das práticas ilegítimas na administração dos negócios de Estado na Palestina e, assim que estivesse bem municiado, tornaria a Roma rapidamente com toda a família.

As coisas, no entanto, não ocorreriam como desejava.

Envolvido pelo trabalho de investigação e aliviado dos traumas da doença insidiosa da pequenina, agora em franca recuperação, a alegria do grupo teve breve duração, eis que, passado pouco tempo, uma nova desgraça se abate sobre a família, com o desaparecimento do outro filho do casal, o pequenino Marcos.

Inexplicavelmente o pequenino sumira, apesar da proteção dos escravos, dos soldados, dos servos íntimos.

A dor da família, o desespero dos pais, as angústias da perda levaram o senador a instituir o castigo como maneira de tentar encontrar respostas para o desaparecimento.

Para o chicote foram enviados os escravos, os servos mais diretos ligados ao processo de vigilância, mas todos diziam nada saber ou nada conhecer.

Aquele fato mudara todos os planos de Públio que, contra a sua vontade, novamente se via jungido àquela terra que já estava considerando maldita.

✳✳✳

Voltando a Nazaré, o dia que se seguiu à chegada de Pilatos foi de normalidade para os nossos personagens, trabalhadores da estalagem/taberna apenas com a diferença de que, tanto Zacarias como Josué, naquele dia, dividiram suas rações com o velhinho, que se recuperava a olhos vistos.

O entardecer levou-os ao pensamento de que novamente poderiam estar na região onde conheceram Caleb no dia anterior e, sem terem qualquer ideia do que encontrariam, estavam ansiosos para voltarem ao local e pregar a palavra de Deus cujos primeiros contornos haviam sido historiados na noite anterior.

Nazaré estava engalanada pela chegada do procurador da Judeia e nessa mesma oportunidade seriam realizadas as cerimônias oficiais de recepção.

A noite chegou e os dois homens, acompanhados por Caleb, que não permanecera na estalagem a fim de não criar problemas aos novos amigos durante o dia e que fora abrigado à sombra de vetusta árvore nas proximidades, tomaram o rumo da cidade para darem seguimento aos seus objetivos.

Lá chegando, logo de início, puderam perceber, à distância, um acúmulo maior de criaturas, todas elas parecendo sofredoras e componentes da turba dos desesperados.

No entanto, no mesmo local, um número maior de enfermos, de velhos, de crianças, de paralíticos dava sinais de que a notícia da cura de Caleb se tinha espalhado e que, mais e mais pessoas pretendiam conhecer os dois visitantes forasteiros.

A chegada dos três levantou uma onda de contida euforia entre todos.

– São eles, são eles – gritou rapidamente um dos que na noite anterior haviam presenciado os fenômenos espetaculares. Vejam o velho Caleb como vem andando como se tivesse vinte anos. Nem parece que já está na casa dos setenta – falaram outros que o conheciam há muito tempo.

Em resposta, mais e mais pessoas se aglutinavam ao redor dos três homens que, agora, já tinham chegado ao sítio onde os fatos se desenrolaram na véspera.

Alguns, com olhar reverente e amedrontado, temiam que os desconhecidos pudessem ter parte com as forças malignas e que o diabo lhes pudesse ser o agente principal.

Como se fosse possível que o demônio fizesse o bem...!

Outros se mantinham desconfiados, na postura típica dos que precisam ver para acreditar, mas que duvidam sistematicamente até que possam comprovar com seus olhos, pessoalmente.

Outros, os mais doentes, olhavam para os homens como se estivessem vislumbrando a solução para suas lágrimas, crédulos e sinceros, forçados a isso pela desgraça pessoal de suas angústias que, para eles, era a maior de todas as barreiras que precisavam vencer.

Para vencer tais desafios físicos, morais, emocionais, os sofredores, cansados da realidade insofismável das lágrimas e das feridas purulentas, aceitavam os forasteiros como emissários de Deus e tinham o desejo de poderem, também, receber o beneplácito de seus gestos de carinho e suas bênçãos.

Por isso, ali estariam e escutariam tudo o que fosse necessário, na esperança de que tal possibilidade lhes servisse de remédio e solução.

Esse era o panorama que surpreendeu os dois emissários de

Jesus e até o próprio Caleb, que não imaginava que houvesse uma tal quantidade de estropiados em Nazaré.

Na verdade, não havia. No entanto, a notícia correu as redondezas e dali, dos arredores, muitos se dirigiram até a cidade, alguns até com a desculpa de que iriam ver a recepção a Pilatos.

Além disso, não nos esqueçamos de que, por força da chegada do governador, a população fixa de Nazaré sofrera um aumento significativo por causa dos negociantes, curiosos, mercadores, que viam aí a oportunidade de ganhos.

E quando se encontram o poder e o comércio localizados em algum lugar, as misérias se lhes concentram ao redor, na tentativa de aproveitarem alguma migalha que lhes caia das mãos.

Por isso, também, é que se encontram tantas favelas nas cercanias de grandes aglomerados de riquezas, como bairros nobres de cidades importantes, grandes centros comerciais, que sempre atraem a cobiça dos que querem ganhar mais do que já possuem e a esperança dos que têm o desejo de conseguir algo do indispensável que lhes falta.

Nazaré, assim, tinha mais gente desesperada naquele período, gente que soube da cura de Caleb.

Os mais importantes e ricos, mercadores ou negociantes, procuravam a proximidade do governador, acercando-se do local onde estava designada a sua recepção pessoal.

Os mais miseráveis e lazarentos, desesperançados, enfermos e vencidos procuravam a proximidade dos enviados do Cristo, aglomerando-se na via dolorosa, no local destinado à recepção da esperança.

Quando se viram cercados por aquela gente simples, Josué e Zacarias se lembraram das vezes em que viram Jesus envolvido pela massa e puderam ter uma modesta e pálida noção do que significava ser o foco do desespero das pessoas, como o era o Mestre querido, tendo de encarar um desafio tão difícil e volumoso.

Naquele dia, conforme haviam combinado, caberia a Josué o exercício da palavra e, por isso, em face da desordem que reinava no local, Zacarias tomou a frente e falou em alta voz para que fosse ouvido acima do burburinho da plebe.

— Irmãos de Nazaré, a paz seja convosco. Felicitamos a todos em nome de nosso Mestre Jesus e informamos que aqui estamos em nome de seu Amor para falarmos do Reino de Deus, tarefa hoje que será feita pelo nosso querido irmão Josué. Para que isso possa ocorrer em paz e harmonia, peço a todos que se sentem a fim de escutarmos a mensagem.

Aquela solicitação pareceu ser atendida naturalmente por muitos, mas, para alguns, foi motivo de contrariedade.

O povo desejava a rapidez sem esforços.

– Queremos a cura, não a conversa – falaram alguns, escondidos no anonimato da multidão, no que foram seguidos por outros que confirmavam, repetindo: É isso mesmo, a cura, a cura...

Vendo o estado de ânimo de alguns que, felizmente, estavam em minoria, Zacarias foi firme e respondeu:

– Ninguém que está aqui, o está obrigado. Quem não desejar escutar considere-se livre para ir procurar outra coisa para fazer. Nós permaneceremos aqui para falarmos do reino de Deus que é chegado, para quem ficar e compreenderemos qualquer um que, não querendo ouvir, se afaste daqui, levando consigo as nossas bênçãos também.

A palavra de Zacarias trouxe à realidade os ignorantes e preguiçosos, que sempre desejam o que é mais rápido para que, beneficiados, se mantenham iguais na miséria moral em que sempre viveram.

Sem outro remédio e como não se afastou nenhuma alma do lugar, não lhes restou outra opção senão a de procurarem se sentar o mais próximo possível dos visitantes para não perderem nenhum dos lances de sua pregação.

Aquela reunião, no entanto, passava desapercebida das autoridades de Nazaré e dos homens mais importantes, pois que se achavam congregados ao redor do governador, interessados nas negociatas com os poderes mundanos.

Agradecido pela iniciativa do amigo, Josué levantou-se e proferiu singela oração a Deus, com o que seu coração possuía de mais puro e sincero, introduzindo no ambiente uma atmosfera favorável a que os espíritos encarnados e desencarnados conseguissem assimilar as noções espirituais elevadas da mensagem de Jesus.

Ao mesmo tempo, rogava interiormente que Jesus não lhe faltasse naquela hora de desafio para seu espírito que era batizado, naquele momento, como o pregador da verdade, sendo, entretanto, imperfeito e igualmente necessitado dela.

Terminada a oração curta, mas envolvente, os mais de cinquenta ouvintes estavam como que hipnotizados pela sua palavra doce e fraterna, que diferenciava muito das preces arrogantes dos fariseus nas sinagogas, dos sacerdotes oficiais, sempre grandiloquentes e presunçosos.

A voz suave de Josué era como o orvalho brando que, invisível, caía do céu e acalmava a sede das folhinhas no chão.

Terminada a oração, Josué começou contando que a tradição religiosa dos judeus sempre esperou por um Messias, cuja tarefa, segundo eles próprios imaginavam e pregavam, deveria ser a libertação do povo das garras dos invasores, qual novo Moisés que, enfrentando a arrogância do faraó do Egito, forçou-o com os poderes miraculosos a permitir que o povo partisse para a terra prometida.

Por isso, por longos séculos, de geração em geração, se fez imaginar que um novo libertador voltaria como o Messias prometido para dar voz ao povo hebreu e reconquistar a sua independência.

No entanto, afirmava ele, inspirado por forças superiores, o Messias enviado pelo Pai estava na terra prometida naquele momento, envergando a humilde veste de um nazareno apagado para que se construísse um novo reino no coração dos homens.

Ouvindo tais palavras, alguns, menos sintonizados com os conceitos elevados, demonstraram discordância, que imediatamente foi rebatida por Josué, que se espantava com a própria eloquência.

– Sim, amados irmãos. Muitos de vós gostaríeis de ver a chegada do poderoso senhor, arrogante como os invasores e libertador do nosso orgulho de raça. E no entanto, que seria ele depois de libertar a nação? Outro déspota, a governar com as mesmas bases tradicionais do medo e do poder, da tirania e da intimidação. Seria isso a mudança atribuída ao Messias? Mudar as coisas para que permanecessem as mesmas? Não mais o invasor estrangeiro, arrogante e prepotente. Agora, o arrogante e prepotente ditador nacional. E, além disso, olhemos para nós mesmos.

Somos irmãos de uma mesma raça, não é?

E, apesar disso, onde estão os nossos conterrâneos nesta hora? Quando vós estais sofrendo com vossas feridas, com vossa fome, com vosso desespero, onde estão os nossos patrícios? Refestelam-se com o poder que o invasor representa para dele retirar alguma migalha com que aumentem a própria riqueza. Por que os nossos líderes mundanos não protegem nossas famílias? Por que motivo nos deixam sem recursos para o tratamento da nossa saúde, mas não nos livram dos deveres de fazermos oferendas nos templos por ocasião das festas tradicionais de nossa fé?

E são meros mortais como nós, submetidos às mesmas leis do universo, sem que se apercebam de que possuiriam maiores deveres do que o de espoliar a própria gente, mantendo-se cegos à sua desgraça.

É este o tipo de Messias que gostaríeis de entronar no governo do mundo? Um que tivesse poderes mundanos e vencesse pela espada para, logo a seguir, usá-la contra o próprio povo?

Não, meus amigos, não pode ser o Messias, sinônimo de despotismo e exploração, violência e agressividade.

Disso nós já estamos cheios e acostumados a suportar o peso de seus modos indiferentes e egoístas.

Cada ferida de vossos corpos possui a marca dessa indiferença. Da fome que passastes até hoje, da falta de medicamentos e recursos para a higiene mínima, de amparo no frio, proteção das intempéries, das injustiças que se cometem e que nunca são julgadas com base na verdade e sim nos interesses dos que julgam e dos poderosos.

O Messias deve combater todas estas mazelas dando esperança aos que sempre foram os esquecidos do mundo e dos governos. Não mais o que libertaria e beneficiaria apenas a pequena parcela de seus apaniguados e seguidores. Agora compreendemos que o enviado de Deus deverá beneficiar os que nunca se beneficiaram com os favores do poder mundano. É para o povo que vem o Messias e para secar as suas lágrimas, curar suas doenças, dando-lhes com isso, a visão de que o Reino de Deus procura despertar o coração abatido e descrente para a verdade do Amor que deve reger as relações entre as pessoas.

Amai-vos uns aos outros – não se cansa de repetir o divino Mestre, apontando para a importância da nossa dedicação ao semelhante. Não mais para obter recursos ou bens, por interesse mesquinho e tão próprio de nossas tradições materialistas.

Amar sem qualquer interesse pessoal, ajudando e dando esperanças. Essa é a fórmula que vos trouxe até aqui neste dia.

O amor de Deus e de Jesus, que curou o sofrimento de Caleb, foi tão profundo, que ele percorreu a cidade, os arredores e vos trouxe aqui com esperança de encontrar o que buscam.

No entanto, não penseis que o que buscais seja o importante. As doenças estão enraizadas nos nossos sentimentos de maldade, de ódio, de rancor, a ponto de Jesus ensinar que, para que melhoremos, precisaríamos perdoar sempre, esquecendo as ofensas que nos fizeram, o que é um quase absurdo para os orgulhosos representantes de nossa raça, sempre acostumados a aconselhar a vingança como forma de cumprirmos a lei do "olho por olho...".

Como é que pedimos a Deus que nos ampare, se somos os primeiros a largar ao abandono um irmão nosso? Qualquer senso primitivo de Justiça que temos nos diz que essa maneira de fazer as coisas está errada. Como pedir para nós, se nos recusamos a dividir ou ajudar os que estão na nossa dependência?

Assim, irmãos, não é pela cura de corpos, como muitos vieram aqui pedir, que a mensagem do Reino de Deus chegou aos homens.

É para curarmos as nossas verdadeiras doenças, essas que nos fazem chagados na alma, no egoísmo e orgulho que nos apodrecem por dentro. E as curas do corpo são o resultado das nossas transformações.

Jesus o tem feito, mas se, em muitas vezes dispensava o interessado louvando-lhe a fé que o havia modificado, em outras apontava o caminho, dizendo:

"Vai e não tornes a pecar para que coisa pior não volte a te acontecer".

A doença, como efeito do pecado, do erro, da fraqueza que nós mesmos tanto cultivamos é a desdita em nosso caminho. Mas é contra o pecado, o erro, que nós precisamos lutar.

Caleb foi curado porque chegou a sua hora, porque tinha fé ou porque através dele a mensagem do Reino estava convocando todos vós para este encontro.

E se este nosso irmão usar da saúde restabelecida para fazer maldades, para proferir impropérios, para não ajudar a ninguém, estejais todos seguros de que coisa pior voltará a lhe acontecer.

Assim, queridos filhos de Nazaré, o Senhor Jesus está pronto para receber-vos em seu coração do mesmo modo que, esperamos, todos possais estar prontos a receber Jesus dentro de vós mesmos como o Messias Amoroso e fraterno que compreende nossas quedas e que nos ajuda a levantar.

A inspirada argumentação de Josué fizera impressionar a todos os ouvintes.

Zacarias não acreditava na fluência do amigo, sempre modesto e sereno, na empolgação diante da descrição dos deveres espirituais e das realidades políticas a que todos estavam submetidos.

Os outros lhe davam razão e desejavam seguir-lhe ouvindo, sentindo-se penetrados por princípios verdadeiros que lhes descortinavam outros horizontes.

Era a mensagem para os caídos.

Agradava-lhes ouvir que o Messias havia vindo ao mundo para eles, em primeiro lugar, pois eram sempre os mais esquecidos e explorados pelos poderosos.

Aquilo lhes parecia um dos poucos privilégios que poderiam receber na vida triste que levavam.

Por isso, a turba se aquietou, encantada e favorável aos conceitos escutados.

Josué estava emocionado consigo mesmo, pois o que se poderia

148

dizer, em palavras rápidas e singelas, é que não se conhecia em tudo aquilo que dissera.

Afirmaria, mais honestamente, que não fora ele quem falara. Alguma força muito grande falara por ele e ele não tinha como lhe barrar as ideias, que eram vertidas para fora como um vulcão em erupção de luzes e verdades.

Quando deu por terminada a exortação daquela noite, a empolgação de alguns fez com que palmas de admiração eclodissem, atestando que a maioria se havia permitido vencer pela emoção e compreendido a mensagem.

Todos queriam abraçar o orador improvisado, como se ele fosse alguém predestinado a lhes passar a esperança da verdade que os beneficiaria.

Assim, para facilitar o acesso e deixar que todos o cumprimentassem, Zacarias pediu que ficassem em seus lugares, que tanto ele quanto Josué iriam um por um a abraçá-los pessoalmente, já que boa parte dos que ali estavam, tinha muitas dificuldades de caminhar.

Um a um foram sendo visitados e, no abraço que lhes era oferecido, as forças divinas eram espargidas sobre seus corpos para a surpresa de muitos, que se sentiam invadidos por uma atmosfera de euforia e jovialidade.

Em todos os doentes, Josué tocou com sua mão, sem nenhum gesto de repulsa, as feridas que eram motivo de vergonha para muitos.

Muitas dores desapareceram no mesmo instante e a convicção de que eram portadores de uma verdade muito profunda e diferente passou a se espalhar rapidamente.

Terminada a noite, retomaram o caminho da taberna, não sem antes garantir a todos que, no dia seguinte, voltariam ali para conversarem sobre novos aspectos da verdade.

As despedidas foram emocionantes e Caleb seguiu-os para a taberna, reconfortado por ter sido o primeiro dentre os eleitos daquela hora em que o Reino de Deus era anunciado aos homens ali naquela cidade.

A festa de Pilatos seguia entre os conchavos e as insinuações de negócios espúrios, cobiças materiais e licenciosidades morais.

Ali estavam sendo plantadas muitas das feridas e enfermidades para o futuro dos próprios interessados.

O dia seguinte traria muitas surpresas para todos.

18

MULTIPLICAM-SE AS BÊNÇÃOS

Já pela manhã do dia seguinte, quando nem bem haviam começado a atividade na modesta estalagem segundo a rotina normal, os dois enviados de Jesus foram surpreendidos pelo proprietário, que os procurava confuso e surpreendido.

– Zacarias, estão falando lá fora que aqui se encontram dois enviados de Deus que fazem milagres. Por acaso vocês receberam algum forasteiro que eu não tenha visto chegar?

– Não, meu senhor – respondeu Zacarias, com olhar curioso e divertido diante da apreensão do homem pouco afeito às coisas Divinas.

– Mas quem será que são, pois lá fora estão dizendo que eles estão por aqui...

– Bem, meu senhor, os únicos novatos que há por aqui somos eu e Josué. Realmente nós estamos aqui em Nazaré cumprindo uma tarefa que nos foi determinada por Jesus, a fim de que se anunciasse o Reino de Deus, mas temos feito isso depois que termina o trabalho. Não somos enviados de Deus, fazendo milagres espalhafatosos por aí.

– Quer dizer, então, que as pessoas que estão lá fora podem estar confundindo vocês com esses milagreiros fajutos que andam por aí enganando os outros?

Vendo que o homem não entendia o que poderia estar acontecendo, Zacarias respondeu:

– É, talvez pode ser que esteja acontecendo isso...

No entanto, a estas alturas, o vozerio lá na parte da frente onde se localizava a entrada da estalagem começou a crescer e isso fez com que os dois, que entabulavam esta conversação na parte dos fundos, próximo ao quartinho, fossem até lá ver o que estava acontecendo.

150

Quando chegaram, para surpresa dos dois, o salão modesto onde estavam acostumados a permanecer bêbados, pessoas de má índole, faladores e intrigueiros de todos os tipos, estava quase que lotado de pessoas das mais diversas idades e apresentando os mais variados problemas de saúde.

Para todos os homens da estalagem aquilo foi uma surpresa.

Muitos deles estavam ajoelhados, reverentes e emocionados.

Afinal, antes que Zacarias e o proprietário para lá se dirigissem, Josué, que havia se encarregado de levar Caleb até o local onde passaria o dia esperando a chegada do entardecer, como no dia anterior, regressando para a estalagem teve a sua atenção atraída pelo número de pessoas que estavam à porta, tentando entrar.

Ao se aproximar e perguntar do que se tratava aquela aglomeração na entrada da estalagem, foi imediatamente reconhecido pelas pessoas, que começaram a algazarra:

– É ele... Ele chegou... Está aqui o profeta do milagre... – essas foram as expressões de euforia do povo que estava lá em busca dele e de Zacarias.

Naturalmente, Josué se viu confundido pelo entusiasmo das pessoas, pois em momento algum havia sido dito a elas que eles eram profetas ou coisa parecida.

Afinal, tirando a melhora de Caleb, nenhuma outra ação miraculosa tinha ocorrido.

Estavam, apenas, atendendo os que sofriam e encaminhando-os para suas casas com o conforto da esperança no novo Reino, em nome de Jesus.

Deu um sorriso amarelo e começou a entrar, pedindo licença, como se estivesse pronto a fugir para o interior da estalagem.

Mas o povo que permitiu a sua entrada, lá no pequeno salão da frente, não deixaria espaço para que ele dali saísse, pois não havia como passar.

Velhos, crianças, mães desesperadas, pessoas feridentas, enfim, ali se congregava uma pequena multidão que queria encontrar-se com os dois profetas do milagre.

Essa foi a cena que Zacarias e Saul, o dono da estalagem, presenciaram quando entraram, espremidos, no mesmo lugar onde se encontrava Josué.

Com a entrada de Zacarias, então, a turba se agitou ainda mais, pois muitos diziam:

151

– Lá está o outro, o milagreiro que curou Caleb, o velho que estava pronto para ser enterrado, de tão doente e corroído pelo tempo...– dizia um, enquanto outro completava, afirmando: Eu mesmo vi quando ele ergueu os olhos em oração e saiu dele alguma coisa que curou Caleb...

Vendo que a situação poderia ficar descontrolada, tomando a frente e a iniciativa diante de um Saul aparvalhado pela circunstância absolutamente imprevista, Zacarias falou em voz alta, pedindo silêncio:

– Meus irmãos, que as bênçãos de Jesus possam recair sobre todos vocês. Estamos aqui em nosso modesto dever de trabalhar para não sermos pesados ao nosso irmão que nos recebeu e, por isso, peço a todos que respeitem este local que pertence a Saul e que deve ser protegido de todo tumulto. Eu e Josué estamos felizes por vê-los, mas não entendemos esta peregrinação assim, tão cedo, já que nosso compromisso para com todos foi o de voltarmos hoje à noite ao local de nossos encontros e, lá, continuarmos nossas conversas.

– Mas é muita gente doente que quer conhecer vocês e esperar até a noite é impossível depois dos milagres que aconteceram – falou um dos mais inflamados.

– Eu sei que a dor é muito difícil de suportar, mas não imagino de que milagres você está falando, já que nós apenas oramos e abraçamos a todos antes de nos despedirmos na noite de ontem.

Tomando a palavra, espontaneamente, um deles atirou ao solo uma velha muleta improvisada e disse:

– Meu Senhor, não sei o que aconteceu nem entendo os mecanismos das coisas, mas sei que, depois que vocês me abraçaram, ontem, quando voltava para o buraco onde me abrigo, fui sentindo uma coisa diferente dentro de mim e, quase que sem pensar, percebi que minha perna direita, há muitos anos imobilizada e fraca, estava caminhando com a mesma naturalidade da outra perna, confundindo minha cabeça, já de há muito acostumada a usar a muleta em seu lugar.

Pensei que era algum problema de minhas ideias, mas, para minha surpresa, deixei cair esse apoio ao solo e continuei de pé. Improvisei passos pequenos e a perna me obedeceu sem qualquer vacilação.

Estava curado, meu senhor. Curado como nunca pensei que estivesse um dia, depois de tantos anos.

Qual o remédio que tomei? Nenhum além do abraço e da mensagem de vocês.

Esta muleta aí no chão é a minha testemunha.

152

Vendo o efeito de suas palavras, outra mulher, ajoelhada, levantou-se e disse, com emoção:

– Vejam minhas pernas enroladas nestas faixas imundas. Eram as feridas que me maltratavam há mais de dez anos. Agora, vejam só isto – e ao dizer, começou a retirar aqueles trapos imundos e atirou-os por cima da muleta.

Não havia nenhum vestígio das feridas, restando, tão somente, uma marca na pele, apontando que ali havia uma cicatriz recente e de grandes proporções.

– Quando vocês tocaram na minha ferida, ontem à noite, senti uma imediata sensação de alívio e frescor, mas não imaginava que pudesse acontecer isso aqui. Fui para minha casinha e, durante a noite, tive um sonho maravilhoso no qual eu me encontrava com um ser luminoso que me estendia as mãos e que perguntava se eu queria ficar boa para tratar dos outros que sofriam. Eu respondi que se eu me curasse, um dia, iria fazer de tudo para ajudar os que não tinham tido a mesma sorte que eu.

Então ele sorriu e me beijou a testa e eu, no próprio sonho, parece que dormi.

Acordei não sei quanto tempo depois e uma coceira insuportável me atingia as duas pernas. Comecei a esfregar uma na outra sem perceber que a dor que eu sentia ao mais simples toque me impediria de fazer aquilo que estava fazendo agora, sem mesmo pensar.

Assim que me dei conta disso, afastei as bandagens à procura da ferida e encontrei só isso: pele nova e nenhum sinal das purulentas secreções.

Diante de outro testemunho, Josué e Zacarias passaram a compreender que, na noite anterior, conquanto nenhum dos ouvintes tivesse se curado de imediato, a maioria tinha recebido um grande benefício que nem eles mesmos imaginavam ser possível.

Naturalmente, depois que regressaram às suas casas, os efeitos da ação magnética se fizeram sentir.

Ao mesmo tempo, a grande caravana da esperança composta de espíritos elevados que acompanhavam os emissários de Jesus se incumbia de tratar os enfermos, aproveitando-se do clima de renovação que as palavras dos seus enviados despertavam no interior das criaturas.

Reforçadas com o resultado obtido depois da pregação, que era a demonstração do poder de Deus e da capacidade amorosa dos dois emissários, a mensagem do novo Reino surgia, aos seus olhos, não mais como promessas interesseiras ou de uma nova religião que os escravizaria aos seus rituais e às suas cobranças.

153

Era uma forma de ver a vida sem qualquer interesse pessoal, modesta e divorciada de todas as retribuições humanas, que não prometia milagres nem favores especiais, mas que, aos que desejassem encontrá-los, de boa vontade, a porta do Reino de Deus estava aberta. E todos os que, na multidão da noite anterior, foram beneficiados com a melhora ou a cura, não fizeram outra coisa senão alardeá-la por todos os cantos e a todos os estropiados da grande família humana que se estabelecia em Nazaré, informando que ali estavam dois profetas que faziam milagres.

Naturalmente não fora isso que Josué e Zacarias haviam dito durante as suas conversas junto aos doentes.

No entanto, quem ia se importar com as questões semânticas de tão pouca relevância, diante dos fatos objetivos da cura?

Para o povo, quem curava ali eram Zacarias e Josué. Por isso, simplificando as coisas, a maioria ignorante considerava-os como os profetas milagreiros.

Vendo isso desse modo, Zacarias voltou a falar:

– Grande é o poder de Deus, meus irmãos, que como Pai se condoeu de seus filhos e curou suas enfermidades. No entanto, queremos que saibam que quem tem esse poder não somos nós, miseráveis criaturas a serviço da causa. Quem o possui, além do Pai que está nos céus, é Jesus, que nos enviou para falarmos do Reino de Amor que se está implantando no coração dos homens.

Não espalhem por aí que somos nós os profetas do milagre. O único profeta vivo que está aqui na Terra, hoje, passou muitos anos vivendo nestas ruelas, conversando com as pessoas que não lhe davam crédito e teve que sair daqui para que sua tarefa pudesse começar. É esse o Messias enviado, filho do carpinteiro José e de Maria, sua esposa.

A turba ouvia em silêncio, mas no fundo de todos eles, o que importava é que estavam curados e traziam outros para serem igualmente tratados pelos dois visitantes.

– Todos nós estamos felizes com as melhoras, mas elas foram produzidas por Deus e pela fé que vocês mesmos tiveram. No entanto, como esta nossa irmã disse, não basta ter a pele renovada. É preciso ajudar os outros, dividindo o benefício e o pão com os que sofrem, pois de outra forma, como o Mestre sempre nos ensinou, se voltássemos a pecar, coisa pior poderia nos acontecer.

Quanto ao nosso programa para hoje, está confirmado que iremos à noite até o mesmo lugar e nos encontraremos lá, pois todas as coisas têm que ter o seu tempo e o seu local.

154

Não temos o direito de perturbar o sossego de Saul, que nos acolheu com carinho e consideração, nem de seu negócio.

Por isso, peço a todos que se retirem, que meditem durante o resto do dia no que é que desejam das próprias vidas, se buscam uma cura de corpos, mas estão dispostos a fazer o bem pelos outros, na cura verdadeira do espírito.

Mais tarde nos encontraremos e conversaremos novamente.

Vendo que as pessoas não desejavam arredar o pé dali, Zacarias foi mais incisivo:

– Se não acatarem o nosso pedido, não iremos como prometemos e, hoje mesmo, eu e Josué partiremos daqui para levarmos a palavra do Senhor a outras cidades que também merecem escutá-la e a aceitarão com mais obediência.

A palavra firme do enviado de Jesus fez o efeito necessário, já que as pessoas começaram a se mover, em direção à rua, não sem uma certa irresignação, mas atendendo ao pedido de Zacarias, com a finalidade de não perderem a oportunidade de ambos estarem, à noite, junto dos enfermos.

Tal procedimento acertado permitiu que Saul tivesse a sua estalagem reordenada e, ao mesmo tempo, propiciou que o povo que lá estava visse com seus próprios olhos que as duas criaturas que haviam sido as portadoras das bênçãos eram verdadeiras e estavam ali, prometendo um novo encontro para a noite que não tardaria.

Assim, muitos que não haviam acreditado na existência deles, pois não os haviam visto nos dois dias anteriores, passaram a ver que era verdade e, assim, a notícia correu mais rápida do que antes, nas casinhas pobres, nas locas e taperas infectas, nos arrabaldes afastados.

Como a cidade estava inflada pela chegada de Pilatos e dos que queriam vê-lo, muitos peregrinos de fora ali se achavam e, da mesma maneira, foram informados pelo mais eficiente jornal circulante em qualquer cidade – a fofoca – de que ali estavam Josué e Zacarias, que faziam milagres em nome de Deus e de Jesus.

Aproveitando a oportunidade, por já terem, inclusive, ouvido falar de Jesus em outras localidades, muitos se deram ao trabalho de voltar aos seus lugares de origem, nas cercanias de Nazaré, para buscar parentes, amigos, conhecidos a fim de que, naquela noite eles pudessem estar ali e aproveitar a passagem da luz pela região das trevas.

As autoridades de Nazaré, no entanto, estavam muito preocupadas com Pilatos para darem importância aos rumores que já lhes chegavam aos ouvidos e gastavam o seu tempo disponível em agrados e na lisonja barata com que queriam comprar o reino do mundo perante a autoridade romana.

Assim, desde a noite anterior, Pilatos fora cercado por essas raposas criadas, acostumadas a negociar a própria alma, desde que daí retirassem algum ganho, que viam no governador o caminho para que se locupletassem em negociatas que o povo jamais saberia ou teria certeza.

Pilatos, por sua vez, sabia da importância da boa vizinhança com tais indivíduos que, assim, dariam prova de submissão a Roma e acatamento às determinações do Império.

Por isso, na noite anterior, quando da recepção oficial ao governador, inúmeros personagens importantes e de alma obscurecida pelos interesses rasteiros se reuniram no local destinado à cerimônia.

Os sacerdotes compareceram carregando luxuosa caixa de madeira ornamentada, na qual levavam o pagamento devido a Pilatos pela sua garantia de independência religiosa, permitindo que as raposas seguissem tomando conta do galinheiro e usufruindo tais práticas.

Era uma modesta quantia, perto daquela que eles auferiam nas práticas religiosas. Mas ainda assim, era considerável montante que era recebido pelos asseclas de Pilatos e que a este informavam dos andamentos de seus negócios.

Além disso, os fariseus da cidade se aprestavam em lhe oferecer os melhores pratos e os melhores vinhos da região, conduzindo o governador para o perigoso terreno da quase embriaguez, na qual sabiam que seria mais fácil obter novas concessões ou favores do governante.

E quando já estava no ponto e já se tinha comprometido com as negociatas mais sórdidas, que incluía a perseguição pessoal de pessoas inocentes cujos bens eram cobiçados por algum importante líder da raça, de maneira hipócrita e formalista, os judeus mais influentes iam se retirando para deixar somente os seus subalternos a fim de que pudessem dar seguimento à recepção, na parte que tanto era apreciada por Pilatos, quando da apresentação das mulheres, algumas jovens, outras trajadas sedutoramente, outras preparadas para a sua diversão, como já se explicara anteriormente.

Tudo isso era feito sutilmente como que se estivessem, tão somente, apresentando ao procurador da Judeia os exemplos da beleza pura da raça judia a fim de que ele conhecesse melhor os frutos mais bem talhados que aquela região poderia produzir na árvore da beleza feminina.

No entanto, todos sabiam que, dali em diante, a festa estava prestes a se aproximar muito dos festins romanos, tão ao gosto dos que viviam na metrópole e que lhes parecia normal e apreciável.

Todavia, para espanto dos organizadores, naquela noite, o governador não se deixou seduzir por nenhuma oferta especial.

Com a sua maneira labiosa, Pilatos admirou a todas, agradeceu-lhes a presença, presenteou a muitas com objetos de valor e beleza e, ao término de algumas horas, retirou-se para sua moradia, prometendo voltar na noite seguinte para que continuassem os encontros.

Essa foi uma atitude inusitada na vida daquele homem acostumado aos processos sensuais, como arena, onde colocava a sua capacidade à prova e de onde, geralmente, saía como vencedor das batalhas, não se importando que coisas ou quantas mulheres haviam sido sacrificadas para o seu prazer e satisfação.

Na verdade, nenhuma daquelas mulheres se aproximava da beleza de Lívia, que não lhe saía da cabeça.

Apesar de serem belas criaturas, que o traje especial e os recursos da estética da época tornavam mais atraentes, nenhuma delas apresentava a magia que Lívia produzira em seu íntimo, não conseguindo estabelecer qualquer maneira de contato com elas, apesar de não ter deixado de se sentir o varão destemido de todos os tempos.

Para os que organizaram o evento, aquele foi o primeiro no qual o governador não se deixou envolver fisicamente com nenhuma das mulheres que lhe foram apresentadas, o que acabou gerando uma grande preocupação em todos eles por acharem que isso seria uma demonstração de desgosto para com os tipos que lhe haviam sido oferecidos.

Na realidade, todos ali tinham medo que Pilatos deixasse de se encantar com a região, pois isso lhes tiraria o trunfo de terem como agir sobre o governador que, por sua vez, sabia que o jogo era esse e que ele também o jogava com as cartas do interesse para retirar todas as vantagens que pudesse.

Os sacerdotes foram noticiados da conduta de Pilatos, assim como os hipócritas fariseus que se reuniram logo pela manhã para discutirem o assunto.

Todavia, da noite anterior já haviam colhido muitas coisas.

Os sacerdotes obtiveram a renovação de sua autoridade perante o povo, da mesma maneira que muitos dos interesseiros seguidores dos rituais da velha lei haviam conseguido a autorização para confiscarem propriedades, conseguindo levar a Pilatos as moções que haviam preparado à sua maneira para prejudicar pessoas que desejavam exterminar de seu convívio, desafetos pessoais e outras situações que lhes eram interessantes junto do governador.

Assim, como teriam novo encontro no dia seguinte, logo pela manhã puseram-se a conversar sobre a melhor maneira de encantar o governador, propiciando-lhe mais prazeres para que seu espírito, amolecido pelas sensações, mais lhes fosse favorável nas questões que apresentariam no segundo encontro marcado para a noite próxima.

Não é preciso dizer que, durante o dia, Pilatos buscava inteirar-se das negociatas realizadas pelos seus fiéis ajudantes, através das quais ia arrecadando mais valores, não para o patrimônio do Império, mas para sua própria caixa pessoal.

Também não é preciso mencionar que isso era conseguido na medida em que os seus ajudantes também usufruíam da inescrupulosa maneira de governar, pois obtinham o pagamento generoso por sua participação, além do fato de se verem reconhecidos dentre os mais próximos do todo poderoso governador da Judeia.

As criaturas estão sempre submissas às suas ambições e, por isso, a conduta que adotavam perdia os contornos da licitude para ser vista como política necessária diante de uma região tão difícil e cheia de desafios.

Como estavam se beneficiando e como faziam parte do séquito oficial, os que se colocavam a serviço de uma causa tão mesquinha acreditavam que isso fazia parte da política oficial de Roma, que lhes permitia extorquir, vilipendiar, enriquecer para que se mantivessem fiéis aos ideais do Império, mesmo tão afastados dos prazeres da capital.

Com tais justificativas, Pilatos ia se mantendo cada vez mais cercado de auxiliares manhosos, mas fiéis que, quanto mais assim se conduzissem, mais subiriam na vida e ganhariam recursos que lhes garantiriam, por sua vez, uma velhice mais tranquila.

Nenhum deles tinha a noção de responsabilidade pessoal diante do furto ou da conduta que tirava dos outros aquilo que não era devido.

E vendo-se com tais liberdades, muitos deles se aproveitavam dessa máquina perversa para realizarem as coisas à sua maneira, conseguindo obter vantagens pessoais que passavam desconhecidas de seus superiores, tão só pelo fato de fazerem parte da corte de Pilatos.

Se é verdade que, naquela noite, o governador não aceitou nenhuma das mulheres que lhe foram apresentadas, isso não significou que todas foram reconduzidas às suas casas para retomarem suas vidas.

Algumas delas caíram nas graças dos seus mais chegados auxiliares e, ainda que o chefe não as tivesse reverenciado com a sua atenção masculina, eles o fariam com os instintos inferiores que lhes predominavam no caráter.

Assim, à luz do dia, os seus servidores fiéis se incumbiam de visitar negociantes abastados de Nazaré que tinham contas a acertar com o governador e, na tarefa de recolherem as boas-vindas, eram induzidos a presentear Pilatos com bens ou valores que poderiam lhes comprar a paz e a gratidão por mais algum tempo.

Era uma máquina de corrupção cujas engrenagens eram homens inescrupulosos e que ia sendo lubrificada pelo dinheiro, que fazia com que as peças se movessem mais rapidamente.

O comércio de interesses era muito grande e tido quase que como normal na estrutura social que eles próprios haviam criado.

Longe da capital imperial, Pilatos se sentia autorizado a se comportar da maneira como melhor lhe cabia.

Periodicamente, remetia a Tibério as correspondências protocolares e relatórios oficiais, nos quais tudo estava correndo bem, prestando contas de valores e arrecadações, dando a saber das situações políticas e religiosas daquele ambiente sempre conturbado e rebelde.

E, no entanto, seus procedimentos verdadeiros drenavam dos cofres das pessoas e do próprio Império, valiosos recursos que iam sendo acumulados em seu próprio patrimônio, empobrecendo a todos os demais e abrindo cicatrizes profundas na alma dos povos conquistados que, de maneira sofrida, iam sentindo as investidas dos poderosos conquistadores, que lhes davam pouca coisa e, ainda por cima, lhes tiravam, muito mais.

O governador, no entanto, ansiava pelo retorno de seu emissário junto a Públio, dando-lhe a conhecer a sua chegada a Nazaré, na esperança de que pudessem se reencontrar o mais depressa possível.

Tal resposta tardava a chegar e, assim, a insatisfação de Pilatos crescia e o distanciava de todos os seus antigos interesses.

O dia se encaminhava para o ocaso e Zacarias e Josué se desdobravam na estalagem sob os olhos vigilantes de Saul que, agora, não sabia como se comportar diante das duas quase celebridades que estavam sob seus cuidados.

Seria melhor mandá-los embora para se evitar problemas? – perguntava-se ele, ao mesmo tempo em que sua veia de negociante lhe dizia que aqueles dois homens eram uma mina de ouro para seu interesse de ganhar dinheiro fácil, pois atrairiam mais e mais clientes ao seu estabelecimento.

Confuso com tal emaranhado de ideias, no qual estavam o medo

159

de confusão e o desejo de ganhar – egoísmo e ambição – Saul se mostrou disposto a acompanhá-los naquela noite, desinteressadamente, para ver o que ocorria.

No fundo, desejava confirmar com seus olhos a capacidade de Zacarias e Josué para que melhor planejasse a sua estratégia, ao mesmo tempo em que seria conhecido por todos como o homem que abrigava os milagreiros e a quem deveriam, todos os interessados, procurar para que chegassem até eles.

Era a maneira de tirar vantagem da situação, como pensava fazer todas as vezes que era defrontado por algum desafio ou novidade.

Naquela noite, fechou a estalagem e, com Zacarias e Josué, que se fizeram acompanhar por Caleb que os esperava mais à frente, rumaram para a reunião, ao mesmo tempo em que Pilatos, deixando sua mansão nos arredores, voltava para a cidade onde continuaria os seus encontros sociais como já vimos acima.

O coração de todos ia apertado e ansioso, pois a cena da estalagem, logo pela manhã daquele dia, havia sido muito forte para que não se interessassem pelos seus desdobramentos.

Saul carregava cifrão nos olhos.

Caleb seguia orgulhoso de estar com os dois novos amigos e ser o testemunho vivo da primeira cura ali realizada.

Zacarias e Josué se entreolhavam e, sem precisarem dizer nada, recorriam a Jesus para que nenhum amparo lhes faltasse diante dos desafios daquela noite importante para todos eles.

Antes que se aproximassem do local e que fossem vistos pelos enfermos, pararam sob uma ramagem espessa e pediram silêncio aos outros dois companheiros, solicitando-lhes que os acompanhassem em uma oração por suas misérias humanas e pelas forças do Reino de Deus que eles iriam anunciar mais uma vez.

Assim, diante do novo desafio, novamente a elevação ao Pai, de onde, efetivamente, todas as bênçãos se originavam, e a Jesus, que era tudo para eles e a quem se submeteriam sem qualquer senão ou fraqueza.

A oração foi rápida, mas emocionante para seus corações.

Caleb vibrava de alegria e Saul estava confundido com os novos conceitos de amor, fraternidade, desprendimento que acabara de escutar do próprio Zacarias que orara e a quem competiria falar naquela noite aos ouvintes ansiosos.

O Amor despertando o Amor

A chegada dos quatro ao local onde se encontravam todos os que os esperavam causou a agitação natural que sempre ocorre quando pessoas que estão sendo muito aguardadas se aproximam, ao mesmo tempo em que Josué e Zacarias tremeram diante do volume de pessoas que ali se congregava.

A quantidade de pessoas presentes havia se multiplicado de tal maneira, que já se tornava difícil de passar por entre os candidatos ao reino dos céus.

Se na noite anterior estavam reunidas cerca de cinquenta criaturas sofredoras, agora, o número passava de duzentas, sem se poder aquilatar quantas eram enfermas e quantas eram simplesmente curiosas ou interessadas na mensagem do evangelho.

Abriu-se um corredor pelo qual os quatro homens puderam passar e chegar até o meio da multidão que, sabendo que se tratava de uma reunião onde todos desejavam ver e ouvir os visitantes, já lhes haviam destinado um posto de realce, em pequenina elevação que os deixava acima da maioria.

Entendendo que aquela seria uma noite muito importante para os destinos da Boa Nova naquelas paragens, Zacarias apegou-se ainda mais à figura de Jesus e, em silencioso pensamento, rogou-lhe a sua assistência para que nada de mal viesse a ocorrer durante o encontro no qual cumpriam as determinações do sublime amigo.

Enquanto passavam, as pessoas que os conheciam iam estendendo as mãos para tocar em suas roupas, para encostar-se a seus corpos, acreditando que de alguma maneira poderiam contagiar-se com as forças milagrosas.

Isso constrangia muito os dois trabalhadores do bem, que não estavam preparados para essa veneração irracional, tão própria do ser

161

humano ignorante e desesperado. Tinham em mente que a reverência de todos deveria ser dirigida a Deus e depois a Jesus, pelo que não sabiam como se comportar para convencer as pessoas que os estavam idolatrando.

Essa situação estava no caminho dos emissários do Cristo, como um dos testemunhos que deveriam enfrentar, defrontando-se com os próprios adversários interiores, tais como a vaidade, o orgulho, a presunção, sempre à espreita para derrubar o trabalhador desprevenido e tragá-lo no rodamoinho de suas próprias fraquezas morais.

Assim, Zacarias e Josué não escapariam de tal exame de sinceridade e devotamento, que os capacitaria a outras tarefas no futuro.

Chegando ao local destinado pela iniciativa do povo à pregação daquela noite, Zacarias pediu que todos se sentassem de maneira tranquila e que pudessem ir se acomodando para que fosse serena a transmissão das ideias, para que os conceitos do Reino de Deus pudessem chegar a todos.

Tão logo se preparava para dar início ao processo de anunciar a Boa Nova, Zacarias se viu surpreendido por um fato que causou um início de tumulto entre todos os presentes.

Tomando a palavra para introduzir seu discurso e, lembrando-se da veneração equivocada que a turba votava a ele e a Josué, o orador iniciou sua prédica elevando a voz para invocar a proteção de Deus e do amado Mestre Jesus para que todos naquela noite pudessem encontrar o caminho reto da Verdade do espírito, como forma de colocar a ambos como os únicos a quem se deveria reverenciar.

E ao terminar a frase, sem que ninguém estivesse aguardando qualquer coisa que não fosse o início da pregação, escutou-se um grito agudo, seguido de uma risada irônica, como que saída das profundezas da Terra, oriunda de uma criatura cujo tom de voz mais se parecia ao de uma bruxa.

– Hah, hah, hah, hah! Maldito esse seu Deus e não desejamos esse intrometido Jesus por aqui, atrapalhando o nosso sossego. Fora, seus mentirosos, seus impostores. Estamos acostumados com nossas misérias e não queremos que suas falsas esperanças venham a nos tirar desse sossego para logo depois nos deixar frustrados no nada. Chega de mentiras e de conversa fiada. Se Deus existisse já nos teria ajudado antes e não se valeria de gentinha assim como vocês...

***

Todas estas palavras poderiam ser consideradas o desafio de

162

algum dos presentes que não desejasse senão desmoralizá-los por alguma divergência de ideias.

No entanto, tais afirmativas vinham da boca de uma quase criança de doze anos que, há muito tempo, vivia em um estado de desequilíbrio que afetava a harmonia de sua casa, a paz de seus parentes e produzia medo em quase todos da família que, assim, se afastavam mais ainda como forma de não desejarem contato com aquilo que consideravam coisa do diabo.

O jovem nunca tivera tranquilidade e sempre se mantinha amarrado para que não agredisse os outros ou ferisse os próprios pais.

Era mantido como um animal que, dependendo dos momentos, se apresentava dócil, mas que, de hora para outra, se tornava violento.

Era de cortar o coração ver aquele jovem sem recursos, definhando em um corpo mirrado por causa dos desequilíbrios constantes, atado por cordas e preso a uma estaca fincada no chão, ridicularizado por todos e vitimado por uma perseguição cruel de uma entidade espiritual maldosa que desejava destruir-lhe a vida.

Quando ela se afastava dele, a sua lucidez retornava e o rapaz se dirigia à mãe, perguntando:

– Mãe, por que a senhora está me amarrando? Eu fiz alguma coisa de errado? – era a indagação daquele montinho de gente, suplicando para que não fosse feito isso com ele.

A genitora, que não podia soltá-lo sem pôr em risco a segurança dos demais, ali ficava ao seu lado, chorando de dor e acariciando a sua cabeleira suja de terra, sem poder-lhe explicar as coisas, pois logo a seguir, era novamente tomado pelo transe e se transformava em outra pessoa.

Nesses momentos, a mãe escutava da mesma boca, sem entender como isso seria possível ocorrer:

– Saia daqui, sua velha chorona. Deixe o monstrinho amarrado que este é o lugar dele. Deixe que ele fique sem comer porque nenhuma comida boa merece entrar nesta boca medonha...

Afastava-se a mãe, assustada, já que não teria como conversar com o filho naquelas condições.

Isso já durava alguns anos e fora se agravando com o passar do tempo, à medida que o garoto ia crescendo, o que causava muitas angústias no coração da mãe, já que o pai, depois de ver o filho nesse estado, acusara a esposa de responsável pela vergonha da família e se afastara do lar, deixando-a sozinha na responsabilidade de cuidar dele.

Resignada, a mãe se desdobrava em preces na sinagoga, fazendo

163

oferendas ao Deus de sua tradição, que lhe parecia surdo ou indiferente aos martírios que vinha enfrentando.

***

Ao redor do garoto, que ali estava acompanhado de sua mãe e amarrado a um conjunto de galhos que se pretendia uma cama rústica, o povo abriu uma clareira movido pelo medo e pelo susto.

E o garoto, que era de inspirar compaixão, seguia com a face transformada em arrogante desafiador, desejando estragar o ambiente e infundir nas criaturas que estavam ao redor o descrédito na mensagem elevada que todos iriam escutar.

O espírito obsessor que dominava a personalidade do pequeno rapaz não desejava submeter-se a qualquer transformação moral que exigisse seu afastamento e, entrevendo que ele seria defrontado com princípios que poderiam modificar seus planos, mais do que depressa tratou de tomar a dianteira e agredir para desestruturar o equilíbrio do ambiente.

– Hah, hah, hah, mistificadores e mentirosos, bruxos de ocasião... fora daqui seus ladinos, enganadores da crendice inocente – continuava a vociferar a boca do jovem garoto inconsciente.

A multidão, espantada, não sabia o que fazer, pois que de uma forma ou de outra, estava observando uma acusação direta aos dois homens desconhecidos que estavam sendo agredidos na sua presença.

Muitos perguntavam se, efetivamente, eles não poderiam ser charlatães mesmo, pessoas que exploram a boa fé com algum recurso mirabolante para depois lhes roubar coisas valiosas. Afinal, como pensavam alguns, agora que os gritos da entidade lhes feriram os ouvidos, esses eram dois homens que ninguém conhecia de verdade.

E se fossem malfeitores que saem por aí aplicando golpes de cidade em cidade?

Assim, o ambiente se ia degenerando, sem que Zacarias ou Josué se afetassem com isso.

Mais do que qualquer coisa, nesse momento, Zacarias se viu tomado de um poder sobre-humano que, com a força de sua vontade poderia suportar o mundo sobre os ombros e, ao mesmo tempo, o poder de seu amor seria capaz de aguentar a pior das injustiças sem perder a paz interior e a compaixão pelos agressores.

Pela primeira vez, como seguidor de Jesus, Zacarias pôde entender o que o Mestre dizia quando aconselhava o amor aos inimigos como forma de amor verdadeiro, que não dependia de ninguém mais a não ser do próprio candidato ao reino de Deus.

E lembrando-se dos ensinamentos do Mestre, Zacarias deixou o lugar onde estava e, serenamente, foi caminhando pela multidão até o local onde se encontrava o rapaz obsedado e em descontrole.

O povo ficara num suspense como se fosse iniciar uma contenda entre o mal e o bem, prontos para tomar partido daquele que parecesse mais forte.

No entanto, ninguém arredava pé e, com exceção de Josué e Caleb, ninguém ali mantinha a oração como forma de defesa ou de auxílio ao equilíbrio geral.

Zacarias, surpreendido consigo mesmo, identificara, mesmo à distância, com uma visão ampliada que não lhe era comum, a presença de uma criatura disforme e horripilante que, com a mão na garganta do rapaz, lhe apertava as cordas vocais como se, assim, pudesse obrigá-lo a falar sob o seu comando. Além disso, tênues fios escuros criavam ao redor da cabeça do garoto uma teia magnética que se impunha ao jovem, impedindo que ele exercesse o pleno controle de suas reações.

Tratava-se de antiga perseguição em que algozes e vítimas se igualavam na perversidade, eis que tanto o jovem reencarnado quanto o espírito que o jugulava, eram culpados por dores atrozes e recíprocas, oriundas de antigas existências.

Zacarias percebia, sem saber explicar como, que sua visão se dilatava e que, naquele momento, conseguira ver além da carne, como se uma mão luminosa lhe houvesse colocado uma lente nos olhos, que lhe permitisse devassar as profundezas humanas, ao mesmo tempo em que uma voz serena e imperiosa lhe dizia ao coração para que falasse diretamente e sem medo ao jovem, pois tanto ele quanto a entidade eram muito sofredores.

Assim, a sua aproximação foi produzindo uma reação de fuga no próprio garoto que, amarrado e sem poder-se mover, se encolhia o mais que podia, gritando:

– Vai para trás, diabo em forma de gente. Não te quero perto de mim... Você não vai me tomar da minha carroça... ele é meu, ele é meu...

Sem fazer-lhe caso e sem perder a coragem e a compaixão que, ao contrário, só iam aumentando à medida que ele se ia aproximando, Zacarias chegou bem ao lado do garoto e perguntou:

– O menino está sozinho aqui?

Imediatamente apresentou-se a mãe, envergonhada e aflita com o comportamento do filho amado, dizendo, humilde:

– Desculpe, senhor, o tumulto que meu filho produziu. Não queria atrapalhar a sua pregação. Trouxe-o de longe, depois que fiquei sabendo que um poderoso profeta estava curando as pessoas.

– Profeta das trevas, impostor maldito, filho do demônio – gritou o jovem novamente, quase em desespero.

Zacarias não fez caso e, olhando para a mulher, perguntou:

– Quantos mais vieram com você, mulher?

– Ninguém, meu senhor.

– Quer dizer que você veio arrastando essa cama de galhos sozinha, até aqui, sem que ninguém a houvesse ajudado?

– Sim, senhor – respondeu humilde, abaixando a cabeça para ocultar as lágrimas que lhe escorriam dos olhos de mãe abnegada, transformada em animal de carga para levar seu filho até a fonte da esperança.

Emocionado com aquele gesto de tamanho devotamento, Zacarias olhou-a com veneração e tomou-lhe as mãos entre as suas para beijá-las, como se estivesse osculando as mãos de sua própria mãe.

Depois disso, voltou-se para o jovem descontrolado e lhe dirigiu a palavra:

– Meu irmão querido, estamos aqui em missão de paz e a paz lhe damos como a recebemos de Deus e de Jesus.

A estas alturas, o espírito já não mais falava como queria porque a atmosfera de altas energias que tinha Zacarias como foco central lhe havia dominado a vontade, submetendo-a a um comportamento de respeito e temor, já que nunca esse espírito havia se defrontado com tamanha força e luminosidade.

Inúmeras entidades, invisíveis para a sua condição de atraso espiritual, lhe aplicavam energias calmantes para que ele também acabasse atendido pelo Amor que, naquele momento, era a porta do Céu no coração dos homens.

– Por longo tempo você tem sido algoz de seu irmão e, sem apreciarmos de quem é a culpa, lhe dizemos que seus dias de sofrimento e ignorância terminaram.

De hoje em diante, seu futuro está nas mãos de Jesus, que se importou com a sua felicidade desde há muito tempo, mas deixou que sua alma construísse segundo a própria vontade ignorante e débil. Agora, o Senhor vem buscá-lo para a sua vinha. Prepare-se, meu irmão, pois os dias de escuridão terminaram para você.

Falando desse modo, Zacarias colocou a mão sobre a cabeça do rapaz e elevou uma oração a Deus e a Jesus para que suas palavras fossem confirmadas, já que ele houvera falado com seu coração e sem entender por que havia dito aquelas coisas.

Desejava apenas que os dois se separassem para que ambos pudessem melhorar.

Ao cabo de alguns segundos, uma luz fulgurante envolveu o espírito que, num átimo, se viu desnudado em sua miséria pessoal e vislumbrou a figura angélica de uma entidade que, sem ser Jesus, era um dos emissários do Amor que acompanhavam a pregação dos seus dois emissários terrenos.

As mais diversas reações de dor, aflição, angústia agitavam o corpo do jovem, que se retorcia como se sofresse fisicamente, em uma cirurgia sem anestésico.

No mundo espiritual ao redor, uma grande equipe de trabalhadores se aprestava a recompor o equilíbrio orgânico do jovem, sugado já há muitos anos por aquela personalidade estranha, numa verdadeira simbiose.

Tomando todos os cuidados para que o afastamento do espírito não acabasse se constituindo em um abalo tão profundo no rapaz que poderia produzir-lhe o perecimento do corpo físico, os espíritos serviram-se das energias de Zacarias, Josué, Caleb e de todos os presentes que as possuíssem disponíveis, para envolver o rapaz em uma cápsula de forças vitais, ao mesmo tempo em que o mesmo foi feito com o espírito, que se entregava à luminosidade doce que o envolvia, transformando-se em frágil criança disforme, sem saber o que fazer dali para diante.

Nenhuma palavra proferiu, nenhum grunhido animal, nenhuma imprecação violenta.

No entanto, tão imensa fora a presença do mundo invisível e tão fortes foram as forças envolvidas, que a luminosidade que abraçava aquelas criaturas passou a resplandecer aos olhares dos presentes que, sem entenderem de onde vinha, também podiam identificar uma luz diferente que emanava de Zacarias e envolvia a mãe e o filho.

Um silêncio sem precedentes se fez durante todo este processo, e as pessoas mais céticas começavam a perceber que estavam diante de uma força desconhecida e que não tinham como duvidar do que seus olhos viam.

Passados alguns minutos, Zacarias disse a um homem jovem que estava próximo, com o desejo de ver com seus próprios olhos curiosos:

– Jared, auxilie nossa irmã a desprender o filho dessas amarras.

167

O jovem levou um susto e quase saiu correndo para o outro lado, pois ele não era conhecido de ninguém ali. Havia chegado naquele dia como caravaneiro que pretendia ver Pilatos e que escutara a notícia das curas e resolvera conferir por sua própria conta.

– Vamos, Jared, ajude aqui – repetiu Zacarias, serenamente.

Vendo que a coisa era com ele próprio, adiantou-se admirado e estupefato, amparando a libertação do rapaz, para o espanto de toda a multidão.

– O senhor tem certeza de que meu filho não vai ferir esta gente aqui? – perguntou a mãe, aflita e temerosa.

– Filha, Deus nos pede confiança e fé e Jesus nos disse sempre que, quando nossa fé for do tamanho de um grão de mostarda, moveremos até as montanhas à nossa volta – respondeu docemente o emissário do Cristo.

– Mãe, mãe, me ajude, não me amarre mais, eu não fiz nada, me perdoe, mãe, me perdoe... – eram as súplicas do garoto que, agora, se via livre das cordas e das amarras que o seguravam à distância dos outros.

Vendo-lhe a recuperação da saúde mental, a mulher ajoelhou-se junto ao leito de seu filho, em pranto convulsivo, e o abraçava numa cena emocionante para todos os que estavam ali, dizendo:

– Eu te amo, meu filho, eu te amo muito. Perdoa tua mãe por ter que te manter assim até hoje. Louvado seja Deus que ouviu nossas preces. Filho querido, nós seremos felizes daqui para a frente... – e as lágrimas escorriam e lavavam o rosto do rapaz que, igualmente, chorava de soluçar.

Tomada de gratidão profunda, a mãe, renovada pelo Amor, procurou beijar as mãos de Zacarias, que não o permitiu, recusando entregá-las aos seus lábios, afastando-as.

Então, a mulher, desejando agradecer-lhe com o mais profundo sentimento de veneração, atirou-se-lhe aos pés, que envolveu com seus braços e beijou–os enternecidamente, sem sequer se importar estarem envolvidos pela poeira do caminho rude e pela pobreza das surradas sandálias.

Aquela cena era imensamente mais emocionante para todos do que qualquer outra jamais vivida por quaisquer dos que ali se achavam.

Zacarias abaixou-se e colocou as mãos sobre a fronte da mãe que o venerava e lhe disse, com carinho:

– Mulher, Jesus salvou teu filho. Guarda tua gratidão sincera para dá-la ao nosso divino Mestre, o único que a merece. Sou apenas teu irmão que te veio trazer o presente que Jesus mandou ao teu coração de mãe abnegada. Ergue-te do solo com teu filho e segue adiante na vida, para que tua existência seja o testemunho do Amor que recebeste nesta hora.

Ajudada por Zacarias, a mulher ergueu-se juntamente com o filho que, asserenado, se mantinha grudado à mãe, como se dela tivesse se afastado por longos anos, cheio de saudade e desejo de carinho.

O povo, agora, estava petrificado com tudo aquilo que havia visto com seus próprios olhos.

Ninguém ousava abrir a boca para falar qualquer coisa.

Cada passo de Zacarias era acompanhado por todos os olhares e, assim, com essa atmosfera recomposta pela força do Amor e da Fé em Deus, Zacarias retomou o posto que lhe houvera sido preparado para falar a todos os que estavam ali.

– Proteja-nos Deus e Jesus para que, nesta noite, possamos entender, de uma vez para sempre, os caminhos da Verdade e do Amor...

Agora, nenhuma perturbação ousou erguer a voz para profligar contra a invocação sublime que Zacarias fazia naquele momento em que o Reino de Deus voltava a ser revelado às pessoas por palavras, depois de ter sido apresentado a todos na forma de ação poderosa e fraterna.

Agora, já quase não havia mais céticos no meio dos que escutariam a mensagem.

A ação do Amor fora o poderoso argumento que tocara o mais profundo dos espíritos e, mesmo dos mais ignorantes e duvidosos, uma incapacidade de explicar os fatos presenciados os desarmava, impedindo que seus preconceitos prejudicassem a ação da Boa Nova junto aos corações que sofriam.

Naquela noite a luminosidade de Zacarias foi vista por muitos que percebiam estar ele envolvido em uma forma de brilho pouco comum e que muitos atribuíam a algum problema na própria visão, enquanto outros viam ali um fenômeno espiritual a representar o aval de Deus sobre aquela alma benemerente.

Entretanto, Zacarias falou exclusivamente de Jesus, referindo-se aos inúmeros milagres que ele e Josué tinham presenciado quando de sua caminhada pelas trilhas que o Mestre buscava.

Relatando com riqueza de detalhes todos os feitos e passagens, ensinamentos e conselhos, o público não se cansava de escutar-lhe a palavra doce e inspirada.

Aproveitando-se de tal encantamento, raro nas turbas sempre

ávidas pelo milagre, Zacarias pediu a Josué que contasse o caso daquela velha que quase fora pisoteada pela multidão, mas que, pela força de uma oração, fez com que Jesus regressasse e a atendesse.

Josué, entendendo o desejo do amigo de tirar de cima de sua pessoa a atenção exclusiva, abriu seu coração e falou, igualmente inspirado, das grandezas do reino que Jesus anunciava aos corações aflitos, dando o mesmo testemunho do amigo com a mesma isenção e reconhecimento de que era ele, Jesus, o Messias tão esperado, que viria libertar as pessoas das suas mazelas morais e de suas amarras mesquinhas.

A lembrança foi muito oportuna para reconduzir as atenções do povo para a figura do Cristo que, no dizer de seus dois emissários, era o foco de todas as bênçãos.

E o povo imaginava, no seu raciocínio direto e prático que, se dois homens simples do povo eram capazes de produzir tais prodígios como aqueles vistos por todos os presentes, que dizer do poder que Jesus, que os havia enviado, deveria possuir para alterar o curso de todas as coisas.

Terminada a mensagem da noite, organizou-se uma longa fila para os abraços durante os quais, segundo havia sido espalhado pelos beneficiados da noite anterior, as curas poderiam ocorrer.

Foi então que Zacarias pôde sentir a aproximação daquela que havia sido a genitora de seu Mestre Amado, na figura humilde e inesquecível de Maria, mulher de semblante doce e diferente dentre todas as que ali se aglomeravam. Ante sua presença, alguns que a seguiam informaram ao enviado do Cristo ser ela a sua mãe.

Sem estar preparado para aquele encontro, o olhar de Zacarias encontrou, no brilho do olhar de Maria, o encantamento e a gratidão que só conseguiu traduzir por um respeitoso beijo que lhe depositou nas mãos suaves e pelas lágrimas de emoção que lhe vieram aos olhos, espontâneas.

Sem dizer qualquer palavra com os lábios, Maria afagou-lhe os cabelos em forma de bênção e agradecimento e seguiu adiante, dando oportunidade para os que vinham atrás.

E a longa aglomeração foi sendo dissipada depois que as pessoas recebiam o abraço de Zacarias ou Josué, que abriram duas frentes para que todos pudessem ser atendidos mais rapidamente e abençoados pelo gesto fraterno do abraço amigo, no qual as forças do Céu se mesclavam às forças da Terra, para a recuperação das esperanças no coração dos aflitos.

Caleb estava exultante porque era quem organizava a fila e

170

encaminhava para um e para outro os doentes, com o carinho que nunca havia tido por ninguém, mas que, agora, fazia parte de seu próprio ser.

Saul, que a tudo presenciara, estava impressionado e diminuído em sua posição mesquinha e interesseira, vendo que tivera sob seu teto dois enviados poderosos de Deus e não soubera ver-lhes a presença porque tinha apenas desejos materiais.

Nesse momento, pensou na desdita de sua vida, nas situações dolorosas que criou e nas dores que sabia existir em pessoas que amava, mas a quem não atendia porque não desejava ter que gastar dinheiro com elas.

Sua consciência vislumbrava, agora, a quantidade dos bêbados que mantinham sua estalagem cheia de clientes, os quais explorava e dos quais se aproveitava, acreditando-se esperto o suficiente para empurrar os outros para o buraco e, antes que caíssem, roubasse-lhes os poucos recursos, como se lhes estivesse fazendo o favor de lhes aliviar a queda, livrando-os de um peso nocivo.

Sua conduta era confrontada, dentro de sua consciência, com a mensagem que acabara de escutar e com aquele poder que tudo sabia, tudo conhecia e tudo era capaz de prover, pelo simples ato da oração e da fé.

Que seria dele? Recordou-se de Cléofas, preso ao leito em recanto distante de Nazaré, do qual se afastara desde que a terrível doença lhe ferira a pele, traduzindo-se na peste que todos temiam.

Cléofas estava atirado à miséria e carcomido pelas feridas.

Quantas vezes pessoas amigas o procuravam na estalagem para rogar-lhe a bênção de enviar alimento para que Cléofas não morresse à míngua, e dele haviam obtido a negativa fria e mentirosa de que não conhecia nenhum Cléofas e que fossem pedir ajuda na sinagoga, que era o lugar para estas coisas.

Saul não se sentia em paz, agora.

Tinha vergonha de sua conduta e a presença daqueles dois homens em sua estalagem ainda mais o envergonhava, pois os estava explorando para ganhar dinheiro.

Sua cabeça girava sem parar quando, terminado o processo de tratamento dos diversos enfermos, Caleb avisou que precisavam ir embora.

Foi só nesse momento que Saul descobriu que os dois amigos que ele pensava dormirem no pequeno quarto infecto dos fundos da estalagem, na verdade deixavam que o velhinho ali se abrigasse e preferiam dormir ao relento, sob o manto das estrelas noturnas para que o ancião repousasse protegido.

Mais e mais vergonha se instalava no espírito de Saul que, já muitas vezes tinha posto para correr o velho Caleb nos tempos em que ele andava por aí, criando caso com todos.

Quando chegaram à estalagem, que já estava fechada para as pessoas, Saul sentou-se em mesa rústica da sala da frente e convidou os amigos a comer alguma coisa.

Nisso, Josué lhe respondeu:

– Mas, meu senhor, nosso trato de trabalho não nos dá o direito da qualquer alimento noturno... – falou com sinceridade e humildade.

Nesse momento, Saul começou a chorar de arrependimento e vergonha, vendo a sua miséria pessoal através da grandeza e humildade daqueles homens tão pobres e tão simples, que faziam o bem sem se acharem merecedores de qualquer tipo de retribuição.

– Eu lhes peço – disse Saul, soluçando – que façam comigo o mesmo milagre que fizeram com aquele rapaz. Ele saiu transformado das amarras que o prendiam à Terra. Eu desejo sair transformado das amarras que me prendem à Terra também. Permitam-me servir-lhes a comida que tenho e que será alimento para minha alma pecadora e vil, transformando-a segundo os conceitos que aprendi com esse Jesus que vocês representam.

Vendo-lhe a sinceridade da transformação natural, os dois amigos o abraçaram, no que foram seguidos por Caleb, que sempre tivera raiva de Saul pelas humilhações dele recebidas em outros tempos e, assim, naquela noite, depois de terem sido servidos com uma refeição simples e fresca, os quatro prepararam-se para o repouso necessário.

No entanto, nesse momento, Saul, renovado por uma luz interior muito profunda, disse que as acomodações seriam modificadas.

Levou Zacarias e Josué, agora tratados como seus amigos, para um quarto melhor dentro da estalagem. Tomou Caleb pelas mãos, conduzindo o pobre velho emocionado para o seu próprio quarto de dormir, que nessa noite seria usado pelo ancião, que não sabia o que dizer.

– Mas, e você, meu irmão Saul – falaram os três –, aonde vai dormir?

Olhando para si mesmo, Saul respondeu sorrindo, envergonhado:

– Meu espírito dormia muito mal, quando meu corpo estava dormindo muito bem.

Agora, quero dormir muito bem, dormindo o corpo muito mal.

Vou me ajeitar nos bancos lá do refeitório porque meu espírito precisa aprender a ser humilde e a servir por amor os próprios amigos. Não se preocupem. Esta será a melhor noite de minha vida.

Emocionados todos, despediram-se, prometendo a retomada da conversação no dia seguinte, quando novos horizontes surgiriam nas emoções de todos os habitantes daquela pequena comunidade, graças ao desejo de Amar de apenas dois homens sinceros e devotados, aliados ao poder superior que tudo dirige e comanda em nossas vidas.

***

Isso é o que a sabedoria popular quis dizer com a frase antiga: "O pouco, com Deus, é muito...".

É a nós mesmos que a sabedoria do ditado se refere.

O pouco que somos, se o somos sob a inspiração de Deus e o Amor de Jesus, se amplia a tais horizontes, que não nos pareceria possível, jamais, tê-lo atingido senão pela grandeza Daqueles que tudo dirigem e comandam.

Aprendamos isso, irmãos queridos, e todos entenderemos que não somos nada por nossa arrogância, mas poderemos ser muita coisa, pela humildade de conhecermos nossa miséria e permitirmos que a riqueza de Deus se manifeste em nós e por nosso intermédio.

20

SEMENTES DO AMOR QUE SE ESPALHAM

O dia raiou como se uma nova era de esperanças invadisse o coração de Saul, que pouco havia dormido naquela noite, lembrando-se de tudo o que escutara e testemunhara.

A sua consciência estava se desprendendo da fase de adormecimento em que permitira cair por longos anos e, agora, pretendia fazer mais do que vinha realizando em sua vida inútil de se manter com a exploração dos vícios dos demais.

Isso porque sua estalagem, apesar de abrigar alguns viajantes mais pobres, tinha como ponto principal a venda de bebidas, funcionando também como ponto de encontro de pessoas desocupadas ou de má vida, onde se colocavam à vontade para planejar condutas imorais ou ilícitas de onde poderiam retirar algum ganho.

Saul nunca se opusera a esse comportamento, que ele conhecia porque pensava não dever se meter em assuntos que não lhe interessavam. Seu negócio era o pagamento, ao final, pela bebida consumida.

Agora, entendia que sua vida não podia ser a mesma, nem seu negócio poderia continuar daquela forma.

Naquela madrugada, quando os outros três se levantaram prontos para o trabalho afanoso do novo dia, encontraram a mesa do café preparada, Saul esperando por eles e as portas da estalagem fechadas, o que não era muito normal.

– Bom dia, meus irmãos – disse Saul, feliz por poder chamá-los mais uma vez por esse qualificativo que, agora, ganhava outro significativo em sua compreensão.

– Bom dia, Saul – falaram, cada um à sua maneira –, mas você se esqueceu de abrir a estalagem hoje, homem? – perguntou Josué, sorrindo.

174

– Não é isso não, Josué. Venham, sentem-se comigo para o nosso desjejum e eu vou explicando.

Assim que tomaram o lugar, Saul passou a relatar-lhes o quanto havia compreendido acerca das coisas da vida e de seus próprios problemas, o que lhe causou um questionamento muito grande sobre como proceder para com os semelhantes.

Por isso, havia deliberado que, naquele dia, permaneceria fechado para os que viessem buscar bebidas e só abriria na hora do almoço para os que viessem se alimentar e para os poucos hóspedes que haviam escolhido a sua estalagem como refúgio para dormir.

Como Pilatos estivesse na cidade, o seu estabelecimento havia recebido um número maior de peregrinos, o que lhe aumentava o trabalho, mas que não eram aqueles que se dedicavam à bebida o dia inteiro.

Os hóspedes, tão logo clareava o dia, iam em direção à cidade para levar adiante os planos de se encontrarem com o governador ou conseguir alguma vantagem de sua estadia em Nazaré.

– Assim, agora pela manhã, vou cuidar de preparar as coisas que deverão ser oferecidas no horário do almoço e, depois dele, gostaria de perguntar-lhes se seria possível irmos a um lugar onde está uma pessoa muito necessitada, que não pode caminhar para vir ao encontro de vocês.

– Claro, Saul – respondeu Zacarias. – Nós estaremos aqui livres para o atendimento que se fizer necessário e gostaríamos que mais e mais pessoas pudessem receber o reino de Deus no coração. De quem se trata?

Algo constrangido com o caso em questão, Saul respondeu que era uma pessoa conhecida, que estava distante da parte urbana da cidade.

– Algumas pessoas o ajudam com alimento e eu mesmo já estive fazendo alguma coisa para que ele não morresse.

– Será uma alegria estarmos com esse novo irmão para orarmos juntos, colocando nas mãos de Deus e de Jesus qualquer bênção que lhe possa ser entregue – falou Josué.

Via-se, nitidamente, que Saul se esforçava muito para falar sobre aquele caso, como se estivesse sofrendo para colocar a verdade para fora.

No entanto, respeitando sua dificuldade emocional, nenhum dos seus amigos ousou pedir maiores explicações.

Todavia, diante da postura generosa dos irmãos que se predispunham a ir até o local onde se encontrava o enfermo, Saul não teve como se conter e, de maneira muito aberta e sincera, desabou em prantos diante dos três.

Era o choro da vergonha de si próprio.

– Esse homem que vocês aceitaram visitar é... um... leproso... – falou ele, soluçando. Vocês vão lá, assim mesmo?

– Ora, Saul, se você nos levar até ele, nós iremos levar-lhe Jesus que, por sinal, jamais deixou de atender leprosos, prostitutas, feridentos – respondeu-lhe Zacarias, emocionado com as lágrimas daquele homem abatido.

– Eu tenho muita vergonha de mim mesmo, agora, meus irmãos. Eu não sabia o quanto estava errando ao fazer certas coisas. Agora que a luz dos seus ensinamentos me trouxeram esse Jesus maravilhoso e amigo, espero que em suas lições exista algo que me conceda o perdão aos meus gestos de mesquinharia e egoísmo, pois não sou digno de qualquer condescendência.

– Não diga isso, Saul – falou Caleb, intrometendo-se no assunto e falando com o carinho de um avô. Você é um homem bom, que não sabia como fazer a bondade e estava acostumado com as nossas velhas leis e tradições. Se assim não fosse, seu espírito não teria entendido tanto as palavras de Jesus em tão pouco tempo.

– Sim, Caleb, as suas palavras são generosas e fraternas, mas apesar delas eu não posso fugir de mim mesmo. Estou expurgando minhas culpas e vergonhas até mesmo para com você que, muitas vezes, expulsei daqui sob xingamentos e safanões, lembra-se?

– Claro, pois eu vinha aqui fazer arruaça, atrapalhar seus negócios com minha conversa de bêbado choramingão. Isso é o que eu merecia – falou o velhinho, sorridente, para confortar o novo amigo.

– Não acredito que alguém mereça ser humilhado, ser expulso, ser afastado do mundo e que quem o faça possa ser justificado. Pode ser considerado um ignorante e, por isso, merecer menor penalidade. Mas, se é verdade tudo aquilo que Jesus tem falado, como me parece que o é, meu comportamento jamais esteve à altura da mensagem da bondade que eu pude aprender com vocês.

Voltando-se para os outros dois e, com o coração muito dolorido por tudo o que já havia dito e pelo que ainda precisava dizer, continuou, emocionado:

– Esse homem tinha saúde e frequentava minha taberna. Às vezes, me ajudava e eu dava alimento e moradia para ele. Um belo dia, arrumou suas malas e foi para outra cidade, dizendo que precisava de novas emoções. Procurei dizer-lhe que ficasse por aqui, mas ele não me ouviu.

Partiu e fiquei um bom tempo sem receber notícias suas.

Passados alguns poucos anos, eis que retorna a Nazaré e, agora, vem acompanhado de bela dama com quem havia se casado no período em que estivera longe daqui. Não sei se se casou ou apenas se uniram. Apenas sei que passaram a viver juntos em uma modesta casinha daqui de Nazaré e me pareciam felizes como todos os que se casam. Ocorre que Cléofas – como é o seu nome – depois de alguns meses, se viu doente e impedido de trabalhar por fortes dores no corpo. Sua mulher tentou ajudá-lo, já que parecia gostar muito dele, mas não resistiu quando descobriu, com o passar do tempo, que se tratava da lepra. Amedrontada, fugiu para encontrar abrigo junto de uma casa que recebia mulheres para encontros libertinos, já que não tinha como ganhar a vida de outra maneira. Antes disso, no entanto, veio até aqui me pedir que ajudasse a Cléofas e a ela própria, o que me recusei a fazer depois de ter-me informado de sua história de desgraça e enfermidade. Imaginava que, tendo partilhado da companhia de um pestoso por tanto tempo, a mulher igualmente era um deles e, assim, recusei ajudá-los e lhes pedi que se esquecessem de minha pessoa.

Nova chuva de lágrimas atestava a tempestade que lhe ia n'alma, nas ondas de vergonha e arrependimento por tudo o que já havia feito.

Recuperando o fôlego e acalmando-se um pouco, Saul prosseguiu:

– Depois que a mulher se foi, mulher esta que nunca me inspirou confiança e que nunca nos contou a sua vida anterior à união com Cléofas, fui tomado por uma sensação de dor íntima porque me coloquei no lugar dele e me senti com o dever de fazer alguma coisa. Não poderia recebê-lo aqui por causa dos meus interesses materiais, que sempre me escravizaram, como entendo agora. Então, falei com pessoas conhecidas, entreguei-lhes valores que possuía em minhas economias e consegui que ele fosse transferido para uma localidade fora de Nazaré, isolada o suficiente para que ficasse sossegado e sozinho.

No começo mandava comida e alguma roupa, mas nunca tive coragem de chegar perto para conversar com ele.

Depois, o tempo foi passando, fui me envolvendo novamente com as coisas que me interessavam e deixei de me preocupar com a sua situação. Eventualmente vinha alguém até aqui pedir ajuda, mas como a minha consciência já se havia desculpado a si mesma, em virtude dos poucos gastos que tivera em comprar-lhe a choupana onde foi instalado e das vezes que lhe havia mandado alimento, passei a dizer que não conhecia nenhum Cléofas e que as pessoas deviam ir pedir ajuda na sinagoga.

O tempo passou e ninguém mais apareceu para pedir. No entanto, graças a um vizinho que vem à taberna eventualmente, recebo notícias de suas tragédias, que escuto como se nada mais tivesse a fazer...

177

A esta altura, os três homens que o escutavam se achavam igualmente sensibilizados pelo drama de consciência de Saul, o qual queriam aliviar para que ele se sentisse confortado.

Assim, Caleb procurou fazer com que Saul visse os atos generosos que procurou estender ao enfermo, ainda que não tivesse tido a caridade de acolhê-lo e à mulher em sua casa.

– Veja, Saul – disse Caleb –, você até que fez muito por ele. Afinal, a maioria das pessoas que conheço nada teria realizado e, o que é pior, teria enxotado qualquer pessoa que viesse buscar auxílio ou rogar por um leproso. Você não, meu irmão. Seu coração bondoso aceitou ajudar o amigo, gastou seu dinheiro com ele e mandou a comida por um tempo. Isso já é bondade em seu coração, a mesma bondade que me colocou em seu leito pessoal e que estendeu o quarto amigo para Zacarias e Josué. E veja que nós somos pessoas estranhas e desconhecidas em sua vida.

– É, Caleb, eis o problema que hoje me fere. Com três desconhecidos, eu aprendi a ser generoso e a dar minha cama. No entanto, Cléofas é meu irmão de sangue, meus amigos. Condenei à miséria material meu irmão, filho do mesmo pai e da mesma mãe. Vejam como sou mais miserável do que ele – foi o que conseguiu dizer antes que o descontrole da emoção o impedisse de falar em uma explosão de dor e amargura, soluços e lágrimas, que nenhum deles ousou interromper, já que ali estava nascendo um novo homem, um homem para a nova era de Amor.

Zacarias levantou-se e foi buscar um pouco de água para acalmar o amigo no doloroso transe por que estava passando, dando o testemunho da própria miséria íntima, comprovando que sua conversão era sincera e autêntica.

Sentou-se ao lado do amigo e, ainda que o mesmo estivesse debruçado sobre a rústica mesa de madeira, encobrindo o rosto no meio dos braços, pediu a Josué que elevasse uma oração pedindo pelo amigo. Josué fechou os olhos e falou com sinceridade:

– Deus, nosso Pai, Jesus nosso Mestre, aqui estamos lavando nossas almas enegrecidas na água límpida de vosso afeto. Como nascer para o vosso reino se não sofrermos com a revelação de nossas mazelas morais? Assim somos todos, Senhor, vítimas de nossas fraquezas que, defrontados pela generosa oferta do vosso Reino, não desejamos entrar nele fantasiados com mentirosas concepções e não desejamos furtar dele qualquer beneplácito que não tenhamos dignidade para receber.

O vosso Reino, Pai querido, pede novos súditos. Mas os que temos encontrado, como nós mesmos, são apenas degredados do erro, da queda moral e das fraquezas que nos envergonham. Deixai que nos lavemos, purificando nossos espíritos no trabalho de Amor ao semelhante, de perdão das ofensas, de reconstrução de nossas vidas através da reedificação das vidas alheias.

Aqui, Jesus, nosso irmão Saul teve a coragem de abrir seu coração aos estranhos em quem confiou seus tesouros mais ocultos. Nós também temos nossas vergonhas bem guardadas, que não tivemos o valor de revelá-las aos desconhecidos, como Saul fez para conosco. Por isso, Mestre, é um valoroso irmão que merece mais do que nós mesmos e, assim, te rogamos que teu olhar compassivo, que sempre nos olhou o que somos por dentro, com as nossas mentiras, fraquezas e defeitos, sem nos julgar ou condenar, possa voltar-se para Saul neste momento em que o batismo da verdade cobra o preço para estabelecer-se em nossas almas.

Ajuda-o, Senhor, para que se perdoe e para que tenha forças de seguir adiante, corrigindo o mal através do bem que puder fazer.

Vibrações radiosas encheram o ambiente pobre da estalagem e, como se o Céu tivesse se transferido para aquele lugar, outrora abrigo de bêbados e criaturas viciosas, um leve perfume envolveu-os, sem que qualquer explicação ou origem conhecida pudesse ser encontrada para a sua ocorrência.

Sabiam, no fundo, que se tratava de uma ação generosa do maravilhoso amor, como ocorria muitas vezes, nas proximidades do Mestre, em suas pregações.

Aproveitando-se do estado de espírito aberto e sincero de Saul, entidades luminosas dele se acercavam para abrir-lhe de vez o coração a fim de que não deixasse perder a sublime oportunidade da elevação de sua alma.

Enquanto isso ocorria, das mãos de Zacarias, uma energia forte e suave ao mesmo tempo emanava sobre a mente e o coração de Saul que, aos poucos, ia se sentindo envolvido em uma nova atmosfera, distanciada da autopunição, preparada para novas lutas e cheia da convicção de que o novo homem que surgia dar-lhe-ia muitas alegrias e oportunidades para reparar o mal que pertencia ao passado.

Sobre a água, medicamentos calmantes e fortificantes que os homens não conhecem ainda nos dias atuais, foram despejados para que seu corpo se estruturasse em nova dinâmica e que as células fossem padronizadas por outro caráter energético, graças ao clima de verdadeiro arrependimento que surgira no recôndito de seu espírito.

Não se tratava de uma cura física.

No entanto, era um procedimento terapêutico para a alma doente, que precisava fechar feridas abertas para que, cicatrizadas, permitissem ao enfermo do espírito retomar a caminhada sem fraquezas ou desânimos.

Depois de alguns minutos de silêncio, Zacarias tocou o ombro de Saul, que se havia acalmado, e ofereceu-lhe a cuia de água, que foi ingerida e lhe transmitiu um bem-estar nunca antes sentido.

Agora, Saul sentia sono e, por isso, foi encaminhado para descansar, enquanto que os três amigos trabalhariam preparando a alimentação que seria entregue aos que, no almoço, viessem buscar o que comer.

***

Lá fora, no mundo das misérias materiais e morais, a noite anterior tinha produzido maravilhas tais, que uma grande onda de esperança tomou conta de Nazaré.

Não se falava de outro assunto. Depois de terem-se despedido de Zacarias e Josué, naquela noite inesquecível, a cena se repetia. Pessoas doentes acordavam sadias, paralíticos se levantavam, feridas estavam fechadas, cicatrizadas inexplicavelmente. Desequilibrados haviam recuperado a lucidez e a alegria de viver.

Essa notícia percorreu todas as casas e chegou a todos os lugares, ricos ou pobres da cidade, algumas vezes descrita com veracidade e, outras vezes, aumentada pela capacidade de fantasiar que as pessoas possuem quando vão contar alguma coisa interessante.

A sinagoga e os fariseus não deixaram de ser cientificados.

Os asseclas de Pilatos, da mesma maneira, passaram a perceber a ruidosa manifestação do povo nas ruas que, beneficiado pela generosidade daqueles forasteiros, falava deles com mais reverência do que de qualquer autoridade romana ou judaica.

Os sacerdotes e os mais importantes líderes da sinagoga local se interessaram em conhecer os que estavam produzindo tais primores e milagres, pois acreditavam tratar-se de embusteiros e encantadores de mentes despreparadas.

Não queriam aprender nada. Somente conhecer de onde vinha aquilo para que pudessem dar um jeito de acabar com aquela fantasia libertadora, graças à qual o Reino de Deus estava chegando para os miseráveis, excluindo os mais importantes representantes da raça eleita.

180

Isso era muito para os espíritos mesquinhos e orgulhosos. Serem preteridos e verem o benefício chegar a criaturas feridentas e andrajosas era uma ofensa muito grande que não poderia ficar sem punição.

Além disso, falar da chegada do Messias, dizer que o Reino de Deus estava chegando, se aproximava da blasfêmia, punível com dolorosas chibatadas, em muitos casos.

Assim, os fariseus se prepararam para que, na noite que se aproximava, pudessem presenciar o teor das pregações, disfarçando-se alguns, mandando espiões outros, tudo isso feito sem qualquer alarde para que não espantassem os pregadores.

No entanto, da mesma maneira que os sacerdotes estavam se alvoroçando, o povo sofrido e esquecido por eles em suas dores anônimas igualmente se movimentava para que, na noite seguinte, mais e mais pessoas pudessem ouvir a mensagem.

Algumas criaturas mais curiosas chegaram a ir até a estalagem, no período da tarde, onde sabiam que os dois estavam hospedados. No entanto, o aviso de que ela estaria fechada, conforme Saul havia fixado, além de afastar os bêbados, também desestimulou os curiosos que, com razão, entendiam ou imaginavam que todos tinham se ausentado, inclusive o próprio dono, já que não era comum que o avarento Saul fechasse seu negócio por qualquer coisa.

Naquele dia, depois que o almoço fora servido aos que haviam ido buscar o alimento, os três amigos, acompanhados de um Saul já melhorado e mais leve na alma, deixaram a taberna, tomando o rumo da periferia da pequena cidade, no encalço da choupana de Cléofas, onde chegaram depois de uma longa caminhada.

A casinha era um pequeno abrigo, muito pobre e sem recursos mais amplos do que o de uma tapera.

Ninguém estava por perto e, assim, Saul foi entrando devagar pelo terreno, levando consigo os seus novos amigos.

Bateu à porta tosca e escutou um gemido fraco:

– Quem... é....? Quem.... es..tá aí....?

– Sou eu, seu irmão Saul – falou com emoção e ansiedade na voz. Posso entrar?

– A porta está encostada e a casa é sua, meu irmão – foi o que disse a voz rouquenha.

Abriu-se a passagem, e os homens penetraram naquele ambiente envolvido pelo mau cheiro de carne apodrecida.

A miséria imperava e a esperança parecia ter esquecido aquele lugar. Cléofas, apesar de mais jovem do que Saul, tinha-se mantido vivo até aquele dia tão somente devido ao seu vigor físico que se ia consumindo lentamente.

Não havia alimento em nenhum lugar. Já fazia três dias que ele tinha comido pela última vez, graças à caridade de alguns vizinhos que lhe atiravam coisas pela janela, sem se aproximarem dele.

Ainda que caminhasse, não tinha ânimo para sair da casinha e expor-se à visão do povo, que fugiria certamente de sua aparência desagradável.

Pelos traços que lhe restavam, podia-se entrever a beleza de um rapaz jovem que ia envelhecendo e se acabando, graças à ação da enfermidade.

Cléofas sentiu-se emocionado e envergonhado por estar naquela situação, vendo o irmão, ainda mais acompanhado de tantos outros desconhecidos.

Ao mesmo tempo, um sentimento de medo se apossou do enfermo que, sem entender o motivo da tão inesperada visita, logo falou:

– Meu irmão, este é meu último refúgio, onde me protejo da noite e do olhar de medo das pessoas. Não deverei demorar muito para morrer. Eu sei que você comprou esta casinha para mim e, por isso, não tenho o direito de lhe pedir mais nada, além do que você já me ofereceu. No entanto, só lhe peço que tenha um pouco de paciência e espere que a morte me liberte destas algemas, pois eu não terei para onde ir se você vender este terreninho para pessoas que vão querer ocupá-lo sem se importarem comigo. Por favor, tenha só um pouco de paciência. Eu rezo todos os dias para que Deus me leve com ele, e o liberte de tanta vergonha, meu irmão... – falava com dificuldade o doente.

Percebendo o medo do enfermo, acreditando que os visitantes poderiam ser compradores que viessem ver o terreno, o que o deixava aflito com razão, já que essa não lhe seria uma conduta estranha, pelos modos através dos quais Saul estava acostumado a agir, antes de se converter. Para Saul, essa suspeita lhe apontava para os muitos danos que a sua conduta antiga devia ter causado a muita gente que o temia e dele se afastava para não ser sua vítima.

Tentando aclarar as coisas, Zacarias falou, amistoso:

– Não, Cléofas, Saul não vai vender esta casa. Muito ao contrário. Trouxe-nos aqui para que o conhecêssemos e conversássemos com você.

– Puxa vida, então Saul está mais louco ainda do que se quisesse vender esta casinha – falou o doente, mais surpreso do que antes.

– Não, Cléofas. É que Saul hoje é outro homem. Está renovado e arrependido de tudo o que deixou de fazer por você. E para que pudesse provar isso, pediu que viéssemos aqui para conhecê-lo e para falarmos de Jesus ao seu coração.

Sem ter como se opor, já que nunca recebia visitas, Cléofas aceitou a companhia dos três e buscou maneiras de colocá-los o mais confortável possível.

E ali, por longo tempo, Zacarias, Josué, Caleb e o próprio Saul desfiaram o seu rosário de esperanças ao coração doce e resignado de Cléofas que, ao longo da conversação, foi-se entregando ao caminho da esperança, como alguém que encontra uma luz no meio da noite.

Cléofas bebia as palavras, que lhe caíam na alma com a força dos raios da aurora que se projetassem sobre ele.

Passou a ter desejo de conhecer aquele homem bondoso que curava os leprosos e, se isso fosse feito para com ele, seguir-lhe-ia os passos por onde andasse.

E entre as notícias do novo reino e o conhecimento dos inúmeros milagres que estavam sendo feitos ali mesmo em Nazaré, Cléofas pediu que os emissários do Senhor orassem por ele ali mesmo, a fim de que pudesse melhorar. Desejaria muito abraçar o irmão Saul sem estar doente, de reencontrar sua vida e seguir adiante, no aprendizado do Bem que, agora, estava descobrindo graças ao sofrimento.

Reconhecia-se devedor da vida, havia-se conduzido mal em inúmeras ocasiões das quais se envergonhava. Todavia, desejava recuperar-se e lutar para que sua existência pudesse terminar, um dia, dando-lhe a sensação da consciência pacificada.

E assim, naquele casebre, envolvidos pelo Amor dos dois enviados de Jesus, as orações se elevaram aos céus para o benefício de Cléofas que, encantado com aquela porta luminosa, deixou-se envolver pelo halo de luz e esperança, sentindo-se revigorar inexplicavelmente. A água disponível fora magnetizada por Josué e dividida em duas partes. Uma seria ingerida e a outra seria colocada na forma de compressas sobre as piores feridas do seu corpo.

Terminado o encontro, Zacarias comunicou que seria necessário cuidar do enfermo naquela noite, trocando os panos molhados até que o dia clareasse.

Ele e Josué poderiam fazer isso sem problemas. No entanto, tinham assumido o compromisso de estarem em Nazaré junto dos outros doentes para a propagação da mensagem de Jesus.

Nesse panorama, Caleb lhe disse, para surpresa de todos:

– Eu faço questão de ficar aqui.

– Mas eu sou o irmão que deveria estar ao lado de Cléofas – respondeu Saul, desejando fazer algo por ele, por primeira vez na vida com Amor sincero.

– Mas você precisa voltar para a estalagem e acompanhar nossos dois irmãos até o local da reunião da noite. Não se preocupe, Saul, você terá muitas oportunidades de dar testemunho de sua renovação ao mano querido, o que já começou hoje, com a sua preocupação em ampará-lo. Eu é que ainda não fiz bem a ninguém. Quero começar aqui, hoje, por favor.

E havia tanta sinceridade na voz do velhinho, que todos aceitaram as suas rogativas.

Providenciaram mais água, um pouco de comida nas redondezas, compradas por Saul com suas moedas que, agora, eram entregues sem dor no coração e, depois das despedidas, partiram para a cidade, pois a tarde já caía e era necessário preparar-se para a noite que chegava.

Proteção antes da Perseguição

À hora combinada, naquele dia, dirigiram-se os três para o local das reuniões que, pelos sucedidos nas noites anteriores, se encontrava repleto.

Seria a quarta noite de prédicas públicas.

Os que haviam testemunhado os primeiros fulgores da mensagem libertadora, somados aos que iam chegando atraídos pelas novas realizações ditas miraculosas, agregados aos curiosos que desejavam estar a par das novidades e apurar a veracidade dos boatos, encorpados pela multidão de sofredores e enfermos agoniados, todos se aglomeravam no local, uma vez que os que foram até a estalagem para buscar-lhes a companhia ou os conselhos, naquele dia, encontraram-na fechada.

Além desses, como já foi esclarecido, alguns fariseus, trajados de maneira singela, ocultos por mantos discretos com os quais se confundiam com o poviléu e alguns espias dos sacerdotes, lá se apresentavam no anonimato com a intenção de colher maiores informações e, se fosse o caso, estabelecer a confusão no meio da multidão para denegrir o conteúdo da mensagem.

Afinal, aquele Jesus de quem esses homens estavam falando era conhecido da maioria dos fariseus e sacerdotes da cidade, eis que fora criado nas tortuosas vielas de Nazaré e, certa vez, há não muito tempo, ele próprio estivera na sinagoga da cidade, proclamando-se o enviado de Deus, quando fora escorraçado dali, tendo os seus seguidores se envolvido em muitas tertúlias verbais com os céticos e os bem aquinhoados judeus, que se sentiam prejudicados por uma filosofia absurda que equiparava escravos a senhores, dava igualdade aos ricos e pobres, aos cultos e ignorantes.

Os judeus primavam pelo estabelecimento de privilégios de casta que procuravam manter e ampliar e, por isso, tal compreensão das coisas representava uma ofensa ao que eles possuíam de mais sagrado na consideração das relações para com o Deus de suas crenças, sempre parcial e faccioso.

Assim, as atitudes generosas que atraíam os mais humildes não eram consideradas na avaliação do mérito de tal revelação.

Ali estavam os miseráveis com a miséria que a própria conduta mesquinha dos seus pares havia criado e mantinha isolada na dor e sem esperança. E quando alguém tratava de lhes infundir novo ânimo, de curar-lhe as feridas, de propiciar-lhes a possibilidade de acreditarem em um Deus consolador e amigo, os vigilantes da tragédia, preservadores da desgraça desejavam impedir que isso se desse, nem que se valessem, para tanto, de condutas ilícitas ou covardes e mentirosas.

O espírito rigorista, que sempre mata a essência das coisas, estava a postos para ensombrar a luz com os argumentos da escuridão.

Assim são os homens medíocres de todos os tempos. Apegam-se a tradições religiosas ou sociais nas quais encontram a justificativa para os próprios privilégios e, quando alguma coisa ameace o seu posto e os seus tesouros, invocam uma imensa quantidade de tolices, com fundamento nessas tradições e costumes produzidos pela inércia dos erros repetidos que a ignorância sempre favorece, para defenderem a ferro e fogo a manutenção de seus postos e vantagens.

No entanto, tão grande era o povo que se reunia naquele local, que os próprios fariseus e os que se achavam ali ocultados ficaram surpreendidos com a concentração de pessoas.

Haviam estado tão ocupados com os interesses mundanos junto de Pilatos, que não se deram conta dos avanços feitos pela mensagem do Reino.

Agora, aquilo que poderia ter sido facilmente destruído nos primeiros momentos, ganhava uma publicidade que não era observada nem na sinagoga tradicional nos dias de sábado, quando se dava a principal reunião dos judeus, nos seus atos ritualísticos da fé cega.

Isso porque os fariseus reservavam poucos lugares para o povo miserável, os quais nunca eram muito bem-vindos na casa do Senhor por causa de seu mau cheiro e da interminável lamúria de seus males.

Ainda que não lhes fosse proibida a entrada, os próprios doentes se sentiam mal recebidos pela maneira como eram tratados pelos mais importantes de sua raça que ali se congregavam com suas famílias.

Ali, na praça, não era assim.

A natureza os amparava a todos, igualmente, e a mensagem do Reino de Deus caía no coração das criaturas como a fonte da esperança que amparava nas lutas, sem discriminar os menores em favor dos maiores, como faziam os judeus daquela cidade.

Entre ansiosos e agradecidos, emocionados e curiosos, interessados e desconfiados, a turba se preparava para ouvir a palavra de Josué a quem competia, naquela noite, falar do Reino da Verdade.

Postado no mesmo sítio mais elevado da noite anterior e pedindo a todos que pudessem se sentar para melhor escutá-lo, Josué tomou a palavra e saudou a todos, em nome de Deus e de Jesus, o que se tornara uma maneira padrão em suas prédicas, para que ninguém imaginasse que estavam ali por eles próprios, senão que eram, apenas, enviados de Deus e que falavam das maravilhas do Seu reino conforme Jesus os havia ensinado.

– Varões de Israel, são chegadas as derradeiras horas em que o mundo será abalado nas suas estruturas mentirosas e falíveis.

Temos produzido a nós mesmos, na usura de nossos sentimentos, na vaidade de nossos espíritos, este cortejo de feridas e dores que não podemos acreditar tenham sido criadas por Deus, que nos ama acima de todos os nossos defeitos.

Olhando para nossas ruas, encontramos o atestado de nossa indiferença na figura das mães sem alimento para seus filhos, homens sem trabalho digno, prostitutas e mulheres desiludidas no afeto, abandonadas sob o fardo da prole infantil.

Dão triste testemunho do que somos estas crianças esquálidas e sem viço que correm atrás dos mais bem vestidos a suplicar-lhes o óbolo ou a atenção.

Da mesma maneira que a mostarda é produzida por uma árvore específica, que as tâmaras nascem nas tamareiras, que os figos são encontrados nas figueiras, se olharmos para os frutos da desgraça que estão pendurados em nossos olhos, veremos a natureza da árvore que os tem produzido em abundância.

Se percebermos quanta infelicidade ronda o interior dos lares, na insatisfação, no desentendimento familiar, na carência de afeto sincero poderemos, igualmente, observar o gosto azedo da fruta que temos engendrado com o conteúdo de nossos conceitos.

Quando a miséria de muitos se levanta ao lado da ventura material de tão poucos, tal discrepância aponta para o erro de nossas filosofias, que têm procurado nos fazer inimigos uns dos outros e adversários astutos e mesquinhos.

A todos os que escutam as mensagens da lei pergunto: – onde estão os lenços que secam lágrimas, as gotas de bálsamo que tratam das dores, a esperança para os esquecidos do mundo?

Todos sabemos onde está a sinagoga de nossas santas tradições e, no entanto, não sabemos onde está o amor que nos trataria as chagas.

A falência de nossas estruturas não é algo que precise de processos de apuração. As provas estão expostas aos nossos olhos, aqui mesmo neste local. E a sentença natural é a de que tem sido inútil a manutenção das mesmas estruturas, pois elas nos afastam uns dos outros como inimigos ou, o que é pior, como falsos amigos.

Por isso, entre os interesses de casta e da moeda, nos perdemos uns dos outros acreditando que Deus é isto o que dele temos feito.

A vocês que estão aqui, exibindo as chagas à luz do mundo, se a porta dos homens lhes parece trancada, a porta do céu está aberta.

A vocês que estão aqui, ocultos da verdade para espreitarem na escuridão de suas intenções mesquinhas o momento adequado para atacarem como lobos miseráveis, digo que já basta de vítimas.

Aqui não estamos para combatê-los, pois temos amor por todos vocês. Estamos, apenas, falando de uma nova ordem que se está instalando para que todos os homens possam ser integrantes do banquete das bênçãos que Jesus nos fornece, como embaixador da Verdade, enviado de Deus em nosso caminho de erros.

A palavra de Josué era um estrondo nos ouvidos de todos. Quantos ali presentes desejaram falar sobre tudo isso e tiveram medo de pronunciar as mais brandas advertências por temerem pela própria vida.

Quantos se deixavam levar por sonhos nos quais, um dia, tais verdades poderiam ser reveladas aos ouvidos de todos para o escárnio dos poderosos e dos indiferentes dirigentes da comunidade.

No entanto, isso era estilete no peito das autoridades religiosas ali representadas por esses elementos ocultos, fariseus ou enviados dos sacerdotes, que eram obrigados a ouvir calados a fim de que não fossem identificados no meio do povo, pois, nesse caso, estariam correndo perigo tal o volume de pessoas ali presentes.

A prudência fazia com que a coragem se ocultasse nas dobras modestas de túnicas rotas com que se trajavam e que engolissem aqueles conceitos que, mais do que opiniões, eram verdades.

Eles mesmos podiam ver isso nas reações dos que escutavam as

188

exortações de Josué. O povo vibrava de euforia, em apoio às suas ideias, ainda que elas não tivessem o objetivo subversivo.

O orador estava, apenas, revelando os contrastes existentes, fruto dos defeitos intrínsecos daquele tipo de estrutura social, para que, depois, pudesse revelar o reino de Deus aos corações amargurados.

No entanto, Josué não o fazia por si mesmo.

Naquele momento, como que ligado por fios dourados de energia, o enviado do Senhor se achava inspirado pela figura majestosa e modesta do Mestre distante que, conhecendo a dureza das pessoas de Nazaré, desejava falar-lhes de maneira a que pudessem escutar a mensagem do seu Evangelho, ainda quando as mesmas criaturas não o tivessem recebido pessoalmente.

Por isso, ligava-se ao espírito de Josué que, no verbo incisivo da Verdade que desperta, falava de modo a assustar-se a si próprio, eis que nunca imaginara proferir tais conceitos de modo direto.

No entanto, a mensagem continuava para que todos escutassem.

– De nada adiantará se ocultarem em vestes miseráveis, pois a força da Verdade os descobrirá onde estiverem e desnudará as suas intenções pecaminosas e vis. Aqui estamos à vista de todos. A mensagem do Reino de Deus não se oculta na escuridão ou no anonimato para melhor planejar um meio de atingir a integridade dos que a escutam.

Apresenta-se como cordeiro no meio dos lobos, como pomba no meio das serpentes para que lobos e serpentes igualmente possam compreender-lhe a doçura e se encaminharem para o bom caminho.

Estamos aqui para dizer-lhes a todos, filhos de Nazaré, que a nova era está fundada, na qual há espaço para os seus sonhos se transformarem em realidade, para as suas alegrias serem mais do que fugazes momentos que são levados como o pó na ventania.

O reino de Amor é aquele que se oferece aos aflitos e desesperados.

A sua mensagem é a do perdão das ofensas, da compreensão mútua, da fraterna conduta e do serviço no bem de todos. A sua luta é contra os defeitos que existem em nossos corações, contra os inimigos escondidos nas túnicas rotas de nossos vícios, contra o interesse pessoal nas coisas de Deus, contra a miséria e o medo.

Os que se deixarem tocar pelo verbo divino poderão sentir a fortaleza interior nas horas do testemunho. Não é um reino que venha com aparências exteriores, com faustos, com poderes mundanos, todos estes, responsáveis pelas nossas misérias como acabamos de afirmar.

O Reino de Deus se apresenta com simplicidade aos corações, pedindo a capacidade de Amar, de ajudar os que sofrem e de trabalhar para que a nova estrutura de nossas vidas possa produzir o bem ao maior número de pessoas.

Muitos vieram aqui em busca de curas físicas. E eu lhes afirmo que o Reino de Deus não se preocupa com corpos que morrem, mas com o espírito que sobrevive sempre. Não imaginem que estamos num movimento de renovação de carnes. Estamos em plena vigência da era do espírito, onde as coisas da alma valem muito mais do que as aparências do corpo. Não mais de ritos mentirosos, de rezas intermináveis e insinceras, de condutas aparentemente virtuosas com as quais dilapidamos o patrimônio dos aflitos.

As nossas preocupações devem ser com as doenças de nosso íntimo, estas muito mais difíceis de combater e que nos pedem a disciplina da vigilância diária.

Queremos a almofada, mas oferecemos pedras aos demais. Desejamos remédios que curem nossas doenças, mas, aos outros, oferecemos muletas ou catres para que sigam nas suas misérias e enfermidades.

Desejamos o privilégio do Reino de Deus, mas oferecemos a lapidação aos fracos que caíram no erro.

Tudo isto demonstra a deficiência do que somos ao mesmo tempo em que mostra como estamos equivocados no que diz respeito à natureza de Deus.

Acreditamo-lo irascível, intolerante, quase mau na observância rigorosa de mesquinhos rituais. E, no entanto, eu lhes afirmo que Ele é como o mais amoroso dentre os amorosos pais de família. A todos conhece, a todos ajuda e a ninguém despreza. Todos podem senti-lo pessoalmente, todos podem receber dele as benesses de seus cuidados, pois mesmo quando estamos repousando, o Criador segue trabalhando.

Onde está o seu reino? – perguntam muitos.

No coração das criaturas – responde Jesus.

Onde estão seus exércitos? – querem saber os iludidos cultores do poder e da supremacia humanas.

Estão nos que trabalham pelo bem do próximo.

Quais são as armas de seus soldados?

Os gestos sinceros de amor ao semelhante.

Qual é o prêmio pela vitória?

A paz na consciência e o Amor no coração.

Estes são os requisitos para sermos admitidos nas suas fileiras.

Quando nossos espíritos se dispuserem a beber dessa fonte divina, nossos males cessarão, nossos corpos sararão, nossas almas estarão curadas de seus males.

Por agora, o Reino de Amor cura as pessoas para que possam ver as maravilhas que as esperam.

Dia virá em que as próprias pessoas farão esse milagre por si mesmas, já que todas possuem a força criadora em seus corações.

Que haja paz em todas as almas e que, mesmo para aqueles que aqui, hoje, estão ocultos por medo da Verdade, posso afirmar que o Reino de Deus os aguarda também e que a Verdade não se ocultou deles.

Com essas palavras de fé e de coragem, Josué deu por terminada a preleção da noite, como se doce hipnotismo o tivesse envolvido e guiado as argumentações e a fluência assustadora das palavras.

Ao fazê-lo, encontrou o olhar luminoso de Zacarias, que o recebeu com um abraço de amizade e admiração sincera, prontos para as realizações fraternas junto dos que sofriam.

Saul estava igualmente embevecido com tais conceitos, tanto mais agora, que entendia com clareza as necessárias hipocrisias humanas por ter participado delas por tanto tempo.

Os que os ouviam, extasiados e igualmente seduzidos pelo poder magnético do orador, se encontravam ou abertos para o novo reino ou confundidos em suas ideias pequenas acerca das antigas tradições, cuja conduta para com o povo, não resta dúvida, era exatamente aquela que Josué havia desnudado ali, perante todos.

Os que se pensavam incógnitos observadores, viram-se surpreendidos pela revelação indireta de sua presença, sem coragem para responder a tais referências, para que não se fizessem conhecer nos seus desejos clandestinos e para que não atestassem a superioridade das percepções dos que, ali, representavam a nova filosofia de viver.

A fim de evitarem maiores problemas, fariseus e espiões, em sua maioria, se dispersaram rapidamente, enquanto que alguns poucos tiveram a coragem de permanecer para observarem o que viria depois.

Assim, puderam constatar, estes que continuaram, a fileira dos desesperados que os dois amigos, secundados por Saul, que organizava as duas longas filas, atendiam com desvelo e carinho, não importando qual fosse a sua doença.

Ali estavam leprosos, desequilibrados, loucos, feridentos, velhos fracos, crianças corroídas pelos vermes, que os dois amigos abraçavam e abençoavam em nome de Jesus.

Naquela noite, por causa da presença das autoridades escondidas, parece que o Mundo Invisível esmerou-se ainda mais na realização de prodígios, pois que inúmeros aleijados abandonaram suas muletas na frente dos olhos emocionados dos seus familiares e dos desconhecidos, que se iam convencendo da superioridade das exortações evangélicas.

Alguns, vitimados por doenças cruéis e de longa data se viram, igualmente, aliviados, cegos recobraram a visão ao toque das mãos de ambos os emissários. No entanto, a fila era longa e não havia tempo para exaltações indevidas à personalidade dos dois trabalhadores. Era necessário dar lugar ao próximo doente ou desesperado.

E por mais de duas horas os dois homens se puseram a atender os aflitos, para os quais, conforme eles mesmos sempre diziam, o Reino de Deus havia chegado.

Mais de um dos fariseus que ficaram ali foi tocado verdadeiramente pelas realizações daqueles homens humildes e pela mensagem de esperança.

Os que se ausentaram levavam consigo a ideia de se vingarem de tais perigosos subversores da ordem e dos costumes.

Os mais arraigados aos compromissos materiais se amedrontavam diante de tais conceitos universalistas, o que os fazia tremer ante a simples ideia de se fraternizarem com a malta dos malcheirosos e maltrapilhos.

Quando todos foram atendidos e o local se esvaziou, um desses fariseus se apresentou a Josué e Zacarias, revelando-se na sua condição de oculto observador.

– Senhores – disse Jochabad –, a sua filosofia me encantou a ponto de me apresentar a vocês confessando a minha condição de fariseu oculto no meio do povo, já que tinha errada ideia a respeito das suas intenções. Agora vejo que se trata de uma mensagem libertadora e que, ainda que conflite com nossos velhos conceitos, tem a finalidade de renovar nossos costumes e melhorar nossas vidas.

A surpresa de tal revelação acabou por confirmar aquilo a que o discurso de Josué havia feito indireta referência.

Ambos acolheram Jochabad com simpatia e louvaram a Deus a sua compreensão.

No entanto, Jochabad continuou, preocupado:

– E se me arrisquei a ficar aqui até o final, não é só porque simpatizo com os conceitos que foram colocados nesta noite. É porque temo pela sua segurança a partir de agora. Conheço os fariseus e os sacerdotes, que sabem, com muita habilidade, tramar acidentes fortuitos, ocorrências casuais que destruam os seus adversários sem que o sangue lhes tinja as mãos.

Por isso, neste momento, os outros de minha casta, que se foram, devem estar programando alguma dessas casualidades para que elas venham a ferir o seu trabalho.

Daí, se não se ofenderem com a minha intromissão, gostaria de convidá-los a que passassem a noite em minha casa, aproveitando este momento de escuridão em que estamos, durante o qual os próprios fariseus estão se organizando para atacar à sua maneira.

Ouvindo-lhe o alvitre, Zacarias ponderou:

– Mas será isso necessário? Afinal, não encontramos nenhum deles a não ser o senhor, que nos está alertando. Será que se incomodarão com o que estamos fazendo?

Tomando a palavra, Saul respondeu:

– Eu conheço bem essa raça perigosa e matreira. Eles bem que poderão estar fazendo isso sim. E como disse nosso amigo, havia outros por aqui que se foram. Por isso, creio que é melhor que nos abriguemos em outro local, se isso puder ser feito.

Aliviado em sua ansiedade de proteger os dois homens pelo apoio de Saul, Jochabad acrescentou:

– Mesmo contra o seu Mestre foi tramada a sua morte quando esteve entre nós há não muito tempo!...

Os judeus não o aceitam, pelos mesmos motivos que temem a sua verdade aqui proferida a todos os cantos. E Jesus, quando aqui esteve, permaneceu apenas na sinagoga, sem ter realizado feitos de vulto no meio do povo.

Seus discípulos foram afrontados pelos mais arrogantes cultores da lei e era de admirar a maldade dos próprios sacerdotes planejando a maneira de punir os arrogantes, como eles chamavam os seguidores de Jesus.

Mas, se aceitarem minha oferta, devem ir rápido para que não sejam surpreendidos no meio do caminho.

Minha casa fica em ruela e possui duas entradas, pois fica numa esquina.

A principal está na rua da sinagoga e é facilmente identificada por uma grande estrela desenhada no umbral principal.

Na sua lateral, bem ao fundo, há pequeno portão que dá passagem para a área interna, onde encontrarão um pátio arborizado no qual estarei esperando para levá-los até seus aposentos.

Peço que tomem rumo diferente do meu, pois podemos estar sendo observados.

Assim, Saul, encaminhe-os pelo contorno do horto, que é um caminho mais sinuoso e que acaba passando nas proximidades desse portão discreto e, quando estiverem por ali, empurrem a porta, que ela estará destrancada e passem rápido.

Identificando o local de sua residência com facilidade, Saul se mostrou familiarizado com o caminho e com o local para onde deveriam seguir e, usando de sua antiga astúcia, agora a serviço do bem, tomou os atalhos mais inesperados, seguindo por caminhos pouco frequentados, conduzindo Zacarias e Josué até que chegaram ao local combinado e puderam ser encaminhados por Jochabad ao interior de seus modestos, mas confortáveis aposentos, onde fora colocado alimento simples, mas abundante, para que pudessem matar a fome que os deveria estar castigando, àquela hora da noite.

E enquanto a noite caía sobre Nazaré, cumprindo os mais tristes vaticínios de Jochabad, misterioso incêndio irrompeu na modesta estalagem de Saul, onde os adversários da verdade imaginavam que estavam instalados os pregadores, levando ao desespero os que ali dormiam que, aflitos e surpreendidos pelas chamas, abandonavam para trás todos os seus pertences e corriam para a rua com os trajes de dormir, enquanto o fogo ia consumindo as dependências da estalagem sem que ninguém soubesse explicar como houvera começado.

No dia seguinte, ao acordarem depois de sono profundo, receberam a notícia de que algo muito sério havia acontecido aquela noite.

E para surpresa de todos e dor mais aguda de Saul, foram informados de que só havia cinzas e paredes derrubadas naquilo que havia sido a taberna onde estavam instalados.

Procurando consolar o amigo, Zacarias e Josué se acercaram dele, num abraço fraterno pelo qual apresentavam as desculpas por tal transtorno em sua vida pessoal.

Emocionado com o gesto de carinho e de desculpas, Saul lhes respondeu:

— Se é preciso entrar no reino de Deus, que seja com a renúncia ao reino da Terra. Se essa fogueira pudesse ter queimado ao menos parte de meus erros, eu já a teria acendido muito antes com minhas

194

próprias mãos. Mas se apraz a Deus que isso aconteça, que o Senhor saiba que aceito a perda como quem se liberta do peso de seus equívocos. Na verdade, eu tinha uma estalagem, mas era solitário.

Graças a Jesus, agora, eu não tenho mais a taberna, mas tenho amigos a quem amo com sinceridade e de quem recebi a luz da nova vida para minha alma.

Do que mais eu preciso?

E a renúncia de Saul era digna de emocionar os corações.

Enquanto o povo todo corria a ver a fumaça se elevar dos restos das instalações incendiadas, os três homens agradeceram a Jochabad a proteção daquele dia, aceitaram-lhe o convite para voltarem a se abrigar ali por mais algum tempo e saíram antes que a manhã estivesse alta, para voltarem à casa de Cléofas, onde os aguardava Caleb e o leproso sob seus cuidados.

✳ ✳ ✳

Em Nazaré, os fariseus exultavam com o ocorrido, eis que julgavam ter acabado com os seus adversários no incêndio, apesar de não terem sido encontrados corpos queimados.

Poderiam ter sido transformados em cinzas, poderiam ter fugido do incêndio e deixado a cidade, poderiam ter entendido a mensagem de que não eram bem-vindos, poderiam ter sido expulsos pelo dono do negócio, por terem sido considerados os que vieram lhe amaldiçoar o progresso material.

Muita coisa poderia ter ocorrido com eles, pensavam os fariseus e sacerdotes, imaginando que estariam livres de suas presenças.

A estas alturas, Pilatos já houvera sido informado por eles e por seus informantes pessoais que Nazaré estava naquele clima de alvoroço, com os profetas milagreiros falando de Jesus e curando em seu nome, com os fariseus revoltados com estas coisas, com o incêndio inexplicado, mas presumivelmente criminoso, o que lhe dava muito a pensar e a se preocupar.

Os fariseus, no dia seguinte, procuraram envolver Pilatos no problema religioso que estavam tendo, falando que o pregador afrontara as tradições de sua fé e que se lhe fosse permitido, poderia desencadear uma revolta contra Herodes, o Tetrarca da Galileia, o que poria em risco até mesmo o domínio imperial.

Naturalmente que Pilatos não se deixou levar por esse quadro exagerado, limitando-se a dizer que ainda não via problemas que precisasse solucionar com a prisão dos acusados. No entanto, uma vez que estavam ali falando em nome de Jesus, Pilatos iria convocá-los a que explicassem suas ideias pessoalmente a ele próprio, como forma de avaliar o seu perigo pessoalmente.

Deste modo, no dia seguinte que amanheceu com os restos carbonizados da estalagem de Saul, foi expedida uma ordem de condução dos dois pregadores e seus mais próximos colaboradores até a sua presença, não como criminosos detidos, mas como pessoas a serem interrogadas pela autoridade maior dos romanos no governo daquela província.

Só que os soldados do governador não sabiam aonde buscar os procurados, já que a estalagem estava consumida e não havia indício do paradeiro dos mesmos.

As patrulhas passaram por todos os locais prováveis pedindo informações, mas ninguém sabia aonde tinham ido.

Em realidade, ninguém sabia onde ficava a casinha de Cléofas, onde todos estavam reunidos para agradecer a Jesus a cura maravilhosa do leproso que ali morava, sob os auspícios de Caleb, ocorrida durante a noite de vigílias e orações.

22

Reparação e Testemunho

Tão logo chegaram ao local onde os dois amigos haviam ficado no dia anterior, os três homens foram surpreendidos pelas novidades generosas que, mais uma vez, também ali haviam-se manifestado. O enfermo havia-se recuperado quase que miraculosamente.

Sua epiderme apresentava sinais de rápida regeneração e o seu estado geral se encaminhava para a plena capacitação para a vida normal.

Não é necessário dizer da emoção de Cléofas e de Saul quando puderam se reencontrar na manhã do novo dia.

Um havia perdido praticamente tudo que houvera construído em sua vida, depois do incêndio criminoso, enquanto que o outro estava recuperando tudo o que havia perdido desde que se apresentara enfermo, o que lhe havia custado a vida, a paz, a harmonia do pensamento e o equilíbrio do afeto.

✳ ✳ ✳

Assim, leitor querido, possa você compreender o que Jesus sempre afirmara quando convidava os homens para se submeterem ao seu jugo.

Asseverava que tal elo que ele oferece ao candidato ao reino de Deus é muito mais leve e o fardo mais suave do que quaisquer outros que o mundo possa dar a qualquer um dos vivos na carne.

Diante de nossos olhos, temos dois irmãos encarnados. Saul, aliado às convenções humanas, vivendo de acordo com suas exigências e hipocrisias. Homem cheio de defeitos e que, à vista das conveniências sociais, era considerado criatura normal, dentro dos padrões esperados dos que caminham sob as algemas do mundo.

Cléofas, seu irmão, da mesma maneira se havia deixado levar

pelas aventuras da vida, unindo-se à mulher que julgava ser a efetiva companheira de sua jornada, realizando ao seu lado tudo quanto fosse necessário para que estivessem diante do futuro promissor, nas exigências de progresso. No entanto, vitimado pela dor física, maneira de reerguimento do espírito endividado na Terra, quedou-se abandonado, no mais completo isolamento.

Ambos receberam do mundo o jugo e o fardo que buscavam junto às criaturas.

Saul, despojado de sua estalagem por um incêndio criminoso, e Cléofas, atirado à margem da vida por uma criminosa indiferença.

E todos estes crimes foram cometidos por pessoas que apresentavam argumentos justos para realizá-los.

Os judeus temendo a nova ordem filosófica que se instaurava com aquela pregação de igualdade e amor aos sofredores, tentavam proteger-se aniquilando os seus divulgadores.

A esposa, o irmão e os demais conhecidos de Cléofas temiam a enfermidade que se instalara nele, sem aviso, afugentando-os pelo temor de contraírem a peste e perderem a saúde e a consideração dos outros.

O primeiro era o temor da reforma dos costumes.

O segundo era o temor da doença.

Esse é o jugo do mundo, que oferece o que os homens medíocres possuem para dar, quando ameaçados: agressão ou isolamento.

No entanto, diante de dores que os próprios homens produzem, se levanta o jugo que Jesus oferece às criaturas:

Saul recupera-se da culpa em abraçando o irmão que havia abandonado por medo de sua doença, enquanto que Cléofas obtém a cura para a enfermidade, que o devolve à vida normal, para o prosseguimento de suas lutas através de outros princípios de vida.

Ao contato com as coisas do mundo, sofrimento, remorso, abandono e crime.

Ao contato com as forças do Amor Divino, regeneração, cura, reerguimento, perdão e novos ideais a serem concretizados.

Por isso Jesus era tão claro ao dizer a todos nós:

"Vinde a mim, todos vós que sofreis e que estais sobrecarregados e eu vos aliviarei. Tomai meu jugo sobre vós e aprendei de mim que sou manso e humilde de coração e encontrareis o repouso de vossas almas; porque meu jugo é suave e meu fardo é leve". (Mt. 11, 28 a 30)

Assim, diante de problemas que estiverem à sua frente, observe o que eles têm a ensinar e entenda que, muitas vezes, desejar fugir deles é escolher o jugo e o fardo que o mundo oferece.

A gravidez inesperada ou indesejada que pode fazer pensar em abortar; o problema financeiro que pode aconselhar a desonestidade; a enfermidade sem cura aparente que pode sugerir o suicídio ou a eutanásia; a dor emocional que pode apontar para o revide cruel como solução; a injustiça recebida que pode solicitar a revolta imediata e agressiva – tudo isto é interpretação equivocada que redundará em mais sofrimento, pois representa as soluções covardes que a mundanidade, muitas vezes, aconselha.

No entanto, não se deixe levar pelo canto das sereias, pois ninguém consegue fugir aos problemas de que necessita para o crescimento e pagamento de seus débitos.

Aceite o jugo suave que Jesus oferece.

Criar a criança não desejada, com amor, poderá estar sendo o gesto que lhe garantirá todas as venturas do futuro e, muitas vezes, o porto seguro e o ombro amigo na solidão da velhice.

Suportar os reveses financeiros possibilitará o reencontro com a humildade, que ensina sobre a necessidade de aceitar qualquer tipo de trabalho a fim de reconstruir a vida de compromissos.

A enfermidade dolorosa representa desafio que ensina a valorizar a vida e a companhia de pessoas que não valorizávamos e com quem nem nos importávamos, tornando o enfermo mais sensível e melhorando as virtudes de bondade que já existem em seu espírito, fazendo com que reavalie os caminhos que trilhou em toda a sua vida para reajustá-los.

A compreensão das fugas e traições afetivas, suportando-lhes a dor sem tratar de expandi-las através de gestos tão inferiores quanto os que lhe foram desferidos, permitirá meditar melhor sobre os próprios erros da emoção, a maneira pela qual você mesmo encarou as realidades do afeto, a indiferença para com as necessidades do outro, o modo de ser distante e descompromissado com que a união era considerada, a rotina que se deixou transformar em monotonia, já que nunca há apenas um culpado para tais situações.

A injustiça, aceita dentro da resignação que compreende que a revolta não está nas leis com que Deus construiu o Universo, permitirá perceber o quanto são dolorosas para os demais as posturas arrogantes, indiferentes, próprias do descaso com que nós mesmos, muitas vezes, tratamos os outros. Sentir-se injustiçado na vida, ainda que se esteja tentando coibir ou corrigir tal situação através dos meios legais, significa amadurecer a consideração pessoal pelos problemas alheios, os mesmos que não escutávamos adequadamente quando tínhamos seus casos sob as nossas vistas profissionais, os mesmos que ficavam esperando horas na fila para serem mal atendidos por nossa indiferença pessoal, os mesmos que encontravam em nós a parede que se antepunha à realização de seus anseios por simples capricho de não colocarmos o carimbo em uma folha de papel por causa do final do expediente burocrático.

Assim, prezado leitor, em todos os momentos difíceis da vida, permita que o jugo leve o ensine com sabedoria a corrigir-se, de tal maneira que isso é o convite a uma nova oportunidade, a uma chance de acertar, depois que se aprende a lição com humildade e resignação, força e coragem.

Não procure o caminho da fuga, que parece fácil, pois o peso que o mundo lhe reservará não será pequeno nas consequências advindas de seus atos impensados.

Herança de tais comportamentos estão sob as nossas vistas, na figura de enfermidades crônicas e cruéis, deformidades orgânicas, frustrações e perturbações mentais e afetivas, obsessões e crises sem explicação coerente nos manuais dos estudiosos.

Como Saul, aceite o revés e encontre os motivos que enriqueçam sua alma, como ele encontrou os novos amigos que lhe seriam, daí por diante, o tesouro maior, ao lado de Jesus e de seu irmão.

Como Cléofas, submeta-se com Amor aos testes da vida, sem revolta e sem blasfêmias porque, no momento em que tiver aprendido tudo o que aquela lição lhe oferecer, você já estará preparado para superá-la e, então, ela passará naturalmente.

✳ ✳ ✳

A emoção dos dois irmãos que se reaproximavam era indescritível. Saul pedia perdão por tudo o que havia feito ou deixado de fazer.

Cléofas lhe agradecia ter trazido Zacarias e Josué até ali, tendo feito por ele a única coisa que lhe trouxe o amparo definitivo e transformava o perdão das ofensas em agradecimento sincero, esquecendo qualquer conduta mesquinha de Saul.

Saul convertia a culpa e o arrependimento em arrebatamento de alegria por se ver socorrendo seu desditoso mano, perdoando-se a si próprio da sua mesquinha conduta anterior.

E tão logo se recuperaram da emoção, os dois se voltaram para Zacarias e Josué, a quem buscaram em lágrimas de gratidão e felicidade que há muito tempo não vertiam de seus olhos secos ou cansados de chorar de dor e sofrimento.

Ajoelharam-se diante dos dois servidores do Bem e desejaram submeter-se a eles, de corpo e alma.

200

Falando pelos dois, Josué procurou esquivar-se de tal reverência e, para demonstrar que ambos nada lhes deviam, os dois enviados do Mestre, seguidos por Caleb, ajoelharam-se igualmente na pequena tapera, acrescentando:

– Ofereçamos o fruto desta hora ao Pai que nos ama e a Jesus que nos entrega esse Amor, dando-nos a oportunidade de corrigir nossos erros pelos caminhos da bondade – falou Josué.

Todos nós somos espíritos defeituosos e se há alguma virtude que nos mereça a reverência de nossa genuflexão, esta está em Jesus, unicamente.

Assim, que o Senhor receba a gratidão de nossos corações e a fidelidade de nossas vidas, para sempre. Assim seja.

E todos, igualmente, repetiram essa expressão de compromisso com aquilo que a prece lhes havia gravado na alma sincera.

Levantaram-se e se abraçaram.

Nas redondezas, Saul conseguiu adquirir algumas roupas para o irmão, pois sempre que saía de sua casa, o ex-comerciante levava consigo uma bolsa com o grosso de seu dinheiro, o que lhe permitira estar ali sem muitas dificuldades para as emergências do dia a dia, já que, com essa medida, salvara seus recursos do fogo.

Tão logo as coisas se acertaram, Josué e Zacarias começaram a ponderar sobre a necessidade de deixarem Nazaré, diante dos acontecimentos dos últimos dias.

Haviam considerado que muito ali já se havia plantado e que outras comunidades poderiam ser visitadas ao longo do caminho de regresso até Cafarnaum, onde entregariam ao Mestre o relato de seus dias de pregação.

Tanto Saul e Caleb, quanto Cléofas não possuíam mais nada na vida e, por isso, ansiavam seguir com Zacarias e Josué ao encontro do Cristo, pelos caminhos do mundo.

E os dois mensageiros não viam essa ideia com maus olhos.

Apenas ponderavam da necessidade de estabelecerem uma comunidade pequena nas cercanias da cidade, onde os novos adeptos da ordem se reunissem para se ajudarem mutuamente e para falarem de Jesus e de seus ensinos.

Assim, considerando a idade avançada de Caleb, os quatro homens aventaram a possibilidade de que ele ali permanecesse para que fosse o ponto de referência dos adeptos da nova ordem, espalhando benefícios aos que sofriam.

Caleb, que desejava seguir o grupo, mas sabia de suas limitadas forças físicas para tão longa jornada, viu-se seduzido pela perspectiva de, ali em Nazaré, estar colocado como um representante avançado da Boa Nova. Contudo, ponderou:

– Sim, eu entendo que a velhice me impede os grandes desafios que meu coração gostaria de afrontar. Todavia, até hoje sempre fui um homem miserável, sem nada nesta Terra de Deus e continuarei sendo, pois nada possuo de meu que possa oferecer como abrigo e refúgio, nem qualquer recurso que me permita amparar os outros a não ser a minha vontade firme e o meu carinho.

Isso também era verdade, à vista de todos.

Assim, sem esperar que o silêncio caísse por completo na improvisada planificação dos destinos que todos ali realizavam, Saul tomou a palavra e disse, quase feliz, para encantamento de todos os que o ouviam:

– E esta choupana, Caleb, é muito pobre para os seus sonhos a fim de que você possa morar nela? Que tal tornar-se o seu novo proprietário?

Ninguém ali tinha pensado nisso.

Era verdade que Saul a possuía como dono e, já que não pretendia continuar mais em Nazaré, poderia deixá-la para quem quisesse.

Surpreendido por tal oferenda, Caleb refugou:

– Ora, homem, isso é um palácio para minhas necessidades. No entanto, nem isso eu posso comprar, já que nada possuo, como falei.

– Pois então, de hoje em diante, você é o novo proprietário – confirmou Saul, rindo-se da expressão aparvalhada do velhinho emocionado. Você será o seu dono e aqui se acenderá o candeeiro da esperança. O seu único compromisso é acolher os que Jesus mandar, com o seu carinho e a vontade de obedecer a Deus. O terreno é grande. Dá para plantar, para construir mais outras casinhas de tal maneira que, se quiser trabalho, ele não lhe faltará. Vou deixar papéis com você que atestarão ser o novo proprietário, para que possa apresentar perante qualquer autoridade legal. E, com isso, você me ajuda a liberar-me de pesos que não mais desejo possuir nesta localidade.

Todos os quatro homens se admiravam da maneira espontânea e sincera com que Saul se manifestava naquele momento e aplaudiram a sua iniciativa.

Lembrando-se das necessidades de Caleb, acrescentou:

– E lhe deixarei algum recurso em dinheiro para que possa ajudá-lo a começar a obra do Senhor por estas bandas. Não é muita

202

coisa, mas é muito mais do que você tem agora, nas dobras de suas roupas – falou sorridente e amistoso.

Assim acertaram os homens que iriam deixar as coisas quando Cléofas se lembrou de pedir algo que era justo fosse atendido:

– Irmãos, agora que estamos combinando partir daqui para a continuidade da jornada, me ocorre que do mesmo modo que Saul me trouxe as bênçãos desta hora, eu desejaria levá-la até uma pessoa a quem muito devo e que não gostaria de deixar sem ajuda antes de partir.

É verdade que ela me abandonou, que me esqueceu na doença, que nunca mais procurou se aproximar de mim. No entanto, mesmo agora, que entrego minha vida a Jesus e não pretendo mais restabelecer qualquer vínculo afetivo íntimo com ela, não poderia deixar de tentar entregar à sua alma a mensagem libertadora que me salvou a vida.

Precisaria da ajuda de vocês para levar à minha companheira a fonte da esperança, do mesmo modo que ela brotou aqui, ontem, para sempre.

Zacarias, Josué, não tenho direito de pedir nada, mas ouso erguer a minha palavra para pedir por uma irmã necessitada.

Ajudem-me a tentar resgatá-la da miséria moral na qual se meteu.

Ela se encontra em uma casa de mulheres perdidas, não muito longe daqui, afastada da cidade, pois em Nazaré as aparências prevalecem, ainda que a prostituição campeie na escuridão dos seus becos quando a noite cai ou quando o governador ou nosso rei Herodes passam por aqui.

Escutando-lhe a sinceridade do pedido e uma vez que a sua rogativa se dirigia para a recuperação de uma alma que estava chafurdando na lama dos sentimentos frustrados, Zacarias e Josué aceitaram dirigir-se ao local onde a mulher estava.

Tomaram o caminho, deixando Caleb na casinha, dando os primeiros ajustes e arrumações, depois de tanto tempo sem cuidados mais específicos.

Depois de uma caminhada não muito longa, chegaram próximo de uma casa mal conservada, onde se abrigavam criaturas desvalidas da sorte que se dedicavam às facilidades do corpo para homens que desejassem emoções fáceis dos sentidos, sem o compromisso do afeto verdadeiro.

A presença de homens por ali não era de assustar, motivo pelo qual ninguém se preocupou quando os quatro se aproximaram, batendo à porta.

Uma mulher mal arrumada e com ares de vulgaridade veio

atender, perguntando no seu linguajar igualmente vulgar, o que é que desejavam quatro homens naquela casa de mulheres.

Cléofas tomou a palavra e disse:

– Gostaria de saber se minha mulher está aí.

– E quem é você, meu rapaz?

– Eu sou Cléofas, que morava no caminho das três pedras.

– Você é o pestoso? – gritou a mulher, apavorada, querendo fugir. Fora, pestoso maldito! Como é que você vem aqui atrás de Joana... você devia ficar lá no seu buraco e morrer logo....

Seus gritos desesperados fizeram com que outras mulheres se aproximassem para ver o que estava acontecendo, ouvindo as últimas palavras da apavorada prostituta que se afastava dali como quem foge do diabo:

– Aquele maldito leproso, marido da Joana, está aí na porta chamando por ela...Ela que vá lá falar com ele, pois eu não fico aqui dentro enquanto ele estiver por perto...

Todas as mulheres tiveram quase que o mesmo comportamento. Foram rápido chamar Joana que, sem qualquer delicadeza, se aproximou da porta da frente, como que a desejar acabar rápido com aquela entrevista.

Era uma mulher modificada pelo tempo e pela atividade que lhe produzia os estragos naturais na beleza que se esvai no curso dos anos de desgastes.

No entanto, em seu rosto, Cléofas ainda conseguia vislumbrar a figura da mulher amada de outrora.

– Fale logo, traste inútil – gritou Joana, lá de dentro, colocando só a cabeça para fora da porta.

– Mas seu nome não é Joana – falou Cléofas.

– É esse o meu nome por aqui, pois não queria que os outros me conhecessem pelo meu nome antigo por sua causa, seu maldito pestoso.

E à medida que ia falando, Joana começou a reparar melhor em seu marido, vendo-lhe os traços renovados, a disposição melhorada e a saúde refeita.

Isso foi fazendo com que ela saísse um pouco mais para a luz exterior, a fim de encontrar-se de frente com ele.

– É, mas você está diferente, não parece aquele que estava às portas da morte – falou a mulher agora mais perto.

204

– Sim, Judite, por isso estou aqui, eu fui salvo da morte por um milagre e estou lhe trazendo os que fizeram isso comigo. Estes são os meus amigos, Zacarias, Josué e meu irmão Saul.

Diante daqueles nomes, proferidos com naturalidade, Joana empalideceu visivelmente.

Na verdade, Zacarias também estava um pouco aparvalhado, porque conhecia aquele tom de voz, aquele rosto por detrás das rugas e desgastes.

Sim, ali estava Judite, a esposa que o abandonara por uma aventura com um homem mais jovem do que ele.

E Zacarias seguia dando voltas na cabeça com as ideias que se iam juntando.

Se Joana era Judite, a sua ex-mulher, Cléofas deveria ser o homem que lhe havia destruído o lar anos antes, levando-lhe a esposa, obrigando-o a fugir da vergonha que passou a sentir na pequena aldeia onde vivia e a mudar-se para Emaús.

– Maldição, maldição – gritou Joana, atirando-se ao solo.

Sem entender o que estava acontecendo, Saul, Josué e Cléofas começaram a se admirar daquele comportamento aloucado da mulher.

– Maldição dos infernos. Eu devia imaginar que esse dia ia chegar na minha vida. Eu, que até ontem não tinha nenhum marido, agora estou aqui, com dois de uma vez.

E suas palavras eram entrecortadas por acessos de fúria nos quais procurava arrancar os cabelos, em um torvelinho de lágrimas que não se sabia serem de emoção, de arrependimento ou de contrariedade.

No entanto, só Zacarias entendia o que se estava passando.

Sabendo que estava diante de um momento crucial em sua vida, no qual ele deveria curar velhas chagas abertas no peito, ainda que fosse o instrumento da cura de muitos irmãos que encontraram Jesus por suas mãos, sentiu que, se em outras horas podia pedir ajuda a Jesus para os irmãos de jornada, chegara ali, para ele, o próprio testemunho.

Voltaram-lhe à mente as palavras de Jesus, no dia em que foram enviados para Nazaré, vaticinando tais ocorrências:

– "Em vossos espíritos afinizados entrevejo as bênçãos do verdadeiro afeto, pelo que vos designo um como o amigo inseparável do outro. Por onde andardes, não vos esqueçais: estais preparados para regressardes vitoriosos. No entanto, vos advirto que não será sem lutas profundas que havereis de regressar até mim, com o fruto doce de muitas dores saneadas, mas com o dever de fecharem muitas feridas dentro do próprio coração através do perdão e do esquecimento.

Voltareis até mim e apreciarei o vosso sucesso contando cicatrizes na vossa alma. Estarei sempre a sustentar-vos. Seguireis para Nazaré a espalhar a mensagem do Reino de Amor para todos, sem exceção".

Chegara o momento de tratar das próprias feridas, dando o testemunho do poder do Amor diante da mulher traidora e do homem que se imiscuíra em seu relacionamento, acabando com a sua harmoniosa vida afetiva.

Pensando nas palavras de Jesus, que lhe prometiam apoio e sustentação, Zacarias tomou a dianteira, abaixou-se ao solo e, com inexcedível tom de carinho na voz, dirigiu-se a ela:

– Judite, minha irmã, que a paz de Jesus esteja em seu coração angustiado.

– Afaste-se de mim, fantasma do passado, que me procura para me punir. Já não lhe basta meu estado de lixo humano? – gritava ela, descontrolada.

Vendo a reação de Zacarias e conhecendo-lhe os detalhes da vida íntima, Josué compreendeu do que estava se tratando aquele momento doloroso.

Olhou para Cléofas, que não entendia o que se passava, e para Saul, mais aturdido ainda e fez sinal para que silenciassem e esperassem.

– Querida Judite, não a procuro como o credor do passado, mas como o devedor do seu afeto, para lhe dizer que nada tenho contra você a não ser o perdão que lhe devo pedir pelos meus modos rudes do ontem perdido no tempo.

Graças a tudo o que me aconteceu, pude encontrar o caminho do Amor que Jesus semeou em minha vida e asseguro-lhe, dentro dele há bastante afeto e carinho para todos.

Ouvindo-lhe as palavras doces, a mulher acalmou-se um pouco e respondeu:

– Mas eu o traí, homem de Deus. Como é que você está aqui para me pedir desculpas? Traí você com esse que era belo, mas que depois virou leproso. Lembra de minhas idas ao mercado? Lá encontrei o jovem provocante que me encantou e me completou os desejos de mulher sonhadora.

Fui feliz com ele e acreditava que a felicidade era para sempre, quando o meu crime começou a ser cobrado pela Justiça de Deus. Ele caiu doente e o medo me atingiu o coração. Fugi e, sem ter para onde ir, acabei aqui, dependendo da migalha dos que me usam para viver.

Nesse momento, Cléofas começou a entender a história toda e uma sensação de imensa vergonha lhe tomou o íntimo.

Ele sabia que a mulher era casada, mas não lhe conhecia o marido verdadeiro.

Encontrando-se com ela nas cercanias do mercado para onde ela se dirigia ocasionalmente, no pequeno vilarejo onde viviam Zacarias e Judite, não muito longe de Emaús, Cléofas tramou a fuga e a deserção dos deveres familiares, sem que tivesse tido o desejo de lhe conhecer o marido, envolvido que estava pelos planos de felicidade para os dois. Era a felicidade deles, construída sobre a infelicidade de alguém.

Assim, uma onda avassaladora se abateu sobre Cléofas, que não sabia como se comportar agora, diante daquele que se agigantava ainda mais diante de seus olhos, por ter sido o veículo de sua cura.

Zacarias, num relance, compreendeu o sentimento de Cléofas a seu respeito. Olhou para ele e sorriu como um amigo verdadeiro que desculpa sem mágoas.

Ergueu a mulher do chão, dizendo-lhe sem laivo de personalismo:

– Judite, o Reino de Deus chegou para todos nós. Viemos convidá-la para entrar nele, pois Cléofas, seu marido de outrora, depois que foi curado pela intervenção de Jesus, se preocupou com você e nos pediu que viéssemos até aqui para lhe falar dessa nova era em nossas vidas.

Não a buscamos como homens que lhe disputam o carinho. Falo por mim que a quero como minha irmã e a quem libero de todo e qualquer compromisso comigo, mesmo o do remorso ou da culpa, que não acho devam pesar em seu coração. Escute nossas palavras e aceite nossa mão amiga para que a sua vida possa recuperar o viço e seu ser consiga reerguer-se para Deus.

O Senhor nos ensinou que há mais alegria no céu por um pecador que se arrepende do que por noventa e nove justos que se confirmam em sua justiça.

Assim, minha irmã, a convidamos a seguir a estrada bela da Boa Nova que nos permite superar os equívocos da jornada sem abandonarmos a luta. Só que, agora, com outras armas. Nossas armas não são mais nosso dinheiro, nossa beleza, nossos corpos. São concentradas em nossos corações sinceros e amigos.

Não condenamos seu estilo de viver. No entanto, reconhecemos que ele não é senão a maneira que você escolheu para se punir pelos erros de que se acusa. E Jesus nos mandou aqui, os seus dois esposos de ontem para lhe dizer que não a acusamos de nada, minha irmã. Nós exultamos e agradecemos ao Senhor nos ter deixado encontrá-la a tempo de lhe falarmos do reino de Amor que pede para nascer em seu coração valoroso e justo.

A expressão de Zacarias era tão generosa e verdadeira que não havia, ali, quem não chorasse o pranto mais sentido de emoção e arrependimento.

Eram os adversários que se reencontravam para os reajustes e acertos necessários, a fim de que a nova caminhada começasse no solo firme e seguro da consciência apaziguada.

Judite chorava baixinho, o choro das crianças sem defesa ou justificativa.

Zacarias, o pranto da alegria pela verdadeira capacidade de perdoar e esquecer as ofensas.

Josué, o da admiração pelo esforço sobre-humano do amigo de jornada.

Cléofas, o do arrependimento e da vergonha.

E Saul, o pranto da gratidão por ser testemunha de tamanha beleza.

– Mas eu sou uma perdida e não tenho para onde ir. Esse reino de Deus não é para as prostitutas e para as malditas mulheres traidoras como eu.

– Não diga isso, Judite. Por acaso a luz do Sol deixou de nos iluminar, apesar de sermos todos pecadores como somos?

Há sempre oportunidade de recomeçar.

Até hoje você aceitou o jugo do mundo, que é sempre mesquinho e pesado para nossas quedas.

Hoje Jesus lhe oferece o jugo do seu amor, leve e suave para todo o recomeço.

E o que ele lhe pede, Judite? Que se transforme em irmã de todos, ajudando a todos, amparando os caídos, velando os enfermos, dando comida aos famintos.

Não lhe faltarão apoio e forças se você aceitar o reino da Bondade dentro do coração.

Jesus não vê a mulher que caiu. Vê a que é capaz de se levantar e transformar-se em estrela do céu.

E se você aceitar esse convite, garanto-lhe que não vai mais morar aqui.

E vendo-lhe a surpresa estampada nos olhos e lábios mudos, Zacarias continuou:

– Hoje mesmo foi fundada aqui a comunidade da bondade, em uma casinha onde um velhinho está disposto a fazer isso que lhe pedimos.

208

Seja a sua primeira companhia, Judite. Ajudem-se para que o reino de Deus possa implantar-se para sempre em nossos corações através de seus exemplos.

Eu conheci de perto as suas virtudes de mulher, o mesmo acontecendo com Cléofas, que aqui está, nos ouvindo as confissões da alma.

Aceite o novo caminho, minha irmã querida.

Judite parecia titubear. Sentia o carinho de Zacarias, no qual acreditava pela maneira com que ele lhe falava.

No entanto, não sabia como se comportar com relação a Cléofas, que nada tinha dito depois que todos os fatos tinham sido revelados.

Sabendo dessa situação delicada e animado pela citação direta que lhe fizera Zacarias, o segundo marido abandonado se aproximou da ex-mulher e, tomando-lhe as mãos entre as suas, lhe disse:

– Judite, veja as cicatrizes de minhas feridas. Todos somos assim, criaturas enfermas que saram para poderem caminhar adiante. Aquele que é a maior vítima nossa, pelos caminhos da Verdade e do Amor nos trouxe a salvação e o perdão.

Não pense que eu desejo outra coisa em relação a você. Quero que me perdoe pelo desatino que a induzi a cometer, quando estava sossegada em seu canto, lá onde morávamos. Agora, peço-lhe que atenda o pedido de Zacarias porque nunca houve nem haverá nada mais nobre e verdadeiro sobre a Terra do que os ensinamentos de que Jesus é portador e que nos fez chegar ao coração. Eu seguirei com Zacarias ao encontro do Mestre, mas lhe faço o mesmo pedido que esse benfeitor lhe enviou agora: aceite o recomeço, Judite. A felicidade lhe seguirá o caminho e lhe abrandará as dores. Depois de algum tempo ninguém mais irá se lembrar da mulher que caiu, mas ninguém se esquecerá da mulher que ajudou os caídos a se erguerem.

Não é mais um tribunal e uma cadeia para nossos erros.

É o hospital, a escola e a nova obra para que acertemos.

Vamos, querida, poucas vezes na vida uma mulher teve dois maridos que se encontrassem diante dela para dizerem a mesma coisa e desejarem a mesma felicidade ao seu coração.

Judite sentia que uma chuva suave e refrescante lhe invadia a alma.

Estava afogueada pela fuga ao dever desde o abandono de Zacarias, anos antes.

Nada lhe propiciava a paz interior. Tinha medo de voltar e ser acusada justamente pelo ato de traição e, ao mesmo tempo, acusava-se por tê-lo perpetrado contra um homem que sempre lhe fora bom e compassivo, ainda que não lhe atendesse plenamente nos anseios do afeto feminino.

Agora, no entanto, a palavra doce, o perdão sincero, a mensagem de esperança, a amizade espontânea que ambos lhe ofereciam era para ela o refrigério que lhe faltava, dando-lhe uma nova vida como que se perdoando de seus erros mais cruéis que a consciência não tem como esconder nos prazeres efêmeros da carne ou das riquezas materiais.

Uma sensação de felicidade mesmo invadiu-lhe o coração e, envolvida pela plêiade de espíritos luminosos que acompanhavam aquela cena tocante em que corações davam prova do poder do Evangelho, inclusive com o apoio sereno e emocionado do Divino Amigo que para lá se houvera trasladado em espírito, Judite ergueu a fronte para o alto e disse com sinceridade:

– Eu o aceito, Jesus, eu o aceito como meu Mestre e minha salvação também, porque eu estava perdida e você me encontrou. Dê-me forças para recomeçar e saúde para seguir adiante.

No Mundo Invisível, um coro angelical enviava a Deus cânticos de venturosa alegria, pois mais uma ovelha tresmalhada havia sido resgatada pela força do amor e da renúncia.

E Judite, como que desejando mudar radicalmente sua vida, falou aos seus novos irmãos de jornada:

– Meus irmãos, arrastem-me daqui para onde desejam. Não quero voltar ao interior nem para apanhar minhas coisas. Se eu tiver forças em mim mesma, prometo a esse Jesus que voltarei aqui para falar dele a todas estas minhas irmãs que me acolheram da maneira como podiam. Irei me fortalecer para poder ter algo para oferecer-lhes e deixo-lhes meu compromisso de voltar aqui para que elas possam receber as mesmas bênçãos que eu. No entanto, agora, levem-me com vocês para a nova vida que quero viver.

E, assim, naquele dia, uma nova Judite retornava ao mundo dos devotados servidores da bondade, na companhia de Caleb, que a recebera com efusão de alegria e a quem Judite acolhera como um velho pai amoroso a quem estenderia seus cuidados filiais.

Dera, o Amor, significativa prova do seu poder para todos os que ali testemunharam as necessidades de transformação moral verdadeira.

E, assim, todos estavam mais felizes e próximos da ventura espiritual que liberta os homens do jugo dos homens, para submetê-los, unicamente, ao jugo de Jesus, embaixador do Pai no reino humano.

APRESENTANDO JESUS A PILATOS

Conforme haviam planejado, os quatro homens retomaram o trajeto que os levaria de regresso a Cafarnaum, tendo deixado Caleb e Judite na choupana que lhes serviria de base para o início de novas tarefas junto aos miseráveis de Nazaré.

Caminhavam naturalmente pela estrada das três pedras que os conduziria novamente à cidade por onde passariam a fim de voltarem ao destino pretendido, sem terem ideia de que, por ordem de Pilatos, soldados romanos estavam procurando por eles a fim de serem interrogados pelo governador.

Como sabiam, no entanto, que não poderiam mais realizar pregações na cidade e que, se fossem vistos pelas pessoas mais pobres, seriam reconhecidos facilmente, os quatro deliberaram esperar que a penumbra da noite lhes servisse de manto protetor, ao mesmo tempo que andariam por lugares onde não houvesse concentração de populares, buscando as ruas mais distantes do centro onde se realizaram as prédicas anteriores.

E, assim foi feito, aproveitando para as conversações fraternas que o momento pedia aos corações.

Afinal, Cléofas conhecia, agora, a verdade sobre os fatos que ele havia contribuído para concretizar. Descobrira em Zacarias não apenas aquele que lhe revelou a verdade sobre Jesus, mas aquele que fora a vítima de sua aventura tresloucada e, o que lhe causava mais admiração, continuava tratando-o com consideração e apreço.

Saul seguia calado, impregnado pela atmosfera de encantamento que seus pensamentos tinham ainda certa dificuldade de compreender plenamente, mas que seus sentimentos aceitavam com facilidade, dada a superioridade e a beleza dos exemplos que recebera de Josué e Zacarias.

Estes dois, serenos e em paz absoluta, seguiam agradecidos a Deus e a Jesus as experiências daqueles dias, nos quais tantas criaturas ouviram-lhes as exortações e receberam o pão espiritual que penetraria para sempre em suas almas a fim de que nunca mais tivessem fome.

Sentindo a posição constrangedora a que Cléofas se vira atirado por efeito das últimas revelações, Zacarias dirigiu-se a ele de modo a romper as últimas barreiras da vergonha em sua alma.

– Meu querido irmão, não se amofine por tão pouca coisa. Para mim você é e sempre será o enfermo que a compaixão de Deus e o Amor de Jesus resgatou da dor para a luz da esperança.

Cabisbaixo e envergonhado pela referência direta, Cléofas respondeu, titubeante:

– Mas é que os atos errados me pertencem e me envergonham, porque pude descobrir o quanto de sofrimento e infelicidade eles produziram na pessoa a quem mais respeito, depois de Deus e Jesus, nesta Terra – Zacarias.

– Tudo o que acontece, meu amigo, tem sua razão de ser. Jesus nos ensinou que até mesmo os cabelos em nossa cabeça estão contados pelo Pai e que não cai uma folha da árvore sem a sua autorização. Assim, Cléofas, de tudo o que nos parece mal e que, efetivamente é obra de nossa ignorância a produzir o sofrimento em alguém, Deus retira aquilo que nos ajude a melhorar e o bem que seja possível.

O fogo destruiu a estalagem de Saul porque algum maldoso fariseu desejava nos assustar ou nos matar.

No entanto, graças a isso, Saul se sentiu livre para ir ao encontro de Jesus. Imagine se isso não tivesse acontecido, quantos problemas o nosso irmão teria que resolver até que se sentisse exonerado de compromissos para seguir ao encontro da verdade.

O pai de Josué e seus irmãos não comungavam das suas crenças no Messias e, por isso, expulsaram-no de casa. Ato que é próprio da ignorância arrogante tão comum nas nossas famílias, esse gesto abriu a Josué as portas do mundo e o impulsionou em direção ao Mestre amado, sem deixar amarras para trás. Se assim não tivesse ocorrido, quantos sofrimentos e pesos de consciência Josué teria que suportar para dar alguns passos na direção da verdade, tendo que retornar rápido à companhia dos seus pela gratidão e afeto que lhes dedicasse.

Do mesmo modo, Cléofas, graças ao abandono de Judite, a vida para mim assumiu o gosto amargo da solidão que modifica a maneira pela qual nós interpretamos as coisas.

Antes, a minha sapataria me consumia em trabalhos para o sustento da jovem companheira, acreditando que meu mundo seria

212

apenas a oficina e a casa. Depois que ela partiu – e não o teria feito se você não lhe tivesse estendido o braço acolhedor – meu mundo se ampliou e eu, em busca de motivação para viver, acabei encontrando a mensagem do Mestre a quem passei a me devotar modestamente até os dias atuais.

Assim, foi fácil deixar a oficina fechada, a casa sem ninguém e partir ao encontro do meu destino. Se Judite lá estivesse, será que eu teria escolhido isso? Além do mais, se tudo isso não tivesse ocorrido, quem nos garante que tanto você como ela teriam descoberto a verdade que hoje conhecem e aceitam?

Quando nossas vidas estão envolvidas pelo conforto e pelo manto da falta de problemas, nossos espíritos se entorpecem e se acomodam nos pedestais materiais onde se colocaram, temendo perdê-los. É preciso que uma força poderosa nos retire desse sono secular e nos atire diante da verdade dolorosa para que, fustigados pela dor e pela insatisfação, nos acerquemos novamente da estrada e retomemos a marcha ascensional de nosso crescimento.

Daí, se entendemos estas coisas, o fariseu que mandou queimar a tenda de Saul, os familiares que expulsaram Josué, e você, que protagonizou a ruptura de um relacionamento, acabaram, mesmo sem o desejar, colaborando para que nós todos descobríssemos o caminho reto do Amor e da Verdade.

Naturalmente, o erro pesa na consciência daquele que o produz, pois é sempre uma desarmonia que tem o seu preço dentro de quem o pratica.

No entanto, quando entendemos os motivos de Deus, nossas almas percebem que, mesmo sobre as ruínas fumegantes, Ele é capaz de erguer monumentos de beleza.

Assim, Cléofas, digo-o por mim mesmo, não o considero senão como um irmão querido que a adversidade afetiva permitiu que me ajudasse a acordar a fim de que Deus edificasse em mim o seu pedestal e me transformasse para sempre.

Aceite a minha amizade sem qualquer receio, pois, no fundo de minha compreensão, vejo-o como meu benfeitor, como aquele graças a quem eu deixei de ser o velho Zacarias mesquinho e acomodado, para me tornar o homem renovado, pequenino, mas incomodado com a própria imperfeição, lutando contra ela.

Deixemos para trás os erros do passado e sigamos em direção a Jesus como verdadeiros amigos de alma. Você aceita assim?

Tamanha era a sinceridade e a profundidade dos conceitos de Zacarias, buscando interpretar com generosidade e correção fraterna os atos de Cléofas, que este não se sentiu com outra opção senão a de aceder com um sorriso e aceitar a mão que Zacarias lhe estendia em sinal de confirmação de seus laços espirituais.

Um abraço fraterno e emocionado selou o compromisso de ambos, sob o testemunho igualmente emocionado dos outros dois companheiros.

Assim, as condições do anoitecer chegavam aos horizontes de Nazaré e os convidavam a seguir conforme o planejado.

Saul conhecia bem a cidade e não lhe fora difícil escolher ruas mais adequadas, pois lá no local das pregações, conforme haviam imaginado, uma grande concentração de curiosos e desesperados da sorte se mantinha impaciente, esperando a chegada da hora na qual, costumeiramente, os dois emissários de Jesus chegariam para falar ao povo.

Lá também estavam guardas e truculentos homens pagos pelos fariseus a fim de produzirem tumulto e criarem balbúrdia no seio dos infelizes, como tentativa de desmoralizar os pregadores, além de outros igualmente pagos clandestinamente, para levantarem falso testemunho sobre dores e misérias que teriam lhes ocorrido depois que ouviram os conceitos dos emissários do bem.

Os judeus desejavam, eles mesmos, prender os dois perigosos indivíduos e entregá-los a Pilatos com alguma acusação estrondosa, para que deixassem de ser apenas depoentes perante o governador e passassem a ser réus perante a autoridade.

Todavia, naquela noite, Pilatos não fora à cidade, tendo optado por permanecer em sua residência nos arredores de Nazaré, local onde trabalhava nos seus planos e despachava os assuntos de interesse do governo.

Os fariseus, naquela noite, haviam dado uma trégua ao procurador da Judeia, já que tinham o interesse desviado para os perigosos divulgadores de conceitos subversivos da ordem por eles estatuída e defendida: a ordem do egoísmo e da tradição de misérias e castas, graças à qual se mantinham como eram, por gerações e gerações.

Assim, não havia nenhum abutre farisaico na residência de Pilatos quando um pequeno grupo de soldados ali chegou, conduzindo os quatro homens que, mesmo seguindo por ruas silenciosas, haviam sido encontrados pela escolta na saída da cidade, quando foram convocados a seguir os militares até o destino que os esperava.

Surpreendidos pela convocação dos soldados, os quatro tremeram diante do testemunho que se lhes esperava dar agora, diante da autoridade romana na província.

Não tiveram tempo de falar uns com os outros, pois os soldados não lhes deram chance ou privacidade para qualquer ajuste.

214

Apenas houve o suficiente para que Zacarias pedisse aos outros três que orassem muito e não se alterassem em nenhuma situação, pois Jesus havia prometido estar com eles em todos os momentos. E esse era o principal de todos.

Já era noite adiantada quando Pilatos recebeu a notícia da chegada dos homens e colocou-os dentro de seu gabinete para ouvi-los. Em realidade, o governador não tinha nada contra eles. Havia sido, apenas, pressionado pelos fariseus, que ele também não tolerava, para que tomasse alguma providência, ainda que não houvessem acusado os homens de qualquer delito.

Já desejando mais a cama do que o escritório, Pilatos dirigiu-se aos homens, de maneira informal, sem perder, no entanto, a arrogante superioridade que imprimia em sua voz o timbre dos poderosos e indiferentes.

– Quer dizer que vocês estão por aí, falando ao povo? – disse o governador sem definir se perguntava ou se afirmava, já que não sabia por onde começar.

O silêncio dos quatro foi a resposta que deu a entender a Pilatos o medo que os invadia naquele momento.

– Vamos, senhores, não escutaram minha pergunta? Não têm qualquer coisa para dizer?

Nesse momento, Zacarias, fosse por ser o mais velho dentre eles, fosse por possuir mais profundas noções da língua latina na qual Pilatos se expressava naquele momento, assumindo uma postura de sublime humildade, dirigiu-se ao governador, dizendo:

– Nobre representante de Tibério, somos miseráveis caminhantes que aqui estivemos para ajudar alguns doentes, tratar de algumas feridas e falar de esperança aos que sofriam. Por ventura isso é algum delito contra o Império Romano?

Surpreendido com a afirmativa serena e com a pergunta, Pilatos redarguiu:

– Não lhes disse que estavam cometendo algum delito nem que Roma os está prendendo sem motivo. Apenas estou apurando alguns fatos que os fariseus de Nazaré me trouxeram ao conhecimento e que me cabe averiguar para que não me veja como um prevaricador em minhas funções públicas.

– Do que nos acusam eles? – perguntou Zacarias.

Na verdade, nem Pilatos compreendera muito bem as acusações. Os próprios fariseus não as haviam especificado.

Sem saber como esclarecer as acusações, o governador disse, direto:

— Falam que vocês estão perturbando a ordem com pregações de uma religião diferente.

— Na verdade, meu senhor, estamos apenas fazendo o bem aos que sofrem e falando de Deus e de Jesus. Aqui estão duas testemunhas vivas dos efeitos da bondade de Deus. Este é Cléofas, atirado pelos fariseus e sacerdotes em uma miserável tapera da estrada das três pedras, sem qualquer ajuda para que não fosse mandado para o vale dos imundos, pois era vítima da peste. Buscai agora, meu senhor, algum sinal da odiosa lepra em sua pele...

O olhar de Pilatos dirigiu-se para Cléofas, quase que duvidando da afirmativa de Zacarias. Por isso, o mencionado ex-leproso levantou os tecidos com os quais se cobria para mostrar-lhe as cicatrizes das feridas curadas pelo seu corpo havia menos de 48 horas.

A visão de tal quadro impressionou Pilatos.

Aproveitando a possibilidade de esclarecer o governador e, envolvido por uma atmosfera de imensa energia espiritual que se derramava sobre os quatro e sobre aquele que exercia a autoridade na região, diretamente influenciado por Jesus, que ali se encontrava presente no meio deles, em espírito, Zacarias apresentou o outro amigo:

— E este aqui, meu senhor, é Saul, o dono da estalagem de Nazaré, que foi destruída por um misterioso incêndio nesta noite passada e que, por sua natureza, não se originou de causas naturais. O pobre companheiro foi punido em seus bens pessoais por mandatários dos fariseus que desejavam nos assustar ou matar, já que sabiam que nos hospedávamos ali, em sua acolhedora estalagem.

Podeis estar perguntando como temos certeza de que se tratou de um incêndio criminoso.

Isso nos foi revelado por um outro fariseu que se sentiu tocado pelas palavras de esperança que escutara naquele dia, horas antes de acontecer o fato destruidor.

Assim, quando nos preparávamos para voltar à estalagem, naquela noite, fomos alertados por um fariseu desconhecido que nos esperou até o final das tarefas para nos informar de tal planejamento e nos levou para sua casa a fim de que lá dormíssemos até o dia seguinte.

Foi isso o que fizemos e, graças a ele, não estamos mortos, corroídos pelas chamas.

No entanto, Saul, que poderia invocar o seu direito de proprietário e acusar os de sua própria raça perante o governador romano valendo-se do testemunho de outro fariseu, preferiu aceitar a perda e perdoar aos agressores, sem criar perante o procurador romano mais uma demanda que lhe consumiria a paz e lhe tiraria um pouco do tempo de descanso, sempre tão escasso na vida dos homens de Estado.

216

Eis aí, meu senhor, algumas das consequências da mensagem que espalhamos. Melhoria das enfermidades, resignação perante as adversidades, amor aos que sofrem.

Isso será crime? Se o for, aqui nos confessamos criminosos perante a alta autoridade da província e aceitamos a prisão ou os castigos que merecermos de vossas mãos.

Mas se a lei romana, superior a todas as outras legislações na Terra, tanto que as têm sob o seu domínio e orientação, não vislumbrar crime em seus códigos de direito, estamos serenos diante da correta apuração de vossa consciência, que saberá nos dar o destino que Roma garante aos inocentes de culpa.

A figura de Zacarias, desassombrada e humilde, contrastava com a de Pilatos, arrogante e confundido.

– E qual é a base da pregação de vocês? Filia-se a algum novo deus, fere os ditames da lei que os fariseus defendem?

– Nosso senhor Jesus – que, talvez, um dia vossa autoridade possa vir a conhecer pessoalmente para entender-lhe melhor os ensinos – nos afirma que ele não veio à Terra para infringir a lei, mas para dar-lhe cumprimento.

Quando provocado por fariseus, que desejavam conhecer-lhe a postura diante do dever de pagar tributo a Roma – que, aliás, os próprios fariseus abominam em sua usura sem fim – Jesus pediu uma moeda ao que perguntava e lhe indagou: De quem é esta figura estampada na moeda? E a resposta apontou para César. Então, Jesus lhe respondeu: Dai a César o que é de César, e a Deus o que é de Deus, o que produziu um desgosto muito grande nos fariseus que ali estavam e que desejavam obter dele a pregação subversiva para acusá-lo de infrator dos deveres fixados pelo governo imperial.

A mensagem da Boa Nova se estende ao mundo interior de cada pessoa, buscando respeitar nas criaturas as suas escolhas, mas tentando mostrar-lhes que a infelicidade é fruto do egoísmo e que se mais criaturas fossem generosas umas com as outras, menos tragédias existiriam sobre a Terra.

Por isso, nada há na prédica que Jesus tem realizado, que possa considerar-se perigoso à ordem pública, que Roma sabe manter como seus métodos o aconselham.

Ao referir-se ao Reino de Deus, fala claramente que não é um reino que venha a competir com os reinos dos homens sobre a Terra, mas que se trata de um reino a nascer no coração das pessoas, no qual elas serão mais dóceis, menos orgulhosas, mais puras e pacíficas.

Quando defrontado por qualquer ofensa, ensina-nos o perdão sem ressentimento, de tal maneira que é o mais poderoso meio de se produzir a boa convivência entre os povos ocupados e os dirigentes estrangeiros que os dominam e dirigem.

Os fariseus, ao contrário, estão sempre por aí, pendurados nos poderosos, mas tramando e conspirando contra eles.

Não nos é possível, então, vislumbrar, nos princípios que Jesus nos ensina, qualquer perigo para o poder constituído. Ao contrário, Jesus fala aos caídos para que se levantem com coragem, não contra o Império, mas para que se ergam perante si próprios e carreguem suas cruzes sem esmorecimento, pois Deus sustentará a todos em suas lutas.

Se seu poder amoroso é capaz de curar, a todos ensina, todavia, como não caírem enfermos, dizendo-lhes que devem seguir suas vidas, mas não devem pecar novamente, pois isso produz mais enfermidades.

Enfim, meu senhor, fala ao coração e ao entendimento de cada pessoa, para que cada pessoa mude por si mesmo e melhore seu coração, onde, afinal, se há de instalar o reino de Deus.

Em resumo, essas são as lições que temos aprendido.

Altamente impressionado com os conceitos sumamente elevados, ouvidos da boca de um quase andarilho, o governador recebia, ali, as primeiras noções do reino de Deus pregado por Jesus. Envolvido pela atmosfera amorosa que os espíritos produziam à sua volta, Pilatos sentiu uma vibração que jamais havia sentido, desde os velhos tempos de Roma, o que lhe causou agradável impressão.

Sem desejar quebrar tal ambiente e, com a finalidade de encerrar a entrevista que já lhe havia dado suficientes elementos de compreensão, diante das tolas e infundadas acusações dos fariseus, Pilatos atenuou o tom da voz, abrandando-lhe a altivez e indagou:

– E quanto custa tudo isso aos que seguem tal profeta?

Acostumado a negociar com a fé dos fariseus e suas práticas religiosas sempre permeadas por doações exigidas, cobranças baseadas nas escrituras, preços para orações e cerimônias, Pilatos imaginava que ali também deveria haver algum tipo de valor a ser pago.

– O Reino de Deus é de graça, meu senhor.

Nenhum interesse nos move e não desejamos nem aceitamos qualquer amparo ou pedimos qualquer dinheiro para realizar o que realizamos. Jesus caminha sem levar bolsa, sem ter duas túnicas, sem pedir qualquer contribuição.

Cura sem cobrar, esclarece sem dar preço, salva sem exigir nada de ninguém. Aceita o que lhe dão de comer e dorme onde lhe oferecem um leito amigo. Não possui uma pedra para deitar a cabeça.

218

Este é o núcleo da mensagem de Amor. Fazer pelos outros sem nenhum interesse para si mesmo. Essa é a pureza que o Reino de Deus exige dentro dos corações humanos.

Tocado em seu ponto fraco, Pilatos sentiu-se confundido com as referências, eis que a sua consciência o acusava de coisas indignas e de um apego extremo às riquezas.

Assim, imaginou que a beleza daqueles princípios se tratasse apenas de mais uma das tão decantadas filosofias de que a Grécia era senhora em produzir todos os dias e acabou pensando, de maneira prática, como os romanos de todos os tempos, dizendo para si mesmo que, apesar de belo, aquilo não era para ele.

***

Somos todos assim quando as mudanças surgem diante de nós.

Deixamos o raciocínio perturbar-se com as conveniências de nossos desejos e vícios para que não tenhamos que abdicar de nossas vaidades e caprichos.

E mesmo reconhecendo a superioridade dos ensinamentos evangélicos, muitos seres procuram evitar escutá-los a fim de não terem que agir em consonância com os seus princípios.

Por isso, Pilatos se encantara com a profundidade filosófica dos conceitos, mas não aceitaria, jamais, vestir-se de maneira simples como Zacarias e aceitar o jugo suave e o fardo leve. Estava acostumado ao fardo pesado de homem do mundo e ao jugo sufocante das algemas que o prendiam às coisas terrenas, ao poder ilusório, às riquezas voláteis e perigosas, às seduções da carne.

Naquele momento, Pilatos se sentira diminuído diante daqueles homens humildes, pois lhes admirava o tamanho da fé que ele não compreendia. Todavia, seu raciocínio de governador romano importante o fez voltar à tradição de seus ancestrais e dizer para si mesmo que aquela era a sua crença, a que houvera aprendido dos seus pais e que não lhe cabia ficar se deixando seduzir por princípios estrangeiros. Afinal, era romano e não judeu.

Estes raciocínios são muito comuns em muitos dos seres humanos que, diante de princípios elevados que pedem modificação de comportamentos e pensamentos, preferem apegar-se a antigas crenças conformistas e mornas, que lhes permitem continuar do mesmo jeito sempre, desde que se submetam às exigências da ritualística ou da contribuição financeira.

No fundo, é um estelionato recíproco, onde ambos se enganam

para que possam seguir sendo sempre do mesmo modo, com o discurso de que desejam ser diferentes.

Igrejas cobiçam o dinheiro e o poder, pregando o desprendimento e a humildade.

Fiéis desejam a absolvição para entrarem no céu, vivendo de maneira extremamente mundana e presos à terra. Por isso, entregam parte de suas riquezas e comparecem a cultos para que, ainda que não se comportem de acordo com aquilo que escutam, recebam a absolvição e pensem que têm o céu garantido.

Não era diferente com Pilatos, naquele momento.

Isso lhe pesaria também na consciência.

Todavia, a semente estava lançada no seu coração.

***

Depois de um rápido exame de todos os elementos e envolvido pela aura de serenidade que lhe havia produzido aquele colóquio, o governador pontificou:

– Não vejo perigo algum em suas prédicas. Aliás, elas são de tal modo belas, que eu próprio me sinto tocado por muitos de seus conceitos, ainda que não me possa furtar ao peso de meus ancestrais, na fé nos deuses de meu povo.

Por isso, não irei detê-los aqui, por mais tempo. Agradeço os esclarecimentos que me foram dados e ofereço-lhes a hospedagem para a noite que se aproxima, bem como algumas provisões para a sua viagem de regresso, se é verdade o que me foi informado, ou seja, que estão de partida para outras regiões.

Meditarei em tais conceitos e procurarei avaliá-los dentro de mim mesmo. Pena que os deveres oficiais de um governador não lhe permitem fazer o que deseja, mas, antes, o escravizam a obrigações de Estado...

Ouvindo-lhe as palavras favoráveis, Zacarias rematou:

– O homem é sempre ajudado por Deus para romper, um dia, as correntes que o prendem, meu senhor, de maneira que chegará o momento em que sentireis a possibilidade de ser livre para sempre ou manter-vos escravizado, como dizeis, e eu acredito que assim o seja. Nós confirmamos perante vossa autoridade a nossa partida de Nazaré, a fim de que não venha a ocorrer mais algum tumulto que nos aponte como responsáveis e, se não vos causar qualquer prejuízo e desde que venha como uma oferenda de vosso generoso coração, nós aceitaremos algumas frutas secas e alguns pães para que o caminho possa ser trilhado sem tantas dificuldades, agradecendo-vos a oferta da estadia,

220

que não podemos aceitar, pois pretendemos seguir caminho o mais rápido possível.

Sorrindo-lhes de modo franco e dando por encerrada a reunião, Pilatos ordenou que os seus empregados providenciassem as necessárias provisões aos quatro homens, despedindo-se deles e encaminhando-se para seus aposentos íntimos.

Lá chegando, procurou manter-se em ligação com as emoções daquela hora, tão diferentes de tudo o que havia visto até ali, em sua vida pessoal, cheia de experiências.

Envolvido pelo ambiente, lembrou-se do imperador Tibério, com seus achaques e dores, e imaginou logo lhe relatar as ocorrências daquele dia ao mesmo tempo em que o colocaria a par, através de um relatório, das possibilidades curativas daquele Jesus que ele desconhecia e que, somente por boatos, havia tido notícias até então.

Ao mesmo tempo, pensava na vantagem que conseguiria para si mesmo se conseguisse levar até o imperador a solução para seus problemas e enfermidades crônicas. Quanto não lhe poderia render a gratidão de Tibério.

Era o velho homem prático, tentando tirar proveito das vantagens que os novos conceitos lhe produziam.

Tomou a pena e redigiu pessoalmente longo relatório falando sobre esse Jesus que Tibério já conhecia, sem imaginar que Públio Lentulus tinha como missão secreta fornecer ao imperador os informes que ele desejava também.

Enquanto isso, os quatro homens deixaram as dependências de descanso de Pilatos como aqueles que saem da arena das feras sem nenhum arranhão.

Mais do que depressa, partiram para longe da cidade, aproveitando a claridade da Lua naquela noite, para que nenhuma recaída do governador ou pressão dos fariseus viesse a aprisioná-los novamente.

Caminhavam com uma profunda alegria, como se o dever mais elevado que lhes fora outorgado pelas forças do bem tivesse sido cumprido dentro dos objetivos superiores.

Uma sensação de felicidade infantil fazia com que os quatro homens saíssem cantando hosanas pelo caminho, abraçados e eufóricos, como sendo os primeiros seres vivos que haviam levado a mensagem da Boa Nova ao coração do poderoso Império romano, pessoalmente.

Caminharam por longas horas até que o cansaço aconselhou que parassem para dormir, o que fizeram depois de terem comido algo das provisões que o governador lhes havia concedido.

Naquela noite, os quatro, de joelhos, agradeciam a Deus e a Jesus por tudo o que haviam recebido para que pudessem dar testemunho da verdade nos caminhos por onde passaram.

E a alegria se misturava com aquela que era sentida pela equipe invisível de espíritos luminosos que lhes havia acompanhado a trajetória, amparando-lhes as fraquezas, aclarando-lhes o raciocínio, ajudando-os nos argumentos, protegendo-os das armadilhas, fazendo-os defrontar-se com os desafios pessoais na superação de seus próprios equívocos, enfim, cumprindo tudo aquilo que Jesus havia dito que ocorreria quando os havia enviado como ovelhas ao covil dos lobos.

* * *

Que isso nos sirva sempre de estímulo para as nossas lutas.

Por piores que possam parecer ou mais impossíveis se nos afigurem as realizações, lembremo-nos de que Deus dirige tudo e sabe abrir as portas para aqueles que Nele confiam e a Ele entregam os frutos de toda a sementeira.

Aos arrogantes, as frustrações do fracasso, pois o que faziam, faziam-no por si mesmos e para a exaltação de sua vaidade.

Aos humildes, a alegria do dever cumprido, pois estavam a serviço do mais generoso de todos os senhores, Dele recebendo a gratidão da coragem e da fidelidade demonstrada na execução da obra.

Por isso, o próprio Jesus não se cansava de afirmar ser apenas um embaixador de Deus e que maior era Aquele que o havia enviado do que ele próprio, simples filho que cumpre a vontade do Pai Eterno.

Aprendamos com isso a fazer a parte que nos toca, sem imaginarmos ser muito difícil ou impossível atingir objetivos mais elevados.

Coloquemos os tijolos na construção seguindo as instruções dos arquitetos, sem nos preocuparmos em saber qual será a altura da obra.

Quando ela tocar as nuvens, admiremo-nos e alegremo-nos por termos sido aqueles que ajudaram a edificá-la.

Certa feita, perguntaram a três pedreiros de uma construção o que eles estavam fazendo:

O primeiro respondeu: Eu corto pedras para ganhar o pão.

O segundo disse: Eu estou erguendo estas paredes, pois é meu trabalho.

Mas o terceiro, orgulhoso e sorrindo, respondeu: Eu estou construindo uma catedral.

Os três eram pedreiros e estavam fazendo a mesma coisa, no mesmo lugar.

24

JESUS E LÍVIA

Enquanto os quatro homens seguiam seu caminho de regresso a Cafarnaum, onde buscariam a figura doce do Messias amoroso, pelo caminho iam pregando a Boa Nova nos vilarejos existentes, retendo-se aqui ou ali, de maneira a que também nesses pequenos aglomerados humanos se fizesse presente a mensagem do Cristo.

Enquanto passava o tempo em companhia de Zacarias e Josué, Saul e seu irmão Cléofas iam aprendendo e se aprofundando nas lições que, aos seus espíritos, nunca perdiam a beleza e o encantamento.

Ao mesmo tempo, puderam presenciar muitas outras curas, o que acabava produzindo um tal impacto no seio daquele povo sofrido, que a estadia de todos na localidade não podia alargar-se muito, em face de todas as dificuldades que passariam a enfrentar, diante do desejo e da necessidade das pessoas, além da natural curiosidade que tal realização levantava nos corações imaturos.

Aqui ou ali surgia algum fariseu mais arraigado à lei mosaica que se manifestava em oposição aos ideais pregados pelos mensageiros do evangelho.

No entanto, confrontado com a turba esfomeada de esperança, a maioria se ocultava a fim de não se expor perante a insatisfação do povo, que atribuía sua dor e sua desdita, em grande parte, às injustiças e abusos cometidos pelos judeus que, ligados às questões religiosas, dirigiam o povo tanto nas pequenas localidades quanto nas grandes.

O governo imperial impunha a ordem e cobrava tributo. Todavia, Roma mantivera na Palestina a realeza local, sendo certo que os tetrarcas tinham o poder relativo sobre as questões de sua jurisdição, notadamente no caráter religioso dos costumes, no que Roma não se imiscuía, ao menos diretamente.

Todavia, o pobre e sempre esquecido povo era o que sempre

sofria, fosse o peso dos tributos cobrados pelos estrangeiros, fosse a indiferença com que suas necessidades eram atendidas pelos seus próprios representantes.

E das diversas facções que compunham a estrutura social, a dos fariseus e a dos saduceus eram as mais bem aquinhoadas, em face do controle das coisas religiosas, já que os primeiros eram os que dominavam as sinagogas e os segundos cuidavam do Templo em Jerusalém.

Por isso desenvolveram a casuística, para se manterem sempre na vantagem e no domínio das questões coletivas, impondo seus pontos de vista e cobrando sempre pelos seus palpites, como se estivessem, apenas, seguindo os escritos sagrados.

E o povo miserável, apesar de crédulo, já estava cheio de suas negociatas.

Assim, as palavras dos emissários de Jesus caíam em um terreno fértil e totalmente preparado pela dor para a sementeira tornar-se viçosa lavoura.

De cada localidade por onde passavam, sempre alguém se dispunha a segui-los a fim de conhecer Jesus pessoalmente. Não que todos desejassem tornar-se seus discípulos, mas queriam, por toda a lei, ver com seus olhos aquele em nome de quem os forasteiros atendiam aos sofredores; com um simples toque ou uma simples palavra, curavam ou expulsavam o demônio – como as pessoas ignorantes interpretavam os processos de desobsessão, com o afastamento de espíritos sofredores que atuavam sobre encarnados.

De vilarejo em vilarejo, um pequeno séquito ia se formando ao redor dos dois homens, que se surpreendiam com o efeito de suas palavras e ações.

E como ia crescendo a necessidade de esclarecimento, Saul e Cléofas iam começando a falar do reino de Deus, dentro daquilo que tinham aprendido de Zacarias e Josué por muito ouvirem suas prédicas, quando estes estavam ocupados em atender outras necessidades.

Assim, os dois novéis trabalhadores do bem se iniciaram no mister de serem pontes luminosas que levassem Jesus aos que viviam na escuridão da ignorância.

Enquanto isso ocorria com os quatro trabalhadores, em Cafarnaum, a situação dos Lentulus, como já foi descrito, havia-se agravado com o desaparecimento do filho mais novo do casal, o pequeno Marcus.

Dessa ocorrência misteriosa, se valeu Sulpício Tarquinius para tentar envenenar o espírito do senador Públio contra a esposa, atendendo aos alvitres de sua cobiçada Fúlvia, informando-o de

224

que, havia não muito tempo, um caso muito semelhante ocorrera na Judeia, motivado, como se descobriu depois, por envolvimento amoroso ilícito entre o governador que antecedera Pilatos e a esposa romana de um patrício que se preparava para regressar a Roma. Como não conseguira impedir que os mesmos se ausentassem, tratou o importante administrador de sequestrar-lhes o filho a fim de impedir o regresso da família à capital, levando a acreditar na cumplicidade da mulher amada.

Naturalmente, sem citar diretamente o caso atual, as palavras do lictor caíam como uma luva na situação em que se encontrava o senador, num paralelismo imediato, o que produziu em Públio uma reação igualmente turbulenta, já que sua personalidade altiva e firme se recusava a imaginar que sua esposa estivesse envolvida em tal delito. No entanto, volviam-lhe à mente as palavras incriminatórias de Fúlvia, nas insinuações da prevaricação de Lívia em relação a Pilatos.

Ao mesmo tempo, a mente confundida e atordoada do senador ligava pontos e condutas como se estivesse encontrando motivos para reconhecer um fundo de verdade ou a possibilidade de tais insinuações maldosas e viperinas possuírem algum fundamento.

No entanto, nenhuma conclusão que tivesse sobre o caráter da esposa iria desnudar ali perante o subalterno.

Depois de controlar-se herculeamente, Públio se manifestou agradecido ao enviado do governador, mas dispensou-lhe o serviço pessoal, alegando que não poderia mais confiar nele em face dos conceitos que houvera expendido em relação às virtudes de sua esposa.

Não desejava prejudicar a honra pessoal de Sulpício e, por isso, esclareceria ao governador os motivos políticos necessários a tal cometimento, notadamente aquele que o impedia de voltar a Roma brevemente, como pretendia fazer, o que o levava a dispensar o lictor de seu serviço pessoal por não lhe desejar monopolizar os deveres nem embaraçar as funções em outras áreas de tarefa a serviço do governador.

Sulpício se viu amargamente surpreendido por tal decisão, que recebeu como uma demonstração de desafeto ante seu zelo pessoal para com a reputação do senador a quem estava servindo.

Irritado, mas contido, deixou o serviço de Públio e rumou para Jerusalém onde se radicavam as suas obrigações primeiras e onde estavam, também, os interesses imediatos de seu coração, na figura da atraente e volúvel mulher desejada, o pivô de muitas das intrigas, Fúlvia.

Tão logo se viu a sós, Públio redigiu a mensagem ao governador informando do desaparecimento inexplicável do filho, da modificação brusca dos planos de regressar prontamente a Roma, da necessidade de dispensar os serviços de Sulpício sem revelar, efetivamente, o verdadeiro motivo de tal dispensa para que não lhe produzisse qualquer prejuízo à sua carreira pública, como lictor e homem de confiança de Pilatos.

Enviou um emissário diretamente ao governador que sabia estar, naqueles dias, estacionado em Nazaré, colocando-o a par da situação.

Uma vez notificado de que tais fatos estavam ocorrendo com o mais alto e direto representante do Império na província e, felicitado com tal possibilidade ser usada como escusa para aproximar-se da família Lentulus, imediatamente Pilatos adotou todas as medidas necessárias à substituição do lictor dispensado junto à família patrícia e deliberou ele mesmo, em pessoa, comparecer perante o senador em Cafarnaum, a fim de inteirar-se completamente dos fatos e demonstrar o seu interesse pessoal na solução do problema doloroso.

Ao mesmo tempo em que daria mostras de sua mais ampla disposição em auxiliar na solução do desaparecimento do filho de tão importante autoridade romana em sua jurisdição, poderia avaliar como estaria a disposição do senador quanto à sua administração e, se tivesse sorte, igualmente, poderia vislumbrar a figura da mulher desejada que, naturalmente, lá também estaria, aflita e desditosa com a perda do pequeno filho.

Atendendo às prerrogativas de Públio, em face das altas funções que lhe foram atribuídas por Tibério, podendo contar, inclusive, com o comando autônomo de uma unidade militar a qual o senador dispensara cordialmente quando de sua estada em Jerusalém para submeter-se, confiantemente, à proteção do governador, Pilatos enviou uma guarnição de soldados para a cidade a fim de dar início a uma busca minuciosa e detalhada, interrogar pessoas, coletar indícios, estabelecer procedimentos apuratórios e punir se fosse necessário.

Tal conduta produziu em Públio uma reação favorável por demonstrar-lhe consideração e apreço pela sua dor pessoal, o que era algo confortante ao romano, isolado na longínqua Palestina daqueles tempos.

Uma vez notificada da próxima chegada do governador, Lívia se deu conta de que aquela seria uma outra situação difícil para ser enfrentada pessoalmente, notadamente depois da cena do jardim na qual Pilatos se deixara levar pelo seu arrebatamento.

E se era verdade que sua ajuda naquele momento seria muito útil, como o fio de esperança que se ligava à necessidade de reencontrar o filho desaparecido, também representava desafio à sua capacidade de recusar-lhe qualquer demonstração de apreço que viesse a ser interpretada de outra maneira.

Assim, tão logo ficou sabendo da próxima chegada do governador, procurou o marido e lhe confidenciou:

226

– Públio, não acho desprezível o cuidado do governador para com a nossa causa e espero que sua iniciativa e suas diligências possam ser decisivas para que consigamos encontrar nosso filho. No entanto, não me sinto disposta a estar diante desse homem que não me agrada e que exigirá de mim uma postura de anfitriã que minha debilidade, diante da perda de Marcus, não me permitirá demonstrar. Assim, gostaria que você o recebesse e escusasse minha ausência com o argumento, de resto verdadeiro e justo, de meu abatimento ante os fatos acontecidos. Não desejo ter que me conduzir em minha casa como se estivesse encenando uma peça social no teatro da vida das conveniências e protocolos oficiais.

Surpreso com aquele comportamento inusitado de Lívia, Públio ainda tentou testá-la, argumentando:

– Mas você não acha que a conduta da esposa de um senador deve estar acima de nossos achaques pessoais, por mais dolorosos que possam ser?

– Sim, meu querido, compreendo o seu zelo, mas não desejo que meu estado pessoal de mãe desfigurada venha a ser objeto de admiração de um homem que não priva de nossa intimidade nem de minha fraterna simpatia. Assim, espero me dispense dos deveres legais e protocolares que sempre desempenhei a contento até hoje, a fim de que a dor do coração de mãe possa prevalecer sobre os argumentos da conveniência exterior.

Reconhecendo o peso de sua ponderação, Públio assentiu secamente que se ausentasse da entrevista com Pilatos, não sem sentir uma nesga de alegria interior por identificar nessa conduta firme da esposa um indício que desmentiria as insinuações torpes de todos quantos desejavam destruir-lhe a felicidade conjugal.

Assim, quando da chegada do governador, foi ele recebido com cordialidade apenas por Públio, que apresentou as escusas pela ausência da esposa, recolhida à dor da mãe despojada de seu tesouro afetivo mais sagrado, o que, no íntimo, frustrou uma das expectativas de Pilatos, que gostaria de aproveitar aquele momento para diminuir a ansiedade pelo reencontro com Lívia.

A estada do governador na região, no entanto, foi breve e apenas para marcar perante Públio a sua solidariedade e a adoção de todas as medidas de busca necessárias à solução do caso.

A conduta do procurador da Judeia lhe serviu como uma carga nova de forças, perante a dificuldade que representava para um romano procurar uma criança pequena em um local desconhecido e distante dos recursos da metrópole.

O comportamento de Lívia lhe havia tranquilizado um pouco os sentimentos e as suspeitas, já que dera mostras firmes de não se manifestar disposta a se entrevistar com o governador, nem mesmo para exercer os deveres que lhe eram esperados pela condição de esposa de senador.

Todavia, se por um lado esses pensamentos lhe atenuavam as preocupações, a fragilidade de suas emoções sempre deixava entrever a dúvida como uma nuvem negra no horizonte de seu afeto.

E se ela estivesse agindo assim justamente para não levantar suspeitas? Se não desejasse encontrar o governador apenas para não se trair em algum olhar menos formal e mais íntimo?

Afinal, ele não podia deixar de perceber que o próprio governador se ocupara de informá-los de sua estadia em Nazaré, não muito longe dali. Será que isso não indicava alguma senha secreta entre dois corações que se buscavam?

Do mesmo modo, o desaparecimento do filho coincidira com a presença do governador na região dos fatos e, logo a seguir, a sua chegada a Cafarnaum para a mencionada visita.

Tudo isso fazia com que o pensamento daquele homem do mundo, que escolhera o jugo sufocante e o fardo pesado, se visse embaralhado entre o desejo de acreditar no amor da esposa e o peso de insinuações e algumas evidências que poderiam ser interpretadas de muitas maneiras mas que, na visão do homem imaturo, serviriam apenas para atestar a infidelidade.

E longe de procurar a esposa para uma conversação sincera e esclarecedora, Públio se recolhia em seu mutismo, pois imaginava que, se levasse até ela alguma indagação direta sobre sua conduta, desencadearia reações que poderiam ser verdadeiras ou mentirosas.

Se ela estivesse sendo falsa a ponto de trair-lhe a confiança, facilmente poderia usar de tal falsidade para negar os fatos e se sentir ultrajada pela desconfiança do marido. E, afinal, ele não teria provas de sua conduta culpável para defrontá-la.

Se ela não tivesse sido infiel, sua revelação demonstraria o grau de sua insegurança afetiva, o que redundaria em uma demonstração de fraqueza que seu orgulho jamais daria a quem quer que fosse, sem falar que a esposa poderia, com justiça, considerar-se igualmente ultrajada em sua honra e passar a tratá-lo com o desprezo que ele, certamente, mereceria.

Assim, o senador não se deixava qualquer saída para solucionar o impasse através da verdade, revelando à mulher os fatos e correndo o risco de se ver desnudado em sua íntima insegurança.

228

Por não pretender abdicar de seu *status* de personalidade segura diante dos desafios do Estado e de suas funções públicas, Públio se via vítima de sua altivez no âmbito pessoal de seu afeto, ainda imaturo para as coisas do coração, conquanto fiel e sincero em todos os momentos. Por isso, preferiu fugir ao contato mais estreito com a esposa em quem não podia acreditar cegamente e da qual não desejava duvidar sem motivo grave e verdadeiro.

Esse afastamento produziu um esfriamento no afeto do casal, que Lívia não via com bons olhos, mas aceitava, acreditando tratar-se de preocupações decorrentes do desaparecimento do filho.

Não havia outro motivo que ela soubesse que lhe pudesse modificar tanto o modo de ser dentro de casa.

O distanciamento e a frieza só poderiam ter essa causa.

Não imaginava ela que sua inocência estava sendo fustigada pela maldade alheia e pela coincidência de fatos que, analisados por uma mente maliciosa ou por uma mente invigilante, facilmente poderiam levar à conclusão de sua infidelidade.

Vendo o estado de sua senhora, que com o passar dos dias se ia entristecendo ainda mais, agora não só por causa da falta de Marcus como também por causa do afastamento do marido, a serva Ana se acercou dela e lhe falou sobre as belezas da pregação de Jesus aos aflitos.

Sim, Jesus, o profeta que lhe havia curado a filha Flávia e que continuava pelas redondezas, realizando os prodígios que só a sua bondade era capaz de efetivar.

A lembrança de Ana foi como se um sereno suave lhe umedecesse a face seca que nem mesmo as lágrimas conseguiam molhar.

– Sim, senhora, Jesus estará aqui próximo, no lago, para as pregações no próximo sábado. Se for do seu desejo, poderemos nos hospedar na casinha pobre de meus parentes pescadores em Cafarnaum, de onde iremos para escutar-lhe as palavras.

– Ana, a sua lembrança me enche de alegria, já que eu mesma desejava procurar o profeta para agradecer-lhe a cura de Flávia antes que voltássemos a Roma e, por isso, agora que a dor regressa a nosso íntimo, poderia buscá-lo como fonte de consolação e esperança, não para que intercedesse com seu poder pelo nosso filho desaparecido, mas para que nos desse o alimento de que você tanto comenta e que conforta os corações combalidos. Esteja certa de que eu irei com você.

– Mas, senhora, e o seu esposo? Permitirá ele que nos ausentemos?

229

– Bem, minha querida Ana, procurarei falar com Públio pedindo sua autorização. Mas ainda que ele não me receba, não me abaterei diante de sua posição distante. Irei mesmo sem o seu consentimento. Colocarei vestes simples, como as que são usadas pelas pessoas desta região e irei com você até a casa de seus parentes para que, dali, possamos encontrar a figura do profeta, ouvindo-lhe as exortações como alimento para o coração aflito. Meu isolamento destes tempos pede conforto espiritual que, penso, só me será possível encontrar nesse Messias que todos veneram e que é tão bondoso para com os que sofrem.

E assim foi feito.

Públio escusara-se em conceder uma entrevista pessoal à esposa que lhe sondava o espírito para conseguir falar-lhe sobre seu desejo. Sua postura taciturna e irritada sempre não lhe inspirava a coragem para submeter-lhe a súplica que, sabia ela, seria denegada naquelas horas de azedume do marido.

Assim, comunicou ao servo de confiança que administrava a casa a sua saída na companhia de Ana a fim de que o marido fosse, posteriormente, avisado de sua ausência e, naquele sábado previsto, dirigiu-se até a cidade onde, além de conhecer a simplicidade dos parentes da serva querida, iria receber as bênçãos do Mestre dos Mestres, o que lhe seria inesquecível momento de deslumbramento espiritual.

Junto do patriarca da família de Ana, o velho Simeão, que viera da Samaria para ver Jesus, Lívia se mantinha mesclada às mulheres do povo, sem nenhum atavio que lhe revelasse a condição de esposa do senador romano. O acolhimento do povo simples e dos parentes da escrava tinham encantado o coração doce e faminto de Lívia, que se deixou enlevar pelo carinho espontâneo daquela gente humilde, que se sentia subidamente honrada em recebê-la na sua modesta vivenda, de onde partiram para o encontro com o Mestre, no lago, ao findar do dia.

Ali raiaria uma nova aurora para o espírito de todos, inclusive para o de Lívia que, embevecida com os conceitos da Boa Nova e com o magnetismo superior, desatava de seu espírito inúmeras amarras que a mantinham cativa nos convencionalismos mentirosos de todos os tempos.

Ali estava diante da verdade mais profunda e pura que encontrara em toda a sua vida.

Ao final da pregação, ajudado pelos discípulos, Jesus dividiu poucos pães para o povo que o escutara e a parte que coube a Lívia lhe produziu uma transformação que jamais imaginara, um dia, poder sentir dentro de si.

Era apenas pão pobre, mas trazia uma tal carga magnética que

230

mais parecia manjar celeste que penetrava por todos os escaninhos do corpo e da alma, infundindo uma paz serena e confiante, capaz de suportar todas as misérias do mundo sem desistir de lutar e sem se entregar ao desespero.

Depois de ter pregado e alimentado a multidão de velhos, mães pobres e crianças esquálidas, o Mestre deteve-se a conversar com algumas mulheres que o procuravam, no que foram imitadas por Simeão e Lívia, ao seu lado.

O colóquio que tiveram, chegada a sua vez de se encontrarem, marcou todo o caminho daquela romana que se assumia na condição de alma rutilante no caminho do sacrifício.

Ao falar-lhe, Jesus fez menção às dores ocultas que feriam seu coração e marcou para o futuro o momento em que aceitaria, igualmente, a negação de si própria em face do novo reino que nascia em seu espírito naquele momento.

As emoções eram indescritíveis para todos. Mesmo para Simeão, que escutara do Mestre as palavras de exortação para a luta até o momento do sacrifício, o contato com Jesus infundia uma energia poderosa e sem paralelo na Terra.

A hora de voltar, todavia, havia soado e Lívia, acompanhada de Ana, regressou ao lar, já passada a hora costumeira de se recolherem.

Seus espíritos vinham pelo caminho como que flutuando de emoção, como se tivessem bebido de um elixir misterioso e inigualável, que modificava o mais profundo dos sentimentos, abrandando as dores, dando coragem ao espírito e serenidade diante de todos os problemas da vida.

Afinal, isso seria muito bom diante da tempestade que aguardava por Lívia dentro de casa.

Tão logo deram entrada na residência senhorial, Públio aguardava a mulher entre irritado e desconfiado.

E em sua violência descontrolada, dirigiu-se à esposa com irritação e agressividade verbal nunca vistas por Lívia em sua boca.

Tal reação se tornara ainda mais forte em face da constatação de que a mulher houvera se ausentado usando vestes que ocultavam a sua condição de patrícia, como se desejasse se livrar de testemunhas indesejáveis.

Sem perder o estado de alma que lhe visitava o coração, Lívia esperou que o marido lhe permitisse falar e explicou-lhe tudo, desde a dificuldade de lhe solicitar a permissão para sair naquele dia, até o encontro com Jesus e o motivo de seu disfarce, justamente para proteger o marido de quaisquer comentários incorretos e indignos de sua posição.

Nada, no entanto, seria capaz de atenuar o espírito vulcânico que tomava conta de seu marido naquela hora, a lastimar a maldita ideia de ter realizado aquela viagem, que estava se tornando uma tragédia em sua vida.

Lívia lhe ouvia as reprimendas e, sabendo como era a personalidade do esposo, calara-se, até que o marido a deixou a sós, indo em direção ao seu escritório, não sem antes demonstrar a sua irritação com a clássica, rude e estrondosa batida de porta.

Ali ficara a mulher, entre aflita por seu marido e enlevada em face de tudo o que recebera naquela noite.

A lembrança de Jesus lhe dominava o horizonte íntimo, e uma sensação de alívio lhe percorreu o corpo todo, como se estivesse vendo o Mestre enlaçando-a e lhe falando ao coração aflito para que tivesse confiança, pois nunca lhe faltaria a sua misericórdia, fosse para aquela hora de amargura doméstica, fosse para os momentos mais duros de sua jornada que ainda estavam por vir.

E asserenada, Lívia deixou que lágrimas molhassem o rosto, agora confiante em Deus e em Jesus para sempre.

JESUS OUVINDO E FALANDO AOS SETENTA

Depois da visita a Cafarnaum, frustrado por não ter encontrado Lívia, como desejava, Pilatos regressou a Nazaré, de onde seguiria para Jerusalém novamente, daí a alguns dias.

Todavia, na sua condição de homem de Estado, as ameaças políticas que se materializavam com a presença de Públio em seu território, agora por mais tempo do que aquele que havia previsto, passaram a incomodá-lo sobremaneira.

Especialmente diante da perspectiva de que, em busca do filho perdido, o senador se veria forçado a palmilhar a região e isso poderia expor de maneira mais perigosa os métodos administrativos corrompidos pela longa duração de seu governo.

O regresso a Jerusalém, dias depois, foi imerso num véu de preocupações e receios os quais Pilatos tentava afastar com as lembranças dos bons ofícios que havia despendido a favor da busca do pequeno desaparecido, o que deveria, por certo, levantar a seu benefício a boa consideração do pai desesperado.

No entanto, a ansiedade e a consciência pesada pelos inúmeros desmandos administrativos tinham o seu peso nas preocupações do governador.

Não havia esquecido a paixão que Lívia lhe inspirava e a distância que se lhe interpunha entre seu coração e o objeto de sua cobiça.

No entanto, não podia agir como se estivesse desejando uma das mulheres comuns daquela região, eis que se tratava da esposa de seu potencial e perigoso adversário.

Já havia-se comportado de maneira arrojada, mesmo para um homem de seu posto com relação à esposa de outro importante romano na província. Não desejaria abusar da sorte e correr o risco de pôr tudo a perder com atitudes arrebatadoras que o comprometessem perante os olhos argutos de seus observadores.

Assim, tratou de se envolver nos negócios de Estado, divertindo-se com as conquistas que não representassem riscos maiores.

Entre elas, estava Fúlvia que, na sua leviandade, não via a hora de recuperar as vantagens na preferência do governador, seu cunhado.

Essa mulher era o protótipo da víbora em forma feminina, eis que se deixara levar pelos conceitos de sua época, que colocavam a beleza como o pedestal poderoso, graças ao qual tudo se conseguiria, desculpando-se das ilicitudes com a alegação de que os homens são movidos por desejos e que tais fragilidades não são de responsabilidade de quem detém a coisa que todos cobiçam.

Era um raciocínio comum naquela época tanto quanto o é hoje, na simplificação dos conceitos e no esquecimento dos princípios morais que deveriam auxiliar as pessoas a vencerem suas fraquezas.

***

Tanto Pilatos quanto Fúlvia representavam com exatidão o perfil que boa parte da humanidade tem cultuado até os dias atuais.

De um lado, administrador que se corrompe para obter vantagens pessoais e se manter no comando valendo-se de uma rede de apaniguados amigos do poder que, igualmente, se corrompem para dele retirarem as vantagens particulares, acobertando-se reciprocamente, protegendo-se até o fim, com a consciência de que se uma das engrenagens dessa máquina sórdida se romper, todo o mecanismo está arruinado e corre riscos.

De outro, a pessoa que se corrompe para conseguir a posição de realce diante das demais, usando dos recursos estéticos de que dispõe para convertê-los em armas de tentação, sem se preocupar com os resultados de suas investidas, desde que deles consiga retirar vantagens pessoais para usá-las no momento adequado. Comercializando com as emoções frágeis que as fraquezas humanas permitem se instalem no interior dos indivíduos, as criaturas que se comportam com tal primitivismo são perigosas fontes de discórdia social, deixando atrás de si um rastro de lágrimas, frustrações afetivas e compromissos cármicos para muitas encarnações futuras.

Assim, leitor querido, não há posição de vantágem social ou pessoal que não tenha o seu custo na responsabilidade espiritual com que deve ser exercida.

Se lhe cabe comandar alguma coisa, de uma casa a um país, não se esqueça de que você está sendo convocado a erguer os demais com exemplos de correção e de abnegação virtuosa e que, em caso de defraudar tal mandato divino do qual você é, apenas, o modesto executor, inúmeras aflições visitarão o seu caminho e o abismo de remorsos e dores se abrirá para que nele você mergulhe. Visões de mães desesperadas carregando filhos esquálidos surgirão diante de seus olhos que, em vão, tentarão se fechar para fugir de horripilante panorama. Vozes lamentosas de doentes sem leito hospitalar, gritando de dor nas ruas onde morreram à míngua de atendimento por causa do sangramento dos recursos públicos para os bolsos particulares, na forma de comissões, de propinas, de juros, de "consultorias", serão o espólio atormentado daqueles que se beneficiaram dos recursos furtados ao povo e que fizeram falta aos que sofriam. A vantagem material que representaram em alguns momentos de gozo passageiro nada significará diante da dor moral que o indivíduo terá de enfrentar por longo período, no futuro.

Não se trata, contudo, de punição divina arbitrária e injusta. Trata-se da colheita dos frutos amargos de uma sementeira viciosa, que sempre dá ao lavrador a lição necessária a fim de que aprenda como não valeu a pena agir em desrespeito aos irmãos de humanidade.

Todo o tipo de exploração de fraqueza humana produz, no caminho daquele que se beneficia com ela, a estrada esburacada, lodacenta e escura que o ensinará a refazer o seu estilo de viver.

Explorar o vício, a fraqueza sexual, a fragilidade da ignorância, a falta de cultura e de consciência na escolha, a miséria material ou moral, a fé ou a crendice amedrontando-a com vaticínios infernais, a carência afetiva, enfim, qualquer postura de inferioridade de alguém significa traição do dever de amparar o mais fraco, ajudar o caído, elevar o necessitado de ajuda, o que representará doloroso resgate no futuro, já que ninguém foge da verdade diante das Leis do Universo.

Da mesma maneira que é culpável por tais excessos, o administrador que vilipendia a moeda dos cofres públicos para seus fins pessoais ou de seu grupo de apoio na manutenção de sua tradição política; da mesma forma que infringem os cânones divinos aqueles que se transformam em indústria de sedução física, atirando encantamentos ou exibindo corpos e formas aos olhares cúpidos e imaturos para o autodomínio; infringem ainda mais profundamente tais padrões do Universo os que se valem das pregações da Verdade do Reino de Deus para convertê-las em indústria arrecadatória de dinheiro, aproveitando-se das necessidades pessoais e transformando os momentos de elevação espiritual em espetáculos que exibem vulgarmente a tragédia pessoal, transformando-a em propaganda do negócio.

O inferno dos pagãos reservava a esses comerciantes da verdade divina o pior dentre todos os sofrimentos. E, se é verdade que na visão do mundo espiritual não se pode mais falar em inferno, no sentido físico da expressão, com seres votados eternamente ao mal a fustigarem os maldosos, prevalece para os comerciantes da fé a dura responsabilidade de sofrer as consequências de seus atos, seja do púlpito, do altar, do parlatório ou do palco.

Depois de terem ameaçado a credulidade ingênua com o fogo do inferno para melhor embolsarem vultosas quantias ou de terem pedido provas de amor a Deus através do montante de cheques e de valores, constrangendo os ouvintes a se desfazerem de coisas mediante a promessa de reembolso futuro com outras coisas, os profetas mundanos, traficantes de mercadorias que enriquecem suas vidas à custa de tal comportamento absolutamente divorciado dos Evangelhos, serão profundamente surpreendidos pelo que os espera na vida espiritual. Cortejos de crentes enganados por seus argumentos estarão diante deles, requerendo o cumprimento de suas promessas ou a devolução de seu dinheiro, eis que o negócio não se concretizou na forma prometida. Habitantes da escuridão se levantarão para perseguir os falsos profetas que fizeram a sua jornada através dos interesses pessoais, das negociatas escusas, transformando templos em balcão de transações espúrias.

Essa traição ao postulado de Amor ao Próximo com desprendimento representará para o seu agente uma das mais cruéis sentenças, eis que outros tipos de maus exemplos, como os governantes corruptos ou os viciosos e fracos estavam, muitas vezes, apartados das mensagens edificantes da Boa Nova. No entanto, aos sacerdotes de todos os credos que se valeram dela para obtenção dos bens da Terra, nenhuma justificativa se levantará para defendê-los no momento do acerto de contas.

Por isso, para todos nós, vale a pena pensarmos, de vez em quando, que chegará a hora de abandonarmos tudo sobre a Terra e partirmos para o reino da Verdade, onde nada fica escondido e onde o mais remoto e secreto sentimento acaba aflorado à vista de todos.

E, se uma secreta angústia o visita ao contato de tal pensamento nesta página e neste momento, pense em refazer as coisas enquanto é possível.

Ajuste o decote de sua roupa, modifique a importância de seus músculos, retifique os objetivos de seus investimentos, atenue a importância de sua aparência, corrija os equívocos de sua administração, devolva o que não lhe pertence, repare os prejuízos enquanto é tempo. Abdique de ser pedra de tropeço na fé e na vida de seus semelhantes, pois, se não o fizer, não restará compensação suficiente em suas lembranças terrenas para lhe atenuar as aflições espirituais que o aguardam.

A Boa Nova vem resgatar do mal da ignorância as criaturas que podem trilhar o caminho da verdade, desde que tenham a coragem

236

de tomar a iniciativa correta, aproveitando a vida para dela extraírem ensinamentos e crescimento para seus espíritos.

∗∗∗

Por isso, Fúlvia e Pilatos representavam a velha ordem das conveniências frívolas e egoísticas que até os dias de hoje insistem em se enraizar nos corações.

Regressando a Jerusalém, como já explicamos, Pilatos voltou ao encontro de seu mundo de misérias douradas, colocando-se novamente sob a influência dessa mulher de baixos instintos, espírito leviano e irreverente, ao mesmo tempo em que se reencontrou com Sulpício, o seu homem de confiança que lhe servia de ajudante iníquo, que sabia de suas tramoias e trapaças e que se valia da sombra do poder para também se beneficiar à sua maneira.

Todos eles seguiam atrelados ao jugo do mundo, acreditando que esse era o mais importante de todos os caminhos.

Por essa época, findava o ano de 32 e o inverno já cobrava o seu tributo, diminuindo as atividades gerais e aconselhando o recolhimento aos seguros abrigos para que a sobrevivência estivesse garantida em face das fragilidades sociais ali vigentes.

Enquanto isso, ao norte, o Reino de Deus seguia produzindo a sua sementeira, com os discípulos que haviam sido espalhados para a difusão da Boa Nova retornando ao tugúrio do Senhor, levando consigo a rede repleta de feitos e de almas para ser apresentada diante do Divino Amigo.

Naturalmente que durante a missão conferida aos setenta, Jesus não interrompera a sua atividade, junto aos doze mais próximos seguidores, aproveitando-se das condições de pescadores para que se valesse do barco a fim de mais estender suas sementes.

Isso também era conveniente ao Mestre em face do avolumado número de desesperados e curiosos que o buscavam em uma localidade.

Se com os seu enviados ocorria tal fenômeno, ou seja, a multidão, depois dos primeiros feitos e das primeiras prédicas, se multiplicava geometricamente, tornando quase impossível a manutenção deles nos sítios específicos por longos dias, a figura majestática de Jesus, com maior razão, infundia mais veneração e interesse.

Assim, a existência da barca de Simão e do vasto lago de Genesaré permitia ao Mestre deixar um lado e dirigir-se ao outro sem que a multidão pudesse acompanhá-lo. Ao chegar no outro lado, lá estava uma comunidade virgem e pronta para ser trabalhada, sem os problemas decorrentes do avolumado número de pessoas a exigir-lhe favores ou interromper-lhe a revelação do novo Reino.

Os deslocamentos por terra, sempre mais demorados e difíceis, desestimulavam os simpatizantes a viajarem ao redor do lago, até porque Jesus não revelava aos que ficaram para onde estava se dirigindo.

Acompanhado por seus discípulos, homens experientes na navegação e na pesca, Jesus deliberava passar de um lado a outro do vasto aglomerado aquoso, sendo certo que, em inúmeras ocasiões, pregou a Boa Nova do interior da embarcação ao povo das margens.

A grande maioria dos enviados do Cristo para a pregação da mensagem de Deus aos sofredores teve tal sucesso que, ao regressarem, junto deles pequenina comitiva os acompanhava, como ocorrera com Zacarias e Josué, que trouxeram Cléofas e Saul para junto da comunidade apostólica.

Assim, ao final de tal período, ainda no ano de 32, já havia uma pequena multidão de seguidores e adoradores do Cristo que, mesclados entre homens e mulheres, representavam o cortejo dos novos semeadores que vinham buscar as sementes no armazém das bênçãos.

Ali estavam muitos dos que foram curados, dos que tiveram espíritos obsessores afastados, o que lhes propiciou recuperar o equilíbrio emocional e mental, dos que diziam ter encontrado a verdade nas exortações morais, cheias de esperanças e belezas.

E com isso, ainda que Jesus tivesse também caminhado com os seus doze amigos por muitas localidades fazendo a tarefa que o Pai lhe houvera confiado, a julgar pelo volume das necessidades e pelas angústias populares, em breve se tornaria extremamente difícil que Jesus exercesse o seu ministério, fosse pelo aglomerado de curiosos e devotos, fosse pelos zelos ciumentos que os fariseus e os demais membros das castas dominantes vinham sentindo diante de tal popularidade.

À medida que crescia o movimento da Boa Nova, crescia o número dos seus antagonizadores, todos eles de caso pensado e intenção medida para impedirem o avanço da Verdade que os derrubaria de seus postos miseráveis.

Por isso, com a chegada dos setenta, trazendo muitos outros consigo, Jesus se vira rodeado de uma grande comitiva a qual deveria alimentar e municiar com as sementes do armazém divino enquanto tivesse tempo suficiente para fazê-lo, preparando-os para as novas lutas que surgiriam em breve no caminho de todos.

A reunião dos emissários, à medida que iam chegando, produzia imenso júbilo na família apostólica, que se ufanava por saber quantos paralíticos haviam abandonado seus cajados, quantos cegos haviam recuperado a vista, quantos "demônios" – na verdade, espíritos ignorantes que influenciam as criaturas –, haviam desistido de tal perseguição e se afastado, liberando os perseguidos.

238

Era uma reunião de soldados vitoriosos no Bem, exultantes pelo regresso diante da grande seara que pôde ser semeada. E muitos traziam as provas vivas dos feitos da Boa Nova na pessoa dos que os acompanhavam espontaneamente até a presença de Jesus, que os recebeu com amoroso acento de gratidão e alegria.

Assim, com a chegada de Zacarias e Josué não foi diferente.

Tão logo puderam avistar-se com Jesus, foi com justo interesse que o divino amigo ouviu-lhes a narrativa dos feitos, sobretudo porque vinham da cidade onde se radicava a família carnal do Mestre.

– Assim, meu senhor – dizia Josué, com entusiasmo –, ao falarmos do Reino de Deus e do teu nome, as pessoas se curavam, os corações se abriam e muitos, emocionados, abraçavam os ensinamentos.

E ajudando-os na descrição viva, Zacarias rematava:

– Tudo o que nos prometeste, efetivamente aconteceu e, se não fosse tão estrondoso o sucesso da verdade, nós não nos veríamos forçados a ficar tão pouco tempo em cada lugar. Uma vez que as pessoas se inteiravam dos prodígios que a Tua mensagem produzia, como formigas saindo de buracos, a multidão se achegava de tal maneira que, no segundo ou terceiro dia já não havia mais condições mínimas de se levar a palavra com a paz necessária. Emissários dos governantes locais, espias dos fariseus, sacerdotes inescrupulosos já tramavam a nossa derrocada, através de perseguições ocultas com as quais pensavam conseguir nos destruir.

No entanto, sempre contávamos com a ajuda de alguém, mesmo fariseu simpatizante, que nos livrava das armadilhas dos lobos.

Ouvindo-o com um brilho especial no olhar, Jesus sorria em silêncio.

Seu semblante como que demonstrava estar a par de todas aquelas coisas, mas que partilhava das alegrias e da alvorada da Boa Nova no coração dos seus amigos, empolgados com o sucesso inicial.

E como quem desejasse que todos ao redor fossem informados sobre a amplitude da sementeira, Jesus perguntou, dando mostras de sua capacidade de tudo conhecer:

– E, Zacarias, mesmo perante o governador foi pregada a mensagem do Reino?

Surpreendido pela indagação que demonstrava ter Jesus a ciência de que haviam estado diante do mais alto representante do Império terreno naquela região, Zacarias, emocionado, revelou para espanto de todos:

– Senhor, tua sabedoria bem identifica os detalhes que nossa cegueira quase deixa passar, ante a alegria de rever-Te.

Sim, Mestre, pensávamos que iríamos ser presos ou que algo mais grave nos fosse acontecer. No entanto, estivemos diante de Pilatos e pudemos falar das belezas do Reino que tem sido pregado por toda a Galileia. Pilatos ouviu com atenção e demonstrou interesse nos conceitos elevados, de tal maneira que lamentou não poder renunciar aos compromissos de seu cargo nem aos deuses de seus pais para abraçar tão formosa doutrina estrangeira, o que seria, para ele, um risco e um desprestígio. Ainda assim, ouviu-nos respeitoso e nos libertou, ofereceu-nos hospedagem e forneceu-nos alimento para a viagem, impedindo que os fariseus miseráveis conseguissem nos prejudicar conforme era o desejo imediato deles.

Ouvindo a afirmativa daquela hora, os demais seguidores do mestre exprimiram a sua euforia entre palmas e expressões que louvavam a bondade de Deus e a superioridade de Jesus entre os mais poderosos humanos.

E pressentindo a necessidade de aproveitar a oportunidade para ensinar a todos que os frutos de qualquer sementeira pertencem ao dono das sementes, Jesus os adverte:

– "Eis que vos dei o poder para pisar serpentes, escorpiões e todo o poder do inimigo. Contudo, não vos alegreis porque os espíritos vos estão sujeitos, mas alegrai-vos de que os vossos nomes estejam escritos nos céus".

Com tais palavras, os seus seguidores entenderam que não era de euforia de vitória que se deviam orgulhar e ufanar.

Afinal, tudo isso representava a exaltação da personalidade mesquinha sempre em constante competição umas com as outras, o que produzia conflitos sem fim entre as pessoas.

O desejo de supremacia sempre produziu mais guerras do que qualquer ambição material, já que ele está arraigado no íntimo de cada pessoa, a produzir conflitos de grande ou pequena monta em todos os lugares, nas diversas guerras particulares que as pessoas travam entre si por questões de opinião, de prevalência de pontos de vista, de imposição de autoridade.

Assim, cumpria combater a ideia da superioridade mesquinha de homens sobre homens, para tão só enaltecer a grandeza de Deus, que os havia convocado para a tarefa por neles confiar e depositar o crédito que os havia mantido vigilantes e protegidos na jornada difícil que encetaram.

Era a visão superior que falava da alegria por terem sido eleitos e levado a bom termo a obra de Deus. Não mais a arrogância humana que se colocava por cima dos que não pensavam como eles, dando mostras de poder para curar, expulsar demônios ou coisas do tipo.

A interpretação do Cristo trazia-os para a visão mais ampla de que a guerra não seria travada com os semelhantes, mas, ao contrário, dependeria de cada um julgar-se preparado para tirar de dentro de si mesmo esses laivos de personalismo que até os dias atuais ainda contaminam as mentes e os corações nas constantes disputas por superioridade em todos os setores da vida.

Jesus falava com clareza que a felicidade das pessoas não está na sua capacidade de superar os demais, convencendo-os com poderes argumentativos ou com efeitos sobrenaturais. Estava em se considerarem felizes porque Deus lhes havia confiado alguma coisa, escrevendo-lhes o nome nos céus, como maneira de lhes dizer que a recompensa não estará nunca no reino transitório onde as alegrias são fugazes e as vitórias tão precárias.

Ter o nome escrito no céu é a maior alegria e é a maior premiação que alguém pode ter por estar a serviço do Bem. Nenhuma outra lhe é suficiente e nenhuma outra lhe basta. Quando os verdadeiros cristãos não estiverem mais à cata de postos de direção, nem de colocações que lhes realcem ao personalismo, nem de reconhecimento que lhes exalte o nome com respeito e acatamento nos meios de comunicação; quando os simpatizantes de todas as religiões cristãs em geral, e do espiritismo-cristão, em particular, deixarem de ser cultores do intelectualismo que faz crescer a musculatura da vaidade cultural em detrimento da essência da Boa Nova e assumirem o trabalho anônimo e desprendido que lhes garanta apenas a inserção de seus nomes nos livros celestes como bons e devotados trabalhadores, aí então terão compreendido a mensagem do Evangelho e poderão ser colocados em tarefas mais importantes do que a de dirigentes de casas de caridade formal, de administradores de cestas de alimentos e de espalhadores de bens, mais preocupados com números e quantidades do que com a qualidade de afeto com que fazem as coisas.

Enquanto isso não é compreendido por muitos dos que tentam se alistar nas linhas do conhecimento espiritual buscando nelas o alimento para a própria vaidade, vai a Boa Nova claudicando na mão de criaturas que dizem ter boa vontade, mas que a exercitam apenas em proveito de si mesmas e de suas ambições pessoais de mando e de supremacia no burgo ou no feudo onde se acham inseridos e que pensam comandar ou dirigir.

Espíritas, escutai Jesus dizendo aos seus seguidores:

"Alegrai-vos por terdes os seus nomes escritos nos céus".

E, modestamente, parafraseando-lhe o conselho, acrescentamos:

Alegrai-vos de que somente Deus, nos céus, conheça as vossas virtudes no anonimato de vossos exemplos e renúncias pessoais nas lutas da vida na Terra.

No céu estará a única recompensa que vale a pena.

26

O PEDIDO DE JESUS

Iniciado o ano de 33, estava se tornando cada vez mais concorrida a participação na vida pública de Jesus, uma vez que a chegada de muitos homens e mulheres que abdicavam de suas misérias pessoais para se juntarem ao séquito que buscava o consolo, e o aprendizado ampliara significativamente o número dos seus seguidores próximos.

A multidão continuava a ser a que o buscava para receber as migalhas da verdade, através de coisas ou vantagens, geralmente na melhora física ou no reequilíbrio do espírito.

Sempre ávida por algum lance espetaculoso, a grande chusma de curiosos misturava-se aos necessitados e isso fazia crescer o volume dos que se comprimiam para ver e ouvir Jesus.

Dessa maneira, muitas vezes o Mestre deixava uma região demandando outros lugares mais afastados, para onde ele sabia que a maioria não poderia segui-lo, ao mesmo tempo em que poderia levar a mais pessoas a sua palavra de fé e esperança no Reino Divino.

Em sua tarefa, aceitava a companhia dos doze que o seguiam quase sempre todos juntos e a de muitos dos setenta e a de mais alguns que se haviam agregado ao colégio apostolar.

Tinham eles, ainda, a função de seguir adiante para avisarem da chegada do Messias e prepararem pousada ao Senhor a fim de que as bases para a tarefa estivessem arranjadas quando da chegada dos mesmos àquela comunidade.

Estando, assim, em uma dessas visitas à região um pouco mais afastada do lago, certa noite, em que os seus seguidores já se haviam recolhido depois de um longo dia de caminhadas e constante vigilância para protegerem o Mestre dos caprichos da turba que dele se acercava, Zacarias estava acordado, pensativo, sentado ao relento

242

e fitando no firmamento o faiscar das estrelas, como a imaginar o que seria do futuro.

Naquela noite, nas conversas coletivas, Jesus havia alertado a todos, mais uma vez, para a notícia de sua partida da Terra.

Falara com uma emoção diferente, referindo-se às atrocidades de que seria vítima e que deveria dar testemunho de tudo aquilo que estava ensinando aos homens para que pudessem acreditar que tudo era verdade.

Os discípulos, naturalmente, rechaçavam tais referências, sempre afirmando que isso não ocorreria e que eles o defenderiam, ao que observavam que Jesus se calava e sorria um sorriso triste como a lhes dizer que os fatos provariam o contrário.

No entanto, no coração de Zacarias, os dizeres de Jesus produziam um aperto e uma angústia que, naquela noite, lhe haviam tirado o sono.

Como será que todos ficariam se tudo aquilo que o Mestre estava afirmando ocorresse mesmo?

Se o Reino de Deus se visse privado de seu principal propagador, vencido pelos adversários da verdade tão pouco tempo depois de ter iniciado a sua implantação entre os homens, como poderia ele prevalecer sobre a maldade?

Se a treva tinha tanto poder, como as pessoas poderiam acreditar no poder do Bem que se via destruído tão precocemente?

Ele próprio não se sentia capacitado para fazer algo tão grandioso como o Cristo o realizava e sabia que nenhum dos seus seguidores, sozinhos ou agrupados, teria tal condição, o que impossibilitaria todo o progresso da mensagem, condenada ao desaparecimento sem o alicerce sobre o qual se levantava.

Todas estas cogitações incomodavam o sentimento de Zacarias, que não tivera a coragem de falar delas diretamente a Jesus.

Desde que voltara de Nazaré, o Mestre se dirigira várias vezes a ele para conversar e ensinar, mas Zacarias, em momento algum, tomou isso como uma intimidade que ele pudesse explorar para invadir a atmosfera do Senhor e incomodá-lo com suas indagações ou questionamentos, coisa que os doze tinham facilidade em fazer, pela maior proximidade que guardavam com Jesus.

No entanto, naquela noite se sentira muito tocado pelos vaticínios amargurosos que o Mestre mencionara e não conseguira deixar de pensar nisso tudo.

Isso porque ele sabia, por experiência própria, que Jesus nunca mentia ou falava sem motivo.

243

Tudo o que dissera, se convertia em fato e em verdade plena na vida dos que o cercavam ou o escutavam. Muitas advertências, ele as dava de forma indireta ou velada, de tal maneira que o ouvinte podia não compreender, no exato momento, o alcance de suas palavras, mas tão logo as experiências chegavam no caminho da pessoa, imediatamente ela se lembrava daquilo que Jesus havia falado, alertando-a sobre os riscos e aconselhando condutas diferentes, dentro do padrão do Reino de Deus que ele viera inaugurar.

E a solidão do ambiente, o silêncio e o isolamento garantiam a Zacarias o necessário conforto para que pudesse pensar sem ter que dividir suas preocupações e emoções com ninguém.

Sentindo-se livre desse modo, Zacarias se deixou levar pela emoção e as lágrimas vieram-lhe aos olhos, lembrando-se de tudo o que havia enfrentado em sua vida antes e depois daquele encontro tão importante em Jerusalém, anos já transcorridos.

Encontrar Jesus foi o maior horizonte para seu espírito. Lembrou-se de como era antes, como homem do mundo. Seus sofrimentos, suas misérias, sua frustração afetiva com o abandono, a solidão e a revolta contra a esposa e o traidor que a seduzira, o modo como se comportava com os seus fregueses, sempre em busca de dinheiro ou de ganho, lembrou-se de Absalão.

Depois, voltou sua mente para o que ele era hoje, um pobre homem, sem nada mais do que outrora ele julgava importante em face do mundo. Agora era apenas um seguidor de Jesus, mas a felicidade que possuía agora não se podia comparar com aquela que pensava que tinha antes.

Perdera todas as coisas materiais para conquistar a serenidade e a paz íntima. Quando possuía os bens transitórios, vivia atarantado em aumentá-los ou em não perdê-los, desconfiado e inquieto.

Recordou-se de Judite e do encontro na porta da casa velha que lhe servia de moradia e que era compartilhada por irmãs que decaíram do respeito a si próprias. O encontro no qual tudo se revelara, na presença do sedutor de outrora que se havia transformando em irmão de caminhada por força do verdadeiro amor que, naquela hora, pedira dele, Zacarias, o testemunho da verdade.

Jesus falara naquela noite que, se todas as coisas amargas não lhe acontecessem, o Reino de Deus não seria digno de fé no coração das pessoas. Ele deveria padecer para ensinar a verdade.

Zacarias havia sentido que isso era a mais pura realidade.

Sentira isso na carne, tendo que enfrentar as pessoas que o feriram e ver-lhes a condição frágil de seres humanos inquietos, ao

244

mesmo tempo em que teve que dar testemunho pessoal de tudo aquilo que suas palavras pregavam.

Não bastara ser o veículo da cura física ao leproso abandonado, Cléofas. Era necessário descobrir nele o insensato homem que lhe causara a dor moral do abandono e ser capaz de continuar a amá-lo, não mais em nome de Jesus, mas em nome próprio.

Quando lhe impusera as mãos na tapera onde vivia, fizera-o em nome de Deus e do Cristo.

Mas quando descobriu de quem ele, efetivamente, se tratava, precisara adotar a postura que as palavras do Cristo tanto repetiam, e perdoar-lhe em seu nome pessoal.

Ter conseguido fazer isso lhe deu uma tal fortaleza moral que o fazia sentir-se imbatível. Passara pela sua prova pessoal a qual, graças à sabedoria do que havia compreendido, pudera levar a bom termo, resgatando as duas almas equivocadas – Cléofas e Judite – para o trabalho da reconstrução de suas vidas através do serviço no Reino da Verdade.

– Que Reino estranho era esse? Não era feito de príncipes ou reis de tradição nobre. Começou com um carpinteiro, que escolheu pescadores e homens do povo, praticamente analfabetos todos, e depois aceitou como súditos os miseráveis, esfarrapados, aleijados, doentes, leprosos, feridentos, prostitutas, publicanos, tudo aquilo que um reino humano desperdiçaria por considerar escória. A coroa eram as estrelas, o manto imperial, a beleza do céu. O cetro eram os braços e mãos que atendiam os caídos e o trono era o altar do coração, oculto no peito, mas que vibrava no olhar e nas palavras. E os ajudantes do rei eram os miseráveis que se regeneravam, não à custa de cadeias e castigos, mas, justamente, quando venciam as cadeias do ódio e do erro e deixavam de se castigar com o remorso e a culpa, transformando-os em pedido de perdão vivo através do trabalho em favor dos outros e, ao mesmo tempo, perdoando sempre os que houvessem errado. Estranho reino esse, feito de fracos e vencidos no conceito do mundo, mas onde Deus encontrava os adeptos fiéis e trabalhadores valorosos para as obras do seu Reino – pensava Zacarias.

Todos estes pensamentos fervilhavam em seus neurônios de tal modo que Zacarias não percebeu que alguém se aproximava.

Era Jesus que, sozinho, viera ao seu encontro naquela noite estrelada e fresca.

– Teus pensamentos, meu filho, nunca devem vislumbrar as coisas pelo véu da escuridão.

Assustado com a intromissão em seus devaneios, Zacarias

245

levantou-se rapidamente, como que a demonstrar seu respeito pelo Mestre venerado.

– Senta-te, meu amigo. Vamos conversar um pouco sobre o futuro.

Dizendo isso, Zacarias voltou a sentar-se onde estava e Jesus fez o mesmo, pondo-se, acomodado, ao seu lado.

– Se observares bem, Zacarias, somente envolvidas pela escuridão é que brilham as estrelas. Eu venho, em nome de meu Pai, acender as estrelas que estão no coração de meus amigos, não para que se apaguem ao sabor da primeira brisa. Faço-o para que, como as que estão no céu desta noite, brilhem e encantem a escuridão, servindo de inspiração aos pensamentos de amor, de roteiro aos que precisam seguir os seus caminhos a fim de que não se percam. Quando a tempestade ataca as paisagens, parece que elas se afugentam. No entanto, acima das nuvens elas velam, pacientes, esperando a tormenta caprichosa passar a fim de que voltem a se mostrar com o seu brilho fiel e perseverante.

Sem as dificuldades que nos cercam, nenhum de nós poderia tornar-se uma delas, pois o destino da estrela é brilhar por causa da escuridão. Sem a treva da noite elas não se divisam.

Desse modo, filho, é preciso que a treva envolva a estrela que Meu Pai enviou ao mundo para que os que se prendem à escuridão possam ver-lhe a luz faiscante na hora da maior noite. Nessa ocasião, desejarão tornar-se uma estrela também. Afinal, de escuridão todos são professores nesta vida. Falta-lhes, no entanto, o desejo de se iluminarem e somente esse contraste forte poderá lhes mostrar que a noite pode cobrir com o seu manto todas as coisas, mas é incapaz de aplacar a menor das estrelinhas do céu, que continua brilhando vencedora sobre a treva mais compacta.

Não te amofines, Zacarias, por tudo aquilo que está para acontecer, pois tudo isto já foi preparado por Meu Pai há muitos e muitos séculos. Agora chegou a hora da libertação dos erros. Será árduo o trabalho, mas doce a vitória.

Ouvindo-lhe a palavra inspirada com a qual Jesus pretendia ensiná-lo a ser diferente na análise das coisas, Zacarias se sentiu encorajado a comentar:

– Mas por que é necessário o sofrimento de um ser tão puro para que os homens acordem para a verdade, Senhor?

– A natureza não salta pelas etapas que lhe cumpre obedecer. Sempre que desejamos melhorar as coisas, impõe-se que nos aproximemos do erro e suportemos a sua companhia, sem a qual nunca o corrigiremos. Há pessoas que pensam que belos discursos podem alterar as almas. Põem-se a falar de belas ideias com belas palavras como se pregassem do alto de uma colina aos miseráveis do vale. Estes o escutam, mas não o seguem. Estão cansados e feridos demais para subir a montanha. Além disso, esse pregador é um desconhecido a quem não admiram nem respeitam. Como pode um médico tratar de doenças se nunca viu um doente? Por mais que tenha conhecimentos teóricos, nunca terá credibilidade nem acertará os diagnósticos, a não ser quando se aproximar do enfermo malcheiroso e examinar-lhe as feridas.

Assim, Zacarias, quando pretendemos ser instrumentos do Bem, precisamos nos valer das armas do Bem e descer ao vale da maldade.

Os maldosos estão armados com as armas que julgam ser as que mais lhes garantem a proteção. Até que acreditem no forasteiro, que veem como um invasor de sua tranquilidade miserável, tentarão proteger-se, atacando-o com suas armas.

Se o pregador do bem não for tão bom como pensa, afastar-se-á do desafio, desistindo de ajudá-los.

E se o pregador não se valer do escudo da bondade que está pregando e, colocando-o de lado, defender-se com as mesmas armas agressivas dos que o açoitam, igualmente deixará de merecer o crédito em tudo aquilo que está falando, pois seus ouvintes identificarão nele um igual, sem nenhuma coisa diferente a mostrar-lhes.

Assim, os que descem ao vale, mais do que de palavras, devem estar revestidos de fortaleza moral, perseverança, paciência, confiança em Deus e absoluta renúncia e abnegação para aceitar os golpes e agir por padrões que os enfermos da ignorância desconhecem. Só assim darão provas de que está portando um poder novo e maior do que aquele que os demais pensam ser o único que existe.

Ensinar sem viver é oferecer rosas às areias do deserto.

Suportar as agressões com uma outra maneira de ser, ensinará aos que vivem nas trevas que a luz é mais poderosa do que qualquer outra coisa.

Sabendo brilhar em vez de se tornar opaca, quanto mais treva a envolver, mais luz se destacará para confundir os trevosos e ensinar-lhes um novo caminho que eles não conhecem, ainda.

E, mesmo que com cicatrizes profundas e ferimentos dolorosos, a tarefa daquele que aceita descer ao vale com a perseverança de educar pelo exemplo irá ser recompensada pela grande quantidade de criaturas que deixarão as trevas e aceitarão o reino da luminosidade, acompanhando o devotado servidor que aceitou ser machucado para que os outros despertassem.

E se o pregador se retirasse ante as primeiras pedradas?

Não seria digno da tarefa para a qual foi enviado.

Assim é com tudo na vida, Zacarias. Quem faz o bem e não sofre por isso, está longe de ser bom realmente. Quem sofre fazendo o bem e persevera, sem desistir, sem se abater, sem desanimar e sem ter raiva dos que o agridem ou que não o compreendem ou ajudam, este sim, é digno de ser reconhecido como a estrela que brilha, o emissário de Meu Pai, o agente do Amor.

Os que se pensam bons, mas não possuem cicatrizes da luta, são ainda os pregadores do alto da montanha.

Falta descer ao vale das misérias humanas e sofrer com a sua companhia para ajudar a melhorá-las e para aperfeiçoarem, com o próprio testemunho, a bondade que pensam, inocentemente, já estar desenvolvida dentro de si próprios.

Tudo isso aconteceu convosco quando estivestes em Nazaré.

– Sim, meu senhor. Tudo isso ocorreu comigo pessoalmente e reconheço a exatidão de teus ensinamentos.

– Por isso, Zacarias, guarda a coragem de seguir como és, pelos caminhos luminosos e verdadeiros, aceitando a companhia dos maus e perseverando com teus exemplos para domá-los com o teu carinho. E, se me permites estender as tuas tarefas, tenho algo pessoal a pedir-te.

Tocado em seu mais íntimo sentimento, Zacarias empertigou-se e asseverou ser o escravo por opção, que acata os pedidos de seu senhor como ordens, ainda que venham envolvidos no veludo da delicadeza de uma solicitação.

– Daqui a não muito tempo, a noite fechada irá envolver a estrela que Meu Pai enviou para brilhar nos caminhos dos homens. E sobre alguns deles vai pairar a responsabilidade de minha condenação injusta, atendendo às pressões que a ignorância fará para atingir os seus objetivos.

No entanto, o Reino de Deus é para todos, principalmente para os que se perdem nos erros de governo e nas responsabilidades na condição de criaturas. Assim, como foste o primeiro a te aproximares do governador na noite em que fez brilhar o primeiro raio de luz aos seus olhos imaturos, quero pedir-te que, seja como for e o que acontecer comigo por culpa da fraqueza desse nosso irmão em crescimento, não o abandones. Quando eu não estiver mais fisicamente entre vós, estarei buscando as ovelhas perdidas que meu Pai me confiou e gostaria que fosses o instrumento do pastor, procurando resgatar essas criaturas que se perderam nos desmandos e no descumprimento do dever.

No primeiro momento, parecerão vitoriosos. No entanto, não tardará para que o peso da culpa lhes fustigue a alma e para que a perda de todos os privilégios os reduza à miserável condição de desditosos semelhantes, pouco diferentes dos leprosos que nos procuram a ajuda, pelos séculos do futuro.

Dentre todos estes, peço a tua ajuda para que este, em particular, seja acompanhado pelo teu carinho, para onde for, onde estiver, a fim de que, no momento adequado, voltes a falar-lhe do Reino de Deus que não o esqueceu nem excluiu.

Lembra-te, no entanto, de esperar a melhor hora. Segue-o de longe e estejas a postos, pois na ocasião adequada te será revelado como agir em favor de sua recuperação. Eu estarei contigo como sempre estive. Posso contar com teu auxílio?

Algo confundido e, ao mesmo tempo, desejando esclarecer as coisas que estava imaginando sem entender bem, Zacarias perguntou reticente:

– Senhor, te referiste ao governador Pilatos?

– Não, Zacarias, estou me referindo ao nosso IRMÃO Pilatos, que é, apenas, o que sobrará dele depois de tudo o que vai ocorrer. Ele precisará muito de ti e, pela impressão que já produziste em sua alma, será mais fácil que te receba na hora amargurosa que o espera e que será o momento áureo de sua transformação. Nada do que ele fizer ou deixar de fazer deverá interferir no teu amor por esse nosso amigo. Tua tarefa consistirá em consolá-lo a fim de que ele esteja semeado de boas sementes. A eternidade se incumbirá de fazê-las germinarem. Não esperes por resultados imediatos. Mesmo que ele te repudie, que não te escute, que não deseje tua companhia, persiste sempre. Estejas próximo, solícito e sorridente. Dia chegará em que o poderoso governador não terá ninguém mais ao seu lado a não ser a ti mesmo.

Desejando corresponder ao pedido de Jesus com o mais nobre de sua alma, Zacarias respondeu, sincero:

– Senhor, Teu pedido é a minha vontade. Se Teu coração vê em mim qualidades que eu não consigo, por mim mesmo, encontrar, eu as colocarei integralmente a serviço dessa tarefa, na qual verei a Tua solicitude e o Teu amor antes de qualquer coisa. Atenderei esse irmão com todas as forças do meu ser e seguirei seus passos por onde for necessário a fim de sustentá-lo com a esperança do Reino de Deus e de Teu coração afetuoso.

Feliz por aquele colóquio tão significativo naquela hora de entendimento que se estenderia pelos séculos vindouros, Jesus colocou sua mão sobre a fronte de Zacarias e elevou o olhar ao firmamento, como a pedir que as estrelas do céu passassem a emprestar o seu brilho àquele companheiro, que aceitara ir ao sacrifício para levar a esperança ao adversário da verdade.

No interior de Zacarias, parece que uma das estrelas do céu, naquela noite, veio habitar, iluminando-lhe para sempre o coração.

Depois de algum tempo, Jesus ergueu Zacarias e o conduziu ao local do repouso, a fim de que, no silêncio do sono, pudesse o seu novo emissário encontrar o descanso necessário e a preparação para as tarefas que lhe consumiriam boa parte dos dias do futuro naquela existência e, nas vindouras, todas as preocupações em manter-se fiel ao mandato que lhe fora outorgado por Jesus.

Esta fora a única vez que o Messias lhe houvera falado assim, na solidão do entendimento e, igualmente, seria a última entrevista pessoal com a sua sabedoria.

A partir de então, conversariam apenas com os olhares, eis que uma misteriosa capacidade de sentir Jesus no seu interior lhe fora conferida por aquele gesto de bênção durante o qual o Mestre invocara a proteção a Zacarias naquela noite.

Não se falariam mais por palavras, mas em todos os momentos que Jesus lhe mirava com os olhos lúcidos, Zacarias sabia o que o Mestre estava desejando dele.

Josué continuava seu amigo chegado, o mesmo acontecendo com Saul e Cléofas que, aproximados de Jesus, ganhavam vida nova, e tantos exemplos de abnegação e renúncia ofereceram que, por seus próprios méritos, conquistaram o respeito e a gratidão dos mais antigos servidores e discípulos do Mestre.

Estavam sempre juntos e sempre que possível se ajudavam e aumentavam o número dos simpatizantes e amigos no grupo dos seguidores pelo muito que serviam aos sofridos.

Alguns discípulos mais próximos do Cristo se demonstravam sempre rudes na defesa da integridade e do sossego do Senhor. Todavia, os quatro amigos providenciavam sempre uma maneira de acolher os que se lhes acercavam, consolando-os, conversando e escutando as suas misérias, mesmo quando Jesus estava ausente, percorrendo outras paragens.

Muitas vezes, Josué falava das verdades que aprendera de Jesus ao povo que se reunia esperando a chegada do Senhor, para as pregações diárias. No entanto, à medida que o tempo passava, mais e mais o Mestre se ia entristecendo, como se um véu de amarguras lhe toldasse o olhar. Estava mais calado e pensativo nas longas noites em que passava em orações solitárias, único horário em que tinha tranquilidade para conversar com o Pai sem ser importunado pelas pessoas e pelos seus próprios seguidores.

Seus avisos se multiplicavam e os discípulos não os gostavam de escutar, pois estavam se entusiasmando com o sucesso e a publicidade de todo aquele movimento.

Alguns, inclusive, passaram a imaginar que ele seria, efetivamente, o libertador do povo como um revolucionário armado a subverter a ordem estabelecida. Judas era destes que imaginavam estar a serviço de uma revolução mais militar do que moral e, assim, tramava nos bastidores uma ampliação do movimento, fazendo contatos com outros descontentes do povo, espalhando clandestinamente a notícia de que o dia da liberdade havia chegado.

Aproximava-se a comemoração da páscoa judaica, e o desejo de Jesus em passar essa data na capital do povo, para onde acorriam todos os que podiam viajar, fazendo ferver as suas ruas, era um dos mais fortes indícios de que, no fundo, Jesus estava indo para lá a fim de dar o início à revolução.

Pensavam os partidários de tal ideia, viciados pelos equívocos morais, que Jesus houvera começado o apostolado da maneira como o fez a fim de arrumar mais e mais adeptos no seio do povo, espalhando benefícios e curas para que mais e mais criaturas pudessem conhecer o seu poder e se aliar à causa.

Por isso, raciocinava Judas, que melhor momento do que a páscoa para começar o movimento?

Ali em Jerusalém estariam milhares de pessoas que tinham sido atendidas por ele, curadas por suas mãos, que lhe haviam ouvido as palavras e se encantado com a promessa de um novo reino.

Lá seria o melhor local para que o movimento tivesse início e, assim, valendo-se de seus amigos mais chegados, espalhou a notícia, sorrateiramente, para que ninguém soubesse a sua origem, de que naquele período seria iniciada a modificação das coisas. Que se preparassem com recursos armados para eventual luta contra o invasor romano.

No momento adequado, a ordem seria dada e todos deveriam estar preparados para enfrentar o inimigo romano em muito menor número e encastelado nas muralhas da cidade.

Não seria difícil derrubar o invasor e, sobre ele, vencido, estabelecer uma nova ordem onde a tradição de Abraão ocupasse o seu devido lugar, conforme Javéh houvera prometido um dia, nos remotos evos descritos pela tradição religiosa.

Assim estavam as coisas preparadas, no clima da revolução não proclamada, mas insinuada, quando a páscoa do ano 33 chegou.

Por motivos de segurança pública, Pilatos houvera regressado a Jerusalém para ali estar nesse período turbulento das festas religiosas, tão propícias ao desejo de liberdade do povo judeu. Afinal, era na páscoa que se comemorava a conquista da liberdade quando o povo estava cativo no Egito distante.

Mais e mais soldados foram trazidos para a cidade e, ainda assim, eram muito poucos diante do contingente da massa humana que para lá acorria nessa semana de orações, oferendas, sacrifícios e intrigas religiosas e políticas.

Convencido de que ali seria um local muito favorável para encontrar notícias do filho desaparecido, Públio e sua família deixaram Cafarnaum e regressaram à capital, agora para uma confortável moradia que Públio havia comprado para ali permanecer longe da influência nociva dos seus parentes, entre os quais da perversa Fúlvia, que se preparava para seguir com seus planos de levar a infelicidade àquela que pensava ser a sua concorrente nas preferências de Pilatos.

Deste modo, tudo estava preparado para os decisivos atos que a tragédia humana conhece como a maior de suas quedas, o mais tenebroso gesto de violência e de trevas, mas de onde os homens ofereceram o negro ambiente para que a Luz da Verdade se imortalizasse em seu brilho rutilante no horizonte das criaturas.

A Páscoa e a Prisão

Aquela seria uma semana decisiva na vida de todos os integrantes desta história e, de resto, no destino de toda a humanidade.

A chegada do Mestre a Jerusalém fora precedida por uma longa jornada na qual inumeráveis seguidores o acompanharam até a capital religiosa e política da nação, passando por povoados e vilarejos onde eram recebidos pela alegria dos moradores, já conhecedores da fama e da bondade do Cristo.

Adensando-se a caravana dos que lhe faziam companhia, a passagem do Mestre por Betânia, pequeno povoado nas cercanias de Jerusalém, fora algo extremamente impactante, notadamente porque ali, na companhia dos amigos tão queridos, Marta e Maria, que pranteavam a morte de Lázaro, para surpresa de todos, Jesus contrariaria a evidência afirmando que Lázaro não havia morrido, mas que estava dormindo. Dito isso, dirigiu-se até a porta do túmulo de onde, atendendo ao seu chamamento doce e firme, o próprio Lázaro – que todos acreditavam ter morrido já há alguns dias e cujo corpo físico já apresentava sinais de necrose – levantou-se, enfaixado e atontado, aparecendo à porta para espanto de todos.

Tal feito fora, na verdade, a concretização material de um poder que muitos tinham escutado ser real, mas que ainda lhes parecia fruto do entusiasmo popular, sempre a aumentar as coisas à medida que as notícias se vão espalhando.

No entanto, ali não havia dúvidas sobre essa capacidade.

Os discípulos diretos se maravilharam com a maneira de Jesus demonstrar o seu poder, diante do povo que o seguia, e Judas, crendo que isso fazia parte da estratégia do Senhor, fez, mais do que depressa, correr a notícia de que o libertador, o verdadeiro Rei dos Judeus estava

253

chegando, aproveitando-se da alcunha que o povo miserável e sofrido usava para se referir à figura imponente e humilde do Cristo.

Distando poucos quilômetros de Jerusalém, facilmente se propagou a notícia do milagre ocorrido em Betânia e, desse modo, a afirmativa de que o motim libertador se aproximava inflou de esperanças a alma rebelde de muitos dos judeus que, sedentos de liberdade, mais se deixaram inflamar pela perspectiva da revolta prestes a iniciar-se.

Do mesmo modo, a fama de Jesus causava preocupações na alma dos sacerdotes e fariseus, que temiam a sua doutrina porque ela lhes impunha uma modificação radical na maneira de viver e de retirar vantagens pessoais do exercício do sacerdócio e no controle das sinagogas, coisas nas quais o interesse pessoal dos judeus influentes se mesclava com as coisas sagradas, o que sempre fora odioso e continua a ser até os dias atuais, quando muitos religiosos se valem do profissionalismo da fé como fonte de renda pessoal e de ganhos financeiros.

Assim, Jesus já não podia caminhar livre e despreocupadamente no meio dos judeus porque muitos já tramavam contra a sua vida e buscavam um meio de prendê-lo naqueles dias que se aproximavam e que correspondiam à páscoa do povo.

A entrada do Messias em Jerusalém fora coroada de êxitos retumbantes, uma vez que, cercado por seus discípulos e por um grande grupo de seguidores, foram acolhidos por outra multidão eufórica e exultante com a perspectiva de estar ali presenciando a chegada do libertador da raça do domínio estrangeiro.

As pessoas buscavam improvisar-lhe um tapete para homenageá-lo, atirando ao solo folhas verdes arrancadas das árvores, procurando mesclá-las com pétalas de flores silvestres, colocando também seus próprios mantos e vestes no caminho por onde passaria a comitiva.

Este movimento não passou despercebido dos importantes representantes judeus que, mais do que depressa, foram informados da calorosa recepção que aquele profeta do povo estava recebendo à entrada da cidade.

Todavia, ao contrário do que o poviléu estava lhe demonstrando na euforia de sua recepção, como a apoiá-lo em caso de revolta armada ou rebelião declarada contra os poderes constituídos, Jesus entra em Jerusalém demonstrando exatamente outro tipo de disposição.

Tanto que, em vez de entrar andando como sempre o fizera pelos caminhos ou, ainda, valendo-se de um fogoso cavalo como todos os guerreiros heroicos, protagonizando a figura do libertador, o Mestre

254

se vale de um burrico emprestado para, montado nele, ingressar na poderosa cidade.

Assim, o festim triunfal que o povo lhe preparava era confrontado pela mensagem silenciosa de Jesus, que o repelia com o comportamento humilde e desajeitado que era representado pela sua montaria singela e digna de provocar risos na alma dos menos empolgados.

No entanto, os exaltados não quiseram entender a mensagem da humildade e do desapego às convenções e expectativas do mundo judeu que Jesus estava demonstrando com aquele comportamento.

Depois das festas do dia, dirigiu-se cercado pelo povo até o Templo onde, após ali permanecer alguns minutos caminhando por entre a multidão, retirou-se para dormir em casa de Maria, Marta e Lázaro, na cidade de Betânia.

A notícia de sua chegada espalhou-se por Jerusalém, eis que nela se congregavam muitos judeus de todas as cidades e vilarejos que Jesus houvera percorrido em seus três anos de tarefas missionárias e que já o conheciam pessoalmente ou tinham tido contato com sua doutrina e seus feitos.

A ansiedade e a expectativa aumentaram com a sua chegada à cidade naqueles dias tão especiais para todos.

Em casa de Públio, igualmente, chegou a notícia alvissareira através da serva de Lívia, a fiel e simples Ana, que colocara a sua senhora a par da novidade e dela recebera a autorização para ir ouvir-lhe a mensagem naqueles dias, permanecendo junto ao velho tio Simeão, que viera de sua vivenda na Samaria até Jerusalém, acompanhando a comitiva apostólica.

O ambiente interno de sua casa não sofrera alterações importantes, sentindo Lívia o distanciamento imposto, inexplicavelmente, pelo esposo e guardando para si as apreensões que a sabedoria feminina aprendeu a administrar e suportar com o estoicismo que a transformara no esteio de qualquer família.

Pilatos estava envolvido pelas questões administrativas e pelos perigos que, nessa época, brotavam de todos os lados, notadamente porque era o representante estrangeiro de maior prestígio. Se algum movimento de libertação ou revolta se iniciasse ali em Jerusalém, tal ocasião reunia todos os elementos propícios para que o sucesso lhe estivesse garantido, em face do imenso volume de peregrinos reunidos para as festas religiosas de sua tradição, o que punha em risco a capacidade de defesa até mesmo da cidadela fortificada na qual se sediava a supremacia militar romana na região.

As medidas de defesa e contenção de ânimos dos próprios judeus,

255

sempre divididos em facções e grupos hostis entre si mesmos, tomavam grande parte do tempo e da energia dos soldados.

Inúmeras patrulhas percorriam as ruas principais e os becos em Jerusalém nesse período, procurando, de modo ostensivo, intimidar os mais exaltados e aconselhá-los a uma conduta pacífica que tivesse na exortação religiosa o seu cunho principal.

Colocando a soldadesca na rua, restava-lhe um grupo reduzido de militares de prontidão para ser usado em caso de tumulto generalizado. Todavia, Pilatos tinha noção clara de que, mesmo possuindo armamentos mais potentes do que o que era acessível ao povo judeu, o volume de combatentes dos dois lados dava nítida e larga vantagem aos judeus que, se o desejassem, poderiam facilmente iniciar uma conspiração que acabariam por vencer em face de possuírem concentrados ali mais homens do que a guarnição militar que ele comandava.

Nos primeiros anos de sua governança, solicitara reforços da província vizinha – a Síria – pois temia que o povo se valesse de sua inexperiência no governo da Judeia para tentar destruir-lhe a reputação e golpeá-lo no início de sua trajetória administrativa.

Depois, no entanto, quando as pessoas passaram a conhecer o seu caráter rude e a sua maneira impetuosa de se conduzir, a sua capacidade de aterrorizar pela violência e os seus modos licenciosos e permissivos, os líderes judeus passaram a relacionar-se com ele de outra maneira, não mais produzindo no espírito do governador o temor inicial que o aconselhara a solicitar reforços de fora.

Tanto que, nesta páscoa, a sétima de seu governo, não havia solicitado qualquer colaboração especial para a manutenção da ordem local.

Até mesmo porque, a medida poderia ser interpretada pelos seus superiores romanos como uma demonstração de fraqueza pessoal e incapacidade de manter-se com o contingente que lhe era oferecido e tido como suficiente para aquela província.

Desse modo, Jerusalém estava patrulhada pelos soldados de que dispunha o governador, mantendo pequena reserva, como já se disse, para situações mais graves.

Seu palácio administrativo estava sempre na mira dos potenciais revoltosos e, assim, ali se encontravam vários soldados de prontidão e preparados para reprimir os mais violentos e agressivos.

A presença de Jesus, aliada ao boato que Judas houvera feito circular de que se tratava do momento da liberdade do povo, a esperança de muitos sofredores, a euforia com os feitos do Mestre, o grito de revolta preso na garganta de muitos dos judeus que não suportavam

256

a convivência com os romanos em sua terra, tudo isso se combinava para que os desdobramentos dos fatos se precipitassem.

Nos dias que se seguiram, Jesus apresentava-se na cidade sempre cercado pelos seus seguidores e demonstrava toda a sua indignação com as condutas venais dos sacerdotes. Virara mesas de dinheiro que se haviam erguido no recinto do Templo de Jerusalém nas quais os peregrinos tinham que trocar as suas moedas regionais pelas que tinham curso regular para a compra de animais e objetos sagrados que, logo a seguir, seriam oferecidos em holocausto de sua fé, no altar dos sacrifícios.

Ao mesmo tempo, os próprios sacerdotes que eram, teórica e eticamente, impedidos de comercializar pela sua condição especial, mantinham, junto dos cambistas, pessoas que faziam as vezes de seus testas de ferro, vendendo os animais que lhes pertenciam e arrecadando dinheiro para eles, ao preço de pequena comissão, maneira de burlar a proibição de serem, os sacerdotes, exploradores da fé dos seus irmãos de raça.

Eles não vendiam pessoalmente – como proibia a lei, aliás, muito correta nesse sentido, já que não permitia que aquele que desejou seguir o caminho do sacerdócio se movimentasse nos dois caminhos ao mesmo tempo: o que levava a Deus e o que chafurdava nas negociatas dos homens.

Então, para burlarem tais restrições, valiam-se de secretos representantes que, vendendo animais dos quais pareciam donos, mas, na verdade, estavam comercializando o patrimônio pessoal dos príncipes do Templo, que desejavam ganhar mais e mais vendendo os animais que criavam para o povo levá-los ao sacrifício, como a tradição mandava.

Essa conduta vergonhosa era conhecida pela maioria das pessoas, que mais não faziam do que comentar entre si o absurdo e a hipocrisia daqueles sacerdotes os quais, ao invés de darem o exemplo, costumavam censurar o povo por suas pequenas quedas morais nos sermões que faziam nas sinagogas.

A conduta de Jesus, desse modo, foi uma demonstração muito clara de seu desejo de limpar da vilania dos homens a Casa do Pai, como se referiu ao mencionar o local sagrado da fé dos seus irmãos judeus.

Quando tal notícia correu pela cidade, os que já estavam pensando na revolta mais se animaram com a ideia, imaginando que não tardaria o momento em que alguma palavra ou ordem direta desencadearia o motim tão aguardado.

Jesus estava dando mostras de sua independência sobre os poderes humanos, não temendo as consequências e se valendo de sua autoridade moral e da liderança sobre muitos dos que o seguiram para mostrar que a verdade não pode ser suplantada pelo erro para sempre.

Isso atingia as feridas morais mais bem disfarçadas que os fariseus e saduceus procuravam ocultar com seus mantos suntuosos, suas posturas ritualísticas vazias e seus comentários sobre a lei, cheios de casuísmos e mentiras.

E a receptividade do povo às verdades que Jesus procurava ensinar-lhes, ora com a palavra doce, ora com as curas estupendas, ora com a conduta firme contra os mercadores da fé ia diretamente na fonte das preocupações dos líderes religiosos judeus que, sem terem como lhe negar as acusações verdadeiras de que eram objeto, passaram a desejar, ardentemente, livrar-se da fonte das verdades amargas que contra eles eram desferidas, matando-a.

Todavia, apesar da conduta firme de Jesus, os dias iam se passando sem que o Mestre tivesse qualquer comportamento no sentido de deflagrar o movimento como se estava pensando que o faria, naquela oportunidade.

E o tempo era um fator precioso nessa luta já que, passada a comemoração daquela semana, todos os peregrinos regressariam às suas cidades e Jerusalém se esvaziaria.

A pequena vantagem que eles tinham – que era a vantagem numérica – deixaria de existir e, por isso, cada dia que passava era um dia que se perdia e que, com o encerramento das festividades, encerraria também o sonho de liberdade e poder que grande parte dos judeus sonhava em obter, entre eles o próprio Judas.

Sabendo disso, Judas era o que mais se sentia comprometido com os rebeldes que ele alimentara com as expectativas do movimento, acostumado que estava às práticas do comércio nas trocas, nas estratégias, na influência sobre o desejo das pessoas, uma vez tratar-se, ele próprio, de comerciante antes de ser convocado para integrar a caravana apostólica.

Sua reputação estava em jogo, ao mesmo tempo em que o movimento que ele abastecera de esperanças, agora, se voltava contra ele, cobrando-lhe o momento em que seria desferido o golpe inicial contra os invasores.

Alguns dos próprios fariseus estavam dispostos a aguardar os acontecimentos porque desejavam tirar proveito desse clima de antagonismos e, quem sabe, o movimento que Jesus liderava pudesse fazer-lhes o favor que eles mesmos não haviam tido a coragem de realizar, lutando abertamente contra os romanos poderosos.

Assim, dentre os próprios líderes religiosos judeus, surgiam correntes conflitantes, uma, que pedia o imediato aprisionamento daquele homem perigoso para suas tradições e outra, que desejava dar mais tempo a esse grupo rebelde que poderia estar abrindo o espaço para a liberdade política que eles tanto desejavam. Depois de iniciado o movimento libertador, como os boatos diziam à boca pequena, vencendo a dureza dos romanos com o vigor dos judeus jovens, os sacerdotes e fariseus se levantariam igualmente e, assumindo a liderança do movimento, agora sem os perigos da exposição prematura, afastariam Jesus e o matariam para não perderem o espaço político desejado.

Essas duas correntes internas dividiam os judeus importantes, que ficavam na discussão sobre qual a melhor estratégia a seguir.

Levado pelas pressões dos correligionários revoltosos, que viam o tempo passar perigosamente para a sua causa, os inúmeros líderes judeus que acreditaram nas promessas de Judas colocaram-no em uma encruzilhada decisiva.

Era Jesus quem deveria liderar o movimento e, ao mesmo tempo, ele não o fazia nem dava mostras de que o faria, efetivamente.

Limitava-se a pregar o Reino de Deus, a curar e a andar com os discípulos pela cidade e arredores, pregando o amor e a caridade.

Judas afirmava que isso era apenas uma estratégia sábia para conseguir mais simpatizantes para a causa. No entanto, Judas mentia e suas palavras não expressavam senão a sua ideia pessoal de poder e liberdade, impedido que estava, pela sua ignorância, de vislumbrar outro Reino que não fosse o da matéria, e outro Poder que não fosse o das armas.

Por isso, agoniava-se o discípulo vendo a inércia de Jesus, ao mesmo tempo em que se apercebia da disposição para a luta existente em muitos, que queriam fazer daquela páscoa a data da liberdade do povo, como ocorrera no Egito longínquo.

Precisava tomar alguma iniciativa, antes que fosse tarde demais e antes que algum outro exaltado assumisse a liderança do movimento, o que tiraria de Jesus o privilégio e dos seus seguidores as vantagens de estarem ao seu lado, podendo compartilhar o poder advindo da conquista, depois da vitória sobre os romanos.

Já se haviam passado mais de quatro dias desde que Jesus chegara a Jerusalém naquele domingo triunfal e nada tinha acontecido.

Se Jesus não tomava a iniciativa, talvez o fosse porque não estava percebendo o tamanho da aceitação popular – imaginava Judas, na sua ingenuidade ignorante.

Ao mesmo tempo, sabendo que os fariseus e saduceus não eram pessoas bem aceitas pelos judeus mais simples, em face de sua hipocrisia e de suas maneiras arrogantes, Judas concebeu o plano de dar início à rebelião por sua própria conta, pois imaginava que, assim o fazendo, as circunstâncias produziriam o resto naturalmente.

Sabendo que os fariseus mais exaltados tramavam contra Jesus, Judas acerta com eles revelar onde se encontrava, para ser preso.

Imaginava que, com a notícia da sua prisão por parte dos fariseus e sacerdotes judeus, isso levantaria a ira da plebe contra eles também, o que faria com que a revolta se iniciasse para pedir a libertação de Jesus, como o herói do povo humilde.

Daí, conseguida a libertação, facilmente se teria congregado à volta do Senhor a expectativa unânime que lhe mostraria possuir a liderança absoluta e, se lhe estava faltando até então, não lhe faltaria a partir daí a vontade de liderar o movimento contra os invasores e libertar o povo.

Apenas uma palavra sua bastaria para que isso se desse.

Seu plano parecia perfeito, graças ao qual as ânsias libertárias se veriam colocadas em risco com a prisão do Mestre pelos próprios judeus, o que ocasionaria uma reação dos adeptos secretos do movimento, forçando-os a sair publicamente, a pedir pela libertação de seu líder e, unidos à sua causa, demonstrariam a Jesus a sua importância.

Além disso, tais fatos não levantariam suspeitas junto aos romanos, que achariam que se estava tratando, apenas, de mais uma das tricas dos próprios judeus, nas suas divergências internas tão comuns na raça rebelde, que se caracterizava pela polêmica e pelas disputas.

Assim, os romanos não teriam motivos para se alarmar diante de tais ocorrências que, logo mais, haveriam de voltar-se contra eles mesmos, afastando-os do poder sobre a terra prometida.

Nas conversações com os fariseus e sacerdotes da corrente que propugnava pela prisão de Jesus, obteve a garantia verbal de que não pretendiam tirar-lhe a vida, mas, apenas, detê-lo, para que não produzisse mais estragos à reputação dos religiosos durante a páscoa. Tão logo esta terminasse, colocá-lo-iam em liberdade, depois de avaliarem no mais alto tribunal da raça as alegações contidas em sua pregação.

Essa garantia lhe pareceu suficientemente sincera para que não temesse em entregar Jesus aos fariseus maldosos e matreiros, nem aos sacerdotes astutos e mesquinhos.

E como que desejando parecer que estavam procurando dar

mostras de sua verdadeira boa vontade, ao mesmo tempo em que demonstravam gratidão a Judas por esse auxílio importante, entregaram o famoso saco de moedas – pequena fortuna que demonstrava a confiança recíproca naquele trato. Ao mesmo tempo, o espírito cúpido de Judas, acostumado a trocas e negócios, lobrigou uma boa quantia que poderia ser usada no financiamento da própria revolta, caso as coisas assim o exigissem.

Para lhe dar a sensação de que tal montante estava sendo entregue como garantia da palavra empenhada, os sacerdotes e Judas haviam acertado que tais valores ser-lhes-iam devolvidos depois que tudo ocorresse conforme tinham combinado.

Isso deixou Judas ainda mais confiante do sucesso de sua estratégia.

Facilitaria a prisão injusta de Jesus pelos fariseus e sacerdotes odiados pelo povo simples e isso desencadearia todo o restante, segundo suas ideias.

Assim, combinaram a senha, e o momento seria definido pelo próprio apóstolo, que iria dar as informações necessárias à localização do Messias para a sua prisão.

Feito isso, Judas regressou à companhia do Senhor, exultante e preparado para as coisas que iriam advir.

Conversou em sigilo com Pedro, que não ignorava de todo as expectativas populares para aqueles dias, mas com seu temperamento de pescador, ainda que rude em muitos momentos, desencorajava Judas de se meter nesses assuntos.

A sua palavra não revelava a negociata que havia feito com os inimigos, mas, sim, a emergência da situação, trazendo a Pedro a advertência de que não deveria andar desarmado, pois a qualquer momento, os inimigos poderiam prender Jesus ou, a qualquer momento, a revolta explodiria.

Judas queria criar a ideia de que Jesus fora arrebatado injustamente, depois de ter sido defendido pelos seus e de, ainda assim, os judeus mesquinhos e covardes terem-no levado preso sem justificativa ou acusação.

Pedro, sem entender o íntimo desejo de Judas, mas reconhecendo que o clima em Jerusalém era propício para alguma emboscada ou algum gesto de agressão contra Jesus, aceitou levar consigo, naquele dia, um artefato de defesa com o qual pretendia defender o Mestre contra os agressores.

Chegado o momento, depois da emocionante ceia final na qual

Jesus se despede de seus seguidores mais íntimos e deixa para a posteridade o exemplo do verdadeiro Amor e da verdadeira Amizade, já no Monte das Oliveiras, para onde se dirigira com seus discípulos mais próximos, a figura de Judas se aproxima conduzindo um grupo de homens mandados pelos fariseus e sacerdotes, que já se haviam organizado para que as coisas tivessem outro destino que não aquele que Judas tinha imaginado.

Identificado pelo seguidor no meio dos seus amigos de aflição, notabilizou-se na tradição apostólica a cena do beijo da traição com o qual Judas apontaria aquele que deveria ser preso.

Em realidade, no coração de Judas, apesar de sua condição inferiorizada e cega, sua conduta não era a do traidor, mas sim daquele que dá condições para que o movimento libertador se iniciasse. Para si mesmo era um quase herói ainda não compreendido, mas que, em breve, seria como tal reconhecido pela sua coragem. Além disso, houvera conseguido dos sacerdotes, com quem se entendera, todas as garantias necessárias à proteção de Jesus que, mais tarde, seria devolvido à liberdade, sem danos para a sua integridade física.

Estava imaginando dirigir um jogo no qual já possuía todas as cartas marcadas pela sua inteligência astuciosa e aquele seria o gesto inicial de toda a grande epopeia do povo, heroico e lutador, conforme a tradição lhe enaltecia tais virtudes de caráter.

Faltava o estopim inicial, esse que Judas estava acendendo e que acabaria com a escravidão imposta pelo invasor romano.

Jesus é preso e, na tentativa de proteger-lhe de tal agressão, Pedro, lembrando-se das advertências ouvidas do próprio Judas, tenta defender o Mestre agredindo o servo dos sacerdotes, de nome Malco, cortando-lhe a orelha com a espada.

No gesto de benevolência e fraternidade que caracterizavam a sua doutrina, Jesus repreende Pedro e toca a orelha do agressor, curando-a, na advertência que deixa para todos nós que o que nos ferirá para sempre serão os nossos gestos de agressão aos outros.

Receberemos sempre de acordo com o que dermos. Seremos julgados na medida com que julgamos. Se ferimos pela espada, pela espada seremos feridos.

Amarrado como um reles bandido, Jesus é conduzido à casa do Sumo Sacerdote onde se mantém vigiado por servidores do Templo até o amanhecer, sendo ironizado e agredido pelos que o deveriam guardar, mas que, na sua arrogância e falsa superioridade, se valiam da fragilidade daquele homem inocente para zombarem de sua aparente condição de inferioridade.

Enquanto isso, Judas se põe a espalhar a notícia da prisão do Cristo no Monte das Oliveiras, acreditando que essa novidade poderia impor-se por si mesma, dando início ao levante popular.

Ao mesmo tempo, uma outra notícia, com a qual ele próprio não contava, feriu os ouvidos dos populares, ou seja, a de que o próprio discípulo havia entregado o Mestre aos inimigos.

Vendo-se surpreendido pelas interpretações equivocadas de seu gesto, Judas se viu forçado a revelar parte de seu plano, indicando que a prisão seria o sinal adequado para que a rebelião pudesse começar.

Todavia, a sua conduta dera mostras de que ele não era digno de confiança e sua palavra poderia não ser verdadeira. Afinal, havia entregado o líder do movimento, aquele que Judas mesmo dizia ser o mais importante membro e que deveria ser defendido ferreamente e seguido cegamente.

Como é que o próprio discípulo agia dessa maneira infiel?

E Judas, vendo as coisas se complicarem para seu lado, revelou os detalhes da conversação com os sacerdotes, na qual haviam confessado o desejo de mantê-lo afastado do povo apenas para se preservarem até o final da páscoa, mas que o devolveriam.

E os seus interlocutores, igualmente astutos e maliciosos ao extremo, fizeram ver a Judas que isso era um absurdo, que os sacerdotes eram raposas velhacas e que, quando punham suas mãos sobre a presa, nada mais a retirava dali.

Judas dizia que não seria assim, pois eles lhe haviam dado garantias de que cumpririam a palavra empenhada.

– Que garantias convincentes poderiam ter oferecido, Judas, para que você se sentisse assim confiante? – perguntaram-lhe os líderes mais próximos, em conversação secreta e exaltada.

– Ora, eis aqui a bolsa de moedas que me deram em penhor da palavra – revelou o apóstolo ingênuo, tentando se fazer acreditar e mostrar a realidade de suas palavras.

– Dinheiro? – gritaram os mais exaltados. Dinheiro em troca do nosso líder? Você traiu o movimento por uma bolsa de dinheiro?

As coisas estavam tomando um rumo que saía do controle de Judas e, agora, a revelação das moedas que, a princípio lhe haviam sido dadas como garantia da palavra dos sacerdotes e que deveriam ser devolvidas ao final do período pascal, se transformaram em um vil motivo para entregar o Mestre, tornando Judas ainda mais odioso e indigno de qualquer crédito.

Esse comportamento arrefeceu os ânimos mais eloquentes e a

notícia da bolsa de moedas ganhou o conhecimento dos demais, não por se apresentar como garantia, mas por ser apenas o preço pago por Judas, na interpretação simplista das pessoas que sabem ver o mal e a malícia em todos os gestos e comportamentos.

A história de Judas não convencia a ninguém e, amedrontados de que sua astúcia os estivesse conduzindo a um poço sem saída, acautelaram-se de qualquer demonstração de indignação.

Os outros discípulos estavam aterrados com o que sucedera.

Nenhum deles se dispunha a agir de acordo com os ditames que haviam aprendido com o Mestre.

Choravam as mulheres, revoltavam-se contra Judas alguns, oravam a Deus outros, seguiam à distância as ocorrências no palácio dos sacerdotes, para onde Jesus fora levado naquela noite.

Notadamente Pedro seguia de longe as ocorrências, colocando-se nas proximidades da casa do Sumo Sacerdote a fim de obter notícias sobre o seu processo e sua prisão.

Por efeito dessa proximidade, surge-lhe o amargoso momento em que ele se vê identificado como seguidor do preso e, amedrontado, nega conhecê-lo, por várias vezes, até que, anunciando a chegada da alvorada, seus ouvidos escutam o galo cantar e seus pensamentos se recordam da advertência de Jesus, dizendo-lhe, na véspera, que antes que o galo cantasse, ele próprio, Pedro, O negaria por três vezes.

Chorou o apóstolo de vergonha e isso o abateu sobremaneira.

No entanto, tão logo a notícia da prisão correu as casas, no dia seguinte, o povo simples, que se encantara com as suas palavras e atos, saiu à rua à cata de informações.

Não sabiam qual o delito e, por isso, ninguém imaginava que alguma coisa séria havia ocorrido.

Do mesmo modo, a notícia se espalhara sobre o gesto de Judas, além de traidor do seu amigo, vendedor do mesmo ao preço de moedas de prata, com as quais pagaria suas dívidas pessoais, segundo a calúnia que, agora, se espalhava por si mesma.

Já era a maledicência criando estórias para tornar mais pérfida a verdade e encantar com a mesquinhez o imaginário trágico das mentes necessitadas de emoções tanto quanto o estômago de alimentos.

Nos albores da manhã, o coração dos aflitos e anônimos seguidores de Jesus passou a se movimentar a fim de advogar a sua libertação junto às autoridades.

Enquanto Jesus era conduzido ao Sinédrio para o interrogatório

264

sumário, que já tinha como finalidade dar legalidade a uma condenação previamente acertada, os humildes e gratos indivíduos visitavam pessoas influentes para solicitar-lhes a simpatia para a causa da Boa Nova.

E com Públio isso não foi diferente.

Tanto através de Ana, que procurou Lívia, aflita e angustiada, para falar da prisão de Jesus, quanto através de inúmeras visitas que buscavam Públio, como autoridade romana que poderia influir no seu destino, a morada confortável dos Lentulus foi sacudida por inúmeras visitas.

Todas eram recebidas pelo senador em seu gabinete de trabalho e ora eram compostas por pessoas simples que advogavam a proteção do Mestre ante as hordas virulentas dos fariseus e saduceus, ora compostas por judeus influentes que vinham pedir a sua ajuda para manter afastado do povo aquele perigoso e blasfemo judeu, levantando-se inclusive como ameaça ao próprio poderio romano na região.

Tendo sido condenado pelos de sua raça, que desejavam validar com uma aparência de julgamento aquela condenação prévia que já tinham acertado, não desejavam, contudo, atrair para si a ira dos mais humildes, que depositavam no profeta todas as suas esperanças.

Assim, deliberaram envolver os romanos na delicada situação, para que o peso de sua condenação à morte fosse imputado ao invasor, ninguém melhor para arcar com a culpa de tal tragédia, apontado como adversário estrangeiro, o que livraria os sacerdotes de qualquer responsabilidade perante os seguidores judeus.

Desejando criar tal circunstância que os inocentaria da culpa da morte injusta, os fariseus enviaram Jesus a Pilatos.

Este, sem ter qualquer coisa contra o condenado, não via nenhum motivo para deliberar no assunto.

Entretanto, sempre claudicante nas questões cruciais, Pilatos se via pressionado nos bastidores pela influência nefasta dos sacerdotes mais íntimos de sua casa, que o abasteciam com recursos escusos, que sabiam ter influências através das falhas de seu caráter, que se deixara prender nas garras dos lobos astutos.

Não desejava ser injusto, mas não se via livre para adotar uma conduta moral que, nele, nunca tivera o peso necessário para justificar seus atos com exclusividade.

Além do mais, estava sob a investigação silenciosa de Públio que, ali em Jerusalém, seria dos primeiros a conhecer as suas decisões e reportá-las à sede do Império.

Desse modo, guardando o prisioneiro na cela de seu palácio

265

pessoal, o governador solicita a presença de romanos e patrícios de sua estrita confiança, entre os quais, envia especial e reverente convocação ao senador Públio, para comparecer imediatamente à sua presença.

Tendo sido convocado ao palácio de Pilatos, Públio, apesar de não se sentir à vontade na companhia daquele administrador iníquo e homem de baixos padrões de conduta, conforme ele próprio, Públio, já tinha constatado em alguns casos que vinha apurando, além das suspeitas que haviam sido lançadas sobre sua conduta moral acerca da própria esposa Lívia, colocou as questões importantes daquela hora delicada e urgente – como mencionava a comunicação do governador – acima de suas cismas e desconfianças pessoais, imbuindo-se do mais elevado espírito público para assumir suas funções legais conforme o determinava as suas atribuições oficiais.

Lívia não conseguiu falar a sós com o marido, solicitando que intercedesse por Jesus, conforme lhe solicitara Ana e a sua própria consciência.

Públio saíra e se deslocara ao palácio onde Pilatos o aguardava com ansiedade, na tentativa de se livrar do dever solitário de decidir e, ao mesmo tempo, demonstrar ao senador que dominava a situação, procurando fazer justiça segundo os conceitos romanos das cortes de magistrados que vigiam no Império.

Públio saiu, carregado pelos seus escravos, em direção à entrevista difícil daquela hora e Lívia quedou-se aturdida, sem saber como agir, ante a ausência do marido.

Ana se havia ausentado para acompanhar os fatos mais de perto e a esposa do senador recorreu à oração para que as coisas se acertassem sem qualquer prejuízo para aquele que lhe houvera salvado a filha leprosa e modificado o destino e a vida.

O Julgamento e a Aparição

No palácio de Pilatos, a situação pedia cuidados.

Ao chegar ao local, Públio se viu surpreendido pela quantidade de pessoas, populares de todos os tipos, que se aglomeravam à porta e à frente pedindo providências punitivas para Jesus.

Admirado pelo modo volúvel das massas, o senador adentrou no salão onde se reuniam os romanos mais influentes e o círculo íntimo do governador, tendo sido recebido com deferência e consideração.

Naturalmente, por sua condição de enviado de Tibério e representante do Senado Romano na província, sua participação naquele processo de julgamento seria decisiva para a solução do impasse criado pelos sacerdotes.

A visão de Pilatos era a de um romano em terras estrangeiras, buscando sempre não interferir nos assuntos próprios do povo dirigido por ele. No entanto, foram os judeus, astutos e matreiros, aqueles que lhe haviam suscitado esse espinhoso caso, levando-lhe o condenado até sua apreciação e, com isso, fazendo recair sobre a autoridade romana a avaliação sobre a culpabilidade daquele homem.

Além disso, frágil para as questões de fundo e de consistência religiosas, o governador estava acostumado a se limitar às contendas políticas e a mediar os interesses em conflito entre os próprios judeus, amolecido em seu tirocínio por um longo período em que se mesclaram seus interesses pessoais com os dos mais influentes representantes da raça dominada, impedindo-lhe uma conduta absolutamente livre de tendências ou de firme determinação.

Estava acostumado a medir quem é que iria sair prejudicado com suas escolhas e, não em face do direito e da justiça, mas em face dos que poderiam produzir menos danos à sua condição e interesse, voltava o peso de suas sentenças contra aqueles que menos riscos lhe representavam, acolhendo sempre as causas dos mais poderosos e mantendo, desse modo, suas boas relações com aqueles que procurariam sustentá-lo, também, na sua condição sossegada e vantajosa.

Nesse dia, entretanto, havia conflitos de muitos interesses em jogo.

De um lado, sua condição de romano lhe dizia que havia que obedecer a um processo, por meio de uma acusação e apuração legítimas.

Por outro, os judeus não lhe apresentaram nenhum argumento para que, à luz do direito romano e mesmo dos princípios universais se pudesse avaliar a culpabilidade de alguém.

No entanto, sacerdotes e fariseus, cúmplices de seus delitos e aliados de suas conquistas, se lhe dirigiam para solicitar a condenação do criminoso, sem maior rigor ou demora, eis que ele representava ameaça às posições de todos, fazendo ver ao governador, de maneira sutil e pouco respeitosa, que se sentiam autorizados a pedir-lho em face dos inúmeros negócios mantidos por ambas as partes, sempre aliadas na conquista de seus interesses.

Era a referência ao comprometimento moral do procurador da Judeia com os que, agora, vinham solicitar-lhe a contrapartida nesse jogo mesquinho, onde os interesses de grupos ou de pessoas se colocam sempre acima da verdade e da justiça.

Ao lado desse quadro que não se poderia revelar com nitidez aos olhos dos demais, surgia a figura de Jesus, cuja vida reta já lhe chegara ao conhecimento e cuja doutrina, ainda que de forma reduzida, lhe houvera sido explicada em Nazaré pelo grupo de discípulos que lhe falara há não muito tempo.

Naquela ocasião, recordara-se, os princípios de amor, caridade, verdade e fraternidade humana haviam-no impressionado sobremaneira e, se não fosse a sua condição pessoal e os seus compromissos com as posturas e interesses, se sentiria tentado a se aprofundar naquele caminho que parecia generoso e belo.

Notara a alegria interior daqueles homens simples, quase miseráveis, que o haviam esclarecido sobre algumas dúvidas que atormentavam os fariseus de Nazaré, naturalmente feridos em seus interesses pessoais.

Não vislumbrava, desse modo, qualquer culpa ou responsabilidade subversiva na doutrina daquele nazareno humilde.

Tivera o cuidado de ir conhecer pessoalmente o réu, na verdade, a vítima das intrigas humanas e se espantara com o seu estado de miséria física, apesar de muito se impressionar com a nobreza de sua postura e a serenidade triste de seu olhar.

Com a presença do senador em Jerusalém, surgia um outro fator complicador no cenário de Pilatos. Afinal, como autoridade mais poderosa do que ele próprio, Públio deveria ser consultado para poder opinar e, ao mesmo tempo, avaliar a conduta do governador naquele caso rumoroso, o que daria a medida de seu modo de agir na direção dos negócios da província.

Não podia, deste modo, demonstrar qualquer fragilidade pessoal ou qualquer cumplicidade para com os fariseus ou judeus influentes, eis que isso denunciaria a sua incapacidade e autonomia administrativa, condenando-o à vista do governo imperial e produziria a sua derrocada política.

Por isso, via-se cercado de fatores adversos que iam desde o interesse mesquinho dos seus aliados na ilicitude, passando por seu conceito pessoal sobre a inocência do réu, pela avaliação do senador que lá estava como o olhar de Tibério sobre ele, terminando com a pressão popular às portas de seu palácio para que desse fim àquele julgamento, com a condenação sumária de Jesus.

Além de tudo isso, naquela noite, a sua esposa, a nobre Cláudia, havia tido um sonho profético, no qual vozes poderosas diziam-lhe para que o marido não se envolvesse naquele caso, julgando o inocente e, antes que tudo tivesse acontecido, levou ao conhecimento do marido o aviso recebido a fim de prepará-lo para as ocorrências que, de fato, mais tarde vieram a suceder.

Vendo-lhe a vontade de não se misturar no assunto, com a qual concordava também, ocorreu a Públio remeter Jesus ao julgamento de Herodes Antipas.

Naquele período de festas religiosas, o rei Herodes estava em seu palácio de Jerusalém. Para a compreensão do leitor, este Herodes era filho do outro Herodes, conhecido como o Grande, o mesmo que reinava na Judeia quando Jesus nasceu e que, segundo conta a tradição, mandou matar todos os primogênitos até dois anos como forma de exterminar o anunciado rei que nascia naquela região de Belém.

Com a morte de Herodes, o Grande, seus vastos domínios foram divididos pelos seus filhos, cabendo a cada um deles a quarta parte do reino principal, daí a denominação de tetrarquia e a qualificação de Herodes Antipas como o tetrarca da Galileia e da Pereia, partes do reino que lhe couberam quando da divisão, com a morte do pai.

Assim, sendo o rei a quem Jesus deveria se submeter em face de ter nascido na região da Galileia, caberia ao rei avaliar o seu súdito, o que seria muito oportuno, uma vez que retiraria dos ombros romanos o problema e a espinhosa questão da condenação.

Agradecido por esse alvitre, que foi acolhido por todos os que estavam nesse improvisado congresso romano, foi o réu levado à presença de Herodes, que o recebeu de maneira mesquinha e irônica.

Não havendo crime do qual era acusado, os fariseus e sacerdotes lançaram-lhe a culpa por se considerar Rei dos Judeus, o que viria a ser uma acusação que colocaria Jesus contra Herodes e Pilatos, já que ambos eram as máximas autoridades legais na província.

Diante desse rei mundano e volúvel, o mesmo que houvera criado condições para a morte de seu meio-irmão, Herodes Filipe, mandando-o para a guerra a fim de tomar-lhe a mulher, Herodíades; esse soberano que, seduzido pela dança voluptuosa de Salomé, a filha de sua mulher, mandou degolar João Batista, que se encontrava preso por ter censurado a conduta do rei em se casando com a própria cunhada depois da misteriosa morte do marido; enfim, a esse homem de baixo padrão moral, que a circunstância da vida houvera levado à condição de rei de outros homens, Jesus foi apresentado sob a acusação de se considerar Rei dos Judeus.

Diante desse homem indigno, calou-se Jesus, como única forma de manifestar a sua indignação.

Seu estado miserável era a antítese de qualquer postura soberana indicadora de nobreza terrena.

Seu silêncio veemente, ante as perguntas do próprio rei, criaram o alvoroço entre os sacerdotes que acompanhavam a cena, produzindo ainda mais indignação a sua postura humilde, mas firme.

Assim, ridicularizando a sua pessoa e a alegação de que seria Rei dos Judeus, Herodes mandou vestir-lhe um manto branco luxuoso, que era sinal de nobreza à época, colocando em suas mãos uma cana pobre como cetro e fazendo cingir-lhe a cabeça com a famosa coroa que todo o soberano deveria ostentar, só que feita de espinhos pontudos e venenosos, que foi introduzida ao redor de sua cabeça, rasgando-lhe a pele e deixando escorrer o sangue pelo seu rosto e cabelos.

Depois de tê-lo humilhado, remeteu-o a Pilatos por sugestão dos próprios sacerdotes que acompanhavam a cena e desejavam, a qualquer custo, envolver o poder romano na condenação daquele que, como os judeus não podiam negar, tinha muita popularidade.

Pilatos recebeu, com surpresa, o prisioneiro, agora mais debilitado do que antes.

À porta, a massa humana, alimentada pelos fariseus e sacerdotes interessados na morte do Justo e que, através de seus representantes, ocultos no meio do povo, insuflavam a malta, inclusive com a distribuição de moedas a fim de obter mais público para a gritaria, pressionava o governador, desejando o sangue daquele homem humilde.

– Malditos sejam estes judeus miseráveis – esbravejou Pilatos, novamente submetido à necessidade de decidir a delicada questão. Não vejo delito algum neste homem que só tem feito ajudar esta gente, amparando os que choram, curando doenças, dando esperanças. Até aonde vai a maldade humana...

Vendo-lhe o espírito alterado pela contingência daquela hora, Públio e os demais se calaram a fim de não atrapalhar a sua deliberação.

– Senador, solicitei-lhe a presença a fim de que, tendo estado mais tempo nas cercanias da Galileia, talvez tenha tido algum contato com este pobre homem ou saiba de alguma coisa que nos permita deliberar dentro dos padrões de Justiça que nosso Império busca impor aos povos bárbaros que dominamos – falou o governador tentando acalmar-se da onda de cólera que o avassalava.

Convocado a manifestar-se, Públio se adiantou e, ocultando os motivos pessoais que o levaram a encontrar-se com Jesus, quando se sentira quase que forçado a prostrar-se diante Dele, tal o poder magnético que o dominara, relatou com sinceridade as impressões que colheu naqueles dias.

– Sim, governador, estive na região e conheci o profeta pessoalmente, podendo afirmar que jamais ouvi de seus lábios ou escutei da boca de alguém tivesse ele pregado a subversão aos costumes, a rebeldia contra Roma ou alguma conduta que vilipendiasse nossos valores mais elevados. Ao contrário, sempre pautou sua vida pela correção, pelo amor aos miseráveis, pela compaixão pelos sofridos, curando a muitos sem nada pedir e sem nada esperar de ninguém. É de uma pobreza que impressiona e possui uma sabedoria que nós mesmos, romanos de estirpe, não conseguimos apreciar com rapidez. Da mesma maneira, não vejo culpa nesse homem.

A opinião de Públio era ainda mais dolorosa para Pilatos, pois se o senador lhe revelasse qualquer deslize daquele réu, facilmente se livraria dele mandando entregá-lo à turba insana. No entanto, o representante de Tibério falava da inocência do réu, o que tornava ainda mais complicadas as coisas.

– Senhor, a plebe está revoltada e pede a decisão, desejando invadir o palácio se tardar qualquer deliberação – alertou um centurião que entrava na sala, vindo do exterior.

– Mas que absurdo – gritou Pilatos furibundo – como é que este povo vive à maneira dos animais, sem respeito pela lei, pelos direitos.

Importante ressaltar que, nessa altura dos acontecimentos, nenhum dos homens de Estado que ali se reuniam tinha a menor

271

ideia da possibilidade de os fatos se desdobrarem até chegar à morte do prisioneiro.

A pressão externa continuava aumentando com a influência oculta dos sacerdotes e fariseus influentes e, diante da turba, Pilatos se recordara das limitadas forças que estavam à disposição naquele período. Não poderia garantir-se contra a plebe tresloucada com o punhado de soldados que lhe estavam submetidos nesse momento e, deste modo, não poderia dar-se ao luxo de expor a vida dos próprios romanos a quem deveria proteger com a sua própria.

O seu ajudante militar que o viera avisar sobre o estado do povo, então, lhe sugeriu a pena dos açoites para que a sanha sanguinária do povo fosse aplacada, eis que tal sentimento popular, muitas vezes se vê contentado com uma flagelação pública, atenuando-lhe a violência instintiva.

Reconhecendo-lhe razão nesse desiderato, eis que Pilatos sabia por experiência que os judeus eram criaturas temperamentais ao extremo e que uma punição pública poderia aplacar-lhes o desejo de matar Jesus, foi autorizado o flagício do Mestre.

No entanto, tal medida apenas produziu o efeito de alvoroçar a multidão, eis pois que estava ela dominada pelos cordões invisíveis dos fariseus e sacerdotes que, sabendo que aquilo era um artifício de Pilatos para poupar a vida de Jesus, mais moedas fizeram correr nas mãos da plebe que se avolumava à porta do palácio e que, a estas alturas, já estava percebendo que, quanto mais demonstrassem revolta, mais moedas lhes chegariam às mãos. Não importava se havia lei ou se havia culpa. Bastava acompanhar os gritos dos mais exaltados – os agentes dos fariseus e sacerdotes plantados no meio do povo – e eram recompensados ali mesmo, de maneira que a competição por melhor desempenho fazia com que os participantes daquele triste quadro mais e mais demonstrassem sua violência e sua insanidade.

Por isso, de nada adiantou a tentativa de se evitar a morte.

– Senhor, os flagelos terminaram, mas a plebe está mais e mais irritada, pedindo a condenação à morte desse homem.

– E ele, nada diz, não reage, não se defende?

– Senhor, eu nunca vi um prisioneiro tão resignado como este. Sofre tudo calado e não demonstra a mínima irritação ou contrariedade. Falou-me em um momento de breve serenidade, que se desejasse, poderia pedir ao seu Pai e ele enviaria legiões de anjos que fulminariam a cidade e as criaturas. Todavia, deveria enfrentar o que estava deliberado para ele a fim de se cumprirem os desejos Daquele que o enviara.

272

Lá fora, o povo gritava, uivava, espumava irado, levantando suspeitas contra a integridade de Pilatos, dizendo-se partidário do próprio réu.

Alguém se lembrou de que naquele período de festas era costume oferecer-se à compaixão pública a liberdade de um preso, como demonstração da condescendência do governante.

Isso aliviou um pouco o peso sobre a consciência de Pilatos, eis que se recordara encontrar-se detido um perigoso e violento malfeitor, aterrorizador de muitos lares humildes com seus modos violentos, havendo abusado sexualmente de mulheres inocentes, roubado moradias e ferido pessoas de maneira dura e indiferente.

Barrabás era um dos mais procurados meliantes daquele período em Jerusalém, eis que suas maneiras grosseiras e sua força física tornavam-no uma ameaça constante à tranquilidade dos seus moradores.

Inúmeras vezes os sacerdotes haviam procurado por Pilatos a fim de solicitar-lhe o apoio para a prisão desse bandido, pedindo o seu empenho para que a paz no seio da família judaica de Jerusalém fosse restabelecida.

Assim, o governador sabia que a multidão teria muito receio de se ver novamente nas mãos desse criminoso e, não lhes restaria outra opção lógica senão a de escolher dar a liberdade a Jesus ao invés de libertar Barrabás.

E para sua estarrecedora surpresa, ao ser colocada ao povo a possibilidade de se libertar um dentre os prisioneiros, a unanimidade bulhenta passou a advogar a libertação do bandido e a condenação do Justo.

Isso era demais para Pilatos.

Havia como que um hipnotismo coletivo que embotava o raciocínio dos mais hábeis estrategistas, como se uma inexorável força conduzisse todas as coisas para aquele desfecho trágico. Em nenhum momento, os dois homens, governantes romanos, se lembraram do desejo de Tibério em receber maiores informações de Jesus a fim de entregar-se ao Mestre para ver sanadas suas dores.

Voltou-se para o interior e solicitou a opinião do senador que, fundamente impressionado, também se vira aturdido com a lógica da plebe ensandecida.

– Reconheço, governador, que tudo se tentou no sentido de evitar-se a morte do réu. Nossos códigos não se coadunam com conduta dessa natureza, que mata sumariamente, sem processos avaliatórios nem defesa que garanta o direito de ser julgado com imparcialidade.

Por mim mesmo, se me coubesse tomar alguma atitude na condição de governador deste aglomerado de bárbaros, me sentiria tentado a dispersá-los à pata de cavalo, conforme nossas técnicas romanas de lidar com o povo.

No entanto, não me assiste o direito de invadir a seara de decisões que cabe ao governo nomeado por Roma e que conhece os meandros de todas as questões aqui concentradas. Por isso, me abstenho de opinar, não sem antes reconhecer que, por sua parte, tudo se tentou para modificar o destino desse homem que me parece inocente de qualquer culpa.

A opinião de Públio lhe caíra como um gole de água fria na garganta seca e fumegante.

Naquele momento, as pressões de todos os lados só faziam com que sua personalidade e seu caráter frouxo acabassem por ceder aos golpes da insânia.

Por isso, a única dificuldade que sentia era a de explicar-se diante de Públio, já que ali não se estava garantindo ao réu nenhum de seus direitos mais singelos, o que poderia ser interpretado como fraqueza de comando.

Agora, reconhecido como tendo feito o que estava ao seu alcance em favor do condenado, ou acreditando que já havia feito o que podia por ele, à vista dos circundantes, adotou a postura pública de lavar as mãos, como se estivesse se livrando das responsabilidades e a atirando sobre as almas que gritavam estentóricas:

– Crucificai-o! Crucificai-o! Crucificai-o!

Estava selado o destino do Mestre, solitário, abandonado pelos homens que o seguiam, perseguido pelos outros que o temiam, abandonado pelo rei humano que poderia defendê-lo, ignorado pelos poderes políticos que poderiam garantir-lhe a defesa da vida e da integridade, mas que se vergavam aos interesses insanos que trovejavam naquilo que parecia o desejo da maioria.

Devolvido aos sacerdotes e fariseus que advogavam aquele desfecho, iniciou-se a trágica caminhada até o local onde se executaria a sentença.

✳✳✳

– Senhora, Senhora, Jesus está a caminho da crucificação! – exclamava aflita a jovem Ana aos ouvidos atônitos de Lívia que, assustada, se impressionava com a rápida execução, absolutamente sumária, daquele a quem tanto ela devia.

274

Atendendo ao apelo de sua serva e ao de seu próprio coração, apesar de não contar com a autorização do marido que se ausentara logo pela manhã, Lívia deliberou ir até o governador solicitar a sua proteção ao inocente que estava sendo levado para a morte.

Vestiu-se como uma simples mulher galileia para não comprometer o marido com a sua identificação ostensiva e dirigiu-se, apressada, até o palácio.

Chegando à porta, foi reconhecida por Sulpício, o lictor astucioso, que imaginava que a mulher mantinha um caso amoroso com o seu senhor.

Não o convenceu o pedido que Lívia lhe fazia para falar ao governador privadamente, a fim de solicitar a sua intercessão por Jesus.

– Que Jesus, que nada. Essa aí está mesmo é desejando cair nos braços do governador, valendo-se de uma boa desculpa para vir até aqui, isso sim – pensou o servidor fiel de Pilatos.

No entanto, sendo cúmplice de Pilatos em todas as suas escapadas e licenciosidades, ao mesmo tempo em que sabia do interesse deste por aquela mulher, com quem imaginava já possuir um envolvimento físico, Sulpício encaminhou Lívia aos aposentos íntimos do governador, nos quais ele se permitia a licenciosidade costumeira, longe das vistas dos outros, na discrição hipócrita com que muitos poderosos procuram manter as aparências externas para poderem continuar a viver suas devassidões íntimas.

O local era, do ponto de vista vibratório, repugnante ao espírito desprevenido, como o de Lívia.

Ela sabia das intenções de Pilatos a seu respeito, mas a premência do momento e a elevação dos motivos que se lhe apresentavam, justificava expor-se para pedir a complacência do lobo para com o cordeiro.

Informado por seu ajudante e cúmplice, Pilatos pede licença aos seus convidados e se afasta na direção daquele tugúrio de baixeza, a caminho da mulher tão desejada.

No entanto, quando da chegada de Lívia ao palácio, olhos venenosos igualmente identificaram o seu perfil de nobreza nas vestes simples de galileia.

Ao ser conduzida por Sulpício, Fúlvia, que lá estava, pôde divisar a figura da esposa de Públio naquele local que ela própria frequentava com assiduidade, o que a feriu profundamente nos ciúmes femininos, deliberando, assim, colocar o senador diante da prova do crime moral que ela houvera denunciado tempos atrás.

Tão logo Pilatos retirou-se para o colóquio privado, Fúlvia procurou Públio e revelou-lhe a presença de Lívia na alcova do governador, com a expressão indignada de quem se revolta pela prática da prevaricação na casa e com a presença da esposa de seu cunhado, sua própria irmã Cláudia.

Isso foi uma bomba na mente de Públio, já aquecida pelas decisões daqueles momentos anteriores.

Demonstrando sua descrença, Fúlvia se ofereceu para levá-lo até o local, no interior da vivenda luxuosa, o que não foi aceito por Públio, fiel cultor da tradição de discrição e de não invasão do lar alheio.

Então, Fúlvia puxou-lhe o braço e o conduziu à janela que permitia observar a saída dos referidos aposentos, de onde, afirmou ela, a esposa do senador sairia a qualquer momento.

Lá dentro, Lívia se via perigosamente envolvida pela astúcia sedutora do homem decidido a conquistá-la e não lhe foi suficiente expor-lhe o motivo de sua ida até ali. Jesus pedia amparo através de sua palavra sofrida e ansiosa.

Pilatos escutou-a embevecido por sua beleza, ainda mais realçada pelos trajes modestos de que se valia naquela hora.

Já não podia fazer mais nada por Jesus, conforme explicou a Lívia, mas ousadamente, revelou-se em seu ímpeto de homem, quase desequilibrado pelas vibrações do ambiente, tomando as mãos de Lívia entre as suas e pedindo-lhe que aceitasse o seu afeto apaixonado.

Repelindo a sua investida covarde e arrogante, Lívia buscou forças em seu mais vasto reservatório de fé e austeridade para chamá-lo à realidade de sua condição, como homem que devia respeito a ela por ser esposa de um enviado de Tibério, ao mesmo tempo em que deveria respeitá-la igualmente por dever de cavalheirismo de acordo com a tradição dos próprios romanos.

A recusa de Lívia era uma forte resistência e a sua condição de importância representava um outro forte argumento para que Pilatos levasse em conta na hora de perder todo o controle.

Refazendo-se de sua postura aviltante na presença daquela mulher que se opunha determinadamente à concretização de seus mais baixos instintos – o que não estava acostumado a encontrar no comportamento feminino que o rodeava – o governador procurou retomar o controle da situação, como quem é pego cometendo algum deslize e tenta arrumar uma desculpa para justificar-se.

Vendo-lhe a miséria moral e a fraqueza de caráter, Lívia deixou o ambiente entorpecedor daquela alcova e, aturdida pelo esforço que

276

fizera, buscara a saída dali, sem saber que o olhar do marido, do alto, fitava-a, admirado e condenador.

Aquela cena de sua mulher saindo dos escritórios privados do governador para onde fora sem a sua autorização e, ainda mais, vestindo-se de maneira a disfarçar a sua posição, como que a se ocultar para cometer melhor o deslize, produziu o efeito cáustico mais doloroso em sua alma que qualquer outra coisa houvera até ali realizado.

Fúlvia, exultante, se via vingada daquilo que considerava arrogância da oponente, que tentava subtrair-lhe o amante diante de suas próprias vistas.

Desconcertado e confuso, Públio retornou à sala principal, desculpou-se com os presentes e, alegando compromissos pessoais, retornou ao lar onde se isolou para as deliberações tristes daquela hora em que a imaturidade, o ciúme cego, a maledicência e a invigilância se haviam combinado para amargar os destinos daquelas pessoas.

Lívia chegara em casa antes do marido, enquanto Ana e Simeão, que a esperavam na rua, se dirigiram para o Gólgota para testemunhar os últimos lances daquela tragédia.

Escutara-lhe a entrada estrepitosa e o seu encerramento no gabinete de trabalho, onde permanecera por longas horas.

Por sua vez, buscara a janela de seu quarto de onde podia ver, ao longe, as cruzes contra o céu e as pessoas que se acercavam da área da crucificação. Erguera a prece emocionada, pedindo ao Pai por aquele que lhe modificara o destino para sempre.

Naquele dia, novamente, o destino modificaria seu curso e, sem entender o motivo verdadeiro, recebera do marido a condenação a uma vida de afastamento definitivo dentro do lar, perdendo a ascendência sobre a filha, que ficaria sob a tutela direta e exclusiva do pai, sendo aceita na casa quase que na mesma condição de simples serva.

A ira de Públio se manifestava na sentença cruel e, como a de Jesus, sem qualquer direito de defesa por parte daquela que, segundo os seus olhos maliciosos e ingênuos, efetivamente o tinha traído no que ele possuía de mais sagrado.

* * *

Por outro lado, Judas se vira traído em todos os seus desejos e anseios humanos.

Acreditando estar dando início a um processo de libertação política, seu ato infiel desejava produzir o começo do movimento libertário, através de um risco calculado que não levou em conta a astúcia dos judeus que o usaram para atingir seus objetivos.

Nunca desejara que aquilo acontecesse a Jesus, pelo que se deixara convencer de que o Mestre seria libertado pelo anseio popular de tê-lo à frente da revolução, forçando os próprios sacerdotes a garantir-lhe a vida.

No entanto, nada disso acontecera e, à vista de todos e dele próprio, tornara-se o vilão maior dessa história, onde se apresentaram os elementos mais vis, tão ao gosto da sanha popularesca.

Não conseguiu avistar-se com os sacerdotes com quem havia negociado a entrega de Jesus para reclamar que os mesmos não estavam cumprindo a sua parte no acerto que haviam combinado.

Quando o conseguiu, Jesus já estava sendo levado para a crucificação e, ironicamente, escutou que a culpa da pena capital deveria ser atribuída ao governo romano, eis que eles haviam tentado evitar que a morte ocorresse, conforme haviam combinado.

Mentira da mais grosseira, que Judas sabia estar sendo dita como se fosse a mais absoluta realidade.

Tomado de vergonha e vendo-se culpado pelos seus atos nocivos que, na sua visão, haviam frustrado todo o desejo de liberdade que a figura de Jesus representava, o apóstolo, caído moralmente, atirou as moedas no templo, como se estivesse devolvendo a parte que lhe cabia naquele trato e acusando os saduceus e fariseus de terem traído os anseios da raça e a própria palavra e, depois, acreditando ser essa a única e pior punição para a sua vergonha pessoal, pendurou-se numa árvore, tirando a própria vida.

✳ ✳ ✳

Ao pé da cruz, amontoam-se os curiosos, ao lado de piedosas mulheres, crianças e velhos que presenciam a agonia de Jesus.

A maioria de seus seguidores se ausenta nestas horas tristes, amedrontados com os fatos e temendo a reação das pessoas que confiavam neles, por causa da traição de Judas.

Tendo partido de um dos integrantes mais chegados do colégio apostolar, os outros discípulos temiam que o ódio do público se voltasse contra os demais como forma de vingarem neles o ultraje recebido pelo Mestre.

Isso mantinha a maioria dos que eram vistos ao lado de Jesus à distância de seu testemunho doloroso.

Josué e Zacarias, bem como alguns outros homens que estavam circundando Jesus nos últimos tempos, não tinham a popularidade dos doze apóstolos e, por isso, se mesclavam na multidão sem o problema de serem eventualmente reconhecidos como seguidores do Messias.

278

Assim, Zacarias pôde acompanhar ao lado do amigo os momentos mais dolorosos de sua vida, testemunhando a resignação e a coragem de que se revestia o Mestre na hora do testemunho final.

A turba amotinada se tinha afastado, em busca de mais moedas que lhe haviam sido prometidas pelos sacerdotes para depois de consumada a crucificação.

Ficaram apenas os sinceros devotos, os seguidores humildes, os que se haviam beneficiado de sua bondade e eram gratos.

Os curiosos também se mantinham a postos, deixando-se tocar por aquele exemplo de altivez silenciosa e frágil que, em momento algum blasfemava como era tão comum ocorrer nas horas de dificuldade.

Zacarias se conectava magneticamente com Jesus e, diante dos fatos daquelas horas que haviam antecipado aquele trágico desfecho, entendera o que o Mestre houvera querido dizer quando lhe pediu acudisse o governador, não importava o que ele viesse a realizar.

Na visão dos seguidores de Jesus, o governador fora o responsável pela condenação, já que nada fizera para defender a sua inocência e, além disso, os sacerdotes trataram de espalhar a sua responsabilidade na condenação do Mestre.

A figura de Pilatos passou a ser vista com desprezo por todos os que eram adeptos da Boa Nova, a quem culpavam tanto quanto às autoridades do templo pelo massacre do Enviado de Deus.

Esse era o ambiente que predominava nos espíritos da gente simples e desvalida que, agora, se vira privada da única porta efetiva de esperança que lhe estava aberta.

Zacarias sentia a palavra de Jesus a vibrar-lhe em seu interior mesmo quando o Mestre agonizava na cruz.

Bastava se deixar levar pela indignação dirigida a Pilatos que uma voz secreta e íntima lhe repetia as palavras daquele encontro solitário:

– Não abandoneis o nosso irmão Pilatos...

O coração apertado de Zacarias lutava agora contra o rancor por aquele homem mesquinho e covarde, que nada fizera além de lavar, simbolicamente, as mãos absolvendo-se daquela culpa.

No entanto, Zacarias havia prometido a Jesus e não poderia deixar de cumprir a promessa.

Precisava fazer alguma coisa para que os fatos lhe garantissem oportunidade de manter-se em Jerusalém e seguir Pilatos por onde ele caminhasse.

Assim, tão logo Jesus foi considerado morto, sepultado e

guardadas as orações costumeiras, já em pleno domingo, Zacarias, acompanhado por Cléofas – que se tornara quase que um servo seu, pela gratidão e respeito com que o considerava depois de tudo o de que fora perdoado pelo velho discípulo – tomou o rumo de Emaús, a cidade na qual o sapateiro ainda possuía alguns bens, incluindo a casa que ficara fechada, e trataria de vender tudo para arrumar recursos a fim de cumprir o prometido a Jesus, já que, agora, com o falecimento do foco luminoso que os mantinha unidos, nenhum dos apóstolos sabia o que seria do movimento iniciado por Jesus.

Era verdade que o mestre havia prometido que voltaria da morte no terceiro dia, mas naquele momento, as dúvidas eram muito maiores do que as crenças na sua promessa efetiva.

Por isso, antes que a tarde do domingo chegasse, eis que encontramos os dois amigos seguindo para a localidade de Emaús, não muito distante de Jerusalém, na qual providenciariam o necessário para o cumprimento da tarefa prometida por Zacarias.

A caminhada era triste e os corações estavam abatidos pelo que haviam presenciado há pouco tempo em Jerusalém. Algumas expressões de lamento, monossílabos de angústia, lágrimas silenciosas, passos pesados marcavam a jornada até que um viajante desconhecido se lhes interpõe na caminhada e segue com eles, procurando conversar quando os dois desejavam o silêncio.

– O que é o que os preocupa e que vocês estão tratando de conversar durante a caminhada? – perguntou o peregrino que se ajuntava a eles, vindo também de Jerusalém.

Surpreendidos com tal indagação, interromperam ambos a jornada para se voltarem ao companheiro recém-chegado, perguntando-lhe, admirados:

– Pois que vens de Jerusalém, como nós, e és o único que ignoras o que lá se passou nestes dias?

– Mas o que se passou? – voltou a perguntar o andarilho.

– Ora, meu irmão, a prisão de Jesus, a sua crucificação, por culpa de nossas autoridades com a conivência do governador romano. E nós esperávamos que ele fosse aquele redentor de Israel, o prometido libertador de nosso povo. Mas agora, está morto e tudo está acabado. Ele prometeu que voltaria ao terceiro dia, mas não há nos nossos corações o menor espaço para qualquer esperança – falou Cléofas ao viajante.

Acompanhando-lhes o passo, agora cadenciados pela conversação com aquele estrangeiro, dele escutaram todas as menções das escrituras à ocorrência que vinham de testemunhar em Jerusalém, mostrando que o enviado teria de enfrentar todas estas coisas para demonstrar aos homens a sua grandeza e a sua capacidade de superar todos os obstáculos mais cruéis que existissem.

A conversação se tornara bela com os inúmeros exemplos que faziam com que Zacarias e Cléofas se indagassem de onde havia saído aquele homem tão esperto em coisas divinas, pois nunca o haviam visto acompanhando Jesus pelos caminhos.

Chegados à cidade de Emaús, convidaram o homem a permanecer com eles, abrigados na modesta casinha de Zacarias, que abria suas portas pela primeira vez depois de muitos meses.

Providenciou-se pequeno repasto, improvisando-se a ceia com a provisão pobre que os dois amigos haviam guardado para o alimento durante a caminhada.

Diante de seus olhos que pareciam despertar para uma realidade inexplicável, ambos viram o viajante tomar o pão pobre e dividi-lo dando um pedaço para cada um deles e, ato contínuo, os dois seguidores identificaram que ali estava o próprio Mestre.

E tão logo se deram conta de que aquele que lhes falara durante a viagem não era outro a não ser o próprio Celeste Amigo, eis que a visão do mesmo se desvanece e ambos se veem sozinhos na pequena sala de refeições, assustados e confundidos.

– Você não sentiu que nossos corações se ardiam e inflamavam diante das argumentações desse misterioso acompanhante? – perguntou Zacarias eufórico.

– Sim, Zacarias, eu também me admirei de seus modos e de suas lições, que me fizeram pensar tratar-se de algum sábio que nós não conhecêssemos.

– Mas era Jesus, Cléofas. E nós não o conhecemos a não ser agora.

– Que mistério e que maravilha termos estado com aquele que há poucos dias fora trucidado por nossa ignorância. Ele havia mesmo prometido voltar no terceiro dia. E é hoje.

E empolgados com o cumprimento da promessa de Jesus e com a sua sobrevivência, da exata maneira como ele próprio havia prometido, fizeram a viagem de volta a Jerusalém para que pudessem relatar aos outros irmãos os fatos ocorridos com eles.

Lá seriam surpreendidos também por relatos similares e pela devolução da esperança aos seus corações.

Tragédias que se ampliam

Pouco tempo depois da crucificação, Públio, abatido e desiludido com o rumo que sua vida tomara naquelas paragens e se sentindo traído nos seus mais sagrados sentimentos, regressou com sua família para a cidade de Cafarnaum, desejando afastar-se daquela Jerusalém que lhe pesava na alma como se ela fosse o centro de víboras malditas a envenenar-lhe o destino.

Tão logo regressara à cidade à beira do lago, tratou de escrever ao amigo Flamínio, em Roma, relatando-lhe todos os fatos ocorridos na região naqueles dias, solicitando que os fizesse chegar até o conhecimento de Tibério e, porque também sentisse a aversão natural pela maledicência de Fúlvia, que lhe produzira a mais triste ruptura de sua vida, entre outros motivos, solicitou ao amigo os préstimos para remover seu tio Sálvio juntamente com sua mulher para Roma, a fim de livrar-se de sua presença nefasta para a sua paz íntima.

Do mesmo modo, indignado com a figura que Pilatos representara no drama do Calvário, piorada pela condição de conquistador inescrupuloso, segundo supunha o senador, acreditando na traição da esposa, ampliada pelas inúmeras ocorrências irregulares nos processos administrativos de que já havia se inteirado, prometeu ao amigo que iria aprofundar-se na pesquisa dos tais desmandos a fim de informar com maior riqueza de detalhes ao próprio Senado e ao imperador para que as medidas cabíveis pudessem ser adotadas para coibir tal prática, indigna de todos os códigos legais civilizados.

Lívia e Ana se apegavam mais ainda, uma à outra, pois à senhora nenhuma outra companhia restara.

No mês seguinte ao seu regresso a Cafarnaum, o senador convocou a esposa para um colóquio privado, informando-lhe que se ausentaria em viagem pela província a fim de dar cumprimento ao processo de averiguação dos desmandos de Pilatos e que esperava dela a conduta correta, apesar dos erros anteriormente cometidos, notadamente a proteção à filha Flávia que, temporariamente deixava sob seus cuidados.

Em uma semana partiria e ficaria ausente por um período longo, durante o qual, além de aliviar as preocupações dando ocupação à mente, também aproveitaria para procurar o filho em outras regiões, ao mesmo tempo em que catalogaria os equívocos de Pilatos na administração pública.

Nenhuma palavra permitiu que Lívia pronunciasse, fosse de aceitação ou de justificativa ante suas acusações diretas e sua postura de superioridade e invulnerabilidade.

Fechado em sua carapaça protetora, Públio se afastara totalmente da mulher, a quem só era capaz de manter ao seu lado em face de sua condição de mãe de seus filhos, rompidos todos os outros laços mais íntimos que os uniram no passado.

A partida de Públio fora comunicada a Herodes, que ordenara a sua recepção em Tiberíades, na margem do grande lago, com todas as pompas e cerimônias oficiais.

Tratando de se instalar na localidade, depois de receber as homenagens formais do rei da Galileia, fez conhecer ao povo da região que, como legado do Imperador, ali estava pronto para ouvir as necessidades dos súditos do Império, ainda que estivessem na condição de província autônoma, com governo próprio.

Conhecendo melhor as necessidades do povo, Roma poderia auxiliar mais a administração local na solução de seus problemas.

Esta alegação fora adotada por Públio, que não desejava levantar contra si as suspeitas e a ira de Pilatos, o que fatalmente abriria uma guerra perigosa para a própria estabilidade política da província.

No entanto, com essa possibilidade de ouvir as pessoas, estaria próximo dos fatos, conversando com os interessados e escutando-lhes, sigilosamente, as queixas sobre os problemas mais graves que ali pudessem existir.

A tática de Públio fora a de colocar-se como romano amigo e interessado pelos problemas dos judeus mais simples, ao mesmo tempo em que, dessa maneira, recolhia informações preciosas da alma do povo sobre o governante romano que os dirigia já há sete anos.

Ocorre que, neste período, Sulpício Tarquinius se encontrava em missão ordenada por Pilatos junto à corte do rei Herodes, pois, desde a crucificação de Jesus, pouco tempo antes, os dois se reaproximaram e passaram a ter relações cordiais, vencendo os conflitos de autoridade que os haviam antagonizado.

A postura de Pilatos, que lhe enviara o prisioneiro para sua apreciação, foi interpretada por Herodes como um sinal de respeito à sua figura real, o que muito o sensibilizou como sensibilizaria qualquer pessoa que estivesse à cata de lisonjas baratas para se sentir reconhecido.

Por isso, apesar de ter tratado Jesus com desdém, Herodes acreditou ver no gesto de Pilatos a consideração à sua autoridade, o que lhe arrefeceu o ânimo de conflitar com o governador e lhe produziu no espírito o desejo de tornar boas as relações abaladas.

Assim, depois de alguns dias da crucificação, Herodes lhe enviou presentes caros como eram apreciados pelo procurador da Judeia, enaltecendo-lhe a figura de líder romano na província e dando-lhe congratulações pelo desfecho daquele processo, na realidade, criminosa arbitrariedade.

Desse modo, retribuindo o presente, Pilatos, passadas algumas semanas, enviou Sulpício até Herodes, em Tiberíades, portando a retribuição dos mimos, agora mandados pelo governador em nome de Tibério.

E, no cumprimento dessa missão se encontrava o lictor na mesma localidade, quando da chegada do senador, oportunidade em que se inteirou de sua viagem pela Galileia e de que se encontrava sozinho nessa jornada.

Assim, em Cafarnaum ficara-lhe a esposa e a casa ao abandono, o que seria de muita importância para os planos de Pilatos e para os seus desejos pessoais, já que ele, Sulpício, nutria sentimentos pecaminosos e indignos, que acreditava serem amorosos, pela serva Ana, a amiga íntima de Lívia.

Tratando de voltar urgentemente a Jerusalém, Sulpício solicitou a entrevista com seu superior e lhe relatou sobre a viagem de Públio.

Imediatamente, a preocupação do governador se apresentou.

O que o senador desejava fazer com essa caravana pela província? Na verdade, poderia estar buscando informações sobre seus desmandos administrativos?

A consciência culpada nunca descansa e, por mais que ele tivesse o poder, era escravo de seus erros como acontece com todos os homens na Terra.

Todavia, logo deixou de lado a preocupação para dar espaço à malícia de seus costumes, perguntando da mulher ao lictor.

Sulpício, que sabia dos desejos de Pilatos e era aquele alcoviteiro eficiente, logo lhe informou que Lívia ficara sozinha em Cafarnaum.

284

E aproveitando a conversa favorável, sugeriu ao governador que aproveitasse a maré generosa da sorte e visitasse Cafarnaum no período da ausência do senador, ideia essa que muito agradou a Pilatos que, imediatamente deu ordens ao subordinado para que se dirigisse à cidade e avisasse as autoridades locais que, em breve, o governador estaria na região em visita para a qual já havia sido convidado anteriormente.

Da mesma maneira, Sulpício deveria visitar Lívia e comunicar-lhe a data da chegada de Pilatos à região para que a mesma, com a ausência do marido, pudesse se sentir tentada em aceitar-lhe a companhia e a amizade e, quem sabe, encontrar-se pessoalmente com ele, ainda que fosse em Cafarnaum.

Tal foi feito como ordenado, tendo Sulpício confessado a Pilatos o desejo de conquistar a escrava Ana para o rol de suas mais preciosas aquisições afetivas.

Assim, o plano dos dois homens era coincidente e vil, e foi posto em prática imediatamente depois de Sulpício ter arrumado todos os detalhes de sua execução, ainda em Jerusalém.

Enquanto as autoridades da pequena cidade se puseram em festa, Lívia recebeu a notícia da chegada do governador dos lábios de Sulpício e, de maneira digna, mas muito enérgica, afirmou-lhe que, na ausência do marido ninguém seria admitido na sua residência.

Desapontado com a conduta da mulher que julgava prevaricadora, da mesma forma que repudiado por Ana, a serva a quem se revelara na sua maneira grosseira de ser, Sulpício deixou a moradia que era guarnecida por soldados a serviço de Públio, em busca de organizar a chegada do governador.

Sabendo-se presas de uma armadilha do destino, Ana e Lívia deliberaram deixar a casa e partir para um refúgio mais seguro junto ao tio Simeão, na Samaria mais distante, o que fizeram rapidamente, comunicando ao administrador da vivenda o seu destino, sem especificar maiores detalhes, apenas para o caso do retorno de Públio à casa da família.

Feita a viagem e instaladas na casinha pobre do velho tio, as mulheres se sentiram abrigadas temporariamente da sanha persecutória desses homens sem escrúpulos.

Quando Pilatos chegou a Cafarnaum, tanto ele quanto Sulpício ficaram sabendo da ausência de Lívia, de sua filha Flávia e de Ana. Valendo-se de sua intimidade com os soldados da guarda, inteirou-se o lictor que tinham ido em direção à Samaria, onde residia o tio da escrava.

Vendo que a sua presa era por demais resistente, Pilatos deu-se por satisfeito com tal fuga, mas, envolvido pelo desejo do servo fiel, atendeu sua solicitação e autorizou Sulpício que viajasse com uma pequena guarnição até a Samaria, a fim de informar-se do paradeiro da família perseguida.

E dessa diligência, atendendo ao imperativo do destino que sabe dar a cada um o mesmo padrão daquilo que cada um oferece por si próprio, as mãos assassinas de Sulpício acabaram por assassinar o velho Simeão, que havia ocultado as mulheres indefesas, matando-o a golpes de chicote, atado a uma grande cruz de madeira, que era o local de culto em homenagem a Jesus, que havia partido há tão pouco tempo. No entanto, tresloucado e irado pela recusa do velhinho valoroso em entregar as suas cobiçadas presas, enquanto castigava sem pena o corpo morto do ancião, sob o peso de suas carnes abandonadas, a cruz vergou e, num átimo, atingiu a cabeça do lictor, que teve morte imediata na frente do povo assustado com a cena de barbárie e dos demais soldados que lhe compunham o séquito.

A notícia da morte de seu mais fiel colaborador em circunstâncias tão misteriosas quanto surpreendentes, fez crescer a ira de Pilatos contra a família Lentulus, na qual passara a vislumbrar a maior ameaça que já houvera enfrentado em todos os anos de governo da Judeia.

De um lado, Públio, que buscava vasculhar as localidades à cata de informações.

De outro, Lívia e sua serva que, como pensam todos os homens fracos de caráter e loucos na sua insanidade, eram consideradas as responsáveis pela morte de Sulpício.

Indignado com tal golpe do destino que lhe tirava o maior aliado de suas baixezas, Pilatos ordenou uma larga perseguição aos habitantes da Samaria, propiciando que muitos pagassem pela morte de seu fiel subordinado, dando ordens para que seus soldados intimidassem os habitantes de toda aquela região, como forma de mostrar-lhes que não se mata um romano impunemente.

Muitos assassinatos foram realizados, ocasião em que os mais violentos soldados procuravam se aproveitar para tirarem de seu caminho eventuais adversários de suas ambições e desejos. Maridos de esposas cobiçadas eram considerados suspeitos e levados à morte, pessoas que se opunham a negócios materiais eram chantageadas e forçadas a suportar prejuízos e espoliações a fim de preservarem a própria vida.

Isso só fazia aumentar a ira do povo contra o governo provincial, fatos estes que, mais cedo ou mais tarde, chegavam aos ouvidos de Públio que, não muito tempo depois, regressava à sua moradia, onde seria notificado por Lívia de todos os fatos, carregando em sua bagagem todos os detalhes mais funestos da maneira como Pilatos e seus funcionários procediam no trato com os direitos do povo, fossem romanos ou judeus.

Ao mesmo tempo, as semanas se passaram e como se espalhara

286

a notícia de que Públio estava ouvindo as queixas do povo, inúmeras caravanas de samaritanos vitimados por Pilatos e por seus mandatários cruéis relatavam ao senador todos os crimes suportados pelos humildes moradores do vale do Siquém, região onde se concentrava a perseguição e a crueldade.

Para melhor controlar todos os feitos persecutórios, o próprio Pilatos transferira-se de Nazaré para seu palácio na Samaria, o que o tornava cúmplice de todos os crimes ali cometidos, já que não possuiria, sequer, a justificativa do desconhecimento dos fatos cruéis.

Sua presença na região, como que incentivava para que a monstruosidade mais se ampliasse, como forma de punir aquele povo da região pela perda de seu mais fiel comparsa.

Tudo isso indignara o espírito romano de Públio, acostumado ao respeito aos processos e desejoso de restabelecer a verdade.

Desse modo, passou a despachar os inúmeros processos a que dera início, reunindo depoimentos, provas de todos os tipos, pareceres pessoais e, num volumoso processo, remeteu a Roma, aos cuidados de seu amigo Flamínio, para que o Senado e o imperador soubessem de todos os fatos, conforme lhe haviam dado poderes para assim o fazer.

A reação de Pilatos ao assassinato de Sulpício, dado o seu extremo grau de violência, inadequada até mesmo para servir de desestímulo aos judeus mais violentos, já era reflexo de seu desequilíbrio e perturbação, decorrência dos inúmeros problemas de consciência que lhe atormentavam o espírito, depois do que ocorrera sob a sua responsabilidade, na páscoa daquele ano de 33.

Não lhe saíam da cabeça os lances da condenação de Jesus.

Seu olhar abatido e sereno, seu corpo fragilizado por horas sem repouso e sem alimento, nem mesmo um pouco de água, sua postura nobre e corajosa, abandonado por todos os seus amigos, firme em suas disposições de não solicitar clemência dos homens e se submeter à vontade do Pai em quem confiava com absoluta convicção, tudo isto era muito marcante para ficar esquecido.

Além do mais, sua conduta fraca como governador, sem coragem à frente das pressões dos judeus mais exaltados, dos fariseus e sacerdotes, fizeram com que ele transferisse para eles a culpa pelas próprias fraquezas administrativas, votando, a partir daí, maior ódio pelos judeus, a quem considerava mais víboras maldosas do que a mais venenosa das cobras.

Por essa propensão de espírito, Pilatos não regateou no momento de vingar a morte de Sulpício, permitindo que inúmeros inocentes recebessem o castigo máximo como maneira de sentir-se punindo aquele povo que o fizera passar pela dura experiência do julgamento de Jesus.

Não lhe valiam como atenuantes de consciência as tentativas de atenuar a pena, de oferecer outro condenado para ser punido como forma de justificar-se.

Dentro de sua consciência, as palavras "covarde, medroso, inútil, fraco", surgiam constantemente, fossem em pensamentos, fossem em sonhos que o perseguiam sem pena.

A todos os momentos, estava envolvido por uma melancolia e por um rancor, que não sabia dizer se era contra si ou contra o mundo judeu que o cercava.

A perda de seu fiel cúmplice transtornara-o ainda mais, já que Sulpício era a ponte negra que ligava sua luminosa condição de governante ao abismo de seus vícios e aos delitos sórdidos que se realizavam para a satisfação de seus prazeres.

Perdera o seu intermediário. Difícil seria conquistar outro que, com tanta discrição e eficiência assim se posicionasse sem riscos para a sua integridade pessoal e política.

Pilatos se desencantara com a vida à sua volta. Passara a ser simples autômato que se deixava levar pelos deveres públicos, sem nenhuma inspiração em elevados padrões de princípios e virtudes.

Chafurdara longo tempo na lama dos sentimentos mais vis e, por isso, não lhe restava qualquer recurso para elevar-se por si mesmo, quando a adversidade começava a buscá-lo para cobrar a conta da semeadura espinhosa que houvera feito.

Não apenas por ter colaborado com a morte do Justo, como podem pensar muitos dos leitores.

Esta foi uma das posturas equivocadas do governador. No entanto, fosse porque estivesse na presença de outras autoridades a quem deveria mostrar seu caráter de prudente administrador, fosse porque tivesse tentado, com inúmeras e cruéis deliberações, poupar a vida do réu inocente, o delito em si não fora o mais grave de sua vida.

Certamente era o que mais lhe pesava na consciência porque envolvia a figura do Cristo de Deus, o Celeste Amigo.

No entanto, muitos outros desmandos se erguiam como advogados tenebrosos na causa de infelicidade. Viúvas que o amaldiçoavam, mulheres abusadas que o envolviam em vibrações de ódio mortal, famílias desprovidas de esperança por suas deliberações iníquas, todos estes atos com a sua participação pessoal, ainda que desconhecida do grande público em face da ação de Sulpício, que servia de anteparo à sua reputação de governante romano, eram a sua herança.

Todos estes foram atos de semeadura amarga que pesavam em sua jornada humana, entre os quais, a ação persecutória contra Lívia, que acabou por produzir todo o drama em sua vida, condenando a inocente mulher ao mesmo martírio de um julgamento sem defesa, à perda de sua dignidade feminina, ao isolamento de seus mais caros afetos, tudo como acontecera ao próprio Cristo.

Pilatos não se valera da companhia elevada de sua mulher, Cláudia, aquela que a Providência Divina lhe houvera concedido para ser o leme seguro ao seu barco desgovernado.

Preferiu vitimá-la também com sua conduta desonesta, retribuindo-lhe a fidelidade com a traição com sua própria irmã, a perigosa Fúlvia.

Todo este arranjo de forças malignas, desencadeado por sua escolha inadequada e seus atos arbitrários, seus envolvimentos indignos e seus interesses espúrios, produziram o ambiente nocivo no qual Pilatos passara a ser vitimado por seus padrões de consciência e pelo grande número de espíritos perseguidores que o buscavam.

Sem recursos de defesa caracterizados pela elevação de pensamento e pela nobreza de atitudes, Pilatos se deixou levar pelas inspirações das forças que já o vinham assediando, projetando-se no abismo da inconsciência e da crueldade como forma de punir aquele povo miserável que o colocara na condição de governante dos maus, como se ele não fosse um deles.

Não suportava a companhia dos judeus e, sempre que podia, tudo fazia para maltratá-los, sem se preocupar se estava sendo justo ou não.

A sua situação se tornava muito complicada e facilmente se podiam constatar os seus atos de revolta tão pouco aconselháveis nos que têm pessoas sob o seu comando.

Assim, à medida que Pilatos se ia complicando, Zacarias tomava mais e mais consciência da gravidade de sua tarefa, não vislumbrando como realizá-la diante do poderio do governador e de sua absoluta aversão a qualquer contato com judeus de todas as espécies.

Depois da primeira viagem a Emaús, quando na companhia de Cléofas puderam vislumbrar a figura do Mestre, havia retornado para o seio apostólico onde, efetivamente, escutara mais e mais notícias sobre aparições até que, finalmente, à vista de todos, Jesus se apresentara e permaneceu ensinando por longos dias.

Depois que terminou a sua tarefa de preparar os discípulos para as lutas que os esperavam daí para a frente, o Mestre os deixou, subindo aos céus, numa tarde gloriosa de suas vidas.

A partir daí, cada qual delibera dar uma direção aos seus projetos pessoais, sempre ligados à difusão da mensagem evangélica.

Pedro inicia o trabalho de atendimento aos miseráveis em Jerusalém, o que já se fazia também em outras localidades como

Cafarnaum e Nazaré, onde antigos seguidores se transformavam em propagadores dos efeitos da Boa Nova.

Em Nazaré, especialmente, lá permaneciam Judite e Caleb, ampliando as instalações para receber mais e mais sofredores.

Velhos ébrios ali encontravam comida, ex-prostitutas do antigo tugúrio que acolhera Judite para os apetites dos sentidos, agora eram por ela acolhidas para o reerguimento da alma, nos apetites das coisas divinas.

Zacarias, Josué e Cléofas juntos passaram a dar seguimento aos projetos de serviço.

O primeiro retornou a Emaús para vender, agora sim, a vivenda e os bens que possuía, pois sentia que precisaria de recursos para poder atender à promessa que fizera a Jesus.

Josué manteve-se fixado em Jerusalém, ajudando Pedro no seu esforço de amparar as misérias humanas em nome de Jesus.

Saul voltou para Nazaré a fim de se reunir por um tempo ao esforço de Caleb e Judite, ampliando as mãos e a força do ideal do bem naquela localidade tão importante para a vida apostólica, por ter representado a cidade onde se fixara, inicialmente, a moradia de Jesus e seus familiares.

Desse modo, vamos encontrar nossas personagens na luta do dia a dia, tratando das feridas abertas no seio do povo – como o faziam os discípulos – buscando o recurso enérgico do médico cirurgião a fim de extirpar o tumor – como o fazia Públio em relação ao governo local – e produzindo mais e mais ferimentos em seu desatino irracional – como o fazia Pilatos.

Algum tempo depois, o pretor Sálvio e sua família foram convocados a regressar a Roma, atendendo aos pedidos do senador, o que produziu alívio em seu coração, atormentado por não mais desejar encontrar-lhes a presença em nenhum lugar do mundo dos vivos.

Remetidos os processos a Roma, como já se falou, a tramitação de todos os documentos consumiu quase dois anos, durante os quais, os nossos personagens se preocuparam com as suas rotinas, dentro dos procedimentos que haviam escolhido para viver suas vidas.

Públio, com seus processos e com a educação de sua filha, já que não tivera notícias do filho desaparecido.

Zacarias e os seguidores de Jesus, tentando manter a tradição apostólica através dos exemplos de amor ao próximo.

Lívia e Ana, entretidas com as coisas da família, apegadas à fé em Jesus e às orações e à ajuda que prestavam aos mais sofridos que procuravam o cofre dos Lentulus para encontrarem a migalha da caridade mais pura.

TIBÉRIO CONTRA PILATOS

Enquanto tais fatos envolviam as nossas personagens nas lutas diárias, voltemos um pouco para apreciarmos o cenário na sede do Império Romano, onde as intrigas e as tramas do poder se misturavam com os interesses pessoais.

Como já vimos anteriormente, o imperador Tibério se vira cercado por criaturas sempre prontas a colocarem seus interesses pessoais acima dos interesses públicos e, com raras exceções, não havia em Roma quem quer que fosse digno de sua confiança.

Com a sua retirada para a ilha de Capri, paraíso e refúgio de onde o imperador mantinha o governo do Império através de correspondências e despachos, tentando governar juntamente com o Senado que, acostumado à onipotência de seu antecessor, Augusto, transformara-se apenas em um conjunto de fantoches a aceitarem como sua a opinião de César, Tibério buscava a proteção e a paz com a qual esperava deliberar corretamente sobre as questões políticas.

Todavia, seu homem de confiança, Sejano, fora igualmente corrompido pelo exercício do poder, já que era através dele que Tibério se mantinha informado e a ele, que permanecera em Roma como seu representante junto ao Senado e à direção dos negócios, delegava atribuições que significavam grande parcela de mando.

Com o isolamento, todas as notícias que chegavam ao imperador por via de Sejano eram filtradas pela sua maneira de manipular a vontade de César que, confiando cegamente nele, acreditava em sua fidelidade. E se ela realmente existira no início e por algum tempo se manteve, com o envelhecimento de Tibério e o amadurecimento político de seu ministro, tal relacionamento passou a ser adulterado pelo desejo que Sejano possuía de elevar-se acima de um simples representante do imperador.

Todavia, alertado por uma de suas mais fiéis súditas acerca do comportamento inadequado do seu homem de confiança, Tibério conseguiu, através de um estratagema por ele montado com o apoio de um de seus criados de confiança, desmascarar a conduta de seu ministro que, no ano de 31 havia caído, por isso, em desgraça.

Atendendo à carta de Tibério, lida em uma cerimônia do Senado para a qual Sejano fora convidado e na qual acreditava que receberia a mais alta e ambicionada honraria, o poder tribunício que tanto desejava, o Senado se voltou contra o arrogante e presunçoso tão logo a missiva de Tibério apontou-lhe críticas e deslizes de conduta, transformando aquela reunião em um verdadeiro e sumário julgamento.

Afinal, Sejano tinha-se tornado um cruel e inescrupuloso governante, acreditando que poderia manipular o desejo e a vontade do imperador por meio de meias verdades e muitas inteiras mentiras.

Fora preso no mesmo local e, ao final da tarde havia sido estrangulado na prisão por ordem dos senadores.

E o mais interessante na observação das reações dos homens, notadamente os que envergam algum tipo de poder, fora o fato de que, enquanto detinha as graças do imperador, Sejano era cortejado pela maioria dos senadores, que o bajulavam à cata de favores, sendo que muitos deles tinham sido aquinhoados em suas solicitações.

Bastou-lhe cair na desgraça de Tibério e a maioria destes homens voltou-lhe as costas e passou a desferir-lhe impropérios e acusações, a maioria delas verdadeiras.

A execução daquele homem levou o povo ao delírio.

Enquanto Tibério havia solicitado a sua prisão e a abertura de processo legítimo contra ele, o Senado adotou as drásticas medidas arbitrárias, próprias dos arrogantes administradores. Não obstante essa ilicitude, a morte não se limitou apenas a Sejano. Seus auxiliares mais próximos, os que cumpriam suas ordens e os que o representavam, igualmente foram caçados e mortos.

A sua família, aí incluindo seus filhos, também foram assassinados, e com requintes de maldade.

A jovem filha de 13 anos, que fora condenada à morte pelo único crime de ter sido gerada por seu infeliz genitor em desgraça, espelhou a crueldade de tais representantes políticos.

O Senado deliberara por sua execução. Todavia, havia uma lei em Roma que dizia ser proibido executar uma virgem, pois daí poderia advir uma tragédia para a cidade, nos costumes e superstições correntes na época.

Assim, com essa argumentação legal, os senadores deliberaram que, primeiro, o carrasco deveria estuprar a jovem, livrando-a da incômoda condição que a protegia a fim de que, depois, pudesse ser morta sem atrair maiores desgraças para Roma. Esse cruel comportamento, por si só, ainda não era desgraça suficiente.

Este cenário turbulento dá bem a demonstração de que o ambiente em que mergulhara a capital do Império não inspirava confiança alguma ao imperador.

A sua saúde, combalida por tantos anos à frente da máquina de guerra e depois da máquina estatal, pedia amparo e, por isso, a carta que o senador Públio Lentulus lhe enviara, no ano de 32, em cumprimento à secreta tarefa de que o havia incumbido quando de sua partida para a Palestina, encheu-o de salutares expectativas.

O senador confirmara a existência daquele taumaturgo desconhecido, cujo poder corria de boca em boca e já havia atingido a capital e os ouvidos do imperador.

O relato de seu enviado procurava ser o mais exato e autêntico para que César pudesse avaliar por si mesmo o que seu emissário havia apurado. Desde a descrição física até a menção aos seus atributos essenciais, relatados de maneira equilibrada, sem entusiasmos juvenis e sem ceticismos vetustos, produzira em Tibério a sensação de que ali estaria, talvez, a solução para suas dores físicas e morais.

Naturalmente, a correspondência levava muito tempo para chegar até o seu destino, mas, ainda assim, Tibério tinha em mente a possibilidade de trazer até Roma esse homem tão especial.

Não tardou muito para que outra correspondência, desta vez do próprio Pilatos, também lhe fosse entregue no expediente regular que se lhe submetia para o conhecimento dos fatos em todo o Império.

Depois que o governador se avistara com os quatro seguidores da Boa Nova em Nazaré, quando Zacarias lhe falara da mensagem que Jesus revelava aos mais sofridos do mundo, seguiu-se uma noite sem sono, impressionado que ficara com o teor do assunto que se lhe havia submetido, na fala simples e profunda daqueles homens.

Recolhido ao seu gabinete de trabalho, Pilatos escrevera ao imperador falando sobre a doutrina, sobre os milagres que ali vinham ocorrendo como efeitos do poder daquele Enviado dos Deuses, conforme o governador entendia e interpretava na sua fé pagã tradicional.

Não se limitou a descrever. Emitiu seu juízo pessoal e, na tentativa de gerar a ideia de que se preocupava com o bem-estar de Tibério, veladamente sugeriu-lhe a possibilidade de valer-se de tais poderes curadores a fim de submeter-se a tratamento que aliviasse seus problemas físicos, decorrentes do natural desgaste orgânico que advira do pesado fardo que o imperador tinha sobre os ombros.

A carta de Pilatos, conquanto proveniente de um homem em quem Tibério não confiava e que sabia ser devasso e de limitados princípios morais, viera reforçar em Tibério a esperança de encontrar recursos quando seus médicos não conseguiam encontrar saída para suas dores.

Depois de muito meditar nas notícias constantes de ambas as missivas, o imperador deliberou escrever ao seu enviado de confiança à Palestina, solicitando-lhe providenciasse a viagem do profeta no maior sigilo possível, levando-o diretamente à ilha de Capri para que recebesse o tratamento que esperava lhe solucionasse os problemas orgânicos.

Da mesma maneira, afirmava Tibério estar aguardando de Público, o cumprimento da missão oficial, no sentido de, no mais breve espaço de tempo, receber as suas considerações sobre o governo provincial, cujo representante pretendia remover ante a conduta indigna das mais elevadas tradições de decência pública de seus ancestrais.

A carta fora remetida depois de alguns meses e entre a sua elaboração, a sua remessa e a sua chegada, fora entregue a Público quando ele e sua família regressaram de Jerusalém, depois da Páscoa.

Assim que chegaram a Cafarnaum, o emissário imperial entregou ao senador o documento que, uma vez aberto, causou a profunda tristeza em seu destinatário, eis que as circunstâncias demonstravam que a esperança de César acabara de ser frustrada pela conduta tíbia de Pilatos, que permitira o massacre daquele justo em vez de defendê-lo, usando de todas as suas prerrogativas de governante poderoso que, em nome de Roma, submetia os povos conquistados às suas leis e deliberações.

Isso produziu em Público a amarga obrigação de escrever a Flamínio, relatando os fatos por ele testemunhados a fim de que, por seu intermédio, fosse dada a Tibério a notícia da morte na cruz daquele taumaturgo por ele tão esperado.

Tais informações transmitira ao amigo Flamínio em correspondência privada, pois temia que a correspondência pública que viesse a enviar pessoalmente a Tibério pudesse ser interceptada por olhos curiosos que descobrissem os desejos secretos do imperador.

Além disso, naquele inesquecível dia em Capri, Tibério revelara o pedido sigiloso sobre o Messias a ambos, mesmo quando Flamínio demonstrou o desejo de deixar o imperador e Público a sós para o entendimento particular, no que foi impedido pelo próprio governante maior, passando, desde essa data, a conhecer o pedido que segredara ao senador.

294

Por isso, Públio remeteu a Flamínio a correspondência pessoal na qual solicitara a remoção de seu tio Sálvio e sua família para Roma, o pedido de um professor competente para sua filha Flávia, ao mesmo tempo em que solicitava ao amigo que levasse ao conhecimento pessoal e exclusivo do imperador os fatos que haviam sucedido com Jesus, além da promessa, para breve, de um detalhado relatório sobre o procedimento do governador da província que, pelo que já havia entrevisto mesmo superficialmente, estava afundado em suspeitas e acusações de desmandos administrativos.

Tal correspondência fora remetida para Roma logo depois de sua chegada de Jerusalém, como já foi explicado e, assim que reorganizou as ideias e procurou colocar em ordem suas preocupações, fosse pela necessidade de se afastar um pouco do ambiente familiar onde lhe era penoso estar, em face das acusações sobre o comportamento da mulher, fosse pelo dever de homem público de cumprir integralmente a missão oficial para a qual fora nomeado, algumas semanas depois, como já pudemos relatar anteriormente, deu início à viagem pelas cidades mais importantes daquela parte do reino judeu a fim de conhecer e apurar todos os fatos, produzindo os relatórios que havia prometido ao imperador e ao senado, através de Flamínio.

Quando a carta com as notícias chegaram a Capri, através das mãos pessoais de Flamínio, que para lá se dirigira na condição de senador com prerrogativas pessoais para procurar o imperador, Tibério esperava a resposta favorável de seu emissário, crente de que sua habilidade pessoal seria capaz de conseguir atender ao seu anseio de melhorar, custasse o que custasse.

No entanto, qual não foi sua amarga decepção quando se inteirou de que o taumaturgo, verdadeiramente poderoso, estava morto e que tal se dera sob as vistas e com a conivência de seu governador, daquele homem que deveria garantir a ordem pública e que tecera tão positivos comentários sobre a filosofia espiritual que o morto pregara aos que o seguiam.

– Como, Flamínio, isso é possível? Um julgamento sumário, sem que Pilatos tivesse sequer adotado alguma postura mais corajosa perante os injustos magistrados judeus, sempre arrogantes e apressados quando lhes convém?! – era uma pergunta e uma afirmação diretas, feitas pela alma dolorida daquele que vê rotas as suas últimas esperanças.

Vendo-lhe a disposição negativa contra Pilatos, Flamínio evitou fazer qualquer comentário que poderia ser interpretado como desejo de prejudicar o governador. No entanto, não poderia deixar de dar razão ao imperador.

– Sim, Augusto, é de se espantar que um homem dito justo

e inocente seja, assim, condenado à morte sem qualquer defesa ou proteção.

– Mais do que isso, meu amigo. Essa é uma postura que só é admissível quando se imagina que o governante está enredado com as autoridades locais em muitas condutas indignas, a ponto de não ter como adotar a defesa de princípios justamente pelo fato de nunca os ter respeitado por si próprio.

O homem que se prostitui perde a prerrogativa de defender-se com o argumento da virtude, pois, se o intentasse, passaria a ser hipócrita perante os seus cúmplices.

E como a eles, talvez, interessasse a morte desse homem que parecia ser uma ameaça aos seus interesses, buscaram o apoio de Pilatos para que ele o fizesse em nome do Império, naturalmente para que pesasse sobre nossos ombros o peso de uma decisão impopular.

Tais notícias, além de me abaterem a esperança para o futuro, tornam mais tristes meus momentos do presente, por confirmarem a suspeita que vinha guardando, sobre a incapacidade de o governador representar o Império com a decência necessária.

E o confirmam as breves notas do senador Públio, relatando alguns dos desmandos que já consegui avaliar. E o hão de confirmar todo o processo apuratório que prometeu remeter sem demora.

Pretendo punir Pilatos de forma tão exemplar que todos os demais governadores de províncias modifiquem suas rotinas sob pena de serem submetidos ao mesmo critério de avaliação e julgamento.

Assim, Flamínio, esperarei a chegada do relatório final para deliberar sobre o destino do governador.

Quanto ao pretor Sálvio e sua família, depois do parecer favorável do corpo dos senadores, te pergunto, privadamente, qual o verdadeiro motivo para trazê-lo para cá?

Vendo-se convocado a uma resposta verdadeira, cuja essência sempre escapa aos fundamentos da verdade de Estado, Flamínio procurou corresponder à sinceridade que Tibério lhe votava e acrescentou:

– Pelo que fui esclarecido por Públio, Sálvio é um boneco nas mãos de sua mulher, perigosa e mesquinha, dada à devassidão e, pelo que falam em Jerusalém, uma das mais assíduas amantes do governador.

– Mas ela não é irmã da esposa dele, Cláudia? – perguntou algo confundido o imperador.

– Sim, meu senhor. É a própria irmã quem se deita com o cunhado.

– Pensei que a dissolução dos costumes só estivesse presente em Roma – afirmou Tibério, contrariado.

– Infelizmente, creio que não – respondeu o senador.

No entanto, pretendendo aprofundar o assunto para que o imperador não pensasse que se tratava apenas de uma questão pessoal e moralista, Flamínio acrescentou:

– Seu emissário, diante da tarefa que passa a desempenhar de maneira mais direta e declarada, está solicitando a transferência de tais personalidades por considerá-las, não sem motivo, envolvidas nas artimanhas ilícitas, o que poderia dificultar ainda mais a apuração dos fatos. São pessoas astutas e tudo farão para que não se termine a investigação se suspeitarem que seus privilégios estejam correndo perigo. Assim, apesar de romanos, são piores que os estrangeiros da província, pois se aliam entre si para se defenderem nos crimes que praticam. Com a ausência de Sálvio e sua família inteira, Públio tem mais facilidade de locomoção, pode atuar de forma mais livre, sem ter que se proteger contra judeus e contra romanos, ao mesmo tempo.

E em se tratando de uma convocação oficial, não pesará sobre ele a culpa de estar afastando-os de lá, ainda que eles o possam supor ou imaginar que tal tenha ocorrido por sua solicitação.

Somadas todas as questões, morais e políticas, o requerimento foi acolhido pelo Senado e é submetido à vossa autoridade maior, com o fim de autorizá-lo em face de o pretor Sálvio estar na Palestina com algumas funções oficiais.

Entendendo o caráter do pedido e enaltecendo o zelo de Públio, Tibério imediatamente assentiu com a transferência de toda a família de Sálvio para Roma, sem deixar-lhes quaisquer opções.

Queria deixar o senador que enviara para lá com plenas condições de tranquilidade e liberdade para fazer o que fosse necessário.

E voltando-se para Flamínio, acrescentou:

– Sou muito grato à tua discrição quanto aos fatos que me contaste e reverencio a tua fidelidade à nossa amizade, bem como a do senador Públio Lentulus e espero que, tão logo ele nos envie o relatório final, possamos nos encontrar novamente para discutirmos o assunto.

Entendendo que o imperador dava por encerrada a entrevista, reverente e agradecido pelos encômios recebidos, Flamínio se levanta e saúda Tibério à moda da época, encaminhando-se para Roma, onde espera novas notícias de Jerusalém.

Em Capri, Tibério se recolhe na decepção e na revolta contra aquele governador fraco e covarde, a quem está decidido punir exemplarmente, o que tratará de fazer na primeira oportunidade que lhe aparecer.

Em Cafarnaum, cercado pelas notícias trágicas da matança dos inocentes da Samaria, dos desmandos e das negociatas do governador que se prostituíra ao contato com os fariseus e sacerdotes sedutores, com seus negócios e riquezas, Públio assumira a aversão que sentia àquele homem indigno e resolvera processá-lo com todas as forças pessoais que o seu idealismo de homem público modelara em seu caráter, ao mesmo tempo em que as prerrogativas da função que lhe haviam sido atribuídas o permitiam.

Deliberada a abertura do processo em seu íntimo, Públio remeteu ofício ao governador da Síria a fim de que lhe pusesse à disposição a guarnição militar que o decreto de Tibério lhe garantia, com o fito de não estar na dependência da pessoa que investigava publicamente, recebendo do governador da província vizinha, sobre a qual o senador também exercia autoridade imperial, toda a colaboração necessária à manutenção de sua posição de superioridade e independência, mesmo militar.

Afinal, a sua segurança e a de sua família dependiam exclusivamente de Pilatos desde a sua chegada à Palestina e isso o deixava vulnerável.

Da mesma maneira, pedir ao investigado lhe enviasse suas tropas corresponderia a um gesto de inocência, eis que a corrupção naturalmente poderia ter chegado aos mais íntimos comandantes militares estacionados naquela área. E ainda que não o fosse, Públio não teria como confiar neles.

De igual sorte, tal solicitação a Pilatos demonstraria uma declaração de desconfiança e não poderia ser disfarçada por argumentos mentirosos, que não eram do feitio de Públio usá-los.

Deste modo, recorreu à província vizinha, de onde recebeu o contingente militar que lhe correspondia, a fim de preservar a sua influência e autonomia na execução da tarefa que Tibério lhe havia designado e lhe pedia contas.

Pilatos era perigoso e, sem pensar duas vezes, poderia atentar contra a sua vida pessoal e a de sua família.

Além do mais, as diligências na procura do pequeno Marcus não poderiam continuar a ser realizadas com o auxílio do exército submetido ao governador, pelos mesmos motivos acima expostos.

Com a chegada da vasta guarnição à região da Galileia, o

antagonismo entre as duas frentes do poder ficou patenteado, sabendo Pilatos que Público o investigava ostensivamente e, ao mesmo tempo, reconhecendo que não poderia valer-se de nenhuma artimanha ou nenhum meio de pressão ou golpe violento, já que estaria abrindo um conflito contra a autoridade que o próprio César havia investido.

Se não se submetesse, daria demonstração pública e indubitável de que temia algum tipo de apuração sobre a sua conduta, e esse simples temor era o suficiente para apontar-lhe a culpa.

Como não tinha solução, permaneceu em suas atividades normais entre a capital Jerusalém e as cidades circunvizinhas, tratando de escrever cartas a seus comparsas romanos a fim de que intercedessem junto a Tibério, advogando-lhe a causa e dizendo-se vítima de injustiças políticas e perseguições.

Escrevera também ao próprio imperador, tentando levantar suspeitas sobre a conduta de Público, através de insinuações maliciosas e mesquinhas com as quais pretendia interferir nos ânimos de Tibério, favorecendo-se das dúvidas que suscitasse em seu espírito.

No entanto, apesar de renovar suas expressões de submissão e fidelidade ao trono de Roma, querendo mostrar-se servil e confiável, Tibério já não lhe devotava a menor atenção, em face de todas as coisas que ele próprio já havia realizado e que demonstravam a natureza de seu caráter, independentemente de suas próprias palavras.

Nenhuma pressão foi admitida por Tibério que viesse a desautorizar a conduta do senador Público, mas, ao contrário, só fazia com que o imperador mais nele confiasse, eis que estava tocando o vespeiro e as vespas estavam se enfurecendo, o que significava que havia coisa errada debaixo de todo aquele protesto e que seu enviado estava se comportando conforme deveria agir.

Por isso, já ao final do ano 33, Público remete a Roma o volumoso processo que acusava frontalmente Pilatos de todos os crimes contra o Estado que foram apurados pelo enviado de Tibério, aguardando-se o desenrolar de sua apreciação na distante capital imperial.

Enquanto isso ocorria, a vida seguia seu curso na província, ao mesmo tempo em que, na corte, os documentos remetidos por Público causaram impacto no seio do Senado e especial prazer no espírito de Tibério que, agora, poderia dar seguimento ao seu plano de punir o governador indigno e infiel.

PILATOS E ZACARIAS

A guarnição estava postada no porto de Óstia que, àquela hora do dia, regurgitava em função do volume de mercadorias que aguardavam o desembarque e da grande quantidade de outras embarcações que, naturalmente, se amontoavam no ambiente aquático, com vistas a serem usadas para o transporte de seu conteúdo até a sede do Império.

O fluxo de tais bens, recebidos dos diversos pontos do mundo, era a fonte da relativa harmonia que poderia se estabelecer na grande cidade, cada vez mais necessitada de recursos de todos os tipos para atender, não apenas a demanda alimentar, mas, sobretudo, para saciar a crescente volúpia da insensatez humana, decorrente do aumento da riqueza acumulada, que sempre favorece o aparecimento de caprichos extravagantes, elevados à condição de necessidades indispensáveis.

Descansava o enorme e pesado navio atracado ao porto e, tão logo o comandante Cláudio organizou o desembarque das mercadorias que tinham o seu curso através do braço escravo e de inúmeros libertos que ali trabalhavam para obterem pagamento, dirigiu-se às modestas acomodações onde se estabelecera o ex-governador romano, Pôncio Pilatos, durante a viagem, a fim de comunicar-lhe o iminente desembarque.

Em seu interior, enquanto assistia à aproximação da embarcação daquele porto romano de onde houvera saído tantas vezes em direção ao seu destino, Pilatos meditava nas condições que o esperavam, agora, na hora do seu regresso.

Em verdade, depois que Público passou a agir deliberadamente para apurar todos os fatos nefastos de sua administração e pôde constatar toda a sua longa série de desmandos, acumpliciamentos ilícitos, posturas permissivas e corruptas, exploração das misérias sociais em proveito próprio, Pilatos procurara valer-se de suas influentes bases de sustentação dentro do panorama político do Império, bases estas que lhe haviam garantido a nomeação para o governo da província, anos antes.

É verdade que sua carreira militar lhe havia possibilitado alguns méritos pessoais que serviam de moldura para seu desejo de progresso. No entanto, outros militares mais competentes e mais honrados do que ele existiam. O que lhe resultou favorável ao desejo de destaque foi a conjugação de alguns fatores cruciais, conquanto deploráveis.

Homem de personalidade vaidosa e sedutora, Pilatos nunca deixara de se envolver inadequadamente em aventuras sexuais impróprias para a sua condição de homem público casado e ligado aos destinos do império romano.

Assim, a descoberta de condutas inadequadas nos bastidores do poder, que desonravam seu consórcio matrimonial com uma mulher pertencente a uma das mais tradicionais e influentes famílias de sua época, somada à falta de um militar de destaque interessado em comandar a longínqua e inóspita província Palestina, produziram a solução que foi tanto adequada a Tibério quanto conveniente a Roma: o seu afastamento com sua promoção para o governo daquela região remota do Império, promoção esta que, aos militares, parecia mais uma punição.

Além disso, as pressões de seus mais íntimos colaboradores junto aos gabinetes governamentais foi decisiva para levantar essa hipótese como a mais favorável aos interesses públicos.

Com toda esta esteira de argumentações, Tibério acabou por aceitar o alvitre como sendo o menos pior de todos.

Não se esqueça o leitor de que quando se está falando de cargos ou funções públicas, antigamente e principalmente nos tempos modernos, o líder nunca sobe ao poder sozinho. Sob sua figura e à sua sombra, um grupo de pessoas se agregam para apoiá-lo tanto quanto para poder usufruir do seu realce. Deste modo, quando ele consegue se elevar, todo o grupo se sente homenageado e pode se considerar digno usufrutuário das benesses do poder que ele exerce.

Assim, com a possibilidade de sua queda, igualmente se projetarão no esquecimento e na derrota todos os que se valiam dessa teia espúria de apoios e influências, o que deve preocupar os que lhe dão sustentação política.

É como uma lança comprida. A ponta da arma perigosa, que intimida, só está nessa condição porque, por detrás dela, as sucessões de camadas de madeira a sustentam.

Rompida a madeira, a lança deixa de ser arma. Quebrada a cabeça, a arma se torna imprestável.

Só há razão de existir quando a madeira pobre e firme se alia à ponta dura e afiada que intimida. Isso a torna perigosa e temível.

Por isso, Pilatos esperava que a sua retaguarda em Roma seria capaz de se opor aos planos de Públio que, por mais influente que fosse junto ao imperador, não poderia, pensava o governador, estar livre das pressões que os seus aliados certamente fariam junto de Tibério.

E pela demora na apresentação de quaisquer resultados, Pilatos tivera a certeza, por algumas semanas, que seu respaldo político teria conseguido neutralizar o esforço do senador em denegrir a sua administração.

Afinal, já se haviam passado dois anos desde que Públio remetera a documentação solicitada por Tibério aos cuidados de Flamínio para que fossem avaliadas tanto pelo Senado quanto por César.

Não contava ele que, para tais coisas, os processos eram demorados e as decisões se apresentam, muitas vezes, envolvidas pela teia de interesses e intrigas.

Além disso, a distância tornava mais lentas todas as consequências esperadas, o que lhe causara a infundada impressão de que obtivera sucesso quando da tentativa de embaralhar com pressões e falsos argumentos a verdade dos fatos apurados.

No entanto, Tibério estava determinado a acabar com a tradição que Pilatos representava.

O imperador não suportava a infidelidade e a falsidade dos que o cercavam, subservientes e covardes, na sua maioria.

Daí manter em especial destaque a amizade que devotava a Flamínio e a sua postura de respeito e absoluta fidelidade às tradições patrícias de seus ancestrais.

Além disso, mantinha igual confiança na figura de Públio, seu emissário ante os judeus e não se havia enganado quanto à sua capacidade e seriedade com as coisas de Estado.

Pilatos, ao contrário, não tinha ideia de o quanto as coisas tinham mudado em Roma desde a sua transferência para o oriente.

O afastamento do imperador para a ilha de Capri deixou-o à distância do grosso das influências políticas, geralmente exercitadas na base de rumores, insinuações, fuxicos e mentiras dos mais próximos ao trono, sempre interessados em influenciá-lo para o lado que lhes era mais conveniente. Esse distanciamento garantia a Tibério um

302

isolamento muito protetor, diminuindo, assim, a esfera de ação dos comparsas do governador palestino.

E a frustração que causara em Tibério a morte de Jesus sob as vistas de Pilatos retirava deste qualquer condescendência que o mais alto governante dos romanos poderia lhe conceder, levando em conta pressões externas e serviços que Pilatos houvesse, porventura, prestado a Roma.

Assim, enquanto atracava e se preparava para desembarcar, Pilatos meditava nas circunstâncias, surpreendentes para ele, de sua convocação a Roma.

Sabia que isso só acontecia quando se tratasse de alguma promoção ou de alguma circunstância desabonadora, o que lhe parecia mais plausível, em face das condições que lhe haviam sido oferecidas para o transporte.

Buscando manter a integridade das aparências, Pilatos não resistira às ordens pessoais do imperador de regressar à capital.

No entanto, sentindo-se na iminência de dolorosas reprimendas, deixou em Jerusalém sua esposa, Cláudia, com boa parte dos recursos que ele acumulara inadequadamente, graças às negociatas ilegais que realizara com os próprios judeus astutos e matreiros, a fim de que ela não se visse sem recursos e sem amparo para o momento em que ele estivesse em desvantagem.

Que ela guardasse com zelo o patrimônio que ele lhe confiava, pois se a deusa Fortuna – divindade que para os romanos significava a boa sorte – permitisse, regressaria para desfrutar de uma vida regalada, ainda que destituído de cargos ou funções públicas.

Era o correspondente, nos dias de hoje, aos crimes praticados à sombra do poder, de modo a permitir que, depois de alguns anos de punição, o punido voltasse para aproveitar os frutos de seus delitos, ocultados sob a guarda de parentes, de pessoas de sua mais estrita confiança.

A guarnição aguardava, no porto, o desembarque de Pilatos.

– Sim, capitão Cláudio, estou pronto com minha modesta bagagem para ser encaminhado ao meu destino – falou o passageiro ilustre.

– Pois então, meu senhor, queira me acompanhar para que possa entregá-lo ao cortejo que se encontra no cais à sua espera.

E dizendo isso, ordenou que um ajudante do navio transportasse os itens da bagagem de Pilatos, que o acompanhou até o tombadilho por estreitas passagens internas da grande nau, quando sob a luz do

Sol que se dirigia para o poente, finalmente, pôde pisar o solo da terra de onde tinha se ausentado anos antes, sob a questionável homenagem de ter sido promovido ao cargo de governador da Palestina remota e desconhecida, pouco desejada por qualquer valoroso romano de estirpe.

Roma o esperava, sem dúvida, com olhos curiosos e irônicos.

A escolta foi-lhe apresentada e, sob o comando de Tito, os soldados se postaram lado a lado, acompanhando o cortejo que conduziria o governador ao outro barco, mais adequado à navegação fluvial, rio acima, até o desembarcadouro, em Roma.

Tito mantivera uma postura distante do romano caído em desgraça, como que a confirmar a Pilatos as suas suspeitas negativas sobre o destino que o aguardava, sem homenagens nem regalias.

Não fora maltratado, porém.

A viagem transcorrera sem incidentes, até que as portas majestosas do casario romano surgiram imponentes diante de seus olhos, numa apreciação emocionada daquela cidade ao mesmo tempo tão bela quanto cruel, símbolo da liberdade quanto da escravidão, da nobreza de ideais quanto da devassidão dos homens e mulheres imaturos.

Há muito que Pilatos não pisava em Roma.

Havia prédios imponentes que sua lembrança já tinha esquecido e de que seus olhos não guardavam os traços.

Construções e reformas haviam embelezado ainda mais os contornos de outros edifícios e de muitas das colinas que compunham o harmonioso horizonte da capital imperial.

A emoção de seu retorno foi interrompida pelo choque do barco com as pedras do desembarcadouro.

Apontado o rumo a seguir, pelo braço musculoso do seu condutor, Pilatos foi imediatamente conduzido para a prisão Mamertina.

Esse novo endereço para Pilatos denegria-o aos próprios olhos, já que nessa prisão eram acolhidos os chefes dos povos invadidos ou, ainda, os que eram surpreendidos em conspirações contra o Império, os quais, ali, encontravam o destino que lhes estava reservado, a saber, o estrangulamento.

Na verdade, depois que todos os fatos puderam ser conhecidos pelos senadores que exercitavam o poder de magistrados nos processos da Lex Maiestatis, Tibério solicitara do Senado a prisão do governador da Palestina, velho conhecido de muitos deles pelos escândalos do passado e, por isso, digno de merecer tal recepção quando de seu regresso a Roma.

304

Além do mais, Pilatos fora acusado de traição por parte de vários senadores que viram, em seus métodos, uma perigosa infração aos cânones legais romanos, colocando seus interesses pessoais acima dos interesses do povo e dos governantes que nele haviam confiado.

A prevaricação de um soldado miserável ou um legionário bruto era considerada com menos rigor do que a leve falta do mais elevado representante do trono no governo provincial, em face de que os primeiros passavam por apuros terríveis, distantes de casa, do conforto, dos realces sociais, enquanto que os últimos contavam com todas as facilidades e regalias estatais, pelo que o caráter administrativo da fidelidade se impunha acima de todas as outras virtudes no administrador romano.

A tradição que Augusto impusera nas regras políticas anos antes de Tibério tornar-se imperador, ainda que fizesse vistas grossas a erros que eram punidos com certa parcimônia quando praticados por homens rudes e subalternos desqualificados, pesava com todo o seu poder ante a menor falta cometida pelos representantes diretos do Estado, preparados para as carreiras públicas, brilhantes e invejadas.

Por isso, Pilatos fora considerado mais do que um invigilante servidor de Roma, mas um traidor com a culpa inegável em face do processo preparado por outro senador insuspeito, Públio, no local mesmo dos fatos.

Isso produziu em Pilatos uma humilhação sem precedentes, pois era a primeira vez que ele se vira preso, sem direito a qualquer argumentação e sem a presença de um amigo sequer.

A ira contra Públio se ampliou sobremaneira, pois ele não tinha dúvidas de que aquele homem havia sido o autor de todas as acusações que lhe haviam transformado o destino. Se pudesse, agora, esmagá-lo-ia com suas mãos e se arrependeu de não tê-lo feito enquanto estava na direção da província.

Sua vida não lhe permitia, entretanto, maiores ilusões. Se a prisão era o que o esperava depois de quase dez anos de serviço a Roma, no primeiro dia de sua chegada, os dias que se sucederiam deveriam guardar-lhe amargurosas surpresas.

No entanto, todos os primeiros momentos de seu triste destino fizeram-no reviver a experiência mais trágica de seus dias, quando da avaliação da culpa de Jesus, perante a sua responsabilidade.

E, sem perceber que mãos invisíveis lhe inspiravam pensamentos transformadores, Pilatos se comparou com as condições nas quais o profeta houvera sido colocado diante dele.

Sozinho, sem direito a defesa, sem qualquer amigo para se apoiar na hora trágica.

Nem os discípulos de Jesus, que presenciaram a sua bondade fazendo milagres, nem os seus áulicos romanos que se beneficiavam da sua posição política influente se manifestavam diante da desgraça e da prisão.

Começara a ver a injustiça dos homens pelo prisma amargo da condição de vítima. Sempre estivera no outro lado, como acusador e juiz.

Revoltava-se, contudo, com tal recepção gelada e, por ele, tida como injusta diante dos sacrifícios que fizera por Roma e por seus asseclas aproveitadores.

De dentro de sua cela, perdendo a compostura governamental, passara a gritar estentoricamente, gritos estes que se perdiam nos corredores frios e apagados, únicas testemunhas da execução de muitos vencidos ou indefesas vítimas das circunstâncias adversas, na Roma daqueles tempos.

Fora essa a sua primeira noite na prisão, entre a umidade, os ratos e os limites da insanidade desesperada.

Enquanto isso, lá em Óstia, Zacarias seguira os passos da guarnição oficial à distância, embrenhado no meio da multidão pela qual ele passara desapercebido, como mais um velho sem futuro, à cata do lixo para sobreviver.

Seguindo o cortejo para não perdê-lo de vista, Zacarias não sabia o que estava acontecendo.

✳ ✳ ✳

Quando da sua estada em Jerusalém, depois da morte de Jesus, o discípulo passara a atentar para todos os atos do governador, a fim de entender melhor o que estava acontecendo e qual seria o momento ao qual se referira o divino Mestre, como a hora correta para levar-lhe o auxílio de suas palavras e da Boa Nova de Jesus.

No entanto, a postura de Pilatos no evento doloroso ocorrido na Samaria, depois da morte de Sulpício, fizera com que seus escrúpulos com relação àquele arbitrário e rude administrador tornassem sua vontade de ampará-lo diminuída ao extremo.

– Como amparar um indivíduo desses? Um homem que mata por prazer até mesmo crianças inocentes, para atingir o coração dos pais, que deixa viver para amargarem a dor da perda! – isto é um absurdo, falava para si mesmo o velho discípulo.

E bastava fazê-lo para que se recordasse imediatamente das palavras de Jesus sobre o seu dever para com o governador.

Não importava o que ele houvesse feito ou viesse a fazer. Importava que cabia a Zacarias cumprir a tarefa que Jesus lhe havia apontado.

Assim, tentando superar o asco que passara a sentir por esse homem agressivo e ególatra, Zacarias passou a esperar a chegada do momento correto para que estivesse próximo e pudesse realizar o que lhe fora solicitado.

Mas os anos haviam passado sem que nada acontecesse.

Deixando a cidade de Emaús para trás, depois de ter vendido tudo o que possuía, regressou à casa de Pedro, em Jerusalém, onde passou a colaborar modestamente na vivência da mensagem de esperança que lhes cumpria exemplificar.

Também soubera do próprio Simão que, por ocasião da segunda despedida do Mestre, na noite que sucedeu à sua ascensão aos céus, uma angústia e incerteza dominaram seu interior, agora que o Amigo Celeste se ausentara e ele se vira entregue a si próprio.

Então, fizera o que seus sentimentos de incerteza e dúvida sobre si mesmo, mas também de confiança irrestrita em Jesus, o aconselhavam.

Orara com fervor e humildade, falando ao Mestre de suas fraquezas e receios.

Naquela noite, relatava Simão, tivera um sonho no qual Jesus lhe falava sobre a necessidade de começar pelos mais humildes e desvalidos.

Zacarias já havia sonhado com essa conversa, quando da chegada juntamente com Josué, à cidade de Nazaré, na noite em que dormiram ao relento.

Começar pelos pobres e estropiados.

"Eu não vim para os sãos, mas para os doentes" dissera Jesus e repetia agora a Pedro.

E este, compreendendo a extensão daquela resposta direta, entendera que chegara a hora de transformar o panorama daquela sociedade com uma obra humilde de fraternidade real, tão desconhecida dos judeus de seu tempo, incapazes de se libertarem do cativeiro de castas e posições nas quais se excluíam uns aos outros, numa luta infinita para a manutenção e ampliação dos próprios privilégios em prejuízo dos demais.

Era chegado o momento de exemplificar com a própria conduta.

O discípulo precisará, um dia, tornar-se mestre de si próprio, fazendo aquilo para o qual se candidatou como aprendiz.

Só então, estará capacitado para entender os problemas que seu tutor já conseguia enfrentar, quando lhe passava o conhecimento. Fazer é a ponte indispensável entre o conhecer e o vencer, entre o saber e a sabedoria.

Zacarias, então, pôde estar ao lado de Simão, amparando as necessidades de seus irmãos, ajudado por um grupo dos antigos seguidores que, cada um a seu modo, desejava realizar as coisas, sem entender as diretrizes que Jesus houvera fixado.

O mais rebelde a todas estas normas era Tiago, sempre apegado às tradições antigas e difícil de se submeter à liderança natural de Pedro, por ter sido aquele que, na condição íntima, mais assimilou o espírito fraterno cristão que Jesus exemplificara.

Josué se juntara aos que cercavam Simão, com a boa vontade e a simpatia dos que trabalham sem esperar senão mais trabalho como recompensa.

Uma alegria enchia os olhos desses abnegados servidores quando um infeliz dava entrada na modesta vivenda, no periférico tugúrio onde se reuniam. Eram recebidos como hóspedes de Jesus, não como doentes ou infelizes.

Pedro buscava sempre levar aos seus amigos mais íntimos a ideia de que todos ali eram servidores dos hóspedes de Jesus, que era o proprietário daquela estalagem e, por isso, esperava de seus funcionários o melhor atendimento aos clientes que mandava.

Era o sentimento de Pedro, interpretando as palavras inesquecíveis do Messias, que pedira a todos eles que aquele que desejasse ser o maior, no anseio de comandar, liderar, o fizesse pelo caminho de mais servir, de mais se entregar ao trabalho, e que ele próprio, Jesus, estava entre os discípulos como aquele que servia a todos, como o menor dentre eles.

Isso acalmava os ânimos mais exaltados que desejavam posições de relevo e recusavam determinados serviços tidos como indignos ou repugnantes.

Zacarias e Josué se dividiam entre todas as tarefas e, ao lado de muitos outros, puderam presenciar muitos milagres na recuperação de enfermos, de desditosos condenados à morte pela enfermidade avassaladora que, para surpresa de todos, cedia à terapêutica de amor e água límpida, higiene simples e carinho, alimento pobre e afeto sincero.

Nessa condição, receberam a figura luminosa de Jeziel, recuperado de uma enfermidade misteriosa e tratado pelo próprio Simão, em face de nele ter identificado o cabedal de conhecimentos profundos da lei antiga, revelados nos momentos de delírios febris.

308

A recuperação do jovem fora surpreendente, eis que, quando de sua chegada, fora apresentado como um moribundo à espera da morte, que só chegara até ali por causa da caridade alheia que pretendia impedir que um cadáver acabasse ficando insepulto na via pública. Algumas semanas depois de iniciado o tratamento, Jeziel já se encontrava restabelecido e inteirado da ocorrência que tanto desejaria ter presenciado, a saber, a chegada do Messias entre os homens.

Estava, então, dedicado à leitura das anotações pobres que os apóstolos guardavam entre si, dos ensinos do Cristo, as quais recebia como água fresca em suas raízes ressequidas.

Durante o período em que se encontrou na Casa do Caminho, como era conhecida a vivenda dos apóstolos, Zacarias pôde partilhar de momentos de êxtase espiritual, escutando os discípulos conversarem com os desesperados que pediam notícias de Jesus, orando em coletividade e fazendo curas inspiradas, que levavam a fama dos servidores da Bondade para todos os cantos de Jerusalém, até mesmo ao Templo que dominava as questões da raça, em todos os sentidos.

Alguns fariseus já haviam estado nos arredores do albergue pobre, solicitando informações, observando a conduta dos galileus humildes, avaliando-lhes o comportamento e se representavam algum risco aos seus interesses farisaicos.

Outros já tinham solicitado notícias diretamente a Simão, a quem reconheciam como o substituto natural do crucificado, ainda que não lhe atribuíssem as mesmas virtudes e poderes.

Jeziel, rebatizado com o nome de Estêvão, fosse para atender a uma necessidade de preservar e proteger aquela autoridade romana generosa que lhe houvera concedido a liberdade da galera romana onde, na condição de escravo, enfermara durante uma viagem, fosse porque era hábito entre alguns judeus conversos ao Cristianismo nascente modificarem seus nomes, adotando nomes não hebreus, transformara-se em inspirado pregador das verdades do Reino e, sem que o tivesse desejado deliberadamente, na presença de todos os irmãos do caminho e de Zacarias e Josué, inclusive, participara da reunião em que a sua figura fora defrontada pela de Saulo de Tarso, ardoroso e arrogante defensor da tradição de Moisés, com quem o pregador humilde se recusara a manter polêmica, por não ser ela finalidade daquela congregação, onde estropiados e enfermos se reuniam para ouvir a palavra de esperança em nome de Jesus.

Irado com a postura superior e com aquilo que qualificou de humilhação à sua figura importante junto à comunidade dos judeus que o acompanhavam, Saulo exigiu que fosse o pregador levado ao mais alto tribunal da raça para que se manifestasse sobre a essência da pregação.

Aqueles foram dias difíceis para a comunidade, que se vira envolvida na desgraça da perseguição com a qual a velha ordem de ideias sempre tentou intimidar as transformações que lhe tolheriam os vícios e os defeitos, acostumados a se manter sempre inalterados.

Jeziel/Estêvão, em respeito à ordem do Sinédrio, comparecera solitário ao tribunal, onde ficara retido por ordem do acusador.

Ao mesmo tempo em que a Casa do Caminho sofria as primeiras perseguições pelo bem que fazia, chegara a Jerusalém a notícia de que Pilatos houvera sido convocado a Roma, onde seria punido pelos seus desmandos, afinal.

Todos estavam na expectativa de que os relatos de Públio atingissem os objetivos a que se destinavam, demonstrando a César o tamanho da insensatez de seu representante, esperança esta que já estava sendo frustrada pela demora na resposta, correndo a notícia da perpetuação de Pilatos no governo da Palestina como sendo a pilhéria dos maldosos, para escarnecimento das vítimas das atrocidades do governador romano.

No entanto, a anunciada partida do governador para aquilo que não parecia uma viagem de recreação deixara eufóricos todos os que haviam se empenhado em sua punição e na apuração de seus desmandos, enquanto passou a ser motivo de preocupação dos aliados judeus que, acostumados a se relacionar com o poderoso adversário, comprando-lhe a conivência, agora se viam às portas do perigo, alijados de seu importante colaborador que fazia vistas grossas aos seus abusos e ambições no seio dos próprios irmãos de raça.

Quem fosse enviado em seu lugar poderia estar cientificado de todos estes delitos e erros dos próprios judeus e, assim, avesso a qualquer entendimento e, o que era pior, tendente a fechar-lhes todas as portas das práticas mesquinhas e ilícitas.

O ânimo dos sacerdotes estava alterado e, para qualquer coisa que se lhes apresentasse como risco aos seus já arriscados pressentimentos, isso lhes merecia a mais ríspida resposta, suprimindo qualquer ameaça sem a menor condescendência.

Assim, o ressurgimento do movimento que acreditavam ter sido extinto com a crucificação de seu propagandista mais respeitado, representou a renovação dos mesmos desafios perigosos de anos antes, piorado pela perspectiva da mudança do governo provincial romano e de sua piora em relação às práticas que Pilatos aceitara como meio de boa convivência com eles.

310

Esse era o panorama que se apresentou a Zacarias quando da chegada da notícia do afastamento de Pilatos do governo.

Sabia ele que não poderia deixar de acompanhar o destino do governador que, agora, ao que tudo indicava, começava o caminho descendente que o levaria à simples condição de desditoso IRMÃO, conforme salientara Jesus naquela noite inesquecível ao seu espírito.

Dúvidas, no entanto, surgiam em sua mente.

Deixaria os irmãos naquele transe difícil? Aceitariam eles o seu afastamento para ir ao encontro do romano odioso, deixando os seus próprios companheiros em situação tão delicada?

Aliada a esta dificuldade, surgia a personalidade de Pilatos, que não produzia em Zacarias o entusiasmo que lhe merecesse um esforço muito grande em ajudar, não fosse a promessa que fizera a Jesus e que, a todo o instante de abatimento de suas forças lhe era renovada pelo poder da consciência.

Seguir Pilatos ou seguir Pedro?

Como era difícil ter que decidir pelo primeiro, diante de tudo o que recebera do segundo e das condições em que os amigos se encontravam naquele momento!

No entanto, deveria decidir logo, eis que a trirreme romana já estava no porto palestino esperando o embarque de seu ilustre passageiro para daí a breves dias.

32

PEDRO E ZACARIAS

A dificuldade de Zacarias era compreensível e, em face de sua necessidade de decisão, buscou ajuda junto a Simão, a fim de que o discípulo mais ligado à causa do Evangelho, naquele momento de entrega de si mesmo ao serviço dos que sofriam, lhe orientasse.

Encontrando-o em um momento de meditação que lhe propiciaria expor suas angústias, Zacarias aproveitou o ensejo e indagou:

– Querido irmão Pedro, preciso submeter-te uma questão que me tem produzido amargo conflito e que, na tua experiência e sabedoria, estou certo, poderei encontrar a elucidação.

Vendo-se procurado com tal confiança, o antigo pescador de peixes, transformado pelo Cristo em pescador de almas, sorriu-lhe e respondeu:

– Caro Zacarias, teu coração se confia a alguém muito defeituoso para poder apontar rumos e esclarecer dúvidas. No entanto, teu carinho para com todos é credor da minha mais profunda atenção e, no que eu puder ajudar, aqui estou para isso, meu irmão.

– Sabe, Pedro, quando Jesus nos mandou a Nazaré a fim de levarmos, em seu nome, a mensagem do Reino, como é do conhecimento de todos nós, estivemos diante de Pilatos, o governador corresponsável pela crucificação.

Ouvindo-lhe as palavras, Simão balançava a cabeça afirmativamente, dando-lhe a informação de que se recordava desses fatos.

– Ocorre, Pedro, que depois que regressamos à presença do Mestre, certa noite, em que me encontrava solitário e pensativo, impossibilitado de conciliar o sono, apareceu-me o Senhor para conversar comigo sobre os fatos que aconteceriam com ele e que já estava nos preparando para suportar. Então, durante a conversa, Jesus

312

solicitou-me uma coisa de que só eu tenho conhecimento e lhe prometi que cumpriria, aceitando seguir com a tarefa até o seu final.

Interessando-se pela história de Zacarias ainda mais, Simão endireitou-se na cadeira e exclamou:

– Uma solicitação de Jesus para uma tarefa? Hum... isso deve ser muito importante, Zacarias – falou Pedro, coçando a barba espessa.

– Sim, Pedro, também penso a mesma coisa.

– Ora, meu amigo, e por que tantas dúvidas?

– É que tu ainda não sabes do que se trata, Simão – exclamou Zacarias.

E porque o amigo permanecesse em silêncio, Zacarias continuou:

– Relembro-me de quase todas as palavras do Mestre, como se ele as tivesse escrito ainda agora em meu pensamento e, por isso, todas as vezes em que penso em abandonar a tarefa, eis que estas inscrições vivas me são trazidas da consciência mais profunda para a superfície de minhas emoções, o que me impede de esquecê-las.

Através delas, Jesus pedia que eu acompanhasse uma pessoa depois que ele partisse, a fim de que essa criatura não ficasse sem amparo nos momentos difíceis por que teria de passar. E me solicitava que eu fosse as mãos do pastor que vai buscar a ovelha desgarrada pelos caminhos da vida, custasse o que custasse. Que eu o seguisse, a princípio de longe e, depois, quando todos os processos se precipitassem sobre ele, que me acercasse para ajudá-lo. Que não me importasse com o que ele tivesse feito e que esquecesse todas as suas obras más para que me concentrasse apenas no bem.

E falando sobre os miseráveis que nos circundavam e que, igualmente, mereceriam o amparo, Jesus acrescentou:

"Dentre todos estes, peço a tua ajuda para que este, em particular, seja acompanhado pelo teu carinho, para onde for, onde estiver, a fim de que, no momento adequado, voltes a falar-lhe do Reino de Deus que não o esqueceu nem excluiu.

Lembra-te, no entanto, de esperar a melhor hora. Segue-o de longe e esteja a postos, pois na ocasião adequada te será revelado como agir em favor de sua recuperação. Eu estarei contigo como sempre estive. Posso contar com teu auxílio?"

Pedro, interessado, não interrompia a exposição do amigo e se mostrava fascinado com os termos da conversação entre ambos.

Curioso, perguntou querendo antecipar as coisas:

313

– Mas quem é essa criatura tão importante que Jesus te pede essa conduta tão especial, Zacarias?

E para surpresa maior de Pedro, Zacarias lhe respondeu, imóvel:

– Pilatos,... ... ... , Pedro.

Emocionado, os olhos do pescador encheram-se de lágrimas. Ali estava, na prática, a postura de alma do mesmo espírito elevado que o ensinara a perdoar não apenas sete vezes, mas setenta vezes sete vezes.

Só Jesus poderia ter solicitado o acompanhamento especial para aquele homem que nada fizera para defendê-lo eficazmente. As lágrimas emocionadas de Pedro foram acompanhadas pelas de Zacarias.

– O perdão, Zacarias, foi sempre um espinho entalado em minha garganta, dentre tantas dificuldades que sempre tive para captar o fundo dos ensinamentos do Mestre – falou Pedro.

– Para mim também, Simão. O perdão sempre me faltou e em muitas situações de minha vida eu deixei de ofertá-lo como deveria, até que, em Nazaré, fui submetido ao mais difícil de todos os testes para o meu caráter frágil que desejava fortalecer-se. E não houve momento mais ditoso para minha alma do que aquele em que abracei a traidora de meu afeto e o causador de sua queda como meus irmãos verdadeiros e, todos, choramos juntos, lavando nossas almas para o estabelecimento do Reino de Deus dentro de nossos corações, em primeiro lugar.

– Sim, Zacarias, isso nos transforma para sempre. Saber perdoar é dar a si mesmo a sentença de liberdade através da qual nós mesmos passamos a ser dignos do perdão de Deus para com as nossas faltas diárias. Na condição de traidor de Jesus, eu mesmo necessito muito do seu perdão para atenuar minha consciência culpada. Agora, a tua revelação me faz ver o quanto Jesus era maior do que nós pensávamos conhecê-lo.

Enquanto ele orava no último dia, nós dormíamos. Enquanto ele aceitava ser preso serenamente, eu agredia com a espada, ferindo o irmão que o algemava, ao passo que o Mestre curava-lhe o ferimento.

E enquanto nós nos ufanávamos com o sucesso da mensagem que ele representava, ele estava diante de ti, preparando os passos do amanhã para resgatar o próprio algoz no momento de seu sofrimento, quando são rasgados os véus da ilusão do poder e do mando.

Sim, meu amigo, eu creio que são verídicas todas as tuas revelações, pois ninguém mais do que Jesus teria pedido uma coisa destas.

Entendendo as palavras de apoio de Simão, Zacarias continuou:

314

– Obrigado, Pedro, a tua palavra me anima, mas, ao mesmo tempo, o momento me confunde.

– Como assim, Zacarias?

– Ora, Pilatos foi convocado a Roma e deve partir estes dias, sem detença. Foi chamado por ordem do Senado a pedido de Tibério e dizem todas as informações que correm à boca do povo, que está acabado, não regressando nunca mais a estas terras. E, como Jesus havia falado, me cabe seguir esse homem mau até o seu destino de dificuldades e dores. No entanto, as coisas por aqui estão complicadas. Estêvão está preso, Saulo promete mais perseguições na defesa de Moisés, parecendo que o momento pede mais união do que afastamento. E, por isso, estou perdido entre o que prometi a Jesus e o que me sinto no dever moral de realizar aqui, ao lado dos irmãos queridos que passam por provações duras.

Sinto que, se seguir o caminho do algoz romano, poderei ser considerado um traidor e um covarde perante os olhos dos irmãos da Casa do Caminho que, com razão, poderão sentir que estou tergiversando na hora em que deveria ser firme e ajudar no testemunho doloroso, para o qual não me faltam nem coragem nem amor a Jesus.

Vendo-lhe o conflito moral que surgia, ante a necessidade de partir e o desejo de ficar para hipotecar solidariedade aos irmãos de caminhada, Simão colocou a mão calosa nos ombros do amigo e exclamou:

– Zacarias, teu sentido de dever é o que te causa essa dor amarga. E, no entanto, tuas palavras apontam para a necessidade de seguires o caminho que Jesus estabeleceu para ti, porque sabia estarias em condições de cumpri-lo. No entanto, se posso te aconselhar alguma coisa, por que é que não fazes como eu faço sempre que tenho dúvidas quanto ao que fazer?

– Como assim, Pedro?

– Sim, meu amigo. Todas as vezes que estou confuso, oro a Jesus para que me aconselhe e, valendo-me das anotações de Levi que carrego comigo, deito os olhos no primeiro trecho que me surgir ao olhar, tão logo termine de invocar o Mestre e, em geral, ali encontro o de que necessito para a elucidação de minhas indagações. Por que não fazemos isso agora?

– Ora, Pedro, isso é muito bom para quem tem as anotações. Eu não as possuo e, por isso, nunca recorri a este sistema que julgo ser muito bom. Se estás me convidando a tentar, vamos fazer e ouvir o que Jesus nos tem a ensinar nesta hora de dificuldades.

315

Falando assim, sentou-se ao lado de Simão que, colocando o rolo de pergaminhos correspondentes ao que seria, muito tempo depois, classificado como o Evangelho de Mateus, ambos fecharam os olhos e, com a voz emocionada, Simão elevou a prece humilde e rogou que o Mestre querido não lhes faltasse agora, nesse momento em que as dúvidas poderiam dificultar a realização decisiva da obra que lhes cabia.

Depois que encerrou a oração, pediu a Zacarias que abrisse os olhos e lesse as primeiras frases que lhe viessem ao olhar.

Tendo feito isso, Zacarias passou a ler, para seu espanto pessoal:

– "Portanto, não os temais: pois nada há encoberto que não venha a ser revelado; nem oculto que não venha a ser conhecido. O que vos digo às escuras, dizei-o a plena luz; e o que se vos diz ao ouvido, proclamai-o dos eirados. Não temais os que matam o corpo e não podem matar a alma. Temei, antes, aquele que pode fazer perecer no inferno tanto a alma como o corpo. Não se vendem dois pardais por um asse? E nenhum deles cairá em terra sem o consentimento de vosso Pai. E quanto a vós outros, até os cabelos todos da cabeça estão contados. Não temais, pois! Bem mais valeis vós do que muitos pardais. Portanto, todo aquele que me confessar diante dos homens, também eu o confessarei diante de meu Pai que está nos céus; mas aquele que me negar diante dos homens, também eu o negarei diante de meu Pai que está nos céus.

Não penseis que vim trazer a paz à terra; não vim trazer paz, mas espada. Pois vim causar divisão entre o homem e seu pai, entre a filha e sua mãe e entre a nora e sua sogra. Assim os inimigos do homem serão os da sua própria casa. Quem ama seu pai ou sua mãe mais do que a mim, não é digno de mim; quem ama seu filho ou sua filha mais do que a mim, não é digno de mim; e quem não toma a sua cruz e vem após mim, não é digno de mim. Quem acha a sua vida, perdê-la-á; quem, todavia, perde a vida por minha causa, achá-la-á. ".

Os dois homens estavam impressionados com o teor da resposta imediata que obtiveram naquele instante.

Simão e Zacarias se entreolharam e, quase ao mesmo tempo, exclamaram sua surpresa:

– Meu Jesus... – falaram ambos.

– Está vendo, Zacarias, como é que funciona, sempre que o nosso coração está sinceramente aberto a escutar as orientações que Deus nos envia através de Jesus? – disse Pedro, feliz por terem sido alertados.

– Nossa, eu nunca pensei que isso fosse possível, Pedro. Parece

316

que Jesus escutou tudo aquilo que estávamos conversando e nos respondeu pessoalmente...

– É isso mesmo, meu irmão. Jesus sabe do que necessitamos e, como pudeste ver, não foi só para ti que a mensagem chegou. Veio para todos nós que estamos enfrentando esse momento difícil diante das autoridades do Templo, que pensam poder intimidar a caminhada da obra do Pai com ameaças e processos. Pensam mesmo que a morte de algum de nós tem o poder de interromper a marcha da verdade...

– Mas é doloroso o momento em que vemos um irmão querido submetido a esse tipo de perseguição, sozinho, e temos de ficar à distância, não é, Pedro?

– Sim, Zacarias. No entanto, a obra não nos pertence. E se para que ela prossiga todos nós tivermos de ser usados como pobres pedras pavimentando o solo onde outros irão pisar, a fim de que tenham chão firme para a jornada, assim deveremos aceitar, pois foi isso que recebemos do Mestre em nossas vidas, o sacrifício de si mesmo e de tudo, para que aprendêssemos o que fazer.

– Tudo isto, para mim, é maravilhoso, Simão e, agora, sinto o quanto estava sendo fraco comigo mesmo diante dos deveres que assumi perante Deus e Jesus naquele dia. Não valho nada por mim mesmo. Só valho o exato valor daquilo que puder realizar. Minha presunção e covardia me estavam cegando diante da estrada a percorrer. Tinha medo de ser considerado um traidor, de ser mal interpretado no pensamento dos que amo, de estar abdicando de uma demonstração de solidariedade para com os irmãos do apostolado. Tudo isso estava sentindo por causa do meu orgulho e de minha vaidade pessoal, pois estava tentando manter o meu conceito em patamar elevado no pensamento dos outros, em vez de fazer o que era e é o meu dever realizar. Bendita a hora em que te procurei, meu irmão querido – disse Zacarias, agradecido, abraçando emocionado o amigo que o escutara.

– Fico feliz por ti e pela causa do Amor, Zacarias, já que o nosso irmão necessita muito de tudo aquilo que Jesus representa em nossas vidas. Segue-o como ficou acertado com o Mestre e não deixes que nada te interrompa a jornada até o seu final. Se aceitares uma recordação de nossa modesta existência e de nossos votos de constante força e coragem, eu te ofereço estes escritos para que os tenhas contigo pelos caminhos difíceis que te esperam.

Emocionado com o presente, Zacarias abaixou os olhos, envergonhado diante de tal generosidade de seu companheiro. Afinal, naquela época, era muito difícil conseguir obter um documento tão precioso como aquele e, ainda mais, contendo os ensinamentos

317

diretos de Jesus aos seus mais chegados, intimidade esta que Zacarias nunca invocara por ter conhecido Jesus tempos depois do início de sua tarefa.

Vendo-lhe o constrangimento, Simão colocou o rolo de pergaminhos nas mãos de Zacarias, dizendo:

– Estes escritos são teus, meu irmão. Eu possuo outros e ainda estou providenciando outras cópias para momentos especiais como este, já que a palavra de Jesus não pertence a ninguém e pertence a todos ao mesmo tempo.

Leve-a contigo, pois será a tua conselheira através da qual escutarás Jesus falando ao teu coração nas horas difíceis.

Sentindo a sinceridade da oferenda, Zacarias beijou-lhe as mãos rugosas num gesto de veneração que Simão buscou impedir, em vão.

Para amenizar o clima de emoção que envolvia os dois, Pedro ainda acrescentou:

– Não temos muita coisa, mas do que temos, quero que aceites algumas moedas para a viagem no cumprimento da primeira missão evangélica fora destas terras.

– Não é necessário, meu amigo. E se recuso não é por orgulho ou por desprezo. É que tenho comigo valores suficientes para a viagem e a estadia – falou hesitante, Zacarias.

– Puxa, meu irmão, pobre como estás te apresentando, com um dinheiro acumulado assim, só posso pensar em duas coisas: ou és muito avarento, que não gasta nenhuma moeda com qualquer coisa, ou andaste pedindo muita esmola por Jerusalém sem que nós o soubéssemos – falou Simão, pilheriando.

E sem pretender expressar grandeza, mas para que o amigo não fizesse mal juízo sobre o dinheiro que possuía, Zacarias respondeu, humilde:

– Não, Simão, não foi nem uma nem outra coisa. Eu vendi tudo o que tinha para que a tarefa não ficasse prejudicada e estas moedas foram tudo o que eu possuía na vida, inclusive a minha oficina de sapateiro em Emaús. Só estou levando comigo as ferramentas para que, em Roma, eu possa ganhar algum dinheiro consertando sapatos, pois o futuro é desconhecido.

Pedro pôde, então, medir o tamanho do desprendimento de Zacarias e, então, entendeu por que Jesus havia solicitado a ele, o humilde sapateiro, que acompanhasse Pilatos ao seu destino de dor e dificuldade.

Abraçaram-se em silêncio e, naquele mesmo dia, Zacarias

318

despediu-se de todos os irmãos do caminho – como eram chamados os primeiros cristãos em Jerusalém.

Abraçou com especial emoção a Josué e Cléofas, deixando as recomendações para que Saul,Caleb e Judite recebessem seu carinho quando fossem encontrados.

Sem dar maiores explicações ou justificativas, pôde sentir o olhar estranho de alguns, a insinuação leve de que aquele não seria o momento de partir, na boca de outros, a estranheza de mais alguns, mas seu coração tinha a convicção de que Jesus não viera ao mundo para trazer a paz nem para que os homens tivessem de se agradar caprichosamente.

Deveriam seguir seus caminhos no largo trabalho que a seara pedia fosse realizado pelos homens de bem e, por isso, não cabia aos homens julgar os homens.

Como Jesus havia prometido, Deus se incumbiria de justificar-lhe a partida, sem que ela viesse a ser considerada uma defecção junto à comunidade cristã de Jerusalém.

Nos seus ouvidos, soavam as palavras do evangelho:

"Quem ama seu pai ou sua mãe mais do que a mim, não é digno de mim".

"Quem não toma a sua cruz e vem após mim, não é digno de mim".

"Quem acha a sua vida, perdê-la-á. Quem, todavia, perde a vida por minha causa, achá-la-á".

Era tudo isto que Zacarias estava dando a oportunidade a si próprio de fazer.

Abdicava da própria vida vendendo todos os seus pertences para atender à necessidade da obra; carregava a própria cruz seguindo o que Jesus lhe havia solicitado; negava seu desejo de permanecer com os amigos e irmãos de caminhada, correndo o risco de ser julgado covarde ou indigno.

Quando o grande barco deixou o porto, não eram somente cereais, vinho ou riquezas que ele levava. Não era também apenas o derrotado ex-todo-poderoso senhor da Judeia. Seu interior recebia a figura luminosa daquela alma desprendida que, qual nume tutelar, anjo guardião, iria acompanhar aquele homem em sua queda diante dos poderes do mundo, tentando ajudá-lo a erguer-se diante dos poderes celestes.

Naquele momento da partida, Zacarias pensava em Jesus, segurando o pergaminho e, emocionado, lembrava-se do dia em que Pilatos os havia detido para escutar-lhes a palavra.

Amedrontados, Zacarias fora o único que falara.

Inspirado por uma força superior, encantara a todos, inclusive ao próprio governador, que se deixou embevecer com a beleza da mensagem do Reino de Deus.

Depois, quando lhes deu liberdade para regressarem – lembrou-se Zacarias – abasteceu-os de alimento para a viagem.

Será que não teria sido isso que lhe garantira a ajuda celeste para o momento amargo que começava?

Talvez ali estivesse a retribuição da Justiça do Universo ao gesto de amor que, indiferente e sem profundidade, Pilatos exercitara para com eles, abastecendo-os para a viagem.

Fora Jesus quem lhes ensinara :

– "Quando vier o filho do homem na sua majestade e todos os anjos com ele, então se assentará no trono da sua glória. E todas as nações serão reunidas em sua presença e ele separará uns dos outros, como o pastor separa dos cabritos as ovelhas; e porá as ovelhas à sua direita, mas os cabritos à esquerda. Então dirá o Rei aos que estiverem à sua direita: Vinde, benditos de meu Pai! Entrai na posse do reino que vos está preparado desde a fundação do mundo, porque tive fome e me destes de comer; tive sede e me destes de beber; era forasteiro e me hospedastes; estava nu e me vestistes, enfermo e me visitastes, preso e fostes ver-me. Então perguntarão os justos: Senhor, quando foi que te vimos com fome e te demos de comer? Ou com sede e te demos de beber? Que quando te vimos forasteiro e te hospedamos? Ou nu e te vestimos? E quando te vimos enfermo ou preso e te fomos visitar? O Rei, respondendo, lhes dirá: em verdade vos afirmo que sempre que o fizestes a um destes meus pequeninos irmãos, a mim o fizestes..."

Como duvidar do poder do Amor que se oferece, nas respostas amorosas que a vida nos encaminha?

Afinal, Zacarias não era a resposta viva do Amor no caminho daquela alma que começava a colheita das desilusões que a iriam reconduzir à casa do Pai?

Assim foi, na viagem até Roma, modesto e humilde anônimo, ajudando naquilo que lhe fosse possível, levando água aos remadores cansados, tratando de algumas feridas expostas devido ao esforço desumano e constante a que eram submetidos os escravos e falando

320

do reino de Jesus aos seus corações solitários e desesperados, condição mais favorável para se escutar a mensagem da esperança e da fé.

Quando chegaram a Roma, Zacarias já era querido por todos e, dentre os que lhe escutaram as palavras, mais que um deles se confessou crente na verdade apostólica, nos feitos maravilhosos e na mensagem de esperança de Jesus.

A seara era vasta e não se poderia perder a oportunidade de usar o trabalho para espalhar as sementes a todos os que pudessem ser a terra fértil apta a recebê-las no coração.

Já fora uma vitória para a causa do Evangelho a semeadura de Zacarias junto aos pobres condenados às galés.

Mais que um, como se disse, estaria entre os seguidores do Mestre daí para diante.

Quando o barco chegou a Roma, Zacarias seguiu a soldadesca rio acima, conseguindo acompanhar os passos do grupo até as portas da prisão Mamertina, que ele não identificara de pronto tratar-se de um cárcere cruel na tradição dos romanos, mas que, pelo menos, lhe parecia sólida construção de onde o governador não sairia tão cedo,em face do número de soldados que a guarneciam.

Agora, deveria arranjar-se até que as oportunidades lhe permitissem a aproximação necessária.

Buscou uma estalagem pobre, administrada por pessoas de sua raça com quem podia entender-se com mais facilidade, nas proximidades da prisão, na qual se hospedou e aguardou até o amanhecer.

33

CUMPRINDO O PROMETIDO

Roma daquele período era já uma babel cosmopolita, na qual se misturavam pessoas de todos os povos, tanto os considerados romanos quanto os que se haviam agregado ao império expandido por Augusto com o auxílio de Tibério e outros.

Assim, ali estavam criaturas de todas as raças e línguas, não tendo sido difícil que Zacarias se encontrasse com judeus que se haviam instalado na sede do Império, sempre atraídos pelas oportunidades e vantagens mais abundantes na capital do que na província remota de onde vieram.

E, ao chegar ao local onde se hospedara, procurara trocar informações sobre as notícias mais atuais que circulavam pelo mais conhecido e difundido jornal que existe: o jornal oral, também conhecido como fofoca do momento.

E não lhe foi difícil inteirar-se das últimas ocorrências, tanto dos escândalos públicos quanto das queixas sobre as dificuldades da vida.

E no que dizia respeito a Pilatos, a notícia era fresca.

– Sabe, meu amigo – dizia Jonas, dono da hospedaria –, aquela velha raposa que nos governou de maneira corrupta e sem escrúpulos, acabou pegando o que merecia.

– Como assim? – perguntou Zacarias, sem dar a conhecer que era procedente e recém-chegado da Palestina.

– Ora, homem, parece que você não vive em Roma! Não percebeu o entusiasmo com que os nossos patrícios receberam a notícia de que Pilatos caíra em desgraça?

Tentando não levantar suspeitas sobre a sua missão delicada junto àquele que era considerado inimigo da raça judia, Zacarias afirmou:

322

– É que nos últimos meses estive em viagem por terras distantes e só regressei recentemente, não tendo tempo, por isso, de me inteirar das novidades.

– Bom, se é assim, sente-se para não cair das pernas – falou Jonas, oferecendo-lhe uma caneca de vinho, que Zacarias não havia pedido e na qual não tocou. Corre a informação de que a administração de Pilatos na Judeia ia muito bem para os interesses de Roma, até que foi mandada uma missão investigativa liderada por um senador, um tal Lentulus não sei de quê, e que, para espanto dos seus pares do Senado e do próprio imperador, descobriu verdadeiros escândalos que envolviam não só o governador nomeado, mas igualmente os nossos próprios representantes religiosos, que se acumpliciavam para a manutenção de privilégios odiosos. Além do mais, descobriram-se os métodos cruéis com que o governador procurou vingar a morte de seus cúmplices, fazendo matar mais e mais judeus a fim de intimidar qualquer desejo de produzir novas vítimas entre os romanos.

Tudo isso foi juntado em um grosso processo onde não faltaram provas e, há alguns meses, tem sido objeto de avaliação pelos senadores e, com o apoio de Tibério, deliberaram trazer Pilatos para a capital a fim de dar-lhe o destino que julgarem adequado e que nós mesmos não sabemos qual será.

Dizem outros, ainda, que se trata de uma punição dos deuses por causa de não ter feito nada que a sua autoridade poderia fazer para livrar um inocente profeta de nosso sangue da cruz da injustiça onde morrera.

Aliás, a fama desse homem correu o mundo e já há, por aqui, muita gente interessada em saber o que ele realizara de tão maravilhoso, já que muitos de nós não pudemos conhecê-lo nem ouvir seus ensinamentos que, dizem, ser de profundidade inigualável, a ponto de produzir nos nossos sacerdotes e líderes religiosos o pavor que os levou a pedir sua crucificação injustamente.

O certo é que, em nossas conversas ainda não apareceu ninguém que nos informasse melhor sobre esse homem que uns dizem se chamar Jesus, outros falam que se chama Cristo, outros dizem que seu nome é simplesmente Messias ou Profeta...

Cada um dá um palpite e ninguém consegue explicar direito.

Escutando-lhe as referências ao seu Mestre Amado, Zacarias entendeu que sua tarefa poderia ser mais ampla do que ele mesmo havia pensado. Calou-se, no entanto, para que se concentrasse, primeiro, em Pilatos.

323

– Bem, se Pilatos foi chamado até aqui, estará esperando alguma deliberação formal das autoridades administrativas? – perguntou Zacarias.

– Não sabemos. A única certeza é que foi recolhido à prisão Mamertina, verdadeiro antro de terror, onde ficará esperando que seja levado até as cortes de Justiça que deliberarão sobre seu destino.

– Prisão, antro de terror... – aquele prédio imponente me parece menos assustador do que suas palavras o revelam.

– É porque você está afastado daqui há muito tempo. Ali são perpetrados os piores crimes de que se tem notícia, ligados aos destinos do Império e não é raro que alguém que entre lá não demore muitos dias a sair, de um jeito ou de outro: ou sai para ser executado, ou já sai morto mesmo, assassinado.

– Jesus..., eu preciso andar rápido – falou Zacarias, como que conversando consigo mesmo.

– Como é? – perguntou Jonas sem entender a exclamação reticente do interlocutor.

Percebendo a curiosidade do seu companheiro de conversa, Zacarias procurou levar o assunto em outro rumo, afirmando:

– Não é nada, é que me lembrei que tenho alguns compromissos a cumprir e não posso perder meu tempo, já que, como um prisioneiro dessa prisão que você acabou de falar, todos nós estamos presos a assuntos que temos que resolver, não é?

– Ah! Sim, meu amigo, a vida é uma prisão sem grades cujas penas são piores do que a perda da liberdade.

Deliberou sair, assim que pudesse, para ir até o local onde vira penetrar o governador.

A manhã já ia alta quando chegou ao posto avançado que dava acesso à prisão e, usando os rudimentos de latim que já lhe haviam permitido entender-se com Pilatos, anos atrás, procurou falar com o soldado que ali estava, com naturalidade.

– Senhor centurião, grande representante de César, posso oferecer meus préstimos para consertar suas botas de soldado com as quais você marcha para defender todo o Império?

Zacarias estava tentando ser amável e enaltecer aquele que ele sabia ser, apenas, um soldado de plantão no portal de entrada da guarnição, mas que, como todo ser humano de todos os tempos e lugares, sempre se verga à lisonja e ao elogio.

324

– E o que você faz, meu velho? – falou o soldado, dando-lhe um pouco de atenção.

– Sou sapateiro e posso consertar as suas botas e as botas de seus amigos por um preço muito barato e o faço aqui mesmo, se me permitirem.

– Como assim? Não tem que levar nossas botinas para a sua oficina?

– Não, meu senhor. Se me permitirem, posso trazer meus instrumentos e ferramentas para cá e trabalharei aqui dentro mesmo, consertando o que me for possível, no tempo mais rápido e pelo custo mais barato.

– Bem, eu não posso lhe dizer nada sem antes consultar meu superior. Volte à tarde para receber a resposta.

– Agradecido, meu senhor.

Zacarias estava tentando começar a tarefa de aproximar-se de Pilatos, buscando servir humildemente, como sapateiro, aos soldados que ali estavam instalados.

Na verdade, a autoridade romana era muito organizada quanto a diversos processos de administração, mas no que dizia respeito aos soldados individualmente, havia sempre uma certa negligência que os obrigava a cuidar pessoalmente de seu material pessoal. Se o Império lhes fornecia o uniforme, os materiais com que exerceriam a função de soldado e o treinamento que os prepararia para as tarefas, a carreira militar, por outro lado, impunha-lhes o dever de se manter e preservar os instrumentos que lhe pertenciam para o exercício da função. Desse modo, os soldados deveriam, com o pagamento que recebiam, preservar os seus uniformes e seus instrumentos dentro do padrão adequado e, se algum acidente danificasse tais materiais, cabia-lhes o dever de consertar por sua própria conta.

Assim, sempre havia os que estavam às voltas com problemas pequenos, mas que poderiam criar dificuldades pessoais em face das rígidas regras da disciplina militar.

Por isso, a apresentação de um sapateiro que prometia conserto barato sem necessitar afastar-se o soldado em busca de sapateiro, facilitaria muito as coisas e a ideia fora bem recebida no seio dos que prestavam o serviço naquele meio difícil.

À tarde, com a chegada de Zacarias ao mesmo posto de vigilância, foi ele conduzido para conversar pessoalmente com o superior, que o recebeu sem desconfiança, em face de identificar nele a figura inofensiva de um ancião com desejo de ganhar alguns trocados para não morrer de fome.

Tratava-se de Lucilio Barbatus, o mesmo soldado que estivera no porto dias antes, quando da chegada do navio trazendo Pilatos.

Depois de saudar o superior daquele soldado com quem falara anteriormente, o centurião dirigiu a palavra ao velho desconhecido:

– Bem, fui informado que, sendo sapateiro, você pretende consertar nossas cáligas e sandálias por um preço barato, é verdade?

– Sim, meu senhor. Meu desejo é poder servir o melhor que puder, sendo que me contentarei com pagamento modesto que me permita adquirir o couro para prosseguir os consertos, ao mesmo tempo em que possa ganhar para a comida de cada dia. Só isso.

– E esse valor lhe será suficiente para que execute o trabalho? Não irá, como todo o judeu que conheço, depois de iniciada a tarefa, pedir mais e mais, aumentar o preço e tentar negociar como se passasse a ter direitos maiores do que aqueles que foram originariamente estabelecidos?

– Não, meu senhor. Não tenho os hábitos de muitos de minha raça, negociantes astutos, que sabem levar as coisas para caminhos desagradáveis. O que estou dizendo, farei de bom grado. E se chegarmos a algum acordo, pode colocá-lo em qualquer documento que eu assino para não haver dúvida.

– Bem, isso é outra coisa. Preciso saber, antes, se sua capacidade o torna apto para o serviço. Suas ferramentas estão com você?

– Sim, senhor.

– Eis aqui, então, uma sandália que gostaria que consertasse. Se precisar de couro, temos algum aqui no interior da prisão.

E recebendo a peça a ser trabalhada, observou que, com talento e paciência, poderia resolver o problema sem gastar mais do que alguns rebites, alguns fios de linha grossa e uma boa dose de limpeza para recolocá-la em boas condições.

Deixado a sós por alguns minutos, Lucilio recomendou ao soldado de vigia que não o perdesse de vista, para que não sucedesse qualquer surpresa desagradável, permitindo, assim, que Zacarias realizasse sua prova de admissão sem ser molestado.

Depois de algum tempo, dirigiu-se ao soldado para informar que poderia chamar o chefe a fim de apresentar-lhe o fruto de seu trabalho.

Verificando o estado da sandália que lhe fora entregue por Zacarias, Lucilio franziu a sobrancelha e perguntou:

– Mas eu não disse que o senhor poderia trocar a velha por outra nova. Disse que era para consertar a antiga, apenas isso.

Sem entender que o centurião duvidava do que estava vendo, Zacarias tentou explicar, humilde:

– Não, meu senhor. Não se trata de outra nova. É a mesma sandália, consertada.

– Eu não acredito, homem. Deixe-me ver esta sua sacola aí, cheia de coisas, pois tenho certeza de que o par velho está enfiado aí dentro...

Avançou para Zacarias e, tomando-lhe das mãos a modesta sacola onde levava suas ferramentas, virou-a no solo em busca da sandália original e não viu nada além de utensílios de sapateiro.

– Não é possível, homem. Pelos deuses, que esta não é a mesma sandália que deixei aqui...

– É sim, meu senhor... – falou baixinho o sapateiro.

Gritando para o soldado da guarda, perguntou-lhe se o velho tinha se ausentado do local por algum momento, no que foi informado que Zacarias não tinha saído dali nenhum instante.

Vendo que suas dúvidas não poderiam ser explicadas por outra forma, teve que acreditar na palavra do judeu.

– Pois se é verdade que esta é a mesma sandália que lhe entreguei, quero que fique sabendo que você deve ter parte com o deus dos sapatos... – falou Lucilio admirado.

– Bem, meu senhor, todos temos parte com o Deus que nos deu os pés – respondeu Zacarias.

Agradado com a resposta sábia e profunda do ancião, Lucilio deu-lhe autorização para que começasse a trabalhar assim que pudesse e, desse modo, acertaram o início para o outro dia logo pela manhã.

Voltando para a hospedaria, buscou banhar-se e comer algum alimento, evitando deixar o interior da vivenda, eis que se sentia oprimido por aquela cidade imensa e, como lhe parecia ser, perigosa e devoradora.

Ao mesmo tempo, passara a escutar as conversas dos judeus que ali se reuniam para colocarem seus assuntos em dia e que, assim, favoreciam que Zacarias ficasse inteirado das novidades.

Sua capacidade de percepção se aguçara e, aproveitando-se de cada observação que era lançada à apreciação comum, pôde perceber que os judeus de Roma estavam absolutamente distanciados dos fatos e das novidades de Jerusalém, repetindo notícias equivocadas, perguntando-se a si mesmos o que teria ocorrido na terra distante à qual não regressavam há muito tempo.

Havia um desejo muito grande de informações e, como Zacarias pôde perceber, os que se haviam instalado na metrópole romana perdiam o radicalismo que era característico dos que se mantinham arraigados aos hábitos religiosos da capital dos judeus.

Naturalmente, boa parte desses que viviam em Roma mantinham hábitos de seus ancestrais e de suas tradições familiares. No entanto, o cosmopolitismo e a convivência com pessoas de todos os lugares do mundo haviam abreviado o rigor e a intolerância em seus espíritos. Muitos judeus se misturavam aos romanos em seus rituais pagãos, nos templos de seus deuses, como forma de se mostrarem dispostos a incorporar suas tradições a fim de poderem merecer-lhes a confiança nos negócios e arranjos financeiros.

A ausência de um policiamento religioso rigoroso permitia uma maior maleabilidade à mente dos que viviam por ali, de tal maneira que não se encontravam, como em Jerusalém, paixões religiosas que produzissem hostilidades brutais pela simples constatação da divergência de pontos de vista.

Em Roma, todos os judeus deveriam ser aliados uns dos outros e, por isso, deveriam tolerar as próprias diferenças para que se sentissem unidos contra o que consideravam o principal adversário – os próprios romanos.

Não se via o espírito de facção que havia na Judeia, onde fariseus, sacerdotes, saduceus, doutores da lei, escribas, samaritanos, nazarenos, todos se mantinham apartados em seus feudos regionais e se hostilizavam.

Em Roma, por força da provação comum que era possibilitada pela distância de casa, os judeus eram, antes de tudo, judeus no meio de romanos.

Assim, havia um espírito mais aberto sobre as diversas escolas que davam à religião o entendimento que lhes parecia mais adequado.

Com isso, Zacarias pôde perceber que não seria perigoso estabelecer um diálogo sobre a figura de Jesus, assim que se fizesse a oportunidade.

Afinal, Jesus era judeu como eles.

Tal se deu logo no dia imediato quando, depois de chegar das

328

suas atividades junto à soldadesca na prisão, Zacarias se aproximou de Jonas e lhe dirigiu a palavra, cortesmente:

– Meu amigo, preciso desculpar-me com você.

– Ora, Zacarias, por que isso se você não fez nada que me ofendesse?

– Sim, meu irmão, a sua generosidade me faz pesar a consciência e, por dever moral, devo confessar-me diante de seus bons sentimentos.

– Pare com isso, homem, você não me fez nada – repetiu Jonas.

– Bem, nada que possa prejudicá-lo, mas que, a mim mesmo, me tem torturado muito, enquanto ouço as conversas de nossos irmãos de raça aqui neste ambiente.

– Como assim?

– Bem, eu o havia informado de que estava viajando por vários lugares antes de chegar a Roma, o que me impedira de saber dos detalhes sobre os fatos que aqui ocorreram, lembra-se?

– Claro, lembro-me perfeitamente, Zacarias.

– Bem, conquanto isso não seja mentira, também não é a plena verdade e, diante de sua pessoa, que se demonstrou amiga e generosa para comigo, posso confessar-lhe que acabo de chegar de nossa terra querida, a distante Jerusalém.

A surpresa agradável estampou um sorriso no rosto de Jonas que, raramente, recebia notícias da velha cidade.

– Mas isso é uma maravilha, Zacarias. Você sabe que eu não tenho o direito de me meter na vida de meus hóspedes e, por isso, não fico especulando sobre a sua procedência ou o seu destino. Desde que paguem o que me devem, eu não tenho nada a ver com suas vidas. No entanto, com a sua revelação, minha alma se enche de venturosa alegria, pois por aqui são muito escassas as notícias de lá.

– Sim, meu amigo, e é por isso que eu me penitencio e não poderia manter essa condição oculta, vendo o desejo seu e de tantos irmãos que vêm até aqui para que possam ter notícias do que se passa em nossa Terra.

– Olha, Zacarias, sua estadia entre nós será um momento de reaproximação de nosso torrão distante. Se me permitir, hoje irei reunir alguns dos nossos mais chegados para que você nos relate tudo o que sabe, pois já há muitos anos nós não voltamos a Jerusalém, nem em cumprimento de nossas obrigações religiosas. Você me permite?

329

– Claro, Jonas, será muito bom conhecer a todos e falar da casa de nossos pais.

E assim foi feito. No meio modesto da estalagem, Zacarias, naquela noite, pôde colocar-se em contato com um grupo de amigos que tinham sede de notícias e que o escutaram embevecidos e curiosos, sempre perguntando sobre os acontecimentos políticos, religiosos, regionais.

E o fato de Zacarias ter percorrido muitas cidades do interior, permitira que ele trouxesse sua avaliação pessoal de muitas das regiões que haviam sido o berço de vários ouvintes, que se encantavam com as novidades. A descrição detalhada de modificações urbanas, a ação do conquistador romano na maneira de administrar a província, as transformações tecnológicas, ainda que rudimentares, a ampliação das casas para além dos muros velhos da capital, tudo isso era motivo de deleite para eles.

A questão religiosa também foi abordada, buscando todos eles informações sobre os boatos e as meias verdades acerca de Jesus.

Quem era ele, que doutrina professava. Se era inocente, por que acabou condenado? Foi mesmo traído pelos seus seguidores?

E quando Zacarias contou que era um dos seus seguidores e começou a relatar todos os fatos que presenciara, um brilho de esperança tomou conta da maioria dos corações que ouviam, reverentes, o relato daquele ancião sincero e amadurecido pela vida.

A madrugada chegou sem que eles o percebessem.

O dia iria nascer e eles precisariam trabalhar em seus negócios, mas já deixaram marcada para a noite seguinte a continuidade da conversação.

Zacarias estabelecera a primeira pregação do Evangelho na capital do mundo, em uma modesta estalagem, nos mesmos moldes do que lhe havia ocorrido em Nazaré.

E, por estranha que fosse a coincidência, ali também estava Pilatos, como o estivera em Nazaré.

O dia seguinte surgiria radioso para a alma daquele homem simples que, com o seu trabalho devotado e o seu desejo de amar a todos sem nada exigir, ia conquistando a confiança de Lucilio Barbatus.

Em uma semana, sua diligência e capacidade já haviam dado conta de consertar todas as meias botas que os soldados lhe apresentavam e, como o valor do trabalho era compensador, a fama do sapateiro espalhou-se por entre os soldados, que passaram a enviar até a prisão as peças de couro que desejavam arrumar.

330

Nas conversas privadas que tinha com Lucilio, Zacarias algumas vezes se referia a Jesus, pois o centurião lhe perguntara sobre os fatos acontecidos na Judeia, dentre os quais estava a crucificação de um inocente e que, diziam muitos, fora a desgraça de Pilatos.

E em muitas vezes, Lucilio se encantava com o entusiasmo sincero daquele ancião enrugado e barbudo que sabia sorrir e trabalhar com desinteresse e simpatia.

Certo dia, Lucilio estava muito abatido, já que estava tomado por uma sensação de mal-estar muito grande, sem condições de manifestar o bom humor como de costume.

Vendo-lhe o estado geral digno de piedade e que era enfrentado pelo centurião com altivez e coragem, em face de não poder demonstrar sua fragilidade perante seus subordinados, Zacarias tomou a liberdade de falar-lhe mais intimamente.

– Meu prezado centurião Lucilio, desculpe-me se lhe dirijo a palavra, mas me preocupo com seu estado de saúde. E ainda que sua fibra de caráter não o demonstre aos olhos dos seus subordinados, posso sentir que seu corpo físico está beirando o abismo doloroso.

Vendo-lhe a sinceridade e conhecendo-lhe o caráter fraternal, Lucilio nada respondeu, como a confirmar as palavras de Zacarias.

Estimulado pelo silêncio pouco usual na figura daquele romano efusivo e eloquente, Zacarias prosseguiu:

– Não pense que me sirvo de poderes que vocês catalogam como de bruxaria. Apenas coloco para funcionar a experiência destes olhos cansados que já viram muitas dores e aflições não declaradas e digo-lhe que, se me permitir, posso ajudá-lo em alguma coisa.

Constatando que Zacarias estava certo diante de suas reações orgânicas, Lucilio convocou-o a entrar em seu gabinete privado, onde despachava e resolvia as questões militares em silêncio e à distância dos olhares indiscretos.

Lá dentro, distante dos seus subordinados, Lucilio desabou em uma cadeira e, retirando o capacete, apresentou ao ancião a face lavada em suor abundante, o cabelo empastado e o olhar encovado que lhe dava a aparência de um enfermo grave.

– Veja, Zacarias, estou mal mesmo. Não sei o que se passa, mas hoje estou de pé por bondade dos deuses.

– Não pense que não haja solução para o seu caso, meu amigo. Se me permitir orar a seu benefício, acredito que Jesus poderá fazer muito por você.

331

– Mas esse negócio de oração eu já fiz e não deu resultado. Mandei meu irmão ir ao templo apresentar oferendas aos deuses da boa saúde, mas eles estão ocupados com outras coisas. Devem estar cuidando da saúde de nosso imperador...

– Bem, isso eu não sei. Posso apenas lhe dizer que Jesus o estará ajudando se você não se ligar às divindades de pedra, vazias de conteúdo. Jesus nos ama com um amor maior que tudo o que existe e, longe de qualquer desrespeito para com as suas crenças, posso lhe afirmar que nunca ocorreu que uma oração que eu tivesse feito com o mais sincero de meu coração acabasse sem resposta.

– Você acha que os judeus conhecem coisas que nós, os romanos, não conhecemos?

– Isso não os diminui em nada, meu amigo. Apenas lhe afirmo que há coisas muito mais profundas e nobres do que uma estátua fria. Há o coração, Lucilio.

– Sim, Zacarias, o coração sempre me pareceu ligado às conquistas femininas – respondeu o centurião.

– Sim, meu amigo, mas no fundo delas está o Amor que abastece o coração e impulsiona o homem para conquistar o ser que deseja para si, não é?

– É, no fundo é assim que funciona.

– Pois então. É desse amor que estou falando. Se permitir que seu coração possa senti-lo, portas poderosas se abrirão dentro de você para que a luz de um novo entendimento tratem não só o seu corpo, mas sobretudo a sua alma.

– E o que devo fazer para isso acontecer, Zacarias? Minha dor de cabeça é muito grande, meu mal-estar me diz que vou morrer à míngua.

– Pense em seu sentimento mais profundo, Lucilio. Por um pai, uma mãe, um filho, uma mulher que você ame profunda e respeitosamente. Pense nisso e acompanhe minhas palavras colocando o sentimento de Amor em cada pensamento. Feche os olhos e não se preocupe com mais nada. Estamos aqui fechados e nada ocorrerá que o possa ferir ou prejudicar. Você aceita?

– Se isso me ajudar, estou pronto, Zacarias.

Então, o ancião recolheu pequeno pote de água que havia ao lado da mesa e, elevando a voz naquele recinto, invocou a proteção de Jesus para aquele irmão enfermo, de maneira a tocar o mais profundo de sua alma.

Lucilio era um bom homem, apesar de estar envolvido em um trabalho que pedia rudeza e frieza de caráter. Tinha sensibilidade e era capaz de perceber coisas que outros não tinham tanta facilidade. Suas avaliações sobre problemas militares e decisões rápidas sempre eram mais próprias e melhores do que a de muitos oficiais superiores, o que lhe valeu a promoção para a chefia daquele posto. Sua honestidade e correção igualmente o haviam tornado digno de confiança a ponto de ter sido escalado para escoltar os tributos recolhidos nas províncias e trazidos até Roma pela galera que aportara trazendo Pilatos e Zacarias.

Assim, seus pendores de espírito estavam abertos para a percepção da realidade da alma e, deste modo, foi fácil para que sua vibração identificasse o poderoso influxo que vinha do Alto em seu benefício naquele momento de preces.

Zacarias se deixara envolver pelo mais puro de seus sentimentos, revivendo as imagens de Nazaré quando, em contato com a verdade do Evangelho, levou a cura que Jesus havia prometido a muitos miseráveis e desesperados.

Agora, pela primeira vez, estava orando em Roma, a capital do mundo da sua época, e percebia a existência de inúmeros necessitados, miseráveis e desesperados, espalhados pelas esquinas da grande cidade.

Suplicava pelo amigo romano a quem lhe incumbia amar como seu irmão e a súplica sincera e profunda penetrava os ouvidos de Lucilio, produzindo nele uma emoção desconhecida e profunda.

Quando terminou a prece, deu-lhe um pouco da água que ali estava e observou o estado geral de Lucilio.

O suor havia passado e uma atmosfera de alívio brotava de seu olhar admirado e confundido.

– Zacarias, se eu não o conhecesse, poderia afirmar que você é um bruxo dos mais poderosos – falou o soldado.

– E se eu não o conhecesse, diria que sua doença o iria matar, quando, na verdade, era apenas questão de fé, não de enfermidade.

– Como assim, meu amigo? Eu fiz apenas o que me pediu e, asseguro-lhe, nunca havia sentido o que senti aqui dentro. Um calor me subiu dos pés e me envolveu a cabeça de tal maneira que pensei que fosse cozinhar por dentro. Depois vi uma luz que caía do alto sobre você e, de suas mãos vinham até mim, penetrando em meu organismo como se fosse um raio que passasse pela minha pele para dentro e se perdesse.

– Isso só foi possível porque você teve fé, ou seja, abriu o seu coração para esse Amor que eu lhe expliquei. Essa coisa é que os romanos não conhecem e que os deuses não poderão lhes dar, pois são apenas estátuas frias.

– Mas isso pode acontecer de novo?

– Tantas vezes quantas você o desejar, desde que faça as coisas como expliquei.

– E quanto custa este tratamento fabuloso que me devolveu o bem-estar como que por milagre? Ponha preço que eu pagarei.

– Ora, meu irmão, isso nos foi dado de graça por Deus e ele nos pede apenas que entreguemos gratuitamente aos que necessitam. Como você viu, esse poder não me pertence. Pertence à fonte divina de onde emana, como pôde perceber quando viu a luz que caía do Alto. Agora, a entrega dela também deve ser feita sem cobrança de nada, pois ela não está no mundo para ser vendida. Está para ser doada.

E para mim é uma alegria poder ajudar você, entregando-lhe esse presente que Jesus nos enviou. Como ele falava quando curava as pessoas, nas muitas vezes que eu presenciei, também afirmo: Filho, a tua fé te curou.

Encantado com aquela filosofia de desprendimento e bondade, Lucilio desejou conhecer melhor o teor daquele poder desconhecido e avassalador, pedindo a Zacarias que conversasse com ele fora da prisão, para explicar-lhe melhor como as coisas eram.

Assim, vendo a sinceridade nos olhos de Lucilio, Zacarias convidou-o a comparecer na hospedagem para que acompanhasse seus relatos naquela noite em que voltaria a falar sobre a mensagem do Reino de Deus no coração dos homens.

E assim ocorreu.

A partir de então, Zacarias, Jonas, Lucilio e mais alguns amigos fundaram o primeiro núcleo de esclarecimento sobre a mensagem do Amor no coração do mais mundano dos aglomerados humanos daqueles tempos.

E, se os judeus o viram com desconfiança num primeiro momento, a presença de Lucilio foi aceita, depois, naturalmente, como garantia de segurança para suas próprias reuniões.

Enquanto isso, Pilatos aguardava na prisão que a morosidade dos processos de deliberação dos romanos indiferentes lhe permitisse prosseguir vivendo ou lhe desse morte honrosa, como ele mesmo achava que merecia.

O tempo, no entanto, trabalharia a favor dos interesses de Zacarias.

334

Conquistada a confiança e a compreensão de Lucilio, não foi difícil que Zacarias chegasse até Pilatos.

Afinal, Lucilio entendera o sentido de fraternidade e, por isso, reconhecia que o governador estava indefeso e, tanto como companheiro de caserna quanto como companheiro de humanidade, também ele merecia receber a palavra confortadora de Zacarias, naqueles momentos de agonia e angústia.

Assim, certa manhã, quando não havia muitas botas, cinturões e sandálias a arrumar, Lucilio permitiu a Zacarias aproximar-se da porta da cela onde Pilatos se encontrava, transtornado pelo tipo de recepção que lhe havia sido garantida.

A barba lhe havia tomado o rosto, ao longo das diversas semanas de reclusão sem higiene adequada. O alimento ruim lhe impusera uma forçada dieta e o desconforto do local lhe produziam dores em todo o corpo, acostumado que estava aos divãs macios, às almofadas perfumadas e aos tapetes fofos que se perderam nos dias do passado.

Para ele, foi uma surpresa que alguém lhe dirigisse a palavra naquele local que espelhava, apenas, a antessala da morte violenta.

Pelo orifício de uma portinhola guarnecida, Zacarias apresentou-se ao outrora poderoso governador da Palestina, reduzido a um farrapo emagrecido e sujo.

ZACARIAS SE DESDOBRA

Diz antigo adágio popular que a vitória tem muitos pais, mas a derrota é órfã.

E com Pilatos as coisas espelhavam exatamente esta realidade verdadeira e triste como reflexo da miséria humana.

Ali estava o todo-poderoso governador da Palestina, que até há poucas semanas contava com um sem número de apaniguados que se aninhavam à sua sombra, à cata de favores e de melhores posições, tão só pelo fato de serem base de sustentação.

Todavia, uma vez caído na desgraça imperial, não importava se injustamente ou com motivos reais para merecê-la, o certo é que agora ninguém se apresentava para solicitar informações dele ou prestar solidariedade ao prisioneiro.

Isso era demasiado doloroso ao procurador da Judeia, que se via afastado de todas as prerrogativas do cargo importante que exercera, além de ter que se ver diminuído perante a grande capital imperial.

Era homem de tradição militar na qual o orgulho é sempre um valor a ser preservado e defendido.

Assim, a humilhação, que em qualquer um já seria grande, nele era mais profunda e doída, levando-o à beira da insanidade.

Naturalmente imaginou que a sua chegada não seria acompanhada de paradas militares que o saudassem, mas jamais havia imaginado aquilo como recepção: a prisão nua e crua.

Nos primeiros dias, a revolta se estabeleceu de imediato, e seu caráter arrogante se opunha a qualquer contemporização. Gastara a voz em gritaria ensandecida através da qual conclamava os que o escutavam a que o libertassem, já que não havia sido acusado de qualquer crime formalmente.

No entanto, o silêncio que obtinha como resposta foi sendo cada vez mais doloroso ao seu espírito altivo, acostumado a mandar desde os tempos em que desempenhara as funções militares que o distinguiram à vista dos líderes romanos, na baixa Germânia, em especial na altura de Vindobona, atual Viena.

Voltemos, leitor querido, um pouco no tempo para entendermos o seu drama pessoal.

Ali desempenhara suas funções oficiais com destaque, já que a fronteira do Danúbio estava sempre envolvida em ataques bárbaros e conspirações estrangeiras, como ponto fraco do Império.

Em face do sucesso, fora trazido a Roma onde, à sombra da tradição de sua esposa, pertencente à nobre família patrícia, pôde receber as homenagens que se deviam a um homem de caráter forte e, naturalmente, violento.

Todavia, as fragilidades de seu espírito se apresentaram antes que a sua capacidade pessoal pudesse ser posta à prova em novas missões no estrangeiro.

Aproveitando-se da fama transitória e dando vazão ao seu espírito aventureiro, Pilatos se envolveu em um sem número de relacionamentos extraconjugais, que, a boca do povo contava qual tinha sido a última das romanas virtuosas que se tinha entregado aos seus encantos, todos os dias.

Naturalmente, esse conceito negativo feria o padrão de moralidade inaugurado por Augusto, mantido e ampliado por Tibério, depois que galgou o poder com a morte daquele.

A figura de Cláudia vinha sendo alvo de constante achincalhamento popular e a sua nobreza se recusava a adotar qualquer postura que viesse a desonrar o matrimônio e o marido.

Conhecia as suas fraquezas como homem e não estava disposta a igualá-las como é tão comum a muitas mulheres de todos os tempos. Mantinha-se de pé e com a consciência tranquila, fingindo não escutar a boataria e pedindo aos deuses que a ajudassem, bem como ao marido, a fim de que uma solução pudesse ser dada ao seu trauma pessoal.

Inúmeros setores da sociedade patrícia romana se mobilizaram em favor de Cláudia, ainda que, para preservá-la, tivessem de tentar ajudar Pilatos, afastando-o do centro dos escândalos onde se colocara em face de seu fugaz sucesso na frente de combate. Se permanecesse em Roma, na condição de herói que é sempre buscado pelas criaturas fragilizadas procurando ombro forte, não haveria sossego para a família, já que as próprias mulheres mais afoitas se incumbiriam de ser, sempre, a tentação que demandava a presa fraca para resistir.

A nova situação em que se achava encantava-lhe o caráter arrojado e isso o fazia se sentir quase como um deus. Tantas vezes ouvira histórias de oficiais homenageados por todos os tipos de festas, desde a que se originava nos palácios do Palatino e Aventino, no monte Capitolino, até as que se arrastavam noite afora, pelas ruas mais escuras, becos menos importantes, onde os soldados se misturavam com prostitutas e bebiam tudo o que viam pela frente, até o raiar do dia.

Naturalmente, para Pilatos, esses momentos de fama transitória lhe haviam feito muito bem ao ego, mas agora, estavam cobrando o seu preço. A família tradicional de Cláudia não iria aceitar que o seu nome fosse lançado à lama das ruas, pelo homem medíocre que se fizera mais respeitado tão somente por ter ingressado na sombra da tradição familiar patrícia a que Cláudia pertencia.

Por isso, conjugaram-se todos os esforços para que se lhe conseguisse um cargo que fosse, ao mesmo tempo, enaltecedor, e que o afastasse da capital, a fim de que os escândalos não ferissem a integridade da mulher respeitada a que se ligara.

Como já se explicou antes, foi por isso que Pilatos fora mandado para a Palestina, em uma nomeação que poderia ser interpretada tanto como prêmio quanto como punição.

Agora, depois que regressou nas condições que o leitor pôde observar, ninguém se dignou procurá-lo sequer para lhe estender um pouco de água. Seus companheiros de lutas se mantinham, na maioria, presos à antiga região da baixa Germânia, também conhecida por Gália, porque ali nunca era demais manter tropas hábeis e líderes enérgicos.

Os parentes de Cláudia não se interessavam por ele e, tão somente Fúlvia era alguém que, agora em Roma, poderia desejar visitá-lo, o que não ocorrera até aquele momento.

Diante deste quadro, não é difícil avaliar a surpresa que o prisioneiro experimentou quando ouviu seu nome sendo chamado por alguém à porta.

– Senhor governador, senhor governador... – falara Zacarias, balbuciante.

– Sim, sou eu mesmo, quem me chama? Tire-me daqui, rápido, pois eu estou encarcerado sem motivo – falou autoritário.

– Meu senhor, eu não tenho poder para tanto, mas estou aqui para servi-lo graças ao coração generoso do centurião responsável por esta prisão triste e difícil.

– Quem é você? – falou ansioso Pilatos.

338

– Eu sou seu amigo que, na medida do possível procurarei ajudá-lo no que suas necessidades e minhas possibilidades o permitirem.

– Como é seu nome?

– Eu me chamo Zacarias – falou sem procurar identificar-se, pois já havia transcorrido muito tempo desde aquele encontro nas cercanias de Nazaré.

Zacarias era um nome comum entre os hebreus, sempre acostumados a batizar seus filhos de acordo com a tradição religiosa de seus ancestrais.

Ouvindo-lhe a referência nominal, Pilatos comentou irônico:

– Quer dizer que ando tanto tempo, milhas e mais milhas, deixo a Palestina maldita, chego a Roma de todos os Césares e, em vez de ser visitado por um romano, o primeiro que me procura é um judeu. Eu mereço essa punição, confesso. Está à cata de vingança como a maioria das víboras de sua raça? Deseja matar-me ou conferir o que os próprios romanos estão fazendo comigo para escarnecer de minha sorte? É enviado de Anás ou Caifás para ver meu destino de dor diminuir minha autoridade perante eles?

– Não, meu senhor, sou apenas um servidor que aqui está atendendo a um chamamento de um amigo que me pediu o acompanhasse por onde passasse. Assim, estarei por aqui sempre que me permitirem e, se não for ofendê-lo, meu patrão – aquele que me mandou para ajudá-lo – pediu que eu me informasse quais são as suas necessidades imediatas para que elas possam ser supridas.

– Bem, Zacarias, eu não posso imaginar quem seja esse homem, mas vindo de alguém como você, naturalmente deve ser um patrão judeu. E como todos eles, mesquinhos, interesseiros, avarentos, oportunistas, negociantes ao extremo, imagino que tal auxílio não me custará pouca coisa. Por isso, diga ao seu patrão que eu não tenho nada mais na vida e que, apesar de sua generosa oferta, não poderei aceitá-la já que a deusa Fortuna deu as costas para mim.

Vendo que seu pensamento funcionava com rapidez e certa lógica, Zacarias buscou manter diálogo saudável e inspirador com ele, o que se tornou difícil diante de seu pensamento derrotista e fragilizado.

– Eu não tenho amigos... – falava exasperado. Sequer entre os romanos eu possuo alguém que me procure para solidarizar-se comigo. Que dizer amigo entre os judeus que eu tive de dirigir como um estrangeiro, tomando-lhes os recursos na forma de tributos.

Quem o mandou aqui deve ser um tremendo sátiro, a gozar das desgraças dos outros e inspirar-se para suas comédias. Ou então deve ser um tolo que não sabe o que está fazendo, ou um vingador que quer minha cabeça.

Atormentado pelo período de prisão, Pilatos via inimigos por todas as partes. Durante a noite, suas vítimas vinham acusá-lo dos crimes que ele ordenara ou que se cometeram em seu nome ou com a sua autorização. Inúmeros espíritos juraram vingança contra aquele homem importante que se via imprestável, agora, para qualquer perseguição.

Seu sono não lhe permitia descanso, pois tão logo seu espírito saía do corpo físico, se deparava com uma grande quantidade de cobradores, sócios de delitos, mulheres enganadas em seu afeto, maridos que o odiavam por sua conduta agressiva no esforço de seduzir suas esposas, pais que o odiavam por verem suas filhas aliciadas pelos sacerdotes a fim de que seu leito estivesse sempre bem recheado de formas femininas tentadoras.

Sempre estava sendo convocado a defrontar-se com seus crimes e isso produzia uma aversão ao sono, propiciando-lhe longos períodos sem dormir e, consequentemente, sem descanso.

Ao mesmo tempo, o espírito de Sulpício Tarquínius se imantara ao seu senhor, colando-se magneticamente a Pilatos, aumentando-lhe a irritação e o desequilíbrio emocional, já que, antes ou depois da morte do corpo físico, os que são parecidos, os que se afinizam em temperamento, gosto, paixão, idealismo, crime, vício, estes se atraem uns aos outros.

Assim, ao seu lado se encontrava Sulpício, desde que se deu sua desencarnação e, a partir daí, sua presença se fez sentir com mais crueldade junto do governador que, inspirado por suas maldosas sugestões mentais, mais e mais amargas tornou as perseguições aos moradores da Samaria.

Daí porque Pilatos se entregara à tirania, ao insano desejo de fazer vítimas para desforrar a morte de seu lictor.

Era a presença espiritual de Sulpício ao seu lado que lhe produzia, no espírito naturalmente violento e opressor, ainda mais opressão e violência.

Esse era o panorama espiritual de Pilatos que, na prisão, somente fisicamente se apresentava solitário. Ao seu redor, uma chusma de adversários, sócios, servidores, comparsas espirituais, todos se congregavam presos ao desejo do exercício do poder e das vantagens que ele propiciava.

Meditando rapidamente sobre a sua situação, o governador levou em conta a sua relação com os poderes romano e judeu e, a ironia

340

de estar ali, à mercê da vontade romana para seu julgamento e da benevolência judaica que lhe estendia o auxílio.

Como negar-se a recebê-lo, quando, em verdade, seus melhores amigos ou aqueles que ele pensava, ingenuamente, ostentar esse título tão significativo haviam preferido bani-lo de suas vidas?

Assim, apesar de não ter conhecimento ou lembrança de onde é que viera aquele velhinho, a sua simples presença naquele local, sobretudo por causa de seu absoluto isolamento ou até mesmo em face de um próximo resgate da liberdade, quem sabe através de uma fuga facilitada por algum simpatizante de sua causa, tudo isto representava para ele a chance única à qual tinha de se agarrar.

Olhando para o vão da porta, respondeu indiferente:

– Bem, Zacarias, diga ao seu amigo que se ele pretende gastar seu tempo com coisa que não vale a pena, eu lhe agradeço se puder me trazer algumas frutas ou algum alimento que se possa comer, pois estes que me entregaram até hoje são incomíveis. Nem as ratazanas que aqui não param de perambular se animam a provar os temperos de tais iguarias.

– Está bem, meu senhor. Amanhã retornarei trazendo alguma coisa. Depois conversaremos mais. Até lá.

E dando por encerrado o breve contato, Zacarias se sentia feliz por ter conseguido penetrar nas barreiras mais difíceis de serem vencidas, graças à confiança em Deus e ao modo generoso, sincero e verdadeiro com que ele se comportava perante os soldados.

Lucilio já lhe entendia a tarefa no interior da prisão. Não era apenas para consertar sapatos que Zacarias desejava entrar. Ele entendera, depois que conhecera a mensagem de Jesus, que todos nós estamos onde estamos para fazermos o melhor pelos nossos semelhantes.

Assim, ele próprio já se vislumbrava mais amistoso com os demais soldados, procurando ajudá-los em seus problemas pessoais e fazendo com que mais de um deles o acompanhasse à reunião noturna que se fazia na hospedaria de Jonas.

No dia seguinte, à hora combinada, Zacarias penetrava na infecta fortaleza, para dar continuidade ao trabalho que desenvolvia ali dentro, ao mesmo tempo em que, no momento adequado, Lucilio lhe permitiria a paz necessária para que ele pudesse conversar com Pilatos mais intimamente.

Levou consigo uma provisão de frutas frescas e secas, sementes fortalecedoras, um pouco de água limpa e um odre pequeno com uma porção de vinho suave.

Levou, ainda, azeite e mel como elementos curativos para eventuais feridas.

Quando Lucilio o conduziu à cela, com a voz embargada pela emoção da lembrança de Jesus, Zacarias pediu-lhe sincero:

– Meu filho, você tem sido tão generoso comigo que eu me envergonho de lhe pedir uma coisa a mais, dentre tantas que já me propiciou.

E como Lucilio venerava aquele velhinho que todas as noites ia evangelizando sua alma, pôs-se à disposição de Zacarias para atendê-lo em qualquer pedido, desde que isso estivesse dentro de suas atribuições.

– Eu gostaria de falar com o preso olhando-o frente a frente.

– Mas eu não posso permitir que ele saia da cela, Zacarias... – falou titubeante o centurião responsável.

– Eu sei, meu amigo e não foi isso o que eu pedi. Pedi para falar pessoalmente com ele e, se ele não pode sair, deixe-me, então, entrar lá para lhe falar com o coração...

A nobreza daquele ancião era de emocionar. Estava pedindo para entrar na cela quando qualquer pessoa normal não desejava sequer passar pela calçada externa que margeava a prisão, famosa por sua dureza para com os presos.

– Não será perigoso? Você está sob minha responsabilidade, Zacarias.

– Veja, Lucilio, estou aqui carregando somente estas frutas e este pouco de água e vinho que faço questão você examine para ver que não há qualquer objeto que possa facilitar a fuga do prisioneiro.

– Sim, não é isto que eu quero dizer. Quero dizer que, com você lá dentro, será fácil que ele obtenha um refém e procure negociar sua fuga, meu amigo.

– Não acredito que isso seja possível acontecer, Lucilio. Seu estado é de absoluta debilidade e muito me espanta que a cabeça esteja tão lúcida como pude avaliar ontem em nossa rápida conversa.

Além do mais, eu não valho nada e se ele pretender sair da prisão me usando como objeto de troca, está perdido. Eu o autorizo a permitir que ele me mate a dar-lhe liberdade a esse preço.

Convencido pelos argumentos amigos daquele homem insus-

342

peito e corajoso, Lucilio, então, esboçando um gesto de contrariedade, afirmou:

– Você tem muita coisa a nos ensinar sobre Jesus, Zacarias. Veja lá se não vai se expor em demasia, acabando por ser assassinado por esse doido e nos deixando órfãos do Reino da Verdade. Sem você, a quem escutaremos?

– Eu lhe agradeço, Lucilio, pois sua compreensão irá entender que o que estou tentando fazer é justamente viver o que Jesus nos aconselhou e, sem medo de errar, posso lhe dizer que este seria o gesto que o Messias teria tido para com um aprisionado. Mesmo que ele fosse culpado e tivesse sua culpa provada.

Esta é a verdade que Jesus pregou e pediu que vivêssemos. Que nos amássemos uns aos outros como ele nos amou.

E falando isso, aceitou entrar na cela imunda onde Pilatos fora recolhido e estava esperando pela concretização de seu destino que seria decidido, finalmente, pelo conjunto dos senadores romanos que tinham-se unido a Flamínio para o exame das arbitrariedades relatadas por Públio.

✳✳✳

Enquanto Zacarias tem a sua primeira entrevista pessoal com o governador, nos bastidores do poder romano as peças se moviam para que o destino seguisse o seu curso.

Uma vez regressando a Roma, Sálvio e Fúlvia voltaram a ter o estilo de vida tola e dissoluta que ele quanto ela levavam em Jerusalém.

No entanto, o espírito vingativo de Fúlvia foi tomado de temores quando soube da derrocada do governador, seu cunhado e ex-amante. Acreditando que a sua condição de prisioneiro poderia comprometer-lhe a posição na capital do império, local de onde não pretenderia nunca mais sair, a mulher mesquinha igualmente passou a temer pela possibilidade de Pilatos revelar as intimidades que manteve com ela ou que, no curso do processo, tais fatos fossem revelados publicamente, o que seria um escândalo ainda pior do que o que o governador houvera protagonizado há mais de uma década.

A sua conduta, como amante de seu cunhado, na casa de sua própria irmã Cláudia, seria extremamente perigosa para a sua reputação já dúbia. Por isso, Fúlvia se valeu de todos os recursos de que dispunha para conseguir com que Pilatos fosse mantido preso e, se possível, exilado.

Naturalmente que a sua condição feminina e a sua peculiaridade de estar casada com o pretor Sálvio dificultavam-lhe a mesma licenciosidade constatada na Palestina distante.

Todavia, não deixou de insinuar-se perante homens sem muitos escrúpulos morais, que viam no poder que exerciam as mesmas oportunidades de devassidão, obtendo deles o compromisso de lutarem pelo banimento de seu cunhado, sem revelarem, contudo, a sua interferência.

Ainda lhe doía, antes de tudo, a perda da preferência em face de Lívia que, nitidamente, passara a postar-se como o objetivo maior do ex-governador. Essa troca, no imaginário feminino, produzira em Fúlvia o efeito arrasador que sói acontecer em todas as pessoas egocêntricas, quando deixam de ser colocadas no centro do mundo dos outros.

Jurou que se vingaria de Pilatos e, agora, estava buscando realizar tudo ao seu alcance para conseguir afastá-lo para sempre de seu caminho.

Fez correr propinas gordas, aceitou rebaixar-se moralmente, deitando-se com velhos influentes e repugnantes, tão só para conseguir o que desejava.

Assim, graças aos seus esforços, a sua causa ia ganhando campo e, no espírito de boa parte das autoridades, o caso Pilatos era uma vergonha da qual se devia livrar, senão pela execução, ao menos pelo banimento.

Matar o romano que muito fizera pela manutenção da ordem seria indigno dos seus pares. Todavia, usá-lo como exemplo para que outros como ele não se estimulassem a conduzir os negócios do Estado pelos caminhos da corrupção, seria algo apropriado, pedagogicamente falando.

Assim, enquanto Fúlvia tecia sua rede de influências para prejudicar aquele que lhe servira aos caprichos femininos e, com isso, mais e mais se comprometia diante das leis do Universo, Zacarias se apresentava perante o governador, levando-lhe a receita alimentar que o pudesse sustentar no amargo transe em que estava vivendo.

Buscara o apóstolo tratar de suas enfermidades, muitas delas consistentes de mordidas de ratos, infectadas pelo estado sórdido das masmorras imperiais.

Além disso, deixou que Pilatos falasse tudo o que queria, já que fazia muito tempo que o governador não tinha com quem conversar e, por isso, naturalmente precisaria colocar para fora toda a torrente de indignação e revolta que marcavam a sua estada em Roma. Já havia passado mais de um mês de sua chegada e aquela era a primeira vez que alguém, que não fosse soldado, entrava em sua cela.

344

Vendo o estado geral, Zacarias procurou arrumar as coisas e organizar um pouco a bagunça generalizada. Pediu a Lucilio que lhe permitisse limpar o lugar, varrendo e combatendo os ratos, retirando o feno apodrecido que lhe serviria de colchão e substituindo por algo mais compatível com o local e com o prisioneiro.

Fez ver ao centurião que ninguém deixaria de ser prisioneiro se dormisse em uma cama de campanha, dessas que os militares estavam acostumados a usar em suas incursões de conquistas. E suas argumentações a favor do prisioneiro tinham tanto de verdadeiras e humanas, generosas e doces, que Lucilio outra coisa não fazia senão atendê-las. Afinal, também, estavam tratando de um romano conhecido e respeitado por seus feitos no passado.

Assim, o panorama interno da cela de Pilatos foi renovado com a presença daquele ancião que mais parecia um anjo tutelar do que um reles sapateiro.

As vestes de Pilatos foram trocadas por roupa limpa que Zacarias comprou e trouxe ao prisioneiro. Com os aparelhos de corte específicos para as tarefas de sua profissão, o velhinho cortou os cabelos crescidos e desalinhados do governador, aparou suas unhas e cortou a barba hirta, de modo que, ao final de alguns dias, o homem já estava mais integrado novamente à sua condição humana, tornando-se mais doce e cordial, apesar da situação que não se alterara e que considerava injusta.

Todavia, o carinho de Zacarias, que nunca o desafiara, que nunca lhe apontara os erros do passado, que sempre tinha um conselho amigo e cordial, que não feria a sua suscetibilidade de homem fracassado, isto tudo ia, sutilmente, abrindo caminhos dentro da armadura daquele romano imaturo que a experiência do sofrimento estava retemperando.

Ao término da primeira semana, os cuidados de Zacarias haviam produzido, no interior da cela, a transformação necessária para que Pilatos não se sentisse mais prisioneiro e sim um hóspede a quem era impedida a saída do quarto. Por isso, Zacarias procurava fazer-lhe as vezes, trazendo-lhe tudo o que ele precisasse, facultando-lhe a realização dos menores desejos. E para tais gastos, o apóstolo contava com seus próprios recursos, largamente economizados desde a venda de sua casinha em Emaús e, agora, ajudado pelos amigos da hospedagem de Jonas que, compreendendo os deveres de Zacarias para com o sofrimento daquele homem pecador, tudo procuravam fazer para ajudá-lo a cumprir a solicitação pessoal de Jesus.

Quando os seus amigos de conversas noturnas souberam que Jesus havia pedido a Zacarias que acompanhasse Pilatos pessoalmente, a fim de que ele recebesse a palavra do Reino de Deus, todos se deixaram

345

envolver por um rio de lágrimas emocionadas e, imediatamente, se solidarizaram, como se o Mestre os tivesse convocado a todos para essa realização.

Assim, passara a ser a estalagem de Jonas aquela que se responsabilizaria pelo fornecimento do alimento a Pilatos e a alguns dos soldados da prisão, vitimados pelos maus tratos e pelas tragédias pessoais que lhes impunham uma condição de quase miserabilidade. Os outros amigos se conjugavam para fornecer as roupas, ajudar na arrumação, providenciar alguma mesa pequena e cadeira para que Pilatos tivesse onde se sentar, arrumar a pequena cama de campanha onde pudesse dormir.

Tudo isto, em decorrência da força que a mensagem de Jesus havia semeado no coração daqueles homens por causa do exemplo humilde de Zacarias.

As orações noturnas eram feitas sob o véu da gratidão e da alegria verdadeira, tornando todos os que se conheceram naquele local, irmãos pelos laços verdadeiros do espírito, solidários em todos os momentos e, por assim dizer, os primeiros divulgadores da verdade cristã, através de suas próprias transformações.

Roma era muito grande para se importar com um pequeno contingente de almas abnegadas e solidárias.

Por isso, ainda estava longe o dia em que, tornando-se avassaladora, a verdade cristã seria perseguida pelos governantes e punida com os espetáculos horrendos nos quais os cristãos enfrentavam o martírio das feras ao som dos cânticos de fé inabalável.

Aquele grupo seria o embrião de novos grupos. A escrita que Simão houvera dado a Zacarias multiplicara-se em cópias que passavam a circular entre os frequentadores assíduos de tais encontros, levando-se a mensagem de renovação e esperança ao seio de uma comunidade pervertida pela miséria moral , pelas injustiças sociais, pelos descalabros administrativos, pelo modo mundano e pagão de se relacionar com as coisas divinas.

Roma estava pronta para ser incendiada. E os primeiros cristãos estavam começando a acender o pavio.

Esse foi o verdadeiro incêndio em que a cidade das sete colinas, efetivamente, se viu envolvida. Não o que o visionário e alucinado Nero ateou para o deleite de seus olhos perturbados, à cata de inspiração.

A cidade começara a arder antes, pelo fogo lento e imperceptível da verdade e do Reino de Deus que começara a subir dos mais baixos

346

patamares do povo até crestar os tronos mais dourados e poderosos que, igualmente, séculos depois, foram tragados.

O impulso de ajudar Zacarias a ajudar Pilatos tomou conta daquele grupo de homens e em Roma, pela primeira vez, se viu um grupo de pessoas reunido tão somente pelo bem-estar de outrem, sem lhe apreciar o mérito ou lhe impugnar o caráter com os vícios e erros de outrora.

Todos estavam fazendo o que Jesus pediu. Odiavam o crime, mas amavam o criminoso.

Isso estava transformando Pilatos, que deixara de ser um homem mesquinho e passara a apreciar a conversação que, agora, acontecia também na presença de Lucilio.

Eram momentos agradáveis e, em breve, Pilatos os apreciaria ainda mais.

Isso porque, à medida que Zacarias lhe ia fornecendo o que suas necessidades solicitavam, ainda que seu orgulho não o pedisse, mais e mais o prisioneiro vinha desejando saber quem é que havia enviado o velhinho para cuidar dele com tanto préstimo e zelo.

Zacarias, para não lhe ferir o espírito, recusara-se, até então, a revelar o que tinha acontecido.

A Vergonha de Pilatos

Terminada a primeira semana em que Zacarias pôde levar até o prisioneiro o carinho de sua atenção, e durante a qual o mesmo se viu mais acolhido pela solicitude dos únicos amigos que lhe prestavam atenção – o velho apóstolo e o centurião Lucilio – Pilatos já se encontrava mais calmo e aberto para que outras coisas lhe pudessem chegar ao espírito rebelde.

Natural que as pessoas que se deixam levar pelo caminho do atendimento de todos os seus caprichos se tornem crianças perigosas, eis que julgam possuir todos os direitos e não suportam ter contrariado o menor de seus desejos.

Assim, a conduta de Pilatos, nos primeiros momentos da prisão, fora a do infante revoltado ao qual se negara a realização absurda de seus caprichos e que, por isso, se atira às reações inconsequentes com que a imaturidade sempre protesta.

A maturidade espiritual dos homens se mede pelas suas reações nos momentos de contrariedade de seus desejos e direitos.

Assim, depois de vencida a primeira fase, durante o mês inicial de sua reclusão e esquecimento, o governador deposto se apresentava mais cansado em seu íntimo, o que facilitou que Zacarias pudesse se apresentar como o companheiro devotado que atendia às suas necessidades.

Por isso, gradualmente, Pilatos foi se afeiçoando àquele ancião que lhe dedicava tanto carinho, e se admirava por sua capacidade de entrega, indo àquela prisão perigosa tão somente para dar-lhe consolação.

Tal comportamento não encontrava paralelo nas experiências do dia a dia daqueles tempos, onde o egoísmo aconselhava que cada qual

348

se embrenhasse na conquista de vantagens para si mesmo e para os seus, ainda que à custa de passar os outros para trás.

Então, depois de passado o primeiro período e transcorrida já uma semana em que Zacarias se dedicava pessoalmente ao seu conforto material, Pilatos dirigiu-se ao ancião, nestes termos:

– Prezado amigo, a sua presença aqui transformou este quarto de prisão em gabinete e, se é verdade que ainda é uma prisão, o certo, no entanto, é que se apresenta mais aceitável e não me causa náuseas. No entanto, desconheço de onde provém esta solicitude que representou um bálsamo ao meu coração desventurado.

Acostumado às disciplinas militares e a condutas governamentais que sempre pautaram sua preocupação pelos números e estatísticas, sempre me mantive distante das realidades pessoais que agora se me apresentam. E encontrando a verdade de muitos nas paredes desta cela imunda, pude ver por dentro aquilo que representou o destino de muitos homens que julguei sem piedade. Quantas criaturas não enfrentaram as condições iguais ou piores do que estas tão somente porque eu estava de mau humor naquele dia fatídico em que seu destino esteve em minhas mãos? Quando meus humores estavam harmoniosos, fácil seria aproximar-me das ideias de compreensão ou moderação. No entanto, bastava que se me alterassem os sentimentos, por pequena contrariedade, que processos iguais por delitos idênticos recebiam pesos e tratamentos diferentes em virtude de minhas disposições modificadas.

Agora, percebo que governar é muito diferente de ser governado, e que a impotência dos que submetemos às nossas leis torna suas vidas algo quase sem valor, como se apresenta a minha própria, neste lugar.

Ouvindo o seu desabafo com interesse e solicitude, Zacarias deixou que as coisas seguissem seu curso natural, respondendo apenas:

– Sim, meu senhor, nada é a mesma coisa quando passamos pelas situações que impomos aos outros.

– É, Zacarias, e se me permite confiar em seu coração generoso e experiente, estes dias na cadeia me fazem pensar em muitas coisas e me arrepender de muitas outras.

– Sim, meu senhor? – respondeu-lhe o ancião, como que indagando com curiosidade.

– Sim, Zacarias. Muitas vezes puni com o rigor da lei, que mandava dar cadeia a quem a merecesse e, nestes casos, minha consciência de nada me acusa. Muitos malfeitores se valem do anonimato para produzirem males e prejuízos que precisam ser combatidos com o rigor da lei e, ao fazê-lo em nome de uma disciplina e de uma civilização que Roma representa mais perfeitamente, sinto que meu interior me aprovava a conduta e que eu era escravo da posição que ocupava.

No entanto, meu amigo, a consciência me acusa de muitas coisas que eu fiz me valendo da condição de poder que exercia, em detrimento de meus deveres diretos ou indiretos. E ao me colocar neste momento diante da vontade dos deuses que parece terem me abandonado, posso confessar-lhe que fiz por merecer esse afastamento das divindades que, certamente, perderam a paciência com o meu acumulado de débitos e iniquidades.

Mulheres desonradas, a começar por minha própria esposa. Filhas de pessoas honestas que me eram conduzidas por cúmplices de crimes para que meus caprichos sexuais fossem saciados, devolvendo-as privadas da honra que lhes era tão importante, compensadas por algumas moedas que, por mais valiosas que fossem, eram sempre miseráveis para medicarem o sentimento ferido na alma usada e desrespeitada.

Negociatas escandalosas envolvendo autoridades laicas ou religiosas, sempre visando o acerto de interesses nas ambições ocultadas pelo véu espesso da noite criminosa, na qual se faziam os ajustes da pantomima que se encenaria no dia seguinte.

Não, Zacarias, tudo isto me faz pensar, agora, quando a frieza destas paredes me reserva a dura realidade de meus atos, que os deuses de meus pais e meus antepassados se afastaram de meu destino vil e criminoso e, acima de tudo, me permitiram recolher os dardos envenenados que espalhei por onde andei.

No entanto, vou revelar-lhe algo que nunca disse a mais ninguém.

Dentro de minha consciência, um ato nefasto, particularmente, me acusa como déspota e miserável.

E ao fazer menção a esta delicada parte de seu passado, Pilatos se deixou envolver por uma melancolia que o reduzia à condição de miserável criatura, envolta em um misto de indignação, medo e vergonha de si mesmo.

Parece que, de dentro de seu ser, uma outra realidade humana se levantara para acusá-lo com astúcia e crueldade.

Buscando se manter em equilíbrio, o governador falido conteve os impulsos destrutivos de suas emoções para poder continuar.

— Agora que me vejo ajudado por uma criatura tão doce e humana como você, Zacarias, é que tenho a noção da imprestabilidade

350

de minha alma e, no fundo, posso aquilatar o porquê de ter sido abandonado pelos deuses de meus ancestrais.

E me sinto ainda mais envergonhado por tudo o que realizei ou deixei de fazer.

Dar cadeia ao culpado é até um ato de justiça digno de nossa civilização, que procura corrigir. E se eu lhe dissesse que fui tão despótico e animalesco, que dei a morte a um inocente?

Nesse momento, uma torrente de lágrimas invadiu-lhe a garganta e soluços dolorosos e profundos brotavam de todo o seu ser, como se não fosse apenas o seu corpo que chorava, mas todo o seu espírito se contorcia em acessos compungentes de sofrimento.

Zacarias acercou-se do prisioneiro e abraçou-o, sem tentar deter a avalanche de lágrimas que ele bem sabia serem úteis para limpar o coração aprisionado pelas culpas. Afinal, ele próprio já tivera enfrentado essa situação quando da revelação de seus erros do passado ao amigo Josué, no caminho para Nazaré, anos antes.

O contato da atmosfera carinhosa daquele ancião mais parecia o abraço de um pai querido, que Pilatos recebia como o retorno de um grande amigo para consolá-lo, sem julgar seus atos, baixos por si próprios.

Assim, decorridos longos minutos de lágrimas e soluços angustiosos, Pilatos retomou a confissão.

– Sim, Zacarias, seus braços amigos... estão abraçando um ... miserável e ...injusto juiz ... cuja iniquidade foi... .... tamanha ...a ponto de ... condenar um inocente à morte.

Não foi à prisão, Zacarias ... foi à   M... O... R...T...E – insistia a sua quase insanidade e descontrole, reforçando a palavra para mais extrair dela o peso de sua culpa.

O tempo passou e, na ocasião, eu me desculpei do crime considerando que fora envolvido pela astúcia dos sacerdotes miseráveis e pela raça abjeta e mesquinha dos judeus que, diferentes de você, só pensavam em ajustes odiosos e negociatas secretas.

Tanto que, pensando que comprava a paz de minha consciência, representei o teatral gesto de limpar minhas mãos do sangue daquele homem. Mas era essa a minha tarefa, na Palestina? Submeter-me, assim, covardemente, à sanha dos iníquos adversários de um inocente virtuoso que contrariava os seus vícios?

Fora para isso que eu possuía o mais capacitado exército sob meus cuidados e ordens? Para aceitar a morte de alguém, mesmo de um miserável e mendigo, sem tomar nenhuma atitude que não fosse a de limpar minhas mãos?

Depois que o tempo passou e que a cruz foi erguida sob os apupos da turba ensandecida, um peso interno passou a fustigar minha alma. Ainda não me escapa da visão íntima, como se estivesse passando pelo momento que se eternizou em minha mente, a cena de seus olhos tristes, de seu olhar sereno e nobre, que não sabia suplicar nada para si, ao mesmo tempo em que se entregava aos poderes soberanos de um Deus que ele dizia existir, mas que nós, práticos romanos, nunca conhecemos ou ouvimos falar.

Vê-lo humilhado, ensanguentado e ferido por uma coroa que o miserável rei da Galileia e Pereia mandara enfiar-lhe na testa, na ironia macabra dos déspotas ignorantes, faminto e trêmulo sob o véu espesso da insensatez dos homens, submetido corajosamente ao poder mesquinho de uma justiça tão venal quanto qualquer homem que se diga seu representante, incluindo-me nessa qualificação, me estremece o coração e não há meio de me sentir nobre e honrado com o gesto que adotei naquela hora fatídica de minha vida.

Se tivesse sido o depravado que sempre fui, mas tivesse, naquele instante, sabido agir com coragem e determinação na defesa de um inocente que eu próprio reconhecera como tal, não teria nenhuma dificuldade em me perdoar dos outros deslizes. No entanto, se tivesse sido o mais justo dos governadores do mundo imperial, nunca tendo tergiversado com a verdade e tivesse, simplesmente, errado como errei lavando as mãos no caso daquele profeta, nada do que houvera feito antes me teria justificado a correção e enobrecido minha honra.

E o que é pior, Zacarias, é que já sou réu de mim mesmo pelos erros grosseiros a que me permiti arrastar pelas minhas misérias e, ainda mais agravado pelo soberano equívoco que minha covardia me deixou perpetrar, nada fazendo para defender a vida daquele homem tão indefeso quanto corajoso.

Eu estive preso aqui, injustamente, segundo meus conceitos humanos e, nos primeiros dias, indignado, gastei minha garganta entre gritos e imprecações, tendo que me calar, não porque me conformasse, mas porque não tinha mais voz para gritar.

E me tenho em conta de pertencer ao mais elevado círculo da civilização, à nata dos homens de cultura e poder. E, ainda assim, carrego em meu interior a marca de minhas culpas que me acusam sem parar. Quanta coragem não foi necessária para passar por tudo aquilo

352

que aquele inocente – Pilatos como que se recusava, por vergonha, a pronunciar o nome de Jesus – foi obrigado a suportar até a sua morte na cruz...!?

E ele não abriu a boca para pedir nada, nem para se defender, nem para praguejar contra a sorte...

As lágrimas corriam abundantes por seus olhos vidrados, quase que à beira da loucura, produzindo um efeito assustador e emocionante naquele velhinho que o conhecera no auge de sua importância.

– Com certeza, os deuses estão me odiando com justiça, pois me comportei como um celerado a quem estavam confiadas a lei e a ordem, mas que permitiu que a arbitrariedade e a desordem fossem cometidas apenas por causa de minha fraqueza de caráter, o que demonstra a minha incapacidade de ocupar o posto para o qual fora promovido.

E eu não os culpo. Eles estão certos e acredito que amargarei longos anos no inferno como forma de expurgar minhas culpas e misérias.

Só não entendo qual divindade tem sido tão imprudente permitindo que um ser tão abjeto e ignóbil quanto eu pudesse encontrar alguém de coração tão gentil e atencioso quanto você, Zacarias.

A pergunta ficara no ar, como que pedindo uma explicação, depois que ele se fizera desnudar de maneira tão verdadeira e grotesca, sem ocultar nenhuma de suas culpas.

Ouvindo-lhe a menção à generosidade dos deuses, Zacarias respondeu:

– Bem, senhor governador, eu já lhe disse que alguém que muito o ama me mandou para ajudá-lo em tudo o que fosse necessário.

– Mas isto para mim continua sendo uma incógnita que muito me agradaria resolver, meu amigo. Quem será esta criatura que o enviou até aqui para me atender aos menores desejos, mesmo sendo tão indigno quanto sou e mesmo sabendo agora, como sei, que não mereço senão a companhia das ratazanas, muitas das quais devem se sentir desonradas e ter asco de minha presença?

– Não diga isso, meu filho. Você é um companheiro que teve seus erros e, no entanto, continua sendo filho de Deus. Esse Deus que o criou e que fez tudo o que existe, que é mais eloquente que todas as estátuas de mármore dos panteões humanos, que sabe onde estão nossas misérias e se esforça em nos ajudar a nos erguermos, mesmo das mais terríveis quedas. Lembre-se, Pilatos, sobre toda a ruína que produzimos, Deus, generoso, reedifica um monumento mais sólido e nobre.

353

– Esse Deus a que você se refere é um deus diferente dos nossos tradicionais? – perguntou intrigado o prisioneiro.

– Sim, meu amigo, é um muito mais poderoso e sábio, justo e amoroso, que perdoa sempre e ampara os fracos em suas quedas.

– Mas esse é muito parecido com um deus que encontrei na Palestina e que era pregado por esse homem que acabei condenando à cruz, injustamente.

– Sim, é verdade – respondeu Zacarias.

– Ora, Zacarias, um dia um grupo de homens me falou dele quando estava em Nazaré e os judeus, mesquinhos e miseráveis como sempre, pretendiam que eu os prendesse e punisse, já que estavam curando doentes, falando de amor aos que sofriam, de um Reino de Deus que chegaria nos corações das pessoas...

E enquanto falava, Zacarias sorria e, antes que terminasse de falar, completou:

– Sim, meu irmão, e que depois de ouvi-los, o senhor ofereceu pousada para a noite e deu-lhes provisões para a viagem, não foi?

Escutando-lhe tais revelações, que ele próprio já havia se esquecido, Pilatos calou-se abruptamente e começou a investigar com os olhos molhados a fisionomia envelhecida de Zacarias, com a barba mais espessa e branca que outrora. Olhando-o , Pilatos continuou:

– Mas como é que você sabe dessas...

–

– Era você, Zacarias – gritou o prisioneiro, aterrado. – Era você, era você que estava lá! Eu sabia que sua fisionomia não me era estranha. No entanto, não me lembrava de onde já o tinha encontrado.

E Zacarias, deixando que a expansão de surpresa e entusiasmo ganhasse o seu espírito até então triste e abatido, confirmou a descoberta, acrescentando:

– Sim, meu senhor, era eu que estava em sua propriedade em Nazaré naquele final de tarde e início de noite, quando suas perguntas foram dirigidas a nós quatro, eu e meus amigos, para que as notícias do Reino de Deus pudessem ser avaliadas pelo seu senso de justiça e lucidez. E ainda me recordo de suas palavras lamentando não poder deixar para trás toda a história de sua vida e a crença antiga para seguir a compreensão do novo Reino que se apresentara, àquele dia, ao seu coração. Lembro-me de ter-lhe respondido que o homem era sempre ajudado por Deus para romper, um dia, as correntes que o prendem,

354

de maneira que chegaria o momento em que sentiria a possibilidade de ser livre para sempre ou manter-se escravizado como você dizia estar.

– Pelos deuses, Zacarias, então é você mesmo quem está comigo, aqui em Roma – exclamou Pilatos sem acreditar.

E lembrando-se de sua confissão sobre as culpas no processo de Jesus e, agora, sabendo que Zacarias era um de seus seguidores mais próximos, naturalmente que seu constrangimento ainda se avolumou mais. Um toldo de amarguras se levantou em sua face, o que o levou a dizer, amargurado:

– Veja a ironia dos deuses maldosos de Roma, meu amigo. Não estão saciados com a minha derrocada. Querem me impor o supremo grau de vergonha ao meu orgulho patrício, fazendo com que o único que se importe comigo seja o seguidor daquele que eu próprio massacrei com minha omissão medrosa e inconsequente. Isso é demais, Zacarias. Não sei o que dizer. A vergonha me matará fatalmente.

– Não pense assim, meu senhor. O Reino de Deus é para todos nós, foi o que sempre afirmou Jesus. Não nos cabe julgar a ninguém, mas tão somente, o dever de ajudar em qualquer condição ou situação. Por isso, o Deus soberano e amigo que os romanos não conhecem, também os considera como seus filhos e dignos de compaixão. Só está esperando que todos se fartem da taça amarga dos prazeres e desilusões para que estejam preparados a fim de escutarem o suave chamamento que fala às nossas angústias e frustrações : "Vinde a mim todos vós que sofreis e que estais sobrecarregados e eu vos aliviarei. Tomai sobre vós o meu jugo e aprendei de mim que sou brando e humilde de coração e encontrareis o repouso de vossas almas; porque meu jugo é suave e meu fardo é leve".

– Isso é tão belo e alvissareiro, meu amigo, que, vindo de sua boca, mais parece uma prece proferida por um nume tutelar de meu destino.

Ainda assim, Zacarias, pesa-me ser alvo de bênçãos que não fiz por merecer. Por isso, gostaria que tudo o que lhe revelei neste dia, todas as minhas iniquidades e todas aquelas que você acrescentar por conta da imaginação popular, devem ser relatadas ao seu patrão, que tem gastado seus recursos com um indivíduo indigno de ser mantido por uma bondade, que estaria melhor usada se fosse posta a serviço de pessoas nobres como você, que não se comprometeram com o mal tanto quanto eu já o fiz.

Vá, Zacarias, que sua presença já me consolou muito por um dia só, mais do que mereço, mas não se esqueça de agradecer ao seu generoso senhor, relatando-lhe, no entanto, todas as diabruras que eu já realizei, pois não quero que pese sobre mim a dupla culpa de estar iludindo a boa fé de mais um coração generoso.

E se ele se dispuser a me abandonar na solidão e no ostracismo, a sua presença, até hoje, em minha vida, já fez mais por mim do que eu o fiz por todas as pessoas ao longo de toda a minha existência. Eu não sabia o que era arrependimento. Agora, já me envergonho de mim, sobretudo por sentir a sua bondade, meu amigo.

E dizendo isso, o prisioneiro, transformado ao peso de sua culpa e de sua transitória punição, abeirou-se das mãos enrugadas do sapateiro e as beijou com uma veneração tal que se parecia mais ao filho pródigo a beijar o paizinho generoso que o recebia como carne de sua carne, quando ele lhe fora pedir que fosse acolhido apenas como seu escravo.

Zacarias acariciou-lhe os cabelos a consolá-lo com ternura, como a se despedir. No entanto, antes que se levantasse para sair, Pilatos reforçou o pedido:

– Zacarias, prometa-me que vai contar ao seu patrão tudo o que lhe contei aqui hoje. E que se ele se arrepender do que fez por mim até aqui, eu já me considero muito endividado com a sua generosidade, para me ofender com a retirada de sua misericórdia. Já me satisfaria poder estar aqui com você, uma vez ou outra, enquanto espero meu destino se concretizar.

– Não se preocupe, governador, não é preciso falar nada...

– Mas é claro que é preciso, Zacarias, – disse, insatisfeito – esse homem bom precisa saber que você está levando a sua ajuda a um celerado, um condenado pela consciência de seus erros...

– Mas ele não deseja que você seja sempre assim, meu filho. Ele deseja que você cresça e melhore – respondeu Zacarias, tentando não mentir a Pilatos.

– Ora, Zacarias, desse jeito eu vou me sentir um ladrão, roubando mesmo estando preso. Não quero mais ter este peso dentro de mim e, se você se recusar a falar para ele o que eu já fiz, vou escrever uma carta para que a entregue pessoalmente. Isso... Isso mesmo é que vou fazer. Não vou ficar dependendo de você para abrir sua boca santa, que se recusa a falar mal dos ignorantes e depravados como eu. Na verdade, sua língua não merece corromper-se falando de meus equívocos. Vou fazer diferente. Vou pegar um papel e escrever tudo isso. Você só terá que entregar, dizendo que não sabe o que está escrito.

Olhando com compaixão profunda para aquele homem que, agora, à custa do sofrimento, desejava dar mostras de transformação, recusando-se a receber ajuda de alguém que ele pensava desconhecesse a sua condição de endividado moral, Zacarias não sabia o que fazer para revelar-lhe a verdade, mas estava vendo que não teria como evitar contar-lhe o que se passava.

– Então, meu amigo, prometa que você entrega a carta que vou escrever – falou Pilatos, angustiado e quase em desespero infantil, esperando a concordância do seu benfeitor.

Vendo-lhe o estado de excitação, Zacarias lhe respondeu:

– Bem, meu filho, não se dê ao trabalho de escrever ao meu patrão para falar todas as coisas que você fez, ele não precisa disso.

– Claro que precisa, homem teimoso. Você está parecendo eu, Zacarias, uma mula velha e xucra... – falou Pilatos.

– Não precisa, governador. Ele já sabe de tudo.

– Ora, Zacarias, é verdade que muita gente está falando mal de mim, mas isso não quer dizer que aquilo que seu amo conhece seja toda a verdade. Eu quero que ele saiba de tudo mesmo, tudo isso que eu lhe contei, traições, roubos, prevaricações, infidelidades, luxúrias, injustiças e, principalmente, sobre o inocente que eu condenei à morte. Só se ele souber de tudo isso é que vou ficar mais tranquilo com a sua vinda e com a ajuda que ele me manda aqui na miserável prisão.

– Tudo isto ele sabe, governador. Não preciso dizer-lhe mesmo.

– Zacarias, nós estamos em Roma e as notícias de longe não chegam direito por aqui. Este homem, por mais bem informado, não pode estar a par de tudo o que eu fiz lá na Palestina.

– Sim, Pilatos, ele sabe.

– Mas então, Zacarias, quem é esse homem tão importante que sabe de tudo e, ainda assim, não se recusou a me ajudar? Não deve ser nenhuma autoridade romana, pois estas estão querendo me matar desde que cheguei aqui – afirmou taciturno e confundido o prisioneiro.

– Não, Pilatos, não se trata de nenhuma autoridade mundana que só tem a oferecer o jugo áspero e o fardo pesado de suas injustiças. Quem me mandou até aqui para ajudá-lo em tudo, governador, foi o próprio Jesus, ... em pessoa.

......

Se descrever com fidelidade o estado de Pilatos, neste momento, é impossível ao mais competente e talentoso dos escritores, que dizer, então, a este limitado irmão espiritual que se esforça para levar-lhe, leitor amigo, estas cenas amargas das horas de despertamento de um coração arrependido e amargurado?

Sim, Zacarias tinha que revelar, em que pesasse todo o seu escrúpulo e compaixão, que Pilatos não fora esquecido por Deus nem por sua própria e mais inocente vítima.

Pilatos, emudecido, não sabia entender o que se havia passado. Enterrou sua cabeça entre as mãos como se quisesse se ocultar do mundo à sua volta. Calou-se por um bom tempo, antes de voltar a organizar o pensamento.

Como seria possível que Jesus tivesse se ocupado dele? Quando é que ele o fizera se, na verdade, estava morto há mais de dois anos? E se ele já estava envergonhado de ser ajudado por Zacarias, a sua consciência se fizera mais apequenada quando descobrira que o patrão a quem Zacarias se referia sempre em suas conversas, não era ninguém menos do que o próprio profeta nazareno, que ele considerava a mais grave e terrível vítima de seus atos.

– Zacarias, você está me matando, dizendo isso – falou o prisioneiro.

– Não, meu irmão, estou lhe revelando que nenhum de nós é indigno da ajuda de Deus e do Amor de Jesus.

– Mas esse justo morreu por minha culpa, homem. Como é que pode ter-lhe pedido que me ajudasse?

E valendo-se do momento de estupefação e expressivo abatimento, como se forças invisíveis avassaladoras conspirassem para que sua alma divisasse novas fronteiras para o futuro, Zacarias revelou-lhe a conversa que houvera tido com o Mestre, logo depois do regresso do grupo que estagiara em Jerusalém, quando o Messias solicitara, pessoalmente, que Zacarias não abandonasse o governador, que o seguisse por onde ele fosse e que aguardasse o momento adequado, pois dia chegaria em que Pilatos se veria extremamente abatido e às portas do desespero, ocasião em que lhe caberia estender a mão generosa e amiga, reforçando-lhe a notícia do reino de Deus e o convite que a verdade lhe fazia, para que aceitasse o jugo suave e o fardo leve.

Entre lágrimas ácidas de arrependimento e vergonha, ainda mais diminuído aos seus próprios conceitos orgulhosos e patrícios, o governador escutara como uma criança que vê a generosidade superlativa com que foi tratada, sem se dar conta de que, ainda antes mesmo que ele deixasse que tudo acontecesse, que tivesse tentado fazer justiça com a sua remessa a Herodes, com a determinação das chicotadas, com o oferecimento de outro condenado para ser executado em seu lugar – o que só propiciou que seu sofrimento aumentasse ainda mais – ainda antes que tudo isso viesse a ocorrer, o profeta já previra que o governador seria tomado de imensa dor interior, seria fustigado por muitas adversidades morais, se veria envolvido pela teia que ele próprio criara com sua insensatez e, a fim de ampará-lo na hora trágica, o Messias escalara um de seus mais valorosos seguidores para que não o abandonasse, fizesse ele o que fizesse.

Não havia condição para que o governador recebesse ajuda. Não dependeria ela do fato de Pilatos ter tentado salvar Jesus, de ter tentado defendê-lo ainda que inutilmente, de ter-se transformado em um governador mais humano, de ter abandonado as perversidades, nada disso era condição para que Zacarias o ajudasse. Era um compromisso de amor para com o criminoso enquanto que era a forma mais sábia de se combater o crime.

Pilatos não queria entender ou acreditar que isso seria assim, como Zacarias lhe falava.

Depois de um longo e doloroso silêncio, onde a angústia íntima que a vergonha lhe provocava se somava ao maravilhoso sentimento de admiração quase infantil, vencendo a mudez com muito esforço, entre os soluços de arrependimento que o apequenavam ainda mais, perguntou:

– Mas, Zacarias, se é verdade que foi Jesus quem lhe pediu que me ajudasse, antes mesmo que eu o tivesse matado, como é que você tem conseguido dinheiro para me trazer essas coisas? Eu pensava que algum homem abastado lhe estava fornecendo tudo isso para que eu não ficasse sem ajuda, alguém que fosse grato a mim, por algum favor que eu lhe fizera... – falava chorando, o governador, fatalmente derrotado em seu orgulho pelo Amor desconhecido pela tradição pagã, fria e arrogante dos deuses de mármore.

– Não, meu amigo, Jesus me pediu o meu coração para entregar-lhe. O resto, nós damos um jeito com a ajuda de outros.

Surpreso com a revelação, Pilatos acrescentou:

– Quer dizer que você está pedindo esmola por minha causa? – disse, emocionado, quase sem conseguir pronunciar as palavras.

– Deixe isso para depois, meu irmão. Por hoje, você já está sabendo o bastante para que se sinta querido por todos nós que lhe desejamos as forças do céu, já que para a sua vida, Pilatos, soou o momento do Reino de Deus que o convoca ao testemunho. Amanhã conversaremos mais.

E dizendo isso, levantou-se, abraçou o preso e deixou-o, prometendo regressar no outro dia.

QUEM COM FERRO FERE...

No dia seguinte, no entanto, quando Zacarias chegou à prisão e se dirigiu a Lucilio para que pudesse ser encaminhado até a cela de Pilatos, foi surpreendido por uma ocorrência imprevista.

Por ordem do Senado romano, Pilatos fora removido para outras dependências oficiais, nas quais se prepararia para ser levado perante os senadores.

Por isso, ainda que Zacarias e Lucilio tivessem condições de conhecer-lhe o paradeiro, estavam impedidos de ter acesso a ele, restando-lhes, tão somente, a oração como refúgio para que o governador se sentisse amparado nas horas difíceis.

Em realidade, Pilatos também estava apreensivo, já que não tinha nenhuma ideia do que lhe estava sendo preparado.

Vejamos como decorreu a discussão que antecedeu a deliberação final sobre o seu destino que, agora, ser-lhe-ia comunicada.

A trama das forças negativas que ele fizera acumular sobre seu destino se movimentavam para que o homem de Estado, importante e arrogante, fosse, agora, tomado por exemplo de mau administrador e vergonha do Império.

Os seus desmandos e crueldades eram as provas que o denunciavam e as impressões identificadoras de seu caráter.

E o processo apuratório que Públio realizou, metódico e cuidadoso, aproximando os senadores da verdade dos fatos, possibilitou que tanto os representantes do povo romano quanto o próprio imperador Tibério se indignassem com a sua maneira de proceder, em nome da civilização que se dizia superior a todas as demais.

Além disso, entre os próprios romanos, como já vimos, havia

360

aqueles que se sentiam incomodados com a presença de um homem em desgraça, que sabia demais e que poderia incriminar outros romanos de aparente boa reputação.

As aparências continuavam a ser, na antiguidade quanto na atualidade, a principal preocupação da maioria e, correr o risco de ser descoberto ou incriminado representava o pavor de grande parte dos ditos homens e mulheres de bem, os quais traziam estampada no rosto a máscara da moralidade e respeitabilidade públicas, mas ocultavam em seu proceder a malícia e a astúcia com as quais dilapidavam o patrimônio coletivo em suas negociatas.

Para fazer tudo o que fez, Pilatos não estava sozinho, já que uma rede de apoios e de interessados se levantava para obter benefícios da sua interferência e apoio político ao homem que fora designado para o governo da Palestina.

Inúmeros romanos de nomeada estavam apreensivos e não desejavam dar a Pilatos a oportunidade de sobrevivência, pleiteando, pressionando e tentando influenciar a decisão da maioria a fim de que ele fosse condenado à morte rápida.

Fúlvia era uma das mais comprometidas com os males espalhados na administração de Pilatos, já que se gabava de exercer um controle absoluto sobre o homem que se lhe entregara aos caprichos feminis, seduzido pelas suas maneiras arrojadas e entorpecedoras do raciocínio lúcido e sereno.

Agora que voltara à sede do Império, como já vimos anteriormente, a cunhada de Pilatos temia que seus novos interesses pessoais e sua antiga maneira de se conduzir na longínqua Jerusalém pudessem arruinar-lhe os projetos pessoais.

Longe de ter-se tornado mais contida e elevada. Apenas, escolhera outros caminhos e outros leitos para que sua ação pessoal lhe concedesse favores dos quais pudesse usufruir e se sentir poderosa como outrora, já que o marido, Sálvio, aos seus olhos, era aquilo que as pessoas costumam qualificar de mosca morta, acostumado à sua inutilidade, nada fazendo para erguer-se na disputada hierarquia da corte romana.

Além do mais, nunca primaram por uma aproximação verdadeira, sendo certo que se uniram como maneira de acertarem os próprios interesses, sabendo o pretor Sálvio que Fúlvia não poderia ser qualificada como o exemplo de esposa e o protótipo de fidelidade.

No entanto, a manutenção das aparências, apenas, era parte de seu negócio matrimonial, ainda que o destino lhes tivesse bafejado com a filha Aurélia, jovem que crescia numa quase cópia da própria mãe.

Para a filha se voltavam os desejos de domínio que Fúlvia, agora, considerada o principal motivo de sua existência e, por isso, não lhe seria adequado que a sua má fama fosse conhecida pela corte, na qual, com seus modos dissimulados e mentirosos, passava por uma digna romana, impoluta e virtuosa, como as aparências sabem dar essa aura aos que se preocupam em cultivar o exterior, ocultando bem o que vai no fundo da própria intenção.

Além dela, outros homens importantes, aqueles mesmos que haviam apoiado a indicação de Pilatos e a sua manutenção no cargo de governo provincial, agora, se preocupavam com a sua queda, já que recebiam dele os dividendos financeiros pelo apoio estabelecido, através de presentes e riquezas que lhes eram enviados desde a Judeia, através de portadores da confiança do governador.

Recebendo os agrados materiais em dissimulada maneira de pagar pelo apoio recebido, ao mesmo tempo em que se prestavam a renovar os laços corruptos através dos quais todos se beneficiavam, os referidos patrícios, venais e mentirosos, se preocupavam que o governador os acusasse diante dos mais elevados representantes do povo e isso os transformasse em indignos da confiança dos poderosos, a quem sempre bajularam e deram sua fingida admiração, buscando os favores do poder.

Assim, a teia de influências nocivas havia sido criada pelo próprio governador, que alimentara as víboras que antes lhe eram associadas e, no momento de sua queda, as tinha contra si mesmo, pedindo a sua cabeça.

Os partidários da morte imediata e os outros, que pleiteavam a punição pedagógica e mais longa do que o singelo ato da execução instantânea, perderam o tempo que o governador ficara detido na prisão, na discussão de tal cometimento.

As reuniões se sucediam e, com mais ou menos argumentos, ambos os grupos não chegavam a nenhum veredicto.

Não é demais realçar, no entanto, que o Senado romano possuía admiráveis indivíduos, de caráter público e nobreza de intenções, que contrastavam em muito com os exemplos de baixeza e venalidade que outros homens daquele tempo tinham adotado como maneira de ser e viver.

Entre eles, estavam os senadores Flamínio e Memnio que, ligados ao imperador pelos laços da amizade verdadeira, eram dos poucos a quem Tibério se dirigia e confiava no equilíbrio e discernimento.

362

Eles lideravam o grupo dos mais ponderados homens públicos em uma fase tão difícil do Império, quando as ondas de denúncias e mentiras visavam prejudicar a todos e obter vantagens pessoais com as denúncias, mesmo as inverídicas.

Nas discussões entre os senadores não prevaleceram quaisquer dos argumentos defendidos, impedindo que o destino de Pilatos viesse a ser decidido de maneira rápida.

Falando, então, aos senadores, Memnio argumentou:

– Nobres representantes do povo romano, diante de nosso impasse, outra saída não nos é possível senão a de submetermos a deliberação ao próprio César, a quem incumbirá dar a última palavra. Proponho que se lavrem dois documentos com os argumentos das duas vertentes divergentes e, então, dois representantes se incumbirão de levar a Augusto as nossas divergências para que ele decida, como decide nos conflitos entre os gladiadores em luta, qual o futuro do romano que está sob o nosso julgamento.

Até por falta de outras opções mais sensatas, a sugestão proposta pelo senador foi acolhida e, para a apreensão de muitos, adiou-se o destino de Pilatos até que Tibério estivesse em condições de deliberar.

Esta demora tornava a vida de muitos romanos interessados no desaparecimento do governador um verdadeiro tormento de ansiedade e medo, principalmente em uma época onde os espiões e os delatores se misturavam e produziam verdadeiras tragédias na vida das pessoas, do dia para a noite.

Na sombra dos bastidores, moviam-se alguns mais afoitos e mais desumanos, planejando levar até o governador o cálice venenoso que selaria seus lábios, substituindo os procedimentos legais e regulares que a civilização de então havia produzido para a resolução de seus conflitos.

Não faltaram visitas a bruxos e feiticeiros, hábeis manipuladores de venenos e fórmulas com as quais os habitantes de Roma estavam acostumados a alterar o rumo dos destinos, matando-se mutuamente.

Ocorre que, mesmo a peso de ouro, o veneno conseguido deveria ser ministrado ao preso, o que tornava muito complexa a operação, já que os guardas na prisão Mamertina também estavam atentos para a importante figura que tinham sob sua responsabilidade.

Tratando-se de um de seus pares, os soldados não desejavam que ocorresse com Pilatos quaisquer dos costumeiros "acidentes", tão comuns na vida de pessoas importantes, que lhe produzisse a morte indigna para um soldado.

363

Além do mais, Lucilio sabia das diversas armadilhas que se produziam para tirar do caminho uma autoridade caída em desgraça e, por isso, redobrou a vigilância e cuidava, pessoalmente, de todo o alimento que era entregue ao governador.

Isso tornou impossível qualquer sucesso dos seus inimigos solertes, frustrando-se toda e qualquer tentativa de assassinato.

Assim passou aquele período em que Zacarias e Pilatos se aproximaram pessoalmente dentro dos muros da prisão.

No entanto, as duas delegações de senadores estavam buscando junto a Tibério a solução para a divergência.

Na ilha de Capri, o velho e enfermo imperador, vitimado pela miséria moral dos homens da Roma daqueles tempos, lutava para se manter à frente de um Império complexo e cheio de vergonhosos comportamentos daqueles a quem competia dar exemplo de virtude e nobreza.

Com a chegada dos membros do senado, o imperador recebeu os documentos que traziam e, renovando as homenagens formais com que se tratavam reciprocamente, despediu-os para que, no isolamento de suas meditações, pudesse decidir o destino daquele homem.

Ali estava, sob suas vistas, não apenas os feitos trágicos de Pilatos, mas toda a rede de misérias humanas que o cercavam a fim de que, agora, ele tomasse a decisão fatal que modificaria o destino de seu representante junto aos judeus.

Tibério, diferentemente do que se espalhou a seu respeito com o decorrer de seu governo, principalmente depois que se retirou para Capri a fim de isolar-se das influências nocivas e aviltantes de que era objeto, tinha um senso de justiça elevado e desejava sempre fazer o melhor, ainda que as más línguas desvirtuassem as suas deliberações, nos vitupérios naturais dos que têm os seus interesses contrariados.

Assim, ao mesmo tempo em que tinha que apreciar os fatos que lhe eram submetidos, não podia se deixar influenciar pelas frustrações produzidas pela maneira omissa com que Pilatos se pautara por ocasião do julgamento do taumaturgo.

Afinal, Tibério tivera esperanças de que Jesus, com sua fama de poderoso curador, lhe houvesse tratado as próprias enfermidades e, frustrado pelas informações de sua morte prematura, atribuíra a Pilatos as responsabilidades pelo julgamento sumário a que ele fora submetido, considerando que a perpetuação de seu sofrimento físico, a partir de então, era também culpa do governador fraco e claudicante que não soubera ter energia para fazer valer a lei e o direito romanos.

Na sua tarefa de julgar em última instância, Tibério sabia que não deveria fazê-lo com o coração carregado de antagonismos contra aquele homem.

Por isso, no dia em que recebeu os documentos do senado, dirigindo-se aos seus aposentos particulares, o imperador dobrou-se sobre o altar de seus deuses de devoção para conversar com eles sobre aquele delicado processo.

– Amados e venerados deuses que me guiam – falava Tibério, com sinceridade –, eis que vos trago, perante os corações sábios, mais um problema a ser solucionado com a amplitude de vistas e a justiça que merece a vida de todos os homens. Por isso, peço-vos que ilumine meu julgamento, limpando meu coração para que eu não seja pusilânime ou vingativo no juízo que devo escolher sobre este homem. Agora, não julgo mais o governador venal ou impudico que saiu dos limites aceitáveis dos defeitos comuns a todos nós. Tenho diante de meus olhos um homem que caiu por sua própria culpa e não representa mais o risco de vilipendiar os cofres do Estado e a vida das pessoas. Tenho que apreciar se merece ou não viver aquele que não teve muita consideração para com a vida dos outros e, se me atrevesse a sentenciar sem o recurso à vossa sabedoria, estaria propenso a me conduzir pela mesma estrada espinhosa da vingança, desconsiderando qualquer outra punição que não fosse a mesma que o réu dera para muitos dos que se submeteram a ele próprio.

Alguns pedem que eu o mate. Outros, que eu o eduque.

Nos primeiros, vejo o medo disfarçado de prudência, que pede a morte da víbora para extinguir-lhe a peçonha.

Nos outros, vejo a complacência, que pede para transformar o réu em um modelo para desestimular futuras repetições.

Por mim mesmo, confesso-me diante de todos vós, me inclinaria pela punição mais drástica, pois este homem foi o responsável pela impossibilidade de me ver submetido ao taumaturgo que poderia ter curado minhas dores. Imaginar que o mais miserável dos judeus poeirentos e malcheirosos pôde receber a sua mão amiga sobre a fronte e livrar-se de sofrimentos físicos e morais enquanto que tal beneplácito fora negado ao primeiro dos cidadãos romanos, aquele que não pedia favores caprichosos e sim, apenas, um pequenino alento para que continuasse a ser o mais bem vestido dos escravos do Estado, me infunde uma aversão natural contra este governador covarde e indigno, culpado pela morte de um inocente, ao mesmo tempo em que me sentenciou ao prolongamento de meus dias amargos.

365

No entanto, repito, não posso deixar que seja de vingança a expressão de nossa justiça.

Assim, peço-vos que me ajudeis a escolher.

As palavras sinceras de Tibério ecoavam no altar doméstico que existia em seus aposentos privados a fim de que, nele, pudesse confessar-se e receber o apoio para as difíceis decisões que tinha que adotar, no comando do maior Império então existente.

Acometido de pesada sonolência, Tibério procurou o leito, envolvido pelas vibrações estranhas que o conduziriam ao reino espiritual, onde a resposta às suas orações lhe seria concedida, na forma de sonho.

✳ ✳ ✳

Quantas vezes, leitor querido, o recurso à oração abrevia tantos sofrimentos em nossos caminhos, pelo simples fato de interromper a avalanche de nossos piores sentimentos ou da impetuosidade de nossa ignorância.

Ímpeto e ignorância que nos fazem sempre piorar os nossos destinos e são as portas largas por onde despencam os arrogantes e presunçosos.

Por isso, nas horas de amargura e dúvida, ansiedade e dor, confusão e medo, aparta-te do torvelinho que parece querer te destruir e, asserenando teu interior, eleva a prece às forças do Universo que te conhecem e te escutam, a fim de que, teu gesto de humildade ateste a existência, em teu interior, das condições mínimas que poderão te ajudar a acertar a conduta com relação às leis verdadeiras que nos regem os destinos.

Tibério poderia condenar à morte, como a lei humana o permitia fazer. No entanto, reconhecendo-se vulnerável a erros de avaliação, principalmente quando trazia o coração envenenado contra o réu, não desejaria ser traído por um sentimento que tiraria a sua imparcialidade na apreciação.

Seria, ele também, um outro Pilatos.

Não havia outro homem mais poderoso do que ele a quem se pudesse entregar o caso para ser apreciado. Não fugiria de julgá-lo como lhe impunha o dever, que desempenhava segundo o melhor de suas energias desgastadas.

No entanto, em vez de agir como o arrogante que tudo pode, humildemente submetera-se ao juízo supremo que tudo conhece e tudo dirige, onde esperava encontrar a sabedoria necessária para fazer o que fosse o correto.

Por isso, meus irmãos, a oração é esse longo fio condutor que se ergue de nossos sentimentos e pensamentos na direção da sabedoria do Universo, entregando-lhe nossas angústias para que elas sejam iluminadas pelas sábias luzes da Verdade, devolvendo-nos ao espírito, não a solução para os problemas, mas a elucidação dos melhores caminhos a serem trilhados.

E no sonho, muitas vezes, as respostas sutis nos são oferecidas, de maneira que, longe de decidirem por nós, apontam-nos os caminhos mais positivos em face das verdadeiras Leis que prevalecem em nossos destinos.

Durante o repouso físico, nossos espíritos estão em contato mais direto com nossos amigos e tutores espirituais, que velam pelo sucesso de nossa jornada humana, em face de nossos compromissos do passado. Assim, recebemos orientações, conselhos, conhecimentos amplos que nos são revelados ou relembrados, o que permite ao nosso espírito agir com liberdade de escolha, mas com melhores bases para a deliberação a ser adotada.

Ao regressarmos para o corpo físico, ainda que não nos lembremos conscientemente de tudo o que nos ocorreu durante a noite ou que não vejamos um sentido mais lógico naquilo que qualificamos de sonho, nosso espírito regressa trazendo, em sua bagagem, o material necessário para a compreensão das questões e dificuldades a serem enfrentadas e vencidas. Regressa com mais forças, com maior resignação e coragem para passar pelos desafios sem desanimar ou fazer alguma bobagem que o comprometeria mais ainda. Traz consigo, intuições mais lúcidas, que desabrocharão no momento adequado como se fossem ideias maravilhosas que ocorrem de um momento para outro e que solucionam boa parte das dificuldades.

Tudo isso, através de um singelo ato de devoção humilde, sincero e verdadeiro, no qual nós nos colocamos diante de Deus com a verdade de nossos defeitos e pedimos o amparo para nossas fraquezas e dúvidas.

Não é a oração do arrogante que exige pagamento pelas virtudes que pensa possuir e ostenta, orgulhosamente. Não é a do ritual cerimonioso e falso que ilude os olhos e esvazia o coração.

É o ato de devotamento oculto e sem mistérios ou ritos artificiais.

Quando entendermos o seu poder, estaremos mais próximos da fonte de todas as Forças e da suprema Sabedoria que nos inspirarão nas melhores atitudes e soluções.

Experimenta orar dessa maneira e procura esperar e compreender as respostas de Deus em tua vida. Nunca te arrependerás.

***

Assim, naquela noite, Tibério foi retirado do corpo físico e levado a um plano de energias sutis e agradáveis, como há muito tempo ele próprio não divisava mais em suas noites longas e cansativas, nas quais era difícil conciliar o sono e, mais difícil ainda, obter bons sonhos.

Levado por seus protetores invisíveis, que puderam ver a sua elevação sincera durante a oração proferida, seu espírito se sentia apequenado diante da grandeza do ambiente que o recebia e da luminosidade das entidades que o envolviam naquela hora difícil de seu destino.

Diante dele, a simplicidade era impressionante e, ao mesmo tempo, tal estado de despojamento impunha uma tal veneração e majestade que, apesar de nunca ter tido a necessidade de ajoelhar-se, seu espírito se viu espontânea e naturalmente levado ao solo transparente e cristalino daquele ambiente.

Como se pudesse existir um mármore que fosse, ao mesmo tempo, cristalino e luminoso, sua visão, despreparada para os ambientes como aquele, se encantava com todos os detalhes e não tinha noção exata de onde é que se encontrava.

Imaginava ter sido transportado para a morada dos deuses de sua tradição e, no entanto, vislumbrando à sua volta, não via nenhuma de suas estátuas frias e indiferentes aos destinos dos homens.

Ao seu lado, sem que conseguisse divisar com exatidão, uma poderosa criatura espiritual o dominava, como um pai generoso e firme conduz um filho imaturo.

Não ousara proferir qualquer palavra, ao mesmo tempo que o seu mais íntimo pensamento era captado e respondido com outro pensamento quase que de imediato.

Enquanto suas emoções o preenchiam e os olhos lacrimejavam sem explicação, a música maravilhosa inundava o ambiente, como se fosse ela a responsável pela manutenção de toda aquela beleza inexplicável.

Nenhuma melodia terrena jamais a poderia igualar em inspiração e grandeza, pois a música, entre os homens de então, era uma manifestação quase tribal dos instintos mais baixos e agressivos, nos cânticos guerreiros e ufanistas, sem o cunho da universalidade e da bondade idealista.

Tibério estava em um silêncio profundo e reverente, transformado, de imperador poderoso de homens miseráveis, em súdito de forças desconhecidas e elevadas, quando um perfume especial e inesquecível invadiu aquele gabinete cristalino, trazendo em tudo um reflexo de azul nunca entrevisto por seus olhos, mesmo dentro da mais bela das grutas existentes na Capri que o abrigava.

Relembrando da emoção sentida quando descobrira o encantamento produzido pela luz do Sol que, num raio fugidio, se projetava pelas frinchas das pedras até a superfície do mar que se ocultava na forma de caverna quase submersa, Tibério se viu tentado a procurar o raio de sol que, penetrando naquele ambiente, o transformara em um espetáculo sem paralelo ante seus olhos.

E tão logo divisou a fonte de luzes, percebeu que se tratava de um ser angelical, sem comparativo ao qual sua alma estava definitivamente vinculada, e de quem sentia receber forças e inspiração há muito tempo.

Não compreendia como esse fenômeno ocorria em sua alma. Só sabia que tinha uma ligação muito grande com aquele ser que, na verdade, não conseguia lembrar-se de onde conhecia.

Não sentia isso de modo convencido ou arrogante. Antes, tratava-se de uma quase vergonha em face de estar diante de tal autoridade moral, ostentando ainda tantas imperfeições humanas.

A figura majestosa e humilde daquele ser angelical aproximou-se de Tibério com a sem-cerimônia de uma grande autoridade que não se fixa em protocolos banais. Na verdade, a presença luminosa tratava o recém-chegado da escuridão do mundo com uma natural delicadeza, que produzia a atmosfera de um encontro amistoso, longe de intimidar com o receio ou o medo de um julgamento.

– Meu filho, recebi a angústia que te invade o coração sincero e, em resposta a tuas rogativas, venho em teu auxílio.

Tibério não falava nada. Só pensava em quem seria aquele deus tão imponente que ele não encontrava paralelo em seus cultos de homem romano.

Respondendo-lhe à indagação silenciosa, o ser angelical prosseguiu:

– Dia houve, Tibério, em que almejaste trazer-me à tua presença para curar-te o corpo. No entanto, não era possível que assim se desse, eis que a vontade de meu Pai precisava ser cumprida como o foi.

Eu sou Jesus, a quem buscaste com a esperança de te atender

aos sofrimentos do corpo, mas que venho, agora, para atender aos sofrimentos de teu espírito.

Tibério se deixara encantar por aquela personalidade e não fazia outra coisa senão chorar baixinho, buscando equilibrar-se, coisa que só conseguiu fazer em virtude da presença decisiva da entidade espiritual que o sustentava naquele ambiente.

E dando prosseguimento à conversação, que não poderia alongar-se em face da diferença de plano vibratório entre as duas personalidades, Jesus falou-lhe carinhoso:

– Atendendo aos teus apelos por Justiça e Sabedoria, venho para te auxiliar na decisão a ser tomada por teu espírito. É tua a responsabilidade desta hora, como foi minha a do cálice amargo que aceitei por amor aos meus irmãos.

No entanto, olha para nosso querido réu dos tribunais humanos.

E falando assim, Jesus voltou o olhar para o chão cristalino no qual pisavam seus pés descalços, o que foi imitado pelo espírito de Tibério.

Ali, diante de seus olhos, surgia o vulto escuro e caído de Pilatos.

Como se uma grande lente de aumento tivesse focalizado a prisão Mamertina em seus mais sórdidos aspectos, sob os seus olhares estupefatos, Tibério pôde divisar o homem que tinha o dever de julgar.

Era uma visão não apenas do corpo físico e seus esgares de dor ou agonia, revolta ou abatimento, vergonha ou medo.

Era uma capacidade que penetrava o mais profundo do espírito do governador e, em seu íntimo, podia ler as suas angústias, o seu arrependimento tardio, as suas virtudes pouco exercitadas ou sufocadas pelos encantamentos do poder mundano.

Enquanto ia vendo a essência de Pilatos por entre o cristal do piso que o aceitava como leito de descanso, Tibério ia-se impregnando de uma compaixão tão imensa por aquele homem que, vendo-lhe o sofrimento interior pelos eventos longínquos da Palestina, desejou, por um momento, compartilhar com ele tais dores e vergonhas.

A visão, por si só, falava diretamente ao seu coração de governante poderoso num reino de poeira.

Desvanecida a aparição, os olhos de Jesus estavam depositados em seus olhos humanos, como a perscrutar-lhe o mais fundo sentimento.

Tibério não tinha como ocultar nada daqueles olhos luminosos e profundos e, por isso, nada fez para fugir à sua penetração.

370

– Eis, meu filho, o peso da consciência que acusa quando nós não cumprimos os menores deveres que a vida nos impõe. Tenho buscado transformar Pilatos, pois ele possui virtudes que a maioria dos homens desconhece porque só conseguem ver até o limite das próprias limitações.

Quem pouco ama, pouco enxerga, Tibério.

Assim, atendendo aos teus rogos justos, te apresento, pela lente do Amor, o irmão a quem deves julgar, lembrando-te que, perante as leis do Universo, todos nós seremos julgados pela mesma medida com que julgarmos.

Olvida todo o rancor pela omissão do governador frágil e comprometido a não te permitir o encontro desejado com os poderes maravilhosos da cura física. Lembra-te, Tibério, que todo sofrimento é uma bênção educativa e que, nas dores agudas de teu corpo, estão sábios conselhos de prudência e disciplina que atuarão em favor de teu espírito.

No entanto, apaga de teu julgamento todo o desejo de punir e aceita, na visão que te foi revelada, o sentimento de compaixão que tem sido natural em teu espírito, que começa a triunfar das tentações da vida agressiva, em direção às realidades do Reino de Amor.

Apieda-te do homem caído, que já terá as dores suficientes dentro de seu próprio espírito para envergonhar-se de tudo o que fez ou deixou de fazer.

Ele já é vítima por si próprio diante da Verdadeira Lei. E ainda assim, um anjo tutelar em carne e osso segue seus passos atendendo a meu pedido, defendendo-o de si próprio e esperando o momento adequado para que o coração falido, do homem de Estado, abra espaço para os sentimentos do homem espiritual a ser reconstruído.

Entendendo o sentido da mensagem de Jesus ao seu coração, Tibério, imediatamente, se viu defrontado pela dura situação que lhe havia sido apresentada pelos senadores.

Tinha impulso de perdoar Pilatos, permitindo que tivesse uma vida modesta em algum lugar, sem glórias ou honrarias, a fim de que ele próprio encontrasse meios de se reerguer moralmente.

No entanto, as artimanhas humanas o haviam colocado entre a morte e a punição cruel do degredo e da humilhação – maneira de punir exemplificando.

Vendo-lhe a angústia íntima, o Mestre prosseguiu:

– Naturalmente, os homens possuem suas leis e não pretendo

que se rompam os códigos que atestam sempre o nível evolutivo dos que os produziram.

Apenas, Tibério, que teu ato preserve a vida, ainda que te vejas obrigado a agir de acordo com os deveres legais que a ti também escravizam. Além do mais, o ato de julgar não impedirá que teus sentimentos possam atenuar os amargores do exílio com concessões generosas que venham a diminuir os rigores da condenação que a própria consciência de Pilatos irá produzir em seu interior.

Nosso irmão ainda não está de posse de todos os efeitos e consequências de seus atos. Quando isso se der, não serão excessivas todas as medidas que possam tentar trazer um pouco de paz ao seu coração.

Sentindo que um torpor ia tomando conta de sua percepção, Tibério procurou divisar aquele ser angelical e infinitamente superior que se fazia pequeno e amigo para que, antes de perder a consciência, pudesse falar o que seu coração tanto sentia.

Olhando a figura augusta daquele espírito e, amparado pela força magnética de seu sustentador naquele ambiente, Tibério esforçava-se por articular palavras que não saíam por causa de seu receio de proferi-las naquela atmosfera de imensa santificação.

Percebendo-lhe o esforço, Jesus sorriu-lhe e disse:

– Fala, meu querido Tibério.

E, emocionado até o mais fundo de seu ser, o imperador criou forças para dizer:

– Perdoa-me as falhas, meu senhor...

Jesus acercou-se do homem abatido pelos esforços de dirigir uma turba de indivíduos incivilizados no espírito e por ser, igualmente, tão débil na alma quanto quaisquer dos que tinha o dever de guiar e acariciou-lhe os cabelos com uma ternura inesquecível, dizendo:

– Lembra-te, Tibério: Eu te Amo, tenho-te como meu amigo e também necessito de ti.

Um raio de força penetrou-lhe o espírito e, nesse momento, o imperador se viu reconduzido ao corpo como se caísse de incomensurável altura.

Acordou aos prantos no meio da noite, com a certeza de que algum ser muito superior lhe havia respondido à solicitação da prece sincera e, com tudo o que estava sentindo, tinha certeza de que não lhe competia matar aquele homem.

Havia sido ajudado a compreender-lhe o peso de suas próprias

372

escolhas e não iria propiciar que lhe fosse negado o momento do arrependimento.

Assim, envolvido pela convicção serena e justa daquela hora, não mais pensou nos prejuízos que Pilatos tinha lhe produzido e, pegando papel e a pena com que redigia seus documentos imperiais, escreveu ao Senado romano, deliberando pela segunda opção que lhe apresentavam, ou seja, o banimento do governador, sem qualquer consideração pelo desejo de matar que tinha sido aventado na outra petição que se lhe submetera.

Argumentou, segundo sua larga experiência na condução dos problemas de governo, e determinou que, uma vez que houvera sido entregue a ele a função de dar o destino do governador, optava por transformá-lo no exemplo pedagógico a fim de educar os demais procuradores com funções de governo.

Por isso, remetia o réu ao exílio na região de Viena, depois de ser destituído de todos os títulos que recebera do Senado romano.

Enviá-lo para longe, segundo sabia Tibério, era a maneira mais eficiente de preservar-lhe a vida, principalmente porque Pilatos havia feito sua carreira pública na região fronteiriça entre as províncias da Gália e da Germânia, onde, naturalmente, devia possuir, até aqueles dias, seus antigos camaradas, que tornariam menos melancólica a sua vida e serviriam de companheiros para sua velhice.

Ao mesmo tempo, isso impediria que, mais cedo ou mais tarde, as aves agourentas que voavam nos céus de Roma viessem lhe trazer o veneno sutil que o matasse covardemente, sem deixar rastros dos assassinos para que pudessem ser julgados.

Assim, definiu as linhas gerais da punição a ser apresentada à deliberação dos senadores que, por respeito e temor em contrariar o desejo do imperador, mais não fizeram do que acatar-lhe as decisões e providenciar para que a punição fosse aplicada ao réu da maneira mais espalhafatosa e humilhante possível.

Já que não iriam conseguir matar-lhe o corpo, matar-lhe-iam a honra e o respeito.

Esse foi o empenho da maioria dos que se viram vencidos pela escolha de Tibério. Os que queriam a morte de Pilatos passaram a organizar a sua derrocada política no seio do mais imponente dos tribunais, abaixo apenas do próprio César.

A cerimônia na Cúria, onde se reunia o senado, seria imponente para demonstrar o seu poder e humilhante para desestimular futuras repetições e, ao mesmo tempo, para diminuir o réu, despindo-o de todas as honras para as quais sua conduta o tornou indigno.

Assim, marcado o dia, levaram o réu até aposentos adequados, onde o fizeram vestir-se com a antiga pompa dos militares investidos da governança de províncias romanas.

Depois de terem feito com que ele se colocasse sob o antigo fulgor e vestido das insígnias mais importantes que o Senado e o Império lhe haviam emprestado, foi conduzido à cerimônia oficial, na qual seria apresentada a sentença condenatória pelos crimes cometidos e, uma depois de outra, retiradas todas as suas insígnias na frente de todos, para sua própria vergonha, reduzindo-o à modesta túnica romana que servia de vestimenta normal dos mais simples cidadãos.

Em cada uma das etapas, a turba composta de senadores venais, seus antigos aliados, familiares e seus apadrinhados, exultava e manifestava seu desejo de que Pilatos tivesse aprendido a ser digno do Império com a própria morte.

Não faltou quem lhe cuspisse no rosto e, entre os mais exaltados, o governador entrevira a face de muitos de seus antigos comparsas, de seus mais próximos colaboradores que, agora, mudada a maré da sorte, tratavam de abandoná-lo à solidão de sua miséria.

Nesse momento doloroso para seu orgulho patrício, Pilatos tinha ímpeto de gritar perante todos os senadores as acusações violentas que tinha contra muitos daqueles homens que se elevavam como padrões de virtude, mas que, sabia ele, eram aves de rapina tão más ou piores do que ele mesmo, a quem incumbia fazer o trabalho sujo.

No entanto, ao mesmo tempo em que sua boca ia abrir-se para revolver o lodaçal da maldade e da perversão, surgiu-lhe na mente a figura aflita de Jesus de Nazaré, no dia de seu julgamento.

E o seu exemplo de coragem e altivez, associado agora, ao conhecimento de que Jesus mandara um emissário que pudesse protegê-lo e ampará-lo nas horas difíceis do martírio que o esperava, acalmaram o seu ímpeto de igualar-se aos acusadores maldosos.

Sentira-se abandonado, perdendo todos os bens que tanto exaltavam seu caráter e seu orgulho, cuspido no rosto pelas mesmas criaturas que o adulavam e, numa estranha sensação, igualmente crucificado moralmente, sem que ninguém se animasse a lhe estender um copo de água.

A imagem de Jesus se avultava em seu íntimo, como exemplo de coragem e de força que só é compreendido quando a criatura tem de passar pelas mesmas dores ou injustiças.

Agora, entendia bem aquele que lhe parecera um ser miserável

374

ridicularizado pelos seus irmãos de raça e que, sem dizer uma palavra, tudo suportara e tudo aceitara sem revolta.

Ainda não conseguia deixar de se revoltar, pois seu íntimo era um vulcão incandescente. No entanto, Jesus o acalmava, fazendo-o compreender a hipocrisia dos homens e a sua fragilidade na hora de estarem em xeque os seus interesses.

Ele próprio procedera dessa maneira com Jesus, aceitando as pressões de seus associados na venalidade, para condenar o inocente.

Agora, era a sua vez de ser considerado o réu a ser descartado na cena das perversões coletivas.

A cerimônia amarga e de baixeza moral constrangedora chegou ao fim, com a leitura da sentença proferida por Tibério, encaminhando-se o prisioneiro à mesma cela que o abrigara, dias antes, para que esperasse o momento adequado para ser despachado para o exílio forçado.

O coração abatido de Pilatos recolheu-se ao silêncio de sua cela, reduzido à miséria tal que não se via mais ali, nem a sombra do arrogante governador romano da Judeia.

Era um trapo físico e moral, sobre o qual as leis do universo esperavam o momento adequado para esculpir o homem melhorado do futuro.

Por isso, Zacarias estava a postos atendendo ao pedido de Jesus.

PERSEGUIÇÃO QUE SE ESTENDE

No dia imediato ao seu regresso à prisão, Zacarias, que fora avisado por Lucilio na reunião noturna da véspera sobre a chegada de Pilatos, compareceu perante o prisioneiro que, naturalmente, se encontrava em péssimo estado emocional.

A chegada do amigo que Jesus tinha designado para o ex-governador não teve o poder de retirá-lo do seu abatimento, apenas lhe propiciando uma modificação pequena na disposição íntima.

– Eu não valho nada, Zacarias. Estou atirado na miséria moral e, ainda que fosse o mais rico de todos os homens, meu estado atual é o da falência completa.

– Não diga isto, meu filho. Nós nunca estamos pobres quando nos apegamos a Deus e à bondade de Jesus, que tudo fazem para que nós tenhamos coragem para suportar as dores da hora amarga do testemunho.

– Eu compreendo melhor, agora, o que aconteceu com o Justo, naquele dia fatídico de seu destino entre os homens.

– Como assim? – indagou o apóstolo.

– Bem, muitas das coisas que aconteceram a seu Mestre, de maneira parecida ocorreram comigo, perante os romanos, meus patrícios.

Jesus foi abandonado por todos. Eu também. Ele foi preso injustamente. Eu, pelo menos, não cometi nenhum delito que a maioria dos que me julgaram não tenham cometido. Jesus se viu cuspido. Eu também. Seus amigos se afastaram dele e o acusaram. Comigo, a mesma coisa. Ele acabou crucificado fisicamente para que os fariseus se livrassem de sua presença incômoda e eu acabo de ser crucificado moralmente, a fim de que os romanos corruptos como eu se vissem livres de minha presença perigosa e incômoda. Apenas que a Jesus,

376

mataram-lhe o corpo, enquanto a mim, exilaram-me para longe a fim de matarem minha alma.

Ouvindo-lhe as comparações, Zacarias percebia que Pilatos já se referia a Jesus de uma maneira mais profunda, nas comparações e análises que fazia, sem pretender comparar-se moralmente ao divino Amigo.

– A insensatez humana é a mesma sempre e em todos os lugares, meu senhor, e não importa o que sejamos hoje, pois o amanhã pode nos tirar tudo o que parecíamos possuir e nos restituir à verdade de nossa insignificância.

Lembre-se de quantos impérios tão grandes ou até maiores que já existiram sobre a Terra e que, hoje, não passam de lendas e histórias de conquistas e glórias que se perderam no tempo. Assim são os homens, Pilatos. Pequenos caniços atirados pela brisa para um lado ou para o outro. E dentre nós, a quem pertencerá a culpa de ter-se achado poderosa figueira quando não passava de simples graveto? Certamente que não é a Deus que se deve culpar. Nós nos iludimos, nos deixamos levar pela vaidade e pelo desejo de poder, como se isso passasse a fazer parte de nossa personalidade, quando, em realidade, as coisas não são assim. Nossa personalidade se revela em dois momentos, Pilatos.

O primeiro deles é quando somos guindados à condição de liderança, seja por termos recebido o mando ou o dinheiro, o que nos permite arroubos maiores, posturas de direção e de comando. Nessas horas, os que se pensavam humildes e pacíficos, muitas vezes se revelam arrogantes e belicosos, lutadores para manterem seus privilégios a qualquer preço, mesmo o da violência física e da coerção moral.

Abandonam a postura da obediência e vestem a toga da autoridade com a qual pretendem escravizar os outros, indo à forra de todas as frustrações que tiveram de engolir no período em que eram um "nada", no meio dos outros "nadas."

Agora que subiram de posição, sentem prazer em humilhar os outros para dizer-lhes, com isso, que continuam "nadas", mas que eles, ao contrário, subiram de posto, passando a ser-lhes superior.

Essa é a primeira ocasião em que o homem tem a sua essência revelada, quando deixa o anonimato e recebe as luzes do poder, qualquer que seja o tipo de mando ou realce que lhe chegue às mãos.

O segundo momento em que a personalidade humana se revela é quando aquele que detinha o poder ou as vantagens da vida faustosa e regalada perde tais benefícios e se vê projetado no abismo do anonimato, passando a ombrear-se com os pobres ou miseráveis, com os nadas, como são considerados os deserdados da sorte ou dos favores invisíveis.

Também nessa hora, meu irmão, a nossa personalidade aflora, no comportamento rebelde, envergonhado, derrotado e deprimido, muitas vezes autodestrutivo. Creio, Pilatos, que se o primeiro momento leva o homem do anonimato para a glória, empolgando-o com a sedução perigosa do brilho fácil, a segunda experiência que agora estamos mencionando afeta mais profundamente o ânimo da criatura porque ela perde as vantagens que acreditava serem suas por toda a eternidade e regressa à massa disforme dos despossuídos.

Assim, ver-se humilhado dói muito. Ao passo que com aquele que recebe o fardo difícil do poder, em seu íntimo se dá o oposto, com a exaltação da sua personalidade. Neste, o homem precisa ter sabedoria para não se empolgar. Naquele, deve ter coragem para suportar a vergonha com resignação.

É por isso, Pilatos, que só sabemos quem somos quando passamos por estas fases na vida.

Quantos homens, altivos e lutadores para conquistar o poder, são verdadeiras crianças quando são alijados de suas conquistas.

Ter sabedoria para subir e coragem para enfrentar as quedas representa desenvolver no íntimo as qualidades morais que são importantes para a nossa melhoria definitiva.

Não basta ter equilíbrio para mandar. É indispensável ter coragem e resignação para encarar com naturalidade as quedas, pois elas não são quedas espirituais. São reveses materiais que podem elevar o espírito que as aceita com equilíbrio também.

A palavra de Zacarias descortinava um novo horizonte para os temores de Pilatos que, acostumado à gangorra da vida que sempre o mantivera no alto, agora precisava aprender a entender as coisas depois que se viu forçado a permanecer no baixo.

Nunca havia pensado desta maneira.

Estava acostumado a lutar para se manter sempre acima dos outros e via com desdém e como prova de inferioridade todos os que não tinham conquistado os privilégios e realces que ele próprio obtivera.

Além disso, as aparências sociais, em todos os tempos, serviam para que as pessoas se avaliassem superficialmente em suas capacidades individuais, num processo de comparação e competição. Assim, aqueles que Pilatos via em piores situações materiais ou políticas mereciam o seu desprezo porque apontava para a sua incapacidade na condução de sua própria vida.

A maneira de viver que o governador ostentou até então só havia lhe garantido a possibilidade da elevação, deixando para trás de si muitos a quem qualificara de derrotados ou fracos.

A maneira como a vida iria fazer o governador viver, agora, lhe garantiria a possibilidade do rebaixamento, tendo de aprender a conhecer que a derrota material não representava, necessariamente, demérito para o indivíduo.

Só quando passara pela experiência da perda, tivera o bom senso de se colocar no lugar daqueles a quem julgava como indignos ou fracos.

Tudo isto estava aprendendo com a postura sábia daquele velhinho sorridente que se erguia diante de seus olhos como o pai que há muito perdera pelas estradas da vida física.

– Sim, Zacarias, é verdade. Os momentos mais amargos foram aqueles em que vira os mesmos corruptos, que se beneficiavam com os golpes ou as tramoias financeiras que eu realizava para abastecê-los de riquezas, me cuspirem e xingarem como se nunca tivessem se locupletado.

Nas horas em que via a fantasia fingida levantar-se como moralistas de ocasião, acusando-me e pedindo a minha morte, eu tinha ímpetos de gritar na face de cada um todos os seus erros e pedidos de mais dinheiro. Tinha o desejo de desmascará-los perante aquilo que eles consideravam um tribunal, mas que me parecia mais um teatro de quinta categoria.

Quando estava a ponto de vomitar-lhes as acusações, numa maneira de ferir-lhes a dignidade com a nudez da verdade, a imagem do Justo surgiu em meu pensamento e eu me lembrei de sua postura sofrida e sóbria diante de todas as mentiras e indignidades que lhe imputavam. Aquilo também era uma encenação de julgamento. Não fora obedecido qualquer procedimento de Justiça ou de Verdade. Ao contrário, todos ali sabiam que ele era inocente. Mas isso não impediu de violentarmos seu corpo e humilharmos seu espírito. E, no entanto, agora que o tempo passou, a sua conduta melancólica e silenciosa, suportando a maldade de nossos atos sem uma só acusação, recoloca as coisas dentro da realidade. Por que se defenderia se ali não havia direito a garantir-lhe a palavra e a verdade? Se aquilo era um teatro para fazer pensar aos homens que se tratava de julgamento, apresentar uma defesa seria concordar com a encenação. Se nada iria alterar o julgamento condenatório, nada havia para ser dito em defesa de direitos que não seriam observados.

E esse pensamento, na hora extrema de meu sofrimento moral, quando o chicote do castigo caía sobre minha posição de homem de Estado, para vergonha de minha individualidade aos olhos dos meus irmãos de raça, atenuou em mim qualquer desejo de vingança. Será que a vida também não os conduziria a esse mesmo teatro mentiroso para que encenassem o papel do condenados mais cedo ou mais tarde?

379

E se o poderoso exemplo de Jesus não me saiu da cabeça e me ajudou a mudar a minha reação animalesca, ainda que eu me sinta injustiçado e propenso a agredir os meus agressores, quem sabe se a minha abstenção de qualquer acusação não produzirá o mesmo efeito na consciência dos meus acusadores? Isso foi o que pensei ou, não sei bem, o que alguma força mais sábia e poderosa do que tudo me fez pensar.

Atingindo esse momento da conversação, Zacarias procurou levar o preso a meditar sobre a importância do perdão, como fonte de alívio interior.

– Pelo que você está dizendo, meu filho, a sua alma já está entrevendo as vantagens do perdão como recurso para sua própria elevação moral.

– Não sei se é isso, Zacarias. No entanto, o perdão sempre foi, para os romanos, um exemplo de covardia e fraqueza. Acostumados a combater e lutar, invadindo e escravizando, nunca tivemos que avaliar o perdão pelo prisma de termos sido feridos e desculparmos. Com certeza, pesa sobre nossas cabeças muitos atos que precisarão ser perdoados pelas nossas vítimas. No entanto, para os que invadem e conquistam, poucas vezes surge o momento em que tenham de aprender o que seja perdoar as agressões sofridas pela porta da injustiça.

– E é nessa condição, Pilatos, que a bondade de Deus se revela para os homens. Deus está sempre a nos perdoar todas as agressões que cometemos contra ele, contra o mundo que ele criou, contra os nossos semelhantes que tínhamos o dever de acolher com carinho e respeito. O exemplo de perdão parte do Criador que poderia, num simples lance de vontade, exterminar todos os homens, pois possui poder para tudo fazer, tornando Roma uma mera lembrança no tempo.

Quando você se livra dos ódios do coração, seu espírito se eleva e sua mente flutua em uma outra região, que alivia as nossas angústias e melhora nossa saúde.

Quem não é capaz de perdoar, não vive em paz nunca. E o perdão que a Boa Nova pede, o absoluto esquecimento das ofensas, só é difícil de oferecer porque nós somos muito arraigados à vingança ou ao sentimento de autocomiseração. Se não déssemos tanta importância ao nosso ego, se não fôssemos tão vaidosos e orgulhosos de nós próprios, não seríamos tão vulneráveis às ofensas alheias.

Agora, enquanto não conseguimos perdoar, por falta de experiência ou de tentativa de compreendermos estas verdades, iniciemos por tolerar as ofensas alheias sem desejarmos revidá-las na mesma moeda.

Jesus nos ensinou tudo isso.

E ouvindo a referência a Jesus, Pilatos interrompeu Zacarias, para dizer:

– Como eu gostaria de ter escutado as pregações desse Justo. Hoje, eu daria tudo para que as suas palavras me chegassem abundantes aos ouvidos e ao coração seco e áspero como o meu.

E já prevendo a possibilidade desse momento surgir na vida de Pilatos, Zacarias retirou de uma pequena bolsa de couro um rolo de pergaminho e o entregou ao preso.

– Aqui está, Pilatos, o que você está pedindo.

Sem entender o que era, o ex-governador permaneceu olhando para Zacarias, indagando-lhe em silêncio.

– Sim, homem, pegue...

– Mas o que é isso? Mais um presente comprado com dinheiro de não sei quem? – falou envergonhado o prisioneiro.

– Não, Pilatos, isto é a palavra pregada por Jesus, que ele me incumbiu de lhe trazer nesta hora difícil de sua vida. Aqui estão as anotações que o seu seguidor Levi efetivou para as nossas lembranças e que todos nós temos copiado e recopiado para aprendermos e para passarmos para outros.

Espantado com o presente inesperado, Pilatos refugou:

– Não posso aceitar como um presente, Zacarias. Isso é uma relíquia de todos vocês, os fiéis seguidores do Justo. Contento-me com as suas palavras que me educam e edificam. Eu não mereço isso.

– Claro que merece, meu irmão – falou Zacarias com a voz embargada pela emoção. Aqui você encontrará muitas coisas que lhe consolarão o espírito nesta hora de dificuldades e, enquanto eu me coloco longe por causa da impossibilidade de estar constantemente ao seu lado, você vai lendo e aprendendo por si mesmo.

– Mas isto lhe pertence e deve ter muito valor para que você se desfaça desse jeito!

– Lembre-se, Pilatos, só é nosso aquilo que nós damos para os outros. Por isso, a resposta a esta pergunta é SIM. Isto é tão meu que eu o estou entregando a você. Já decorei todas as linhas e, além disso, possuo outras cópias que estão sendo entregues para outros simpatizantes da mensagem de Jesus. Agora, não perca tempo com as derrotas transitórias da vida. Aprenda a seguir adiante, com a cabeça posta no céu.

Leia e reflita sobre tudo isto, pois, tão logo me seja possível, regressarei para continuarmos nossas conversas.

381

Falando assim, Zacarias despediu-se, deixando as anotações evangélicas com o preso que, a partir daquele dia, passou a dedicar-se à sua leitura e meditação.

Cada afirmativa dessa nova doutrina era uma surpresa para seu espírito arguto e curioso.

E cada descoberta mais ampliava a admiração por esse emissário celeste que esteve entre os homens e que padeceu injustamente diante de seus olhares impotentes.

Onde estariam os deuses de pedra a quem aprendeu a prestar culto desde criança? Quando é que um deles poderia falar assim e consolar o coração como esse Jesus o fazia?

Agora que ele estava na condição do abatimento, entendia as afirmativas de Jesus: "Eu vim para os enfermos, não para os sãos. Bem- aventurados os aflitos, ajuntai tesouros no céu onde os ladrões não roubam e onde a ferrugem não corrói, se alguém te bater na face direita, oferece-lhe também a outra...".

Enquanto isso, lá fora, as reuniões na estalagem de Jonas prosseguiam cuidadosas, porque desde o tempo de Augusto, havia a proibição de reuniões públicas para se evitarem as sedições e os movimentos que se multiplicavam nas aglomerações. Por isso, era vigente em Roma a lei que proibia os encontros de grupos, os quais só poderiam se reunir nos circos por ocasião das festividades ou nas cerimônias oficiais quando se cultuavam os deuses da tradição.

Por este motivo, a presença de Lucilio acabara sendo aceita com facilidade, já que, apesar de ser romano, a sua condição de centurião fornecia ao evento uma característica que o afastava de qualquer movimento revolucionário, caso fosse descoberto.

Todavia, isso iria modificar-se em breve.

Assim que soube da situação definitiva de Pilatos e entendendo que o prisioneiro seria enviado para lugar muito distante, o centurião se preocupou em adotar as medidas necessárias à segurança do romano caído em desgraça.

Primeiro porque sabia que poderiam, apesar da decisão do senado, tirar-lhe a vida antes que partisse.

As muitas intrigas na metrópole produziam mortes misteriosas que enchiam as tumbas de inocentes ou suspeitos de crimes não cometidos.

Além disso, sabendo do papel que Zacarias desempenhava na vida de Pilatos, por incumbência do próprio Jesus e que ele próprio, Lucilio, acatara como sua a tarefa de ajudar o velho apóstolo a conseguir concretizar o objetivo do Messias, o centurião sabia que não poderia deixar que o governador se afastasse de sua influência.

382

Desse modo, buscou as influências que tinha à sua disposição para solicitar que ele pudesse ser o responsável pela guarnição que levaria o preso até seu destino final, em Viena.

Naturalmente, havia poucos soldados que, estando vivendo na capital imperial, desejariam dela sair para serem enviados em missões tão distantes quanto duras como aquela.

Por isso, e alegando já estar familiarizado com o prisioneiro, pois era responsável por ele desde a sua chegada a Roma, Lucilio conseguiu que tal comando lhe fosse concedido, podendo escolher a escolta que melhor lhe parecesse para o desempenho da missão.

Não é demais dizer que, perante algumas autoridades mais importantes, a sua argúcia teve de se revelar mais apurada, em face de que, para que concordassem com o seu pleito, desejavam obter de Lucilio a concordância com o assassinato de Pilatos, durante a viagem ou logo após a chegada ao destino.

Tais autoridades não pediam isso claramente, mas, através de insinuações nas entrelinhas, procuravam sondar o ânimo do centurião para que aceitassem colocar como chefe da escolta alguém manipulável a ponto de concordar com o assassinato do escoltado.

Lucilio, conhecendo os meandros pútridos do poder, se fazia de simpático à causa, partilhando, da boca para fora, das prevenções que os romanos demonstraram contra o governador, dizendo, inclusive, que desejava escoltá-lo para fazer pesar sobre ele mais humilhações por sua indignidade. Não pretendia que Pilatos tivesse uma viagem de recreio.

Torná-la-ia um martírio para o preso.

Com tais posturas de ostensiva antipatia, Lucilio comprou a concordância dos que deveriam autorizar-lhe a chefia da escolta, que passaram a acreditar que ele era o homem certo para tirar o problema do caminho, quando chegasse a hora.

Uma vez fixada a sua liderança, não faltaram pessoas que, na calada da noite, vieram até ele com propostas para que, tão logo se ausentassem do território romano, ministrasse o veneno letal na bebida do prisioneiro, a fim de que ele não chegasse vivo ao destino.

E para não levantar suspeitas, já que tais enviados poderiam estar sendo mandados pelos que lhe haviam autorizado a chefia da expedição punitiva, Lucilio recebia os embrulhos e dizia que, tão logo se apresentasse a oportunidade, iria cumprir a sua tarefa.

Para não se comprometer diante da verdade, que passara a conhecer depois que encontrara Jesus, jamais disse que mataria Pilatos, preferindo usar a expressão genérica de que, no momento adequado, iria cumprir sua tarefa.

Essa referência acalmava os ânimos dos mais exaltados, que já se aliviavam pensando que a morte de Pilatos era uma questão de semanas.

Assim, com a garantia conseguida com a sua nomeação, Lucilio sabia que isso lhe permitiria levar Zacarias consigo, ainda que, para tanto, o ancião não fizesse parte da caravana oficial, mas viajasse como um anônimo passageiro.

O roteiro da viagem incluía uma parte em navio, até o porto de Massilia, de onde o contingente se deslocaria por estrada para o norte, em direção ao destino final de Pilatos.

Com isso, os judeus da estalagem de Jonas, que se estavam convertendo ao Cristianismo, na empolgação das primeiras luzes na sede do Império, temeram o afastamento tanto de Zacarias quanto de Lucilio de suas reuniões.

Todavia, à força da argumentação evangélica do apóstolo devotado, o grupo não se desfez e prometeu dar continuidade àquela célula de esperança no caminho dos aflitos que viviam na grande Roma indiferente e depravada.

Zacarias acatou as deliberações de Lucilio com gratidão e consideração já que teria muitas dificuldades em conseguir seguir Pilatos se não fosse a diligência do centurião, igualmente devotado à causa de Jesus.

Assim, arrumadas as coisas para a partida, encontraremos Lucilio e um grupo de quatro soldados de sua confiança procedendo à escolta de um Pilatos reduzido à mísera condição de um degredado que perdera o viço de outros tempos e tendo, por perto, a figura nobre e corajosa de Zacarias que, pela influência de Lucilio, fora admitido a bordo como um amigo íntimo de sua família que seria levado para a Gália, valendo-se de sua proteção, sem levantar nenhuma suspeita.

Roma ficaria para trás, com seu cortejo de maldade e sordidez para que, gradualmente, o trabalho silencioso de pessoas como Jonas e seus amigos convertidos, fosse esculpindo, sobre o velho mármore dos vícios, as formas novas da escultura da Verdade, nas linhas do bem, sob o esforço do cinzel da caridade.

38

Os Planos de Fúlvia

Enquanto se tomavam as medidas necessárias à transferência do prisioneiro, as forças do mal, representadas pela maldade guardada no íntimo das criaturas, se movimentavam para conseguir destruir Pilatos.

A disposição de Tibério em preservar-lhe a vida física, ainda que lhe impondo os necessários corretivos à conduta administrativa e pessoal inadequadas, contrariou vários interesses de importantes romanos que desejavam tê-lo matado para se livrarem do risco de desagradáveis revelações, o que continuaria a ser possível enquanto Pilatos vivesse, ainda que distante de Roma.

Desta forma, muitos de seus antigos cúmplices se movimentavam à sombra, como já se explicou anteriormente, para possibilitar-lhe a morte imediata.

Dentre eles, no entanto, Fúlvia era a mais astuta das adversárias, usando toda a sua argúcia e as técnicas da sedução como armas para as suas táticas se revelarem vitoriosas.

Desejava matar aquele amante convencido e fraco, que lhe servira na exata medida em que possuía poder e dava a impressão de aceitar-lhe o domínio feminino.

Ser amante de um governador, não importando tratar-se do próprio cunhado, na visão daquela mulher volúvel, era algo que a enaltecia.

Ter sido amante de um preso, caído em desgraça, sem nenhum privilégio ou importância, agora, era coisa que poderia destruí-la, moral e materialmente.

Por esse motivo fundamental, ao qual se somava o orgulho ferido nos últimos anos, quando se sentiu trocada nas predileções do governador pela romana Lívia, Fúlvia estava determinada a produzir a morte mais cruel e rápida possível, encobrindo desse modo o próprio passado delituoso, ainda que dele soubessem muitos homens igualmente corrompidos pelos costumes dissolutos de cada civilização.

Desde que soubera que Lucilio Barbatus seria o responsável pela escolta de Pilatos, providenciou ela uma das ofertas que lhe chegou com portadores, fornecendo o veneno necessário para a finalidade já mencionada.

Como já dissemos, para que não levantasse suspeitas nos seus superiores, alguns dos quais, manipulados pelas forças ocultas, desejavam igualmente facilitar o assassinato de Pilatos, Lucilio aceitava as doses do corrosivo letal, como a dizer que estava de acordo com a sua utilização, no momento adequado.

No entanto, tão logo soube quais eram os outros quatro soldados que serviriam de pequena comitiva militar, Fúlvia não se contentou em contar apenas com a possível ação de Lucilio.

Dentro de seus dotes sedutores, houvera-se relacionado com um dos soldados que haviam sido escolhidos por Lucilio, a quem encantara com sua beleza e com quem se relacionara mais intimamente por se sentir atraída por homens mais jovens e fisicamente mais bem torneados, o que era fácil de se encontrar entre os soldados.

A sua relação com Sávio não tinha o conteúdo de qualquer ambição política que a levara a agir da mesma maneira em outras ocasiões. Era fruto, tão somente, da empolgação emocional e física de uma mulher com o desequilíbrio do centro da emoção a lhe empurrar para os caminhos do excesso sexual.

No entanto, Sávio se apaixonara por ela e, a despeito de respeitar-lhe a situação pessoal e não ser capaz de expô-la a riscos que acabariam ferindo-o também na carreira a que se prendia, estava sempre disposto a se entregar a qualquer aventura que ela lhe solicitasse.

Enceguecido por essa paixão tão danosa para aqueles que a vivenciam sem lhe colocar o freio da razão e do bom senso, Sávio recebeu uma pequena comunicação, escrita em código previamente estabelecido, que o convidava a um novo encontro.

Nela pôde identificar o desejo de Fúlvia que, naturalmente saudosa de seus braços, havia providenciado a situação favorável para que o encontro ilícito pudesse ocorrer.

Seria na noite do mesmo dia em que a mensagem lhe fora entregue por um anônimo portador.

Prelibando as emoções que seria capaz de sentir com aquele encontro de corpos desassistidos de equilíbrio, Sávio nada comentou com nenhum de seus amigos e, quando a noite se aproximou, desculpou-se

386

alegando algum inconveniente na preparação da própria viagem até Viena e, na hora marcada, no local combinado, lá estava ele, perfumado e levemente vestido, esperando a chegada de sua provocante amante de ocasião.

Fúlvia, apesar de não ser mais uma mocinha, guardava as linhas belas que lhe foram famosas na adolescência, em um meio tão depravado como o de Roma.

Sua feição suave encantava ao primeiro olhar e ninguém poderia dizer que, sob a beleza de seus traços delicados, uma víbora se escondia, astuta e perigosa.

Naquela noite, em especial, havia-se paramentado com maior cuidado a fim de produzir maiores emoções, já que, como dizia a mensagem codificada, seria um encontro de despedidas entre eles, em face da partida do amante para longe de Roma.

Tal desculpa servia perfeitamente aos seus propósitos e encobria o fato de ter pressa em encontrar-se com o soldado por outros motivos.

Eufórica e alegre, homenageando com tais sentimentos, aparentemente sinceros, o orgulho másculo do soldado com quem se deitaria, Fúlvia envolveu-o com os braços e depositou em seus lábios um beijo apaixonado, saudando-o carinhosamente.

– Pois então, depois de me fazer tanta falta desde o último encontro, agora foge para longe de mim, meu César amado – falou, voluptuosa, entregue aos músculos fortes que a acolhiam igualmente no peito vigoroso de Sávio.

Corado com a referência imperial com que Fúlvia sabia tocar a vaidade masculina, Sávio sorriu-lhe meio sem jeito e respondeu:

– Por mim mesmo, deusa de minhas preces, eu ficaria para sempre aqui ao seu lado. No entanto, não me pertenço e estou atendendo a chamamento de um amigo para seguir com ele na condução do prisioneiro até seu destino.

– Ah! Sim... pois então o meu amante já está me trocando por um bando de homens... – disse ela sorrindo matreiramente.

– Claro que não. Seria o ato de um louco trocar o perfume pelo mau cheiro. No entanto, penso que tal viagem será rápida e, no prazo de pouco mais de um mês, acredito, terei sido liberado da tarefa e poderei voltar aos seus braços.

– Bom, se você me garante que será assim, nossa última noite será de sonhos para o futuro e não de despedidas amargas.

Novos beijos se trocaram e, buscando produzir em Sávio a

ruptura dos freios do raciocínio seguro, envolveu-o em um tal processo de sedução, que o cativaria com ainda maior intensidade.

Foi muito mais carinhosa e despertou mais e mais desejo em seu cúmplice a fim de que, de maneira mais fácil, conseguisse chegar ao ponto e obtivesse o seu auxílio.

Depois que as emoções estavam elevadas à mais alta voltagem e que sentia que Sávio estava em suas mãos, Fúlvia confessou-lhe que havia uma coisa muito triste, que lhe feria o coração profundamente.

Sentindo que a lembrança de tal fato poderia estragar-lhe a noite e impedir-lhe a consumação de seus prazeres, Sávio buscou inteirar-se com o máximo de atenção sobre a fonte das preocupações de Fúlvia.

Assim, depois de fazer-se de rogada com a desculpa de que não queria levar-lhe problemas pessoais, Fúlvia aceitou a insistência de Sávio e revelou-lhe o motivo.

– Sabe, meu querido, estou ferida assim por causa da situação de minha irmã. Cláudia sempre foi muito generosa para comigo. Quando estive na Palestina, tantas e tantas vezes me acolheu com o seu carinho. No entanto, desde antes de ela partir para Jerusalém acompanhando o marido, ela já era vítima dos escândalos que ele produzia, maculando-lhe a reputação. Deixaram Roma quase que fugidos da vergonha que Pilatos lhe infligira com sua conduta irresponsável. No entanto, a sua estada na Palestina também não foi diferente. Estando lá, quantas vezes Cláudia não me procurou com os olhos vermelhos de tanto chorar, sem mencionar as infidelidades do marido, mas não conseguindo me esconder o seu tormento doloroso. Ele, por sua vez, sempre fora uma inesgotável fábrica de conquistas baratas e prazeres fáceis. Não podia ver mulher pela frente que já lançava suas redes. Algumas se mantinham firmes, afastadas de sua peçonha. A maioria, no entanto, acedia aos seus caprichos e desejos mais baixos e, logo a seguir, eram descartadas.

E, para impressioná-lo ainda mais, acrescentou, maldosa:

– Você acreditaria se eu lhe dissesse que até sobre mim mesma esse homem, meu cunhado, lançou as suas indiretas, tentando me seduzir em sua própria casa?

Ouvindo-lhe a mentirosa confissão, que procurou envolver numa atmosfera de indignação pessoal, Sávio exclamou surpreendido:

– Até a você esse homem asqueroso tentou seduzir? Não posso acreditar...

– Sim, meu amor. Se não fosse o sólido alicerce familiar que herdei de meus pais e o amor que tenho por Cláudia, qualquer mulher, em minha condição, teria caído em suas armadilhas. Para você ver como ele era incontrolável.

388

– Minha mente está indignada com tudo isso, Fúlvia.

– É para indignar qualquer um, Sávio. E você não sabe nem metade de tudo o que esse homem já fez minha irmã sofrer.

E entrevendo que a indignação do amante lhe abria as portas para a continuidade do plano, Fúlvia prosseguiu:

– Agora que ele foi colocado onde deve, ou seja, na prisão e no exílio, minha irmã se animou a voltar a Roma para estar comigo. Entretanto, não deseja nunca mais estar exposta à vergonha que o marido infiel a fez passar ao longo destes anos. Enquanto isso não acontece, recusa-se a voltar para cá e me fazer companhia. Já me revelou que só o fará no dia em que souber que está viúva, pois tem vergonha de pisar o chão de seus ancestrais para ser ridicularizada diante de todos, como a esposa do devasso governador humilhado e exilado.

Você sabe como reagem as pessoas de nosso meio. Costumam estender o erro para além dos limites daquele que erra, ferindo os seus familiares imediatos e seus amigos mais próximos. Por isso, Cláudia não regressa. Está esperando a morte do traste para, com ela, apagar a própria vergonha.

E isso me causa muita dor, já que, com a partida de Pilatos para longe, nunca será possível ter certeza quanto tempo levará para que ele desapareça para sempre.

E há algo mais grave ainda.

Cláudia possui riquezas pessoais que estão sob seus cuidados diretos na Palestina. Meu temor maior é que, com esse banimento, Pilatos consiga meios para ir procurá-la através de enviados ou até mesmo pessoalmente, a fim de tomar-lhe as últimas expressões de sua dignidade madura, os últimos bens com os quais poderá se ver protegida na velhice, alegando os direitos de marido.

Por isso, Sávio, meu coração está tão apertado.

A sua voz melíflua, seus jeitos dengosos e frágeis eram as suas armas para induzir as fibras daquele homem tolo a fazer o que ela queria.

– Ah! Se eu pudesse, eu mesma mataria aquele maldito romano que só nos fez sofrer a todas as mulheres – falou indignada, como se estivesse falando sozinha.

Assumindo ares paternais e conquistadores, Sávio se viu na fácil posição de subir no conceito da mulher desejada e, sem pensar duas vezes no que estava se comprometendo a fazer, disse sem cerimônia.

– Isso não é trabalho para as mãos doces de uma mulher como

você, Fúlvia. Isso é trabalho comum para um soldado, que não faz outra coisa do que expor sua vida e tirar a vida dos outros.

– Sim, meu querido, os soldados estão sempre envolvidos em batalhas, mas isso é contra gente de outro país. Falar de tirar a vida de um seu igual, um romano, ainda que em desgraça, não é a mesma coisa, Sávio. Só um soldado valente e corajoso para fazê-lo, pois não poderia se expor como um herói que realiza os atos de bravura pensando nos aplausos da turba que o admirará quando do regresso.

– Bem, Fúlvia, se eu encontrar, no meu regresso de Viena, apenas os seus braços a me enlaçarem com este mesmo carinho, digo-lhe que me candidato a livrar vocês duas do peso e da vergonha que esse condenado as tem feito passar – falou resoluto e orgulhoso.

– Você, meu amor? Sua coragem é assim tão grandiosa a ponto de me livrar do pesadelo e salvar-nos da ignomínia que é a vida sob a sombra de Pilatos?

– Se é para aliviá-la desse peso, não será nem muito difícil, pois entre Pilatos e seu coração, não existe escolha possível que não seja por você.

– Ah!, Sávio – disse Fúlvia ainda mais adocicada –, assim você me mata de paixão, meu querido. Nunca imaginei que pudesse me amar desse jeito tão especial, mas agora que a sua paixão se oferece com a solução para esta questão, reconheço que você poderá fazer o serviço sem dificuldades.

– Sim, Fúlvia. E não será nenhum sacrifício tirar a vida daquele que não nos merece nenhum respeito e que só nos tem causado, a todos os romanos, a vergonha, pela maneira dissoluta e perigosa com que expôs o Império lá no oriente. Mais do que um pedido seu, isso seria um dever moral de qualquer romano que se preze e tenha orgulho de sua tradição vitoriosa. Os derrotados merecem morrer. Não é esse o lema no circo? E para com Pilatos isso não deveria ser diferente. Assim, Fúlvia, se lhe puder servir de alguma coisa, disponha de mim, desde que, ao meu regresso, seu encanto me espere com a suavidade de sua pele e a maravilha de seu sorriso.

Agarrando-o com entusiasmo, Fúlvia beijou-o loucamente, dando--lhe a prova final de que seu gesto lhe cativara o coração apaixonado de tal maneira que, se precisasse envenenar mais uns dez romanos, isso não seria difícil. Se o prêmio fosse Fúlvia, envenenaria até mesmo Tibério.

Assim, deram vazão aos seus instintos carnais em uma longa noite que culminou com a alvorada na qual, entregando-lhe o tóxico violento, ouviu dele as juras de amor costumeiras e trocaram os últimos detalhes do plano.

390

– Veja, querido, não se precipite com o veneno. Alguns me disseram que outro vai providenciar o envenenamento do homem. Se isso está certo, é melhor que não seja você, para que isso não o comprometa desnecessariamente. No entanto, se nada ocorrer até o seu regresso, este veneno poderá ser depositado em qualquer líquido que, uma vez ingerido, propicia a morte lenta e misteriosa sem levantar suspeitas, pois leva algum tempo para produzir o efeito e parecerá com alguma doença que não se pôde curar a tempo.

– Assim farei, Fúlvia. No entanto, ninguém, além de nós dois, deverá saber que isso será feito – falou Sávio, desejando preservar tanto a si próprio quanto à sua amada que o ouvia.

– Claro, meu querido. Você já está sendo a solução para o amargo problema de minha irmã, pelo que serei eternamente grata. Ninguém mais saberá de nada. Além disso, volte logo para que, em seu regresso, possamos nos encontrar neste mesmo lugar de delícias, onde você será coroado como o meu imperador, recebendo todos os presentes que um grande César merece, com exclusividade.

Encantado com os meneios mágicos daquela experiente mulher, Sávio despediu-se feliz, carregando consigo o pequeno frasco que iria levar na viagem até Viena, esperando que, a qualquer ponto do caminho, Pilatos acabasse morto pela ação de outrem, mas pronto a cumprir a sua tarefa, sem deixar pistas, caso ninguém tomasse a iniciativa. Assim, em seus planos, esperaria até o final da sua missão e, se nada acontecesse, ele próprio agiria por sua conta.

Sem saber que um de seus homens de confiança havia sido cooptado por Fúlvia para matar Pilatos, Lucilio e a escolta do preso, o ex-governador e a figura de Zacarias tomaram seus lugares no barco que os levaria até Massilia, na costa mediterrânea da Gália de outrora, França de hoje.

Naturalmente, atendendo à necessidade de discrição, Zacarias se mantinha apartado do grupo, entendendo-se apenas com o seu comandante para a troca de ideias rápidas a respeito do prisioneiro.

– Lucilio – falava Zacarias –, tome cuidado com as coisas que derem a Pilatos para comer ou beber, pois não sabemos de que lado vem o ataque.

– Sim, Zacarias. Estou atento a tudo. Sei que havia muita gente desejando matar o governador e não deve ser difícil que algum deles esteja a bordo para aproveitar algum momento de descuido e atacá-lo de um jeito ou de outro.

– É verdade. Por isso, Jonas, da estalagem, me entregou toda esta comida que trouxe comigo e lhe passo agora a fim de que nenhuma outra seja oferecida ao nosso irmão, evitando-se, desse modo, qualquer risco. Fica só faltando observar o que lhe será entregue como bebida.

– Quanto a isto, esteja sossegado. Eu mesmo separei um grande odre para essa emergência, alegando que se tratava de provisão para a viagem. No entanto, ali está a água necessária para o prisioneiro. Já instalei em local seguro e informei a Pilatos que só bebesse água de minhas próprias mãos.

– E, outra coisa, Lucilio – falou baixinho o ancião –, não confie nem mesmo nos outros soldados, pois não sabemos o que poderão fazer nem se estarão suficientemente atentos para impedir qualquer ataque de fora.

– Sabe, Zacarias, eu não tinha pensado nisso, mas a sua lembrança é sábia e, com certeza, está iluminada pelos nossos protetores invisíveis. Estarei pessoalmente ligado ao nosso amigo.

– Assim me tranquilizo mais. Vou ficar por aqui, junto de alguns homens feridos que pretenderei ajudar com os cuidados da enfermagem. Veja se consegue que o capitão não se oponha a este desejo, pois os mais feridos são, sempre, os mais abertos para Jesus.

– Farei isso agora mesmo, Zacarias. Até breve.

Despediram-se e, com a aquiescência do comandante, sempre cheio de tarefas na condução da grande nau pelo Mediterrâneo, Zacarias pôde aproximar-se dos enfermos e feridos pelos pesados remos, a quem tratava e conquistava com seu carinho sincero e desinteressado, além de lançar, também ali, aos escravos do poder romano, a mensagem de que o Salvador havia vindo ao mundo para eles, os aflitos da existência.

Muito alívio levou aos corações, enquanto que se mantinha atento ao destino de Pilatos.

Certa noite, quando não havia muito a fazer, Zacarias deitou-se em um canto do tombadilho da embarcação para que pudesse olhar o céu estrelado, em meio a provisões, sacarias e cordas grossas que se amontoavam, lembrando-se de Jesus e dos tempos em que caminhava junto dos que o seguiam.

O silêncio era mais forte porque a maioria estava recolhida em algum canto do barco para descansar da jornada diária.

Assim, sem que ninguém o percebesse, escutou passos firmes sobre as tábuas da embarcação e vozes que sussurravam uma conversa animada, entrecortada de ditos jocosos e hilários.

Era Sávio que vinha, junto com outro amigo que compunha a guarda de Pilatos e se abeiraram da guarda protetora da trirreme para conversarem mais a sós.

392

– Que maldição a nossa, Sávio! – exclamava Caio, o outro soldado.

– Como assim, meu amigo? – perguntou o interrogado por sua vez.

– Sim, podíamos estar nos braços de agradáveis romanas nestas alturas, mas estamos aqui, no meio do nada, carregando um homem a tiracolo.

– Isso é verdade, Caio. Haveria coisas melhores a fazer. Eu mesmo saberia perfeitamente onde estaria e com quem, numa noite como esta.

Tocado pela curiosidade e, sabendo que Sávio não possuía esposa, Caio deu-lhe oportunidade para seguir com suas palavras, fustigando-lhe o orgulho masculino com uma provocação:

– Provavelmente no colo da sua mãe, não é mesmo? – falou dando risada baixinho.

Ferido na vaidade, Sávio não se deixou irritar pelo riso de Caio e lhe respondeu:

– Ah! Se todas as mães fossem como ela, todos os filhos se tornariam amantes de suas genitoras – respondeu para espanto de seu amigo.

– Mas ela é tão boa nas artes do amor, como você está falando?

– Ela é única, meu amigo. Especial.

– Gostaria de conhecê-la também, falou Caio.

– Não será possível. Eu não me arrisco expô-la a olhares impudicos. Além disso, sua nobreza me impede de compartilhar sua identidade com estranhos.

– Além de tudo é nobre? Patrícia de berço?

– Sim, das mais respeitadas e, para dar um tempero especial a isso tudo, também é casada.

– Pelos deuses, homem, era melhor que você se contentasse com a sua mãe mesmo, a correr um risco desses – falou, assombrado, o soldado que o escutava.

– Calma! Seu marido é um tolo e um inútil. Isso possibilita que possamos nos divertir sem riscos.

– É, mas isso não nos tira deste atoleiro sem lama onde estamos. Não bastava que Pilatos se desgraçasse a si próprio. Tinha que nos levar junto com ele para o exílio? – perguntou Caio, indignado.

393

E olhando para os lados, como a se certificar de que o que iria dizer não deveria ser escutado por mais ninguém, Sávio respondeu às queixas do companheiro de viagem:

– Mas não se preocupe, meu amigo, mais cedo ou mais tarde todos morrem, não é mesmo? Ainda mais um traste como esse homem, dando a entender, nas entrelinhas, que havia algum mistério que ele sabia e que tornava a sua afirmação cheia de arrogante segurança.

Em seu leito improvisado, Zacarias a tudo escutava, sem se mover para não denunciar a sua presença com algum ruído intempestivo.

Suas suspeitas intuitivas estavam corretas.

Sávio sabia de alguma coisa e ele não poderia perder o soldado de suas vistas, conquanto não tivesse qualquer elemento de prova que pudesse levar até Lucilio para acusá-lo.

Talvez tivesse falado daquela maneira como uma força de expressão, com a indignação e a língua solta que caracterizam os soldados longe de seus superiores.

Talvez tivesse comentado sobre hipóteses comuns na vida de todas as criaturas, tanto quanto na vida de Pilatos.

Talvez não estivesse mais do que expressando o seu desejo de que o preso morresse logo para que regressasse às suas aventuras e prazeres.

No entanto, a conversa havia despertado em Zacarias o medo de qualquer perigo que rondasse o grupo, que deveria preservar Pilatos, não matá-lo.

Afastaram-se os dois homens, sem perceber que sua conversa havia sido escutada por Zacarias, a quem ambos desconheciam quando de sua estada em Roma. Sabiam ser aquele um amigo íntimo da família de Lucilio, conforme este mesmo houvera falado e que, por ser sapateiro, consertava as botinas dos soldados na prisão Mamertina. Nada mais sabiam de seus objetivos junto àquela comitiva.

Assim, sem estar de posse de informações precisas ou provas claras que incriminassem Sávio, Zacarias evitou falar disso a Lucilio que, naturalmente, seria levado a interrogar o soldado que, por sua vez, negaria tudo e as coisas ficariam piores para todos.

Por isso, daquele dia em diante, passou a dedicar especial atenção a observar os gestos e os passos de Sávio dentro do navio, como maneira de melhor proteger Pilatos que, em seu lugar de reclusão, se dedicava à leitura dos escritos de Levi que lhe haviam sido dados por Zacarias.

Quanto mais conhecia os ensinamentos de Jesus, mais se encantava com a sua beleza, ao mesmo tempo em que mais e mais se culpava por tudo o que havia acontecido com o Mestre diante de sua vontade omissa e covarde.

Deslumbrava-se por um lado e se remoía por outro.

Se melhorava diante dos ensinamentos que consolavam, piorava por dentro, em face das angústias cáusticas do arrependimento.

Assim corriam as coisas durante a travessia até a chegada ao porto, sem maiores incidentes que não aquele da conversa suspeita entre os dois soldados.

O ano de 35 seguia para o seu término quando, finalmente, a escolta chegou a Viena, em um período de muito frio.

Lá se desenrolariam os lances derradeiros daquelas existências que, estando alguns a serviço das forças do mundo e os outros das forças da Verdade e do Amor, se tornariam, estes últimos, a mão luminosa de Deus amparando a escuridão bruta dos homens, através dos próprios homens.

Por isso que Jesus ensinara:

"Todo aquele que desejar ganhar a própria vida, este a terá perdido.

No entanto, todo aquele que, por amor a mim, perder a sua vida, este a terá ganho".

O FIM DE ZACARIAS

A chegada do grupo ao acampamento militar de Viena foi melancólica, como poderia ser toda a chegada de um derrotado perante os seus antigos amigos de virtudes militares.

A derrota, por si só, já era considerada uma vergonha, e muitos militares preferiam o suicídio à desonra do insucesso.

Este código de honra era muito considerado entre os membros das corporações romanas e, por isso, Pilatos, ainda que não tivesse sido derrotado em alguma batalha, perdera num *front* onde não havia inimigos a vencer, além de si mesmo.

A derrota perante um exército adversário, na luta entre bravos soldados e valorosos estrategistas representava, ainda assim, uma perda digna dentro da estranha nobreza das artes da guerra. No entanto, ser despojado de todos os títulos por causa de uma ausência de seriedade nos negócios do Estado, considerado como um inimigo por entre os seus próprios pares, impunha ao réu uma aura de nocividade e repulsa.

E ali, principalmente. Fora naquelas terras, anos antes, que a ação enérgica e rude daquele soldado romano produzira o efeito de elevá-lo na consideração de Roma. Suas vitórias, ao lado de outros generais valorosos, permitiram que sua fama se estabelecesse e, considerando que a caserna também é um ambiente onde se criam certas lendas entre os homens de armas que a compõem, Pôncio era uma destas, sempre citado como o exemplo de devotamento que se deve imitar em face dos prêmios que se garantem àquele que se dedicava à causa da defesa do Império.

E o que se poderia esperar daquele destacamento avançado, que tinha a árdua tarefa de defender as fronteiras dos ataques das hordas bárbaras provenientes da Germânia, que agora recebia aquele homem, derrubado do pedestal de exemplo para o lamaçal da repulsa?

Naturalmente, a vergonha e o desprezo eram os mais comuns dos sentimentos ali vigentes.

Poucos antigos camaradas se lhe dirigiram a palavra e os que o fizeram, assim se permitiram para execrar-lhe a vergonha a que os estava submetendo.

O frio intenso daquele inverno forte e rigoroso poder-se-ia dizer mais quente e acolhedor do que o sentimento que existia no coração de cada soldado, do mais inferior ao mais alto comandante.

No entanto, a ordem do imperador deveria ser obedecida e, em face de tais previsíveis obstáculos, Lucilio se entendeu com o comandante do campo para colocar-se à disposição a fim de que continuasse prestando cuidados ao prisioneiro, o que foi aceito de bom grado, porque não seria difícil encontrar-se alguém ali que, em sendo colocado na função de preservar a sua pessoa, tratando de suas necessidades durante o exílio forçado, não se visse tentado a matá-lo.

E como o comandante das legiões ali estabelecidas não desejava ter que informar ao imperador que o homem que recebera sob sua guarda, tão pouco tempo depois de sua chegada já se achava morto sob suas vistas, o oferecimento de Lucilio veio a calhar, já que se tratava do mesmo homem de confiança que viera de Roma em cumprimento do mandado legal do Senado Imperial.

Se algo acontecesse a Pilatos, sê-lo-ia imputado à falta de zelo do próprio centurião Lucilio, para que sobre ele a responsabilidade fosse carreada.

Ao mesmo tempo, Lucilio conseguira autorização para que Zacarias fosse acolhido na guarnição militar, sob a alegação de que estava agregado ao pequeno grupo, aproveitando a viagem sob a proteção dos soldados, em face de sua velhice e vulnerabilidade e, tão logo o inverno rigoroso terminasse, o próprio centurião se encarregaria de encaminhá-lo ao seu destino.

Era uma alegação que, naquele instante, solucionava a questão, sendo certo que, apesar de receber a acolhida, o comandante das instalações militares impôs que Zacarias executasse algum serviço através do qual pagasse a sua permanência ali e a ração que se lhe ofereceria.

Novamente a habilidade de sapateiro serviu de salvação, pois com a sua natural capacidade nessa área, não era difícil encontrar o que fazer num acampamento militar.

Arranjadas as coisas, Sávio viu os seus planos de regressar logo a Roma frustrados pela dificuldade de ausentar-se do grupo que estava sob o comando de Lucilio.

O inverno tornava rudes as condições de navegação marítima e muito difícil o trânsito por terra firme, em face dos obstáculos da neve, dos montes a serem atravessados e dos riscos a que se expunham os viajantes nesse período.

Só mesmo por questão de muita emergência é que alguém conseguia empreender uma aventura por mar ou terra até Roma, proveniente das províncias distantes.

E ainda que o fizesse, se expunha a sério risco de não chegar vivo ao destino, perecendo de frio pelo caminho, ou morrendo vítima de ataques de salteadores ocasionais, espreitando os desavisados viajores.

Assim, teve o cúmplice de Fúlvia de permanecer aquartelado naquele local, aguardando o desenrolar dos acontecimentos por longos meses, sem, contudo, desfazer-se de seu frasco venenoso com o qual, esperava, conseguiria não só fazer a justiça que muitos desejavam como também conquistar para sempre o coração daquela mulher amada.

Zacarias, ainda que em tarefas junto aos militares do quartel, sempre que lhe permitia a ocasião era levado até Pilatos para tratar de animar-lhe o exílio com a conversação amistosa e que procurava fortalecer o ânimo nas horas do testemunho.

Graças à leitura do texto de Levi, os ensinos de Jesus haviam penetrado profundamente no pensamento e no coração de Pilatos, e a companhia dos únicos amigos aos quais, agora, devia a própria vida, eram as exclusivas fontes de forças bondosas que o mantinham acima da linha da vida.

Por causa de seu aprofundamento nas lições do Cristo, Pilatos se deixara envolver por uma melancolia que era muito amarga, diante da consciência de seus feitos.

Zacarias buscava aclarar as consequências das palavras de Jesus lembrando que o Reino de Deus era um lugar que deveríamos edificar em nosso próprio interior e que a todos nós estava garantida a felicidade de encontrarmos o caminho para atingi-lo, superando os sofrimentos com galhardia e coragem.

Sentia o apóstolo que aquele homem carregava dentro de si um fardo de culpas que só deveria ser menor do que o de Judas, o pobre e equivocado companheiro que acreditara nos poderes mundanos mais do que nos divinos.

E na verdade, a frieza da recepção que envolveu o prisioneiro não teve a capacidade de aumentar-lhe a angústia íntima, já que Pilatos entendia, agora, que aqueles homens não poderiam ser diferentes daquilo que ele mesmo fora um dia.

No fundo, sabia que sua vida não poderia ser a mesma, mas também reconhecia que os homens à sua volta não o entenderiam nunca nem poderiam se comportar de outra maneira, até que passassem por tudo o que ele mesmo passou.

A presença de Lucilio e a amizade paternal de Zacarias preenchiam suas esperanças.

Os meses se revelaram monótonos e, para surpresa de Sávio, a vida de Pilatos se dilatava sem que ele tivesse qualquer acesso ao preso. Zacarias, que não se esquecera da conversa ouvida na noite da viagem, tinha Sávio sempre sob seus olhos e procurava monitorar-lhe os passos, pois pressentia que se tratava de um assassino oculto, prestes a agir.

No entanto, a rotina do acampamento não se alterara, sendo que Lucilio levava o alimento e a água até o preso todos os dias, sem exceção, enquanto que Zacarias o ajudava na higiene pessoal, cortando-lhe os cabelos, consertando-lhe as vestes.

A chegada da primavera do ano de 36 permitiria o lento retorno às atividades mais intensas, fosse com a retomada da navegação, fosse com a modificação das práticas do acampamento.

Agora, o derretimento da neve tornava as operações externas mais fáceis e os soldados se embrenhavam em missões de reconhecimento ou marchas mais longas para retomar a forma física, perdida durante os meses de frio, guardados na ociosidade que se impunha por si própria.

Por essa época, voltaram as esperanças de Sávio de deixar o acampamento e regressar aos braços de Fúlvia, a sua amada.

Dela não tivera notícias porque a discrição impunha a prudência nas correspondências, sempre passíveis de serem interceptadas e denunciar os seus autores.

Lembrando a Lucilio de que desejava obter a autorização para o regresso a Roma e deste recebendo a aquiescência para fazê-lo, teve o seu pedido de dispensa formal encaminhado no mesmo dia para a análise do comandante do campo que, num ato burocrático simples, poderia dispensar o soldado para que regressasse à capital.

A azáfama da guarnição militar tornara mais febricitantes as atividades de todos, inclusive de Lucilio que, multiplicando-se entre os cuidados com Pilatos e as tarefas da caserna, muitas vezes compartilhara com Zacarias a obrigação de alimentar o prisioneiro.

Poucos dias depois do encaminhamento do pedido de dispensa de Sávio, o afastamento de Lucilio por mais tempo do que o normal e o recrudescimento das obrigações de Zacarias, diante do amontoado de botinas a serem consertadas, impedira que ambos se recordassem dos horários adequados para a refeição de Pilatos.

Chegando apressado de uma missão e tendo sido chamado ao gabinete do comandante a quem estava subordinado, Lucilio se deu conta de que ninguém havia dado alimento e trocado a água do preso.

Procurou por Zacarias, mas se lembrou de que ele se achava em serviço na sala pegada àquela para onde deveria dirigir-se ele próprio.

Assim, para não fazer esperar o comandante, procurou por Sávio, dizendo:

– Meu amigo, tenho boas notícias para você.

– Minha liberação? – perguntou eufórico, Sávio.

– Creio que sim, companheiro. Acabo de chegar do campo e nosso comandante me convocou imediatamente ao seu gabinete, o que acredito deva ser para me entregar a sua dispensa, conforme solicitada dias atrás.

Feliz com a novidade, Sávio já entrevia as alegrias do regresso e, ao preço de mais algumas semanas, estaria nos braços de Fúlvia.

Ao se lembrar de Fúlvia, recordou-se da missão que havia aceitado realizar e com a qual, pensava ele, ganharia os almejados prêmios cobiçados junto à mulher ardente.

Mas o medo de voltar sem oferecer-lhe a cobiçada prenda, a morte de Pilatos, fazia-o tremer ante a possibilidade de ser considerado um poltrão, indigno de sua própria palavra e acabar desprezado pela amada.

A notícia de Lucilio alegrou-o e o incomodou, sem que ele desse demonstração disso, visivelmente.

E antes que Lucilio deixasse o ambiente onde se recompunha das escaramuças do campo, limpando-se um pouco para se apresentar ao superior, voltou-se para Sávio e disse:

– Ah!, meu amigo, sinto ter que lhe pedir um favor. Como você é o responsável por essa minha pressa, nada mais justo que lhe dê uma tarefa que até hoje foi minha, pois Pilatos está sem comer e beber durante todo o dia até agora, já que Zacarias está entretido com seu trabalho e eu mesmo me esqueci de lhe pedir que o fizesse quando deixei o quartel pela manhã.

Assim, como nós estamos nos ajudando, pede a camaradagem que, do mesmo modo que estou advogando a sua liberdade, você assuma essa tarefa em meu nome, apenas por hoje.

400

Ouvindo o pedido em tom de brincadeira, Sávio iluminou-se por dentro, pois ali estava a chave de toda a sua felicidade.

Mais do que depressa, tratou de responder ao amigo:

– Como você pode pensar que isso será um peso para mim, meu amigo? Estou em dívida com você e se me ordenasse fazer isso todos os dias, durante uma semana, tão só pelo fato de ter conseguido a liberdade deste campo horrível, eu aquiesceria de bom grado e consideraria pequeno pagamento diante do tamanho do favor que obtive do seu empenho junto ao comandante.

– Pois bem, Sávio, vá logo então, que eu, brevemente, estarei de regresso para lhe apresentar o passe liberatório.

Afastaram-se os dois homens.

Lucilio afastou-se, apressado, sem perceber o brilho estranho no olhar do soldado e Sávio, surpreso com os caprichos do destino, tratou de ir imediatamente até seu alojamento e procurar o frasquinho que guardava para um momento como aquele, desde longa data.

Naturalmente, como se tratava de um veneno de efeito discreto, conforme lhe afiançara Fúlvia, não poderia haver melhor circunstância para agir do que aquela, quando as portas da caserna se estavam abrindo para lhe permitir a saída natural e sem suspeitas.

O tempo de chegar até o alojamento e encontrar o frasco foi o mesmo que levou Lucilio para chegar até o gabinete do comandante, não sem antes passar pela sala de trabalho de Zacarias, perdido no meio de tantos sapatos, cinturões, taxinhas, etc.

– Olá, Zacarias, que o deus dos sapatos o inspire, meu amigo – disse Lucilio com seu jeito brincalhão de se referir ao companheiro.

– Ora, centurião, que o deus do juízo o torne um homem sério – respondeu sorrindo o ancião.

– O comandante deseja falar comigo e estou certo de que se trata da autorização de Sávio para regressar a Roma conforme ele havia pedido.

– Eu não sabia que ele desejava regressar sem nós – respondeu Zacarias.

– Sim, alega ter saudades da capital e de sua rotina de conquistas, dizendo que por aqui não tem como exercer seu melhor talento no meio de homens que seriam troféus pouco cobiçados.

– Melhor assim, se isso representar mesmo a autorização que ele tanto deseja – falou Zacarias aliviado, pois a partir de então, ele não precisaria fiscalizar a conduta de Sávio. E, continuando a conversa, perguntou o sapateiro:

– E se se trata da dispensa dele, por que ele não o acompanhou até aqui para recebê-la? Seria uma grande satisfação, não acha?

– Sim, é verdade. Mas nesse caso, teríamos que impor a Pilatos um tempo mais longo de fome e sede, porque me lembrei de não tê-lo alimentado e nem de lhe pedir que o fizesse antes de sair.

– Lucilio, você não me falou nada de manhã e, por isso, pensei que ele tivesse sido abastecido por você antes de sair, como sempre faz.

– É, Zacarias, foi um esquecimento imperdoável, que Sávio está tratando de corrigir, levando-lhe a provisão de hoje.

– Você mandou Sávio sozinho? – falou surpreso e agoniado o velho sapateiro.

– Sim, Zacarias, ou você acha que um soldado romano não pode fazer um trabalho desses sem ajuda de uma escolta?

– Claro, Lucilio, Sávio é capaz de fazê-lo – falou Zacarias com um tom de angústia na voz.

Não desejando deixar o comandante esperando por mais tempo, Lucilio se dirigiu ao gabinete onde o militar o aguardava e Zacarias, tomado de maus pressentimentos, deixou a sua salinha rapidamente e dirigiu-se até a porta da cela onde Pilatos se mantinha encarcerado.

Ao mesmo tempo, Sávio trazia a ração de comida e água, depois de ter ministrado o veneno no líquido que vinha em modesta cuia de barro pobre.

Quando Zacarias entrou na cela, pois a porta já estava entreaberta, viu que Sávio se dirigia ao governador de maneira fria e indiferente.

– Aqui está a comida e a água que Lucilio não trouxe durante o dia porque seus deveres o impediram.

Falando assim, esticou a mão e colocou o vasilhame da comida sobre pequena saliência de pedra que estava na parede interna da cela.

E, desejando certificar-se de que Pilatos iria ingerir o líquido envenenado, em vez de proceder da mesma maneira com o recipiente de água, deixando-o no mesmo sítio, estendeu as mãos e ofereceu-o ao preso, que o segurou com interesse, diante de quase um dia inteiro, sem beber nada.

Nesse exato momento, Zacarias chegou e entrou na cela, sendo capaz de escutar as últimas palavras de Sávio.

402

Interrompidos pela chegada do sapateiro, Sávio se surpreendeu com a sua intervenção, voltando-se com a face esbranquiçada para a sua direção.

Zacarias sorria e caminhava até os dois, falando com Pilatos de maneira a distraí-lo para que não tocasse no alimento e na água:

– Desculpe-me, meu senhor, a minha falta de cuidado para com as suas necessidades – falou sincero, o ancião. – Estava trabalhando tanto que me esqueci de vir até aqui para trazer-lhe a comida, pois Lucilio, tendo saído de manhã, me incumbiu de alimentá-lo e abastecê-lo, o que acabei deixando de fazer.

Desse modo, o generoso Zacarias buscava atenuar o erro de seu amigo, a fim de desculpá-lo perante o prisioneiro, assumindo a falta por si só. Sua nobreza de caráter sabia ser caridosa até mesmo para proteger os amigos.

Vendo-o se desfazer em justificativas, Pilatos sorriu e respondeu:

– Ora, Zacarias, eu devo minha vida a vocês dois, que não têm feito outra coisa senão zelarem por meu bem-estar. É bom passar algum tempo sem comer ou beber, pois isso serve de penitência para meu espírito comilão e beberrão se disciplinar.

Retomando a palavra ante os dois homens que o escutavam, Zacarias prosseguiu:

– Na verdade, tive tantas coisas a fazer, eu mesmo, que até a mim próprio deixei de dar o alimento e a água que devia. Por isso, se não se ofender com meu pedido, gostaria que não me negasse um gole para saciar a sede que me consome.

Vendo-se constrangido pela gratidão que nutria por Zacarias e sem desconfiar que aquele líquido poderia estar adulterado letalmente, Pilatos demonstrou muita satisfação em estender o pequeno recipiente até Zacarias, ante o olhar estarrecido de Sávio que, sem poder impedir tal ato, o que o denunciaria perante os dois, não teve outra opção senão a de permanecer calado e imóvel, ainda que lívido.

Nesse momento, antes de ingerir o conteúdo do vasilhame, Zacarias lembrou-se de Jesus, nos dias longínquos do passado, quando o Mestre lhe pedira para proteger Pilatos e ajudá-lo em todas as circunstâncias. O velhinho não sabia se havia ou não veneno na água e nem podia acusar o soldado de assassino, ali, sem provas diretas. Assim, antes que alguém o impedisse, olhou sereno para Sávio e sorveu até a última gota todo o conteúdo do vasilhame. Depois disso, disse ao guarda:

– Sávio, pode se retirar que eu me encarrego de trazer mais água para nosso amigo. Vá em busca de sua liberdade, meu filho. Mas não se esqueça daquilo que nosso senhor Jesus nos ensinou em suas andanças, já que está prestes a regressar a Roma onde este ensinamento lhe será de grande valia.

E vendo que o soldado o observava entre aterrorizado e angustiado, falou-lhe com suavidade:

– Todo aquele que com ferro fere, com ferro será ferido. Com a mesma medida que julgar, será julgado.

– Sim, Zacarias, não me esquecerei de suas palavras – falou o soldado covarde, mecanicamente, retirando-se o mais rápido que pôde.

Realmente, a entrevista de Lucilio com o comandante era para a entrega da dispensa do soldado a fim de que, a partir daquele momento, tão logo o desejasse, regressasse a Roma.

Sávio saiu dali e precisou disfarçar muito bem o seu estado de espírito, pois sua alma não compreendia por que aquele velhinho havia adotado aquela postura de ingerir o líquido envenenado que se destinava a Pilatos.

Agora, precisava afastar-se o mais rápido possível, pois sua conduta e a sua presença na cela do governador fatalmente seria associada à morte do inocente sapateiro, depois de ingerir a água que se destinava ao preso. Facilmente lhe descobririam a culpa. Por isso, planejou para o dia seguinte a sua partida, atribuindo a pressa à longa espera para o regresso, o que a justificava plenamente aos olhos de Lucilio.

Enquanto isso, na cela do governador, Zacarias regressara com uma nova cuia de água límpida e com uma nova ração de alimentos que ele sabia não terem corrido o risco de qualquer contaminação tóxica. Desfizera-se daquela que Sávio havia trazido, alegando que o soldado deixara de fornecer alimento de melhor qualidade que estava à disposição na cozinha. Sem levantar suspeitas no preso, Zacarias alterou a ração e, sem saber se o líquido estava ou não envenenado, prosseguiu as suas tarefas naturalmente, com a consciência asserenada pelo cumprimento do dever.

No fundo de seu espírito, sabia que a água tinha o veneno letal, mas como ainda não lhe ocorriam sintomas que atestassem a adulteração do equilíbrio, o ancião recolheu-se naquela noite, depois de ter-se despedido de Pilatos e Lucilio, sem nada dizer sobre suas suspeitas a ninguém.

No entanto, o seu vasto conhecimento da personalidade humana e as dúvidas surgidas daquela conversa no tombadilho do navio, davam-lhe a certeza de que Sávio era o assassino. No entanto, se isso

404

fosse verdade, aceitaria o destino com tranquilidade e sem acusar a ninguém, como aprendera a fazer com o exemplo que Jesus deixara para ser vivido.

O dia clareou e, tão logo se puderam divisar os contornos dos caminhos, um cavalo deixava o quartel em direção ao porto distante de Massilia, onde um barco levaria Sávio de regresso a Roma, agora não mais com a pressa de contar a Fúlvia que matara Pilatos e sim com a de não ser acusado da morte do inocente sapateiro, que fatalmente lhe seria atribuída se ali ele permanecesse.

Segundo os seus pensamentos, ao chegar a Roma mentiria a Fúlvia dizendo que ele mesmo havia entregado a cuia envenenada a Pilatos e que deixara o quartel logo a seguir para não ser identificado como o culpado, mas que a notícia da morte do preso não tardaria a chegar à capital.

Com isso, ganharia os favores físicos da mulher querida e tempo para arrumar alguma outra estória que justificasse a sobrevivência do preso quando a notícia de sua morte teimasse em não chegar.

No quartel, a manhã trouxe consigo o pequeno mal-estar mental que mantinha Zacarias meio atordoado, mas não o impedia de levantar-se e trabalhar.

Isso porque aquele veneno era de efeito lento, como havia previsto a própria mandante e, ao invés de produzir uma abrupta e violenta reação, ia minando as forças e o equilíbrio da pessoa, agindo de maneira solerte e sádica, como se se permitisse gozar com os esgares de dor de sua vítima.

Com o passar dos dias, o estado geral de Zacarias se deteriorou de tal maneira que o velhinho não mais se levantava do leito.

Em vão os médicos do campo buscaram tratar-lhe a estranha enfermidade sem lograrem nenhum efeito satisfatório. Só fizeram piorar o seu estado por submetê-lo a terapias grosseiras, com a aplicação de vomitórios, purgativos, sangrias e todo o gênero de tentativas experimentais e sem fundamentos científicos comprovados naquele período de alvorada da escola de Hipócrates.

A preocupação de Lucilio aumentava à medida que o estado de Zacarias piorava.

Pilatos, sentindo a falta do velhinho, fora informado de que o mesmo estava muito doente e não conseguia levantar-se. Depois de muito insistir, recebeu a autorização do comandante para ser levado até o leito do amigo agonizante, diante do qual ajoelhou-se, beijou suas mãos frias e emagrecidas e verteu lágrimas silenciosas, como a lhe pedir que não o abandonasse.

Sentindo a angústia do coração daquele homem despossuído de todas as coisas que já lhe haviam sido a glória no mundo, Zacarias lhe sorriu e disse:

– Não se esqueça, meu amigo, que é Jesus quem nunca nos abandona. Ele estará com você daqui para a frente e espera de você a fortaleza necessária para levar sua tarefa até o fim.

Para não amargurar ainda mais o coração do doente, o preso regressou à sua cela, perdido nos mais profundos e escuros caminhos de depressão e abatimento pela iminência da perda daquele que considerava o seu verdadeiro pai espiritual.

Teria Lucilio para ajudá-lo, mas até este mesmo se sentiria órfão com a partida de Zacarias.

Aqueles foram momentos de tragédia moral na vida de ambos.

Zacarias morreu.

Para os dois, a vida tinha-se transformado em um campo sem luzes que o clareassem.

Depois do sepultamento singelo, os dois herdeiros da tradição apostólica vivida por Zacarias puseram-se a conversar sobre aquela estranha doença e, relembrando os detalhes e as coincidências, não foi difícil a Lucilio e Pilatos imaginar o que, efetivamente, havia acontecido.

A cena em que Zacarias pedia água, a fala mansa e o olhar fixo em Sávio, as últimas palavras de conselho ao soldado que partiria em breve – tudo, agora, se encaixava perfeitamente e, ante a inexplicável morte do apóstolo, ambos concluíram que ele se entregara para salvar a vida do preso, diante da promessa que fizera a Jesus de que o acompanharia por todos os lugares e seria o anteparo protetor em todas as ameaças, para que Pilatos nunca se esquecesse de que era muito amado na Terra, apesar de tudo.

A conclusão, corroborada pela imediata partida de Sávio logo no dia seguinte, levara o ex-governador ao máximo da vergonha de si mesmo.

Como era possível que aquele velhinho perdesse a própria vida para salvar a dele, uma víbora merecidamente encarcerada?

Que amor seria aquele, tão poderoso e tão altivo para enfrentar a própria morte e arriscar-se corajosamente por um simples condenado?

O preso não conseguiria mais viver em pleno equilíbrio de suas

406

emoções, pois assumira para si não só a culpa pelo ocorrido com Jesus, mas via-se como a maldição que transformava em morte tudo o que tocava, qual a figura mitológica de Midas, cujo toque alterava em ouro todas as coisas que manipulava.

Todos queriam envená-lo, mas a morte não o queria, tão maldito ele era.

Passara a permitir que a ideia autodestrutiva o envolvesse, dando espaço mental para a perseguição que suas vítimas e comparsas invisíveis, entre os quais Sulpício Tarquínius, lhe infligiam, mas que a presença de Zacarias sabia evitar, por elevar o padrão dos seus sentimentos e pensamentos.

Agora, estava entregue a si mesmo, com a agravante de culpar-se também pelo sacrifício do velho e amado sapateiro.

***

Pouco mais de um mês após a morte de Zacarias, a chegada de Sávio a Roma produziu uma grande alegria no espírito de Fúlvia, já muito preocupada com a ausência de notícias e com a impossibilidade de escrever pedindo informações seguras.

Recebendo o amante entre os braços acolhedores e sendo informada do envenenamento de Pilatos, na mentira engendrada para não cair em desgraça aos olhos da mulher amada, cobrou-lhe Sávio o ambicionado pagamento, o prêmio carnal a que dissera ter feito jus, no que foi plenamente recompensado pelo espírito aventureiro daquela mulher.

Depois da noite de prazeres, a manhã surgiu aos amantes, com a mulher, envolta nos mantos do leito, propondo um brinde ao seu César pessoal, como a súdita mais agradecida e fiel.

Enceguecido pela paixão e pelo orgulho de homem tolo, não percebeu que o vinho era o veículo de um outro veneno, este rápido e brutal, a propiciar que, em breves horas, Sávio fosse expulso do corpo.

Enquanto presenciava os últimos esgares, Fúlvia, indiferente, falava para si mesmo:

– Para que prestam estes homens, senão para nos servir aos caprichos e, depois, serem descartados?!

E sem qualquer consideração pela agonia daquela criatura tola e ingênua que se deixara iludir por suas propostas de ventura e prazer, dizia-lhe friamente:

– Sávio, é uma pena perder um excelente amante, mas estou lhe concedendo o que, efetivamente, lhe prometi. Você recebeu a homenagem que muitos Césares e homens importantes receberam. Aproveite e desfrute dessa honra, pelo menos na morte, meu César.

Falando assim, deixou o local sub-repticiamente, para que não fosse vista por ninguém, depois de apagar as provas daquele encontro clandestino no qual fizera calar a única testemunha de seu plano maldito, sem saber, ainda, que Pilatos estava vivo, apesar de tudo.

E Sávio, nos estertores da agonia, não deixou de se lembrar da figura de Zacarias, sua vítima, parecendo ouvir-lhe o conselho que, um mês antes, recebera, profético:

– Todo aquele que com ferro fere, com ferro será ferido... com a mesma medida que julgares, serás julgado...

Estas palavras lhe eram impostas pela consciência ao contato da presença espiritual que lhe envolvia a alma naqueles momentos de despedidas da vida.

Naquela sala onde os prazeres carnais eram substituídos, agora, pela agonia da morte, o ambiente espiritual se transformara e os braços veneráveis de uma entidade luminosa ali estavam para ajudar o jovem e iludido filho de Deus que se permitiu perder-se nas teias da paixão até o ponto de se transformar em vítima dela mesma.

Tais vibrações de Amor se elevavam aos céus na forma de sentida oração partindo do coração da entidade luminosa que ali se postava, como a suplicar a Jesus que lhe autorizasse amparar aquele irmão.

E no silêncio respeitoso que se seguiu, as outras almas que o acompanhavam puderam escutar na acústica de seus espíritos, a resposta de Jesus que lhes chegava na forma de cântico suave, nas vozes angelicais de espíritos mensageiros que diziam:

– O Amor te autoriza a amparar os caídos, por amor ao teu amor, Zacarias.

Sim, era Zacarias que ali recebia o espírito de seu assassino para encaminhá-lo ao reerguimento no caminho do bem.

40

O Amor Jamais Te Esquece

Enquanto no ambiente planetário os homens viviam o ano 38 da era cristã, na atmosfera espiritual dos planos elevados que circundam a Terra, desenrolava-se a cena emocionante.

A esta época, o velho e cansado imperador Tibério já havia sido assassinado pelo amante de seu sobrinho-neto Caio, o desequilibrado e desumano rapaz também conhecido por Calígula, que o sucederia, para o desespero dos romanos.

Zacarias, no plano espiritual, seguia buscando amparar as criaturas que se haviam ligado ao seu coração, desde Simão e Josué até os discípulos que ficaram em Jerusalém, procurando suportar as perseguições que se haviam iniciado com a violência do fanatismo de Saulo de Tarso no assassinato de Estêvão.

O peso da angústia dentre os herdeiros do Mestre era compartilhado por estas almas que já haviam dado o testemunho da própria fé, aceitando o cálice de veneno ou a pedrada desumana por Amor à obra de Deus.

Os demais, igualmente, eram visitados por Zacarias em Nazaré.

Ali haviam ficado o velhinho Caleb, afeiçoado a Judite, como sua filha do coração, e ambos mantinham, valorosamente, o trabalho de atendimento aos sofridos deserdados da esperança, devolvendo-a a cada um deles na forma de carinhosa acolhida.

Ao lado deles, Saul, que adotara o nome de Natanael, transformado no mais profundo de sua alma, se congregara, emprestando sua vitalidade na edificação de mais choupaninhas no terreno, para acolher os doentes.

Judite, refeita pelo trabalho e pelo afeto, sem esquecer o Amor de Zacarias, dedicara-se a visitar o prostíbulo onde irmãs de desespero e infortúnio, um dia, a acolheram. O espírito de Zacarias sempre procurava ampará-la, envolvendo-a com forças e com inspirações que pudessem tocar o coração das infelizes criaturas, vitimadas pela ilusão ou pela necessidade.

Já havia, a esse tempo, mais duas mulheres que haviam abandonado o caminho tortuoso do comércio dos sentidos e se transferido para a pequena herdade rural em que Judite estabelecia o seu pouso de afeto.

Moravam em uma das casinhas que Natanael havia construído com todo o zelo para abrigá-las.

A estrada das três pedras, onde se erguia a modesta pousada, era a porta da esperança de muitos infelizes da região e, pela força do Amor dos que a mantinham, ali se realizaram inúmeros prodígios e curas, amparados pelas mãos diretas do Divino Mestre.

Cléofas, o jovem ex-companheiro de Judite, transformado no verdadeiro e desassombrado cristão pela força do exemplo de Zacarias e pelo muito que se sentia devedor de sua bondade e dos ensinamentos de Jesus, acrescentara ao seu um novo nome, tornando-se João de Cléofas, um pregador corajoso e humano, inspirado diretamente pela força amorosa de Zacarias que, pela vontade de seguir os seus passos de viandante, escolhera partir para levar a palavra até os mais distantes rincões da Palestina, enfrentando todo o tipo de dificuldade e sofrimento para falar de Jesus aos corações angustiados.

Apesar de não haver recebido mais notícias de seu tutor espiritual – o amado Zacarias –, João de Cléofas sentia a sua presença em espírito e trazia no âmago de seu ser a certeza de que, em nome da Verdade e do Amor que o Evangelho semeara no mundo, ele havia se sacrificado e se encontrava no mundo invisível.

Essa sintonia espiritual entre ambos se tornara ainda maior e seus espíritos estariam vinculados no caminho de Jesus para sempre.

Zacarias, ao mesmo tempo, era o inspirador do primeiro núcleo cristão de Roma, que subsistira à sua morte graças à ação vigorosa de Lucilio que, regressando à capital imperial, deixou a vida militar para dedicar-se ao estudo e à continuidade da tarefa que Zacarias deixara interrompida com a sua morte.

Guardava como relíquia daquele velhinho de barbas longas e olhos brilhantes os apetrechos humildes de sapateiro, com os quais, agora, procurava ganhar a vida por sua vez, tornando-se também um artesão, como o seu amigo que morrera envenenado, enquanto aproveitava as horas vazias para difundir a palavra de Jesus aos famintos de novas alegrias espirituais na velha cidade de tantas perversões.

410

O núcleo, na estalagem de Jonas, se mantinha graças à presença amiga de Lucilio, que liderava as reuniões com espírito de bondade e cortesia, falando de Jesus e de Zacarias como o precursor que abrira os caminhos na jornada difícil de desbravar o terreno virgem.

Fúlvia seguia com seus desatinos e fraquezas, infelicitando a vida de outras pessoas e corrompendo a própria filha com os seus conceitos morais inferiores, já que ambas apresentavam as mesmas falhas de caráter e sintonizavam com a inspiração da maldade.

Públio e Lívia, vitimados pelos desencontros produzidos no espírito orgulhoso e invigilante do senador pelas calúnias de Fúlvia, seguiam suas vidas na Galileia, de onde só sairiam vários anos depois, quando se extinguissem as esperanças de regresso do filho Marcos e tivessem de voltar a Roma por ocasião da agonia de seu grande amigo Flamínio Severus.

E no plano superior, onde as luzes indescritíveis banham todas as coisas como se as mais singelas estruturas tivessem alma própria e luminosa, encontramos o colóquio de duas almas, Mestre e discípulo, que se entendiam na linguagem do Amor.

– Zacarias, meu filho querido, solicitei a tua vinda, pois necessito pedir-te algo. No entanto, tuas orações têm chegado até mim, partidas de tuas andanças pela Terra e, por isso, antes que te peça, gostaria de ouvir-te.

Sempre emocionado por tanta humildade naquele ser angelical e inigualável, Zacarias ajoelhou-se diante dele e respondeu:

– Meu amado Senhor, salvação de minha alma viciosa e pequenina, atendendo aos vossos pedidos do passado, que serão sempre determinações imperativas para meu espírito e antes de qualquer coisa, agradeço-vos a oportunidade que me dais de poder revelar-me diante de vosso coração.

Segui nosso irmão Pilatos por todas as partes, até que a desgraça se abatesse por sobre sua vida e o reduzisse à sua real condição de espírito fragilizado pelas escolhas erradas.

Ocorre, meu Senhor, fosse pelos meus erros em inspirar coragem a Pilatos quando estava ao seu lado, no corpo físico, ou pelas deficiências de minha capacidade em ajudá-lo com minhas intuições como um espírito que ainda o amparava no exílio, o certo é que, agora, se ergue para mim a barreira que me impede de aproximar-me dele.

Há poucos dias, não consegui impedir que nosso irmão Pilatos tirasse a própria vida, cometendo o mais errado de todos os erros.

Ao falar assim, Zacarias deixara rolar pelo rosto lágrimas de vergonha ante aquilo que julgava ser sua incapacidade, lágrimas que penetravam a longa barba que mantinha no mundo espiritual, lembrando-se de sua estada na Terra, ao tempo da chegada do Messias.

Mantendo a serenidade, mas sem esconder a sua amargura, que era proveniente do sentimento de derrota moral diante daquele pedido que Jesus lhe fizera outrora, como se estivesse ali para prestar contas de sua falha na árdua tarefa de proteger e amparar aquele homem terreno, Zacarias continuou:

– Assim, meu senhor, considero o erro de Pôncio como meu próprio erro na execução de vosso encargo de protegê-lo e, se é verdade que se levantam poderosos fatores atenuantes de tal conduta suicida, como a insensatez, a fraqueza de seus ideais cristãos, ainda nascentes, a vergonha de si mesmo e a rudeza da prova, nenhum deles me atenua a consciência culpada por não ter sido capaz de evitar o ato ensandecido com que Pilatos pensou fugir da vida.

A autoagressão era, na sua cabeça, a única ideia que poderia diminuir-lhe a culpa pelo seu papel na experiência da carne, notadamente no drama do calvário.

No entanto, as leis de Deus me impedem de acercar-me dele tanto como gostaria, agora em que deverá permanecer exposto às consequências de seus atos insensatos.

Jesus olhava aquele irmão que se postara diante dele com tanta humildade e se culpava pelo erro dos outros e, da mesma maneira que os de Zacarias, os olhos do Cristo brilhavam como duas estrelas do firmamento espiritual.

Afagando os cabelos de Zacarias, o Mestre incentivou-o a que continuasse.

– Por isso, Jesus, eu tenho rezado para que o vosso coração me perdoe por não ter conseguido estar à altura da tarefa que me fora solicitada, apesar de todo o meu desejo de cumpri-la fielmente. No entanto, apesar da minha miséria pessoal e, também por causa dela, preciso limpar esta nódoa de minha alma, tornando-me digno de vossa confiança novamente.

Por isso, venho até a vossa presença também para pedir. Peço-vos que me permita continuar seguindo Pilatos, mesmo nos umbrais da escuridão onde se projetou pelo ato tresloucado do suicídio, a fim de que, quando se apresentar a ocasião de seu amadurecimento pelo sofrimento que produziu para si mesmo, eu possa recolhê-lo em meus braços e refazer os meus erros com relação a ele para, finalmente,

412

reconduzi-lo ao vosso rebanho. Eu, que não fui competente na primeira oportunidade, peço-vos a segunda chance para corrigir minhas deficiências.

Zacarias não conseguia mais falar. Sua voz estava selada pela emoção daquele pedido, pois, agora, era o amor que sentia por Pilatos que lhe ditava o desejo de estar ao seu lado, como o pai que pede pelo filho desditoso.

Ouvindo-lhe o pedido, Jesus abaixou-se para reerguer o irmão de lutas com carinhoso acento de ventura nos gestos fraternos.

Zacarias, de pé, sentia o carinho com que Jesus segurava suas mãos e olhava em seus olhos.

– Filho amado, sei do destino de nosso irmão e, por todo o sacrifício que fizeste, considero plenamente cumprida a tua tarefa junto dele, com louvores dignos daquele que é fiel até o fim. Sinto em mim o gosto do veneno que vitimou o teu corpo, no supremo sacrifício para que Pilatos não morresse. Nada tens que te inculpe de negligência, Zacarias.

E falando com mais ternura ainda, como se isso pudesse ser possível àquele ser que era a ternura por excelência, Jesus volta a lhe dirigir a palavra, depois de breve pausa:

– Não vejo motivo para que te prendas a este irmão que, por suas próprias escolhas, precisa seguir a sua estrada de espinhos. Já sofreste muito ao seu lado, Zacarias. Renúncias, humilhações, frio, fome, privações, todas elas suportadas com estoicismo e coragem, fé e devotamento. Reconheço que o teu desejo de seguir os passos trevosos de nosso irmão imaturo é reflexo de tua nobreza espiritual. Todavia, há outros trabalhos que te esperam, Zacarias.

E perscrutando com o olhar penetrante a alma de Zacarias que lhe ouvia, em silêncio, as palavras, mas que, apesar delas, pelo pensamento ainda solicitava lhe fosse concedida a oportunidade de amparar o suicida, não importava quanto tempo isso consumisse para a sua trajetória de espírito, Jesus observara, no mais profundo sentimento de seu discípulo, que Zacarias não desistira do seu pedido.

Olhando-o com muito afeto, o Senhor volta a lhe indagar, amoroso:

– Mesmo quando te digo que já cumpriste a tarefa junto dele e te libero para outras coisas mais nobres do que cuidar desse irmão perdido, ainda assim permaneces com tal rogativa, Zacarias?

Sabendo que a indagação era derivada do conhecimento íntimo que o Mestre tinha dele mesmo, Zacarias não tinha como negar, e respondeu:

413

– Desculpai-me a insolência, Senhor, mas ainda ouso recorrer à vossa misericórdia tanto em favor de Pilatos como em favor de mim mesmo, servo inútil que sou. Por isso, insisto no meu pedido como a única maneira de perdoar-me a falha.

E entendendo o sentimento de Amor que Zacarias carregava em seu peito, Jesus abraçou o discípulo valoroso e respondeu:

– Filho querido, O AMOR GOVERNA A VIDA. E EM TI, ZACARIAS, ELE É GRANDE DEMAIS PARA SER CONTRARIADO, MEU FILHO. Por isso, te concedo o que me pedes, novamente, POR AMOR AO TEU AMOR.

Uma onda de gratidão tomou conta de Zacarias que, agora, beijava as mãos do generoso Senhor e lhe dizia:

– O que há de bom em meu ser, Jesus, é apenas a pobre tentativa de reproduzir em mim o que vislumbrei em vós.

E vendo que a entrevista se encaminhava para o seu término, Zacarias lembrou-se que houvera sido chamado pelo Cristo para lá estar, em face de um pedido pessoal que o Mestre também precisava fazer-lhe.

Por isso, antes de despedir-se para dar seguimento às suas tarefas múltiplas, entre as quais, agora, estabelecera a continuidade do amparo a Pilatos, Zacarias voltou-se para o Mestre e disse, reticente:

– Senhor, vossa bondade me convocou aqui para solicitar-me algo e, falando de mim mesmo e de meus problemas, tomei o vosso tempo com minhas coisas e não permiti que o pedido que tínheis fosse feito.

Olhando-o com os olhos carinhosos que admiram a pureza no coração como que se relembrasse das lições que deixara no passado, quando exortara os homens a serem puros como uma criança a fim de que pudessem entrar no reino dos céus, Jesus, sorrindo e sem esconder, agora, duas lágrimas que lhe escorriam dos olhos faiscantes, respondeu a Zacarias:

– Não te incomodes, Zacarias, vai e serve como desejas. O que ia te pedir era, exatamente, a mesma coisa que me pediste.

❊ ❊ ❊

Assim, leitor querido, que nunca lhe falte a certeza de que o "AMOR JAMAIS TE ESQUECE", por mais duras e difíceis possam parecer as suas provas e dificuldades.

Em nenhum momento o Criador está tão ocupado que não sinta

o que você sente e não trabalhe para que sua dor se transforme em remédio para seu espírito.

Aprenda a submeter-se serenamente a todas as adversidades que desafiam a sua alma, sem revolta. Lute sem desânimo, mas aceite os reveses sem rebeldia.

O Amor está ao seu lado e, se parece que isso não é verdade, é apenas porque nós fazemos muito barulho interior e não o escutamos. Barulho com nossas reclamações, com nossas lamúrias, com nossa autopiedade, com nossas amarguras guardadas no cofre do coração, como se ali fosse lugar de estocar lixo emocional.

Silencie o seu tormento lamurioso e confie-se à prece serena e humilde.

Na harmonia que se seguir, poderá identificar a força do Amor que o envolve, porque você não é uma criatura sem importância na Terra. É um convite que Deus oferece aos homens desesperados para que voltem à casa do Pai, através dos atos generosos, de carinhosas palavras, de compreensão e tolerância que você exemplificar. Se nossos erros do passado ou do presente nos fazem parecer Pilatos, lembremo-nos de que o futuro nos espera a transformação em um Zacarias.

Por isso, do mesmo modo que você não deve olvidar que "O AMOR JAMAIS TE ESQUECE", também deve se lembrar disso:

"JESUS TE CONHECE PELO NOME.
E PRECISA MUITO DE TI".

"Brilhe Vossa Luz,
Muita Paz!"

Para você, com muito carinho,
Lucius!

IDE | Conhecimento e educação espírita

No ano de 1963, Francisco Cândido Xavier ofereceu a um grupo de voluntários o entusiasmo e a tarefa de fundarem um periódico para divulgação do Espiritismo. Nascia, então, o Instituto de Difusão Espírita - IDE, cujos nome e sigla foram também sugeridos por ele.

Assim, com a ajuda de muitas pessoas e da espiritualidade, o Instituto de Difusão Espírita se tornou uma entidade de utilidade pública, assistencial e sem fins lucrativos, fiel à sua finalidade de divulgar a Doutrina Espírita, por meio de livros, estudos e auxílio (material e espiritual).

Tendo como foco principal as obras básicas de Allan Kardec, a preços populares, a IDE Editora possui cerca de 300 títulos, muitos psicografados por Chico Xavier, divulgando-os em todo o Brasil e em várias partes do mundo.

Além da editora, o Instituto de Difusão Espírita também se desenvolveu em outras frentes de trabalho, tanto voltadas à assistência e promoção social, como o acolhimento de pessoas em situação de rua (albergue), alimentação às famílias em momento de vulnerabilidade social, quanto aos trabalhos de evangelização infantil, mocidade espírita, artes, cursos doutrinários e assistência espiritual.

Ao adquirir um livro da IDE Editora, além de conhecer a Doutrina Espírita e aplicá-la em seu desenvolvimento espiritual, o leitor também estará colaborando com a divulgação do Evangelho do Cristo e com os trabalhos assistenciais do Instituto de Difusão Espírita.

www.idelivraria.com.br

idelivraria.com.br

Pratique o "Evangelho no Lar"

Aponte a câmera do celular e faça download do roteiro do
Evangelho no lar

Ide editora é nome fantasia do Instituto de Difusão Espírita, entidade sem fins lucrativos.

⌾ ideeditora　　f ide.editora　　🐦 ideeditora

◂◂ DISTRIBUIÇÃO EXCLUSIVA ▸▸

Av. Porto Ferreira, 1031 | Parque Iracema
CEP 15809-020 | Catanduva-SP
📞 17 3531.4444　　 ⓢ 17 99777.7413

⌾ boanovaed
▶ boanovaeditora
f boanovaed
🌐 www.boanova.net
✉ boanova@boanova.net

Fale pelo whatsapp

Acesse nossa loja